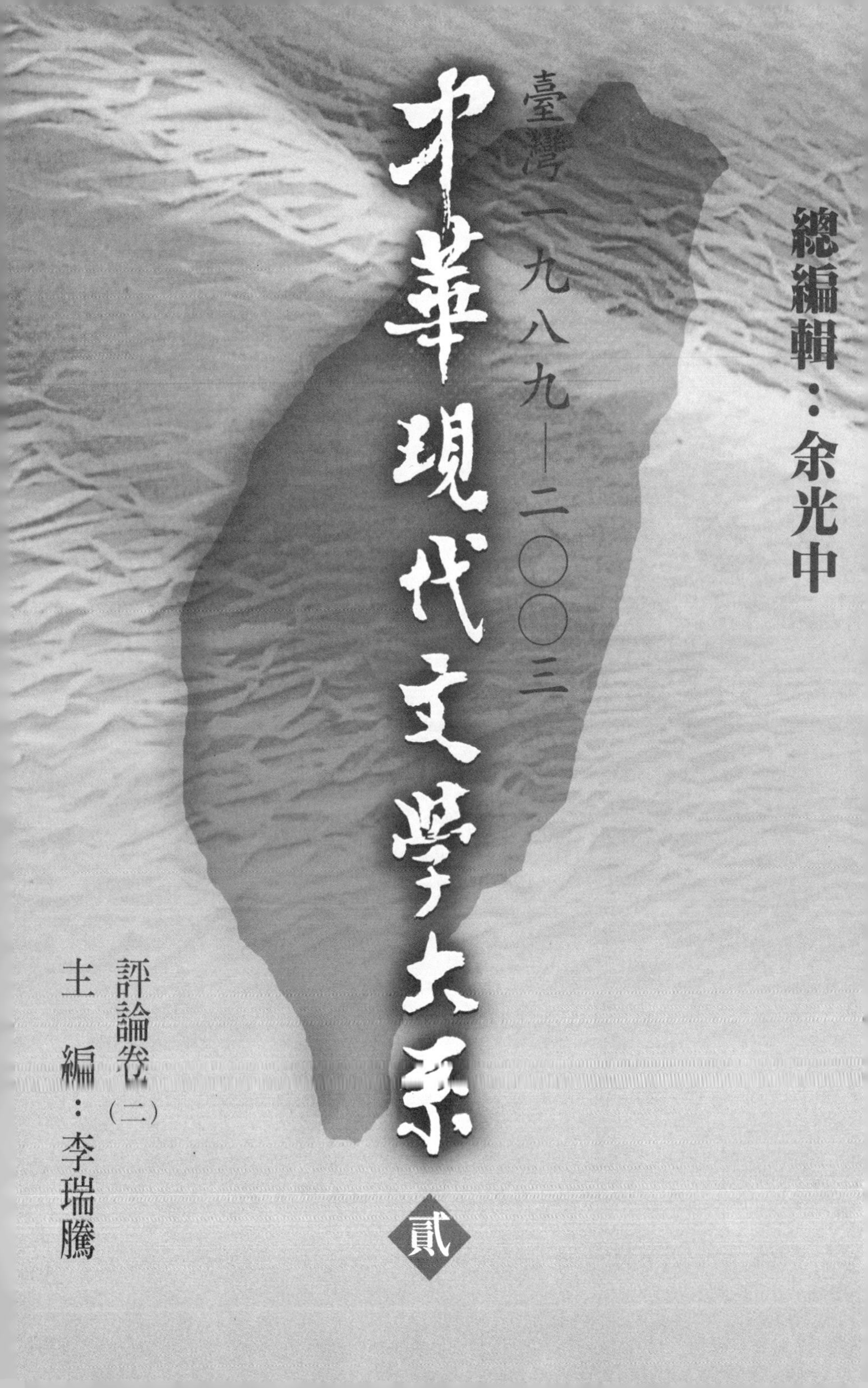

總編輯：余光中

中華現代文學大系 貳

臺灣一九八九—二〇〇三

評論卷（二）

主編：李瑞騰

目錄

第一冊

第二冊

散文地圖

廖炳惠：

異國記憶與另類現代性

——試探吳濁流的《南京雜感》

廖炳惠

台灣雲林人，1954 生，美國加州大學比較文學博士，曾任洛克斐勒短期研究員、普林斯頓、哈佛大學和哥倫比亞訪問學者、中華民國比較文學學會理事長，現任清華大學外語系教授。著有《解構批評論集》、《形式與意識型態》、《里柯》、《回顧現代》等，編有《回顧現代文化現象》等書，英文論述散見《中外文學》、《淡江評論》、《Cultural Critiqune》、《Public Culture》等，曾獲五四獎文學評論獎。

「人離家，返回，帶動不同中心的世界，彼此相連的都會文化。」（Clifford 27-28）

「我想回國，『首度認識這個地方』。」（Brink 237）

一、旅行與都會文化參照

吳濁流的《南京雜感》是以回歸家鄉、故國的架構，扣緊殖民的議題，去談時代危機、時空轉移的個人情感結構，於私人的論述中，吐露出作者對旅行與回憶之複雜互動的思索過程。透過閱讀此一作品，檢視其中邊緣而異樣的論述，我們或許在某種程度會擴大視野，藉以進一步探討旅行理論的問題，特別是針對巴巴（Homi K. Bhabha）與克利佛德（James Clifford）的討論：動與不動的政治經濟學（Clifford 42-44）。

不過，在我們步入正式的行程之前，且先預習一下跨國旅行之幾個重點。學者往往將跨國資金與旅行的流動，當作後現代文化的表徵，甚至認爲這種越界遷徙與往返，已形成環球族群景觀、新都會政治、遠距民族主義，對國家及本土文化產生空前未有的影響（Appadurai; Cheah and Robbins; Anderson）。當然，旅行並非當代才有的現象。遠古，以遊牧、放逐、征戰、貿易方式，人們即在世界各地進行大、小規模的運動，近、現代史上，移民、墾殖、侵略、流離失所更是旅行常見的樣態，與異國記憶（exotic memories），歐洲都會所失去的「黃金時代」、「原始蠻荒」、「有機律動」、「史前形象」，乃至中心地區資本生產所需的材料、人力及補償作用之道德贖救等等行爲息息相關（Bongie）。針對這些歷史，目前已有許多批評論述，從「東方主義」（Said; Behdad; Breckenridge and van der Veer）、「白人之負擔及白種女人之其他負擔」（Jayauardena; Mohanty）、「殖民接觸及帝國之眼」（Hulme; Pratt）到「文化蒐集與展示機制」（Mitchell）、「人類學與社會科學」（Cohn; Sahlins; Stocking）、「跨大西洋之抗現代網路」（Gilroy）、「泛亞洲道德協會」（Duara）、「不平均之現代經驗」（Amin; Escobar）、「殖民福音主義」（Bedelman; Viswanathan）、「雜匯文化」（Canclini; Bhabha）等，旅行的正、負面影響，旅行者與當地文化的交互作用過程所產生的知識、倫理、權力關係均逐漸得到應有的注意。這些研究對我們如何看待旅行文學已造成相當程度的影響。

旅行的面貌及其動機、後果，因人、時、地而異，可以是自願、個人或集體的出遊（如畢業旅行grand tour），因緣聚會的獎助遊學或進修（如DuBois赴巴黎）、逃避政治迫害的出國（如納粹德國時猶太籍人士），另謀生路或追求自由的移民（如赴美數以百萬計的各種移民），或遭販賣的人口（從聖經的約瑟夫到後來的黑奴貿易、以至雛妓與外勞等）。其形式、範圍及文化社會意涵十分廣泛，但是，通常所謂的「旅行文學」則較限定於現代及後代之旅行想像及其表達，將重點放在空間之疏離與移動爲敘事者製出其文化主體性、歷史意識、批判距離、感知體系等面向上之變動與多元位置，藉此呈現旅行事件及其過程的見聞與衝擊（見Bartkwoski; Kaplan）。儘管旅行文學從初期的風土人情到殖民接觸到後現代的影像或擬象旅遊，有其一貫之脈絡可循，然而其文化、政治、經濟基礎其實相當不同，如果我們將這些詞彙普遍運用，不探究敘事者之修辭、背景、職業、權力、資源及其限制，則難免要將文化與歷史差異抹煞，以至於把殖民見證、科幻旅行、旅遊軍事保全（militourism）、田野調查均納入同一範疇。

事實上，我們只要閱讀以下幾個段落，便知道「旅行文學」這個標籤亟需特別說明，因爲其內容五花八門，很難統一：

> 島上，林木扶疏，景觀神妙，花樹品種繁多，皆非所識，令人驚奇，其中有結果者，有開花者，一片綠意。一株異樹，其葉芳香，無以倫比，類月桂，然枝幹細小，疑是月桂之屬。若干野果，各自不同，不智之士以舌輕嚐，即臉面浮腫，熱汗淋漓，苦不堪言，只得以寒食治之。全島似無人跡。（Hulme and Whitehead 30）

> 陸地沿著青翠斜坡直下至海，山海之間，盡是寬闊、綠蔭峽谷，溪流掩映，林木葩萃……海上所見，蔚爲奇觀。一片青山綠水，光色交織，層次重疊，由近而遠，谷岬出沒於峽灣之間，變化萬千，峰巒或隱或現，沒入峽谷，瀑布自綠榭直奔而下，與日爭輝……美景當前，任何歐洲人士皆會陶醉沉潛其間，以爲置身夢中幻境。（Melville 393-94）

> 一千九百七十一年，瓊絲敦島成爲成千上萬噸的生化與神經瓦斯棄置場，定期焚化，釋放各種毒氣，以至於天空一片黃霾。島上所有人員需攜帶防毒面具。坐在不通風的飛機上（降落後飛機便關掉對流系統），我讀到此一文獻，不禁覺得喉頭有如針刺，胸部緊縮，似已吸入島上的致命毒氣，「歡迎」的標示彷彿具足黑色反諷味道，至少它應加上骷髏與骨頭交叉的符號。（Sacks 17-18）

第一段是節自哥倫布的副手（Dr. Chanca）航行報導，時間是一四九四年；第二段則是美國十九世紀文豪梅爾維爾對大溪地的描寫，這兩則旅行見聞均以歐美本位觀點，敘述當地景觀所造成的驚異或賞心悅目的感覺，第三段則對美國所產生的軍事掠奪與生態破壞加以披露；不過，作者大致是對當地美軍的強行檢查及蠻橫禁令感到憤怒，並未進行深度的文化批判，反而只關心颶風來到島上之前，能否修復飛機輪胎，趕往另一安全地點，以免遭受大地之復仇：「吹起毒氣瓦斯與輻射之風暴」（一八）。當然，這三位作者均屬不同的專業、動機、時代，他們與敘事對象也有著個別的認知與權力關係。第三位作者是精神醫學方面，深究神經與色彩的科學家，他之所以會到太平洋群島遊走，純粹是基於神經學的興趣：探訪當地的「色盲」族群。因爲有資料顯示，太平洋群島中有不少島嶼，百分之二十左右的居民是「色盲」，他想進一步去了解這些人如何觀看周遭的景物，是否比正常人具有心靈世界的洞察力。

嚴格說來，《色盲者的島嶼》比較像科學田野日誌，而且非旅行文學。但是由於作者不斷引用旅行文學，往往以閱讀、記憶交互指涉的方式，去參照所見與所讀之異同，並且在觀察之間，時常提及其他旅行作家對他的影響痕跡，所以這本書除了列入「醫學人類學」的範疇，也放在遊記的書堆中。據作者在第一章「島嶼跳躍」裡所說，他從小即熟讀有關島嶼、海洋、船隻、水手的故事。三歲即赴華特島（the Isle of Wight），記憶猶新，母親曾對他講述庫克上尉（Captain Cook）以及其他航海家的事蹟（Magellan, Tasman, Dampier, Bougainville），他對流放、荒蕪之島尤其感興趣，在書寫他的觀察報導之時，梅爾維爾、史蒂生、達爾文、瓦勒斯等人的文學或科學旅行論述不斷在腦中浮現，例如：在訪談色盲族群之前，他便憶起維爾斯（H. G. Wells）的短篇小說，特別是其中的〈盲者之國〉，故事是有關一位迷途的旅者，在偶然的機會裡進入南美遺天獨立的山谷，發現房子全是「片面色彩」，原來居民均是目盲一如蝙蝠，整個社會是色盲，其原因是三百年前的疾病傳染所致，長久以來當地人已喪失「觀看」的概念：「十四世代以來，人們已經看不到，而且與世隔絕；所有關於視覺的名詞已消失，並起了變化……他們的想像力也隨著眼力褪色，反而是以更加敏銳的耳朵及指尖，去形成新的想像思維」（Sacks 7）。《色盲者的島嶼》有一部分目的是想確認維爾斯的旅行文學想像現實，因此縱使其中資料頗多科學式的田野調查，但是整本書仍類似旅行文學。就這點看，目前我們所見到的遊記或田野日誌其實與以往的旅行文學及其記憶息息相關，包括一些導遊手冊均對旅行的日程、活動、記錄、詮釋，造成某種程度的影響。我們去印度旅遊時，總難免要受到佛斯特（E. M. Forster）的《印度之旅》、帕茲（Octavio Paz）的《印度借鏡》（*In Light of India*）其中的見聞所啓發。

準此，我們可說任何旅行之經驗「總已」受回憶及其他閱讀（見聞）的感染，而一些有關返鄉或踏上文化理想國度（殖民母國或祖國）的敘事更是被回憶纏繞，在個人與集體、過去與現在、自由與束縛、短暫與永恆等情感結構中擺盪、起浮。吳濁流的《南京雜感》這本散文集是吳濁流的個人心路歷程及其旅行札記，除了遊南京之外，其實也有西湖、大同、鸕鶿潭、印非等遊記，其中〈南京雜感〉部分後來成爲《亞細亞的孤兒》後半部的藍本，然而這一段交互指涉的歷史卻不大引人注意。

吳濁流的〈印非遊記〉大多是記載行程、觀光勝地、風土人情，對黑人相當同情，而於印度人之過關時予查問達「三點多鐘」，則不能釋懷：「我們同樣是東方人，豈可這樣做呢？可是西洋人任其自由出入，令人費解。諒必印度被英國管，養成殖民地的奴隸性格吧？」（一七八）。頗多部分乃是流水賬，如最後說「這次觀光，其行程總共三萬七千十七公里，乘飛機十七次，坐船兩次，羅列如左」（一九四一）。相較之下，〈南京雜感〉則深入許多。全文共分五部分：南京雜感、南京的社會相、街頭速寫、南京的名勝古蹟巡禮、大陸的魅力。各節的長短似乎是依其前後順序而定，因此「南京雜感」最為詳盡。吳氏旅居南京是一九四一年一月至四二年三月末，是事後「將漫然的感觸，隨感情之噴湧，滴墨於紙上」（五一）。在赴南京之前，吳氏曾任日文教師，因此南京之行多少意味著他對殖民政府及其教育之唾棄，決定一探「祖國」之風貌。他說：「對於南京的關心，是中日戰爭開始以後的事。在這之前，因不曾有過交涉，所以連究竟是怎樣的所在，都不曾想過了」。他的主要焦點是想在一年三個月中了解中國的性格，這個問題儼然是詮釋學上的部分與整體循環，因為掌握了中國的性格，才能明白某社會的全部，然而，吳濁流自稱他並不曉得據有統一性的東西是什麼，中國的性格只是「現出矇矓的姿影罷了」（五二）。他說：

> 我在民國三十年一月十二日首途渡華，在大上海參觀一週，即往南京，住了一年又三個月。在說到中國四百餘州的首都之前，我願先想想中國的性格這個漠然的問題。擁有悠久歷史的中國大陸，彷彿有什麼不變的性格似的。就說它是中國的性格吧。當然，過去不知有過多少學者、專家、篤志家對這個問題下過研究的功夫。但是，我不認為他們捕捉到了中國的性格。因為，他們大多只是從過去的事實率然加以如此如此的判斷，是危險的。因為，不明白中國的性格，是無法了解中國的。對這個問題，恐怕連中國人本身都不太清楚。（五一）

不過，字裡行間，吳氏其實似乎洞察了中國的性格，而且不斷透過歷史與現狀、古詩意境與自然景觀、南京與台灣（或大阪）、文化與服飾、人物及其生活方式，乃至意識型態，去鋪陳他所看到的中國性格，在欣賞、感歎之餘，卻流露出文化批判與比較研究的距離。他認爲幾千年的歷史興亡並無損於大自然的美麗，中國人總有其現實原則與倖存的藝術，他引別人的說法：「生爲人是不幸的開始，更不幸的是生爲中國人。但是，有錢便是世界上最能自由、最能縱情的國度，這就是中國的現實」（六一）。在這種現實原則之下，「麻將、會餐、看戲」，乃至上澡堂、茶館，透過小費、面子、聚結式的機會主義等文化表現，都是令他既著迷又費解的中國性格：「這一批人，並不是看中了一個目的物而在做內面的工作，只是漫然地想抓住某種機會而已。全憑命運，等待機會的來臨的悠閒，恐怕非中國人不能做到的」（七一）。他以兩個截然不同的例子去演繹，一個是下層階級的使力網絡，另一個是中央大學的運動會：

阿媽、傭人、門房、茶房，顯示著中國社會的一種裡面的情形，隱然具有其潛勢力，看來雖像無力的人，要是善於利用，靠他們的聯絡，有時居然能把艱鉅的事，輕而易舉地完成。我們別忘記：社會不安的陰影裡，也有這種人在活躍。（七五）

日本運動會是根據節目單順序地進行的，中央大學的運動會雖有節目表，卻看不出何處是頭，何處是尾。學生或參觀者湧入場內，和競技者混成一團……。我留意著這事的發展，他們依然有辦法使節目進行下去。不能不佩服，中國的事還是有中國方式的解決方法。（八四）

吳氏經常以比較的方式來思考當地的風土人情，有時是以古詩詞中的文句（如「舊時王謝堂前燕，飛入尋常白姓家」)，大部分則以台灣與南京對照。首先，自覺服飾「窄而短，和大陸的洋服，那上海風的堂堂大派比起來，簡直不能看」(五四—五五)；其次，是朋友鍾君的公館視野讓他「向來的自信心已完全不知去向」(五八)；然後，是中國女人較溫柔而不愛多辯，不像台灣的女人，「聲音高而饒舌，三人集在一起，就吵得不得了」(七九)。但是，在比較的過程裡，吳濁流也發現了台灣的可愛之處，如「台灣的女性，比之南京姑娘，線條很細而鮮明。沒有圓柔的感覺，卻是熱情、感情的、浮動的」(五八)。吳氏將這種差異歸諸南京景觀與儒教薫陶，他同時發現到一位南京姑娘將「穿著有花紋的優美的上海鞋子的腳，踏上了座椅，從行李架上取下手提籠子之後，鞋跡鮮明地留在椅子上，而她沒有加以擦拭，就在上面坐下了」(五五)。這種印象在許多自然與人文景觀上均留下令他不安的印象：「中國的浴室並不乾淨」(六〇)；「說到水，在沒有海的大陸，除了長江的濁水和湖沼的微濁的水之外，沒有清水」(七〇)；還有阿媽的善竊，服務人員的喜愛小費，小學校的設備破敗，一般人的講面子，大眾的嗜賭、吃與看戲，尤其是到處可見的乞丐，令他憶起孩提時代，到寺廟看到十八重地獄的景象(九二)。這些「前現代」的景觀在後來的《亞細亞的孤兒》有進一步的演繹，特別圍繞胡太明在上海的一段戀情及冤獄去展開。不過，在〈南京雜感〉中，吳濁流是對祖國的偉大有迷惘式的讚賞：「粗看曾使人有支破滅裂之感的中國，其實仔細觀察時，可以見出偉大而一貫的統一性」(一一七)，追根究底，中國之不滅在於其偉大的同化力，也是富於娛樂性、機會性的魅力，封建的人際結構及其信賴關係等。吳氏認爲日本人尚未真正認識中國：「見寒山寺而失望的日本人很多，這是沒有像張繼一樣流浪，泊舟於楓橋之下，切身地體味寒山寺的鐘的緣故」(一一九)。

顯然，吳濁流的觀察是依沾但又不屬中、日正統的邊緣見解，他一方面從中國詩詞及實地的旅居，去體會中國性格，藉此指出中國與日本的「同文異趣」，批判日本對中國的誤解（吸鴉片、落後、纏足等），並對「祖國」的博大精深予以贊揚；另一方面對日本的順序感及中國的不乾淨與腐化則採含混的愛恨交加態度，這從他對姑娘坐在自己的鞋痕上，乞丐與苦力的處境、小費與人際關係文化的猖獗等幾個例子即可看出。他雖然說日本人的尺度無法了解中國的現實，「因而以爲對中國的某一方面洞見其非，不能不說是大大的謬說」（一一九），彷彿是以「祖國」的深層文化來否決日本殖民母國的帝國主義修辭，但是他也常被中國話及日常生活中的異文化接觸所困擾：他仍是個聽不懂中國話的台灣人。「兩皆不是」，乃他在南京、上海旅居的感觸。這在他《亞細亞的孤兒》，則以中國傳統在台絕裂，日本以二等人視之，赴日夾在中、日之間，而旅華則遭冤獄……等情節，來演繹台灣文化認同的兩難與曖昧性。旅行可以說並未將他帶回祖國的懷抱，或遠離日本殖民的統治，他反而發現到了兩種文化的矛盾及本身的問題。

克利佛德提出旅行與「不協之都會文化」（discrepant cosmopolitanisms）的關係，認爲旅行者與居住者（dweller）形成一種對比，旅行者在異地時空中的經驗，往往改變、形塑其現代文化想像，而從他人身上看到自己的局限。克利佛德強調旅者與「當地人」的具體媒介牽引（concrete mediations）關係，在歷史張力之中，居住與旅行形成特殊的律動：雙方的歷史性彼此建構、爭論，於互動與阻絕之中，將移位的場域加以凸顯（24-25）。他的互動與比較觀點，將旅者的固定身份及其特權帶入動態的認知行程，一方面與地點的歷史及多元歷史的地點相互交涉，另一方面則透過文化翻譯的方式，嘗試比較他人與本身之異同，產生物質與空間的實踐，形成知識、故事、傳統、札記、文化表達等（35）。換句話說，克利佛德雖承認旅行有其性別、階級、種族面向（例如，以往的女性、黑人並不能自由旅行），而且有政治、經濟與文化之間的殖民（含後殖民與新殖民）利益，不過，他把旅行看作是「去疆界」與移位的活動，從中不同的歷史彼此接觸，構成「不協的都會文化觀」。照他的講法，即使本地人也受到旅行的影響，所謂的「土著」僅是一種組構，大家都在現代日常生活實踐中，具備特定之歷史，而這些歷史是「居住中的旅行」，「旅行中的居住」（traveling-in-dwelling, dwelling-in-traveling），彼此交織（36）。

克利佛德的旅行理論可以說把薩依德（Edward W. Said）的「東方主義」觀點及普拉特（Mary Louise Pratt）的「接觸識域」（contact zone）的知識與權力觀加以複雜、流動化，因此對旅行過程的比較認知及其歷史性採相當動態的分析，不致於將建構知識的權威放在西方的旅行者手中。如此一來，旅行不止是蒐集異國記憶及當地器物，藉此締建自我指涉的科學知識，而是以翻譯與比較方式，讓雙方形成新的知識，擴大視野，彼此切入對方，產生更多的張力。針對他這種側重「移動的政治」（a politics of movement），後殖民理論家巴巴則以無法運動之經濟（an economy of non-movement）加以質疑，巴巴以許多經濟、文化及政治受限而無法旅行的人爲例，說明這些人往往以親友旅行的贈品（襯衫、雜誌、書籍、照片、海報、月曆、廣告等）來滿足其無法移動的物化欲求，他們「堅持來自異地或旅遊的某些象徵，並將其他文化、他處或旅遊之意象加以物化，以這種方式，而非運動或移位的方式去演繹其文本」（Clifford 42-43）

克利佛德的答辯則以康拉德（Joseph Conrad）對「英國特性」的著迷爲例，去演繹他所說的定居與移動的雙重邏輯。在下一節，我會拿艾略特爲切入點，將克利佛德與巴巴的觀點進一步討論。不過，我們若再回到〈克利佛德不斷說旅行與回返是一事之兩面〉吳濁流的〈南京雜記〉，其實可發現到吳氏之旅行（運動與移位）一直是在將祖國文化加以物化的情況下，企圖以旅行來移替（displace）並舒展他在台灣這個殖民社會裡的另一種身份（中國人），同時在他旅行與寓居南京的時期，則不斷發現到日本與中國在現代化、都會文化表現上的差異，而做爲台灣人，他則處於兩種敵對而又不協的都會文化觀之張力中。反諷的是，正由於對這種不協的理解，他體會到了台灣的曖昧、兩皆不是的異樣現代性（alternative modernity）：既不如日本有秩序，也不像中國那樣雜亂。居住中的旅行，旅行中的居住之外，我們還得加上物化、欲求與自我理解的面向。這些都需放在台灣處於日本殖民，但又能在某種程度上旅行、移動於中日兩大都會文化之間，透過翻譯、轉移的工夫，將另一種現代性植基於島上。以這種觀點看，克利佛德與巴巴的旅行理論均有其用處，但也有其限制。

二、古羅馬與倫敦：單一或多元現代？

在以下的篇幅裡，我想簡單分析艾略特（T. S. Eliot）及布雷滕巴哈（Breyten Breytenbach）。我得經由柯特吉（J. M. Coetzee）與布林克（Andre Bringk）的轉泊，必要時，會停靠後兩者的相關論述。

眾所周知，艾略特心目中的「家」是歐陸，尤其英國。一九一四年，他便決定移居英國，一九一八年入英國國教，儼然將第二個家認定爲原鄉。艾略特這種物化之英國或歐陸傳承觀，充斥了他的許多文學批評，幾乎令目前的文學與文化研究者感到厭惡的程度。一九四四年十月，正當大戰進入最危險的高潮，艾略特爲維吉爾詩社，做會長的專題演講，題目是〈何謂經典?〉（Whtat is a Classic?）。他似乎不但已遺忘了美國身份，而且也不把室外的炸彈放在心上（〈目前的歷史意外〉），只對無法取得他要的經典著作深感不便。在演講中，他提出（現在看來十分荒謬的）獨特文學與文明觀：西歐是唯一文明，從羅馬到教會到羅馬帝國，而其原初之經典乃是維吉爾的史詩《伊尼亞德》（*Aeneid*）。在這種史觀下，羅馬是唯一永恆的都會，英國及美國僅屬邊陲。史詩的主人翁伊尼亞斯（Aeneds）成爲艾略特的英雄：「他大可留在托勒伊城，但他卻流亡……。爲比他所理解的更加偉大的目的去流浪，當然，他體認到這點」（28），針對伊尼亞斯的始亂終棄，艾略特並不追究，他只提到伊尼亞斯與戴朵（Dido），兩人在地下相見時的「文明禮儀」，據他看，伊尼亞斯是命中注定向前走，邁向「疲乏的中年時期，不幸的政治婚姻」（32），因此幾乎不必向戴朵說「對不起」，但是，伊尼亞斯與舊愛相見時，「卻無法原諒自己」（21），多麼値得全人類去珍惜、學習。

柯特吉將〈何謂經典?〉與艾略特本身的生平接連起來，甚至還敘及往事，說柯氏自己小時候偶爾聽見巴哈，從此迷上古典音樂。他也討論經典由歐陸邁入南非的殖民旅行過程，藉分析巴哈聲譽的建構史，質疑艾略特的經典見解。如果我們將柯特吉的講法進一步推衍，艾略特的旅行其實是爲了寓居於永恆而不變之地，他的移位是以不動的經濟去達成對異地（英國、羅馬）的物化。但是，一如柯特吉所說，除非我們將艾略特的旅行及其批評譜系加以釐清，對經典與其旅行過程加以批判，否則經典的意涵始終無法傳達到異地、另一個時代。

艾略特是以固定的一點（羅馬、維吉爾）爲其旅行目標，他認爲那是人類普遍文化記憶及心靈旅行的坐標。當然，在某種程度上，大部分旅行是以類似的邏輯運作，如麥加之行、北港進香或赴羅芙美術館的文化之旅。這種旅行也是一種非人格的旅行，去印證別人已定好的行程及認知。艾略特的批評方法（「客觀對應」）即是以非人格的沉浸於大傳統中，作跨越時空的旅行與自我抹煞。這種都會中心主義及其詞彙一直是殖民霸權用來行使其征服、壓迫之修辭與掩飾。當然，艾略特不會覺得他是在進行古典文學的殖民工作，並爲這種行徑找到歷史脈絡與理論根據，他反而是畏懼戰爭、軍國、物質主義對文明的殖民與摧殘，因此才要在經典的庇蔭之下，另建傳統。

〈何謂經典？〉這篇演講並非談旅行文學，除非我們把心靈與閱讀旅行也包含在此「次文類」中（此次文類其實是五花八門），那似乎是艾略特與柯特吉的隱約企圖。也就是艾略特的旅行與歸返（皈依英國、歐洲），與愛尼亞斯的流亡及其帝國大業，透過閱讀活動的時空旅行，而彼此交會，形成經典在另一個歷史地理中的新生命，讓個人與集體的錯位與移替（dislocations, displacement）得到感情結構上的安頓與超越。換句話說，艾略特的旅行是以「他處」（羅馬文化）爲其目標，旅行其實是返回與寓居。柯特吉則以自己的心靈歷程去質疑艾略特所視爲當然的返回與恆常（permanence）。據他分析，巴哈的「古典」音樂位置乃是特殊歷史與國家文化之爭論過程的產品，巴哈在他死後一百年內並不常被當作「古典」音樂家，反而是拜民族主義與新教之賜，不斷由「德國風格」的論述及孟德爾頌的重新介紹，才有目前的「經典」位置。艾略特將他個人的旅行與經歷以合法化，假藉組構文化傳統的方式，建立其永恆返回的文學譜系，如此一來，批評對經典的辨證作用便淪爲正當或純正化的行爲。這往往是文學研究者面對多元文化挑戰時所採取的保守、回歸策略（如 Bloom, Rorty 等）。

在艾略特發表演說後的三年，魯西迪（Salman Rushdie）生於印度的孟買（Bombay）。他的《想像家園》（*Imaginary Homelands: Essays and Criticism 1981-1991*）即以旅行與返回的經歷，去談移民與新英文寫作的課程，可說是對艾略特的一種回應。魯西迪以老家的舊照片爲回憶與想像的切入點，提出「我的現存乃是異國身分，過去才是家，儘管它是失去的光陰中失去的都市中失去了的家」（9）。對吳濁流與艾略特，「祖國」或羅馬是閱讀、想像的「重新組合」（remembered）家園，但就魯西迪而言，孟買的老家是他過了半生之後，又可回去並「回憶」（remembering）的家園；「遠離家園的生活彷彿成爲幻象，連續性反而是實情」。不過，他知道再訪老家是一種更新發明，他得站在舊照片的老家門外，讓黑白圖象遭眼前的色彩及其具體面貌侵襲、改寫，以便「另兩隻眼」洞察記憶的片斷性。他發現：「片斷性使得一般瑣屑的事物化象徵，日常儼然具足神秘的啓示」（10）。這種看法很接近班雅明（Walter Benjamin）對回憶藝術的見解。魯西迪進一步推論說：過去是我們都從中移出的國度，失去故土乃是人類共通經驗的一部分」（10）。

魯西迪以移民記憶與自己的寫作爲例，指出這種失去、不連貫性（也就是在異地、「他處」的存在）是一種「破碎玻璃」（broken glass）的片斷與反射活動。回憶或重訪因此並非「懷舊」而是將異地與現在所處的兩種「不協之都會文化」（套克利佛德的用語），以距離與另一種現實感，加以「重新描述」（redescribing），瓦解官方或政治版本的眞相（14）。也就是說，出入於兩地，在旅行與寓居之間流動，反而提供多種新的角度，切入現實，重獲距離，拉長地理觀點，藉此用新而又「曖昧」的方式去操弄、營造、挪用英文（remaking），透過語言的奮鬥，去呼應現實生活中的其他掙扎，希望藉助「征服英文以便完成解放自己的過程」（17）。對艾略特來說，旅行或移居只是返回到一種（而且是惟一的）恆常的都會文化，但魯西迪則以同時既內在又外於社會的「雙重觀點」（double perspective），來描述立體視野（相對於「完全見識」）。箇中原因是移民或失土者有其第二傳統，能在弱勢團體的生活中獲得不同的都會文化滋養，以「交叉受粉」（cross pollinaion）的方式，開出多語的異葩奇果（20）。

當然，巴巴所提出的「無法移動的經濟」此一問題並未消解，因爲即使出入於兩個都會文化之間，英文對印度文化的壓迫及其權力關係乃使得弱勢族群停留在邊緣、貧困、失語、失憶的情況，只能透過物化或移替的慾求形式（如原住民的服飾、儀典、食物、商品），在主流文化中謀生存。但是，魯西迪所側重的「立體視野」確實有其存在與發展的另外（或第三）空間，讓旅者藉「翻譯」（「翻易」）、「越界」去並置、吸取兩種（或更多）都會文化的內涵。

不過，在這兩種看似對立的停頓與流動位置及其可能性之外，尚有其他旅行與移居的形式。我們已討論過吳濁流的「異樣現代」，底下不妨看一下南非的布雷滕巴哈及其遊記。

三、流亡與回歸

布雷滕巴哈常被南非的作家朋友及批評家稱爲是「獄囚詩人」，柯特吉及布林克尤其經常拿他的獄中寫作去闡釋其流亡經歷與作品特色，不過，有趣的是，即使是認眞的學術研究也不太注意布雷滕巴哈的旅行雜記《樂土之季》（*A Season in Paradise*）。在最近一本討論布林克、布雷滕巴哈及柯特吉的專書裡，《樂土之季》只佔兩頁的篇幅，而且大多是用來印證他的自傳及諷刺小說 *The True Confessions of an Albino Terrorist*（1984），特別是其中有關檢調單位的秘密警察（Jolly 63-

64）。布林克爲《樂土之季》寫導讀時，將布雷滕巴哈的政治放逐及其返回南非後入獄經過當作重點。不過，他最後則針對《樂土之季》與藍波（Rimbaud）的詩集對話部分，稍加發揮：藍波視生命爲邁入地獄之旅行，而布雷滕巴哈則以反諷的手法稱地獄爲「樂園」（15）。事實上，布林克本人的遭遇並不像布雷藤巴哈那麼悽慘，他也曾在巴黎留學兩年，於一九六一年才心不甘情不願地返回南非，從此對南非文學中的種族隔離（apartheid）及南非黑人文化民族主義有新的體會。他說：「在國外所發現的新鮮情景一度讓我著迷，身爲作家，我最不想寫的題材反而是我的國家；我的重心是在異地。但是，一九六八年這個關鍵時刻，我又去法國一年，之後再度返國，我整個變了：我眞的想回家，『首度認識這個地方』」（Brink 237）。布林克指出南非文學有相當大面向是與歷史或時空旅行相關，也許是對一九四八年至一九九二年的種族隔離有所反應。而在眾多作家中，布雷滕巴哈則是以旅行日誌的方式，將他一九七二年聖誕夜準備返國的期待、焦慮，到達約翰尼斯堡（十二月三十日），一連串的溫馨舊地與故人會面，乃至海角城（Cape Town，或譯作開普敦）之後的遭遇，檢調人員責難，最後被迫離境……的過程一一鋪陳，雜文夾詩，對風景、人物、政治及心中的感受等，作哲學人類學式的誌異。

布雷藤巴哈是以政治異議分子的身份，於一九五九年離開南非，在浪跡歐洲各地之後，他停留巴黎，成爲一位畫家兼詩人，他的畫曾在歐洲幾處現代美術館展出，六〇年代初，他與越南籍的Hoang Lien Ngo 結婚，一九六四年，兩人試圖申請返南非訪問，政府卻以叛國賊名義拒予簽證，一九七二年，南非政府終於批准，但是這次爲期九十天的返鄉之旅並沒讓布雷滕巴哈感覺受到歡迎，他在書末的一首詩中寫道：

九十天來，
在我的家園徘徊，
望見許多黑暗
我看到的很少
但有時聽到
花園中陰影、月痕及草本之眾多污點裡
枯乾口中舌頭的聒噪
遠處山丘之外的腳步聲
浪濤之上幾乎聽不見的喊叫（二六七）

詩人繼續：「在水波中有折翅之鴿，祖先對我說……在遙遠數不清的日子裡，我所剩下的人民留在土地的下面：泥污的精子，我在此有投資，死者無盡世界中信心之卑微象徵」（268）。他在九十天中，經歷了「笑話與訴苦，詛咒與舒適」，乃至「局限地自由了，終於被剝除所有的族譜、記憶與安全，去探索黑夜的邊界」。

返鄉旅程的高潮（或反高潮）之一是海角城的兩位「秘密人士」要求與他聚談，布雷滕巴哈反諷地說，我無法拒絕。「如果強盜在路上用手槍把你攔下來，你不能說：『聽好，朋友，我今天很忙，明天再來吧』」（211）。這就是他重返家園，在新的季節裡，一方面重溫土地的回憶，另一方面則受到種族政治的騷擾，一切只因爲他雖是白人，卻站在黑人那一邊。在這部旅行雜記裡，布雷滕巴哈以日記、散文、書信、詩、問答各種體裁，抒發他的童年回憶、故國的精神之旅，現實生活中黑人及異議份子之困頓，各地景致之美，也把他的革命理念與反諷倫理意識一併擺進去。在返鄉的九十日中，他的「破碎玻璃」既迴映出記憶的絢燦光影，但也令他對南非的民主前途感到絕望，無法發現到魯西迪所高唱的「語言奮鬥與解脫」，反而只看到另一種壓抑的現代官檢體制（censorship）與內部殖民。誠如柯特吉所說，要了解歷史的荒謬，南非的種族隔離政策是一個令人哭笑不得的非理性案例（Giving Offence）。

瀏覽了以上這四部作品之後，我們的文本旅行已大致結束，透過這四部，我們可將克利佛德與巴巴有關旅行的見解，再進一步複雜化，特別是得把各社會文化中的殖民、跨國交流等因素，納入思考的範圍。當然，不管是主張移位或不動的政治經濟，我們都應向另一個目標前進。

四、四種現代性

我們在吳濁流的作品中可依稀看到四種現代性的情境（four modes of modernity），這四種模式分別爲另類的現代性（alternative modernity），也就是吳濁流在領受台灣的被殖民的經驗，以及嚮往祖國的經驗回到南京之後，所發現到了非中、非日的台灣的現代的那種另類經驗。第二種是他所夢想的祖國所重新組構出來的單一的現代性（singular modernity），這種單一的現代性試圖回到大傳統中，將現代性定位爲附屬於主流或是某一個都會文化傳承下的啓蒙活動。最近，在台灣，我們可以從《認識台灣》所經歷過的種種辯論中，看出統派人士常常以數典忘祖的方式來說認識台灣是一種親日的行爲、文化上的失憶或遺忘症。這種大一統的觀點可以說是一種單一的現代性，也就是只有中國文化才是眞正能夠引導台灣進入現代階段的見解，這叫作單一現代性。第三種在台灣也就是漂泊在另一個文化社會中，透過失土或在異地的這種經驗，所激發出來那種所謂的抗衡傳統及多元文化論述底下的資源，也就是所謂的多元現代性（multiple modernities）。

在這種認定底下，現代性經常來自各種不同文化傳統，現代文化工作者以及社會人士可以從不同的文化傳統中擷取其資源得到滋潤，而能遊走於不同的傳統間得到多重的文化認同位置，以及比較模糊而多元的論述策略（discursive strategies），這在台灣受過早期在漢人來台之前的南島文化以及喜來雅族的文化，乃至於經歷過多重的西班牙、荷蘭等等的侵略以及片面的殖民，乃至於日本的統治、國民黨的來台之後，在這種多元的殖民文化底下，台灣更進一步的吸收來自於美國的新殖民文化以及日本的生產技術跟通俗文化所帶來的另外一次衝擊，所以台灣在環球文化上面所吸收到的現代性可以說是一種多元的現代性。第四種是國家機器對於其異議份子所採取的壓抑性的現代性（repressive modernity），也就是透過官檢以及種種蔑視人權的方式，來壓抑其國民，以種族隔離或政治迫害的方式，讓其他的族群沒辦法以比較公平的方式去發展倖存之道（art of survival），這個在台灣從日治時代以至於蔣介石率領其部隊以及文官來到台灣，形成了國民黨政權，在四〇年代末期二二八事變乃至於五〇年代的白色恐怖，一直到現在的新台灣人論述，都是某種形式用官方的語言以及正統歷史的方式來形成某一種壓抑性的現代性。

而這個壓抑性的現代性，同時背後又跟台灣的另類現代性以及台灣的多元現代性之間形成一種彼此互相抹除衝突、互相角力的一種情況。因爲在這個壓抑性的現代性底下，就潛藏著另一種單一性現代性的文化想像，這種單一性的文化想像在解嚴之後，透過政治資源的分配以及族群論述形成一個相當大的反撲。如果我們不把這四個現代性以及他背後的政治跟文化涵義，透過理論性的方式去加以處理，釐清楚其脈絡的話，我想目前對台灣的族群文化以及後殖民論述，大概沒有一個比較好的切入點。要談到台灣的這四種現代性，我想我們可以透過這四種現代性的同時存在，來說明台灣的另類現代性，也就是：在其他社會中，比如像南非，可能有類似的經驗，但是和台灣不同的是，他們沒有非中、非日的這種另類現代性，他們有的是經過荷蘭、德國、英國種種的殖民經驗，而累積下來的這種壓抑的現代性，但是他們的現代性跟台灣的這種四種現代性同時並存的另類現代性，是相當不一樣的。我想透過旅行文學所展現出來的四種現代性，來檢視台灣同時並存的這四種現代性，以及他們彼此交織所形成的一種難分難解的族群以及殖民文化的問題，這些是我們可以用來討論所謂台灣另類現代性的問題。

當然，目前討論多元現代性和另類現代性的理論相當多，Charles Taylor 以及跨文化研究中心的同仁們，曾提出文化以及超文化（cultural v.s acultural）這兩種觀點方式，來探討主流（也就是以社會學、哲學）討論全世界普遍皆準、邁向進步科技以及理性而批判，並尊重人權自由的世界觀。從啓蒙運動所開向全世界的一種單一的歷史運動的方式，這是所謂超文化的現代性（acultural theories of modernity）。在這個理論底下，文化的差異以及時間、空間性的差距，不成爲眞正的問題，因爲西方所發展出來的專業化及科技所帶來的技術上的改變，以及其歷史效應朝向全人類展開其影響，以文化生產以及生產模式的轉變，形成全世界的整合觀點。在這種觀點底下，資本主義跟專業的生產消費，乃是大家共同邁向的目標，因此，文化差異並不構成眞正的判準，這就是西方社會哲學家，乃至於目前很多以後現代的方式來反對強調跨國資本的多元流動，以及都市之間的雷同，將文化現象由本土邁向環球性的彼此吸收，乃至於區域性的挪用，這基本上也是一種超文化的現代性理論的進一步發展。相較起來，文化性的現代性理論就特別強調在各個地區時間跟空間裡面有相當多的不同邏輯在運作，比如說在同一個社會裡面，不只是地區之間有許多不同的層次，以及在許多生活文化上的差異之外，即使是在同一個國家，以政治的運作方式來達到某種現代化的過程裡面，正如柏格（Peter Berger）所指出來的，在現代化的國家之中，各種領域比如像社會、政治的層面，往往跟經濟運作的層面有不一樣的落差，就是在時間上面有差距（time lag），也就是說資本主義的社會裡面，經濟可能已經達到自由，但是政治可能仍停留在極權以及由菁英（或上層階級）掌控的局面。經濟跟政治社會的操作面向，常常有一些落差。

這種情況在殖民以及被殖民的社會裡面，落差更爲明顯。因爲很有可能在一個現代性的計劃推展到另外一個地區的時候，這個地區還面臨在一個前現代的環境之中，因此需要透過種種的翻譯以及再教育，透過再教育以及理論和現代化計劃的旅行過程之中，在翻譯以及旅行的過程，常常導致這些落差顯得更爲明顯以致於計劃的動作者（agents）在這個時間跟空間的落差上面，對自己的現代性計劃常常產生更多層面的思索，比如說有很多殖民者到了被殖民者的社會之中，開始產生適應不良，以及對自己的文化產生懷疑，透過別人前現代文化的鏡子看到自己種種的恐怖（terror），也有很多是從這個差距之中得到一些所謂的道德上的幸運（moral luck），透過別人以及自己的互動之中，了解到原來自己在本身的文化上佔了某種優勢，有一種道德上的幸運感。在這種以文化差異作爲主軸的現代性理論裡面，我們不能不看到現代性在各個地區裡面是有一個非常差異的發展，而那種超文化的現代性理論罔顧文化以及地區在時間上的差距，就沒辦法眞正了解到啓蒙以及現代化的計劃並不是一個放諸四海皆準的普遍眞理。在每個地區，甚至於在歐洲以及美國本土裡面，就常常產生很不一樣的落差。像最近在美國、英國所提出的黑人本身的抗現代性論述（countermodernity），也就是說，白人在某些地區裡面，達到了一個水準，但即使是這樣，在北方跟南方還是有一個很大的差距，而這個差距如果放在族群上面，白人跟黑人以及其他有色人種之間的差距，那又顯得更加的複雜。現代性如果不用文化的差異來考量的話，只是一個沒有正確指涉、符號指涉的空洞標籤，因此在 Charles Taylor 等人的論述之中，他們認爲目前全世界的文化民族主義，以及種種的批判區域性論述（critical regionalism）甚至於後殖民論述，基本上都是以文化的現代性理論來重新反省超文化的現代理論的殖民，以及資本主義的跨國文化景觀。這種區分法當然有其立竿見影的效果，相當清楚的把兩種陣營的問題勾勒出來，但是我想更進一步的推衍，亦即要再透過我上面所講的四個現代性的問題，來重新釐清所謂的現代性理論。

我們都知道在歐洲的現代思想史中，現代性的理論是發展相當的多元的，就以「何謂啓蒙」這樣的文章來講，最近出版的一本專書，把所有有關「何謂啓蒙」的文章收在一起，就將近六百頁，在裡面還漏掉了很多東西，比如像傅柯（Michel Foucault）的文章之中，有一篇是〈何謂批判〉，另外一個是有關於講眞理的方法，這兩篇文章都是對於康德〈何謂啓蒙〉這篇文章的回應，但是在這本以《何謂啓蒙》爲標題的書裡，只收了傅柯的第一篇論文，所以我們知道啓蒙以及現代性的理論可以說是相當的繁複。以康德來講，在〈何謂啓蒙〉這篇可以說是現代理論的經典作中，康德認爲啓蒙是人從本身加在自己身上的那種不成熟情況中擺脫出來，呈顯出他個人的獨立判斷以及理性運作的境界，這是人朝向獨立思考的一個很重要的、跟過去和傳統絕裂的一個新的發展，這也就開展了所謂的現代性，也就是現代跟過去傳統絕裂的可能性。就黑格爾（Hegel）來講，啓蒙是一個人類的精神的心路歷程，邁向完整的自我了解，邁向個人的自由，在這樣的一個觀點底下，他是一個一直向前而且是由外向內的（inward turn）一個很大的扭轉。也就是從早期文明中強調血緣、出身、尊榮（honors）、以及等第的社會中，邁向完全是以個人的自我了解，個人對自己的期待，以及追求個人自由以及個人本身的發展，不需要再靠血緣、家庭這些其他外在因素，來達成自己的人生目標。在黑格爾以及康德的論述底下，個人變成是一個自由的、人文動作者（human agent），能夠對自己的道德以及改變社會的能力，產生某種責任心和倫理感，這個就是非常重要的、西方現代性的一個哲學思考。在此之後，韋伯（Max Weber）以現代化所加強的人在於生命領域之中，受制於所謂的工具理性（instrumental rationality），人開始用資本累積以及對自己的用途來看整個外面的世界，也就是效率跟用途才是眞正作爲一個現代人考慮的重點。也因此許多傳統中所強調的神奇跟種種宗教觀，在現代的社會中已經慢慢的除魅，人們開始用更加功利的觀點來看外面的世界，這就是韋伯所提出的現代化的觀點。而超文化的現代性理論基本上以韋伯的理論作爲基礎。在另一方面，尼采所提出的那種強調權力意志（will to power）以及落差（gaps）的理論往往成爲是文化現代性理論及多元文化論述的基礎。尼采的道德譜系觀點，整個將強弱族群的問題以及詮釋對整個歷史眞相的權力知識所凝聚的論述架構，有非常深入的描寫。在這方面，傅柯可以說是尼采在本世紀中葉以來最重要的代言人。他認爲現代性是一串的文化實踐，這些文化實踐基本上是圍繞著空間（比如說學校、監獄以及戶內外）、馴服的身體（docile body——

包含性的論述以及種種對身體的馴服之道）、知識（knowledge）等這幾個主題來發展，因此有所謂的戶內外的區分、官檢監督以及統治（governmentality），以及無所不在的權力與知識所形成的論述塑造（discursive formation）。在傅柯的現代性論述底下，空間、知識、身體形成了權力的論述架構，用這個方式形成知識的自我指涉以及文字跟器物之間的新的再現體系，從這個之後，人跟身體，性乃至身體與性別的技術控制那種訓練跟懲戒的運動操作過程，往往沒辦法脫離關係，這是他比較沒辦法討論到抗拒的原因，因此對他的批評有許多學者都是以女性主義以及多元文化論述來修正傅柯的觀點。

在另一方面，哈伯瑪斯（Habermas）則強調透過重新開發啓蒙運動被歷史扭曲的面向，來發展所謂的溝通行動的理性。他認爲韋伯所看到的是系統的專業以及資本的累積，而沒有看到生命世界本身、對於溝通理性的憧憬，也就是人是一種互動，而且一直跟別人溝通中的動物，他不只是在累積資本而已，他還能有其他的溝通衝動，不只是常常在運用工具而已，他也透過他的論述，來和別人達成共識。而這些人跟他人的問題，早在啓蒙運動中就已出現其雛型，但是在韋伯以後的現代性論述中常常被抹除，在傅柯筆下，更是淪爲監督跟懲戒的論述架構，讓個人的生命世界無法發展。跟哈伯瑪斯的觀念相當類似但是比較強調文化想像這個面向的是泰勒（Charles Taylor），他提出現代性是一個內向的轉折（inward turn），基本上爲了搭配現代化的發展，在社會的變化之外，人其實形成了許多文化想像，來和這個現代化的過程產生互動。這些現代文化想像大致上有個人主義、自由經濟市場、市民社會以及公共領域這四個面向，也就是強調個人的人權，經濟自主的概念由商場來決定彼此的競爭跟合作的邏輯，透過中介在市場與國家之間，形成理性的交流有所謂的市民社會，而市民社會往往是透過公共媒體、報紙以及大眾媒體，形成輿論，透過這種方式，建構形成一種既理性又批判的論述，讓各階層的權利能夠得到尊重，這就是以文化的方式來討論現代性的問題。

在後殖民的論述中，史碧娃克（Gayatri Spivak）提出所謂殖民者和被殖民者在理念隱喻（concept metaphor）上面無法互相對稱，比如說印度的宗教中並沒有所謂三位一體以及聖餐的概念，在政治上也沒有民主跟人權或歷史的概念。當英國殖民政權進入，就面臨彼此間需要透過隱喻的轉換，在這個面向上，很多概念彼此並不能有一個適切的對應的發展。這個問題在巴巴（Homi Bhabha）所提出的那種彼此的糾葛，以及在後殖民的那種番易（mimicry）所發展出的另類現代性，更得到進一步的發展。目前有關於 alternative modernity 的理論相當多，特別許多中南美洲的論述中，例如 Garcia Canclini 認爲中南美洲的殖民和後殖民經驗基本上是一種沒有經歷過現代化的後現代性，而經歷過後現代的洗禮之後，目前在中南美洲透過混血以及合成的文化，才逐漸回去找尋自己本身的文化跟社會現代性的痕跡。在這個情況裡面，往往已經被外來的東西所混淆，基本上是一個雜匯文化（hybrid culture），透過這種方式，沒有經歷過現代性就直接邁向後現代性的回頭看的方式，可以發現到本身的另類現代性。

在許多後殖民的研究中，比如像 Paul Gilroy，他以非洲黑人經歷過奴隸買賣以及在大西洋兩岸之間的種種文化交流、旅行，特別是音樂，尤其是藍調爵士音樂的普及所構成所謂跨大西洋的抗現代性黑人論述，用這種方式來超越國家疆界，看出族群文化在各國家社會文化裡面不同的發展，但是以一個主軸表現出黑人對歐美現代性論述的抗爭。以同樣的方式我們也可以看出來有相當多的方式，來研究華人經濟圈和儒教文化圈，也構成某種形式的另類現代性，而在這方面的研究，比較針對日據時代整個在東南亞的發展的是杜瓦拉（Prasenjit Duara）。他以滿洲國爲例，看出日本人在統治韓國、台灣、局部的上海以及短暫的香港，這幾個地區從滿洲國到山東，受到其他殖民地的這種變化，形成一個很特殊的殖民歷史，這種殖民歷史是跟國家疆界，以及後來的國家歷史透過國家本體的方式重新看殖民史的，想要把某些跨國的面向加以抹煞或者扭曲的情況，是他透過跨國歷史想要重新挽回的。他發現到實際上有許多救贖性的現代道德會社（redemptive modern societies），會社成員跟殖民者有非常錯綜的互動，早期是在日本的民間形成一種宗教團體，想要透過解救其他殖民地中受苦受難的人，給予一種道德的支援，形成某種跨國的網路，他們常常透過道德會的方式，到各地去訓練當地的人，藉這種方式將殖民環境的生活以及文化政策加以扭轉，提昇當地的道德標準之外，還讓殖民者的行爲及其控制手段有所轉變。這種超國際的道德會在中國早期邁向現代化的過程中形成不可磨滅的力量，尤其是早期的革命份子，有非常多都採用這種道德會的方式來形成民族意識。更早以前我們可以追溯到洪秀全、孫中山，乃至於相當多的女性改革者，都是屬於這種跨國際的道德會，透過這些管道以及網絡，他們能夠發起種種反殖民的運動，這是透過道德會我們可以重新看到有所謂的別樣現代性，這些論點都能夠幫助我們理解所謂的另類現代性。

我提出這些另類的現代性，只是說這些理論都能夠幫助我們理解台灣的另類現代性，也就是在我提出的四種現代性之外，還有其他的理論都可以幫助我們理解，相同的部分就是，這些理論都是圍繞著超越國界的理論以及人作爲動作者（human agent）的這種旅行，到達每個不同的都會之後，形成相當多的比較、翻譯、個人心路歷程的轉變，乃至於將這些轉變帶回到其他地區形成更多的變化以及更多的旅行影響。因此我們在討論文化認同以及旅行的過程時，我們不能忽略在現代或是後現代社會中，有相當多現代文化想像是在具體、而且是在歷史的脈絡之中，彼此互相透過旅行、翻譯跟互動的方式，展現出來各個地區非常不一樣的面貌，因為彼此時空以及種種文化實踐的差距而開展出來不同的面貌，也就是所謂在某一個國家稱做「橘」，在另一個地方可能叫它是「枳」或其他的東西，它會有所轉變（橘踰淮變為枳），這個轉變的過程在台灣的殖民歷史豐富以及島國四通八達的情況底下，特別是他有長久的兩種輻輳的力量，來自於南島以及華人地區整個文化的衝擊，整個文化的旅行跟其留下的軌跡，都是我們可以進一步探討的，用這種方式我們可以看出來台灣的另類現代性，比起其他社會的另類現代性可能要顯得更加錯綜。

——二〇〇一年，選自允晨版《另類現代情》

參考書目

Amin, Sahid. *Uneven Development.* Delhi: Oxford UP, 1976.

Anderson, Benedict. "Exodus." *Critical Inquiry* 20.2 （1994）: 314-27.

Appadurai, Arjun. *Modernity at Large: Cultural Dimensions of Globalization.* Minneapolis: U of Minnesota P, 1996.

Bartkowski, Frances. *Travelers, Immigrants, Inmates: Essays in Estrangement.* Minneapolis: U of Minnesota P, 1995.

Beidelman, T.O. *Colonial Evangelism: A Socio-Historical Study of an East African Mission at the Grassroots.* Bloomington: Indiana UP, 1982.

Bendad, Ali. *Belated Travelers: Orientalism in the Age of Colonial Dissolution.* Durham: Duke UP, 1994.

Bongie, Chris. *Exotic Memories: Literature, Colonialism, and the Fin de Siecle*. Stanford: Stanford UP, 1991.

Breckenridge, Carol, and Peter van der Veer, eds. *Orientalism and the Postcolonial Predicament: Perpectives on South Asia*. Philadelphia: U of Pennsylvania P, 1993.

Breytenbach, Breyten. *A Season in Paradise*. Trans. Rike Vaughan. New York: Persea, 1980, Harcourt, 1994.

Brink, Andre. *Reinventing the Continent*. Cambridge: Zoland, 1998.

Cheah, Pheng, and Bruce Robbins, eds. *Cosmopolitics: Thinking and Feeling beyond the Nation*. Minneapolis: U of Minnesota P, 1998.

Clifford, James. *Routes: Travel and Translation in the Late Twentieth Century*. Cambridge. Harvard UP, 1997.

Coetzee, J. M. "Breyten Breytenbach and the Censor." *De-Scribing Empire: post-colonialism and Textuality*. Eds. Chris Tiffin and Alan Lawson. New York: Routledge, 1994. 86-97.

———. *Giving Offence: Essays on Censorship*. Chicago: U of Chicago P, 1996.

———. "What Is a Classic?" *Multiculturalism and American Democracy*. Eds. Arthur Melzer, et al. Lawrence: UP of Kansas, 1998. 199-215.

Cohn, Bernard S. *Colonialism and Its Forms of Knowledge: The British in India*. Princeton: Princeton UP, 1996.

Duara, Prasenjit. *Rescuing History from the Nation*. Chicago: U of Chicago P, 1995.

Eliot, T. S. *What Is a Classic*? London: Faber, 1945.

Escobar, Arturo. *Encountering Development: The Making and Unmaking of the Third World*. Princeton: Princeton Up, 1993.

Gilroy, Paul. *The Black Atlantic: Modernity and Double Consciousness*. Cambridge: Harvard UP, 1993.

Hulme, Peter, and Neil L. Whitehead, eds. *Wild Majesty: Encount ers with Caribs from Columbus to the Present Day*. Oxford: Clarendon P, 1992.

Jayawardena, Kumari. *The White Woman's Other Burden: Western Women and south Asia During British Rule*. New

York: Routledge, 1995.

Jolly, Rosemary Jane. *Colonization, Violence, and Narration in White South African Writing: Andre Brink, Breyten Breytenbach, and J. M. Coetzee.* Athens: Ohio UP, 1996.

Melville, Herman. *Typee, Omoo, Mardi.* New York: Library of America, 1982.

Melzer, Arthur M., Jerry Weinberger, and M. Richard Zinman, eds. *Multiculturalism and American Democracy.* Lawrence: UP of Kansas, 1998.

Mitchell, Timothy. *Colonizing Egypt.* Berkeley: U of California P, 1988.

Mohanty, Chandra T., and Ann Russo, and Lourdes *Torres, eds. Third World Women and the Politics of Feminism.* Bloomington: Indiana UP, 1991.

Paz, Octavio. *In Light of India.* Trans. Eliot Weinberger. New York: Harcourt, 1997.

Pratt, Mary Louise. *Imperial Eye: Travel Writing and Transculturation.* New York: Routledge, 1992.

Rushdie, Salman. *Imaginary Homelands: Essays and Criticism 1981-1991.* New York: Viking, 1991.

Sahlins, Marshall. *How "Natives" Think: About Captain Cook, For Example.* Chicago: U of Chicago P, 1995.

Viswanathan, Gauri. *Outside the Fold: Conversion, Modernity, and Belief.* Princeton: Princeton Up. 1998.

吳濁流，《南京雜感》（台北：遠行，一九九七）。

張春榮：驚奇

——極短篇情節設計的意外

張春榮

筆名秋實，台灣台南人，1954年生，台灣師範大學國文所博士，曾任教中正理工學院、淡江大學、清華大學、實踐大學、警察大學等校。現任國立台北師範學院語教系教授。著有《極短篇的理論與創作》、《現代散文廣角鏡》、《作文新饗宴》、《文學創作的途徑》、《創意造句的火花》等書。曾獲中國文藝協會文學評論獎。

小說的敘述結構，正是事件間由破壞至均衡新關係的建立。自情節發展而言，無非由「上升」（Rising action），至高潮、頂點（Climax），再至「下降」（Falling action），形成固定的「三段」基本模式。運用至極短篇，即成由「懸念」至「驚奇」：

Suspense — Surprise

經由「阻斷」、「延宕」形成謎樣懸疑，「錯動」、「遮掩」製造錯覺，而後在較長時間的鋪墊、渲染之下，瞬間揭曉，出人意外。似此即極短篇最常見的「二S」敘述模式。

其中「懸念」（Suspense）和「驚奇」（Surprise）雖前後組合，相伴而生，卻有明顯差異。就心理效果而言，懸念是長久、期待的心理壓力，懸而未決欲知後事的緊張情緒。驚奇是瞬間、急促的刺激，滿足期待又引發新認知的心理感受。就暗示手法而言，懸念訴諸讀者與小說人物「知識」的差別，讀者所知大於小說人物❶，人物一直被矇在鼓裡。驚奇訴諸故事「轉折」的出人意外，讀者和小說人物同時面對不測結局。而這兩種手法的靈活安排，高度妙用，正是極短篇敘事本領之所在。

至於如何形成懸念，讓事件「組合關係」（相鄰性）產生閱讀的吸引力，范培松提出「懸念十法」：一、「倒置設懸」（打破正常秩序）；二、「連環設懸」（一個懸念扣著一個懸念）；三、「復沓迴旋設懸」（相似或相同形式反覆發生衝突）；四、「裂變設懸」（總的懸念通過裂變，又衍生新的懸念）；五、「設懸在有意無意之間」（作品中人物之間的有意）；六、「節外生枝設懸」（陡然發生意想不到的變化）；七、「荒誕設懸」（不合情理，大惑不解）；八、「蒙太奇設懸」

（以對照、平行、相似、交叉、復現的方式剪輯）；九、「隱形人設懸」（作品中自始至終不在場的人）；十、「解懸中設懸」（舊矛盾解決，新矛盾又產生），正可運用至極短篇上，讓情節「上升」的書寫更形多樣化。

至若如何造成「驚奇」的意外設計，可自情節的「單線」及「多線」結構上加以考慮。

一、單線結構

1. 前後對比

據仆芮蒙（Bremond）「基本事綱」，一系列事綱（敘事的基本單位）可簡化成三個不可分割的步驟：「情況」（情況的形成）、「抉擇」（選擇與採取行動）、「效果」（行動的成功或失敗）。因是，一個故事在某種條件下形成特殊狀況。狀況形成後，發展的趨向有二：一是逐漸「改善」，有如喜劇；一是逐漸「惡化」，有如悲劇❷；其中關鍵，全在於人物意志的抉擇。而此兩大類型的發展趨向，亦即傳統文論中所揭示的「抑揚」法。羅君籌謂：

> 揚抑筆法，於文中用之極多，有先抑後揚者，有先揚後抑者。大抵辭必雍容，語必蘊藉，方得溫柔敦厚之旨，極纏綿悱惻之致；若於大義無關，徒摭拾小節，以恣褒貶，則流於苛厲矣。❸

逐漸「改善」，爲先抑後揚；逐漸「惡化」，爲先揚後抑，形成情節的曲折生動。至於抑揚變化，宜求內蘊豐美，藏鋒含蓄，絕非技法的撥弄而已。

就情節的前後對比而言，極短篇可分爲先抑後揚的悲喜，及先揚後抑的嘲諷兩大類型。前者剛開始滿天疑雲，危機四伏，直陷窘困；隨著情節的上升，最後終能撥雲見日，否極泰來，轉危爲安，因禍得福。如吳文瓊〈服妻記〉（聯經，《極短篇》㈠）、子于〈愛情彌深〉（聯經，《極短篇》㈣）、詹美涓〈三個人的晚餐〉（《聯合文學》，一一九期）、馮菊枝〈骨氣〉（聯經，《小說潮》第十二屆極短篇獎〉、李捷金〈小白豬〉（《窄巷》）、思理〈約〉（《思理極短篇》）等，無不蓄勢「改善」，由悲而喜，終入佳境（俗稱「開低走高」）。後者剛開始熱鬧繽紛，先聲奪人，振振有辭，理直氣壯；隨著情節的降溫，最後虎頭蛇尾，色厲內荏，每每事與願違，大失所望。如渡也〈三哥〉（《夢魂不到關山難》）、林雙不〈槍〉（《大學女生莊南安》）、鍾玲〈水晶花瓣〉（《鍾玲極短篇》）、陳克華〈制服〉（《陳克華極短篇》）、苦苓〈模範丈夫〉（《苦苓極短篇》）、衣若芬〈寡婦命〉（《衣若芬極短篇》）、張至璋〈無名英雄〉（《張至璋極短篇》）等，無不蓄勢「惡化」，抬高跌重，終浮悲響（俗稱「開高走低」）。

2. 轉折變化

就情節的轉折變化而言，劉海濤指出可分「反轉」、「曲轉」、「驟升」三種❹。「反轉」是由A到-A，情節的開端和結尾完全相反。「曲轉」是由A到B，情節的開端和結尾形成偏離（非完全相反）。「驟升」是由A到AA，情節結尾比起開端呈現擴大的效果。

以頭髮爲題材，張德寧〈沙漠綠洲〉（《張德寧極短篇》）即爲反轉。文中先生（庚福）患不治之症，只好將頭髮剃光（由哥哥剃），妻子（上官）爲他織毛線帽戴上，最後他發覺妻子也戴上毛線帽，逼妻摘下：

上官捂嘴笑起來，「怪不好意思的，你知道就行了，千萬別給別人説，要不我就沒臉了。」

她猛地把帽子拽下來。

「少林寺的小和尚向大師兄叩頭了，」大笑著一頭扎進他懷中。

庚福笑不出來，摸著滾在他懷中光溜溜的頭，蓄滿的淚水更刷刷掉下來。

「還嫌不嫌我？醜俊我們一樣了。春天頭髮長長了，我們又一樣，你也好了，我們一起去玩，廬山、黃山、泰山，名山大川都去，你會跑得比我還快……」

正說著，庚福的母親推門進來，上官趕緊抓帽子，想戴上，已遲了一步。

第二天，庚福的哥哥弟弟來看他，進門後，他們把帽子摘下來，拿在手上。庚福見他們頭上全刮得乾淨，像兩個不穿袈裟的和尚，挺直身子站在床前。

只見妻子竟將自己滿頭秀髮剃光，隨後哥哥和弟弟也將頭髮剃光。全篇在意外中，凸顯妻子用心良苦，亦翻出兄弟手足深情，是黑色不堪中的輕鬆幽默，於溫馨趣味中湧動悲喜交集的慨嘆。反觀劉墉〈像今生一樣美麗〉（《衝破人生的冰河》）則是曲轉。妻子因病住院，經放射線治療，頭髮愈掉愈多，妻將梳上髮絲交給他，他全裝進一個紙袋，結尾：

妻臨去之前，他匆匆趕出去，又急急衝回床邊，及時把那頂假髮戴在妻的光頭上。

「這不是假髮，這是用妳自己的頭髮做的。」他在妻的耳邊說：

「願妳的來生，像今生一樣美……」

先生用情至深，讓妻子告別人間前，戴上「自己的」假髮，讓悲涼哀曲裡浮現溫暖的繾綣音符。至於喻麗清〈白髮〉（《喻麗清極短篇》）當爲「驟升」。文中寫一對老夫少妻，先生頭髮花白，少妻（曉芳）體諒先生，怕他見景傷情，遂將自己秀髮也染白。結尾：

心裡充塞著某種強烈的情緒：分不清是對命運作弄的憤怒，還是對曉芸純情的感激。

他覺得說不出的淒楚。因爲，對於他自己的白髮，他突然感到了無比的羞慚。

擁吻著曉芸滿頭漂白了的頭髮，他輕輕地說：

「芸啊，妳不必……陪我老……」

現在他才知道：世上有些東西並不是買不起，而是買到手之後痛苦才剛剛開始。

篇末將意外再往上翻疊，擴大意蘊。而全篇在夫妻情深的意外之餘，更點出老少配婚姻的癥結所在。畢竟用金錢買到的愛情，只是一種假象的幸福，一種更深的悲楚。一旦「有」，便形成始料未及的「囿」的承擔。

至於A至-A的「反轉」，可再細分成：「A——A'——-A」（通過「A'斜升式的鋪排、蓄勢），「A——AA——-A」（通過「AA懸念的強化、擴大），「A——-A——--A」（通過「-A」形成第一次反轉，至「--A」形成第二次反轉）❺。而第三種，即一般所謂「雙重意外」，最能發揮「意之不測」的驚奇效果。以歐・亨利〈鴿〉爲例，敘述經紀人陶柏蒙準備捲款潛逃南美養病，公文包內有六百家客戶及魏爾德小姐（四十歲未婚女性，愛玫瑰花，對他有好感）的投資。回家打點行李前，至公園散步，見衣衫襤褸老者蹲在廣場餵鴿子，並謂自己只買得起花生。陶柏蒙點頭之餘，將心比心，念及有些客戶是孤苦無依的老寡婦，惻隱之心羞惡之心油然而生。於是：

他回過頭來，跑回公司；雖然他的心裡還有一個聲音在譏嘲他重投樊籠，爲人役使，太不聰明；但是他的意念趨於堅定，不再爲邪惡的企圖心所撼動，心志固如金湯磐石一般。他面對著桌上的日曆，衷心喜悅；也許這是一個好預兆。他不應該毀滅自己一生的名譽；他爲那個餵鴿子的人祝福，因爲那個人把他從惡夢中拯救出來，使他及時省悟，懸崖勒馬。到南美去，並不就是唯一可行的休養辦法；如果能得愛人的悉心服侍，也可以延年益壽的。他要從頭拾起那位愛玫瑰的人給予他的愛，他得到一個新生的機會。

如果全篇至此作結，則是善意的感發，經紀人在見賢思齊下，由偏鋒走回正格，內心的冰河解凍，化爲春暖花開的溫煦亮麗，爲世態炎涼掙出一幅好風好景。然而作者接著再添波瀾：

這時，那個餵鴿子的人還在公園裡；他茫然的環視四週，回過頭來，看見一隻肥美的鴿子正在他掌中吃得高興；他熟練的把牠的脖子一扭，揣進懷裡，然後站了起來。

「朋友們，很抱歉！」他對四散飛舞的鴿子們溫和的說：「你們知道，我也需要果腹呀！」

（佚名譯）

藉由全知觀點的統攝，呈現事實殘酷眞相；與原先陶柏蒙之善意認知，適成尖銳對比，構成結局上雙重意外。這樣的對比落差，一波未平一波又起，正傳遞出惡（僞善）與善之間的荒謬牽扯，一熱一冷間竟如此顚倒互存關連，十足寫出「人心唯危」的複雜微妙；將作者構思巧智，以及對讀者的刺激，引爆至最高點。又如塞伯〈花園中的獨角獸〉，剛開始謂男主人在花園發現一隻金角獨角獸吃玫瑰，告訴被搖醒的妻子，妻子斥爲荒唐；而後男主人再走進花園，看見獨角獸吃他所遞的百合，再度興奮喚醒妻子告知經過，妻子斥爲瘋狂。等男主人離去，妻子由於平日與先生感情不和，心生一計，通知警察及精神科醫師「他先生有病」：

警察和醫師迅速趕到，妻子迫不及待地向他們說：「我的丈夫今天早晨看到一隻獨角獸……」，警察和醫生驚訝地互望一眼，「……他告訴我獨角獸吃了一朵百合花……」，警察、醫生更咋舌了。妻子繼續滔滔不絕地說：「他告訴我，獨角獸前額中央有一隻金色的角。」這時，精神科醫生做了一個很嚴肅的表情，於是警察從椅子上站起來，抓住妻子。（陳蒼多譯）

孰料她反而被視爲瘋子，形成第一次反轉；接著警察詢問男主人是否對妻子說過看到獨角獸一事：

丈夫答道：「當然沒有，獨角獸只是神話裡的動物罷！」

精神科醫師接著說：「我們只想知道這一點。對不起，我們要把她帶走。她瘋了！」於是他們把不斷尖叫、連聲詛咒中的妻子帶走，關進一間瘋人院裡。

男主人鄭重加以否認，形成第二次反轉。雖說塞伯此則寓言旨在陳述「不要說某人是瘋子——除非這人已經被關進瘋人院了」，強調人言可畏；然雙重意外所造成的波瀾反差，確實能深深抓住讀者一窺究竟的興趣。而極短篇情節變化中所呈現的「單一中的複雜」、「機智化的單純」，由此可知。

二、多線結構

如果說單線結構著眼於「統一中求變化」，多線結構則是於「變化中求統一」，藉由複合線索的統攝，形成多面向的立意，其中可分雙線結構之「對立的統一」、雙線以上之「多樣的統一」。

1. 雙線

雙線結構包括雙線平行、一事兩面❻。雙線平行，是雙峰並峙，二水分流；往往由互不相干的情節形成相干的義蘊。以鍾玲〈星光夜視望遠鏡〉（《鍾玲極短篇》）爲例，運用空間對比，首先描寫碉堡中擔任海防警戒的阿雄透過望遠鏡想當然的臆測。接著描繪鏡頭中男女主角的眞實情境。繼之寫阿雄未窺見親熱鏡頭的抱怨。終而描繪男主角爲了怕刺激女主角（青光眼惡化）撒了善意的謊言：

「你幸福嗎？」

「是個家就是了，上完班、應酬完，回去休息的地方。」

「她……她是什麼樣的人？」她終於問說。

「高職畢業，個子矮小，可是她的……她的五官很像妳。」他心想其實是她眼睛像，其實是她的眼睛像。「不是這樣，就是父親再逼我結婚，我也做不到。」

他又握住她的手，這次她沒有甩開他……。

似此作品，結合空間造成誤解的理趣，以及情感的糾葛無奈，豐富極短篇的視野與意蘊。

至於一事兩面，藉由一事兩個視角（周粲〈船〉、愛亞〈現代男女情事錄〉、江國榮〈戲〉、一事同一視角不同敘述（鍾玲〈梨花與劫匪〉、劉以鬯〈打錯了〉），相互排斥對立、相互補充說明，擴大情節，增強內涵。以劉以鬯〈打錯了〉（《一九九七》）爲例，以「沒接錯電話出門，反遭車禍」、「接錯電話出門，卻躲過一劫」爲線索，形成鐘漏式的對比嘲弄。面對不同結局：

1

不過，麗嫦打電話來約他去看電影，他是一定要去的。現在已是四點五十分，必須盡快趕去「利舞台」。遲到，麗嫦會生氣。於是，大踏步走去拉開大門，拉開鐵閘，走到外邊，轉過身來，關上大門，關上鐵閘，搭電梯，下樓，走出大廈，懷著輕鬆的心情朝巴士站走去。剛走到巴士站，一輛巴士疾馳而來。巴士在不受控制的情況下衝向巴士站，撞倒陳熙和一個老婦人和一個女童後，將他們輾成肉醬。

2

「打錯了，這裡是港島！」

憤然將聽筒擲在電話機上，大踏步走去拉開鐵閘，走到外邊，轉過身來，關上大門，關上鐵閘，搭電梯，下樓，走出大廈，懷著輕鬆的心情朝巴士站走去。走到距離巴士站不足五十碼的地方，意外地見到一輛疾馳而來的巴士在不受控制的情況下衝向巴士站，撞倒一個老婦人和一個女童後，將他們輾成肉醬。

全篇對顯出生命的偶然不測，擴大弔詭的驚悚詭譎，賦予「死亡與生存間」更深的寓言。這樣的立意、旨趣，適足與歐・亨利短篇小說〈命運之路〉相互輝映。

2. 雙線以上

雙線以上的多線結構可分成「組合式」和「環套式」。

組合式，是將幾個畫面、幾個視角加以排列組合，透過不同鏡頭的映照、局部敘述的合併，不必特別說明，而靜默呈現其間隱藏之深意。如楊明〈社會新聞〉（《在陽光下道別》），經由「甲先生」、「乙太太」、「丙太太」、「丁太太」、「廿四日地方新聞版」、「台北車站旅客留言板」兜攏出新聞事件的八卦與眞相。林高〈風花雪月〉，經由「風」、「花」、「雪」、「月」、「風花雪月」五組場景，點出投稿者的無病呻吟與編者的偏執。周粲〈再見〉（周粲編《微型小說萬花筒》），通過「在百貨商場」、「在飛機場」、「在太空中心」三組不同空間的對話，統攝生活空間的趨避心理，所有的「再見」恐是日後實質上的「再不見」。至於苦苓〈三個死刑犯〉（《苦苓極短篇》），通過「母親的話」、「兒子的話」、「證人的話」、「法官的話」的不同敘述，反諷司法程序的正義，是芥川龍之介〈竹藪中〉（黑澤明電影《羅生門》）的極短篇版。

環套式，是大故事中小故事，一個極短篇中包括好幾個小極短篇；以環套同心圓的方式，擴衍出多面相更繁密的主題。如李晴〈「野天鵝」號遇難者的遺言〉（郭楓主編《不如酸辣湯》），包含五張遺言卡片，五個有關一生祕密或遺憾的小極短篇。平路〈紅塵五注〉（《紅塵五注》），計包括「五行」、「八字」、「桃花」、「天眼」、「變數」五個女子不同的命運類型，指涉問卜的虛妄、命運的不測，反諷存在的焦慮。顧肇森〈最驚天動地的愛情〉（《季節的容顏》），包括「律師甲」所說的殉情、「醫生乙」所說的畸戀、「掮客丙」所說的離奇外遇、「作家丁」所說的再婚、「詩人戊」所說的平淡共度一生，五個各自認為「最驚天動地的愛情」，呈現愛情心態的偏鋒嗜異、喜新厭舊，嘲諷世人以稀奇爲偉大，以平淡相守爲落伍，逼視眞正的愛情實則不需要驚天動地，而是恍如寂天寞地的一生扶持。以電影爲例，日本導演黑澤明的《夢》即由七個極短篇（「太陽雨」、「桃園」、「暴風雪」、「隧道」、「鴉」、「赤富士」、「水田村」）構成，同屬此類結構。而高明的極短篇，就在似此層層相疊交集或反襯的結構中，完全凸顯「小面積，大思想」的藝術強度，擴大內蘊的深度；將極短篇的「精」、「新」、「深」的特徵發揮得淋漓盡致。

最後值得一提的是，好的極短篇在於由構思的深度自然帶出情節意外，並非純靠情節意外帶來趣味；亦即情節意外的變化，只是極短篇一種書寫的策略，並非唯一的目的。若一味「爲意外而意外」，無疑畫地自限，將極短篇引至言淺意薄的窮途末路。

——一九九九年，選自爾雅版《極短篇的理論與創作》

註釋

❶佛斯特，《小說面面觀》（台北：志文，一九九五），李文彬譯，頁八五。
❷高辛勇，《形名學與敘事理論》（台北：聯經，一九八七），頁一四四。
❸羅君籌，《文章筆法辨析》（香港：香港上海），頁四七八，一九七一。
❹劉海濤，《規律與技法》（新加坡：新加坡作家協會，一九九三），頁七九～八三。
❺劉海濤，《主體研究與文體批評》（新疆大學出版社，一九九三），頁一七九～一八七。
❻劉海濤，《微型小說的理論與技巧》（北京：中國人民大學出版社，一九九九），頁一三四。

王德威：從「海派」到「張派」

——張愛玲小說的淵源與傳承

王德威

遼北長嶺人，1954年生，台灣大學外文系畢，美國威斯康辛大學麥迪遜校區東亞文學博士，曾任教於台灣大學及哈佛大學東亞系，現任美國哥倫比亞大學東亞系及比較文學研究所教授。著有評論集《從劉鶚到王禎和》、《衆聲喧嘩：三〇與八〇年代的中國小說》、《小說中國：晚清到當代的中文小說》等書，並譯有傅柯的《知識的考掘》，曾獲五四獎文學評論獎等。

嚴格來說，五〇年代中期張愛玲已寫完她最好的作品。以後的四十年，與其說張愛玲仍在創作，倒不如說她不斷的被創作：被學院裡的評家學者，學院外的作家讀者，一再重塑金身。張愛玲「神話」的發揚光大，妳我其實皆與有榮焉。一九九五年才女遽逝，我們悵然若失，也就不難理解了。

但張愛玲的成就，畢竟不是無中生有。她在四〇年代的上海崛起，其實代表「海派」小說發展半世紀的高潮。儘管一九五二年後，張出奔海外，滬上風華依然是她創作靈感的主要泉源。日後評者論「張派」特徵，其實應該以張與「海派」的關係始。

本文將分爲兩個部分。第一個部分追溯張愛玲與海派小說的淵源。我們要問，究竟上海有什麼樣的魅力，使張終生念之寫之；海派小說如何在張的調弄下，呈現新的面貌；更要緊的，究竟張的文字，又賦予上海什麼樣的魅力？第二個部分則試圖建立張愛玲及其追隨者的譜系關係，張派作家與「祖師奶奶」間的種種對話方式，尤其是討論重點。透過張愛玲爲輻輳點，一個世紀以來中國小說流變的現象之一，於焉浮現。

一

許多現代小說家，如魯迅、喬伊斯（Joyce）、卡夫卡（Kafka）、福克納（Faulkner）等，對他們生長居住的地方絕少好感，卻又將其發展成爲作品的核心場景。張愛玲對上海則顯然情有獨鍾。嘈雜的市聲，昏黃的弄堂，陰濕的宅邸，庸俗的人情，無礙她的「中國夢」；是在這樣一個華洋雜處、新舊並陳的十里洋場裡，張愛玲找到一席安身所在，並編織一則又一則璀璨又荒涼的傳奇。

但張愛玲看上海寫上海的姿態並不孤獨。從文學史的角度看，她應算是「海派」文學的健將之一。順著這「海派」傳統推衍，她日後創作的特色與局限，也才更有可觀。但什麼又是「海派」呢？從清末以來，「海派」即成為一稍帶貶意的形容詞，泛指這座黃埔江頭城市的生活情調、道德指標與寫作態度。海派是生猛多變、標奇立異；是五光十色、噱頭滑頭外加冤大頭；是玩票白相、瑣碎庸俗；是花花世界，「地獄裡的天堂」。在民初的菊壇，海派京劇即以連台本戲、機關布景，灑狗血賣花招大受小市民的歡迎。與故都四平八穩正宗演出，雅俗立判。但「海派」成為文學的專有名詞，卻是肇因於三〇年代的一場筆仗。始作俑者，不是別人，正是大家熟悉的沈從文。

一九三三年十月，沈從文於天津《大公報》副刊為文，批評上海一群半職業性作家，「玩票白相」，「附庸風雅」與「平庸為緣」。沈的文章立即招來上海蘇汶〈杜衡〉的攻擊。他在年底《現代》雜誌上諷刺北方作家的自我陶醉，不知民生疾苦。海派作家也許良莠不齊、唯錢是問，但比起「京派」作家的自命清高，卻顯然誠實得多。這段筆戰日後被稱為京派與海派之爭，在擾攘多事的三〇年代，不過是一則插曲。然而現代文學的兩種風格，卻由此得名。海派儼然機巧善變，相形之下，京派則素樸莊重得多。

但海派小說的面貌，遠較這樣的二分法複雜。早在一九三一年，魯迅在〈上海文壇之一瞥〉❶就痛責上海文人輕薄無聊，專以寫作「才子加流氓」的小說為能事。魯迅的批判，意有所指，彼時崛起上海的革命文學，自然不在此列。魯迅要斥責的，是市民文學的大宗，鴛鴦蝴蝶派小說。

對五四文人而言，鴛鴦蝴蝶派以誇張癡男怨女、羅愁綺恨爲能事。表面講的是時代故事，骨子裡賣的是才子佳人的老套。一般通俗大眾趨之若鶩，實是因爲這類作品諱眾媚俗，是典型「文化工業」中的消費品。

魯迅和同路人如茅盾、瞿秋白、錢杏邨等卻未注意到，在眾多鴛蝴說部中，有不少以上海爲背景的作品，已兀自對這十里洋場的瞬息風華，留下見證。這些作品可以上溯到清末時期。論諷刺怪誕有《何典》❷，論世情寫眞則有《海上花》❸。而《海上花》是影響張愛玲最重要的源頭之一。

張愛玲受教於《紅樓夢》，已是眾所周知的事實。《海上花》的意義卻別有不同。《海上花》寫妓院中的露水姻緣，本是清末狹邪小說的常見題材。但韓邦慶見人所不能見。他在苟且猥褻的關係中，看出男女最原始、最素樸的欲望掙扎；在聲色脂粉的陣仗裡，見證尋常夫婦的恩義和勃谿。這本小說所透露的自然主義訊息，是如此了無奇特，卻也愈發讓人怵目驚心。小說的女主人翁之一趙二寶來上海尋親未果，日夜墮落爲娼門名妓。二寶歷盡繁華風霜，最後以驚夢作結，小說亦戛然而止。張愛玲顯然深爲二寶及其他女子的遭遇感動。她筆下許多女主角的原型（如葛薇龍、白流蘇），皆脫胎於此。多年之後，張更將全書吳語部分，以白話還原；之後又將其翻爲英文，譯稿遲至九七年才失而復得。

《海上花》對上海歡場與情場的白描，眞切犀利；而作者寫這個新城市的張致做作，慵懶感傷的種種變貌，更有獨到之處。在這樣一個基礎上，鄒弢的《海上塵天影》（一八九六）、孫玉聲的《海上繁華夢》（一九〇八），乃至張春帆的《九尾龜》（一九一一），對上海的聲色犬馬，更有所發揮。唯有《海上花》所透露那種繁華中的平庸、喧囂外的淒涼，卻要等張愛玲重新發揮了。

民國以來，寫上海妓院的小說風光不再。誠如張愛玲所言，當戀愛「自由」後，妓院不再是唯一可以偷嘗禁果的樂園。寫自由戀愛與封建婚姻衝突的作品，成爲大宗。從徐枕亞的《玉梨魂》到吳雙熱的《孽冤鏡》，皆是最受歡迎的實例。而稍早吳趼人的《恨海》（一九〇九），則提供了種種哀頑幽豔的敘述模式。鴛蝴小說在言情以外，又對半新不舊的人際關係，別有所見。以細膩世故著稱的《歇浦潮》即是張愛玲最愛看的作品之一。

但海派既有造作保守，踵事增華的一面，更有趨時趕新，前衛摩登的一面。上海自清季以來，即是歐風美雨的薈萃之地。任何新的怪的事物，嚇不跑見多識廣的上海佬。而租界商埠的林立，也造就兼容並蓄的氛圍。就在遺老遺少、舊派文人大事鋪張鴛鴦蝴蝶之際，五四浪漫文人也在此悄然建立他們的大本營。郁達夫、郭沫若的西化濫情作品，都先在上海受到青睞；以後創造社成立，更標榜火辣辣的浪漫色彩。俟至魯迅等文人紛紛南下，鼓吹左翼文學，早期唯我唯美的風潮，又一躍變爲爲人民爲革命的號召。上海文壇的五花八門，左右逢源，由此可見一斑。

但這裡特別要強調的是在新舊陣營之間，縈繞不去的「第三種」聲音，這些作者論才學比不上舊派文人，論熱情遠遜於革命作家；然而遊走其間，他們發展出一套緊俏風流的創作與生活方式，反而與彼時大都會脈搏，互動互應——這才是海派的眞傳。從張資平《海嶺之春》、《愛之焦點》、葉靈鳳《女媧氏之遺孽》這些早期作品，我們眞正得見海派小說誇張感傷、賣弄豔情的現代特徵。誇張與賣弄原不足取；但擺在上海那樣的人文環境裡，誇張與賣弄反而爲創作姿態的誠實表現，都會道德的不二法門。更有趣的是，儘管海派文人自命見多識廣，他們的沾沾自喜，透露著窮人乍富的小家子氣；儘管他們故作世故風流，他們字裡行間，總有除此別無所恃的感傷與徬徨。

等到三○年代末新感覺派作家出現，海派「維新」一面的風格，算是發揮得淋漓盡致。劉吶鷗、穆時英、施蟄存、杜衡等這批文人，既汲取了歐洲現代主義寫作的流風遺緒，又兼採日本新感覺派作者如橫光利一、堀口大學的筆調風韻。發為文章，果然是前無古人。試看劉吶鷗的《兩個時間不感症者》、或穆時英的《上海的狐步舞》，寫酒吧舞廳飯店馬場風情，十足酒色徵逐、紙醉金迷。他們對現代消費符號的敏銳感受，從汽車到好萊塢電影，從香水到巴黎春裝，在在令人拍案驚奇。而他們對肉體遊戲的好奇，對文體遊戲的實驗，其大膽處，至今仍不褪色。施蟄存的故事新編、劉吶鷗的尤物速寫、穆時英的歡場切片，一次次使讀者大開眼界。衛道者要說這是亂世的妖文孽字，我卻要說中國的現代主義，已首度在此登台候教。台灣不少學者著迷法蘭克福派的新馬學說。新舊海派現象其實正是一顯身手的對象。班雅明（Benjamin）的紈袴詩人論、商場論、阿多諾（Adorno）的文化工業論，均可由此找到似是而非或似非而是的討論空間。

我們現在終於可以回到張愛玲現象了。四○年代淪陷區的上海，外弛內張，在烽火殺戮聲中，竟然散發無比豔異綺麗的光芒。升斗小民的日子並不好過，但是只要電車的叮噹聲仍然不輟、暖烘烘的太陽猶有餘暉，挽著籃子上市場買小菜就是每日的功課。這就是張愛玲的上海。大難下的從容、荒涼裡的喧譁、一輩上海人怎樣既天眞又世故的過日子，是張寫之不盡的題材。過氣的遺老命婦，神經質的慘綠男女，猥瑣的娘姨相幫……穿梭在張的上海弄堂、公寓宅院裡。他們都是張所謂「時代的列車」裡的乘客，上得來下不去；列車匆匆的開著，從車窗裡，他們看著熟悉的舊日風景，瞬息退去，也看到自己窗中的倒影：怯懦而自私，張致又張皇。

張的作品，多半發在鴛鴦蝴蝶派的雜誌小報，如《紫羅蘭》、《萬象》等。而她也擅寫半新不舊人家裡的情事恨事，〈金鎖記〉、〈創世紀〉都是這類作品。但張卻又不是完全的鴛蝴派作家──她的五四訓練、西學背景，使她對新的怪的事物一樣好奇。由新感覺派作家一手炒作的那種浮華頹廢、遊戲人間的姿態，在張的書裡書外，於是翻出新的面貌。徘徊在新舊海派間，張確是她常自命的「不徹底」的實踐者。像〈紅玫瑰與白玫瑰〉那樣的作品，不妨也看作是她創作哲學的戲劇化告白。張的小說，狎暱與譏誚，耽溺與警醒相持不下。由此而生的張力，最爲可觀。她的海派前輩爲她打造了一座庸俗紛擾的城市背景，並附贈形形色色的人物原型。在另一個歷史的夾縫裡，這位二十來歲的才女要爲這座城市，寫下傳奇，並且身體力行。說張愛玲是集清末以來海派小說之大成者，應不爲過。

在散文〈到底是上海人〉裡，張愛玲寫道，「上海人是傳統的中國人加上近代高壓生活的磨練，新舊文化種種畸形產物的交流，結果也許是不甚健康的，但是這裡有一種奇異的智慧。」❹上海人有獨特的「處世藝術」，他們「壞得有分寸」、「演得不過火」。描寫這樣獨特的處世藝術，是海派作家的拿手好戲。但值得注意的是，張愛玲及許多海派作家原籍並不是上海；如劉吶鷗其實是台灣台南人。「在地」的身分並不能保證純正地方風味的作品。而上海這樣一個由移動人口與進口文化形成的都會，尤其凸顯這層創作特色。是像張愛玲這樣的作者，既自覺是上海生命共同體的一部分，又不失外地人對上海的興味與好奇，反能對這城市賦予最深刻的禮讚。如張所謂，《傳奇》中的作品即使寫香港時，她也無時無刻不想到上海人。

大陸淪陷後，以鄉村為空間想像基礎的「解放」文學大行其道。上海成了資本主義墮落腐化象徵，何況海派文學。當張愛玲在《半生緣》原稿《十八春》裡，把女主角顧曼楨發配到東北為祖國建設，海派文學算是告一段落——上海人離開了上海，還有戲唱麼？五〇年代的《赤地之戀》張安排她的角色到農村繞了一趟後，兜回上海，但物是人非，眞是繁華不再。以後張在國外寫的《半生緣》、《怨女》及其他短篇，上海依然是她的靈感泉源；海派一絲命脈，也僅得續於此。

二

一九六一年夏志清教授的《夏代中國小說史》❺以專章討論張愛玲；上海的通俗女作家首度與魯迅、茅盾等大師平起平坐。夏承續了當年迅雨（傅雷）、胡蘭成的眼光，肯定張不世出的才情，也為日後「張學」研究，奠下基石。但張愛玲的成就如果是評者及讀者的福氣，卻要成為創作者的負擔。六〇年代以來一輩輩的台港作家，怕有不少人是在與張愛玲「搏鬥」中，一步一步寫出自己的路來。時至九〇年代，連大陸頗具名氣的蘇童也曾嘆道，他「怕」張愛玲——怕到不敢多讀她的東西❻。

張愛玲到底有什麼可怕？是她清貞決絕的寫作及生活姿態，還是她淩厲細膩的筆下功夫？是她對照參差、「不徹底」的美學觀照，還是她蒼涼卻華麗的末世視野？在這些「惘惘的威脅」下，年輕的作家在紙上與張愛玲遙相對話（或喊話）。他（她）們的作品，成為見證張愛玲影響的重要文獻。但談「影響」是件弔詭的事。有的作者一心追隨大師，卻落得東施效顰；有的刻意迴避大師，反而越發逼近其人的風格。更有作者懵懂開筆，寫來寫去，才赫然發覺竟與「祖師奶奶」靈犀一點相通。不管是先見或後見之明，「影響的焦慮」還是影響的歡喜，張愛玲的魅力，可見一斑。

六〇年代私淑張愛玲而最有成就者，當推白先勇與施叔青。王禎和當年雖有幸陪同張愛玲訪遊花蓮，在創作脾胃上畢竟另有所好。白先勇與施叔青都以雕琢文字，模擬世情著稱。張是寫實主義的高手，生活中的點滴細節，手到擒來，無不能化腐朽爲神奇。但這種對物質世界的依偎愛戀，其實建築在相當虛無的生命反思上。她追逐人情世故的瑣碎細節，因爲她知道除此之外，我們別無所恃。「時代在破壞中，還有更大的破壞要來。」處在歷史的夾縫中，能抓住點什麼，管它庸俗零碎，總得對付過了下去。

白先勇的《台北人》寫大陸人流亡台灣的眾生相，極能照映張愛玲的蒼涼史觀。無論是寫繁華散盡的官場，或一晌貪歡的歡場，白先勇都貫注了無限感喟。重又聚集台北的大陸人，不論如何張致做作，踵事增華，掩飾不了他們的空虛。白筆下的女性是強者。尹雪豔、一把青、金大班這些人鬼魅似的飄蕩台北街頭，就像張愛玲寫的那蹦蹦戲的花旦，在世紀末的斷瓦殘垣裡，依然，也夷然的唱著前朝小曲，但風急天高，誰復與聞？

然而白先勇比張愛玲悲得多。看他現身說法的《孽子》，就可感覺出他難以割捨的情懷。寫同性戀者的冤孽及情孽，白先勇不無自渡渡人的心願，放在張愛玲的格局裡，這就未免顯得黏滯；當白先勇切切要爲他的孽子們找救贖，張可顧不了她的人物，而這是她氣勢豔異凌厲的原因。

倒是施叔青中期以來的作品，抓住了這點特質。施從不避諱是張愛玲的忠實信徒，實則卻另有所長。她早期作品如《約伯的末裔》等，已經延伸張一手炮製的「女性鬼話」（female gothic）。三

○年代的白薇以《打出幽靈塔》首度將「女性鬼話」和盤托出；被幽閉的女性、家族的詛咒、陰濕古老的廳堂、詭魅的幻影……這些母題，一再烘托女性的恐懼與欲望、誘惑與陷阱。張愛玲從〈金鎖記〉以來即樂此不疲，而且精益求精。《半生緣》裡顧曼楨被幽閉、強暴、發狂的好戲，應是高峰。施叔青承續此一傳統，賦與超寫實興味，則又產生不同效果。

及至八○年代，施憑藉旅居香港經驗，重新盤整她的張愛玲情結。其結果是一系列「香港的故事」。這些小說寫盡島上紙醉金迷的繽紛嘈雜，以及劫毀將近的末世憂思。與前述白先勇不同，施對她的角色下手絕不留情，反因此遙擬張愛玲那種大裂變、大悲憫的筆意。而她創造一系列的豔鬼型女性角色，尤得張派眞傳。試看〈愫細怨〉的結局，不是與〈沉香屑，第一爐香〉有異曲同工之妙？

更重要的是，施打造了一個世紀末的香港，算是對張當年香港經驗的敬禮。九○年代以來她以《維多利亞俱樂部》、「香港三部曲」等作，爲香港百年盛衰作傳記——或是「傳奇」，而貫穿全局的正是一個女性，且是一個妓女。施似乎要讓張愛玲那蹦蹦戲花旦移駕到香港的情天恨海裡演出好戲，「香港三部曲」的高潮像煞九七版的〈傾城之戀〉。

八○年代初，香港少女鍾曉陽以一部《停車暫借問》震動讀者。鍾年紀雖小，卻寫出本老辣滄桑的世情小說。烽火離亂，姻緣聚散；這不啻是當年張愛玲二十出頭，就寫出〈金鎖記〉的翻版。鍾以後的作品，皆能維持水準，卻似乎難有突破。八○年代中期的《愛妻》，九○年代初的《燃燒之後》（皆爲選集），以及九○年代中的長篇《遺恨傳奇》，都有類似問題。《燃》書中的中篇〈腐朽與期待〉是篇力作，但非傑作。這裡張的陰魂不散，從〈金鎖記〉到《半生緣》、從〈鴻鸞禧〉到〈創世紀〉，都有案可考。全作講的是個時移事往、兩代情緣未了的故事。那種春夢了無痕的遺憾，以及遺憾以後的清明，是鍾全力要鋪陳的。平心而論，〈腐朽與期待〉並不比《停車暫借問》差，只是鍾已經過十餘載的修爲，我們的「期待」自然要高於彼時。

七〇年代後期，台灣也有一輩年輕作家蓄勢待發，而其接觸張愛玲的影響，更別有門徑。這群作者包括了朱天文、朱天心、丁亞民、蔣曉雲等寫將，後來又有林燿德、林俊穎，以及（日後要努力畫清界限的）楊照等相互唱和。在「三三」的名頭下，他們日月山川，詩書禮樂起來。這裡的關鍵人物是與張愛玲有情緣的胡蘭成。一九七四年，一向匿居日本的胡蘭成來台任教，並於七四、七六兩年重新出版《山河歲月》、《今生今世》兩作。胡後以「抗戰通敵」故，不見容於國府，但因緣際會，他成了「三三」的精神導師。胡蘭成是極具爭議性的人物，惟其人的才學識見，畢竟有所不同。《今生今世》中〈民國女子〉一章，把張胡之戀寫得迷離浪漫，即是一例，而《山河歲月》以抒情詩技法，重讀歷史，讚彈不論，眞要令人眼界一開。

胡派學說講的是天人革命，詩禮中國；儒釋兼備，卻又透露嫵媚嬌嬈之氣。有趣的是，儘管胡蘭成寫得天花亂墜，總有個呼之欲出的張愛玲權充他的繆思。「三三」諸子中，兼修張胡二家而出類拔萃者，當然是朱天文。且看她讀國父《倫敦蒙難記》的感想：「我也像看完了（張愛玲的）《赤地之戀》要爲劉荃、黃絹、爲張愛玲，大大立下志氣，把世上一切不平掃蕩。單爲了張愛玲喜歡上海天光裡的電車叮鈴鈴的開過去，我也要繼承國父未完成的革命志願，打出中國新的江山來。因爲她（張愛玲）就是傾國傾城佳人難再得。」（〈仙緣如花〉・《淡江記》）

用今天的眼光來看，這眞是後現代的絕妙好辭。但彼時的朱天文還太「正經」；要再等十年，她才終於把「張腔」與「胡說」鎔爲一爐，從而鍊出自己的風格，經歷了《最想念的季節》到《炎夏之都》，朱天文在九〇年代以《世紀末的華麗》大放異彩。有關這本小說選的評論已不少見，毋須重複。可以一提的是，講模特兒生活的〈世紀末的華麗〉，朱把張愛玲的「女人如衣服論」及「情婦論」挪到世紀末的台北，發揮得淋漓盡致；而張對物質世界的詠歎好奇，名正言順的成爲後現代的都市徵候。但〈柴師父〉才是全書的高潮。這篇講腐朽老人盼望青春女體的故事，極其肉感也極其傷感。胡蘭成大書特書的江山日月、王道正氣，終於九九還原，盡行流落到張愛玲式的、猥瑣荒涼的市井欲望中。

朱得到大獎的《荒人手記》早就引起注目。純從張愛玲、胡蘭成的傳統來看，我們還是可有不少心得。這本小說講男同性戀患得患失的禁色之愛，劫毀邊緣的無端邂逅，其實是張愛玲哲學的正宗法乳。但筆下流出的，卻有胡蘭成風情。大劫之下，荒人苟得片段眞情，惟盼「歲月靜好，現世安穩」。把驚險化成驚豔，前有胡的〈民國女子〉，而《荒人手記》正不妨視爲同志版的「民國男子」。

「三三」小集在八〇年代初風流雲散。蔣曉雲僅止曇花一現，未成氣候。朱天心則越寫越潑辣灑脫，逐漸自成一格。但張愛玲的光影仍不時返照她的作品中。她寫〈我記得〉或〈佛滅〉時，把張只能側寫的情愛兇險，欲望墮落，悍然全盤托出。而她寫〈預知死亡紀事〉時，就算打著賈西亞·馬奎斯的同名招牌，骨子裡呼應的應仍是張嘗引用的樂府，「來日大難，口燥脣乾；今日相樂，皆當歡喜」吧？莞爾的是，大難未至，朱天心居然以「口燥脣乾」的論文體，爲她小說另闢新境，反使讀者有意外的驚喜。

曾以《千江有水千江月》、《桂花巷》知名的蕭麗紅，其實也是學張能手。《桂花巷》活脫是個台灣鄉土版的《怨女》，而《千江》又有著胡蘭成的愛情觀。君不見，書中男女主角，大信及貞觀的名字，都是脫胎於《山河歲月》中的文字呢。寫《鹽田兒女》的蔡素芬當年以〈七夕琴〉見知文壇，則似遙擬〈金鎖記〉等的集錦之作。倒是有兩位較少與張愛玲引起聯想的女作家，蘇偉貞與袁瓊瓊，更值得一提。蘇偉貞自《陪他一段》以來，一直有一型女性角色，不斷出現。她們欲力強大，卻兀自有著冷凝寡歡的外表。她們一次又一次的爲愛鋌而走險，玉石俱焚，在所不計；但她們又都是「清貞決絕」的剔透人物，尋常悲喜，近不得身。以無情的方式寫有情，蘇因此深得張愛玲的三昧。至於這些角色「女鬼」似的造型，前已有專文論及❼，則猶其餘事。

袁瓊瓊也未必意識到她有張腔，但我以爲她對張愛玲最難學的一面——庸俗人的喜劇——重作詮釋。張的散文及短篇時有自嘲嘲人的幽默，而陷身都會陣仗中的男女，最是她要嘲弄的目標。最好的例子是〈封鎖〉及〈走到樓上去〉。袁瓊瓊早在《自己的天空》期間就有這樣的幽默感，她長篇倒不見精采。最近幾年袁重新執筆寫出的一系列短篇，則越發能掌握妙要。人生尷尬無奈的片段，信手拈來，皆成文章。而在冷笑訕笑之餘表現的世故諷刺，較張有過之而無不及。

年輕男作者中，林裕翼以〈我愛張愛玲〉解構張愛玲神話，曾被看好。一九九五年他推出《今生已惘然》，集《半生緣》及其前身《惘然記》、《十八春》的大成，惟妙惟肖，是再度向張致敬之作。郭強生也有一段時期仿張腔頗有些意思，負笈美國後，所思所見，逐漸開朗，應可跳出前此的圈圈。至於目前最有力的接棒者，應是林俊穎。他的三部小說集，《大暑》、《是誰在唱歌》、《日出在遠方》出手皆不凡。後者尤有數篇佳作。林俊穎對文字的摩挲感悟，頗可稱道。只是他背著張愛玲式末世觀的十字架，顯得太任重而道遠。如果放輕鬆些，說不定他可寫出個男聲的，九〇年代版的〈傾城之戀〉。香港的鍾偉民亦曾以《水色》引起注意。一男三美式的故事雖不見新意，鍾鋪陳張腔的方式，畢竟尚有心得。

八〇年代以來，張愛玲的作品重新引進大陸，得到熱烈回響。相距當年她在上海一炮而紅，四十年已倏忽過去。作家之中，景仰張的風格者頗不乏人。寫《棋王、樹王、孩子王》的阿城，不止一次推崇張派藝術。但阿城除了推敲文字的態度可與張相提外，本身作品並不屬後者的路數。反倒是他九四年發表的《閑話閑說》一書，以作家之眼，看張作品中的強烈世俗取向，算是極有見地的觀察。

張的創作中，多以都市（上海、香港、南京）爲場景。就此她鋪張曠男怨女，俚俗悲歡。演義墮落與繁華、荒涼與頹廢畢竟得有城市作襯景，才能寫得有聲有色。幾十年來的工農兵文藝，把城市都寫「沒」了，還談什麼城市裡的聲色。無怪不少作家看著張的作品，只能發思古之幽情了。到八〇年代末期，小說中最能傳達「張味兒」的，是蘇童及葉兆言兩位男作家。兩位作者都出身城市（南京及蘇州），也不約而同的擅寫三、四〇年代風情，並不讓人意外。蘇童其實從未刻意學張，只是在他最好的作品裡，他所流露的懷舊情態，對世路人情的細膩拿捏，還有他耽美頹廢的視景，無法不讓我們聯想到張愛玲，像〈妻妾成群〉、〈罌粟之家〉這類作品，白描沒落家族裡的姦情與兇險，大白天也要鬧鬼的陰濕環境，眞個是縟麗幽深，再現〈金鎖記〉、〈創世紀〉的風采。

葉兆言創作的題材並不獨沽一味，但他最耀眼的作品，首推《夜泊秦淮》系列。這四個中篇從清末講到四〇年代。南京城內小戶人家裡的傳奇喜劇，仕紳門第後的情色衝突，由葉以模擬鴛鴦蝴蝶派筆法，寫來絲絲入扣。而我們記得張愛玲即是自鴛蝴派汲取了大量養分。葉也不乏世故警醒的稟賦，因此在涕淚之外，別有所見。但葉兆言多角經營，像《夜泊秦淮》一類作品，已擱下好一陣子。直到最近，他才在《花影》中重行調理金粉世家的悲喜劇。葉的作品在台多已印行，但比起蘇童的走紅，好像寂寞了些。

時至九〇年代，張愛玲的影響並未稍歇，而且作家創作的場域，終於挪回了上海——張當年愛之寫之的第二故鄉。年輕的女作者須蘭以〈彷彿〉、〈閑情〉、〈石頭記〉等突然冒出文壇。她的兩樣寫作寶典，看來一是《紅樓夢》，一是張愛玲小說。以〈閑情〉來說吧，一男二女的故事有〈紅玫瑰與白玫瑰〉的影子，而此情可待成追憶的故事，不由人想起《半生緣》來。

以上所論的三位作家，虛擬民國氛圍，複製鴛蝴幻象，在把題材「由新翻舊」上，各擅勝場。但讀多了他們的東西，就像看仿製古董，總覺得形極似而神（尚）未似。是否有作家能突破限制，另譜張派新腔呢？我以為女作家王安憶是首選。熟悉大陸文壇的讀者，對王安憶不會陌生。她寫作極勤，花樣也時常翻新。九二年的《紀實與虛構》縱寫母系家族歷史，上下三千年，堪稱鉅作。但是九五年的新長篇《長恨歌》才應算是好看動人的小說。

簡單的說，《長恨歌》是一個上海女人與男人糾纏一輩子，最後不得善終的恐怖「喜」劇。小說的背景是上海：三、四〇年代十里洋場的上海，五〇年代「人民」的上海，六〇年代文革的上海，八〇年代改革開放的上海。故事的結構略似張的〈連環套〉，野心則大得多。王安憶的筆鋒澎湃淺白，並不「像」張愛玲，但這無礙她鑽研張愛玲時代的上海，以及張愛玲走後的上海。這使她爲張的人世風景，眞正賦予當代意義。葛薇龍、王嬌蕊、白流蘇這些女人，「假如」解放後都在上海，四十年後會是個什麼樣子？王安憶深愛這座城市，她對它（或是她？）瞭若指掌。可是萬千細節——歷史的、空間的——最後都歸結到一個平凡女人一生的起落上，這又回到〈傾城之戀〉的模式上。當虛榮消逝，繁華老去，我們看到百孔千瘡的城市裡，這個女人仍在情欲堆中打滾。故事的結尾驚心動魄，暫且賣個關子。但誠如王安憶所謂，張愛玲「也許是生怕傷身，總是到好就收，不到大悲大慟之絕境」❽。王也許尚未參透張愛玲就是「不要徹底」的名言。但她的詮釋有其力道。《長恨歌》寫感情寫到那樣怵目驚心，荒涼而沒有救贖，豈眞就是張愛玲「因爲懂得，所以慈悲」的動機？

論述張愛玲過去數十年對台港大陸作家的影響，我原無意「對號入座」，強作解人。影響研究其實是極虛浮的論證方式。從依樣葫蘆到奪胎換骨，無不可謂影響。所要強調的是，在張愛玲這樣強大的影子下，一輩輩作家如何各取所需，各顯所長。她（他）們表現的多樣面貌，應當使她（他）們在大師走後，更有信心的說聲，誰怕張愛玲！

——一九九八年十月，選自麥田版《如何現代，怎樣文學？》

註釋

❶《魯迅全集》卷四（香港：香港文學研究社，一九七三），頁二二八～八四一。

❷張南莊作，一八二〇年以前已完成：一八七八年出版。

❸韓邦慶作，一八九二年出版。

❹張愛玲〈到底是上海人〉，《流言》（台北：皇冠，一九九五），頁五七。

❺C. T. Hsia, *A History of Modern Chinese Fiction* (New Haven: Yale UP, 1971).

❻一九九四年蘇童在哥倫比亞大學的談話。

❼〈「女」作家的現代「鬼」話——從張愛玲到蘇偉貞〉，《眾聲喧嘩——三〇與八〇年代的中國小說》（台北：遠流，一九八八），頁二三三～二三八。

❽王安憶與我的通信，一九九五年七月二十二日。

王德威：一種逝去的文學？

——反共小說新論

到了我們這個年頭還談反共小說，要從何談起呢？那邊要統，這邊要獨。「漢」「賊」早已兩立，「敵」「我」正在言歡。四十年前的神聖使命，成了四十年後的今古奇觀。反共復國文學此時不銷聲匿跡，更待何時？文學律動是有生命週期的，政治文學尤其倉卒難測。觀諸反共小說的一頁消長，信然。

本土派與大陸派的評論者在意識形態上的差距不可以道里計，但論及反共文學的功過時，他們早就統一了。對他們而言，反共文學是一種附庸政策的「墮落」，是一種「歌功頌德」的「夢囈作品」，「令人生厭的、劃一思想的口號八股文學」❶。這一文學潮流「不僅被廣大的台灣同胞所厭惡，而且被他們自己的第二代所唾棄」❷。這樣的評論儘管不是無的放矢，但一再重複之下，已經形成一種批判八股文學的八股，了無新意可言。

不論我們如何撻之伐之，反共文學是台灣文學經驗中的重要一環。它的興起與「墮落」與彼時的政治環境緊緊相扣；它的「八股」敘事學是辯證國家與文學、正史與虛構的最佳（反面？）教材。在海峽兩岸一片重寫文學史的風潮裡，我們對反共文學的審思不應僅止於猛打落水狗的心態而已。我們要問，反共文學如何主導了一個時代台灣文學的話語情境？如何抹銷周遭的雜音？如何銘記歷史的傷痕？又如何迎向一己的宿命？更弔詭的是，反共文學眞是一種已逝去的文學麼？本文將以小說爲例，對上述問題試作解答。我的討論，當然會引出更多問題，因此不妨視爲我們繼續研究五〇年代反共文學的起點，而非結論。

一

一九四九年大陸變色，國府遷台，數以百萬計的人民辭鄉去國，輾轉流離。多少恨事，因之而起。在這樣一段驚心動魄的歲月裡，寫作何能視爲兒戲？同年十一月孫陵主編《民族報》副刊，率先喊出「反共文學」的口號。之後馮放民在其主編的《新生報》副刊，更提出「戰鬥性第一，趣味性第二」的宣言。以後的十數年間，有成千上百的創作蜂擁出現❸，或控訴共黨暴虐，或緬懷故里風情，或細寫亂世悲歡，或寄望反攻勝戰。不論題材爲何，這些創作的基調不脫義憤悲愴，而作家筆耕的目的，無非是求藉由文字喚出力量——反共復國，既是創作的動力，也是目標。

反共文學因應歷史環境而起，固然有強烈的自發性，但若無政治力量的因勢利導，亦不足以形成日後的氣勢。一九五〇年張道藩成立中華文藝獎金委員會，鼓勵反共文藝，七年之間，發掘不少健筆。作家如潘人木《蓮漪表妹》、《如夢記》、端木方《疤勳章》、王藍《藍與黑》、彭歌《落月》等，皆是一時之選。另由國防部設立的軍中文藝獎金又號召了一批軍中及軍眷作家，如田原、尼洛、朱西甯、司馬中原、段彩華、郭良蕙、侯榕生等。而各種雜誌及會社的此起彼落，也說明斯時文壇盛況之一斑❹。至於一九五五年老蔣總統提出「戰鬥文藝」的號召，足可視作整個反共文化的終極意識形態依歸。

作爲一種見證歷史創痕，宣揚意識形態的文學，反共小說蘊藏一套獨特的敘事成規，不是一兩句「夢囈」或「八股」可以一筆勾消的。它至少有三個層面，值得我們思考。第一，反共小說既以戰鬥爲目標、控訴爲職志，作家（與評者）所服膺的審美原則，自有其獨特方向。一反平常文學以曲折婉轉，隱喻多義爲能事，反共小說必須直截了當的劃分敵我，演述正邪。就算反攻必勝，復國必成的眞理是「不言自明」的，把話說明白了畢竟有益無害。而政治的複雜運作往往亦化約爲簡單的道德選擇題。論者每每詬病反共小說千篇一律，重複累贅，其實正是在其一律性與化約性間，我們得見意識形態文學的重要特徵。

對於策劃、鼓吹戰鬥文藝的黨政機器而言，反共小說既是文宣的「武器」，營造不妨多多益善，以應付在所難免的損耗。這樣的態度與我們習知的文學創作目的，頗有差距。國難當頭，還能提文章是否成爲藏諸名山，以俟百年的大業？歷史的危機意識及意識形態的「環保」觀念，使反共小說「可以」成爲一項用完即棄的文藝產品——推陳出新，無非是重複回收創作資源，以確保政治環境的清潔。評論家每喜攻擊反共文學不能超越時空限制，觀照「永恆」的人性與歷史，殊不知是類文學的「千秋」，正是源於它是否能爭得「一時」的優勢。

我這樣的說法，並無意輕視反共作家的創作熱忱。恰相反的，我希望自不同的角度，肯定他們的存在意義。政治小說的難爲，恰在作家必須在政治信仰與個人情性間、教條口號與美學構思間，尋找出路❺。在反共抗俄的前提下，作家如何同中求異，已是值得注意的好戲。但更重要的是，在非常時期寫非常的作品，作家對一己的創作歷程，必有特殊寄託。反共題材未必人人能得而擅之，但這裡的問題不是會不會寫，或寫得好不好而已，而是基於另一種信念：作家若未能為這樣的時代，留下片紙隻字的見證，才是真正遺憾。換句話說，作品寫得好，自然是反共抗俄的利器，即便寫得不好，不也可成為一種自我犧牲，一種為主義而明志的姿態？儘管預知自己的作品終將流於八股的危險，我以為一批信仰堅定的作家依然會全力以赴。這一為求全而自毀的寫作立場不能僅以「文學為政治服務」一語帶過，而實已帶有荒謬主義意味。這種荒謬意味是現代中國政治小說中，不可忽視的傳統。從早期的批判現實小說到抗戰宣傳小說，都有前例可循。而晚近的各種「傷痕」文學（文革、白色恐怖、二二八等），也可置於其下觀之。

以上的論式，引導我們觀察反共小說的另一截然不同的層面。絕大部分的反共作家，都是四、五〇年代之交，倉卒來台的流亡者。他們有的少小離家，有的拋妻棄子，避亂海角，而對家國命運的憂疑，未嘗稍息。發為文章，故園之思與亡國之痛，竟成互為表裡的象徵體系。五〇年代懷鄉小說的興起，不是偶然。國共意識形態的鬥爭，由時空遽然的分裂睽隔所顯現，而文字可能解釋或彌補這一分裂睽隔的事實麼？

「勿為死者流淚，請為生者悲哀」，趙滋蕃《半下流社會》的開場白，道盡了流亡人士的辛酸。死者已矣，有幸苟存於亂世者仍需面臨茫茫生路，繼續行進。但對小說創作者而言，趙的話應別具意義。處身這樣慘烈的歷史變動中，小說家有可能盡得其情麼？國家分裂了，家園離散了，僥倖逃脫者真能一點一滴的寫出「完整」的故事，記敘那分裂、離散、逃脫麼？痛定思痛，生者是可悲哀的。國破家亡，這一切究竟是怎麼發生的？他（她）的每一回憶的姿勢必定指向一歷史記憶的斷層，每一書寫的行爲必定影射文字功能的匱缺。在表面的喧囂與憤怒下，五〇年代的小說難掩一股惘惘的悵然若失之感。

以往作者論及共黨暴行，每喜用「罄竹難書」一語狀其慘酷。暴行之所以難書，不只是因其超乎常情常理的負荷，也因其在犧牲者及倖存者間，畫下了難以逾越的鴻溝。身陷大陸者，或生或死，早已失去了說話的權利。身在自由地區的作家儘可按照自己的經驗代言他們的遭遇，卻不能代表甚麼或代替他們的苦難。越是虔誠堅貞的反共小說，也因此越難擺脫寫作上的道德兩難：不去鞭撻紅禍、控訴不義，何能一遣國讎家恨？但聲嘶力竭的反共文字徒然提醒我們，不該發生的已經發生，此岸渡不過彼岸，未來能救贖過去麼？

反共小說因此是一種文字的宣傳攻勢，也是一種文字的猶豫失落；它的誇張，來自它的焦慮。作家們一再的重複個人及群體的痛苦經驗，與其說是臥薪嘗膽，以俟將來，更不如說是自圓其說，重溯安身立命的源頭。他（她）們不斷的在紙上重回鄉土、追憶過去，歸納各種可能的因素，解釋眼前的困境。罪魁禍首當然是那萬惡的共產黨，但如何以文字鎖定亂源，並不容易。如前所述，反共小說如果讀來空洞或空虛，不只是來自文學爲政治服務的動機，更有其歷史及心理的因緣。而這一點是歷來推崇或譏刺反共文學者，皆所未能企及的。

反共復國小說第三個值得探討的層面，是它對歷史時間的演述與安排。顧名思義，「反」共與「復」國一詞已包含了時間的辯證向度。沒有共黨的坐大，何來反共之舉；不是國土已喪，怎需復國行動？這一反一復，實點出了空間的損失，時間的位移。所謂還我河山，不僅指的是收復故土而已，也更是一種「贖回」歷史的手段。

絕大多數的長篇反共小說都分享了如下的時間架構：共產黨崛起中國社會的浮動現象；共黨「邪惡」勢力的滲透；國共內戰期的悲歡離合；國府遷台後的復員準備。這基本上是個「失樂園」式的故事。不少作品，如姜貴的《重陽》（一九六一）、潘人木的《蓮漪表妹》（一九五二），或潘壘的《紅河三部曲》（一九五二）都以初出茅廬的青年人由天眞到墮落、從無知到有知的過程出現，也就不足爲奇了。這一認知的過程，也是重新銘刻歷史的過程。正本必須清源，歷史的眞相必予重新發掘。如果當年國民黨治下的中國未必是個安和樂利的社會，那麼強調其法統的正確性，以及歷史治亂相隨的必然性，都成爲作家回顧過去的方法。共黨的邪惡，因此不唯表現在其兇殘無道上，也表現在其「篡奪」了歷史命定的發展上。這一對「歷史」所有權的爭奪，無巧不巧的，也是彼時中共革命歷史小說的特色之一。

但反共小說不是簡單的歷史小說；未來的玄機早已埋藏在過去。無論「共匪」如何猖狂，小說家告訴我們，反攻必勝，暴政必亡。反共小說也因此是一種預言小說。它提示一明白的天啓訊息，從善惡有報到邪不勝正到否極泰來，在在可見端倪。回首過去的後見之明，因此也可以是一種預知未來的先見之明。反共小說之多有光明的尾巴，除了回應現實政治宣傳的需要外，也點出一代流亡作家汲汲於將歷史合理化的欲望。反共小說同時經營了一線性及循環性史觀：迎向未來也正是回到過去。

但反共小說的「現在」呢？擺盪於已失去的以及尚未得到的，歷史的回顧及神話的憧憬間，反共小說裡的現在，成爲一尷尬的環節。它或是歷史隕落的低潮，或是未來升揚的契機。所謂的生聚教訓、枕戈待旦，無非是相對過去與未來的過渡階段。除此，「現在」的其他層面都被有意或無意抹銷了。只有在四十年後，那影影綽綽的「現在」以說部形態出現在記述二二八或白色恐怖的文學中，反共小說在演義歷史上強烈的排他性，於焉浮現。

當然，反共小說最後的宿命是時間本身。設若反共大業眞已完成，反共小說在理論上也完成任務，可以功成身退——它的成功帶來了它自身的消失❻。但更弔詭的是，當那個「共」因內在或外在因素的使然，變成不能反，甚或不必反時，反共復國小說的存或歿，才眞正成爲一場徒然的辯證，一段無奈的遺事。惟從文學史的觀點來，也只有在急切政治因素沉澱後，我們可以平心靜氣的重估反共小說的意義。

二

根據保守的估計，五〇年代台灣小說創作的字數總量，約有七千萬字，執筆爲文的作者，也有一千五百人至兩千人之譜。反共小說是當時的主要文類之一，也得到最大的回響。這些小說的結論——控訴「匪」禍，宣揚反攻——並無二致，但作家如何運用不同人物素材來彰顯這一結論，永遠值得注意。融合五四以來的感時憂國精神，以及抗戰期間「爲戰爭而文藝」的宗旨，反共小說所顯露的激憤沉鬱特色，可謂其來有自。在情節情境的安排上，我們可見以家族盛衰喻國運消長者，如陳紀瀅的《赤地》（一九五四）與姜貴的《旋風》（一九五七）；以農村鄉土的蛻變寫民生的疾苦者，如陳紀瀅的《荻村傳》（一九五一）、張愛玲的《秧歌》（一九五四）、司馬中原的《荒原》（一九六一）；以匪窟紀實寫政治詭譎者，如尼洛的《近鄉情怯》（一九五八）、張愛玲的

《赤地之戀》（一九五四）；以男女愛情的顚仆烘托亂世悲歡者，如王藍的《藍與黑》（一九五八）、彭歌的《落月》（一九五五）；以天眞青年的遭遇探索意識形態的罪與罰者，如姜貴的《重陽》（一九六一）、潘人木的《蓮漪表妹》（一九五二）、《馬蘭的故事》（一九五五）；以軍旅生涯申明反共事業，未有已時者，如朱西甯的《大火炬的愛》（一九五四）、端木方的《疤動章》（一九五一）等。

尤其值得注意的有趙滋蕃的《半下流社會》（一九五四）、潘壘的《紅河三部曲》（一九五二；後改名爲《靜靜的紅河》），及鄧克保（郭衣洞）的《異域》（一九六一）。三書各以香港、越南、緬北爲背景，確能展現不同的地域風貌及政治關懷。《半下流社會》寫大陸淪陷後，一群避居香港調景嶺的難民，如何掙扎求存的故事。這些人來自不同背景，卻爲時局生計所迫，形生一「半下流」社會。全書不乏八股說教的篇章，但趙寫其中人物的種種遭遇，從鋌而走險到自甘墮落、從含冤自戕到苟且偷生，確鋪陳一怵目驚心的劫後浮世繪，煽情而不濫情，自有一自然主義特色。《紅河三部曲》則以越南爲背景，娓娓敘述一華僑子弟輾轉愛情與政治間的冒險。架構綿長、辭切情深。作爲一史詩式小說家，潘壘顯然力有未逮，但他能塑造一個有詩人氣質的主角，貫串全局，並點染異國情調，仍可記一功。

鄧克保的《異域》敘述大陸淪陷後，自黔滇撤退至緬北的一批孤軍，如何在窮山惡水的異域裡，繼續抗爭求存的經過。退此一步，即無死所，此書所展現的孤絕情境，扣人心弦；而部分角色知其不可爲而爲之的悲劇意識，此起彼落一片鼓吹反攻必勝的作品，誠屬異數。在反共文學式微之後，此書仍能暢銷不輟，除了得力於討好的戰爭場面及異鄉風情外，恐怕也正因其觸動了一輩讀者難言的隱痛吧？

在我們重審反共復國小說時，至少下列作家如陳紀瀅、潘人木、姜貴、張愛玲、司馬中原的作品，不容忽視。這些作家或以生動鮮明的人物，或以驚心動魄的情節，或以寓意深邃的視景，一抒感時憂國的塊壘。而筆鋒盡處，他們更能針對歷史的劇變、政治的遞嬗，提出一套論式，因此為反共的前提增加了可資對話的餘地。

陳紀瀅應是當年反共作家的重鎮之一。由於他與黨政的密切關係，許多日後的批評往往因人廢言，其實並不公平。陳的作品雖乏一鳴驚人式的風采，但他經營文字場景，酣暢翔實，為許多徒以呼口號為能事的作家所不及。在他眾多作品中，我以為《荻村傳》、《赤地》、《賈雲兒外傳》（一九五六）最值得一提。《荻村傳》以一北方農村為背景，寫一傯懶無行的無賴傻常順兒如何藉著亂世發跡變泰，又如何難逃兔死狗烹的下場。此作上承魯迅《阿Q正傳》的傳統，看「小」人物在「大」時代中的升沉。笑謔無奈，兼而有之。陳不如魯迅般尖銳的追究國民性問題。他的關懷側重於市井人物的無知與殘酷；對他而言，這些道德上的缺陷成為共黨得以成事的主因。《赤地》則走的是三、四〇年代家族小說（如《家》、《四世同堂》）的路子。而《紅樓夢》式的人物與場景，每每呼之欲出。此作另安排一群販夫走卒旁觀書中大家族的盛衰，兼評每下愈況的國事，可見巧思。陳寫東北保衛戰的始末，極見聲勢；而他刻意凸顯家族中靈魂人物二少奶的無力回天，終以身殉的故事，則顯然是搬演反共版的王熙鳳悲劇了。

反共小說（一如大陸的革命小說），每以忠奸正邪的道德尺度，衡量意識形態的左右衝突。陳紀瀅的《賈雲兒外傳》則另闢蹊徑，從宗教（基督教）的試煉與救贖入手，別有見地。故事中的女主角賈雲兒動心忍性，除了顯現亂世兒女的堅毅外，尤其見證了上帝選民的特殊情操。而小說終了，賈雲兒其人其事究是眞是幻，引來讀者作者及書中人物「一齊」追尋，一方面說明反共事業，人（虛構或現實）同此心，一方面已具強烈後設小說風味——我們當代的後設作家果眞其生也晚！

女作家潘人木的三部小說，《如夢記》、《蓮漪表妹》、《馬蘭的故事》都以女性在戰亂中的遭遇爲重心，鋪陳共黨禍國殃民的主題。與六〇年代以後，許多女作家勇於探索筆下人物的內心世界不同，潘人木的角色並不是精雕細琢的產品。她的世界是一正宗煽情悲喜劇（melodrama）的世界，情節曲折離奇，人物錯綜複雜，點題則務求絲絲入扣。而我以爲這正是潘之所長。身陷亂離，女性所可能遭受的痛苦，尤其較男性急迫。以往女性的生活重心，從家庭到婚姻到子女，皆受到重大衝擊。潘對政治的憂思，最後即落實到這些傳統女性活動的領域。以《蓮漪表妹》爲例，潘以一對表姊妹的成長爲主線，寫表妹的醉心政治，因之墮落而幾乎百劫不復；寫表姊的安守本分，終於歷盡艱辛而倖存於紅禍。潘的政治觀也許失之單薄，但她能娓娓敘述所見所思，並自其中淘揀出一套明白的道德意義，瑣細中見眞章，是當年女性文學的重要聲音。

姜貴是反共小說中的一項異數。早於抗戰末期，他已開始創作，但要到《旋風》、《重陽》等作品，他才眞正一顯所長。姜貴是忠貞的國民黨員，他爲反共而寫作的初衷，殆無疑義。何其反諷的是，他的反共作品最精采部分竟不能見知於當時的讀者。他困頓半生，日後雖得大獎（吳三連文藝獎），不免有事過境遷之憾。

姜貴作品最爲人忽視的特色有二，一是他把政治情欲化，或情欲政治化的傾向；一是他營造一鬼魅世界，群醜跳梁的用心。誠如夏志清教授所言，美對共產革命者與色情狂一視同仁，因兩者皆有絕難饜足的（政治與身體）欲望，對人生百態，卻殊少同情寬貸。閱過《旋風》的讀者，不會忘記其中恐怖的姦淫及性虐待場景，而《重陽》中寫同性戀、亂倫、穢物狂、窺淫癖、通姦、強暴的情節，更是前所僅見。藉此姜貴寫出了變態情欲的蠱惑與共產意識形態的信仰，如出一轍。另一方面，姜貴將他的反共故事，沉浸在荒謬怪誕的敘述中。他所預期的讀者反應，恐怕不是淚，而是笑——令人慘然，駭然的笑。《旋風》、《重陽》中的角色不論正邪，都難逃墮落醜化的命運。歷史的無常，使所有的暴行或義舉皆沾染血腥的嘉年華魅影。

姜貴的立場，因此望之保守，實則激越。反共小說在醜化敵人的過程中，眞能狀其邪惡者並不多見，姜貴的作品不容輕忽。而他寫革命庸俗的一面，理想齷齪的暗流，代表其人與歷史對話的激進姿態，也間接暴露了五〇年代多數反共或擁共的小說，故作「天眞無邪」的教條眞相。而他何以不受同道重視，亦可思過半矣。

反共小說的作家還應包括張愛玲。我們通常論張愛玲，多著重她寫上海繁華、人世風情的作品。事實上她的兩部反共小說，《秧歌》與《赤地之戀》，均各有可觀。《秧歌》寫農村土改，《赤地之戀》寫城市革命，雖然題材耳熟能詳，張卻能營造屬於一己的世紀末視景：穠麗卻荒涼，嘈雜卻空洞。《秧歌》描述一群農民在天翻地覆的改革中，盡其所能的適應新的環境，新的人際關係。然而他們的逆來順受終成一種荒謬的應景演出，一場黑色的秧歌戲。張雖寫農村，卻不走以往三〇年代作家故作質樸的風格。她盡情鋪張華麗的象徵場景，刻畫人物內心曲折，即對於所謂反派人物，她亦能施予有情眼光。這使全凸顯一極世故的面貌，因此獨樹一格。

但張所長的，畢竟是都市風景。《秧歌》善則善矣，仍不乏斧鑿痕跡。《赤地之戀》回到了張熟悉的上海——即便是（再度）淪陷後的上海——方才烘托出她所擅長的世派兼嘲弄風格。書中的主角，進行著一場又一場的情愛徵逐，這在一個新紮的共產社會中，不啻是一種絕望的，「美麗而蒼涼」的浪漫姿勢。〈傾城之戀〉的時代已經落幕，面臨一個改頭換面的共和國，張的主角們不能逃避他（她）們的宿命了。當她的男主角成了韓戰戰俘，不選擇去台灣「投奔自由」，而寧願回大陸從事地下反共工作時，張道盡了她獨有的荒涼心事。反共專家固然可藉此大吹此書犧牲小我、完成大我的涵義，但不知張的這樣安排，是否才眞正成就了她的小我徜徉鬼域，極自毀也極自戀的姿勢？張本人是在五〇年代初才倉皇離滬赴港的，《赤地之戀》可曾寫下她個人生命中的另一可能？

近年以談玄說鬼而持續受到歡迎的司馬中原，早期也有如《荒原》般的小說，堪列反共文學的佳作。《荒原》以司馬中原所熟悉的家鄉（蘇北魯南）爲背景，自是懷鄉文學的正宗，但另一方面，他明白的在鄉土之上，架構了一國家興亡的寓言。全作上承三、四〇年代作家如蕭軍《八月的鄉村》、端木蕻良的《科爾沁旗的草原》敘述農民抗暴的史詩視野，穿插司馬獨擅的傳奇風格，筆觸沉鬱，論者謂之含蘊一股「震撼山野的哀痛」，誠不爲過。司馬將四〇年代中期的歷史空間化，於他的荒原中介紹了日寇、共匪、農民，及流浪的中央軍數股力量，看它們如何相互爭逐，未有已時。時代考驗英雄，司馬的英雄卻不能創造時代。小說結束於日軍偃退、赤禍將起之際。荒原大火，盡焚一切。撫今追昔，確令人油然而生天地不仁的慨嘆。小說最後一章卻以「這是一個結局的結局；另一個開始的開始」破題，正一語囊括了彼時所有反共小說重塑歷史，「回到」

未來的主要精神。

三

在海峽兩岸交流日趨頻繁，在統獨爭辯方興未艾的今天，談反共復國文學還有什麼樣的意義呢？我們是否只能對這樣的一段文學經驗故作視而不見，或依賴「反反共」的新八股，斥爲胡言夢囈呢？反共復國小說既爲一種政治小說，自難免因意識而興，因意識形態而頹的命運。但口號之外，這些作品裡也銘刻上百萬中國人遷徙飄零的血淚，痛定思痛的悲憤，不應就此被輕輕埋沒。重思反共小說，我以爲它應被視爲近半世紀以來傷痕文學的第一波[7]，爲日後追憶、記述文革創傷，二二八事件、白色恐怖、兩岸探親、乃至天安門大屠殺的種種文字，寫下先例。

「傷痕」一詞，源出於七〇年代末，八〇年代初一段時期，大陸作家回顧文革苦難的作品。十年浩劫，忽焉已過，卻留下無數血淚往事，有待作家勉力寫出。我刻意使用「傷痕」二字來泛指國共隔海對峙後，種種記述政治盲動與劫難的文學，無非是有感於中國人因黨禍政爭所經受的苦難，豈曾因時因地而異。我絕不忽視作家創作環境的差距，及訴求動機的不同。要強調的是他（她）們在浩劫之後，努力藉虛構方式重現那不可思議、也不堪一提的史實，藉敘述力量彌補那散裂的、崩頹的血肉犧牲，其哀矜之情，應如出一轍。傷痕原是不需要專利權的。

在過去數十年的文學史中，傷痕文學式的寫作風潮一再出現，不代表作家創造力的豐沛，而代表歷史對當代中國人的殘酷；不代表文學力量的強大，而代表文字下的血腥氾濫。傷痕文學有其創作上的弔詭。我們要問文字眞能「起死回生」麼？小說眞能讓歷史歸零麼？還有對傷痕的傳述，也需推陳出新麼？猶記魯迅的〈祝福〉裡，祥林嫂喪夫喪子，落得以她悼亡傷逝的「故事」，一博聽者的眼淚，兼亦自遣悲懷。只是當她的故事一再重複後，竟成了鄉里的笑話，旁觀者的奇談。傷痕與表達傷痕的文學間，因此展開最無奈的循環追逐遊戲。

另一方面，傷痕也可以成爲意識形態文學的宣傳利器。所謂血債必須血還，反共八股中一再重複的生死亂離，是要喚起同讎敵愾的殺氣的，可爲一例。但對有心的作家而言，儘管主義口號因此得以申明，他（她）終必須意識到，以文字寫作來見證傷痕，畢竟只能寫出那寫作本身的「不可能」。而我以爲這是我們重估反共文學內蘊緊張性的開端。

在回顧二次大戰期間，納粹屠殺六百萬猶太人所造成的大浩劫時，法蘭克福學派大師阿多諾（Theodor Adorno）曾有名言：「在奧許維茲（Auschwitz）集中營大屠殺後，詩不再成爲可能。」浩劫之後，我們何忍再舞文弄墨，爲殘暴的生命眞相，妝點門面？另一方面，阿多諾也藉此強調任何「事後」的文字書寫，不足以形容「事發」時的情形於萬一；而文學作者如果霸氣十足的以權威自居，企圖爲浩劫下「定論」，非但不能爲受難者平反，反有成爲迫害者的同謀之虞。這並不是說我們無從再判斷歷史是非的歸屬。恰相反的，作家拒絕以文字爲浩劫作定論，正是因爲任何定論都將「賦予」強權暴政一意義範疇，反而歸結、了斷其歷史的罪愆。倖存者不能夠代理受難者的創傷，文學何能補償歷史的錯誤於萬一？浩劫的意義只有在我們一再「不成功」的書寫、敘述中，被不斷的重估與重寫。浩劫文學因此必須以自我質疑、否定其功能的姿態出現。

從反共小說以降的傷痕文學，是有與猶裔浩劫文學可資比附之處，但至少有以下的不同。浩劫文學關係到一亡國滅種的大災難，隱含其下的國族寓意，值得重視。而回頭來看有關反共、文革、二二八、白色恐怖及天安門事件的文學，我們不禁要慨嘆在台灣與大陸的中國人關起門來相煎相殘，眞是何其忒甚。這一場又一場主義與政權的傾軋所造成的血淚創傷，恐較日寇侵華後果，尤爲慘烈。不僅此也，傷痕文學意在療傷止痛，但卻可能以又一場意識形態之爭爲其代價。兩者的糾結，從過去到現在，能不讓人怵目驚心？以反共文學爲例，作家與政府聯成一氣，控訴共黨禍國殃民，固是良有以也。但在反共的大纛下，有多少新的傷痕被割裂？有多少異議的聲浪被消音？八〇年代末期以來，見證二二八及白色恐怖的文學開始浮現，無疑成了針對反共文學遲來的對話。看藍博洲的《幌馬車之歌》、陳燁的《泥河》、陳映眞的〈山路〉這樣的作品，我們更意識到那個時代詭譎陰暗的一面，寧不令人三嘆！

彼岸的文學史論者在痛斥反共八股文學之餘，如不能對共和國文學的類似經驗多所反省，無異是五十步笑百步。罵陣四十年，是該換個調門的時候了。而另有一批以革命建國爲職志的作家與評論者，將「傷痕」當作獨門企業來經營。他們儼然把反共老手們賴以鞏固權力，消除雜音的那套寫作、敘事策略，挪爲己用。歷史的嘲弄，一至於斯！

我們在九〇年代讀反共復國小說，因此不只是承認其記錄一個階段的文學及歷史經驗，也更須檢討此一文類所顯現的寫作僵局或契機。如前所述，反共小說是一種意識形態文學，也同時是一種傷痕見證文學。前者強調對政治理念作斬釘截鐵的表態，後者卻藉不斷的「延宕」歷史事件的終極意義，來「延續」我們對傷痕的警醒與反思。兩者奠基於修辭的重複性，但其道德動機，何其不同。擺動在這兩種不同的訴求間，反共復國小說曾顯現了最好與最壞的可能，而其效應也可不斷的驗證於過去四十年來種種政治文學上。我們可以不（再）認同反共的意識形態，但卻不能看輕因之而生的種種，而非一種，血淚傷痕。明乎此，我們又怎能輕易的認爲這是一種逝去的文學呢？如果我們希望在下一個世紀毋須再見到另一波的傷痕文學或意識形態小說，那麼正視反共小說的功過，正是此其時也。

——一九九八年十月，選自麥田版《如何現代，怎樣文學？》

註釋

❶葉石濤《台灣文學史綱》（高雄：文學界，一九八七），頁八八～八九。黃重添等《台灣新文學概觀》（台北：稻鄉，一九九二），頁六九。鍾肇政《台灣作家全集》序（台北：前衛，一九九二），頁三。

❷白少帆《現代台灣文學史》，引自龔鵬程〈「我們的」文學史〉，《中國時報．人間副刊》，一九九三年十月一日。

❸有關五〇年代反共文學的出現，可參見如司徒衛〈五〇年代自由中國的新文學〉，《文訊》七期（一九八四年三月），頁一三～二四；李牧〈新文學運動歷程中的關鍵時代：試探五〇年代自由中國文學創作的思路及其所產生的影響〉，同上，頁一四四～一六一。

❹李牧，頁同上。

❺如龍應台讚美張愛玲的《秧歌》，謂其反映「人類歷史」的悲劇（《龍應台評小說》（台北：爾雅，一九八五），頁一〇七）。龍的品評當然有其見地。但如果張愛玲的《秧歌》超乎了政治層次，不能緊扣一時一地的意識形態訴求，作為反共小說而言，其效果豈不大打折扣？又如前引葉石濤的評論，謂「五〇年代所開的花朵是白色而蒼涼的，缺乏批判性和雄厚的人道主義關懷，使得他們的文學墮落為政治的附庸」。墮落為政策的附庸，是意識形態文學最惡劣的下場。但這不表示是類文學就缺乏「批判性」及「人道主義」關懷。反共八股對特定人或事的批判性豈可謂不強？而其批判的基礎往往就是標榜一己對「人道主義」、

「人性」的關懷！自五四以來，批判、寫實、人道主義之類的字彙已不斷被各類作家及評者所引用，而指涉的對象往往相互衝突。在我們使用這些字彙來「批判」反共小說的同時，能不三思一己的政治立場，以免淪為又一場政治辯論的附庸？

❻但反共小說也可能擔負新的意識形態任務而得持續存在。中共的革命歷史小說在革命成功後才源源出現，為毛的繼續革命論吶喊助威，在革命成為歷史後不斷號召革命，正是一例。見黃子平深刻的討論，〈革命歷史小說〉，《倖存者的文學》（台北：遠流，一九九一），頁二三九～二四五。

❼傷痕文學以盧新華的小說《傷痕》（一九七八）而得名，指稱大陸文革後，作家揭露十年浩劫血淚的作品。本文擴大其意義，用以泛指一九四九年以來，海峽兩岸各時期見證政治動亂及迫害的文學。

從靈河到無岸之河

——洛夫早期風格論

奚密：

文訊雜誌資料室提供

奚　密

1955年生，台灣大學外文系學士，美國南加州大學比較文學碩士及博士，現任加州大學戴維斯分校（U.C.Davis）東亞語文系正教授兼加州大學環太平洋研究中心主任（UC Pacific Rim Research Program）。主要著作包括：《現代漢詩：一九一七年以來的理論與實踐》（英文專著）、《現代漢詩選》（英文編譯）、《不見園丁蹤影：楊牧詩選》（英文合譯）、《現當代詩文錄》（中文專著）、《從邊緣出發：現代漢詩的另類傳統》（中文專著）、《二十世紀台灣詩選》（中英文合編）。

《靈河》是洛夫（一九二八—）的第一本詩集，一九五七年十二月出版。雖然只收錄了三十一首詩，但正如詩人在「題記」中說的，它們是他手邊保存的百餘首詩的精選之作，呈現詩人過去十年的創作風貌❶。因此，說它們代表了洛夫早期的風格應不爲過。本文首先對《靈河》做一概括性的分析，然後進一步探討《靈河》和何其芳早期作品的相似之處，最後則比照《靈河》原作和十三年後出版的《無岸之河》中對原作的修改，試從兩者的差異來了解詩人風格的演變。

貫穿《靈河》的一個重要意象和主題是「封閉」（enclosure）。卷首的〈芒果園〉以鮮明的感官意象來描寫一成熟、芬芳的果園，果實「金色的誘惑」和「美麗的墜落」❷令人聯想起基督教傳統裡的伊甸園，在亞當和夏娃未食禁果前它是至善至美的。果園的意象也出現在〈禁園〉和〈城〉兩首詩中，兩首詩也用「鎖」的意象來強調這個小世界的封閉和隔絕。〈飲〉裡詩人更明白地告訴我們：「茂密的果園……！把我囚禁。」

除了果園，詩人也重複使用「室內」（interior）的意象來表達「封閉」的主題。在〈風雨之夕〉裡，詩人自喻爲小舟，停泊在愛人臂彎的港灣，而且進入屋子去烤火，享受愛的溫暖。〈靈河〉中的詩人要在他「小小的夢的樓閣」裡「收藏起整個季節的煙雨……。」〈生活〉一詩中，很明顯地詩人在屋子裡，而且還要「關起窗子，任北風訕笑而過。」這類意象表現的最繁複最深刻的是〈小樓之春〉（原詩見後文）。詩開端我們看到的是「小樓」的內景，然後鏡頭移到小樓的窗子，窗子的一角，最後到作繭自縛的春蠶。這一連串的過程裡，視界愈趨凝聚、細小，彷彿詩人被外在環境給層層包圍禁錮住了。此外，詩人或自喻爲被牆和護城河圍住的城堡（〈煙囪〉），或是「一座夜的森林，……千年的風雨，吹不進這一片蒼茫」（〈夜祭〉），或是一座爲水隔絕的孤島（〈街景〉）

和〈這島上〉。

以上所舉一系列的封閉意象呈現的是一個隱密的內在世界，其意義可從兩個角度來看。一是其正面意義，它指向一個僅屬於詩人和其愛人的愛的世界。它是狹隘的，因爲只容得下兩個人；它是隱密的，一如愛人間的誓言（〈石榴樹〉）；它也是甜美寧馨的，像芬芳的果實（〈故事〉、〈石榴樹〉）或果園（〈芒果園〉、〈禁園〉）或是安全的港灣（〈風雨之夕〉）。

然而，封閉也含帶了反面的意義，暗示著詩人內心世界與外在現實的疏離與隔絕。詩人要關上窗子，因爲屋外的北風是譏諷無情的（〈生活〉），它扯詩人的頭髮，咬他的腳（〈冬天〉）。《靈河》中充滿了風雨的淒冷意象，象徵著現實的冷酷和打擊。從這個角度我們可以了解詩人常用的遠鏡頭，如：遠山、天涯、小路盡頭等。它們和前面討論的封閉意象恰成對比。再以〈小樓之春〉爲例，詩前半給我們一連串的封閉意象（屋子→窗→窗的一角→蠶），後半卻表現了空間距離的延長和伸展。屬於後者的意象有：遠山、滿山落紅、青煙、長廊、歸去的燕子和遠行人。這些遠景暗示著詩人有意將自我和外界的距離拉遠，寧可活在一個封閉、狹小的世界裡，如一隻春蠶。

這種心態的根源在《靈河》裡亦可找到答案：詩人追求的是一「至美的完成」（〈飲〉）。因此，詩人常用宗教性神聖的詞彙如：聖火、祭壇、聖名等來形容他對完美的愛的追求及渴望，這可能跟詩人是位虔誠的基督徒有關，但更重要的是，在文本裡他流露出一份浪漫式的理想主義。然而，這個理想在現實世界裡往往無法實現。除了風雨的意象外，詩人也一再使用落日、黃昏、暮色、煙、霧、落葉、殞星等來舖陳出一股悽清、幽冷、朦朧的情調。他所追求的完美正如黃昏的稍縱即逝、煙霧的消散、秋葉的枯萎、和流星的墜落那樣的不可恃。它們都象徵著死亡，尤其是流星或殞星的意象多次出現在〈城〉、〈兩棵果樹〉、〈我來到愛河〉、〈歸屬〉、〈夜祭〉、〈晨〉、〈我曾哭過〉等詩中。這點與某些同期詩人（如葉珊、楊喚）不謀而合，反映該時期抒情詩的某種風貌❸。

死亡的主題帶領我們到另一組重複出現的意象：「痕跡」（trace）。詩人有感於理想的短暫和幻滅，卻不能不爲它追憶、哀悼。因之，〈踏青〉裡詩人「拾取溪澗的花影」與昔日的「腳印」。在〈禁園〉裡，祭壇裡只剩下將熄的聖火、「夢的餘粒」。〈煙囪〉裡，河裡流的是「千古的胭脂殘粉」。此外，夢和影子的意象亦多次出現在《靈河》中。這些殘留、縹緲的痕跡又再次強調內心世界與外在現實之間的距離和衝突。

洛夫早期的風格，從上面的概述裡可見端倪。它和何其芳（一九一二—一九七七）三〇年代的作品風格有若干相似點。何其芳的抒情詩繼承徐志摩、聞一多以降的抒情傳統，而能更深刻的融合中國古典詩詞（尤其是晚唐五代）的特色，創造他獨有的婉約凄清的情調和洗鍊細膩的語言。在現代漢詩傳統中自有其重要的地位，對後來的抒情詩也有相當的影響（如瘂弦即承認受早期何其芳作品的影響）。我們雖不必追究洛夫是否曾受其直接影響，但兩人相通處至爲明顯，這點可分兩方面來看（有關洛夫的部分不再重複，重點將放在何其芳上）。

第一，兩位詩人均在詩中創造一封閉的內心世界。舉何詩〈花環〉爲例：

> 開落在幽谷裡的花最香。
> 無人記憶的朝露最有光。

我說你是幸福的，小玲玲，
沒有照過影子的小溪最清亮。

你夢過綠籐攀進你窗裡，
金色的小花墜落到髮上。
你爲簷雨說出的故事感動，
你愛寂寞，寂寞的星光。

你有珍珠似的少女的淚，
常流著沒有名字的悲傷。
你有美麗得使你憂愁的日子，
你有更美麗的夭亡❹。

這首詩哀悼早夭的美麗少女，少女被比喻爲幽谷裡的花和小溪，它們遠離人世，孤獨而美麗（隔離的意象也暗藏在第五行：「綠籐攀進你窗裡」，暗示少女人在室內，和洛夫的用法近似。）詩的主題是一「似非而是」的弔詭（paradox）：死亡固然結束了少女的生命，但也同時保護、永存了她的美，使其不受俗世汙染，因此雖是悼詞，卻悼而不哀。

此外，〈慨歎〉和〈古城〉中的「閉戶」，喻回憶的「錦匣」（〈病中〉），上了鎖的衣篋（〈羅衫〉）等都屬於封閉的意象，而它們開啓的是一個充滿回憶和夢的內心世界。當美與愛不再，詩人一再回到這個閉鎖而隱密、寂寞而溫馨的角落，沉吟不已。

沉吟低迴用的是一種近乎獨白的親密語氣（intimate tone），詩裡的話常常是說給「你」一個人聽的。舉何詩〈腳步〉爲例，詩啓首即揭開記憶的匣子：「你的腳步常常低響在我的記憶中，／在我深思的心上踏起甜蜜的悽動」（頁九）。然後回憶昔日的情景，從江南的秋夜、荒郊的白楊、曲折的闌干、詩人房裡的燈、「你的新詞」、到詩人自己的詩。回憶最深處的那一句：「那第一夜你知道我寫詩！」表達了驚喜的一刹那，詩人和「你」心靈契合的一刹那。這種「唯有兩心知」的親密語氣在《靈河》中也十分普遍：「……一個諾言／你曾不許我告訴別人的」（〈飲〉）。在「你」面前，詩人是毫不隱瞞、是「赤裸」的。

第二，兩位詩人對愛與美都有一種近乎宗教信仰、理想主義式的熱情與渴求。何其芳作品中最好的例子是〈預言〉：

這一個心跳的日子終於來臨！
呵，你夜的歎息似的漸近的足音，
我聽得清不是林葉和夜風私語，
麋鹿馳過苔徑的細碎的蹏聲！
告訴我，用你銀鈴的歌聲告訴我，
你是不是預言中的年輕的神？
你一定來自溫郁的南方！

告訴我那兒的月色，那兒的日光！
告訴我春風是怎樣吹開百花，
燕子是怎樣癡戀著綠楊！
我將合眼睡在你如夢的歌聲裡，
那溫暖我似乎記得又似乎遺忘。

請停下，停下你長途的奔波，
進來，這兒有虎皮的褥你坐！
讓我燒起每一秋天拾來的落葉，
聽我低低唱起我自己的歌！
那歌聲將火光樣沉鬱又高揚，
火光樣將落葉的一生訴說。

不要前行！前面是無邊的森林；
古老的樹現著野獸身上的斑紋，
半生半死的籐蟒蛇樣交纏著，
密葉裡漏不下一顆星。
你將怯怯地不敢放下第二步，
當你聽見了第一步空寥的回聲。

一定要走嗎，請等我和你同行！
我的足知道每條平安的路徑，
我將不停地唱著忘倦的歌，
再給你，再給你手的溫存！
當夜的濃黑遮斷了我們，
你可以不轉眼地望著我的眼睛！

我激動的歌聲你竟不聽，
你的足竟不爲我的顫抖暫停！
像靜穆的微風飄過這黃昏裡，
消失了，消失了你驕傲的足音！
呵，你終於如預言中所說的無語而來，
無語而去了嗎，年輕的神？（頁三—六）

詩中的神象徵著一切美好的事物：青春、愛和希望。詩人用他崇敬愛慕的心爲神設了一溫暖的殿堂，爲他歌唱，做他的導引，但是神匆匆的來又匆匆的離去。

〈預言〉中的神的停留是短暫的，詩人的懇求並不能使他多作逗留。因此，詩以盼望到臨的喜悅始，以幻滅的絕望終；以柔美溫郁的南方始，以黑暗邪惡的森林終；以銀鈴的歌聲始，以消失了的足音終。幻滅與絕望的情緒也表現在廢墟、廢宮、沙漠、古城等意象中，其後遺症則表現在對過往的寄託與追憶裡。何詩中的「夢」和「回憶」幾乎是同義詩，處處皆是。僅舉〈土地祠〉裡的名句：

我昔自以為有一片樂土，
藏之記憶裡最幽暗的角隅。
從此始感到成人的寂寞，
更喜歡夢中道路的迷離。（頁四十三）、

意識的流動僭替了客觀的時間，夢的世界取代了現實。何其芳詩中的「迷離」來自內心世界與外在世界的疏隔，來自理想幻滅的悲哀，也來自對往昔的耽思與重建。

上面討論了《靈河》和何其芳作品的主要相似之處，但這並不否定洛夫和何其芳個人獨特的風格。兩人最明顯的差異就在何詩中的絕望感來自對「無常」（transience）的痛苦經驗和領悟。如〈慨歎〉一詩中說的：「愛情雖然在痛苦裡結了紅色的果實，／我知道最易落掉，最難撿拾。」（頁一二）因此，在〈花環〉裡，詩人反而慶幸死亡保存了美的永恆。這種頹廢厭世的傾向可說是唯美主義與無常哲學結合後的自然發展，但「無常」在洛夫的《靈河》中並不顯著，《靈河》整體來說也沒有何詩悲觀。

《無岸之河》出版於一九二〇年三月，總集洛夫已出版的三本詩集：《靈河》、《石室之死亡》（一九六五）和《外外集》（一九六七）。選自《靈河》的詩共十三首，詩人在序中告訴我們這些詩

「都是先經精選再經修改過的」❺。又云：「凡早期的作品幾乎都動過手術，有的竟改得面目全非」❻。「動手術」的主因是詩人已揚棄了早期感傷的「陳腔濫調」❼。下面我將簡短地討論原作與修改後的《靈河》作品之間的差異，藉此了解詩人風格上有意識的轉變。

《無岸之河》最明顯的修改就是篇名的改變。如〈芒果園〉改為〈果園〉，〈禁園〉改為〈暮色〉，〈冬天〉改為〈冬天的日記〉，〈小樓之春〉改為〈窗下〉。其中〈禁園〉和〈小樓之春〉的原題和內容變得「面目全非」，這大幅度的修改有相當重要的意義，容後再詳細討論。另一顯而易見的不同是標點符號的大量省略。尤其值得注意的是《靈河》中普遍使用的虛線「……」可以表達一種欲語還休的傷感和言不盡意的朦朧，有陪襯主題（迷惘、失落等）、增加效果的作用。相反的，在《無岸之河》裡，標點的簡化和詩人儘量將語言具體化、直接化，避免主觀情緒的介入的努力是一致的。

使詩的語言具體、直接、簡潔的方法之一是避免曖昧籠統的詞彙，刪除多餘的形容詞。舉例來說，〈飲〉中的句子：「十九歲少女的隱笑」改為「十九歲的隱笑」。「少女」在這裡顯然是重複的。同樣的，〈海〉中的句子：「那鬱鬱的常綠的棕櫚是你的臂」，到了《無岸之河》變成：「那鬱鬱的棕櫚是你的臂」。〈風雨之夕〉頭三句如下：

撐著一隻無篷的小舟，風雨淒遲，
纜斷了，我迷失在茫茫的江心，
而且，暴雨即將沖垮夢的長堤。（頁七）

《無岸之河》中將其改寫爲：

風雨淒遲
遞過你的纜來吧
我是一隻沒有翅膀的小船。（頁一六五）

「迷失」的意思不變，但文字簡潔多了：「茫茫的」、「夢的」這類模糊、不準確的字眼被刪去；「暴雨」重複首行的「風雨」，因此也被刪除。又如〈靈河〉裡的句子：「那條長長的美麗的靈河」簡化爲「那條長長的靈河」，「美麗的」並不能給讀者任何具體的、鮮明的意象，是多餘的。類似此例，「你的美目使我長醉不醒」（〈飲〉）改成「你的眼睛」。「美目」是濫辭，「美」空泛而主觀，倒不如「眼睛」來得直接。

「愛」和「夢」是《靈河》集中重複出現的兩個主題。到了《無岸之河》裡，詩雖然還是情詩，但詩人不再用這樣明白露骨的字眼，茲舉數例如下：

「使我溯不到夢的源頭」（〈煙囪〉）——刪除；
「……我們的愛刻在石榴樹上」（〈石榴樹〉）——改成「你的諾言」；
「……閃爍著愛的蠱惑」（〈靈河〉）——改成「逼人的光」；
「琴韻如水，載走了我們夢的輕舟」（〈城〉）——刪除；
「我怕鴿子啣走了夢的餘粒……」（〈禁園〉）——刪除；

「院子裡要裝滿冷夢」（〈生活〉）——刪除。

以上諸例在在顯示詩人企圖減低詩中傷感、朦朧的意象。《靈河》和《無岸之河》之間最重要的改變在於後者的主觀自我（subjective self）沒有原作那麼凸出、介入（intrusive）。讓我們對照〈小樓之春〉和改寫後的新面目——〈窗下〉：

小樓之春

以暮色裝飾著雨後的窗子，
我便從這裡探測出遠山的深度，
每一個窗格裡嵌著一角幽冷的回憶，
像春蠶，我自縛於這猶醉而未醉的夢影。
這小樓曾收藏過三月的風雨，
於今，我卻面對蒼茫哭泣那滿山的落紅。
（不是爲了死亡，
而是爲了新的成長）
燭火隱隱，壁上畫幅裡的青煙繚繞，
唉！又是簷滴，滴穿了長廊的深沉

沒有留下一句話，燕子將歸去
遠行人惦念著陌頭上的楊柳。（頁廿二—三）

窗　下

當暮色裝飾著雨後的窗子
我便從這裡探測出遠山的深度
在窗玻璃上呵一口氣
再用手指畫一條長長的小路
以及小路盡頭的
一個背影
有人從雨中而去。（頁一八三—四）

〈小樓之春〉裡詩人耽溺在自憐的、憂鬱的情緒中，全詩渲染的正是這種「白縛」所導致的自我與外界的隔絕。〈窗下〉則強調具體意象的視覺效果，詩中重疊了兩個視覺性的意象：窗外的遠山和玻璃窗上詩人用手指畫的小路和路盡頭的背影。前者是眞實的外在景致，後者是詩人即興創作出來的迷你景致。最後一句「有人從雨中而去」卻巧妙地把兩者融合在一起：窗上的水氣使小小的背影看起來好像走進雨中，而水氣來自已停（剛停？）的雨。眞實與虛擬的兩層境界之間建立了一種和諧與統一，而這效果來自視覺性意象的並列，無關詩人主觀感情的投射。〈小樓之春〉

和〈窗下〉可說是體現了兩種非常不同的詩觀。

再舉〈禁園〉和改寫後的〈暮色〉頭兩節爲例，來進一步探討洛夫詩觀的轉變：

禁園

黃昏將盡，好一片淒清的景色！
門鎖著，
鎖住了滿園子的煙雨，
我要從這裡通過，走向聖火將熄
的祭壇。

風在輕輕地搥著門，不敢掀啓，
我怕鴿子啣走了夢的餘粒……（頁六）

暮色

黃昏將盡，院子裡的腳步更輕了
燈下，一支空了的酒瓶迎風而歌
我便匆匆從這裡走過
走向一盆將熄的爐火

窗子外面是山，是煙雨，是四月
更遠處是無人
一株青松奮力舉著天空
我便聽到年輪急切旋轉的聲音（頁一六三—四）

〈禁園〉裡主觀的「情」（淒清、孤獨）瀰漫、統御了「景」；詩人幻滅、哀怨的情緒爲讀者詮釋了眼前的風景。相對的，〈暮色〉第一節呈現幾個具體的意象：輕輕的腳步、空了的酒瓶、將熄的爐火等，但詩人並不置評。它們暗示空虛，但詩人始終拒絕將它們與心境之間的關係點明，只留給讀者去體味。第二節裡詩人仍用同樣的角度，寫自然時令但並非「照相式」的翻版客觀景物。青松隱隱象徵不朽，年輪象徵時間；後者雖然不可抗拒，但宇宙間亦有一股力量，卓然聳立於時間的恆流中。

無論在語言、意象、詩觀、甚至標點的運用上，《靈河》和《無岸之河》間有顯著、普遍的不同。從《靈河》到《無岸之河》，中間隔了《石室之死亡》和《外外集》。誠然，《石室之死亡》和《外外集》的風格並不一致。張漢良曾這樣比較它們：前者「意象擁擠」，「詩質稠密」❽，後者則意象單純，句構散文化，用字口語化❾。前者乃對根本存在問題的玄思，艱澀深沉；後者乃對尋常事物的靜觀，平淡自然。然而，從洛夫詩風的整個發展過程來看，《石室之死亡》與《外外集》均可視爲詩人的成熟期作品，其風格與早期的《靈河》有根本上的差異。《靈河》中有何其芳式的婉約、哀怨，表現對愛與美的抒情性的追求。洛夫日後的揚棄是他個人詩觀的轉變，也可以廣義的視爲他對現代詩某類抒情風格的反動。了解《靈河》當可以幫助我們了解詩人的摸索過程與建樹。《靈河》中〈四月的黃昏〉是這樣結尾的：「當教堂的鐘聲招引著遠山的幽冥／一對紫燕啣來了滿室的纏綿，滿階的蒼茫……」。在《無岸之河》裡這兩句改爲：「當教堂的鐘聲招引著遠山的幽冥／一對紫燕啣來滿階的蒼茫……」。或許我們可以說，《靈河》以降的洛夫欲去其「纏綿」而僅留下「蒼茫」吧！

——原載一九八八年《現代詩季刊》十二期，選自聯合文學版《現當代詩文錄》

註釋

❶洛夫，《靈河》（左營：創世紀詩社，一九五七），〈題記〉。

❷同上，第二頁。文中引用《靈河》詩句皆出自此版本。

❸關於「星」在現代漢詩中的意義，請參考拙作《現當代詩文錄》（台北：聯合文學，一九九八），頁四四～八〇。

❹何其芳，《預言、秋天、風沙日》（台北：正文，一九六八），頁二一～二三。文中引用何詩皆出自此版本。

❺洛夫，《無岸之河》（台北：大林文庫，一九七〇），頁四。

❻同上，頁七。

❼同上，頁八。

❽張漢良，〈論洛夫後期風格的演變〉，引自：洛夫，《魔歌》（台北：中外文學，一九七四），頁二〇一。

❾同上，頁二一五。

廖咸浩：

在解構與解體之間徘徊

——台灣現代小說中「中國身分」的轉變

廖咸浩

1955 年生於台北，台大外文系畢，美國史丹福大學文學博士，哈佛大學後博士研究。曾任華盛頓大學客座副教授、公共電視「閱讀天下」主持人、台灣大學外文系教授兼系主任及研究所所長、《中外文學》發行人兼社長，現為台北市政府文化局局長。寫詩與小說、常民文化評論。著有評論集《愛與解構》、《美麗新世紀》，及散文集《迷蝶》，編有《八十四年短篇小說選》等書。

「身分」（identity）在當代文化論述中是一個備受矚目與討論的議題。這個議題在當代的顯學地位，得自於兩方面的刺激：一方面是後結構論述對西方傳統主體觀（subjectivity）的全面檢討，另一方面則是前述檢討動搖了傳統文化霸權後，新興社群對主體位置的欲求。因此，當代關於身分的論述，可以說是環繞著「身分的危機」而形成。也就在這種舊身分已動搖，新身分未確立的身分危機中，產生了從極好到極壞的各種文化可能性。比如文化的多樣性受到鼓舞與肯定，便是大利之一；但是，如雨後春筍般勃興的草根復興運動（grassroots revivalist movement）與民族主義運動所呈現的排他現象，則又具有相當的毀滅性（南斯拉夫的例子可謂典型）。因此，如何在此一關鍵時刻，化危機爲轉機，是當代知識分子多所思量的要務。

在此一勢不可當的全球性潮流的衝擊下，身分的危機無可避免的也成爲台灣當代文化的重要課題之一。而其出現的模式也與當前全球性趨勢類似：一方面，霸權文化意識的鬆動，提供了多元文化的可能性；另一方面，新興的社群意識隱然有排他與「自閉」（ghettoization）的趨勢。具體的講，台灣的身分危機表現在兩方面：一方面，傳統「中國人」身分觀打平一切（levelling）的傾向受到了挑戰，而使原先被忽視或受壓抑的各次團體間的文化差異（cultural differences）得以顯現，但是另一方面，「吃台灣米，喝台灣水四十年而不會說台語」的說法，也開始成爲知識分子的口頭禪，而使得許多人一夕之間成爲台灣的邊緣人。到底「中國人」的屬性將如何繼續影響我們的生活，而「台灣人」的意涵又將如何使其更周延，顯然已成爲整合台灣社會所必須面對的迫切問題。

搖撼傳統霸權式身分觀的利器，主要來自「解構主義」式的身分觀。而排他與自閉的新社群意識，則傾向於新本質論。後者視身分爲血統所決定，天生自然。前者則認爲身分乃是社會化的結果，並無本質。姑不論這兩種態度理論上是否完全成立，在實踐上，兩者未必全無重疊之處。「身分」其實是由「文化情感」與「現實策略」所交織而成。文化情感之中帶著一種無以名之恍若天生的固執，而現實策略則壓低包括情感在內較偏向「本質」的因素，強調以福祉或利害爲依歸。因此，身分的形成，便是建立在這兩種態度的辯證發展上。安德森（Benedict Anderson）所謂的「想像社群」（imagined community）的建立，固然說明了身分的社會化根源，但是此一建立過程背後所訴諸的情感，以及以此情感爲基礎的本質論態度，也因而自然隨此過程被凸顯[1]。

因此，我們在談論身分認同的時候，固然必須時時以解構的警覺，提防墮入本質論的陷阱，但也不能忽略本質論的建構能力。質言之，身分的建構一方面必須以社群的福祉爲依據，不能任意以各式暴力決定社群的性格與範圍。但另一方面也必須注意，情感因素載舟覆舟，絕不可忽視。畢竟，社群結合的過程中，實利與感情兩種因素，本來就處於不斷互動與互相糾結的狀態中。

從較爲存在的觀點而言，身分對任何人而言本都不是明確不變的。但較大範圍的文化或政治性身分危機，則往往是在社會產生大變動的特殊狀況下較容易出現。在中華文化圈之內的社群，自與西方接觸以來，身分已屢次出現危機。這類危機曾是某種意義上的轉機，也就是造成了民族意識的高漲，從而強化了「中國身分」的塑造[2]。然而，近代中國的始終積弱，畢竟在許多方面對中國人造成了無法彌補的身分衝擊。身處中共統治範圍之外的當代「中國人」（尤其是身居台灣與香港者）對此感受應特別深刻。

不過，雖然台灣與香港兩者都有長久的被殖民經驗，都屬於非主流且開放性格較強的南方文化系統❸，而且都已漸具「流散文化」（diasporic culture）的面貌，但台灣歷史上「分裂主體」（split subject）的現象似乎比香港嚴重得多❹。並且因此形成了台灣在中華文化圈之內罕見的身分危機。不論對急統與急獨之間的任何政治立場而言，這樣的危機其實都涵蘊著空前的轉機，但若不審慎因應，對台灣卻可能造成不可彌補的傷害。因此釐清台灣的身分問題，應是討論台灣前途不可或缺的一步。而本文的目的便是企圖從台灣當代小說中尋找身分變化的脈絡，並經此對台灣的身分意義進行建設性的省思。由於台灣住民的身分問題，主要表現在對人的文化現象中，因此本文對此問題的探討將從對人的觀點切入。

台灣漢人的身分問題與台灣地處大陸邊陲有密切關係。由於地處邊陲而不受中央政府重視，以致台灣雖早有漢人移民，但相當一段時間都在異族的統治之下。而在本族或本國的統治時期，除了明鄭以外，本地漢人也並不完全心悅誠服。因此在台灣漢人四百多年的歷史中，民間反抗頻頻。而且，這些反抗至少在表面上都與身分認同有關。然而這並不意味著一個相對於「非台灣」（包括中國在內）的「台灣身分」早已有跡可尋。事實上，除了二二八事變以外，所有的反抗運動都是以漢人意識，甚至中原意識爲基礎的反異族運動❺。在鄭成功治台期間，一度對朝中相對於「北伐」政策的「南進」主張，予以積極考慮，而予人官方主動對身分重新評價的印象，但這也未必等於意欲放棄「中國」的身分，雖然放棄「中原」身分的意義的確有之。因此，在台灣歷史上，身分眞正成爲問題的時候應該是日據時代。而在當時，這個問題最具體的表現當然是吳濁流

的小說《亞細亞的孤兒》。❻

吳小說中的男主角胡太明生於相當傳統的家庭。祖父是舊式學者，對傳統文化的價值崇敬有加。胡耳濡目染，自幼即有強烈的漢人（中國）意識。然而，即齡後因爲受的是日本教育，而不免使他在科技較先進的日本文化面前感到自卑。後來甚至不知不覺對日本文化感到心儀。尤其是在他到日本求學，面對第一手的日本文化之後，更是如此。然而，日本人對台灣人的種種歧視作風與政策，使他了然他畢竟不能眞正被日人接納。於是，他設法來到了他夢中的祖國。但是，有了日本經驗之後，祖國的落後讓他難以面對與接受。而且更糟糕的是，台灣人在當時的大陸上，往往也不能被誠心接納。有時候台灣人被認爲過於日化，不能算純粹的中國人；有時候還可能被懷疑是日本間諜而賈禍。因此胡太明最後還是回到了台灣，但是此刻的他對自己的身分產生了極大的疑問。故事的結尾有些曖昧，似乎暗示胡最終還是接受了中國的身分，並且偷渡回中國大陸繼續抗日。但亦可有其他解釋的空間。

這本書可以說是相當能代表當時台灣漢人在身分思考上必經的心路歷程。本書以不明確的方式結束，一方面可以看作是作者對身分思考尚無定論下的產物，另一方面也說明了當時台灣漢人對自己身分的難以捉摸。

大抵而言，台灣的漢人住民是在眞正的異族統治了全台之後，也就是日本人來到之後，才在以日本人爲對比（other）的情況下，超越了漳泉客家往往互相爲敵的社群意識，產生了在台漢人乃是一共同體的意識。這種台灣內部身分認同的整合，原本可以只停留在一種地方或區域意識的層面，不必與中國身分有所牴觸。然而，不幸的是光復之初，正當在台住民中國意識逐漸恢復的時候，爆發了二二八事變。這個事件可以說在相當意義上而言，是台灣身分認同的分水嶺。這個事件雖然沒有摧毀台灣漢人的中國認同，但是台獨運動從此出現卻是不爭的事實。而且，一種對「中國」具有疏離感的「台灣人」就在這個「創傷」（trauma）中悄悄誕生；「台灣意識」也像拉崗筆下的嬰兒一樣，從此以這個事件為「誤識」（misrecognition）自我的鏡子，逐漸成長。這個事件雖然事後有相當一段時間被淡化，而使台灣意識發展地下化，但此後關於在台住民身分認同取向的紛爭，多半都隱含了某種程度「中國」與「台灣」的對立。包括中國民族主義氣息濃厚的鄉土文學運動，也不例外。換言之，當前在台住民的認同問題，可以說是在此刻種下了遠因。

從一九四七年二月二十八日到一九八七年開放大陸探親，在台住民對身分的態度，受到了許多其他的影響而幾經改變。這些影響中有些對中國身分有強化作用，有些則形成負面衝擊。有強化作用的影響包括中原中心的教育政策，本省人與外省人關係的改善。負面的衝擊則來自台灣的反共政策所形成的反華情緒，中共對台灣的孤立，以及草根反對運動的興起。

中原中心的教育政策相當成功的強化了本省人的中國意識（雖然也相當程度減低了對本省鄉土的注意力）。國語的普及則減少了本省人與外省人之間溝通的困難，並增加了相互的了解。但另一方面，反共的政策則完全把台灣與中國大陸隔絕。而且官方對中共政權的抨擊，也不知不覺的形成了一種「反華」的情緒，使得台灣的住民對大陸產生整體的反感。當然，中共的國際形象以及一貫壓迫與孤立台灣的政策，更「落實」了上述的反華觀感，並且間接使得台灣的地域觀念逐漸升格成了一種自主觀。對中國身分形成負面衝擊的最後一個而且也可能是最重要的因素，則是草根反對力量的興起。無可諱言的，反對運動在中期以後逐漸演變成一個以本省人，尤其是閩南人爲主的社會運動。其運動策略以訴諸省籍情緒爲主，並常以「外來政權」描述外省人主導的國民黨政府。其較極端的表現形式，往往誓言劃清一切與「中國」的關係。此爲前述反華情緒最具體的表現。

開放探親，以及其他諸多對大陸政策的開放，則是最新的一波對身分的衝擊。能親訪大陸使得本省人能有第一手的機會了解想像中的「中國（大陸）」與實際的「中國（大陸）」之間的差距。同時這也是外省人第一次強烈的感受到身分的問題。大陸旅遊所造成的衝擊，因而人異。有些人因此而對統一前景感到悲觀。有些則因而多了一分對大陸土地及人民的感情。但不論個人的感覺有多大歧異，大陸旅遊開放之後，台灣的住民的確較明確的醞釀出了一種相對於大陸政治現實，甚至於文化現實的新的「台灣身分」。

上述的回顧說明了，台灣住民的身分問題與其邊緣的地位有密切關係。（在過去這種地位並不曾因爲統治族群的更迭有所改變。）而且，同族人（包括來台的國民黨政權，以及當今的中共政權）對台灣的邊緣化行爲，對台灣住民中國身分的破壞性似乎尤其顯著，而對各種形式（相對於「中國身分」的）「台灣身分」的建立，則有強烈催生作用。

二

由於身分出現了無法輕易止息的紛爭，自吳濁流的《亞細亞的孤兒》之後，台灣的現代文學作品便對身分的問題不斷的探討與省思，並且多多少少影響到了整個社會對這個問題的思考。本文將就三篇現代小說來探討台灣地區身分觀的演變。這三篇小說分別是：陳映真的〈趙南棟〉，宋澤萊的〈抗暴的打貓市〉，以及林燿德的《一九四七，高砂百合》❼。撰擇這三位作家的這三篇作品做爲討論的對象，一方面有文化屬性上的考慮（陳映眞是閩南裔本省人，宋澤萊是閩南化客家人，而林燿德則是閩南裔外省第二代），但更重要的是，在相當程度上，這三位作家的三篇作品，代表了三個世代，以及三種典型的對身分的態度。❽

陳映眞在一九四九年後台灣現代文學史上大概是最早的一位「政治作家」。在他的小說中，族群關係一直是最主要的關懷之一。陳映眞本人是閩南人，而且對自己的文化背景也深深引以爲傲，但是，他的鄉土之愛卻沒膨脹成排他的地域情緒，從而妨礙他對其他族群的關愛。而他強烈的民族主義情緒，以及堅定的社會主義信仰，與他的鄉土之愛結合之後，更在他審視台灣的社經政治問題的時候，提供了一個寬廣但又不忽略台灣特殊現實的視野。

從他創作生涯的早期開始，他已經意識到，在台本省人與外省人之間的隔閡，將是台灣社會潛在的最大威脅。因此，他的小說有相當篇幅都致力於探討有關省籍的種種問題。眾所周知的短篇如：〈將軍族〉、〈夜行貨車〉皆是。而〈趙南棟〉則可視爲此一主題的極致發揮。

這篇小說一如陳其他的小說一樣，著力於本省人與外省人之間互相了解的必要以及相互扶持的民族情感。不過本篇以左翼知識分子爲主角，特別凸出社會主義改革者的理想主義氣質，以對比當前社會的功利與墮落。故事是從一位台籍的女性政治犯春美與趙姓大陸籍政治犯夫婦的友誼展開。前者在獄中與趙太太宋蓉萱相識，並在宋遭槍決前答應宋照顧她甫出生不久的二兒子南棟。但在宋遭槍決後，南棟被送給趙家的一位台籍朋友收養，而春美並不知情。因此，三十年後她一出獄，便專心致志的四處尋找南棟的下落。後來她雖然聯絡上了南棟臥病住院的父親，並且還親自前往探訪，但始終沒見到南楝本人。儘管如此，文中提到南楝之處讓我們很清楚的看到，南楝雖是個溫柔俊美的男子，但卻毫無意志力可言。而且在成長的過程中，他更是一步一步的陷溺於感官的刺激中無法自拔。故事接近尾聲時，春美在醫院附近找到服過迷幻藥而意識不清的南楝，並且如在獄中的約定，如母親般地把他帶回家。

但是我們若說南楝是這篇小說的男主角，不如說他是他雙親所代表的理想主義在我們這個時代的命運。他的雙親都是左翼的知識分子（或運動分子？）。這批人以及他們所秉持的理想主義，戰後在政治迫害與資本主義的夾擊下，逐漸凋零。因此，我們在戰後成長的趙家兩兄弟身上，意味深遠的看到理想色彩的不再。在老大爾平的身上，依稀還可以瞥見傳統的工作倫理，但在小弟南楝身上，則似已無可期待。然而本書所呈現的局面也不盡然完全絕望。事實上，監獄中本省政治犯與外省政治犯間的相濡以沫，已經隱約指出了救贖的可能途徑。故事的結尾——台灣的母親收養了南楝——一對充滿理想主義色彩的外省夫婦所遺下的孤兒——充分說明了陳對救贖的看法。而且，也正是他對本省外省之間相濡以沫的描述，透露了他對中國身分的看法。

這段獄中生活的時代背景大約是韓戰期間。多數下獄者都是共產黨人或社會主義信徒。他們不論是本省人或外省人，幾乎都是民族主義者。對他們而言，信仰社會主義的目的就是爲了建設中國。然而，這並不表示這些本省進步青年，從來不曾因建設中國的使命過於龐大而卻步過。更何況在台灣人的歷史經驗中，曾有多次被中原政府背棄與傷害的例子（二二八事變甚且記憶猶新）。然而這篇小說的動人之處也就在此：在如此惡劣的條件下，一個強盛公義，昂首國際的社會主義中國的遠景，便足以使他們消除任何的疑慮，繼續勇往直前。小說中的一位台籍政治犯曾把這樣的心情做了精簡有力的表達：「一旦又找著了中國，死而無憾」（頁八一）。

不過陳畢竟與某些不明就裡的外省人以及政府官員不同。他雖強調中國的身分，卻不曾將之視爲一種打平一切特殊性的霸權意識。事實上，小說中日本對台灣的影響一再被凸出。日文語句不時出現在台籍政治犯的談話中。而且，許多社會主義的觀念原本也都是經由日本的管道傳入台灣。此外，在被處決之前，台籍政治犯多曾以日文道別並高呼口號。這些細節往往幾乎讓人覺得是兩個異文化互相對立的體現。而且，雙方必然有正邪之分。然而，陳的目的卻恰好相反。這些細節的描述，反而是爲了凸出台灣人民族主義情之強烈：雖有如此特殊歷史，亦無法稍減其中國情懷。

爲了避免予人本省外省之間有正邪的本質之分，陳也處處提醒讀者勿將外省人簡化爲一種類別，即一概視爲壓迫者。因此每當一個外省角色出現的時候，他一定會點出他或她的省籍，而且，他們所扮演的角色也有各種善惡的可能性，絕不只是當權者的走狗而已。

陳對尊重「差異」（difference）以及保存多元的呼籲，在趙青雲學習台灣閩南語的企圖中，尤其明白可見。趙雖然已經會說福建的閩南語，但仍覺得有必要學習台灣閩南話。雖然這也可看作是趙做爲一個社會主義運動者深入群眾的決心，但從本書其他所在的一些證據看來，作者的意圖中較重要的應是，強調外省人對台灣的特殊現實應有所體察。

雖然陳所呈現出的中國身分觀，與官方的說法一樣以其神聖不可侵犯爲基礎，但陳的版本與前者有一個重大的區別，那就是，前者忽略甚至掩蓋地方差異，後者則特別強調差異必須受到尊重。

宋澤來與陳映眞相差十六歲，但是由於宋是戰後出生的一代，這十六歲的時間距離，遂造成了兩者對中國身分在態度上的極大差異。雖然說宋的態度在他那一代，並無代表性，但他卻的確代表了一種新出現的，對於台灣與（觀念或現實上的）「中國」關係的看法。宋與陳一樣，曾經是現代主義的作家。也就是說他早期的寫作題材以表達個人內在情懷爲主。但是在出版《打牛湳村》之後，他開始大力介入現實問題，並且積極提倡他所謂的「人權文學」。[9]

宋對身分的看法與陳幾乎完全相反。對他而言，台灣身分應置於中國身分「之上」，更精確的講應是「之外」。由於過去主導台灣政治的大陸人過度強調中國身分，而忽略了台灣現實，以致弊端叢生，使得宋以及部分台籍知識分子逐漸認爲，非凸出台灣獨立於中國之外的事實，不足以救時弊。彼等遂倡議台灣在政治上應然的、甚至文化上本然的獨立。就文化而言，他們認爲「台灣文化」不但向來獨立於「中國文化」之外，且遠優於「中國文化」。外省人對台灣的宰制不但使台灣文化遭到壓抑，也不知不覺「腐化」了台灣文化。對宋而言，這大抵而言就是台灣所有社經問題的源頭。宋的憂慮與危機意識，使得他的寫作逐漸有說教與化約的傾向。而〈抗暴的打貓市〉便是這個傾向的一個產物。不過，這篇中篇小說雖然觀念上過於簡化，且技巧上也不夠細心，但卻被選爲本文的討論對象，其原因有二：第一、知名作家爲數不多的反華色彩作品中，態度之激烈尚無出其右者，因此易於凸出這種身分觀與陳映眞之不同。第二、這是第一篇「完全」以閩南話寫作的中長篇幅創作。[10]

本文是以黑色喜劇（black comedy）的誇張形式寫成。故事敘述兩位台籍兄弟因爲受了居留過大陸（因此，根據宋的邏輯，便是已受到「中國人」腐化）的父親不良的影響，在二二八事變中與國府合作迫害本省人，並從此一帆風順，成爲國府倚重但徹底腐化的官員。俟後，二人因爲多行不義而被一憤怒青年狙擊於鬧市。兩人都沒有因爲這次事件而馬上喪命。但是他們極爲不堪的慢性死亡卻從此開始。

宋在本文中的重點並不在故事，而在列舉「中國文化」如何一步一步的腐化了這對本省兄弟。宋這番努力無可否認與當時剛萌芽的反對運動中部分成員的反華情緒有關。宋代表的應是其中最激進的，也就是支持隔絕式台獨的這一支流。因此，對宋及其同志而言，區分「好」的台灣文化與「不好」的中國文化，並且自前者中把後者清除，便是台灣走向獨立的第一步。至於區分台灣文化與中國文化的方式，通常是從界定中國文化入手，然後再以消去法得出台灣文化。本文便是一個具體的例子。雖然本文在中國文化的認定上，顯得混亂——有時候是與官方意識型態有關的（傳統）事物（如普通話、舞龍、民族舞蹈、長袍馬褂、書法等）；有時候又是非傳統的事物（如西方社交舞、與女性約會的行爲，西式髮型等）；有時候則是傳統文化中的「落伍」成分（如「順天者昌」的想法，傳統治學方式，民間信仰等），但區分的原則卻非常清楚始終如一，也就是台灣現有文化中凡可視爲「不良」成分者，皆屬中國文化之範疇，而其餘便是台灣文化。此一原則確立之後，瓦解中國身分，重建台灣身分的志業似乎便易如反掌。

在陳文中中國身分的神聖不可侵犯本質，在宋文中被完全否定。中國身分對宋而言，不是天生本然，而是由外力所強加。神聖性在宋文中也由「全世界最醜惡的歷史」所取代。對宋而言，這個歷史之所以能持續，完全是因爲那艘一再出現的「紅色蝙蝠船」——在本篇中乃是「中華帝國」以血腥手段擴張的象徵。

第三篇小說的作者林燿德生於一九六二年，比宋澤萊小十歲。在這十年間，台灣住民的身分認同又有了新的發展。林的這一代成長在經濟富裕，省籍關係漸趨和諧，本省人與外省人所共有的新本土文化逐漸茁壯成形的環境中。因此，在這一代之間也逐漸發展出一種本省人與外省人都能接受的台灣身分意識。比起陳或宋，林這一代一般而言對台灣的種種都比較自信。因此，一方面他們對中國身分不再似陳般狂熱執著，另一方面，他們也不似宋為肯定台灣身分而產生明顯的焦慮與排他情緒。

因此當林這一代的人從事身分的檢討時，他們雖也如陳宋以發掘被淹沒的台灣歷史為主。但是種種跡象顯示，這一代「恢復歷史」（reclaiming history）的方式與陳或宋都漸有不同。一方面，他們似乎已逐漸注意到了宋澤萊式閩南沙文主義（即以閩南人為台灣歷史的主體）的問題，而試圖以平等對待所有種族及語言族群。另一方面，他們的態度雖然接近陳映眞的多元文化觀，但就定義身分的策略而言，卻較陳實際取向。說得更具體一點就是，他們對中國身分的看法似乎比陳映眞更以台灣為中心。閩南裔的外省第二代林燿德在他一九九〇年所出版的《一九四七，高砂百合》一書中，可以說相當程度上體現了這樣一種新的身分態度。

本書的時間基本上以二二八事變前的那一天為基礎。但是在角色的心理時間上，本書則依各人背景的不同而各自上溯百年千年，以說明各族裔與台灣歷史的糾結。故事開始的時候，我們目睹一位已不為部落所信任的原住民巫師，正與該部落的祖靈進行溝通。在這場超自然的精神對話中，我們看到該部落（也就是台灣原住民的象徵）是如何被迫進入「世俗歷史」（secular history）。同時，我們也看到了二二八事件的不祥預兆。然後，故事的焦距移到了一位在原住民地區傳教的西荷混血教士身上，接著又轉移到了兩名拒絕向盟軍投降的日兵身上。隨著二十七日的時間分秒逐漸過去，故事劇情的各條軸線也開始聚攏。教士，日兵，前述巫師擔任教士助手的兒子——這些台灣史上的各種歷史脈絡的象徵，都聚在了一起，以「目睹」二二八這個讓兩個漢人族群傷痛的時刻。故事結束的時候，離開了部落而在某漢人處習醫的巫師之孫，自其祖父的靈魂得到了關於部落及全台灣命運的啓示。此刻正是二月二十七日晚間十一時五十九分。

本書中對身分的理解與「百合」的意象有密切關係。這個意象首先出現在老巫師瓦濤・拜揚與祖靈溝通的時候；瓦濤曾一度在幻覺中看到高山上整片百合枯萎的景象。在本書結束的時候，百合再度出現在一段想像的對話中。這段對話發生在古威・羅洛根（巫師的孫子）與路依（他一度愛戀但後來被教士勾引，且可能已流落漢人世界爲妓的部落女子）之間。因此，百合顯然象徵的是原住民經過一連串外族宰制之後，所喪失的尊嚴與純潔。但是當這個意象在本書標題中與一九四七並置的時候，它的象徵意義更可引申爲二二八事件以來因此受害的台灣所有住民。

然而，從作者所提供的長程歷史視角看來，巫師心中滿山百合花同時凋萎的意象，也可視作是部落祖靈對平地人的懲罰。原因是平地人不但以其權利欲望，消滅了原住民獵頭行爲中「流血」所涵蘊的儀式意義，而且還爲了財富與權力等世俗目的，任意殺人「流血」。因此，部落祖靈在二二八前夕召示巫師之孫獵頭的儀式含意，並諭令秉此達成部落中興的一幕，與即將發生的二二八事件本身，遂形成一強烈對比。其令人深思之處，自不在話下。

本書把台灣置入了恰當的歷史情境之後，一個全新的身分觀也隨之建立。首先，我們發現，本書不再似前兩篇小說一樣，受制於一種二選一的困境中。也就是說，必須在兩種漢人的身分——

台灣人或中國人——中做選擇。原因是，一方面，台灣脫離了歷史上那種中華文化邊緣小島的邊陲身分，而成了它自己獨特歷史的中心。換言之，本書中所建立的身分是相當「台灣」的身分。但另一方面，這個以台灣爲中心的身分觀，卻不再有宋小說中瀰漫的「中國恐懼」；「與中國不同」的宣示也就不再是那麼迫切。因爲，不管是在「中國性」（Chinese-ness）之內或之外，這個身分都將具有中心的地位。但更重要的是，在這個新身分觀中原住民觀點的中心位置。原住民觀點出現在小說中，這並不是第一次。但在書中將這個觀點變成中心觀點，並以此有效的破壞漢人沙文主義歷史觀的作法，則本書應是先驅。更重要的是，在本書中原住民的觀點又與「聖靈世界」（the sacred）是同義詞。因此，書末更藉由對「聖靈世界」的招喚暗示台灣社會的再生，繫乎全台灣住民對身分的「儀式意義」的了解。以儀式意義爲基礎的身分則必是超越權力慾望與社群私利，而以「聖靈世界」——也就是大群體的再生——爲目的。

身分認同的問題在當代台灣社會中，的確是一個愈來愈醒目的問題。由於台灣住民結構的複雜，及其歷史背景與政治環境與中國其他漢人地區的迥異，使得其身分問題殊爲難解。上述對身分態度轉變所作的討論，雖然看似自其中歸納出了一個辯證的過程，實則這並不是一個全島性的現象。視中國身分爲神聖不可侵犯的態度（不論是官方說法，或是陳映眞式說法）似乎仍然有相當大的市場（或可以國民黨的得票率爲指標）。宋略具閩南沙文主義傾向的隔絕式台灣身分觀，則多爲反對黨中的閩南裔成員所倡。而林的多元文化身分觀則在年輕的知識分子中逐漸受到重視。但是到底那一種身分觀最後能爲全台住民所普遍接受，或者還會有其他身分觀出現，則仍在未定之天。事實上，台灣與中共的互動應會對台灣的身分觀起關鍵性的影響。雙方敵意的深淺，瞭解的程度，中共改革的意願，以及台灣領導階層內部以統獨爲藉口的權力鬥爭等，都會衝擊到未來台灣社會身分態度的演變。而這些變數幾乎無一是可預料的。因此，我們只能儘可能的開放心胸面對此一問題，其餘的或只能讓時間來說明了。

——一九九二年十二月一日原載於《中外文學》第二十一卷第七期，選自聯合文學版《愛與解構——當代台灣文學評論與文化觀察》

註釋

❶這是 Benedict Anderson 在 *Imagined Communities*（London: Verso, 1983）一書中的基本論點。

❷請參考林毓生在其力作《中國意識的危機》（穆善培譯。貴陽市：貴州人民出版社，一九八八）一書中對此的討論。

❸南方沿海各省外國接觸經驗豐富，海洋傾向濃厚，因此向來較北方等內地開放。

❹所謂「流散」（diaspora）指的是，任何一個文化通常都被假設有所謂「中心地區」，而遠離該中心之有效影響的文化區域或文化社群，遂被稱為流散文化。但筆者使用此一詞彙時，並無價值判斷的意味。

❺台灣史上的反抗運動常被任意賦予「反中國」的涵意。實則包括反清起義在內的各個反抗運動，都是從漢人意識出發，以反異族為目的。但過去台灣漢人的各社群（漳泉客）對「異族」的認定並不一致，因此才會造成如林爽文事件中，漳人反清，而泉人、客人擁清的現象。

❻吳濁流，《亞細亞的孤兒》。台北：遠行，一九七七。

❼陳映真，《趙南棟及陳映真短文選》（台北：人間出版社，一九八七）；宋澤萊，〈抗暴的打貓市〉，收入《弱小民族》一書（台北：前衛出版社，一九八七。頁一七三～二六三，閩南語版：頁二六五～三三六）。林燿德，《一九四七，高砂百合》（台北：聯合文學出版公司，一九九〇）。

❽但筆者這樣的安排並無面面俱到的意味。也就是說，這三位作者並不各自代表台灣的三大漢人族群。筆者只不過認為這三者背景同中有異，或許對文化屬性與身分態度間關係的思考，能有所啓發。

❾宋的激進或與他的文化屬性（也就是他做為閩南化客家人的背景）有關。「改宗者」（convert）往往特別投入，以顯示自己的忠誠。

❿以閩南話寫作的行為，本身就是一種對大陸人主導政治，及其中原中心文化取向的一種反彈。相對於國府在語言的政策上，一味的提高普通話（國語）為「中國性」（Chineseness）的象徵，並且以不當的方式把台灣的地方語言邊際化，宋（及大部分以閩南語寫作的人士）則強調後者的中心地位，並且貶前者為次要，企圖藉此達到顛倒原有位階，置「台灣性」（Taiwanese-ness）於中國性之上的目的。

林淇瀁：

「副」刊大業

——台灣報紙副刊的文學傳播模式

林淇瀁

筆名向陽，台灣南投人，1955年生，文化大學新聞碩士，政治大學新聞博士，曾任自立報系副刊主編、總編輯、總主筆、副社長，現任吳三連台灣史料基金會秘書長。著有《書寫與拼圖：台灣文學傳播現象研究》、《喧嘩、吟哦與歎息：台灣文學散論》等。曾獲吳濁流新詩獎、國家文藝獎、愛荷華大學榮譽作家、玉山文學獎文學貢獻獎。

一、緒言：「副」刊大業

對於全球華文報業而言，副刊，過去是，現在也還是多數華文報紙眾多版面中不可或缺的一個版面；至於將來，恐怕就很難說了。

就報業經營的現實層面來說，副刊在報紙主要的新聞資訊服務之外，提供了一個足以讓讀者休憩、停歇的園地；也標誌了所有報紙在大同小異的新聞處理之外，一個足以和其他報紙爭奇鬥豔、並且獨樹一格的報紙風貌。

就華文報紙的歷史傳統來看，副刊則在報業史上具有重要的、微妙的、並且獨特的地位。副刊的重要，來自它具有除了提供新聞和資訊之外的文化傳播意義，它是華文報業「以傳播硬體生產的軟體形式出現之文化的商品化」（McQuail, 1994:96），一方面象徵著某種文化認同（cultural identity），一方面又是文化價值的生產機器。

副刊的微妙，在於它相對於當代西方報業，以全然不同的身姿存在於華文報業中，彰顯著東方傳媒與西方傳媒的殊異面相；又相對報業自身，它以透過報社外部作家提供文本，參與耕耘的「公共論壇」形式，有別於其他「新聞」版面的生產與表現。副刊的獨特，來自於它既是大眾傳播的，同時又是文學的媒介。在大眾傳播媒介的功能上，它必須留意「大眾」的消費需求，一如馬奎爾（McQuail, 1994:99）所說，作爲文化產品（出之以形象、思想和符號的形式）在媒介市場中如商品一樣地產銷；而在文學此一心智的創造中，它又屬於一種菁英趣味，是作家或編者個人理念和文學品味對社會生活的總體呈現，「不僅止於權力和交易……也包括審美經驗、宗教思想、個人價值與感情以及知性觀點的分享」（Carey, 1988:34）。這種介於大眾文化與精緻文化之間的擺盪，形成副刊在大眾傳播媒介中最爲獨特的特色。

也正因爲如此，華文報業的副刊，同時就具有「從屬」與「自主」的雙重媒介性格。副刊從屬於報紙正刊（新聞版面），作爲正刊的輔助、補充與旁襯角色，這也點明了「副刊」此一版名之所以爲「副」的符號來源；但副刊也自主於報紙正刊之外，在內容、形式、結構與精神，乃至人員、編制、作業上，都與正刊別樹一幟，自成天地。副刊不「補」正刊的「白」，不被新聞所役，它與「新聞」一樣關注社會、反映人生世相，後者「據實報導」、前者「虛構描摩」，卻都爲閱讀大眾提供了鏡中鏡外相互映照的眞實。甚至，副刊文學的虛構，有時還比新聞的厚描更接近社會眞實。

副刊其實不「副」，就媒介與社會、傳播與文化的關係來看，副刊是華文報業貢獻給讀者據以參與並實踐、分享和使用的大業。弔詭的是，在既是大眾傳播的、又是文學的媒介特質中，副刊，特別是戰後五十年的台灣副刊，因而也不能不在大眾與文學之間，摸索並調整其文學傳播模式，而逐步地走向一個「大眾副刊」的模式。

接下來，我們將透過台灣報紙副刊的歷史脈絡，副刊守門人的相關論述，比較分析五十年來不同副刊模式的摸索、調整、建立及其轉化，提供趨勢觀察，作爲台灣報紙副刊的文學傳播研究基礎。

二、副刊：被歷史與社會切割撕扯的媒介

就整個華文報業的副刊「形象」來看，台灣報業中的副刊，緣於五十多年來在台灣這座被海洋孤立的島嶼，以及約三十八年（一九四九～一九八七）威權統治的隔絕，在菁英薈萃、鎖島深耕的發展過程中，展現出了異於大陸中國與世界各國華文報業副刊形同實異的丰采。

台灣的報紙副刊，作爲一種既具公眾性又具私人性的媒介，在其公眾性的部分，它們「園地對外公開」、讀者涵蓋各階層、同時不爲新聞人員專屬獨佔；在私人性的部分，它們擁有相當威權的主編裁斷權、爲特具文學或知識才智的作家「服務」、大半內容來自作家心智的呈現、並以作品水準與風格的獨創爲選擇標準。公共性，是廣大讀者接近使用副刊的基礎，也是副刊得以在大眾傳播媒介的報紙存活的理由；私人性，則是副刊主編及其作家班底得以掌握文化霸權、形塑社會價值的源頭，也是副刊能在面貌模糊、以記錄社會現象爲已足的新聞媒介之內發出「唯一的高音」，掀動時潮、獨樹風格的動力。

這種既具公眾性又具私人性的媒介特質，有其來自歷史的脈絡。在歷史發展的過程中，台灣的報紙副刊受到兩股報業歷史的切割。其一是中國報業發展流程的「附出」報或「附張」版的延續；另一則是台灣自身報業歷史中「文藝欄」的紹承。

中國報業「附出」報與「附張」版的出現，約略與近代中國報業的發端同時並進，一八七二年英國商人美查（Ernest Major）在上海創辦《申報》，爲與一八六一年創辦的《上海新報》競爭，乃於新聞版面公開徵求「騷人韻士」之「短什長篇」，刊登「竹枝詞及長歌記事之類」的作品，後又

增加俗語、時文、燈謎、聯語徵對及劇評，開華文報業副刊之先河（賴光臨，一九八四：四八）。其後，一八九七年上海《字林滬報》隨報「附出」〈消閑報〉，於是而有胡道靜（一九四八）所稱許的「成形的副刊」正式走上報業史的舞台。二年後《字林滬報》轉由日人「東亞同文會」經營，易名爲《同文滬報》，並將〈消閑報〉的「附出」小報方式納入該報版面之中，成爲附張「同文消閑錄」（吳輝達，一九七七：八一），副刊從此存在於報紙之內，並爲其後繼出的報紙所倣效。

到了中國五四運動時期，報紙副刊掙脫出「附張」的格局，對當時的新文化運動帶來鼓動社會思潮、文化改造，以及對於風起雲湧的報業的影響。五四開始後，「中國約有四百種白話文的新刊物出現。……（它們）紛紛改用白話文，而且開始介紹現代西方思想和知識。爲了配合及加速這種改變，原來的老編者多數都被激進的、有現代思想的年輕人所代替（如胡適、茅盾、李石岑等）」（周策縱，一九七九：一五〇～一九）❶。很多日報增加專欄或出版副刊來刊登新文學作品和討論文化及學生運動。而對大眾需求毫無反應的報紙，則銷路劇跌，被迫停刊。

當時能發揮媒介傳播力量的報紙副刊，著者有《時事新報》「學燈」、《民國日報》「覺悟」、北京《晨報》「副鐫」。三報副刊，三足鼎立，不但對五四之後的中國新文學運動起重大影響，也確立了華文報業「副刊」傳播的與文學的屹立的位置。

同時，三報副刊似乎也互有默契。《時事新報》「學燈」版設於一九一八年三月三日，迄一九二九年五月停刊，走「促進教育，灌輸文化」的路線，「撰述者都是一時之選，於是學界極表歡迎」（秦賢次，一九八五：四六～四七）；《民國日報》「覺悟」發刊於一九一九年，國民黨人所辦，主要是革命理論的闡揚，注意對青年學生意識思想的指導，以及對封建勢力的批判，顯露出「偏其所偏」的辛辣辣的味道」（遯叟，一九七〇：一五四）；北京《晨報》「副鐫」於一九一一年十月出刊，主編者孫伏園一改當年各報副刊重視知識、意識的走向，大量譯載世界文學名著，發表文學名家創作，奠定了「文學副刊」的模式（秦賢次，一九八五：五〇～五一）。

「學燈」、「覺悟」與「副鐫」以其各自建立的「學術的」、「思想的」與「文學的」副刊模式，確定了此後華文報紙副刊論述形貌，從此也成爲華文報紙副刊形貌各異、分殊亦多的基本內容及編輯走向（林淇瀁，一九九三：八〇）同時，隱藏在「學燈」、「覺悟」與「副鐫」三副刊背後的，則是五四運動的社會變遷波瀾；它觸及到二十世紀初期中國的國家尊嚴與社會重建問題，這提供給當時萌芽的報紙副刊豐饒的土壤。

戰後台灣的報紙副刊，就其顯揚的傳統歷史來看，是紹續了此一五四以後中國報業副刊的譜系；但就其隱抑的本土社會而言，則另有來自日治時期台灣被殖民經驗的坎坷心路。

在一九四五年中華民國政府尚未接收台灣之前，台灣已有報紙，報紙也有稱爲「文藝欄」的副刊。相對於同年代中國習稱的「附張」、「附出」、「漢文欄」、「文藝欄」這個副刊符號的用法，顯示日治時期台灣報紙副刊與中國報紙副刊並非同源。一八九八年，日本帝國統治台灣第三年起，日本人經營的日文報紙《台灣日日新報》首設與同年代中國報業「附刊」內容類似的「漢文欄」（主編章炳麟），展開了台灣報紙副刊的先聲；一九〇四年，連橫主持《台南新報》漢文部，一九〇八年，接台中《台灣新聞》漢文部主筆，迄一九一一年赴中國大陸止（林文月，一九七七：二七～三六），在他任職《台南新報》、《台灣新聞》期間，台灣舊詩社團「櫟社」（台中詩人集團，一九〇三）、「南社」（台南詩人集團，一九〇四年）相繼成立，連橫所主持的《台南新報》「漢文欄」曾對傳統詩界「擊缽吟」提出批判，而引發櫟社詩人在《台灣新聞》「漢文欄」上反駁，從而爆發台灣文壇及副刊第一次筆戰。這種透過報紙「漢文欄」提出「革新議」，掀起論戰的副刊功能，與同時代中國報業「附張」「聊供消閑」大有不同。

不過，受到日本統治當局依「六三法」❷而頒的「台灣出版規則」、「台灣新聞條令」的限制，直到一九三〇年，台灣才出現第一份由台灣人辦的日報《台灣新民報》，在此之前十年，它的前身分別是東京《台灣青年》（一九二〇）、《台灣》（一九二二）、《台灣民報》（一九二三）等雜誌與週報。這個台灣人菁英自辦的報業可統稱爲《台灣新民報》系，它起自東京，終於台灣，至一九四一年易名《興南新聞》、一九四四年併入《台灣新報》❸止，前後約二十四年。

日治下台灣報紙的副刊改革，從《台灣新民報》系開始，後來廣爲島內各日人報紙所效，並通稱之爲「文藝欄」（或「學藝欄」）直到戰後。「學藝欄」中，世界文學、中國文學佳作，以及台灣作家的作品源源不斷，胡適、魯迅、郭沫若、冰心、周作人、梁宗岱、徐志摩等作品均曾被介紹給台灣讀者，而台灣新文學運動中的幾次大辯論❹，也多在此點燃（林淇瀁，一九九三：九七～九九）。

《台灣新民報》系副刊對台灣文學／文化的貢獻是，提供給摸索中的台灣作家廣闊的思想、文學創作與論述的空間，葉石濤（一九七八：二八～二九）認爲「《台灣新民報》從一九二〇年到一九四四年，享有長達四分之一世紀的壽命跟台灣新文學共存亡」。此外，它也爲戰後尋找根源的台灣文學家提供了台灣論述的建構基礎，七〇年代開始的「台灣意識」、「台語文學」再出發及「台灣文學」主體性的重建，均與此一副刊有隔代的關聯。

戰後的台灣報紙副刊，就是在如此兩條或隱或顯的歷史源頭切割，與五十年來威權統治下台灣社會快速變遷的撕扯中，由不同的副刊守門人根據他們的文學的、傳播的、社會的乃至政治的策略，刻繪出台灣報紙副刊的獨特面顏，寫下了在整個華文報業副刊發展中的新頁。

三、副刊主編：Who says What in Which channel?

從大眾傳播研究的角度來看，報紙副刊的傳播過程，也適用於傳播研究先驅之一拉斯威爾（Lasswell, 1948:37）提出的公式：

> Who（誰）syas What（說什麼）in Which channel（經由何種管道）to Whom（對誰）with What effect（產生什麼效果）。

在這個簡單的傳播過程中，Who（誰）says What（說些什麼）in Which channel（經由何種管道），都牽涉到傳播者。傳播者選擇並加工傳播訊息的內容，透過某一媒介加以呈現，在此一傳播的起始過程裡，傳播者同時是媒介與訊息的守門人，他的身分、角色扮演，以及他選擇並加工訊息的立場、觀點、視野和取向，都會影響媒介內容。甘斯（Gans, 1979）和吉特林（Gitlin, 1980）曾就媒介內容的呈現提出五個主要假設，其中之一便是媒介內容會受媒介工作者的社會化和態度影響，另外四個因素：社會現實的反映、傳媒組織的慣例、社會機構和社會力量以及意識型態立場等，雖非直接卻也間接地影響到傳播者選擇訊息內容的考量。

放到副刊來看，副刊主編，此一在台灣報業和文壇中都同時具有守門人身分的角色，就好像林燿德（一九九一）所描述：

副刊在台灣形成獨特的傳播整合型態，它們所整合的對象是個別作家、文壇和不確定的實際讀者群，副刊編務執行者納編在報業行政系統之中，既是傳播者的一部分，也是文壇結構的一部分，成爲雙重身分的組織化個人。

這個副刊主編身分，一方面是傳媒組織中的一員，受到媒介組織文化的制約；一方面是文壇結構中的一員，受到文壇權力結構的影響。從而造成不同副刊內容的不同表現，也相當幽微地表現在不同的副刊主編的副刊論述之中。

以副刊的定義界定爲例。「副刊」這個符號，在台灣報業中具有兩個意涵，其一泛指所有「非新聞版面」，其一專指「文學／文化走向的版面」。在文壇的界定中，其層次有二，其一爲「廣義的」的副刊，另一爲「狹義的」副刊。前《中央日報》副刊主編孫如陵（一九七四）認爲「副刊是一種綜合性的活頁雜誌，其構成成分以文藝爲主，附屬於報紙，作不定期的發行」，根據此一定義，「副刊」的內容除了新聞被排除之外，幾乎無所不包，舉凡文藝創作、生活報導、學術研究、時事雜文、歷史傳記、民俗、圖書出版、家庭資訊、理財投資、科學發明，乃至影視娛樂資訊，均可以被稱爲「副刊」。這個副刊定義的論述，同時包含了「非新聞版面」與「廣義的副刊」兩種特質，放在四、五〇年代的台灣報業來看，也顯示了戰後約二十年間報紙副刊的主流風格，我們不妨稱之爲「綜合副刊」。

與孫如陵的副刊定義稍有不同的，是「狹義的」副刊定位，專指以文藝、文學、文化爲取向的副刊，事實上，此一特定的「副刊」定義，並非一夕之間形成。曾在五〇年代擔任〈聯合副刊〉主編的林海音（一八九一：九〇）即透露在她接編之前，「聯副」是綜藝性濃，文藝性淡的副刊；接編後開始走向「文藝性」的方向。此一「文藝性」方向的副刊模式，其後爲台灣各報副刊所依循，形成了六〇年代台灣報紙副刊「文學副刊」模式。曾任〈自立副刊〉主編的向陽（一九九二：一八二）指出，「這個副刊模式，即是在強調『文藝性』的綱領下，以文藝作品的發表及園地提供作爲主要功能，兼及知識、趣味」。

七〇年代中期，副刊的定義又有進一步的衍伸，副刊不再滿足於「文藝性」而轉到「文化性」的取向。曾經掀起副刊改革運動的《中國時報》〈人間副刊〉主編高信疆（一九七九）強調，一個新型的副刊應該是：

> 在形式上，它是從文學的筆出發，以多風貌多姿彩的表現，來反映現實，重建人生，帶動文化，甚至發揮出社會整體的批評與創造的功能；在內涵上，這一塊版面也擁有了幾個重要的意義：首先，它是一座橋樑，……一種溝通的工具。其次，它是一扇窗戶，掌握且傳遞了各式不同的訊息……。復次，它是一面旗幟，……展現一份報紙的理想與特色……。此外，它還是一個天秤，……具有輿論的變遷價值。

曾與高信疆在同一報系任《工商時報》副刊主編的詹宏志（一九八〇：一一～一二），進而以「文化副刊」的模式強調此類副刊的特徵爲：內容的多元化、表現形式的多樣性、計劃性的傳播、知識份子的大量參與。

總的來看，戰後的台灣報紙副刊，由四〇年代到八〇年代中期，就是以「綜合副刊」、「文學副刊」、「文化副刊」等三個模式，表現出各副刊不同的面顏，而這些外觀的殊異，究其根源，又來自副刊守門人對於副刊此一媒介所懷抱的不同寄望與認知。

一九八七年桎梏台灣報業長達四十年的報禁解除，副刊的形貌隨著報業競爭、報紙張數的大幅增多而產生了更多元的、複雜的改變；同時在報禁階段副刊所發揮的影響力也有逐漸衰頹、弱化的趨勢。報紙張數增加，使得過去「擠」在副刊版面中的某些內容「分枝」到諸如〈讀書人〉版、〈開卷〉版，〈鄉情〉版、〈寶島〉版，或者在報社為符合不同階層讀者所需及市場競爭壓力下，衍化出了各種「週報」、「週日版」。以九〇年代《聯合報》、《中國時報》為例，每日版面多達四十餘版，「副刊」只居其一，與七〇年代在報紙十二個版面中扮演強勢角色的副刊已不能同日而語。這個階段的副刊不再是像高信疆所說的「旗幟」、「天秤」了，而只是報紙的一扇「窗戶」。副刊主編這時面臨的挑戰，「聯合副刊」主編瘂弦（一九八二：四〇）早已意識到：

> 勢必要確切分析讀者究竟需要什麼？副刊能給讀者什麼？並從而引導讀者給讀者一點什麼？而又是否在這原是相互對立的矛盾中尋求執中而理想的方式進行編輯工作？

進入九〇年代後的台灣報紙副刊主編，面對的則是更大的「大眾」壓力。副刊主編已經不能再只是從傳播者的角度單向地強調媒介內容，而必須將「讀者」（另一面則是「市場」）的需要納入媒介內容的選擇過程中。這使得九〇年代台灣的報紙副刊出現了既非「綜合副刊」、也非「文學副刊」、「文化副刊」等那樣清楚的界分，而與報業市場政策相隨，隨時調整它們肆應讀者（市場）的內容。這種讀者取向的副刊可以名爲「大眾副刊」模式，它反映的是「非傳統的、非菁英的、成批生產的、商業的、同質的」大眾文化（McQuail, 1994:40）特質。

四、大眾副刊的臨與終：幻變的布紋

台灣的報紙副刊，從早期的「綜合副刊」到中期的「文學副刊」、「文化副刊」乃至進入九〇年代的「大眾副刊」模式，固然與不同年代的社會變遷有關，更與報紙的大眾媒介本質有關。九〇年代台灣報業的競爭是全面性的、全方位的競爭。五〇年代之際，報紙以訊息提供爲主，綜合副刊「可重可輕，可多可少，可有可無」（孫如陵，一九七四），被報業視爲「報屁股」；到了六〇年代轉型爲文學副刊之後，副刊開始受到報業的重視，並且對文壇產生影響；七、八〇年代的文化副刊競爭，更是把報社對副刊的重視帶到最頂峰，瘂弦即具體地指出，「報社重視副刊的程度不亞於新聞版，甚至認定副刊的內容與方向攸關訂報率」，報紙的資源不斷投入副刊之中（水雲，一九八四：八四～九〇），帶來了文化副刊的黃金時光；但是九〇年代之後，副刊在報業市場的壓力下，逐步走向「大眾副刊」之路，其重要性反而慢慢地被一些更符合大眾需求的廣義副刊（如〈寶島〉、〈鄉情〉，以至〈消遣〉、〈資訊〉）等接收，甚至在近三年來出現了報紙取消副刊版面（如自立早報、聯合晚報、中時晚報）或加以萎縮（如自立晚報、台灣時報）的現象，副刊的大眾化，已經成爲副刊編輯人員不能不面對的嚴重課題，「不改變，就取消」，也成爲報業經營階層思考副刊存廢的基本邏輯。

此一副刊模式的變遷，其實早在八〇年代初期「文化副刊」獨領風騷時就已爲敏感的副刊守門人所警覺，現任《中央日報》副刊主編梅新在擔任《台灣時報》副刊主編之際，就以「副刊雜誌化、大眾化」爲題，指出：

> 副刊雜誌化，而不應死守純文學的老路，……就報業的發展而言，就報紙與報紙之間的競爭激烈情形而言，報紙副刊內容必須調整到文學以外的知識層面，甚至重大新聞的背景新聞亦可處理，……相信必能引起廣大讀者注意。（梅新，一九八〇）

一方面，副刊守門人發現在報業發展中的副刊已經「不能不變」，一方面這也和報業的媒介特質有關，向陽（一九九六：二七）指出，副刊的存在與否，「根本上是隨著報業政策而轉移的」，「當報紙的讀者結構改變，報業政策便會立即隨之轉變，而其考量點，厥在於讀者及社會集體思考的衡量」。是報紙這種高度依賴讀者／市場，鼓勵或壓抑了副刊的傳播功能及其盛衰存廢，而副刊的大眾化，一半就來自這種高度依賴市場的媒介經營政策。

浮面地看，打開九〇年代台灣各報副刊，瑰麗多姿、路徑歧出，副刊內容繽紛，從最「媚俗」的到最「孤絕」的素材雜然並存，從最「傳統」的到最「前衛」的資訊一應俱全，從最「保守」的到最「激進」的意識型態各擁框架。不同的副刊，交相輝映，展示了它們與七〇年代台灣、三〇年代中國，乃至日治時期台灣報紙副刊、清末年間中國報紙副刊不一樣的臉紋與眼神。彷彿所有的年代都來到這些長方形的副刊中一樣，詭譎的歷史和幻變的社會交織出了九〇年代台灣報紙副刊的複雜布紋。

仔細觀察這種布紋，則我們會進一步發現，交織在布紋中的，大半是來自不同背景、身分、意識型態、文化認知和傳播策略的副刊守門人經由「選擇」（selecting）和「加工」（processing）過程所「決定」的結果。選擇，指的是從「原料」的挑選到傳送成品的決策過程；加工，指的是在決策「鍊」下足以影響成品性質的工作習慣的應用（Hirsch, 1977:13-42）。換句話說，九〇年代台灣報紙副刊的多彩繽紛，乃是因爲不同副刊的主編「選擇」與「加工」的策略性成品。此一過程，涵蓋了副刊路向的決定、副刊作家作品的挑選、以及依據副刊主編理念及工作習慣所決定的風格。

再深一層分析，這些不同副刊主編「選擇」與「加工」後的策略性成品，其實全都指向它們的讀者，以讀者的反應作爲依據，副刊主編調整路向、挑選作家作品、並遵循媒介內部文化、工作習慣進行傳播，副刊守門人強烈的個人色彩，如七、八〇年代副刊那樣的「旗子」已經收起，取代的是副刊，做爲大眾媒介機器中的一個部門，對報紙發行量、讀者閱讀率乃至報紙成本的精算。

這是一個沒有「旗子」也不要「旗子」的傳播年代，對副刊尤其如此。副刊主編呼風喚雨的時代一去不回、副刊作家一夕成名的機會不再、副刊作品紙貴台北的盛況盡失；連帶的是，六〇年代「文學副刊」培育出的作家封筆，七、八〇年代「文化副刊」力捧出的文化明星消褪，以及進入九〇年代後文學、文化出版工業的蕭條。

大眾化也帶來商業主義（commercialism），反過來說，商業主義加強了大眾化。九〇年代的大眾副刊對於大眾文化的討論、關注逐漸加重，文學也是。顯例之一，隨著職棒的風行，「棒球文學」一度是部分副刊的主力商品；顯例之二，逐日追逐新聞事件的「後設」小說在副刊上以媚俗的文本逐日連載；顯例之三，大眾明星歌手撰寫的小說成爲報社頭版要目強調的「主菜」；顯例之四，副刊與商業機構合辦有利於商品廣告的徵文活動。這些顯例，不勝枚舉，在這種愈加商業化的「大眾副刊」模式中，出現了一如布倫莫（Blumer, 1991）所稱的「商業性環境」，卻也「提供了使得革新和創造不可能的約束性措施」。

副刊的這種大眾化傾向，絕非多半來自嚴肅文學領域的副刊主編所樂見，卻又不是他們主觀意願所可能扭轉的。大眾副刊乃是大眾媒介面對市場競爭壓力下不得不然的選擇、不得不然的加工。馬奎爾（McQuail, 1994:103）在分析大眾文化的特質時，以「通俗文化」（popular culture）名之，指這是「兩方面的作用的產物」，一方面爲了吸引「大量」的讀者和佔有更大的市場，媒介必須付出更「大量」的努力，使用當代的語言進行表達；另一方面，大眾讀者同樣也會主動要求獲得類似費斯客（Fiske, 1987）所說的「意義與愉悅」（meaning and pleasures）。

可是，一個慘酷的「前景」出現了，大眾副刊在幻變中因而更具有幻滅性。當副刊守門人選擇加工出來的產品，不能吸引「大量」的讀者，不能讓報紙在競爭中佔有更大的市場，副刊就面臨裁撤、縮編甚至從報紙版面消失的命運；而曾經以副刊作爲閱讀「意義與愉悅」來源的大眾讀者此時卻不會主動要求報紙繼續提供原有的副刊，他們會很快地在報紙的其他「副刊」上，或者其他報紙的副刊中找到替代品，而把原來的副刊忘得一乾二淨。

五、結語：從屬與自主

就像一首台語流行歌的歌名〈懷念的播音員〉一樣，二十一世紀來臨後捧著一大疊報紙的五十歲以上的台灣讀者，可能會在找不到「副刊」的報紙之前，油然想起他們曾經在年輕時光中崇拜過、享有「意義與愉悅」、並且因之成長的「懷念的副刊」及「懷念的主編」。

五〇年代台灣報紙副刊的讀者，曾經爲「綜合副刊」帶給他們的知識上的趣味；六〇年代的讀者會記得「文學副刊」帶給他們的心靈上的充實；七、八〇年代的讀者忘都忘不了以〈聯副〉和〈人間〉爲首的眾多「文化副刊」所掀起的文化視野的競爭，當中交雜著大轉捩點上台灣政治、社會變遷及文化變遷的光澤；九〇年代的讀者，在各種立場不同、市場目標一致的「大眾副刊」之中，最少也還可以滿足與當代大眾文化相當靠近的愉悅。

但是，二十一世紀時，這些不同模式的「副刊」有可能成爲圖書館中的微捲，提供那些二十世紀末葉的讀者回憶，曾經有過的一段與副刊交心的時光。在華文報紙的歷史傳統之中扮演過重要、微妙、並且獨特角色的副刊，已經走過它標誌菁英趣味、作家或編者個人理念以及模糊的大眾需求的路途，退出大眾媒介，不再與新世紀的報紙讀者分享審美經驗、思想、個人價值與感情以及知性觀點。

這樣的結語，似乎顯得相當悲觀。副刊，作爲大眾報紙中的版面，曾經擁有其他新聞版面從未有過的兼具「從屬」與「自主」的雙重性格，但從台灣報紙副刊的發展來看，在「綜合副刊」階段中，它的「從屬」於報紙正刊；反而賦予了它「自主」於報業市場壓力之外的絕大空間；在「文學副刊」階段，它雖然依舊「從屬」於報刊，卻因爲報業經營的逐漸多角化，以及它的受到讀者歡迎，被納編到媒介結構之內，減縮了一些「自主」空間；到了「文化副刊」階段，副刊因爲主編守門人意識的覺醒、也因爲內容的多元取向，強烈地在報紙正刊之外表現了它作爲大眾傳播媒介的力量，成爲報業市場競爭的利器，正式告別了「文人」副刊的性格，擺脫「從屬」於報紙正刊的命運，但這也反過來讓它減損原來可能不受經營者重視而得以擁有的「自主」空間；迄至九〇年代，則是「大眾副刊」的完全「從屬」於報業經營與市場考量之內，作爲文化商品，無以「自主」於報業市場壓力之外。副刊不再獨樹一幟，自成天地。副刊也不再「補」正刊的「白」，卻與新聞部一樣，不能不爲大眾（市場）所役。

「副」刊大業，在它進入大眾市場，作爲大眾消費品的年代，在它「必須既能符合其生產者的趣味，又必須能符合人們的各種趣味」（Fiske, 1987:310）的弔詭情境下，於焉完成。

——二〇〇一年十月，選自麥田版《書寫與拼圖》

註釋

❶周策縱著有《五四運動史》（Chow, Tse-tsung, *The May Fouth Movement: intellectural revolution in modern China*, *Cambridge*, Mass: Harvard University Press, 1960）。該書為研究五四運動最具系統之著作。其中部分章節，由「五四運動史翻譯小組」於一九七二年在周策縱親自指導及批閱下完成，收入周策縱等著，《五四與中國》，台北：時報，一九七九。本處引書中王潤華譯〈新文化運動的擴展〉。

❷所謂「六三法」，指的是日本於明治二十九年（一九八六）公布的「法律六三號」，該法規定「台灣總督得在其管轄範圍的區域內，發布具有法律效力之命令」，稱為「律令」；而日本法律的全部或一部，需要在台灣施行的，則稱為「敕令」。這無疑使得台灣總督形同「土皇帝」。因此，頒布後，日本帝國國會部分議員、律師即批評此法「侵犯帝國議會的立法權」；同時台灣知識分子及領導人物亦大加抨擊，從而有「撤廢六三法」運動的展開。（黃昭堂，一九八九年，頁二一七～二三〇）

❸二次大戰爆發後，日本當局將當時台灣島內六家報社《興南新聞》、《台灣日日新報》、《台灣新聞》、《台南新報》、《高雄新報》、《東台灣新報》併為一家，由日人控制經營，名為《台灣新報》。

❹其著者如〈台灣白話文運動〉、〈新舊文學論戰〉、〈鄉土文學論戰〉（台灣話文論戰）。

參考書目

水　雲，〈文藝之必要：訪聯副主編瘂弦〉，台北：《新書月刊》，十期，一九八四。

向　陽，〈副刊學的理論建構基礎：以台灣報紙副刊之發展過程及其時代背景為場域〉，台北：《聯合文學》，八卷十二期，一九九二。

向　陽，《喧嘩、吟哦與嘆息：台灣文學散論》，台北：駱駝，一九九六。

吳輝達，〈我國報紙副刊之發展與演變〉，台北：《新聞學報》，八期，一九七七。

周策縱，王潤華譯〈新文化運動的擴展〉，《五四與中國》，台北：時報，一九七九。

林文月，《青山青史：連雅堂傳》，台北：近代中國，一九七七。

林燿德，〈聯副四十年〉，台北：《聯合文學》，八十三期，一九九一。

林海音，〈流水十年間——主編聯副雜憶〉，《風雲三十年》，台北：聯經，一九八二。

林淇瀁，《文學傳播與社會變遷之關聯性研究：以七〇年代台灣報紙副刊的媒介運作為例》，文化大學新聞研究所碩士論文，一九九三。

胡道靜，〈中國報紙副刊的起源與發展〉（上），《報學雜誌》半月刊，一卷六期，南京：中央日報社，一九四八。

秦賢次，〈中國報紙副刊的起源與發展：一八七二～一九四九〉，台北：《文訊》月刊，二十一期，一九八五。

黃昭堂，黃英哲譯，《台灣總督府》，台北：前衛，一九八九。

高信疆，〈一個概念（副刊編輯）的兩面觀〉，台北：《愛書人》雜誌，一二七期，一九七九年十二月一日，版二～三。

孫如陵，〈副刊講座〉，台北：《中國文選》，九十一期，一九七四。

梅　新，〈副刊雜誌化、大眾化〉，台北：《報學》半年刊，六卷四期，一九八〇。

葉石濤，《台灣文學史綱》，高雄：文學界雜誌社，一九七八。

詹宏志，〈觀念的歷險：從文藝副刊到文化副刊〉，台北：《報學》雜誌，六卷四期，一九八〇。

瘂　弦，〈當前我國報紙副刊的困境與突破〉，《風雲三十年》，台北：聯經，一九八二。

遯　叟，〈我所記憶起的報紙武副刊〉，台北：《報學》半年刊，四卷四期，一九七。

Blumer, J. G. The new television market place, in J. Curran & M. Gurevitch (eds.), *Mass media and society*, pp. 194-215. London: Edward Arnold,1991.

Carey, J. *Communication as culture*, MA: Unwin Hyman, 1988.

Fisk, J. *Television culture*. London: Methuen, 1987.

Lasswell, H. The structure and function of communication in society, in Lyman Bryson (ed.), *The communication of ideas*. N. Y.: Haper & Row, 1948.

McQuail, D. *Mass communication theory: an introduction*. London: Sage,1994.

Gans, H. J. *Deciding what's news*. N. Y.: Vintage Books, 1979.

Gitlin, T. *The whole world is watching: mass media in the making and unmaking of the New Left*. Berkeley, CA: University of California Press, 1980.

Hirsch, P. M. Occupational, organizational and institutional models in mass communication, in P. M. Hirsch et al. (eds.), *Strategies for communication research*, pp. 13-42. CA: Berverly Hills, 1977.

龔鵬程：吃喝拉撒睡——散文的後現代性

龔鵬程

江西吉安人，1956 年生，台灣師範大學國文研究所博士。曾任《國文天地》雜誌社總編輯、學生書局總編輯、淡江大學中文系教授、主任兼研究所所長、文學院院長、行政院大陸委員會文教處處長、南華管理學院教授兼校長等職。現任佛光大學校長。著有評論集《文學散步》、《文學與美學》、《文學批評的視野》、《人在江湖》、《台灣文學在台灣》等。曾獲中山文藝理論獎、中興文藝獎章、行政院傑出研究獎等。

正。這與阮元劉師培等人為反對桐城古文之勢而縱談〈文言〉，正相類似。

而他說作文章須以意為主，不必斤斤計較駢散，當對則對，當散則散，方能渾成。這個道理也是對的。古文運動諸大家，本來也就是駢散兼行的。韓柳王安石歐陽修蘇東坡，也都是辭賦高手，駢四儷文，未嘗不錦心繡口。他們一些散行的文章，中間也不避儷詞。但這種境界，其實頗不易至。一般為古文者，學到的，乃是一些模擬古語以求為古文之形式技術，故以用儷詞為不古。古文運動之所以讓人有它是個散文運動的印象，原因正在於此；古文勢盛，而駢體漸衰亦由於此。

近人郭紹虞有個講法，說春秋前為詩樂時代，戰國秦漢為辭賦時代，六朝為駢文時代，隋唐北宋為古文時代，南宋至今為語體時代。詩樂時代，語與文合，故無駢散之分，袁子才〈答友人論文第二書〉云：「古之人不知所謂散與駢也」。辭賦時代，文與言漸漸分離，文學逐漸走上文字型，在文學中發揮文字之特長，且藉統一文字來統一語言。進而到駢文時代，利用文字特點，形成駢偶與對仗，可稱為文字型之極致。古文時代，則為它的反動。雖用文言，似與口語不同，但卻是文字化的語言型。其後語錄體的流行，小說戲曲的發展，便都是這個時期的進展。故古文運動名曰復古，實乃開新，代表文學以語言為工具而演進（中國文字型與語言型文學之演變，收入《語文通論》正編，開明書店）。

六朝文固然不限於駢儷，但以駢儷為其特點；古文也不限於散語，但以散語為其不同於駢儷之處。而正因其散行單語，故比駢文近於語言型式而遠於文字型式。古文的文藻修飾之美，所謂「文章爾雅，辭訓深厚」，確實不如駢文，這是它不傾向於文字型的徵象。郭紹虞說它近於語言型，但發展了語言型，誠然。我們看古文家的文章中敘言說、狀說話人聲口處，遠多於駢文，就可以明白這個論斷是頗有所見的。

二

談到此處，我要先岔出去，討論一下已有的一些散文史散文論，然後再接下去談古文運動與其後散文發展之關係。

民國二五年商務印書館曾刊陳柱《中國散文史》一種。全書依駢散關係立論，謂上古秦漢為駢散未分期，兩漢為駢文漸成期，漢魏為駢文漸盛期，六朝至唐初為駢文極盛期，唐宋為古文極盛期，明清為駢散二體合之八股極盛期。但作者又自疑其旨，云：「吾以謂駢散二名實不能成立」（第一編，第一章）。所以他大抵只是採用文筆說的一部分含義，說文猶後世所謂詩賦駢文；筆猶後世所謂散文（第三編第一章）。如此論文，竊恐其不自安也。該書撏摭上古迄清非韻文非偶體者，敘述成編，其中經史子集鐘鼎碑銘無所不有。間或分派，名目亦極雜錯，如戰國以儒道墨法之學派分，然而學派豈即文派乎？兩漢以辭賦家、經世家、史學家、經學家、訓詁派，碑文家分，然而，經學不有訓詁乎？碑多無名氏撰，又豈成家耶？晉南北朝更有藻麗派、自然派、論難派、寫景派；唐宋而有難派、易派、矯枉派、艱澀派，淺易派、民族主義派等，均淩亂不成言語，如此談散文，不是談成一盆麵糊了嗎？

陳柱此書，乃昔年商務「中國文化史叢書」之一。無獨有偶，一九九二年，五十六年以後，另一套中國文化史叢書也由劉一沾、石旭紅編了本《中國散文史》。這本書依時間順序，每一時代各選一些人敘述。選誰與不選誰，毫無標準。既有像司馬遷那樣，已敘於第二編第二章第二節，又專論於第三章的。更有將著名駢文作家如鮑照、吳均、庾信等列入大加評騭的。唐代，皇甫湜等韓門健者，都未齒及，而大談杜牧李商隱。雖然這或許與作者自稱：「本書論述的對象主要在駢散之體，而以散體為主」有關，但在一本散文史中讀到〈哀江南賦〉、〈滕王閣序〉，不是很奇怪嗎？如此妄謬，似更甚於陳杜。

此書論散文，還有個與陳杜不同之處。即將散文與儒家思想結合起來。謂漢代經學之發達，使得散文開始「宗經」「徵聖」。魏晉南北朝儒學地位動搖，則駢文大行。唐宋儒學復興，散文遂亦復振。明清時期桐城派以八股解經之方式為文，衍其餘波，明末小品等則為反動，自抒性靈。

但宗經、徵聖，乃南北朝時劉勰之說。古文運動雖與儒學復興有關，其文卻與經學無關，亦與漢代儒學無關。明末小品文人則或不喜道學先生，然逕謂其為儒學反動，又頗誣罔。是以劉石兩君此類說法，可以驚俗目而不足以論散文史也。

像這類奇談怪論，其實所在多有。如王更生先生為馮永敏《散文鑑賞藝術探徵》（一九九八、文史哲）寫序時說：「魏晉南北朝是個儒學式微、百家飆駭的時代，文學理論雖開千巖競秀之局，但綜其大要，不外文話、文選二派」。此語已令人費解，下文竟又說：「文話又叫散文派，以劉勰《文心雕龍》為宗，後起的有散文話、四六話、小說話等」，如此云云，眞不知何所見而云然。《文心》以降，是有不少論文之書，但《文心》怎能稱為散文派？它本身是駢文，討論的也多是駢文。四六話更非「散文派」一詞所能指涉。

鄭明娳的散文理論則較有理致。她先區分傳統意義的散文和現代散文。傳統意義的散文，乃是：只要不是韻文，又非聲律文，便均可稱為散文。但若依此定義，小說、劇本、無韻的散文詩怎麼辦呢？鄭明娳乃有「剩餘文類」之說，也就是在文字書寫品中凡能獨立成一文類，如小說、戲劇、詩等等者，都獨立出去，賸下來的殘留作品，便總稱為散文。因此，散文並無自己獨立的文類特色，內容過於龐雜，也難以在型式上找出統一的要求。但儘管如此，「現代散文作家們，仍然努力塑造散文自己獨特的形象。理論家們也一致想為現代散文定位，使它具有獨立的身分」，所以她就從內容、風格、主題方面定了些條件，例如說需寫作者個人之生命過程及體驗、需有個人人格特質即情緒感懷、應訴諸作家之關照思索及學思智慧等，依此條件來談現代散文。

這是個聰明的辦法，也是無可奈何之下的辦法。對於現代散文，如此自說自話、自訂條件、自圈範圍，符合她之條件者才是散文，不符她之條列，便可不入品藻，我們當然只能欣賞之，不能討論之，無法置喙。因為若要置喙，只有三途：一、是依其所定規則，看她之評議是否合乎她自訂的標準；二、是完全不採其規則，自己另搞一套，來玩我自己的遊戲；三、質疑其標準，摧毀她建立的系統。事實上，要摧毀這樣的系統，一點也不困難。因為反證太多了。像我現在寫的這篇講稿，完全符合她所定的三條件，但不僅我自己不敢自許為現代散文，她恐怕也不會如此認為。故是否為散文，其實可能還有別的要素。

而在傳統散文方面，殘留文類或剩餘文類之說，又真能講得通嗎？一、韻文駢文之外，俱稱為散文，顯然只涉及形式性區分。但散文若要歸屬於文學史，難道不該有些文學性的區分嗎？否則一切文字書寫品豈非都是散文？二、鄭明娳把現代散文之源上溯於三項：古典散文、傳統白話小說、西洋散文(Essay)。如此論源，便與其論古散文之定義不符。因為倘依剩餘文類之說，小說應劃出散文領域之外，獨立成類；倘依非韻非駢即為散文之說，則古代巷議街談之雜俎小說、後來之說話，亦均應屬於散文，無法與古典詩文分居二源。

鄭明娳於散文之研究，用力最勤，現代散文縱衡論、類型論、構成論、作家論，體大思精，尚仍有如許多理論的缺口，其餘論者，等諸自鄶，又何庸再議？

三

岔出去把現有散文史散文論批評了一通，乃是為了要說說我自己的見解，以便供人批評。請讓我仍從古文運動講起。

古無所謂散文，因駢文出現乃有駢散之對稱。因古文運動反對六朝駢儷，而逐漸以散體單行之語為其特徵，遂至以古文為散文。此不僅清代古文家如此認為，林慧文〈現代散文的道路〉也說：「中國過去散文的標準是什麼呢？最好拿《古文辭類纂》一部書來說，這部書是中國晚近正統派散文的選集」（《中國近代散文理論》，頁四七〇）。早期，朱自清亦有「中國文學向來以散文學為正宗」（〈背影，序〉之說。散文若要能為中國文學中的正宗，絕對不會是指剩餘文類或小品隨筆，而只能是指古文。既以古文為散文，則在古文勢盛之時，散文便成正宗了。

但古文除了形式上努力擺脫駢偶之外，它還有兩個特點，一是形制上的，一是內容上的。形制上，古文用以擺脫駢偶的方法，是如郭紹虞所說，採用語言型式，句子長短參差錯落變化，以免文藻繪飾太甚。後世桐城文家講音節講誦讀，其實都與此有關。如姚鼐云：「古文各要從聲音證入，不知聲音，總為門外漢耳」，又說文需讀，「急讀以求體勢，緩讀以求神味」（尺牘，與陳碩士）。方東樹提倡「精誦」（宜衛軒文集，卷六，書惜抱先生墓後），張裕釗講「因聲求氣」（濂亭文集，卷四，與吳摯甫書），都與古文之爲語言型有關。劉大櫆說：「凡行文多寡短長，抑揚高下……其要只在讀古人文字時，便設以此身代古人說話。……爛熟後，古人之音節都在我喉吻間」，更是點破了這層關係。然而此所謂語言型，並不是口頭語，而是古語，尤多古人之書面語。以此爲古，形成了一種超越時俗的語言風格。所以韓愈說文章寫出來大家越訕笑批評之則越好。

與此相呼應的，是內容。古文之所以爲古，不是語言風格古，思想意識也要古，要能與古人之道相結合，能傳古人之道。姚鼐曰：「古人之文，豈第文焉而已？明道義，維風俗，以紹世者，君子之志。而辭足以盡其志者，君子之文也」（復汪進士輝祖書）即指此言。文章如此，故一般世俗事務，無關「明道義、維風俗」者，其實都不必涉於筆端。姚鼐批評惠棟「瑣碎而不識事之大小」，主張爲文「當舉其於世甚有關係，不容不辨者」，而不應糾纏於與「世事之治亂、倫類之當從違」不相干之小事（見〈與陳碩士〉），正可見其宗旨。

語言風格高古不近時俗、內容高遠不談瑣事，所形成的整體特徵，就是讓古文成爲一種神聖性文體，代聖立言，如劉大櫆所謂：「設以此身代古人說話」。文章不再是世俗性的。

唐宋時期，通俗應用文書，實爲駢文。李商隱在各節度使幕府中供筆役，所傳《樊南四六》足堪證明。司馬光稱相時，且以不擅四六請辭，亦可顯示駢文在唐宋已具應世諧俗之性質。古文之古，正欲相對於其俳、其俗、其駢儷也。

古文同時也反對通俗文字，如語錄、小說、戲文之類文字。後來桐城方苞特別談及的「雅潔」說，正是指此。唯有避免這種世俗性，古文才能凸顯其神聖意涵。

不過，古文是非常複雜的，它具有神聖性的同時，實亦開展了另一個世俗化的面向，怎麼說呢？

一是所謂文與道俱，要以文明道達道貫通，其所言道之是非美惡高下，實即由其文之美惡見之。故道之云云，均只從文章上看。姚鼐說：「道有是非」「技有美惡」「技之精者必近道，故詩文美者，命意必善」（答翁學士書），不就是如此嗎？如此一來，言道之學，遂僅爲論技之語，古文越來越成爲只從文字修辭上講究的藝業。曾國藩批評姚鼐「有序之言雖多，而有物之言則少」（《求闕齋日記》乙未六月），古文家又有誰不如此？古文家自己也不諱言這一點，所以劉大櫆說：「義理、書卷、經濟者，行文之實，若行文自另是一事。……古人者，大匠也。義理、書卷、經濟者，匠人之材料也」（論文偶記）。文人之本領，祇在於擅長組織文字而已。如此將古文技藝化，可說乃是對其神聖性之瓦解。

文既爲一種技藝，則我們便應注意古文家也有以文爲戲的傾向。張籍便曾指摘韓愈：「執事多尚駁雜無實之說，使人陳之於前以爲歡」。韓愈說：「吾以爲戲耳」。他講的就是〈送窮文〉〈毛穎傳〉一類作品。柳宗元則替韓愈辯護說：「世人笑之也，不以爲俳乎？而俳又非聖人之所棄也。詩曰：善戲謔兮，不爲虐兮」（集卷二十一，讀毛穎傳後題），可見柳亦擅於爲此。如此俳諧化，不又是對其神聖性的瓦解嗎？

陳寅恪〈韓愈與唐代小說〉曾由此推論唐人小說之寫作，頗與古文運動有關。其說雖牽連於科舉溫卷等事，而不能視爲確解，但古文與俳諧小說有血緣關係這一點，他倒是說對了。

技藝化、俳諧化之外，我們還應注意其世相化。什麼是古文的世相化呢？古文運動以達道明道貫道爲號召，這是誰都曉得的；然而，試看韓柳許多名篇，反而是以寫小人物、小事物而得以流傳，成爲後世爲古文者之學習典範。如韓愈的〈畫記〉、柳宗元〈種樹郭槖駝傳〉、〈永州八記〉、〈捕蛇者說〉之類，殆皆如胡應麟評唐人傳奇小說所謂：「小小情事，淒然欲絕」。其中當然也講一點道理，但大抵只是一些感懷、一些體會，並非大道理，更非僅限於與「世事之治亂、倫類之當從違」相關之事。這種情況，使古文比六朝駢儷更貼近世俗日常生活，更可以寫社會百態、刻畫世俗生活及小人物之起居謦欬。

古文的這一特點，我以爲是與其學《史記》、《戰國策》，汲源於史書敘事傳統有關的。古文運動講明道達道云云者，係由其與經學之關係來；它的世相刻繪本領，則從史書中獲得許多資糧，而表現出來也與明道宗經者不甚相干。後世越強調要學習《史記》的古文家，越具有這種世相化傾向，歸有光即一顯著之事例。歸氏名篇如〈先妣事略〉、〈項脊軒記〉均屬此種。明代文章，八股文發展了古文神聖性的一面，代聖立言（其形制雖然採用排比之體，有類駢文，但八股的寫作手法，實與古文同族。故古文與時文相通或相濟的理論，不時可在明清文論中看到）。小品文則發展了古文的世相化、俳諧化、技藝化的那一面。

清代桐城派古文，以「雅潔」爲說，但「義法」云云，所得實僅在法而不在義。故看起來是發展了古文神聖性的那一面，實則是朝文章技藝化發展。這個特點，到清末吳汝綸吳闓生父子之講古文筆法、林紓之論韓柳文，看得尤其清楚。林紓以古文翻譯外國小說，更是重新綰合了古文與俳諧小說的老關係。

這個老關係，其實本來就沒有間斷過。唐人以古文史筆寫作短篇傳奇，下衍爲文人筆記小說之體，唐宋明清，繩繩不絕，敘事言情，靡不擅場。古文家從高自標置、不屑廁身於傳奇筆記作者之列，到奮筆以古文譯寫小說，正可見古文已從經義、聖人之道的位置走下來，貼近世相了。

清末變革以來，文章之講義理、批判流俗者，漸由政論時論及報章社論職司其責。這類文章，乃是古代策論奏議書表之遺風，也是古文原本想達到的功能和目標。故不唯思致指向國政大事，不涉瑣末；議論宗旨亦較正大，須言之有物；文筆也較謹嚴凝鍊。

這裡面當然極多好文章，以韓柳等古文八大家的標準來看，都應視之為文學作品的。但若衡諸昭明太子選文之標準說，此即不免「以立意為宗，不以能文為本」。近代論文學者大抵也都將它置諸不論不議之列。

論文學，特別是談散文的人，所指的，其實是具有世相化（寫日常瑣事，世俗社會生活）、技藝化（義歸乎翰藻，講究文采）、俳諧化（文多駁雜無實之說，使人陳之於前以為歎，善戲謔兮，不為虐兮。不那麼正經。有一點趣味、一點情致、一些滑稽幽默、一些戲筆，莊諧並作，魚龍曼衍）的那些文章。

這時，所謂散文，絕非古文家所說的古文之類屬，也不能由形製上的非駢偶非聲律說。因為政論時論亦是非駢偶非聲律的，而古文所希望達到的明道達道目標，更非現代散文家所縈懷。

可是，散文確實又是由古文發展來的。是整個古文朝技藝化、世相化、俳諧化發展而逐漸形成之物。這個發展，亦使得早期散文與駢文相對而說的意涵發生了變化，由駢散之散，變為「樗散」之散。

民初講散文的人，約略摸著了這個轉變的意蘊，所以或以隨筆、或以小品、或以雜俎來自我命名，自我辨識；又或上溯其源於隨筆雜俎、晚明小品；或者說散文之要，在於幽默、在於趣味、在於閑適。講的其實就是它形製上不同於「選學妖孽」，精神上又不同於「桐城謬種」的那種俳諧化、技藝化、世相化特點。

不過，近代文學因受西方文類區分的影響，把傳奇筆記小說納入「小說」之中，遂令筆記傳奇不再如古文時期那樣關係密切。但論散文者不時仍會洩露它們與傳奇原本緊密的特殊關係，像許多推崇張岱《陶庵夢憶》，沈復《浮生六記》的言論就是如此。而又因為白話文運動興起，語言發生變異，「語言型的文學」，由書面語而口語，這時，散文與「小說」的關聯，也表現在它與白話小說的密切關係中。《三國演義》中的三顧茅廬，《水滸傳》的景陽崗武松打虎，《儒林外史》的王冕畫荷、荊元市隱，《老殘遊記》的王小玉說書、大明湖、桃花山，以及《紅樓夢》中諸選段，都對散文家沾溉甚多。而這樣的關係，不是從文類區分上談散文的人所能理解的。

四

散，本義爲雜肉，從肉，㪔聲。故《荀子．修身篇》注云：「散，不拘檢者也」，《淮南子．精神篇》注：「散，雜亂貌」，莊子則稱不爲世用之木爲散木。

散文之散，即有此義。非經國之大業、不朽之盛事；亦非達道貫道明道之具，不能代聖立言。文章解除了它的神聖性，而朝世相生活方面發展。把世相生活，用技藝化的文字寫得令人欣賞便罷。偶或諷世警世醒世，亦非有微言大義、道宗奧旨；只不過散人雜語，夢魂慣得無拘撿，又踏楊花過謝橋而已。

然而，談現代散文的人都說現代散文成果斐然、名家輩出，可是實際上，現代散文雖爲一千五百年以來文章發展之結果，現代卻不是它的時代。整個現代，代表性的文體，其實是小說。這個道理，只要讀過艾恩·瓦特（Ian Watt）的《小說的興起》，大都能理會。若說「小品文可以發揮議論，可以暢敘衷情，可以摹繪人情，可以形容世故，可以箚記瑣屑」（人間世，創刊號發刊詞），則小說更可以。現實主義小說在世相化的程度上，甚於散文短製；現代主義小說，又在「本無範圍，特以自我爲中心」（同上）方面優於散文。整個文學批評界，在二十世紀，對小說的關切，也遠甚於散文。小說家的光環，則亦遠勝於諸散文作家。

這其中的原因之一，或許在於小說這種文體，或者說十九二十世紀的小說，具有現代性的敘事精神。用小說講民主、講愛國、講鄉土、講烏托邦、講時代變遷、講人生意義。它之摹繪人情、形容世故、鋪陳瑣屑，其實都是爲了它的「大敘事」之所需。故其情節，亦均是理性的構建，一點也不欞散、一點也不散雜、一點也不不爲世用。

所以相對於小說，散文就顯得較有後現代的氣質。去中心、放棄大敘事，祭鱷魚、聽秋聲，登凌虛之台，臨滄浪之亭，記賣柑者言，述捕蛇者說，某山某水，一簫一劍，縱情則或放歌，明道則在屎溺。散仙入聖，不妨即其無用是爲大用；天女揚花，是亦當散其不空以證眞空。體無定質，藉吃喝拉撒睡以顯其相；名無固宜，雜單駢詩歌小說而弗拘其類（也就是鄭明娳所說的：散文具有類型整合的趨勢），它較小說更具有後現代性，不是很明顯嗎？

由此，我們或許可以說，從古文運動發展到現代散文，代表的，其實是一個發展的趨勢，而這個趨勢，到後現代的階段，恐怕還將有更大的發展。

當然，把散文跟後現代性扯在一塊，而且預言小說與散文的命運，是貽患無窮的事，必將引來諸多爭論。這點，我自然明白。但題目是這次的大會主辦人黎活仁定的，我只是奉旨命題作文；而且，學者的本領，不就在強掰硬拗，以理論搞亂世界嗎？論散文的後現代性，亦可作如是觀。

如此論列，也必然是斷章取義的。論後現代者，言人人殊，甚或彼此錯綜，相互枘鑿，亞勒克（*Postmodeernisn and Politics*, University of Minnesota Press, 1988）對此早有詳述。這其中，不僅有因對「現代」態度不同而形成的差異，更有因論者接觸或熟悉的文類不同而產生的分歧。有些論者喜歡從建築談、有些就藝術做分析、有些專注資訊與傳媒、有些主要利用小說、有些人則由詩立論，故其所析釋之後現代性頗不相同，有些可以相容相呼應，有的則難以並置同視爲一種性質。我們在這裡，乃是選擇了其中幾種所謂後現代性來談。例如柏爾曼（Berman）說後現代是嚴肅藝術與大眾文化界限的泯除、藝術崇高性的破滅、生活（日常事物事件）的美學化（*Modern Art and Desublimaation*, TELOS 62〔1984—85〕. P.41），這對我們解說的散文性質，自然是頗能契合的。不過，他談的乃是藝術，而且以普普藝術之類東西爲說，它的商業性廣告性複製性，或否定現代主義個別作品的自主自足性等，便非我所能借用以爲說明的了。

又如散文與小說的不同，在於它們雖都是敘述，但現代小說重視完整結構和自足自主，有一個敘述者的聲音貫穿全場。後現代則是抒情的敘述（Lyricized Narrative），聲音多重、片斷，且與感情相激發，而此即後現代之一性質。這個差異，固然能如此說，但艾殊伯里（John Ashberry）談抒情化敘事時，本是由史坦貝克的小說和抒情詩的對比中講下來的，我們若要借用，便不能不有所挪選。

此外，現代主義對物化異化的社會是採取批判、抗議的姿態，希望能喚起被壓抑的人性。後現代則被認爲是與商品拜物主義妥協了，是對政治、文化的棄權（Arnold Hauser, *The Sociology of Art.* chicago, 1982．P651，653）。散文不再高談聖道，流於對文字美感的沉溺；對生活中小小物事、飲食男女、蒔花品茶之縱情描繪，亦可以從這個面向去理解。但是，後現代跟現代資本主義社會體制之間的愛恨情仇，與散文畢竟不甚相干，是很難直接援用的。

雖然如此，我仍要借用黃梅一篇討論戴維・洛奇《小世界》的文章中的講法。他說：巴赫金把文藝復興時期的拉伯雷之作品拿出來，視爲狂歡式對話小說的典範，這種做法，頗值得商榷。因爲狂歡筆調、諷刺、戲擬、拼貼等手法，古已有之，若謂此即爲後現代主義作品，則《十日譚》、《坎伯利特故事集》也都是。十八世紀，諷刺、戲擬之作亦甚多。任何一部小說，若爲複調或雜語，也都不免是拼貼（《小世界》中的後現代話題，收入《現代主義之後：寫實與實驗》一九九七，中國社會科學出版社）。

確實，後現代性若視爲現代之後才出現的一些性質，則說古代一些作品具有後現代性，便是笑話。某些所謂後現代性，也非新生事物。但文藝復興時期某些作品，經後現代詮釋之後，確有可能成爲後現代作品。散文，這個無以名狀之物（非駢非韻非詩非小說非戲劇非……），現在正需要給它一個詮釋。

——二〇〇〇年十月廿五日香港大學中國散文國際研討會講稿，十月二日寫於廈門長沙成都旅次

李奭學：台灣文學的批評家及其問題

李奭學

台灣台北人，1956 年生，東吳大學英文系學士，輔仁大學英國文學碩士，美國芝加哥大學比較文學博士。曾任東吳及輔仁大學英文系講師、台灣師範大學翻譯研究所暨英語研究所助理教授。現任中央研究院中國文哲研究所助研究員，研究領域為明清之際西學東漸及宗教與文學的跨學科研究。著有《中西文學因緣》，譯有《閱讀理論》等書。

一九九五年二月初，柯慶明教授過訪芝加哥，應邀在某非正式場合讀了一篇有關六〇年代台灣現代主義的論文，主旨之一在強調此一文學現象乃斯時政治高壓下的產物，是作家自我隱遁的徵顯。會後討論涉及七〇年代末發生的鄉土文學論戰。不過，此時柯教授力稱當時的主流陣營——亦即發動圍剿的反鄉土派——並無權力組織參預。一部戒嚴時期的台灣文學史，柯教授曾經走過大半，他的觀察想來有其研究上或局內人士的經驗基礎，所論或有鑑於論戰本身並未釀成任何文字獄，而所指或許也僅限於現代文學社諸君子，我個人認爲不可驟加否認。然而當時唯反共文藝政策馬首是瞻的反鄉土派雄據主流媒體，強力封殺對手同台的挑戰，我們卻也記憶猶新。一九七八年，時任國防部總政治作戰部主任的王昇將軍更直接點名，猛烈抨擊鄉土文學裡的工農兵陣營，並謂若非這些人士和中共隔海唱和，鄉土文學不應該是「打擊的對象」。王昇的談話見於他發表在國軍文藝大會上的〈提筆上陣迎接戰鬥〉一文，幾乎在呼應論戰時反鄉土派的論調，致使文壇主流百口莫辯，難以擺脫和官方掛鉤的既定印象。

十餘年的歲月過去了，台灣的政治牌局如今早已重洗。當年文壇上的鄉土派雖未變成文學新霸，卻也沒有完全如當年視他們爲異己的作家一樣爲今天的異己消音。倒是當年的主流派因爲背負白色恐怖的包袱，今天確實已淪爲某種政治意識上的非主流。在這篇拙文裡，我無意妄斷是非，爲歷史重翻舊案，不過從上文簡述的一頁權力滄桑史來看，任何人都可以感受到台灣文學和政治確實脈息相關。既然連鄉土左派認爲遠離群眾、無睹社會現實的「現代主義」都難逃時局的印記，那麼台灣一般文學的批評家又怎麼可能置身於滾滾的政治洪濤之外？是以在我們這個眾聲喧譁的後戒嚴時代裡，召開一場政治文學會議或出版一本相關的專著，似乎順理成章，有其必要。

事實上，這樣子的一場會議早在年前召開。前述王昇的講話正見引於會後鄭明娳編行的論文合集《當代台灣政治文學論》，而且出自她本人所撰的〈當代台灣文藝政策的發展、影響與檢討〉。在這篇回顧國民黨舊勢力——亦即如今「新」黨的前身——的文藝政策開山論述中，鄭氏非但沒有替往昔的既得利益者諱，反而以極其超然的立場分析一個大家習焉不察的過氣傳統。六〇年代現代主義的勃興與近代台灣文字獄的出現，殆半和這個傳統的形塑有關。柯慶明教授所論時局與文學的互動，大致也就是這個意思。這個傳統自有依傍其中的御用文人，更形成文媒與思想檢查上的特殊建制，不論對敵對「友」，都有過打壓的記錄。鄉土文學論戰之際，文壇氣候詭譎而肅殺，可謂肇因於此，使人對所謂「文藝政策」的力量另有體會。

除了鄭明娳一板一眼所討論過的《幼獅文藝》上的反共文學外，鄭編諸文每以藝術性欠缺迴避此一文學形式，而把多數篇幅留給鄉土文學論戰以來的當代文類以及涉身其中的寫手，例如所謂的「都市文學」或「新世代作家」等等，外加一些仍有爭議的探討課題如競選文宣等。這種做法倘非出自評論者的策略性考量，實則已用「沉默」來評比政策下的反共戰鬥文藝，其姿態之明顯並不亞於正面的否定。即使是多數撰稿人所論之對象，往往也是同一策略下的產物，頗可反映他們的身分關懷和文學趨向，例如向陽之於副刊的文化霸權或張啓疆之於眷村的政治環境等等。他們和各自的講評人一往一還，又發展出另一波的政治對話，其中層巒疊障，奇詭複雜，令人不得不把全書再視爲一份文學政治的文本。其生動有趣，至少交含了三個層次的意識形態屬性。

就台灣出身的評論者而言，族群意識似乎不完全是他們看待本島文學的意識形態基礎，因爲他們關懷這片土地的心情殊無二致。但是，就如同本書中林燿德〈小說迷宮中的政治迴路〉裡的意識形態光譜的暗示，這些批評家也有他們各自的政治立場，例如陳啓佑同情獨派，鄭明娳顯然樂於尊奉中華民國的正朔。至於大陸學者徐學與劉介民，當然代表他們出身的中華人民共和國喊話，政治觀點一點兒也不模糊。對他們而言，台灣就是「中國」的一部分，台灣文學當然是中國文學的支流。

大陸觀點一向一廂情願，我們可以存而不論。本島的統獨之爭卻和我們關係密切，簡直就是生活的一部分，難以視若無睹。上述林燿德的論文詳細析濾作家的政治意識，並爲之分門別類，張貼標籤，乃《文學論》中涉及統獨問題者最翔實的一篇，時而更會強邀讀者對話，想爲他來段「擴充性的詮解」，形成論述。林氏本人雖極力避免政治表態，不時卻在語氣上透露出自己的心緒，所引戴國輝批評邱永漢向國府輸誠一事，即不無取笑獨派的用意。他還曾「對上」於獨派有其「意識形態偏好」的批評家廖朝陽，以爲後者拒絕中國結下的文學作品係「激進的、民粹主義式」的表現，並舉赫塞（Hermann Hessse）和亨利·米勒（Henry Miller）爲例，說他們雖不自囿於本國文化傳統，仍然爲德、美的文壇所接受。

廖朝陽是否「激進」是另一回事，不過林燿德的例證確實引用和說明得有些急躁，有點爲澄清「台奸」的帽子而表現得稍欠思慮。放在文學的架構中，右統作家當然嚥不下廖氏的說法，但是從良心政治的觀點看，其實也不是一點道理都沒有。比方說，中華民國向以五族共和自傲，但如今走了外蒙古，連達賴剌嘛一派的藏人也要獨立自治，不跟你「共家」。前者連最霸道的中共也不敢說是自己人，後者的血緣與文化更是自成一脈，除非我們妄自尊大或無恥到拚命往自己臉上貼金，否則怎能硬要收編人家，說是漢人族類？政治未必講良心，《文學論》的評論者或所討論的作家中痛恨黑心政治的卻大有人在。

廖朝陽婉拒認同台灣的作家，癥結在他以實際政治測度文學政治，有點昧於「選學」或忘了文學史的編修之道。這裡面固然講國籍或意識形態等「作家」身分的問題，但是編纂者或文學史家的國族利害權衡也是一大關鍵。讓我們放下理論，從常識面順著林燿德上面的思路舉例再談，以免治絲愈棼。英美文學史上，國籍最混淆的應該是原籍美國而後歸化英國的艾略特（T. S. Eliot）和亨利・傑姆斯（Henry James），或是原籍英國而後歸化美國的大詩人奧登（W. H. Auden）等人。在某種程度上說，英、美兩國「同文同種」，歷史際遇也「最像」中國和台灣，按說上述作家的歸屬權會是國別文學史上的一大考驗，但是實情似非如此。艾略特心慕三島，痛恨齷齪的新大陸文明，英國人欣然接納他是毋庸置疑，美國人也毫不以為忤地把他擺進美國文學選集或文學史中。奧登的成名作多寫於英倫時期，歸化美國後，美國人理所當然引為族類，英國人照樣以他為榮，文選或文學史也都加以收錄。話說回來，許多三腳貓作家就算入籍沒沒無名的小國，照樣難以登上人家的文學舞台，母國文壇之闕如亦可想見。何以會有如此待遇落差？答案當然是政治性的：寫得好，誰都想攀親帶故，以便擴大自己的「利益」範圍。所以德國和美國人正視赫塞和米勒必因其成就所致，和史家心胸開闊與否無涉。這話聽起來像極了厚黑學，卻是一般文學史撰作上的策略性事實。

這種事實若要具備修辭上的可信度，當然需要一些默契性的規範。不用說，寫作用語雖非必要，比重卻相當高，否則康拉德（Joseph Conrad）要算波蘭文學而湯婷婷也要入籍中國或台灣了！

其次，意識形態上的認同同樣不可或缺，至少某種程度上的認同有其必要。台灣文學的作家當然不必都用「台灣話文」寫作，也不必都寫台灣事，因爲台灣乃一移民社會，島上的各種現象——包括語言——自然會牽涉到移居者的故地，也必然會有各種國際性的反映，但這並不妨礙作家認同腳下土地的基本政治或文化要求，否則身在台灣，「心懷魏闕」，就算文學史家胸懷寬闊，引以入史，時機一到，他們也會和台灣畫清界限，再走他國。而身在異邦的「台灣作家」當然也要和台灣——不管是「中華民國」或「台灣共和國」——有某種關聯，才能名實相符。一九四九年以前或以後由「中國」直奔美國的作家頗有其人，而我們把林語堂引爲「國人」，不是因爲他的政治認同和我們相仿，和台灣又有各種切身的往來嗎？再舉個反面的例子，陳舜臣在太平洋戰爭結束後遠颺日本，設籍定居，也用日文寫作，所寫雖有關係台灣之處，他在本島從親誼到文化的淵源又深，但政治意識與身分均屬日本，我們的國史文苑想來也不好因鄉誼就厚著臉皮拉他入傳吧！

林燿德和廖朝陽的基本歧異在前者看待台灣文學的時候往往把自己視爲「中國」的附屬，而後者早已爲台灣定位，縱然不以獨立國家視之，也認爲這是一個政治實體，「如假包換」。兩人的爭執因此都繞著國族政治而轉，而這也就是「民粹主義」何以躍上爭辯枱面的主因。鄭明娳寫《文學論·序》的時候，已用「自閉」與「保守」來界定「民粹主義」，可見林燿德以此批評廖朝陽也帶有下引夏志清批判鄉土文學及其主要作家的用意：「對我來說，『鄉土』應包括中國所有的區域——江南，四川，東北。有些（台灣的）鄉土作家，比如王拓，認爲在現今台灣情勢下，改善島上貧民的生活是台灣作家唯一值得關心的事情。這種想法是太天眞而褊狹了。」（《夏志清文學評論集》）毋庸置疑，如是之見頗具新黨精神，正是舊國民黨在台灣維繫其政權於不墜的思想基盤。然而隨著台灣民主政治往前推滾與中共統治本質日漸剝露，如是之見在台灣早也已群疑並起，說服一般民眾的政治力量大減，甭說在自主性甚高的文學知識圈內。蓋現今的「中國」純指中共，而六四慘劇早已證明那是一個狼虎其行的國度，何以擁抱這種危邦才稱得氣派恢宏，委實令人不解。倘若指的是舊國民黨主政下的舊中國，那麼那是一個早已消失的國度，難道我們要抱著駭骨或一團空氣起舞？如果指的是「文化中國」，則我們用漢字寫作由來已久，一切文學上的意識形態也都以此一傳統中的經典為基礎，則我們何曾脫離，又怎可以自閉或狹心症自貶？設使講「台灣文學」就是數典忘祖，有如前此許多「國策論者」之所見，那麼我們應釐清所忘之「祖」為何。倘若指的是舊國民黨或文化中國，那麼有的是「它」早已不存在，不是我們刻意忘記；有的我們仍然俯仰於其中，日日與之為伍，則又何來遺忘的條件？即使台灣在文學上確已獨樹一幟，則此一事實對「文化中國」也無所謂「背棄」的問題，更非鑿枘不合，難以共存，否則歐洲以希臘羅馬為文化道統，文藝復興前後就不應該產生形形色色的國家文學。設若這個「祖」字指——開個玩笑——今天的中共，就如同他們對內對外都喜歡以「祖國」自居一般，那麼「虎毒不食子」，而我們何其不幸，居然有經常恫嚇要「血洗」兒孫的「父祖」！

環顧現實，該保留的我們都保留了，保留不了的早已隨風而逝。這種大環境下定義的「台灣文學」——容我篡用一個鄉土文學論戰期間常見的語彙——其實是一種「現實主義的文學」。接受其意識形態的批評家，甚至早就在「接納」保守派自以為「被排擠」的某類作家。陳芳明《典範的追求》是一個小例子，而繼《當代台灣政治文學論集》之後，高天生增訂再版的《台灣小說與小說家》一書，意義更形別具。高氏的書名極盡所謂「褊狹」之能事，但是他上論日據時代的前行代作家如賴和，下究當代台北街頭的新世代寫手如黃凡，不僅暢談王拓或鍾肇政等本土紅白先輩，也運筆直書陳映眞或白先勇等左統右統文人，簡直以實際行動在回應林燿德的指控。

高天生擅長自作家的背景窺探其文學心靈，由其作品臆度時代的腳步與台灣社會的變遷，基本上是所謂「再現理論派的批評家」。八〇年代以還，此派之觀點迭遭質疑，尤其是學院人士的挑戰，但高天生「視若無睹，我行我素」，把小說與社會結合到最高潮，其出發點之誠懇與信仰之深刻，恐怕只有林燿德目之爲左統批評家的呂正惠堪比。話說回來，高天生的優點時而亦爲其人的缺點，甚至是盲點，尤其在他熱情昂揚統合批評家的政治使命之際。因爲在此一時刻，他對美學的興趣通常會讓位給歷史，從而見林不見樹，只在作家的社會代表性上打轉。不錯，批評不能外於政治而存在；這不僅是新馬文論家如伊戈頓（Terry Eagleton）等人的看法，台灣近代文學的發展也多所印證，前文已詳。可是我相信批評家還是有其基本訓練，所以有別於一般史家。伊戈頓對於文字的靈敏觸覺，對於音樂過人的鑑賞能力，就是他和馬克思的不同。惜乎台灣的新左同僚似乎習而不察，而高天生雖非此派中人，他們在批評上的局限似乎也就是《台灣小說》的弱點。高氏論文總是含糊其辭，上面稍及的基本批評課題總以風吹落葉之勢一筆掃過，否則就推給其他的評論家，包括一些極爲可疑的西方觀察員。

很遺憾的，《台灣小說》中這類評例的典型往往涉及前述「被排擠」的某類作家，使得「台灣文學」的政治度量略顯不足，不啻予林燿德或夏志清一類論者可乘之機。高天生對白先勇和王文興的看法就是顯例，而且寫來自落窠臼，矛盾百出。論白氏一篇題爲〈可憐身是眼中人〉，表面上徘徊在主題思想與藝術技巧之間，實則一面大批白先勇與歐陽子等現代派作家的形式傾向，一面反以「藝術上」的瑕疵痛詆白氏早期小說如〈芝加哥之死〉，謂其「斧鑿之痕顯露，理念的推演多於生命的演出」。問題是，在下達這個結論之前，高天生的長評於該篇小說的技巧肌理一無析陳，令人不知所指藝術性過濫的結論從何而來？

參合高氏對《台北人》及王文興《家變》之所論，我們當然知道他對主題的看重更甚於形式。他以「歧路」一詞形容王氏的文學道路，不特遙寄自己對技巧派小說家的反感，更在撻伐《家變》一類的文學內容，蓋其中所寫的知識分子南箕北斗，不僅孝道觀念淡薄，連自己的父親都給逼走。范曄自此成爲王文興的文學原罪，即使他筆底生花，金相玉式，內容或思想還是「貧乏得可憐」。高天生進而更犯了批評家的大忌，擅自爲王文興代謀：「如果一部小說，能將孝道在現代社會中蛻變的軌跡反映出來，我們相信必是一部堪稱『偉大』的小說。」

這種論調有點像艾略特在區分「好」與「偉大」的作品，但主題掛帥雖曾爲舊俄小說奠下批評良基，在台灣的土壤上卻可能帶來可笑的結論，因爲作品的「偉大」倘可在缺乏藝術處理下經歷史、社會或思想上的複製而評定，那麼我們至少要改寫部分台灣近代小說史。有多少人能像姚嘉文或呂秀蓮那麼專心致志，在身繫囹圄的困境下猶爲向歷史交代而夙夜匪懈？他們的小說如《台灣七色記》橫亙歷史，跨越世代，「大河」者堪稱其名。不過他們受難者的背景固然令人心酸同情，批評家卻也不應因此而爲賢者諱，甚至昧於他們的小說乃大而無當的事實。王文興的《家變》自非氣吞河嶽的托爾泰式鉅著，其中所表呈的陰暗人性卻是社會常態之一，而王氏撰作態度之專注與修辭策略之講究適可烘托這一點。論者常以愛爾蘭的喬伊斯（James Joyce）比諸王文興，衡諸二人成就或許過分，然而其小說所勾勒出來的卻是一幅成色十足的「青年藝術家的畫像」，可以例示艾略特以藝術性作爲作品「偉大」的先決條件。

喬伊斯其實更宜於取來補充、回應高天生對於白先勇的批評。在《台灣文學》中，白氏當然劃歸台灣這塊土地上的後住民，所不同者在他如今「自我放逐於異國」。此一身分本不足爲奇，六〇年代現代派小說家中尙有數起，廣義上的左、右統作家更多，而倘不分漢系來台的先後次序，獨派意識強烈的作家中也有多位，黃娟和東方白等人都是。奇的是高天生以此論證白先勇和台灣社會已有斷層，連《孽子》都是白氏「僅憑多年前自身的體會即遽爾」寫下的作品，所以其中架構的「隔離與自棄的世界畢竟缺乏代表性」。由此再推，《紐約客》系列的背景遠離台灣，人物也有不曾踐履此間者，其感人情愫當然就會沖淡許多。壓軸的〈夜曲〉中中國情結與異國疏離雙迸，就是缺少了台灣情，更可想見高天生引以爲憾，從中「感受到的靈魂悸動也較微弱」。相形之下，《台北人》的背景都在台北，所得之待遇就好多了。高氏以爲通書道盡在北台灣這個社會裡的某些命運，「栩栩如生」，乃時代「最眞實的見證」。他的評斷，會加以否定者想不多見，然而〈夜曲〉的故事在漢系後住民的政治社會想像中也不乏見，對同屬「台灣人」的他們意義別具，實不能說完全背離了「這塊土地的脈動」。白先勇住在台北的時間當然沒有他在加州長，以此責其作品難以表現本島卻如牛馬不分。好的作家自有其超越時空的觀察與感受力，就如壞作家即使身在台灣也寫不出我們的社會來。高天生倘視其時空說爲絕對，那麼喬伊斯所有的作品可能都要重新評價，因爲從《都柏林人》（*Dubliners*）經《尤利西斯》（*Ulysses*）到《芬尼根守靈記》（*Finnegans Wake*）等喬記名著全都完成於他鄉，全都寫於喬氏自我放逐的超過半生以上的歲月中。在西方文學史上，類此事例還可以找出不少，一九二〇年代「出亡」花都的的美國小說家如史丹（Gertude Stein）

與海明威（Ernest Hemingway）等人，即未嘗因爲人在歐洲而失去其美國小說的力量。國人熟知的《戰地春夢》（*A Farewell to Arms*）和《戰地鐘聲》（*For Whom the Bell Tolls*）除了主角是美國人外，背景和主題事件更都發生在遠隔重洋的異域。

即使高天生的說法有其根本道理，就白先勇的個案觀之，我們也有幾個疑團有待澄清：《孽子》的時間背景在一九六八年前後，其時白先勇去國未久，他當眞那麼快就懵懂於台灣的後住民社會，從而必須褫奪其對台北的發言權？如其如此，《台北人》的故事有數篇發生在國府撤退來台初年，裡面追憶的往事甚至要往前再推，而白氏遲至六、七〇年代才握管寫出，豈非早已失去記憶與創作上的先機，對當時社會更形陌生？如其如此，高天生緣何又厚此薄彼，獨獨承認在白氏的著作中，只有《台北人》才能把到台灣社會的脈動？《孽子》處理同性戀的永恆性糾葛，本身就是過往與現代社會的邊際但永恒的現象，從高天生的再現論看來，白先勇的生命際遇不正也明白表示他比你我都更勝任其作者的身分？

對通曉創作心路的人來講，上面的問題都難否認。高天生對白先勇若非期待過高，便是本土熱情太旺，讓政治成見牽著批評嗅覺走。是以《孽子》中那個「隔離與自棄的世界」並非不符同性戀者的現實，而是和高氏對國家社會的政治性渴盼扞格不入。可見本土情懷固爲批評家安身立命的張本，一旦太盛，也容易流爲盲點。排斥中國結猶爲餘事，令人更不安的是緣此生成的藝術上的閉關自守，反對外力的借用。高天生對歐陽子《王謝堂前的燕子》頗有微辭，其中新批評唯技巧是尚的西方移植堪稱主因。然而是類觀點最稱昭著的反映，應推他對王文興的考察。王氏向西看齊的文學傾向人盡皆知，從而構成高氏劣評的批評基樁。在《台灣小說》中，首當其衝的乃早期《十五篇小說》裡的〈最快樂的事〉，其後才是前文已及的《家變》等長篇力作。前者以精簡的文字駕馭簡單的情節，在最小的篇幅中藉奧亨利（O. Henry）式的驚詫結局表現某種存在主義式的生命觀，不但可視爲今日台灣極短篇的前驅之作，也是王文興向西方學習的代表性成果。在高氏的判官筆下，可想必難超生。他輕描淡寫，外加一個條件子句就把所認爲的王文興缺乏民族風格的創作「缺憾」述說殆盡：「如果有人告訴你這是一篇翻譯小說，相信你決不會起疑。」

雖然〈最快樂的事〉以極富王氏風格的方式夾雜了一句英文，這裡所謂的「翻譯小說」，非指王文興文筆歐化，而是說小說本身「找不著一絲中國味道」。高著評王一篇撰於解嚴之前，今日寫來想必會把引文裡的「中國」易爲「台灣」。但不論高氏政治立場爲何，〈快樂〉並未涉及政治現實，充其量效王爾德（Oscar Wilde）在寫一則價值變亂的現代寓言。可惜經過泛政治化後，我們對是篇的理解不僅毫無增加，反而開始懷疑維護民族立場是否要因噎廢食，連「學習」西方小說都得放棄？如前所述，台灣在政治上早已是獨立的實體，而我們像韓、日與越南等國籠罩在廣義的中華文化圈內也是不爭的事實。現代小說既非我們的國粹，理論上，任何當代之作都是「向外學習」的成果：日據時代的前行代作家透過殖民語言向日本或西方學習，今日頂多再增加英法等語言工具罷了。只要擇優而取，本無可恥與否的問題，而所謂民族風格與國族自主性，也不是不能包容生命意義的質問。再者，台灣既爲移民國度，天南地北的人士雜處島域，四方文化的影響與滲透自是難免，而現代小說既從外面移入，自然就得外求而後才能精進。縱使要自創品牌，也得像棒球從根扎起。現代主義是一九四九年後台灣第一個自覺性的文學運動，王文興身處向西方學習的第一線，倘使他眞如高天生形容的把西方小說學得「惟妙惟肖」，那麼他的嘗試應可豐富我們的文學經驗，又何需以西方技巧為他羅織個缺乏民族風格的罪名？更何況從葉石濤以降的獨派批評家，一貫便以為「技巧」或「藝術性」乃台灣小說最弱的一環，有待我們的作家急起直追。

高天生的保守觀點如果得勢，台灣文學欲求多面性的發展便戛戛乎難矣。吳潛誠晚近結集的《感性定位》一書，在這方面有極為坦誠與中肯的批評：「『自主價值』是值得重視的，但過分強調其自主力量，不免變成義和團式的自負、自閉、妄自尊大，誤以為把外來文學壓下去，台灣本土文學就會蓬勃發展起來。」對類如吳潛誠的學院批評家而言，再現或表象論者還有一層限制，亦即他們大多缺乏後結構主義時代的語言與文本觀，批評手法從而定於一格，跳不出如來佛的手掌心。學院批評家人多勢眾，吳氏未必是其中最好的代表，他對「台灣性」與本土詩人的關心卻大大超越某些中國結強盛者或首鼠兩端的懷疑派，而這也形成他和林燿德等「在野」中間或右統人士的差異。《感性定位》一面於此多所暗示，一面由反再現說出發，宣示吳氏的批評哲學。他以天眞幼稚指斥寫實文論，對先驗意指嗤之以鼻，對固定中心則強烈省思，繼而放棄「所謂標準的、客觀性的詮釋」或作者意圖，並依德希達（Jacques Derrida）之見認為「文學活動多少含有遊戲成分——否則難以企達藝術境界」。因此，高天生倘認為作家必須用語言文字來反映台灣的政治社會現實，吳潛誠的結論可能背道而馳，強調作家反因語言而受到掌控，所有的意義都由其在歷史與文化模式中圈定。

從傳統的角度來看，這種文學與批評觀空幻無住，充滿了顚覆性，吳潛誠是否信守得了，在拙文結束之前，我們可以稍加檢視。但是我們難以否認相較於傳統之見，這種文論活潑佻巧，所以常可帶來某些歷史性的觀念突破，如其視批評為另一文類的作法即是。迄今為止，吳潛誠可謂於此著墨最多的台灣批評家之一。他的理論基礎同樣自西徂來，所循者遠可溯至五、六〇年代的加拿大批評家傅萊（Northrop Frye），近則爲耶魯四人幫全盛時期的哈特門（Geoffrey H. Hartman）與密勒（J. Hillis Miller）等人。他們全都在追尋、強調批評活動的獨立自主，以批評家爲詩文小說戲劇以外第五類的創作者。

在中文文學的大傳統中，上述追尋當不致於太陌生，許多批評或文論成就都是在「文學作品」的標籤下登堂進入文學史，所不同者唯其隸屬於文章或詩詞的名目下而已。在這方面，《感性定位》不由文化源體下手論證，多少即在追求自主時又陷入霸權庸從的諷境，而這已無關義和團的問題了。我們另感惶惑的是，書中〈八〇年代台灣文學批評的衍變趨勢〉就此所引德希達之說，尤其是書寫乃「白紙寫成黑字的文本」（un texte déj á ecrit, noir sur blanc）一說，並無濟於解釋「台灣文學的批評活動」何以可轉爲「文學創作」的根由。德氏師承海德格的藝術觀而青出於藍，視「作品」爲「存有」（Being）自然生發，合聚於吾人自身而後展現。所以按哈特門〈閱讀之作〉（The Work of Reading）的推衍，「我們」就是「文本」本身，都是思考主體，是以「創作寫手」（Dichter）和「批評思想家」（Denker）當非悖反的二律，「文類」因而「無從區分，遑論創作與批評」。這種論調聽來有點兒詭辯，海德格和德希達仍藉語形與字源學示範得頭頭是道，多少打破西方自阿諾德（Matthew Arnold）以來視批評爲作品服務的神話。然而不管在哲學析辨上批評和文學的同質性有多大，我們對兩者間的等號仍感忐忑，原因在後者的形塑不能抽離自修辭美學與原創性。劉勰的《文心雕龍》或蒲伯（Alexander Pope）的《批評綜論》（*And Essay on Criticism*）在各自的時空中既是文論上品，也是文學精品，道理在此。

因此，吳潛誠上引德希達的話中意義，有待他轉介哈特門〈文學評論乃文學說〉（Literary Commentary as Literature）所論德氏《喪鐘》（*Glas*）一「書」才能顯現。吳氏稱德氏此作「融合哲學論述、比喻說明和文學評論於一爐」，不過看在哈特門眼裡，德氏的法文原作之所以能超越文類局限，一大原因在其「寫作」時以喻爲鏡，又能像海德格善用機智。前者固爲文學手法，「機智」也是文采成分，從思辨到語構都需要寫作者本身的原創力來撐持。職是，台灣文學的批評家若要臻此化境，達到《感性定位》的期盼，則手握劉勰或蒲伯的彩筆就有其必要，至少也要彷彿德希達的文思敏銳，下筆皆機。然而從八〇年代開始，德氏之名在台灣就不算陌生，其主張一度還蔚爲顯學，而——姑且不論高天生等林燿德所稱的「在野」批評家——我們受其滲透甚深的學院派表現又是如何呢？《感性定位》中撮述了某些包括來自學院的讀者反應，「語焉不詳」和「不知所云」均夾雜其中。

吳潛誠認爲學院中的新潮批評家尚未融貫西方術語，本身的文字功夫也還不到家，所以造成上引欲速不達的尷尬困境。這樣的理解多少和德希達排斥的理體中心觀不謀而合，可是我得趕緊指出，這樣的理解也道出我們新潮批評界的癥結大部。我們接下或可越出文字層面，拿台灣的社會現況補充再答。不過一旦涉及此點，勢必觸及兩個政治性的問題，亦即新潮文論到底是陳芳明《典範的追求》所指係「台灣文學的主體性格」的表徵，抑或爲某種批評迷航，徒爲台灣文學帶來方向困惑？

就某種意義而言，文化——包括文學——「中心」的「去除」常常造成政治威權的崩潰，而意義的不定更常是「中心」散亂的前兆。劉光能的近文〈文學公器與文學詮釋〉把解構和解嚴相提並論，不無道理。所以新興文學思潮就算沒有實際帶動政治發展，至少也推波助瀾，和其互爲表裡，關係密切自是不言可喻。陳芳明當非師出無名。然而另一方面，「意義不定」卻是政治文學的殺手，往往對台灣自主的現實奮鬥造成負面壓力，蓋意義若難沉澱定型，作家或批評家要如何藉文學以曉諭大眾，使其爲形態已定的目的奮鬥？而「文字遊戲」在此不定觀的發酵助長下，時而更會變質而經詮解成爲「遊戲文字」，而這又要如何取來徵信於社會，甚至是改造社會？這也不啻說國家和歷史的形塑都是敘述，帶有閃爍飄忽的遊戲性質。果然如此，那麼一切的攻治與社會參與豈不又顯得輕浮而虛無？再擴大言之，倘使在政權輪替之際眞有爲國族拋頭顱灑熱血的志士仁人，那麼後世——不用說當代——批評家或史家難道眞要援引這種不定觀來解讀他們殉難的「文本」？

這些問題如果都該否定，我們即可想像以「不知所云」抗議德希達式的批評觀顯然具有正面的社會政治意義，而我們更該承認在充滿政治取向的文學社會裡，某些當代文論確非放諸四海皆準，自有其理論罅隙與實際運作上的困難。此所以吳潛誠看來雖似文論思潮裡的王文興，對高天生一類的寫實立場又採取揶揄的態度，他的《感性定位》在布新之餘卻也不斷自我調整，時而反由後一觀點閱讀台灣文學。書中所收十來篇相關的論評，即非篇篇都和德希達有約。吳氏更常從所論作品觀照其外在現實之「象」，有時則嚴斥詩人不應爲不知的景地繪圖，以免陷於矯揉造作，失去生命關懷上的附著點，有時則甘脆放下身段，頷首爲詩文中的作者意圖和政治使命鼓掌，似已忘懷屢曾明陳或暗示的文字的遊戲本質。

吳潛誠不打高空的臨場表現當然值得喝彩，但諷刺的是，由《感性定位》看來，他的調整同時也因西潮的刺激使然，巴勒斯坦移民美國的薩依德（Edward W. Said）脈絡尤其清楚。吳氏在布希（George Bush）開打伊拉克的當頭撰文推介薩氏的思想，不無把台灣的批評視野銜接到國際現勢去的政治企圖，相當吻合這位後殖民論述大師的文論傾向。他同時又強調薩氏所提倡的「現世性」，似乎有意走出德希達封閉性文本的陰霾，為文學開闊社會胸懷，也為批評開展其「在世界之中」的第二春，以回復台灣精神的歷史性格。這一切抽象性的期待，他一言以蔽之，都以「介入」而不涉入的邊際姿態予以具象，自勉也勉人。

坦白說，《感性定位》諸文能符合上述期待者不多。吳潛誠的問題恰好和高天生相反，不在其論述中缺乏台灣文學的美學析論，以及批評家欲達成此一工作所需維持的距離原則，而在「介入」現世之際所需具備的文學以外的學養，以及某種「雖千萬人，吾往矣」的精神。他洞悉中國學者編纂台灣文學史的政治策略，然而在面對腳底這塊土地上形形色色的政治社會現象時，卻欲語還休，多半借用所論作品的觀點發言。像〈政治陰影籠罩下的詩之景色〉這類的專論，即為代表。此文評介李敏勇的詩集《傾斜的島》，重點擺在詩作的政治觀察和控訴上。吳潛誠徵引了不少李詩中的意象，包括令人怵目驚心的鎮暴警察和血腥一般的旗幟，可惜他著墨有限，點到即止，批評詞彙甚至比詩人的用語還要含蓄。在這種情形下，我們怎能期待他像薩依德直指台灣當今的癥結，為讀者來一番哲學、歷史與政治兼具的背景、情境或瞻望式的疏論？緊要處，就像《感性定位》相關他文一樣，愛爾蘭的過往現今往往還會變成吳潛誠的實景代喻，好似到了九〇年代，他心中仍未解嚴一般。我們當然不希望高天生式的寫實舊調在吳潛誠身上重彈，但以他對文學或批評介入的強調之重，他的台灣文學論述早該超越目前的格局，甚且應該變成群倫的表率。

拙文開頭由現代主義與鄉土文學論戰切入文學與政治的轇轕，可想日據時代以後我們的文學批評和政治掛鉤之早且深。兩者時而難分難捨，仿若哥倆，儼然共犯，五〇年代文學與反共文藝政策共枕同床，就是最佳的說明。而其雷厲風行的結果，自其無形、消極的一面看來，不惟排擠了本土意識，直、間接根植了所謂「中原心態」，也在台灣正式開啓中心與邊緣的對立；自其有形、積極的一面來看，則摧毀了大陸隨同流亡來台的文學歧流，間接引進西潮，又如柯慶明教授文前之所見，導發了台灣現代主義的興起，最後則在物極必反的規律下，促成了未來世代中鄉土文學的茁長。即使二、三十年後內在政治生態已經改變，文學——以及因之而來的批評——與政治不可須臾離的情形依舊，因爲台海兩岸關係未決，國家名號未正，而國際地位也未定，連帶扯緊了各意識形態群體之間的緇弦，爲批評文化權與利的光譜增添幾許繽紛的色調。

在這篇拙文中，我只略談近年來批評界近作數種，以蠡測海的窘狀可以想見。儘管如此，其盤根錯節的意識形態歧象亦已骨露筋呈，可見政治深入的程度，更可見因之形成的各種批評上的問題爲何。用當前的流行語法來講，這裡面有過氣統派的棄婦情結，有新興獨派的暴發戶光環，亦有策馬其間的中間或懷疑論者。而在此政治分類之外，我們的批評活動還存在著某種程度上的新舊之爭，亦即傳統寫實文論和當代後結構思潮各擁重兵，對壘分峙。這種情勢原也不限台灣一隅，而是包括中國在內的世界性現象。我們乍看尤烈，因爲我們的政治社會現況與眾不同。正因如此，後結構思潮的語言與書寫觀似乎也只能盤桓在某些場域，一越此界便有如秀才遇到了兵。吳潛誠遵循薩依德的「介入」原則，在學院外的舞台上加以操演，不失爲調和之道。做得好的話，還可以實務濟清談與空言之失，使我們的文學／批評活動更契合政治社會發展。事實上，我們雖不必像威權時代強求批評理念一致，但是台灣只有一個，我們就算不是同生於斯，至少也同長於此，希望孕育我們的土地層樓再上乃人之常情，所以在政治上挖掘問題，溝通意見，確有必要。此時此地，獨派的批評家固應強調本島的自主性，卻不可畫地自限，採行文學上的孤立主義，統派也不宜長他人志氣，滅了自己的威風，而主張再現之舊調者當知放眼世界，在新論中優游有成者也切忌斜睨同僚。蓋另就文學的多樣性來看，只要我們認清立足點何在，統獨交鋒實可擴大我們政治文學的領域，而新舊對峙更可豐富我們的批評文化與理論經驗，大可不必二水中分，一刀兩斷。

——一九九五年四月，選自《誠品閱讀》第廿一期

參考書目

鄭明娳編，《當代台灣政治文學論》，時報文化出版公司，一九九四年七月。
高天生，《台灣小說與小說家》，一九八五年初版；前衛出版社，一九九四年十二月增訂新版。
吳潛誠，《感性定位：文學的想像與介入》，允晨文化公司，一九九四年八月。

顏元叔新批評之商榷

游 喚：

游　喚

本名游志誠，台灣南投鹿谷鄉人，1956年生。東吳大學中文所博士，曾任靜宜大學、中興大學、成功大學等校副教授，並曾於2002年應邀至美國田納西大學任訪問教授，現任彰化師大國文系教授。著有評論《文學批評的實踐與反思》、《周易之文學觀》、《古典與現代探索》、《文學批評精讀》等書，有關現代詩及詩評發表多篇於《中外文學》、《台灣文學觀察雜誌》、《台灣詩學季刊》等重要期刊。曾獲中國時報文學新詩獎、《中外文學》現代詩獎、教育部青年研究著作獎、新聞局重要學術著作獎助等。

新批評爲什麼出現？就一名中國讀者而言，他應該考慮在西方的原始背景，與在台灣的時空需要是否不太一樣？在台灣，新批評的手法經顏元叔介紹，並大力推動，而形成廣泛的影響。所謂大力推動，就是指顏元叔寫的詩評，一篇一篇出來，引起很多討論，包括詩人作者的自我辯白❶。再加上七十年新起來的一批文學學習者，很注意這種批評手法，並努力學習，於是有所謂的「新批評典範」在台灣出現。爲什麼台灣會如此流行新批評呢？對台灣的時空而言，因爲新批評正好趕上台灣現代詩慢慢由草根性江湖性走向專業化，準體制內的需求，總的說，就是台灣現代詩要走向學術化的強烈渴求心理。七十年代一開始的現代詩反省運動，便是導源於學院派的自發行爲。起先台灣第一代與第二代的詩人，在民間形成自己的一圈小團體，是偏門的旁支的非隸屬地位。其創作之優劣評價，無論怎麼說，都難免有「自家」的感覺，試看由張默、瘂弦、洛夫編的《中國現代詩論選》與張默、管管合編的《從變調出發》兩本書所收批評文章，就可看出獨門造述的進路多，而專業化學院化的手法少。其最大弊病，就是說服力公信力薄弱，只給人姑且聽之，略可觀摩的感受。其實，這一切的詩評，都有共同傾向，就是主體性的自我認可，每一位批評者皆以自身的文學經驗所熟知的文學傳統，進行最自由的反應描述，外加一點主體認可的優劣評判。可以總名之曰浪漫型的主體性批評。而一反這種型態的批評，正是學院體制教育的目標。所以，學院派一詞就在六十年代初期出現後，再度成爲詩壇熱門話題。然而可笑的是，被戴上學院派的帽子，居然代表不屑，讀死書，或嗤之以鼻的意味（陳芳明，頁一一），可見，台灣現代詩評的進路有嚴重的反學院傾向，直到今天，才稍稍化除了學院與江湖的兩隔，成爲稍具規模的詩評水準，民間學者紛紛出現，學院的名詞不再流行，不再醒目，或者已司空見慣了。代之而起的，便改用「專業的」、「眞的」、「夠水準」等通性形容詞以消解學院江湖的對立。而這中間的轉變，使得有對話之可能的，由顏元叔帶領的新批評正反面討論是其中一例。大略檢視顏元叔式的新批評有三點特色：其一精細的分析性，其二專業的術語，以及由此而引生的一致性，標準性。其三辯證斟酌的反應描述，並在其描述過程中歸結到新批評標準，藉此導向所謂的客觀要求。

以上的三項特色分別呼應了各自的訴求，如分析性詩評滿足了當時詩評更替變革的自身要求，專業化術語則滿足了學院派體制教育的要求。而辯證斟酌則滿足了客觀化的要求。總的看，這三項要求正是七十年代台灣文學批評時空的反映，顏元叔的詩評又是這反映的忠實記錄，標識著現代詩批評的一代典範，値得注意。

時過境遷，顏元叔詩評的影響之廣泛，已無可否認，八十年代中生代的台灣學者就有很多或默認或坦誠吃新批評奶水長大的。然而顏元叔詩評是眞的新批評嗎？

顏元叔詩評好用術語，是一大特點，而這也是新批評的法寶之一，表面上看，很有權威，很具專業，這樣就符合學院派講體制教育的條件，要把文學當作訓練，當作可檢證的具體材料。此後，台灣批評界便很重視術語，其影響餘波，一直延續到八十年代，先是顏元叔帶頭整理一套黎明版的西洋文學批評術語。近年則有幾種不同版本的西文術語專書相繼引進來，流行在學術界。這不能不說是顏元叔開風氣之先。顏元叔每引術語，大略都先有定義，先不談那定義恰當準確與否，他頗能就自己當下行文的定義運用在批評解析而做到「自圓其說」。許多不贊同顏元叔詩評者，往往不能在術語上突破他，反駁他，因此不免儘說些意氣話，不切實際。譬如陳芳明在一篇〈細讀顏元叔的詩評〉中指責顏的詩評太自我中心，易流於剛愎自用，並且，下判斷時都用「我認爲」云云，言下之意，頗不滿其霸道作風。這種話，有待商量，可能也不符事實。因爲說人家太自我中心，什麼憑據？陳文對顏元叔詩評眞正該探討的是他用什麼策略什麼進路導致如此專斷的態度呢（陳芳明，頁三八）？陳文應可嚐試用「以其人之矛攻其人之盾」才是正策。也就是說，與其站在完全不同的詮釋進路，如陳芳明堅持歷史主義，顏元叔用新批評，再怎麼說，本來就不同的，當然就不同，何必爭呢？例如八十年代百家爭鳴的詮釋策略，足以說明每一種批評都有其內在理路，有其基點。固無論何是何非，只宜問何適何切而已。準此，則陳明芳似可就新批評本身與顏元叔的運用進行討論。可惜，即連所用的術語有錯誤偏失之處，陳文竟一概無視，不加檢討，以致什麼是新批評，還有新批評的相關術語，並不能充分把握，評起來，不免隔靴搔癢。譬如新批評的「文義格式」一詞，顏元叔曾經這樣說：「對於中國古典詩的研究，正如對任何文學作品的研究一樣，最重要的是講求文義格式主義，這便是說，一切解說之能否成立，端賴文義格式能否容納。」不錯，新批評之所以專講作品本身的封閉世界，這個術語觀念很重要。然而什麼是文義格式？顏元叔「想當然耳」地下定義，陳明芳也想當然耳地相信這樣的定義，接著，自己話鋒一轉，竟貿然地認爲文義格式跟中國古典文學批評中的集釋集評「不謀而合」，然後說：「固不待新批評之努力鼓吹也。」（同前，頁一五）。這樣說，豈不是顚倒因果，不分黑白。何則？照新批評的經典作《詩的解析》一書來看，布魯克斯在該書前言就揭示，詩是一種言說，既然是言說，那麼，就要考慮說的方法，與說的本質是如何（布魯克斯、華倫，頁一），接著把詩的言說看成是一種處境。每一首詩由是而相對應於一種特殊處境，處境之不同，乃改變言說的語意（同前，頁一一三）。因爲這樣的詩本質認識做前提，所以，新批評對詩的主題、意向、意義等堅守保留態度，不認爲意義只有一種（同前，頁二六六～二七〇），於是，頗允許批評者做新的解釋。顏元叔之大膽地對古典詩做史無前例的臆測正是基於這種觀念。然而，新批評與其說重點在意義，不如說，在導向意義建立的過程。在此過程中，新批評企圖找出通向意義之可能的要素，是什麼要素使得詩如此完成一次言說，新批評把那些要素當做詩的本質性條件，而這些條件是通則定律，是不變的，並且放諸四海皆準的。簡言之，新批評捨意義是多元化，而處處以要素爲歸，最後並以要素充作評價判斷的基礎，以故，批評家靠的是張力如何？矛盾語法如何？隱喻象徵如何？結構如何？音韻格律又如何？想想看，這些術語都直指語言設計的層面，也因此，新批評頗有自語言學借錯的看法。這裡的文義格式即是其中之一。新批評其實是偏重技巧論的，這個文義格式，則牽涉意義的根源性看法，固不得歸屬技巧層面。不過這個語彙，顏元叔加了 ism，成爲某某主義，所據何說，不得而知。再說，翻做文義格式，不太信達，依據語言學的了解，語言學中有一種專講文義關涉的理論，強調語言的認知與使用，乃是概念先於知覺。你能會意，會得深淺，都是源自你對該話語已先有概念，你能認同那句語言，從而知覺其意義，即是概念已先在心中，由此可見，任何言說並沒有決定性，此派理論強調語言的複雜性。這樣的觀念，應用到文學上的討論，就主張文學的詮釋完全建立在每句話在語言中的處境如何？用法如何？新批評在這一點上，便引伸出強調字質的討論，以及那句話那個字發生作用的相關語境如何？在這一點上，復又引生新批評強調文義格式（傅勒，頁四〇～四一）？然而所謂文義格式，新批評學者認爲跟心理學、社會學、歷史學等有關係，不止是在語言學上的關係而已。因此，被歸爲新批評大師的瑞查茲，在一九四七年發表了《多義性的七種模式》一書，又在一九五二年完成《字群的結構》專著，揆其宗旨，無非在探討意義的未定性及複雜面。由此可知，新批評其實是很開放的，很人文的，蘊藏著活絡生機的一種批評。不知何故？在顏元叔手中，反而變得窄了。而陳芳明因爲沒有充分檢視新批評的許多相關理論，錯解了已遭扭曲的新批評，並由此錯解反過來做二度批評，認爲顏元叔在詩評中沒有照顧歷史脈絡，是有點不搭調了。假使要遵守語言學上的 context 原則，那麼，絕對不可能會把新批評看成不重視歷史考據。因爲，語言學首先認爲語言的使用，是處在語境中才能使用，說什麼以及如何說，乃是決定在許多複雜的語境因素。這些因素猶如語言知解的「管道」。管道中含有姿勢、口氣、禮貌、規則，甚至性別（晚近女性主義批評對文學描述的男性宰制之顚覆可證），最後，語言的語境，還牽涉宗教的、社會的、倫理的、教育的、階段的，這一切合起來叫做語境因素（托勞哥特・普拉特，頁一一～一二）。準是，新批評借用語言的這個術語，必然也主張意義的可能是多元的，難怪曖昧說與多義的觀念，爲新批評所常用的。可惜，這個 context 用到顏元叔的詩評，就窄化成只有一個意思，就是指：上下文意關係，試看顏元叔評洛夫的兩首詩〈手術台上的男子〉與〈太陽手札〉，斤斤計較前後意象關係，及文意的貫串，就可證明。試想，假如顏的詩評能跳出這種上下文意要有「結構」的格局，多嘗試語境的其他途徑（即使如陳芳明所建議的歷史考據那也無妨），那麼，也許就不會犯眾怒了。總結說，新批評在顏元叔的運用，是導向技巧性的，尤其是語言設計上的判斷，並且以判斷爲唯一的評價，所進行的分析也僅停留在要素或術語的遵守，大大地萎縮了新批評的眞精神，減化了新批評的策略，使得詩淪爲語言技巧性的分析，淪爲文類約制的評判，違背了詩之形上本質，不能深入詩之爲無可名狀之本心，與詩之充沛的意義網路，這才是顏元叔詩評的問題所在。

在了解 context 一詞之繁複，並非僅指上下文意格式之後，才能進一步探討顏元叔詩評的重頭戲，就是詩的結構，在顏元叔的詩評中，文義格式是了解詩之喻意的決定因素，所以，他從事字與字，句與句，行與行的分析，新批評叫「精密賞析」（colose reading）凡是禁得起分析的，能全詩做到首尾呼應、有頭有尾有中腰的，謂之有結構。這個看法，顏元叔信奉不疑，而且徹底實踐，終於惹來詩人群起反駁，大部分的意見，都相當不滿意這種顏元叔示範的新批評結構論❷。其中以洛夫的反駁較有分量，對結構有別種看法，提出「感情結構」一詞，其意思以爲：「我認爲詩的結構主要是一情感結構，詩人即使是要表達思想，也必須透過情感來表達，換言之，詩的結構就是情思溶合所產生的一種有秩序的流動。」（洛夫，一九七二，頁四三）這個意見，可想而知，是就創作理論的角度而談，屬於主體性的定義，凡是主體性的了解都多少帶有形上的趣味。一種默會感知的領悟，所謂結構自在閱讀行動之中，不斷辯證，肯定否定，乃自然成形成爲一種內化的理路結構，類似季札觀樂，與伯牙鼓琴、子期感知的活動。然而這種結構即便是自然秩序般靜立浮現，終究是不可說不可說；一說即偏離，即落於形而逐漸遠離眞實本心，拋落所謂直覺的體悟。這種結構多半存在於創作意識中，存在於解讀中，晚近讀者反應理論所描述的閱讀行爲與作品結構，頗能證實意識結構的確存在。然而不可否認的，這種內在結構不易檢證，且主觀意味太強，因爲在此定義下的結構其內容之繁複，牽涉層面之廣，實不下於前面的「文義格式」一詞。這樣一來，就很難有具體檢證標準。違背了新批評的客觀，可分析原則。顏元叔未必不知詩與散文的文類分際，也不可能不知道詩的結構，有其形上本質的這一面，但他何以要如此字斟句酌的落於機械形式而談結構呢？一言以蔽之，爲了解詩、分析詩，並且以可說得出的爲了解；不可說的，不可解的，前後文意無關的爲無結構，或結構錯亂。基本上，顏元叔的結構是分析批評進路，而洛夫則是創作理論進路，類似《文心雕龍》的體勢觀念。體是「摹體以定習」，既日摹既日習，知其可檢證。勢則是「即體成勢」，勢的根源在「情致異區」，在「因情立體」，所以，才會「文變殊術」，既日變既日異，又以情爲出發，可知勢是較難檢證，只能做到「乘利而爲制」，以達到「自然之趣也。」

明乎此，洛夫與顏元叔分別各自堅持體勢結構之一端，固不得以彼此之是非爲是非。今天所了解的結構，必須扣其兩端，完整地看，我姑且名之「完形結構」。完形結構，指的是：一種自足的，基於創造的理路，在每一首詩中完成本身的預期結構，且以此預期爲無限之可能，統合諸此可能而呈現爲普遍共通之結構。在此共通之結構中，一切可能的關係皆有成其爲結構之一要件，譬如社會背景、行爲發展、動作的延續、態度語氣、情節、修辭的搭配、觀點的組合、技巧或語言形態等。一切足以參與發展結構之訊息，皆是結構。這樣的結構，晚近敘事學、結合結構主義的二元對立，往往能從一篇紛亂的雜章中（像中國古典章回小說），找出作品內在的結構關係，這種深度的分析較新批評進展許多，就是完形結構爲可能之證明。簡言之，是一種完整的系統發展，在閱讀中會逼迫讀者去組織自我認可的，圓滿自足的一種適切性結構，有人從故事，有人從語言，有人從文類，有人從技巧等不同的進路去完成，結構在此情況下乃是近乎恰當性的存在。之所以引生爭議（像〈手術台上的男子〉一詩，顏元叔說沒有結構，洛夫卻堅持結構完整），關鍵出在分析的要求，要有客觀原則，就是說合不合乎科學。整個顏元叔詩評帶動的正反兩面的台灣現代詩七十年代初期之論戰，其實與要把文學當分析當理性研究的科學焦慮，有密切關係。而文意格式與結構的爭議，正代表著台灣現代詩批評的客觀科學傾向的一個顯例，也是新批評在台灣引發爭論的問題所在。

——一九九〇年九月，選自《台灣文學觀察》雜誌第二期

註釋

❶新批評一詞在台灣詩評界而言，是第一次有意形成一批評學派的開始。前此的台灣詩評界，像現代派、象徵主義、超現實主義等，可看作是創作的理論，並未構成實際批評的實踐。而新批評在台灣，除了顏元叔之外。溫任平的詩評也算是，例如溫任平寫的〈關於中外文學第四期的詩〉〈論林梵的失題〉二文。因之，所謂顏元叔大力推動，意指除了他自己寫的，也包括別人寫的與他同手法的評。顏先生藉中外文學月刊發表溫任平此二文，可證。（二文各刊於中外文學一卷五期與一卷九期）

❷有關詩的結構之爭議，反對顏元叔者，主要持結構二分法，如洛夫與羅門，認為有表象與內在兩層面。這種分法僅能說明結構的組成，對於新批評的結構論未必有效。依余之見，顏元叔詩評所談的結構，實在指章法、佈局，類如清代詩評家評點詩句呼應的手法，試觀仇兆鰲評杜詩，把每一句單解，配合段落，再歸結全詩，可知與顏元叔的結構分析很像。然而真正新批評的結構其實導源自俄國形式主義，參 Victor Erlich, *Russian Formalism* 一書，特別是第十一章比較結構主義與形式主義的結構，在第十二章對詩的聲義合一之結構則有細論，比較之下，顏元叔的結構是相當窄化的。該書頁一五九註二十五對英文的結構一詞之歧義也有說明，認為結構有組合構成之意，如小說的結構，又有形態之意。即使在《詩的解析》一書第五章，布魯克斯也把結構置於主題、意義之下去考慮，因此而有戲劇性結構一詞，在強調結構之流動性。布魯克斯實際運用結構做批評分析者，集中於《精製的古甕》一書。（參考布魯克斯，一九七五）

參考書目

顏元叔，一九七二年，七月，《文學經驗》。台北：志文出版社。

洛　夫，一九七二年，九月，〈與顏元叔教授談詩的結構與批評〉，刊於《中外文學》一卷四期。台北：中外文學雜誌社。

洛　夫，一九七九年，十月，《無岸之河》。台北：大林出版社。

羅　門，一九七二年，十二月，〈一個作者自我世界的開放〉，刊於《中外文學》一卷七期。台北，中外文學雜誌社。

陳芳明，一九七七年，二月，《詩與現實》。台北：洪範書店。

Brooks, Cleanth, and Warren, penn Rober, 1985, *Understanding Poetry*, Taipei: Caves Books, Ltd.

Brooks, Cleanth, 1975, *The Well Wrought Urn*, New York: HBJ. Press.

Closs, Elizabeth and Pratt, Louise Mary, 1980, *Linguistics: for Students of Literture*, Taipei: The Crane publishing co.

Erlich, Victor, 1981, *Russian Formalism*, Mass: The Alpine press.

Fowler, Roger, 1987, Modern Critical Terms, New York: Routledge & kegan Paul Inc..

焦桐：散文地圖

焦　桐

本名葉振富，台灣高雄人，1956 年生，曾任職於新聞媒體，現任教職，已出版著作包括詩集《蕨草》、《咆哮都市》、《失眠曲》、《完全壯陽食譜》，散文集《我邂逅了一條毛毛蟲》《最後的圓舞場》、《在世界的邊緣》，論述《台灣戰後初期的戲劇》、《台灣文學的街頭運動：1977～世紀末》及童話《烏鴉鳳蝶阿青的旅程》等。

一九九七年三月，我收到遠流出版公司寄來一份《台灣堡圖》出版的廣告函和傳單，它在廣告文案裡強調「學術工作者，重視本土教育、熱愛台灣文化人士」都應該來買這部地圖集。爲什麼商業動機要堂而皇之地披上本土意識、道德良知的外衣呢？

遠流出版公司相信，這部完成於一九〇四年的地形圖是一種隱喻（metaphor），召喚了台灣人民的本土意識，召喚想像，召喚文化認同，召喚懷舊的情感。

當我們提到一幅出土的台灣老地圖，我們強調的是台灣的主體性，而不是一幅畫或印刷品。這一幅台灣的老地圖在描繪過去的台灣，也賦予台灣一個我們可能接受、認同的事實。換言之，它是一種概念的延伸，它召喚一種歷史、土地相糾結的情感。

地圖是一種極其複雜的符號系統，由點、線、色彩、機何圖形及文字注記所組成，用來表示地表上的某些空間分布、現象與實物，圖上任何一種標誌都是一個有意義的符號（sign）。簡單而粗略地舉例：從白色到藍色，由淺而深的色系習慣被用來代表水域的深度；從黃色到褐色，由淺而深的色系習慣被用來代表地面的高度；又，紅色線條由細而粗，有時代表了公路、省界和國界；圓點可能代表城市，紅色塊代表都會區……。以地圖的繪製者而言，或受限於地理知識，或受制於思想觀念，每一幅地圖的觀看角度乃形成意識形態的符碼，所以十六世紀初葉，歐洲人所繪的古世界地圖都還明顯對「遠東」缺乏認識❶；隨著歐洲殖民主義的擴張，地圖出現以歐洲爲中心的表現型態和說地圖方式，將歐美置於地圖上方中心，「將球形地理壓成平面，世界的差序格局遂在地圖上有了『中心—邊陲』的分野，從而開展出諸如近東、中東、遠東等地圖和地理的概念。地圖裡顯露出欲望和權力（南方朔，一九九六）。」又如台灣和中國大陸所編印的中國地圖就存在著重大差異；台灣的地理教科書在八十五學年度以前，所記載中國疆域仍是清末民初的全部疆土及原有失土，行政區則悉依國民政府遷台前的規畫，分爲三十五個行省、十四個直轄市、二個地方和一個特別行政區，面積爲一千一百四十萬平方公里；大陸版的中國地圖則只有二十二個省，三個直轄市和五個自治區❷，全國面積爲九百六十萬平方公里。

可見不同版本的地理圖鑑有不同的記載，特別是國家領土，每一種版本都是一種主張、宣示，標誌權力的分布及疆界，和意識形態的展現。一座城市，一個島嶼，一片國土都會被任意放大或縮小，更遑論版圖隨時在變易，如外蒙古和內蒙古之間的省界，一夕即變成國界。

地圖以一定的比例尺、符號和圖式繪製，本身就充滿符號性。普爾斯（Charles Sanders Peirce）的符號學觀念很能夠幫我們解讀地圖，他認爲符號意義的成立涉及三個活動主體：詮釋體（interpretant）、對象（object）、根據（ground）。符號之所以爲符號，及是因爲它代表某種「對象」；但它所代表的並非對象的全部，而是在某種意念層次上的對象，這意念即是其「根據」；此外符號必須在觀察者心目中產生一個與原符號約略相等的另一符號，這個符號就是「詮釋體」(5)。「詮釋體」是「對象」與「根據」之間產生的印象，它既是一種符號，本身也會引起另一詮釋體，這樣環環相扣，表義的過程乃形成符號的無限衍義（unlimited）。

地圖本身大量複製的同時，也企圖複製這個世界的地形地貌，由於每一塊地表上都有人活動，我們在觀看地圖時就如同攬鏡自照，我們按圖尋找自己的國家、自己生活的地方，雖然看不到自己，但我們都知道自己正存活在地圖上的那一座城市或村落，而且正在觀看地圖，尋找自己的國家，自己生活的城市或村落。

然而地圖的繪製、解讀有其策略性。伍德（Denis Wood）在論述地圖的權力時特別強調地圖之所以有效力，是因爲它具有選擇性，並爲利益（interests）服務。「這些利益是以呈現或缺漏的方式具現在地圖裡。每幅地圖顯示此……而不是彼，而且每幅地圖以這種方式……而不是別種方式來顯示它所顯示的事物（1）」。

伍德強調地圖的用途必須連結生活。使用地圖的意義，是將發生過的行爲事件，納入此時此地的生活，而這些行爲事件都在我們的思維裡進行，我們在思維裡製作地圖，就如同印刷的地圖般，具現了經驗，並隨著日常生活的各種活動而不斷累積（13）。

依果頓（Terry Eagleton）認爲：一切成功的意識形態，它的運作殊少依靠明確的概念或刻板的教條，主要是依靠充滿感情和體驗的意象、象徵、習慣、儀式和神話；意識形態本身和人的潛意識深處盤根錯節，任何社會意識形態，如果不能和這種根深柢固地非理性的恐懼和需要連結，就無法持久（23）。

對台灣現代散文作家而言，地圖形象是一種哈更（Graham Huggan）所謂知覺的變形（perceptual transformation），一種重新審視台灣、中國文化、歷史的隱喻，「地圖空間普及在當代後殖民的文學文本裡，這些地圖裡頻繁的反諷、戲仿手法，連結了歐洲殖民史的修正，以及對閱讀地圖的解構、建構（407）」。哈更在討論當代加拿大和澳洲文學的抵殖民現象時，指出地理的消散（geographical dispersal）和文化的分散（cultural decentralization）雙重傾向，會在傳統地圖符號的「模仿的謬見」中被看到。地圖不再作爲描繪可見的範例，而是不同系統生產出來的地方，這地方是暫時地製圖上的連結，暗示一種知覺的變形（408）。哈更認爲將地圖視爲表示浮動土地的一種喻辭，毋寧視爲一種近似「精確的眞實」的表現（409）。

對法國後結構主義者德勒茲（Gilles Deleuze）和瓜塔里（Félix Guattari）來講，地圖是實驗的定位，「地圖向四面八方開放、連結；是可分離的，可翻轉的，容許持續不斷的修正。它可以被撕，被翻轉，適合各種演出，可以被個人、團體或社會形構修改。它可以畫在牆上，可以想像爲一幅藝術作品，可以建構爲一個政治動作或一種冥想（12）」。

以中國地圖而言，如今舉世承認外蒙古獨立，只有台灣繪製的中國地圖還固執地將外蒙古畫歸領土範圍，固執地拒絕載入中共新的交通、社會建設。這樣的台灣製中國地圖，其實是已經消失了的舊中國，繪圖者所代表的國家機器乃是通過一張地圖在生產愛恨交織的意識形態——緬懷舊中國、緬懷失去的政權，漢賊不兩立的認知等等。

地圖作爲一種意識形態國家機器的延伸，充分體現阿圖塞所謂「助長生產關係的再生產」。長期以來，新聞局對進口台灣的世界地圖，均在中國大陸部分加蓋戳章：「僅供個人參考請勿對外流傳」（李立維，一九九〇）。地圖既能建構，地圖上的點、線也是建構出來的。

高芬〈地圖〉裡的地圖是當作探病禮物出現的。女兒攜帶飯盒和地圖，探視住院動手術的父親，她追憶家道中落後一蹶不振的父親，身體逐漸轉壞，生活也逐漸不快樂，想到父親出現中風前兆，被嚴格控制飲食前，「每回見面，總是興奮地宣布新發現的『美食』，甚至拿起筆，不厭其煩地畫上一張地圖，指示『三芝肉圓』、『蘆洲切阿麵』、『仙洞炒牛肉』、『大橋頭雞捲』、『三重埔蝦仁羹』……等等去處，幾乎南北口味都漸漸納入他的美食版圖中」。地圖在這篇散文的開頭和飯盒一起出現，結尾處還被祖孫用來作扮戲的道具。相對於飯盒，它的功能是一種精神食糧，飽足父親以「臥遊」南北小吃；此外，它又是創造的道具，召喚想像，召喚快樂，召喚精神活力，為沉悶的生活創造出劇戲性娛樂。

地圖是一種媒介，希望透過這媒介來喚起父親對美食的熱中，喚起活力和快樂。因此，這幅地圖一開始負載了女兒的愛和期望，期望父親在地圖上圈點筆記，重新振作起來：「請父親標出各地小吃的地點、特色，做一番介紹，說不定可成為老饕們人手一卷的『台灣美食地圖』哩。更重要的是，或許這能為父親在暮年的此時帶來一些樂趣，重燃生之希望吧」。後來，這幅地圖又負載了父親對女兒的體貼，希望女兒不要太為自己擔憂，於是「隨手抄起那張地圖當做扇子，左一踏，右一步，兩手直挺挺地任其晃盪，突然一個九十度大轉彎拐了過來，又繼續向前踏去。三歲的小孫子緊跟後頭，嘻嘻哈哈地跳著、鬧著，踩得地板碰碰作響」。女兒最初期待地圖的功能和後來的用途雖然迥異，但是她希望父親透過這地圖畫出美食版圖，複製吃的經驗卻是存在的。

地圖召喚想像，余光中〈記憶像鐵軌一樣長〉敘述年幼時，對著地圖想像旅行天涯，「在千山萬嶺的重圍之中，總愛對著外國地圖，嚮往去遠方遊歷，而且覺得最浪漫的旅行方式，便是坐火車。每次見到月曆上有火車在曠野奔馳，曳著長煙，便心隨煙飄，悠然神往，幻想自己正坐在那一排長窗的某一扇窗口，無窮的風景為我展開」，恐怕作者自己也不敢低估，這一張童年的地圖如何啓迪他的文學心靈，如何開啓他的想像，如何影響未來的世界遊歷，和那麼多的遊記作品。

地圖召喚想像，同時又生產想像。楊牧在〈詩的端倪〉裡描述童年的大地震經驗，到處謠傳海嘯和陸沉，他面對太平洋，發展對海嘯的想像——

海水將輕易攻破南濱海岸上的堤防，瞬息淹去東側一帶房舍，北起美崙溪，南到花蓮溪口，即刻爲海水吞噬。然後洪濤上湧，一步一步往大山腳下翻來，越過宮下和豐川，浸入秀林鄉南沿，將整個花蓮沒去，接著它就突破七腳川堤防，遙遙伸到吉安鄉的丘陵。海水將反覆激盪若干時日，其聲如末世的狂歌，如冥獄的哀樂，所以說是海嘯。當它來往洄漩於花蓮舊址的時候，它腐蝕了遠古的河川沖積扇，不久就將整個小城的地基沖毀，於是大地流失，整個三角洲像爛泥一般陷入海底，屋舍，鐵路，橋樑，工廠，農田，以及所有樹木花草都隨之倒進太平洋，在波浪上浮沉飄流，終於消逝了蹤影。這叫做陸沉。據説那時這裡顯然多出了一個圓柱型的海灣，北望美崙山，西倚七腳川山，西南是緩緩自鯉魚山隆起的蒼蒼密林，海水漫進縱谷地帶，伸入木瓜溪，向東止於月眉山。

這段文字描述他追憶自己童年時代的晚期，剛經歷充滿驚懼、神祕的大地震，那次的大地震「促成我一組神話結構的成熟」，「搖醒了蟄伏我內心的神異之獸」。一個少年獨自面對太平洋，彷彿又看到了別人看不到的層次和範疇，想像的海嘯又掀起了洪濤，逐漸淹沒他生活的地圖，以及他思維所構築的地圖，他未來的世界。在這裡，海嘯，乃至整個太平洋的海水都轉喻爲一種啓迪的力量，一種啓迪想像、創造的神祕力量，隨著海水的蔓延激盪，童年內心的祕密世界也同時在滋長，擴展，終於促成文學心靈的發軔。

凌拂在〈兒童教育與人文思考——荒遠深山教學手記〉裡自繪一幅「有木國小學生家庭訪問路

線圖」，這幅「自己手繪的簡略地圖」以學校爲中心，「學區的所在是一個綜合性的休閒遊樂區，統稱有木里休閒農場，是北插天山的入口。周圍彩蝶谷、樂樂谷、蜜蜂世界、山中傳奇、滿月圓瀑布群等，皆是重要景點。」然而這些觀光遊樂景點多未出現在這幅地圖上。

地圖四周環繞著群山，中間的位置散布著學童的家，每一戶人家都一一寫著學童的名字，學童在這幅地圖裡是最重要的地標、景點，勝過那些休閒遊樂區，勝過那些明媚的山水。一九八七年，凌拂懷抱教育熱情、理想，從原來任教的板橋市海山國小，請調三峽山區裡的有木國小，全校學生僅有一百三十一人，相對於原來任教的萬人小學，不但地理上偏遠，心理上也邊緣了起來。由於學童智育程度普遍低落，他們自我否定地認爲自己「很壞」，校長也公開訓示：這些孩子「只需要有禮貌，會做事，不需要會讀書」。由於地處深山，第一年做家庭訪問時，一個下午只能訪問到一戶。相對於都市裡大型養雞場般的萬人小學，偏遠山區的學童擁有非常寬闊的空間；然而這種空間的意義卻是課業的荒廢和交通不便所帶來的辛苦，「住在東麓連峰裡的小孩，步行上學需要一個半小時，寒冷冬天，我還在宿舍裡沉眠的時候，昏冥的天光裡，群山間已有兒童奔著小腳在道途之中」。

凌拂自繪這幅地圖，似有意顚覆偏遠／中心地區的概念和價值取向，所以地圖裡廣爲都市（中心地區）人熟知的休閒遊樂區統統不見了，所出現的山水如紅龜面山、南熊空山及文峽武瀑布、雲森瀑布也是較鮮爲人知的；而作爲追求學識象徵的學校盤據中心，全校學童的名字遍布整幅地圖，顯得非常重要。對布希亞（Jean Baudrillard）來講，一切都是複製的，一切現實都是模擬的、冒充的。布希亞提出擬象（simulation）概念來描述：後工業時期，符號和現實沒有任何關係，所有的複製品脫離原有的時空，成爲一種流動的商品。「擬象不再是對一個領域的模擬、對一個指涉性存在（referential being）或一種本質的模擬。它不需要原物或實體，而是以眞實的模型來衍生：一種超眞實（hyperreal）（2）」。所謂超眞實，意味著比眞實還眞實：此時，眞實乃是根據模型來生產。當眞實不再是單純地賦予（例如風景、海洋），而是人工地再生產成「眞實」（例如模擬的自然環境），它並非變得不眞實或超現實（surreal），而是比眞實的還眞實，成爲一種在幻象式的逼眞（hallucinatory resemblance）中自我潤飾琢磨的眞實（Best & Kellner 119）。

這一幅地圖隱藏了許多的自然環境，即布希亞所謂隱藏了基本現實的缺席，是人工再生產出來的眞實。淩拂攤開地圖的同時，也攤開了台灣的教育問題；並通過對地圖的任意放大、縮小，複製了邊陲／中心的相對關係。因此遠近的距離感消失了，原先的中心消失了，偏遠取而代之，一個多小時路程的學童家仿佛近在咫尺，每一個學童在老師心中的地圖坐標裡，都有一個重要而清楚的位置，都是這虛構出來的世界的中心，都被期待有充足的信心和自尊，去面對外面的世界，先前的偏遠／中心概念和價值判準於焉瓦解。

因爲地圖並非地景本身，也不在複製現實；地圖呈現的，毋寧是製圖者的成見和徇私。地圖，像一面鏡子，所反映的，是某種主張、宣示、意識形態；偏偏就不指涉事實。

席慕蓉在〈「庫倫」和「烏蘭巴托」〉一文的文末附了一張「蒙古民族文化疆域圖」，似乎憑一張地圖就表明了身爲一個蒙古人言猶未盡的情感、意志和思想。

只要一說起我的籍貫，朋友們第二句話一定是問我：

「你是內蒙還是外蒙的人？」

我總是很鄭重地回答他們，我們蒙古人自己從來不分內外。

是的，蒙古原無內外之分，是到了清朝的時候，才被清廷以戈壁大漠爲界，把這裡的蒙古人劃分開來的。

其實，所謂的內蒙與外蒙，不過只能算是蒙古文化疆域上的中心地帶；所謂內蒙人與外蒙人，也不過只是散佈在戈壁南北的一部分蒙古部族而已。

在這個中心地區之外，還有另外一個更大更廣的蒙古。當然，我們蒙古人今天說的不是那個十三世紀時橫跨歐亞兩洲的帝國的疆域，我們說的是蒙古人眞正的故鄉——就是使用蒙古語言，遵照蒙古習俗，幾百年來一直在那塊土地上生活的蒙古人的文化疆域。

這樣的一個蒙古，它的北方是布里雅特蒙古部族聚居的西伯利亞貝加爾湖的周邊，它的東方是達呼爾蒙古部族居住的嫩江流域，它的西方是瓦剌或稱衛喇特蒙古部族遊牧的天山山脈：在這以外，還有離開本土的兩個蒙古地區，一個是俗稱青海蒙古所居住的青海湖和它以西以北的地方，另外一個就是在十七世紀時從衛喇特那一支遷移過去的卡爾瑪克蒙古的聚居地——南俄草原伏爾加河流域。

席慕蓉顯然是企圖藉這張地圖重畫蒙古人的疆域，這種疆域才是她所認同的，也是她冀望世人認同的疆域。自然，這張地圖不同於我手邊張其昀主編的《中華標準地圖》，及丁開祺編《中華人民共和國地圖》，這張地圖並無明顯疆域，但其疆域之遼闊，遠超過目前「蒙占人民共和國」和「內蒙古」之總和。

地圖在這段文字裡所發揮的作用是一種意見，一種想法；不是現實。席慕蓉所附的這張「蒙古民族文化疆城圖」是她對蒙古領域的看法，而不是蒙古本身的疆域。她創造了蒙古跟中國、舊蘇聯的界線，而不是再現這些疆界的現實。正如伍德在討論各種不同地圖的分類法時，指出它們的共通之處在於用途所驅使、形塑（17）。地圖所具現的知識是社會建構出來的，而不是複製的（18），一旦承認地圖是社會建構，它們的偶然、武斷特徵便很清楚了；地圖中地主、國家、保險司所享有的利益也都一目了然了（19）。

余光中的散文〈地圖〉裡的地圖意象，就是我們所熟知的表意系統。他通過一張破舊的地圖，來描述這種地理、文化的認同：

> 去新大陸的行囊裡，他沒有像蕭邦那樣帶一把泥土，畢竟，那泥土屬於那島嶼，不屬於那片古老的大陸。他帶去的是一幅舊大陸的地圖，中學時代，抗戰期間，他用來讀本國地理的一張破地圖。就是那張破地圖，曾經伴他自重慶回到南京，自南京而上海而廈門而香港而終於到那個島嶼。一張破地圖，一個破國家，自嘲地，他想。密歇根的雪夜，蓋提斯堡的花季，他常常展視那張殘缺的地圖，像凝視亡母的舊照片。那些記憶深長的地名。長安啊。洛陽啊。赤壁啊。台兒莊啊。漢口和漢陽。楚和湘。往往，他的眸光逡巡巴蜀，在嘉陵江上，在那裡，他從一個童軍變成一個高二的學生。

對余光中而言，地圖當然是一種符號，殘缺的地圖轉喻爲殘缺的國土、破碎的家園和離散的親人，「看地圖的時候，他的目光總是在江南逡巡。燕子磯。雨花台。武進。漕橋。宜興。幾個單純的地名便喚醒一整個繁複的世界。」此時，這張破地圖已幾近一種圖騰。

這圖騰所象徵的意涵包括了空間和時間，裡面除了是對故土深遠的想念，也是對歲月的緬懷。值得注意的是，地圖上許多地名甚至是「虛構」出來的，如「長安」、「洛陽」、「楚」、「湘」等等古地名，不會和現代都市同時出現一張高中生讀地理課本用的標準地圖上。因此，地圖既可以虛構，地圖裡的地名也可以成爲幻想、意識形態的力量。

地圖之生產幻想，在林燿德的散文〈地圖〉❸裡有很科幻的發展，「我心中另有一幅自製的地圖，那是我想像出來的一塊大陸，漂浮在一顆孤冷的行星上」。這幅地圖是自製的，作者經常對著它陷入冥思，想像那塊土地上的人民，歷史，動亂：

> 多年來我牢牢記憶這塊大陸，每一個城市的興廢、每一條河川的走向、每一座山脈的位置，我可以重複地畫下海岸線及周邊大小三千個島嶼，每一種地景都眞切安頓在它應該安頓下來的位置。我也實際到這塊大陸上去勘察，在最早的三千年文明中我必須搭乘獨角獸和帆船、在北方的雪地更只能使用簡單的雪橇、甚至要利用胚布裹起腳掌顚躓地步行；我必須就地取材，不能從這個世界攜帶任何工業製品到那個空間裡去，因此最初的三千年是極爲困厄的，我飾演過南方的一個帝王，在該地紀元二〇三〇年的時候，我的霸業還沒有成就，仍是一個十四歲的少年，我從南海岸的鯨骨角出發到大陸東部的象骸半島朝聖，到達目的地的時候，已經是二十五歲的成人了，我又花費了十一年才回到故

鄉，這趟旅程使得我的霸業延遲了很多年才實現。

這段文字顯現地圖徹底是虛構的，同時也是一項生產、複製的工具，作者先虛構出一塊大陸，標出上面的山川、島嶼坐標，然後開始神遊其中的歷史文化，並在地圖上經營自己的霸業。

這塊大陸，是作者的出發點，也是作者未來要返回的故鄉；這塊大陸不斷生產、複製他的兵法、史觀及科幻故事，不斷複製他的幻想，而幻想正是他文學創作的泉源，於是虛構中有虛構，一層又一層的虛構，虛構出一篇又一篇的文本。他說「我是個用地圖思考中國的人，我既然沒有任何大陸生活的經驗，便不必相信地景，只須相信資料」。對林燿德來講，地圖比眞實地景更精確，地圖上標示的經緯坐標，陸地和海洋之間的各種相對距離、潮汐的時間、港口的深度等等都比實際景物更眞實可靠。

其實，林燿德的地圖意象帶著戲仿和反諷策略，甚至作爲一種假定義來建構，以便讓自己能夠更放縱地去解構地圖的表意系統。

地圖在台灣現代散文被各種意圖操作者，散文裡所出現的地圖意象彰顯出作家觀看世界的方式，選擇性地觀看，他們多利用地圖的標示性，來連結自己的生活經驗、情感、想像、意識形態和文化認同。

——一九九八年十一月十日，選自時報文化版《台灣文學的街頭運動（一九七七～世紀末）》

註釋

❶例如一五〇六年，義大利人孔達理尼（Giovanni Matteo Contarini）所繪製的世界地圖，從日本到爪哇之間的海上空無一地，舉凡琉球列島、台灣、菲律賓、婆羅洲等均未描繪；而當時葡萄牙官方所繪製的世界地圖，將西伯利亞至馬六甲畫成直線，馬來半島繪得比印度半島又大又長。見曹永和〈歐洲古地圖上之台灣〉頁二九六～二九七。

❷大陸版中國地圖的東北九省回復黑龍江、吉林、遼寧三省，直轄市只有北京、上海、天津，自治區包括內蒙古、新疆維吾爾、寧夏回族、廣西壯族和西藏，面積縮小主要是承認外蒙古獨立的事實。參見李立維〈一國兩制：中共的大陸行政區域劃分現況〉。

❸此文原題〈地圖思考〉，發表於《自立晚報》「本土副刊」（一九八八年六月十一日），後收入其散文集《迷宮零件》時易題為〈地圖〉，其中除了取消原有小標題，另對中國行政區畫分的數據有大幅度修改，顯示該文本身也具虛構性，隨著另一次的複製，甚至內容、意義已經改變。

參考書目

丁開祺（編），《中華人民共和國地圖》，郭湧琴、王京莉編繪，北京：中國地圖出版社，一九八九。

李立維，〈一國兩制：中共的大陸行政區域劃分現況〉，《太平洋日報》「海峽兩岸」，一九九〇年八月十三日。

南方朔，〈每個時代都在畫自己的地圖〉，《中國時報》「時論廣場」，一九九六年一月二十一日。

夏黎明，《清代台灣地圖演變史：兼論一個繪圖典範的轉移歷程》，中和：知書房出版社，一九九六。

曹永和，〈歐洲古地圖上之台灣〉，《台灣早期歷史研究》，台北：聯經出版公司，一九八五：二九六～三六八。

張其昀（編），《中華標準地圖》，台北：中國地學研究所，一九六四。

Best, Steven. and Douglas Kellner. *Postmodern Theory: Critical Interrogations*. London: Macmillan, 1991.

Deleuze, Gilles, and Félix Guattari. *A Thousand Plateaus: Capitalism and Schizophrenia*. trans. Brian Massumi. Minneapolis: Minnesota UP, 1988.

Eagleton, Tery. *Literary Theory: An Introduction*. Oxford and Cambridge: Blackwell, 1992.

Huggan, Graham. "Decolonizing the Map." in Bill Ashcroft, Gareth Griffiths, and Helen Tiffin. ed. *The Post-colonial Studies: Reader*. London and New York: Routledge, 1995.

Peirce, Charles S. "Logic as Semiotic: The Theory of Signs." in Robert E. Innis. ed. *Semiotics: An Introductory Anthology*. Bloomington: Indiana UP, 1985: 4-23.

Wood, Denis *The Power of Maps*. New York and London: The Guilford Press, 1992.

劉紀蕙：變異之惡的必要

——楊熾昌的「異常為」書寫

劉紀蕙

上海市人，1956年生於台北萬華。美國伊利諾大學比較文學博士，傅爾布萊特訪問學者，曾任輔仁大學英文系主任，創立輔大比較文學研究所並任所長，現任交通大學社會與文化研究所專任教授兼所長。著有《孤兒‧女神‧負面書寫：文化符號的徵狀式閱讀》、《文學與藝術八論：互文‧對位‧文化詮釋》及編有《書寫台灣：文學史、後殖民與後現代》等書。曾獲國科會研究成果優等獎、甲等獎，輔大傑出學術獎。

本文是《孤兒·女神·負面書寫：文化符號的徵狀式閱讀》（立緒，二〇〇〇）這本書中的一個章節。我原本想要替這本書的副標題命名為「我們的症狀」。但是，協助出版的編輯建議我最好不要用太具有評斷意味的「症狀」字眼，好像我們的文化生病了。所以，我便換用了十分學術性的呈現方式：「文化符號的徵狀式閱讀」。現在回過頭來重新閱讀這本書的各個章節，仍舊覺得無論是急切地尋求組織化的認同，或是以逃逸的方式展演主體的不同意識狀態，都是一種符號化的轉折，正如同症狀一般。固著而僵化的認同想像，緊緊依附各種小對象／小客體，是一種症狀，激烈地依據「家」的系統，推離排除無法同化的不潔之物，也是一種症狀，而藝術家以被排除的污穢廢棄或是狂亂瘋癲之物自居，更是一種症狀。

我執意以「負面」的角度切入，有三個考量：首先，如佛洛依德討論無意識狀態時所引用的暗喻一般，「負面」像是底片一般，無意識之精神狀態在顯影之前便已經以結構的方式存在。呈現於意識的意念或是圖像，已經是經過轉移而投資的意念與圖像。因此，這個「負面」層次就是一種基礎結構，以表面不相關卻遙遠相連的辯證方式依存。任何形式化的符號過程，都有其轉移投資之前的欲力。此外，伊洛伊德指出，「正面伊底帕斯情結」是所謂的「正常狀態」的性別認同，而「負面伊底帕斯情結」則是同性情慾的基礎結構，正面與負面兩者相依相隨，無法截然區分。因此，就文化場域而言，被排除於「正常」之外，不被組織與集結的異質性書寫，或謂「精神分裂書寫」、「變態書寫」，便是負面文化場域的結構性理解。「正常書寫」的「負面」，就如同翻轉單向度結構，檢視其如同衣料反面底襯之複雜鉤織紋理與色澤，以及內在延伸牽連的種種脈絡。

我認爲，「負面」狀態，或是「症狀」的底層結構，可以讓我們了解主體性的複雜面向與歷史痕跡。而我當時在《孤兒・女神・負面書寫》這本書中檢視一系列台灣文學史中的負面書寫脈絡，就是試圖揭露台灣文化史所不容的「他者書寫」，以及不同心理地層所鑲嵌的歷史與時代痕跡，或謂負面「本土意識」以及「台灣意識」。楊熾昌便是我所處理的負面書寫的一個例子。

一、台灣三十年代文學場域的整體化工程與妄想秩序

從文學史與文化論戰中，我們清楚看到中國三十年代的文學場域呈現高度組織化與依附國家論述象徵系統的伊底帕斯症候群❶。反觀台灣，在日本軍事企圖日益明顯之際，三十年代的台灣文學場域亦面對同樣的組織化壓力。如同中國現代主義文學在文學史中的「脆弱」地位，台灣現代主義文學歷經三十年代、七十年代與九十年代鄉土文學論戰以及本土化運動，亦是短暫而脆弱的❷。周毅曾經指出，中國新文學進入了三十年代，「跳過了作爲先鋒力量的個體意志，進入了歷史的『合理性』發展」，而穆時英作品中的「頹廢」則是對歷史「合理進化」的懷疑（一四三）。本文同意此說法，卻要進一步指出，不只是「頹廢」，而更因爲「變態」，現代主義作家才得以逃逸於組織化的運作。

楊熾昌的詩與小說被當時鹽分地帶寫實主義陣營批評爲「耽美」、「頹廢美」、「醜惡之美」、「殘酷之美」、「惡魔的作品」（楊熾昌〈殘燭的火焰〉，二四〇—二四二）❸。楊熾昌之所以不見容於當時的文壇，是因爲當時台灣文學場域正發起第二波的新文學運動。新文學運動陣營激烈反對作家在形式上的遊戲：「盲目的發洩一些藝術的製作慾，而始終於身邊雜記，甚至墮落於挑情

的，感傷的、遊戲的、低調的文學行動」（《先發部隊》，一九三四年，卷頭言）。楊熾昌的寫作，正是新文學陣營批判的這種「挑情的，感傷的，遊戲的，低調的」，甚至變態的負面創作。因此，我們看到同樣是三十年代的台灣文化場域，楊熾昌所代表的現代主義文學所面對的，也是因政治局勢與組織化運作，而導引台灣作家的欲力一致投向於以民族主義爲關注的新文學運動❹。如同施淑所指出，三十年代的台灣文學運動所朝向的是「本格化」（眞正的，正式的）的發展，先後以《伍人報》、《明日》、《洪水》、《赤道》、《先發部隊》、《南音》、《台灣文藝》、《台灣新文學》、《福爾摩沙》等社會主義立場明顯的刊物爲發言機關，強調大眾、鄉土以及反殖民立場。❺

根據《先發部隊》的文字，新文學運動的「再出發」正是由於台灣新文學的發展行程「碰壁」了。第二波台灣新文學便是一九三二年成立於台北的台灣文藝協會所推動的。台灣文藝協會於一九三二年發行《先發部隊》，第一期的主題是「台灣新文學出路的探討」。《先發部隊》在一九三四年七月十五日發表的宣言，更是清楚呈現前衛與先鋒 the Avant-garde 的軍事性格以及其組織化的企圖：「從散漫而集約，由自然發生期的行動而之本格的（正式的）建設的一步前進，必是自然演進的行程」（收錄於《日據下台灣新文學明集五：文獻資料選集》，頁一四一）。一九三四年《先發部隊宣言》中指出，先發部隊的出發與約束新的發展，原因是「台灣新文學所碰壁以教給我們轉向的示唆」（《日據下台灣新文學明集五：文獻資料選集》，頁一四一）；同期的卷頭言也明指，他們所不滿的，是例如《南音》與《曉鐘》等「後退於自己完成期」，流於「人工的、遊戲的，而多消失了文學其物的情熱」；這些著重於形式實驗的作品「盲目的發洩一些藝術的製作慾，而始終於身邊雜記，甚至墮落於挑情的、感傷的、遊戲的、低調的文學行動」，正是「台灣新文學的自掘墓穴」（《日據下台灣新文學明集五：文獻資料選集》，頁一五〇～一五一）。

我們可以清楚看到，當台灣新文學發展到了文字與形式較爲成熟的階段，立即面臨內部的自我檢討與約束。張深切於一九三五年在《台灣文藝》發表的〈對台灣新文學路線的一提案〉，提醒作家不要流於「偏袒的、機械的、觀念的、狹義的」階級道德主義，以免文學「陷於千篇一律」的格式，成爲「制服的藝術家」，也是因爲當時台灣新文學作家普遍受到日本普羅文學影響，而過分強調階級的道德主義所致（《日據下台灣新文學明集五：文獻資料選集》，頁一八三）。

由此可見，是否具有建設新世界的進步態度以及擁抱廣大民眾的階級意識，已經成爲當時台灣新文學創作的衡量標準。這種發展，自然有其歷史脈絡。台灣新文學的崛起，從最初便經五四運動的啓發而包含改造台灣社會、啓發民智、追上中國或是世界文壇的步調等等目的。一九二〇年在東京發行《台灣青年》的創刊號的卷頭辭強調要藉此刊物喚醒台灣的青年，面對世界各地的文化運動：「國際聯盟」、「民族自決」、「男女同權」、「勞資協調」等等（收錄於《日據下台灣新文學明集五：文獻資料選集》，頁一～二）[6]。推動台灣新文學最力的早期健將張我軍也在一九二四年前後連續幾篇文章中，反覆提醒台灣青年應抱持「改造社會的念頭」（〈致台灣青年的一封信〉，收錄於《日據下台灣新文學明集五：文獻資料選集》，頁五七）；提醒台灣文學界世界文學的現代化與一致化，而台灣的文學不能持續「打鼾酣睡」而「永被棄於世界的文壇之外」（〈糟糕的台灣文學界〉，收錄於《日據下台灣新文學明集五：文獻資料選集》，頁六四）。

一九二〇年《台灣青年》創刊號的卷頭辭寫道：爲了台灣「文化的落伍」，必須要有「自新自強」的志氣。因此「我敬愛的青年同胞！一同起來，一同進行罷！」（《日據下台灣新文學明集

文學」是楊逵離開台灣文藝聯盟，另組台灣新文學社的基本立場。楊逵一生投入工農運動，反對議會運動，一九二七年文化協會的分裂，亦是基於此立場的對立。觀楊逵主要作品，莫不都是強調資產階級對於無產階級的剝削，主張同時採取工農運動以及殖民地的民族運動❿。楊熾昌卻認為台灣的文學要「拋棄政治的立場」。他質問堅持必須宣佈明確政治立場的人是否要和「實生活訣別」，或者要持續「再分裂和被迫清算和調整」（〈台灣的文學喲，要拋棄政治的立場〉，一一八）？至於當時《台灣新文學》所謂的立場，楊熾昌認為只是「在那種模稜兩可之中，讓人信以為是政治的，其實卻不是政治的，也不是什麼的立場」，他甚至進一步責問：「如你以為《新文學》有立場，河崎君，你就看《新文學》三月號吧。如說有立場，其立場就是再分裂和被迫清算和調整的立場」（〈台灣的文學喲，要拋棄政治的立場〉，一一八）。事後回溯，楊熾昌也指出，「以文字來正面表達抗日情緒，雖是民族意識的發揚，可是在日帝『治安維持法』，新聞紙法，言論、出版、集會，結社等臨時取締法，不穩文書臨時取締法等等十餘法令之拘束下……假設要在不抵觸法令下從事寫實主義的作品，便成為一種不著邊際的產品，與現實的生活意識相去甚遠」，而成為「樣板作品」（〈回溯〉，二二四～二二七）。

楊熾昌在一九三六年〈新精神和詩精神〉一文中，便曾舉日本有關白樺派的論爭為例，指出社會寫實主義或是自然主義者的藝術表現「停滯在強烈的主觀表現而缺乏表現技巧」，在文學史上是有其極限的（一六七～一六八）。在該文中，楊熾昌介紹西方現代主義運動自未來派宣言，而至達達主義、超現實主義、新即物主義等在日本引起的現代主義運動與現代詩運動，以說明他所期待的新精神與詩的精神。從此文可以看出楊熾昌深受西歐以及日本現代主義運動與超現實主義的影響，尤其是法國的阿波里奈爾、考克多與日本《詩與詩論》的春山行夫與西脇順三郎更是受到楊熾昌的熱愛⓫。楊熾昌非常推崇春山行夫與西脇順三郎在《詩與詩論》中所發展的詩論以及他們所介紹的西歐文學，他認爲人們若要接受新的文學，必須「把至今成爲先入爲主觀念在萌芽的東西收起來」，並參考西脇順三郎撰寫《歐洲文學》與春山行夫撰寫《喬伊斯中心的文學運動》之例，學習這兩位作者除了使用「歐洲精神」之外，並且「離開日本人的立場」，才有可能理解並尊重外國文學的「獨創性」（〈《喬伊斯中心的文學運動》讀後〉，一五五）。使用「歐洲精神」與「離開日本人的立場」是離開固定身分政治的一個前提，唯有解開寫實身分，才有可能在文學傳統之中突破，而開啓此文化的新精神。

有關詩的「新精神」（esprit nouveau）以及詩與寫實之間的差異，楊熾昌在他的詩論中反覆討論。在他介紹日本自由詩革命者百田宗治《自由詩之後》一文中，楊熾昌便藉由法國梵樂希的理論說明近代詩的「精神的新秩序」：

> 從文學上除去一切種類的偶像和現實的幻影，並將「眞實」的語言與「創造」的語言之間可能產生的疑義等除掉的就是詩（梵樂希）。……詩是從現實分離得越遠，越能獲得其純粹的位置的一種形式。（白田宗治〈詩作法〉，引自楊熾昌〈詩的化妝法〉，一九〇～一九一）

楊熾昌強調詩必須與現實分離的越遠，越能得其純粹的形式，這便是春山行夫、西脇順三郎、安西冬衛、北川冬彥、北園克衛、村野四郎等現代主義詩人在《詩與詩論》展開的新詩精神運動所強調的，也是楊熾昌以超現實主義爲基礎創立的「風車詩社」的基本態度。

楊熾昌的詩論在在呈現他認爲現實必須經過處理才能夠成爲詩的堅持：「一個對象不能就那樣成爲詩，這就像青豆就是青豆」（〈燃燒的頭髮——爲了詩的祭典〉，一二八～一二九）。而對於超現實主義與寫實主義的差異，他指出：寫實主義的作品立足於現實，「落入作者的告白文學的樸素性的浪漫主義」，是由於「作品和現實混雜在一起」的緣故，而此類作品的「火焰」極爲「劣勢」；至於超現實主義的文學，例甘考克多（Jean Cocteau）與拉吉訶（Raymond Radiguet）等的作品，「從現實完全被切開的」，而使我們「在超現實中透視現實，捕住比現實還要現實的東西」（〈燃燒的頭髮——爲了詩的祭典〉，一三〇）。

「燃燒的頭髮」一詞便可以說明楊熾昌之超現實主義與現代主義性的核心精神。在〈檳榔子的音樂〉一文中，他寫道：「我非常喜歡在燃燒的頭腦中，跑向詩的祭禮，摸索野蠻人似的嗅覺和感覺。在詩的這一範疇裡會召喚危險的暴風雨這件事，也是作爲詩人血淋淋的喜悅。……從燃燒的頭髮，詩人對著藍天出神而聽見詩的音樂」（一二二～一二三）。而在〈燃燒的頭髮——爲了詩的祭典〉一文中，他繼續發展：

> 牧童的笑和蕃女的情慾會使詩的世界快樂的。原野的火災也會成爲詩人的火災。新鮮的文學祭典總是年輕的頭髮的火災。新的思考也是精神的波西米亞式的放浪。我們把在現實的傾斜上摩擦的極光叫做詩。（一二七～一二八）

透過「燃燒的頭髮」，楊熾昌將原始的感覺、波西米亞式的放浪、透明的思考與詩的世界銜接：

「我思索透明的思考，……文字的意義上變得不透明。……這種思考的世界就在『燃燒的頭髮』中，這個思考的世界終於成為文學的。文學作品只是要創造頭腦中思考的世界而已。」（〈燃燒的頭髮——為了詩的祭典〉，一二八）

楊熾昌燃燒式的思考與跳躍的意象在他的詩作中俯拾即是：例如寫於一九三六年的〈毀壞的城市——Tainan Qui Dort〉：

祭祀的樂器
眾星的素描加上花之舞的歌
灰色腦漿夢著癡呆國度的空地
濡濕於彩虹般的光脈
……

或是一九三四年的〈demi rever〉

黎明從強烈的暴風雪吸取七月的天光
音樂和繪畫和詩的潮音有天使的跫音
音樂裡的我的理想是畢卡索的吉他之音樂
黃昏和貝殼的夕暮

畢卡索，十字架的畫家。肉體的思惟。肉體的夢想
肉體的芭蕾舞

頹廢的白色液體
第三回的煙斗之後升起的思念　進入一個黑手套裡——
西北風敲打窗户
從煙斗洩露的戀走向海邊去

2

留在蒼白額上的夢的花粉。風的白色緞帶
孤獨的空氣不穩

陽光掉落的夢
在枯木天使的音樂裡，綠色意象開始飄浪。鳥類。魚介。獸。樹、水、砂也成雨。……

〈毀壞的城市〉中的驚駭與吶喊會令人想起孟克的畫，而台南的古城的沉睡與癡呆，亦如孟克畫中的封閉世界。〈demi rever〉中流動跳躍的意象更令人想起 Paul Klee 或是 Miro 畫中飛揚的物體。具體呈現飛舞的意念。楊熾昌詩作中的意象便是「肉體的思惟，肉體的夢想，肉體的芭蕾舞」！

楊熾昌曾以「感性的纖細和迫力」、「聯想的飛躍」、「思考的音樂」、「燃燒了文化傳統的技法」、「意識的構成」幾個辭彙呈現他對考克多、中村千尾的稱讚；於一九八七年間與中村義一通

信，楊熾昌亦以類似的文字描述自己三〇年代的詩作與詩論：「我所主張的連想飛躍、意識的構圖、思考的音樂性，技法巧妙的運用和微細的迫力性等，對當時的我來說，追求藝術的意欲非常激烈，認爲超現實是詩飛翔的異彩花苑」（中村義一〈台灣的超現實主義〉，二九二）。從以上列舉幾首詩例來看，楊熾昌的詩作的確具有除了上述超現實詩風的特質；除此之外，我們也看到他的詩作還兼有他用以描繪日本超現實畫家福井敬一的畫的特質——「鬼氣逼人」、「淒厲之氣」與「戰慄」（〈洋燈的思維〉，一六一）。楊熾昌指出福井敬一的特殊技巧是一種 Nagative 的處理，「能表現出意識的背」部以及「魔性之美」（《紙魚後記》，二五一～二五二）。楊熾昌於一九三三年請福井敬一替他的處女詩集《熱帶魚》作插畫，一九八五年又請他替《紙魚》作插畫，可見楊熾昌對福井敬一的畫的高度評價以及他的詩風與福井敬一畫風的相近之處。

三、殖民處境的負面書寫：平靜愉悅麻木之下的屍骸、腐敗與血腥

從楊熾昌的詩與小說中，我們看到，對於楊熾昌而言，殖民處境其實是不能迴避的，但是，現實卻是不能正面注視、正面描寫的。因此，楊熾昌不直接寫被殖民者的政治抗拒，而寫其「創傷經驗」，並以文字來實踐其抗拒。他不能也不願意如同《先發部隊》所號召而朝向眾人一致的目標邁進。他只能「散步」，像是一個懶散的「浪遊者」（flâneur），甚至是閉上眼睛散步。〈日曜日式的散步者〉——詩似乎是他的詩學自白。他會爲了「看靜物」而「閉上眼睛」，讓風景隨著「破碎的記憶」如夢一般展現。散步在夢中的風景，他看到——

愉快的人呵呵笑著煞像愉快似的
他們在哄笑所造成的虹形空間裡拖著罪惡經過
……
不會畫畫的我走著，聆聽空間的聲音……
我把我的耳朵貼上去
我在我身體內聽著像什麼惡魔似的東西……（〈日曜日式的散步者〉，一九三三）

這個體內的「惡魔」，讓他在「灰色腦漿」、「痴呆國度」、「愉快的人」與「哄笑」的輕鬆之中看到「罪惡」，看到「兇惡的幻象」。

擊破被密封的我的窗户
侵入的灰色的靡菲斯特
哄笑的節奏在我的頭腦裡塗抹音符
……
墜落下來的可怕的夜的氣息
被忽視的殖民地的天空下暴風雪何時會起……
是消失於冷笑中兇惡的幻象……（〈幻影〉，一九三三）

在日常生活的進行中，詩人所看到的，是「殖民地的天空下」隨時會起的暴風雪與兇惡幻象，是眾人不自覺而愉快地犯下的罪惡，是「灰色腦漿夢著痴呆國度的空地」（〈毀壞的城市〉，一九三六）。行走在台南市的街道中，詩人會在「鐘聲青色的音波」、「清脆發紫的音波」、與「無篷的卡車的爆音」不同聲響中，看到「賣春婦因寒冷死去」（〈青白色鐘樓〉，一九三三）。在後期〈自畫象〉（一九七九）中，詩人也以「毀壞」，「風化的城市」，「和平的早晨」，「幽冥世界」，「生命的閃爍」來描寫台南市，而詩人自己則被「埋身破爛裡」（〈自畫像〉）。

我們很清楚的看到，楊熾昌對於「新」文學或是「新精神」的理解，是深受日本超現實詩人與詩學理論家西脇順三郎（Nishiwaki Junzauro）在《詩學》中所討論的「新的關係」的影響。無論是馬拉美所謂的「謎」（enigma），或是布魯東所說的「驚愕之美」（beauty of wonder），或是西脇順三郎所說的「腦髓中合理的中樞遭到掠奪」的興奮（《詩學》，七），都含有相反元素在詩中結合而產生的「新的關係」，足以向既定概念提出顛覆性的挑戰。楊熾昌的「新的關係」最明顯的呈現方式，自然是藉由不相關連的意象之非理性並置。在這些分子化而斷裂的意象並陳之間，我們看到理性的撤退，以及文本控制的鬆綁。也在〈demi rever〉一詩中便呈現出這種意識與理性的撤退狀態：

> 黎明從強烈的暴風雪吸取七月的天光
> 音樂和繪畫和詩的潮音有天使的跫音
> 音樂裡的我的理想是畢卡索的吉他之音樂

黃昏和貝殼的夕暮
畢卡索，十字架的畫家。肉體的思惟。肉體的夢想
肉體的芭蕾舞
……

2

留在蒼白額上的夢的花粉。風的白色緞帶
孤獨的空氣不穩
陽光掉落的夢
在枯木天使的音樂裡，綠色意象開始飄浪。鳥類。魚介。獸。樹、水、砂也成雨。……

這種以暴力而非理性的方式結合相異的經驗意識，在楊熾昌的詩中最常出現的方式，是腐敗與妖美結合。或者我們可以說，平靜愉悅與腐敗挫折的並置，美麗之下的凋萎與死亡，靜止生活之下的創傷，是楊熾昌詩中的基調，也是他所感受到的處境——身處殖民地的「台南市」。在寫沉睡中的台南市一詩〈毀壞的城市〉中，楊熾昌清楚地呈現這種創傷錯愕的心境：

為蒼白的驚駭
緋紅的嘴唇發出可怕的叫喊

風裝死而靜下來的清晨
我肉體上滿是血的創傷在發燒（〈毀壞的城市〉）

因此，我們在楊熾昌的詩作中，時常看到死亡圖像的固執重視。而這種創傷之後的沉默，在一九三九年所寫的有關死亡的詩中，更爲明顯：

淫靡的薔薇花
有髮香的花之化石
有髮香的雪花石膏
燭台的窗裡看得見的
夜底祕密是
花、果實、寶石、爬蟲類……
啊飄落在死相上的甲蟲翅膀的聲音
敗北的風裡
屍骸舞踴的祭典正酣……（〈月的死相——女碑銘第二章〉，一九三九）

當殖民地處境進入了不可抗拒的戰爭場景，我們更時常看到楊熾昌詩作中對於死亡的耽溺。於是〈月的死相〉一詩凸顯死亡與生命無情地並置，甚至是死亡與妖美的並置：我們不僅看到沉寂安靜的死亡圖像，也看到墓園中「淫靡的薔薇花」；不僅看到石膏與化石，也聞到石膏化石中的髮香；不僅看到風中枝葉枯萎的屍骸飛舞，也看到死亡之中花、果實、寶石與爬蟲的生命跡象。「蝴蝶」，這凝聚美麗與驚駭死亡對立效果的環節，便時常在楊熾昌詩中出現。早在一九三五年〈靜脈與蝴蝶〉中，我們看到蝴蝶飛舞在以古老的方式自殺的少女屍體上：

夕暮中少女舉起浮著靜脈的手
療養院後的林子裡有古式縊死體
蝴蝶刺繡者青裳的褶襞在飛……（〈靜脈和蝴蝶〉，一九三五）

蝴蝶也飛舞在台南這敗北而毀壞的城市的夕陽中，在眾人的生存銘刻在「敗北的地表」，只能如同沒有生命而空洞的貝殼，吹著口哨：

簽名在敗北的地表的人們
吹著口哨，空洞的貝殼
唱著古老的歷史、土地、住家和
樹木，都愛馨香的瞑想
秋蝶飛揚的夕暮喲！
對於唱船歌的芝姬（私娼）
故鄉的哀嘆是蒼白的（〈毀壞的城市 Tainan Qui Dort〉，一九三六）

一九三九年的蝴蝶也飄揚在自殺者的死亡意念中：

懼怖於自殺者的白眼而飄散的病葉的
音樂之中（〈蒼白的歌〉，一九三九）

同年發表的〈蝴蝶的思考〉（女碑銘第一章）一詩中，我們更看到蝴蝶飛舞在墓穴中桃燈晃動的陰影下，而蝴蝶的紫色觸角似乎已然探知死亡的祕密以及生的虛飾。

「桃燈」的陰翳裡展開紫色的觸角
蝴蝶發白地噴湧而上
祕密的夢
透過深邃的光層
探索故事的虛飾
匍匐的蝴蝶們
妖變之夜
是血彩的思考嗎
變成背叛季節的女人之碑文
像翅粉一樣數不盡——（〈蝴蝶的思考〉女碑銘第一章，一九三九）

身處殖民地，面對整體化的強制規範，面對表面化的平靜與愉悅，面對戰爭，卻無力改變，剩下的只有挫敗感，沉默與壓抑下的暴力與死亡腐敗的固執想像，以及這種固執想像之下所隱藏的恐懼。

因此，我們必須指出，在楊熾昌的作品中的「新的關係」，或是如同波哲與尼采所強調的語言體系的崩毀與字的獨立而開展的斷裂處，絕對不僅是「驚愕之美」的展現，而是一種「負面的意識」，是殖民處境的負面呈現。楊熾昌指出爲他作插畫的福井敬一的特殊技巧是一種 Nagative 的處理，「能表現出意識的背部」以及「魔性之美」（《紙魚後記》，二五一～二五二）。他自己說，當他寫〈花粉與口唇〉這篇小說時，他所嘗試的是「對酒與女人心理潛在意識的一種試探，著重於心理的變化與唯美印象的結合」（〈回溯〉，二二六）。

其實，從楊熾昌的作品來看，除了「意識的背部」與「心理的變化」之外，我們也發現他文字中發展出傾向殘酷、血腥、死亡、異常、魔性、妖美等字彙。在〈殘燭的火焰〉一文中，我們可以清楚看到楊熾昌如何談論「意識的背部」。楊熾昌提及一九三七年發表的〈薔薇的皮膚〉時，他認爲自己在描寫肺病患者所喀出的血流在女護士雪白的和服與皮膚上，呈現了「血腥中男女間的性的觀悅」。

我嘗試把男人自己所吐出的血流在女人身上，以自己的手指撫摸著，以及女人閉著眼睛把臉埋在男人的胸懷裡，像赤裸裸的皮膚上染滿血的怪獸一樣陶醉在愛的美。（〈殘燭的火焰〉，二四二）

這種「焦點對準女人的皮膚」的作品所流露的「奇異之戀」與「殘酷性」，是楊熾昌所說的追求男女之間愛的「妖異之光」，被人評爲「頹廢之美」與「惡魔的作品」的「現代人神經症的異常爲作品」（〈殘燭的火焰〉，二四一～四二）。我們更注意到，從一九三三年〈青白色的鐘樓〉、〈毀壞的城市〉，到一九三七年大戰開始後寫的〈薔薇的皮膚〉，到一九三九年的〈月之死相〉，從殖民地無法抗拒的沉默、蒼白、灰色腦漿，逐漸轉變爲殖民處境進入戰爭場域更爲無可逃遁的死亡、暴力與血腥的現實。然而，這種死亡、暴力與血腥，仍舊是透過負面的沉默書寫流露。

四、文化監禁場域下恐懼的發洩口

楊熾昌以抗拒「系統化」與「組織化」的「變異」姿態寫作，使台灣現代文學中首次呈現以「精神症的異常爲」以及殘酷醜惡之美爲元素的作品（〈殘燭的火焰〉，二四二），是基於他是他堅持以分子化的變異，拒絕進入新文學陣營的組織化機器，拒絕身分認同被固定化，他便不可能拓展出早期台灣文學中罕見的深入意識「異常爲」之境，也無法透過文字正視醜陋殘酷之美，而進入象徵系統的邊緣地帶。

楊熾昌指出，「清艷、餘情、枯淡、妖美」幾個理念所貫串的軸線轉向「微暗、陰翳」，便會直接連上「醜惡的美」，而這種「微暗」的轉向是基於「殘酷的冷酷之眼」所造成（〈殘燭的火焰〉，二三九）。這種「冷酷之眼」是「體會到深有所感者」對待死亡與對待人生的觀看：「無情地暴露它，要直逼人性本質的冷酷無情」（〈殘燭的火焰〉，二四一）。

注視著流淌著鮮血的肌膚而感受到的快感，耽戀於死亡之中的腐敗與妖美，聆聽體內惡魔的訊息，都是以變異泛轉的方式，逃離依底帕斯組織化的生命慾望。進入了依底帕斯的組織化，便會隨著慾望的路徑，追求系統內的絕對標準與一致化的對象。性別身分、國族認同、黨派立場、抽象道德標準都成爲架構慾望的基礎。在此穩固的基礎之上，明確的「主體」隨之產生，朝向超我的認同機制也隨之產生。超我要求「我」拋棄所有原初母體的殘渣，如同將體內不潔之雜質嘔吐排除，以便完成淨化與系統化的運作。

楊熾昌筆下的負面的、否定的、惡魔式的殘酷快感與醜陋之美，在中國與台灣早期現代文學史中是個罕見的異端。而楊熾昌書寫的意義，便在於他以變異之姿，脫離單一化的新文學論述，而開展了新的意識層次書寫層次。由此脈絡觀之，他作品中從一九三三年到一九三九年持續出現的「妓女」主題，例如〈園丁手冊——海港的筆記〉（一九三五），則是側面地呈現了台灣的被殖民處境與「妓女」意識。

森林的巴克斯酒神載著年輕人的靈魂，油布床上奏著港色的輪巴，少女做著朱色的呼吸賣愛。年輕人求著桃紅的彩色於一杯酒裡。

> 旗後的山在暗黑中把女人吸起又吐出而叫著。渡海港的駁船上少女總是以紅色長衫招著海港的春天。水手和色慾……酒色的冒險，以年輕人的熱情迎接了年輕人的體力……貨船和女人使海港像波浪一樣浮動。她的愛就是貨船。她就是貨船的情人。海港們在夜的風貌中擴展觸手緊擁著時代的波濤。（〈園丁手冊——海港的筆記〉，一九三五）

在楊熾昌其他詩作中，例如〈青白色鐘樓〉（一九三三）、〈花粉和嘴唇〉（一九三四）、〈毀壞的城市〉（一九三六）、〈悲調的月夜——給霓虹之女T.T〉（一九三八）、〈薔薇〉（一九三九）、〈花海〉（一九三八）、〈不歸的夢〉（一九三九）等，妓女與性愛的主題頻繁地浮現於字裡行間。而他從一九三三年到一九三七年，戰爭逐步進入殘酷的眞實之境，楊熾昌的書寫也一步一步走入變異與血腥的美感之中。他一九三七年〈薔薇的皮膚〉中的血腥與虐待狂式的美感衝動，正是身處殖民地的台灣人面對強固而不可迴避戰爭局勢時，唯一可以採取的變異文字策略。

楊熾昌以「肉體的思惟，肉體的夢想，肉體的芭蕾舞」以及「燃燒的頭髮」將我們帶到符號的物質性以及精神的邊緣。從楊熾昌對於轉換文化身分、跳出民族立場的建議，以及要求詩必須遠離現實，詩必須是經過處理的現實，字義的不透明性，拓展意識底層的呈現，再加上他超現實風格的跳躍燃燒意象、鬼魅染血而妖美的氣氛，我們自然了解爲何他會一再被鹽分地帶寫實主義陣營批評爲「耽美」、「頹廢美」、「醜惡之美」、「殘酷之美」、「惡魔的作品」（楊熾昌〈殘燭的火焰〉二四〇～二四二）；我們也了解楊熾昌的現代主義詩論與「神經症的異常爲作品」（〈殘燭的火焰〉二四二）與他對「傳統」提出的挑戰，爲何會給予台灣文壇「甚大的震撼力」，而使得他自己「一時之間，似乎成爲眾矢之的」，（楊熾昌〈回溯〉，二二六），使得《風車詩誌》僅維持四輯便被迫中止；我們更了解爲何他不被明潭出版社與前衛出版社列爲「台灣」新文學。

巴岱爾（Georges Bataille）曾經在《情慾之淚水》（*The Tears of Eroticism*）一書中指出：色情與暴力帶來同等的快感，也都正是內的隱藏的恐懼的發洩口，因此，對於極端痛苦的強迫性幻想以及痙攣式的暴力與色情的書寫都是爲了要對抗內在壓抑的面對死亡的恐怖（一三二～一三三）

⓬。巴岱爾所討論的是薩德（de Sade）與哥雅（Goya）經歷法國革命以及西班牙內亂的殘暴而被

囚禁後的藝術創作特質。我認爲，這種對於被囚禁而帶來的沉默與壓抑，無論是監獄，或是身體，或是制度、意識形態與文化監禁場域，正可以說明楊熾昌的變態書寫中隱藏的面對死亡的恐懼。這種文化場域的監禁，比起薩德的三十年囚禁，也是五十步與百步之別。許多其他類似的沉默暴力的書寫，例如台灣五、六十年代的現代主義文學，或是中國八十年代的先鋒派文學，亦可以從同樣的角度來理解。

——二〇〇〇年，選自立緒版《孤兒・女神・負面書寫：文化符號的徵狀式閱讀》

註釋

❶《孤兒・女神・負面書寫》的第五章便處理此問題。

❷三十年代黃石輝在《伍人報》展開的鄉土文學論選，七十年代關傑明、言曦、尉天聰等人先後對現代派的抨擊以及日後發展出來的鄉土文學論戰，九十年代解嚴後本土勢力興起而引發再度的建國論述。本人曾在數篇文章中，討論過在此鄉土文學與本土化運動之下，台灣現代主義所處的「脆弱」地位，請參見〈前衛的推離與淨化運動：論林亨泰與楊熾昌的前衛詩論以及其被遮蓋的際遇〉；〈台灣現代運動中超現實脈絡的日本淵源：談林亨泰的知性美學與歷史批判〉；〈超現實的視覺翻譯：重探台灣現代詩「橫的移植」〉。此處不再詳述。

❸有關當時其他與西川滿過從甚近的作家筆下的頹廢與耽美傾向，可以參考施淑的兩篇文章〈感覺世界——三〇年代台灣另類小說〉，〈日據時代台灣小說中頹廢意識的起源〉。

❹一九二〇年在東京創刊的《台灣青年》以及後來的《台灣》、《台灣民報》都是台灣新文學扎根的刊物。一九二五年台灣文化協會成立，一九二七年《台灣民報》獲准在台灣發行。一九三二年《台灣民報》改為日刊報《台灣新民報》，台灣新文學進入葉石濤所謂的「成熟期」。一九三二年中文雜誌《南音》、《福爾

摩沙》創刊，同年台北的文學愛好者組織台灣文藝協會，並發行《先發部隊》。一九三四年五月在台中市召開全台文藝大會，決定組織台灣文藝聯盟，並編印《台灣文藝》月刊。一九三五年十二月楊逵與葉陶另外發行《台灣新文學》，出刊十五期，直到一九三七年六月被禁載中文才停刊。

❺可以參考施淑在〈文協分裂與三〇年代初台灣文藝思想的分化〉，〈書齋、城市與鄉村——日據時代的左翼文學運動及小說中的左翼知識份子〉中對於當時文協以及左翼陣營等背景的討論。也可以參考陳芳明的〈台灣左翼文學的發展背景〉。

❻原載於《台灣青年》創刊號，一九二〇年七月十六日；中譯文原載於《台灣民報》，六十七號，一九二五年八月二十六日。收錄於《日據下台灣新文學：文獻資料選集》，台北，明潭出版社。頁一~二一。

❼根據林佩芬一九八四年《文訊》刊登的訪談稿，楊熾昌說明自己素來嚮往荷蘭風光，而台南七股、北門地區的鹽田架設的風車亦讓他神往，而將詩社取名「風車詩社」，想「對台灣詩壇鼓吹新風」（〈永不停息的風車——訪楊熾昌先生〉二七五）。

❽楊熾昌早年對於現代文學的興趣，起自於芥川龍之介的作品；留日期間，曾經與日本新感覺派作家岩藤雪夫與龍膽寺雄相識，暢談文學。留日時，楊熾昌原本打算報考法國現代文學，後來失敗，才轉讀日本現代文學。一九三一年出版日文詩集《熱帶魚》，一九三三年創立「風車詩社」，推動超現實主義詩風，成員有李張瑞、林永修、張良典、戶田房子、岸麗子、島元鐵平（尚梶鐵平）等人。

❾楊熾昌主要的詩集有《熱帶魚》、《樹蘭》、《燃燒的臉頰》，小說集《貿易風》、《薔薇的皮膚》，詩評〈燃燒的頭髮：為了詩的祭典〉（一九三四），〈西脇順三郎的世界〉（一九三四，〈檳榔子的音樂〉（1934），〈土人的嘴唇〉（1936），〈《Joyceana：喬伊斯為中心的文學運動》讀後〉（一九三六），〈台灣的文學喲，要拋棄政治的立場〉（一九三六），〈洋燈的思惟〉（一九三六），〈新精神與詩精神〉（一九三六），〈詩的化妝法：百田宗治氏著《自由詩以後》讀後〉（一九三六），〈孤獨的詩人吉安・科克多〉（一九三七），後收錄於《紙魚》。上述詩文皆收錄於呂興昌於一九九五年出版的《水蔭萍作品集》。這本作品集是楊熾昌半個世紀以來的作品首次以較為完整的面貌見世。此文所引用文字皆出自此作品集。

❿有關楊逵的政治立場、反對運動生涯與文學創作，可以參考陳芳明的〈楊逵的反殖民精神〉。

⓫《詩與詩論》以春山行夫、西協順三郎、安西冬衛、北川冬彥、北園克衛、村野四郎等人為代表，以超現實主義為旗幟，企圖銜接後來被超現實主義者納入陣營的法國梵樂希的詩論以及阿波里奈爾與考克多等前衛詩人。《詩與詩論》活躍期間約是昭和三年到昭和六年（一九二八—一九三一），但是影響延續整個昭和十年的階段，直到大戰開始方止。

⓬Georges Bataille 曾經在《情慾之淚水》（*The Tears of Eroticism*）一書中討論 de Sade 與 Goya 對於暴力與色情的處理中指出：de Sade 親眼見到法國革命暴徒的殘暴殺戮，De Sade 被監禁三十年之間，便以書寫色情與暴力來對抗內在壓抑的恐懼。Goya 也經歷西班牙內亂的殘酷過程，而 Goya 被毆打成聾，他所被囚禁三十六年的是沒有聽覺的囚籠。對於極端痛苦的強迫性幻想以及痙攣式的暴力近乎色情所帶來的衝動與快感，而色情與暴力正是恐懼的發洩口。（頁一三一～一三三）

陳昭瑛：文學的原住民與原住民的文學

——從「異己」到「主體」

陳昭瑛

台灣嘉義人，1957 年生，台灣大學中文系、哲學所碩士、外文所比較文學博士，現任台灣大學中文系教授。著有評論《台灣文學與本土化運動》、《台灣與傳統文化》、《台灣儒學》，小說《江山有待》等書。曾獲五四獎文學評論獎。

人類還須發展出一大情感，以共同思索人類整個的問題。這大情感中，應包括對不同民族，不同文化之本身之敬重與同情，及對於人類之苦難，有一眞正的悲憫與惻怛之仁。由此大情感，我們可以想到人類之一切民族文化，都是人之精神生命之表現。其中有人之血與淚，因而人類皆應以孔子作春秋之存亡繼絕的精神，來求各民族文化之價值方面保存與發展，由此以為各種文化互相並存，互相欣賞，而互相融合的天下一家之世界之準備。

——唐君毅、牟宗三、徐復觀、張君勱，一九五八❶

前言

這題目中的「文學」指「書寫文學」（written literature），包括已被書寫下來的口述文學；這裡的「原住民」指台灣的原住民族，至於這些原住民族是從中國大陸或南洋遷徙而來，或始終為台灣本土住民，皆不予討論。因此，此處之「原住民」是相對於四百年來先後移入台灣的漢民族而言。所以，本文所預設的台灣之民族架構屬於「原／漢」二元架構，而非時下流行的「閩／客／外省／原住民」四大族群之架構。因為本文作者認為「原／漢」二元架構才能眞正掌握台灣內部的民族問題，也才能有效凸顯原住民之民族文化的發展困境，以吸引更多人的注意、關懷。

本文作者為漢族閩南人，長期受漢文化的薰陶，是一名漢文化的熱愛者，同時對於當代新儒家將「仁」詮釋為「對不同民族、不同文化之本身之敬重與同情」一點深有同感；另一方面，在閱讀了台灣史與原住民作家的作品之後，油然生出一種漢族的「原罪」感。在這種心情之下，我雖然有一股擁抱原住民文化的衝動，但仍必須坦承，無論如何努力，本文之觀點仍無法超越漢族本位，這一挫折已經不是一個道德情感或道德意志的問題，而是一個知識論的困境。因此本文之目的除了在於敘述原住民在台灣文學中從「被書寫的對象」成爲「書寫的主體」的解放過程；也在於探索漢族本位觀點的邊界，雖然逸出這一邊界是不可能的，但我相信愈趨近於這一邊界意味著離漢族觀點之中心愈遠，而較接近於原住民的觀點。

一、吾民／土番：現代以前的（Premodern）漢人觀點

如果說荷蘭人在一六二四年到一六六二年在台統治是以征服者的姿態凌駕於原住民之上，並終於導致原住民的叛離，則一六六二年台灣原住民和第一個漢族統治者的初遇反而是以反荷同盟的方式開始的。由荷蘭長官所寫的《巴達維亞城日記》曾記載鄭成功攻台時原住民的反應：

> 台灣之地，一聽到鄭成功來襲的消息，上下騷然，一時不知所措。先則先住民變成顯著反荷。據南部的學校老師……報導：該地居民皆投誠於鄭軍，……而輕侮向來所受基督教，甚至棄教者、破壞教義書、器具等者，不勝枚舉；一旦聞悉鄭成功已登陸，竟然殺一荷人，並砍其頭，眾人則歡叫於其周圍，令人有又回復舊來陋習之感。（第三冊：二〇）

對於這一事件的記載，漢文文獻中以楊英的《從征實錄》最足以和《巴達維亞城日記》等量齊觀，因爲楊英是鄭成功的戶官，《從征實錄》所載即楊英自一六四九年（南明永曆三年）錄任戶

科之後隨鄭成功北伐南征的記錄，此書自然不會遺漏攻台一役。有關當時台灣原住民的反應，楊英有如是記載：

> 各近社土番頭目，俱來迎附，如新善、開感等里，藩（指鄭成功）令厚宴，並賜正副土官袍帽靴帶。繇（由）是南北路土社聞風歸附者接踵而至，各照例宴賜之。土社悉平，懷服。……藩親駕臨蚊港，相度地勢，並觀四社土民向背何如。駕過，土民男婦壺漿迎者塞道。藩慰勞之，……（楊英，一八七～八）

從這段文字稱原住民首領爲「土官」，稱其百姓爲「土民」，「賜」「袍帽靴帶」，並稱其嚮應反荷，是「迎附」、「歸附」，可知鄭成功視原住民爲所屬官民，「土」字有「當地」、「本地」之意，雖然也有文明程度偏低的涵意，但並無視爲蠻夷異類，甚至視爲非人之用意。因此一登台鄭成功即三申五令：「不許混圈土民及百姓現耕田地。」（楊英，一八九～九〇）諭令中一再把「土民」放在「百姓」（指漢人移民）之前，顯示並無以差別待遇統治原住民之意，楊英本人爲採購兵糧，常出入各社，頗思提升原住民的農耕技術，爲此他曾啓奏鄭成功，其奏文亦載於《從征實錄》，其中有幾句話值得注意：

> 英隨藩主十四年許矣，扈從歷遍，未有如此處土地膏腴饒沃也。惜乎土民耕種，未得其法，無人教之耳。……以英愚昧，謂宜於歸順各社，每社發農□一名，鐵犁耙鋤各一副，熟牛一頭，……聚教群習。彼見其用力少而取效速，耕種易而收穫多，謂不欣然效

尤，護其舊習之難且勞者，未之有也。書曰：「因民之所利而利之」，斯不亦惠而不費乎？（楊英，一九三～四，□爲脱落字）

這段話點出了明鄭對原住民的統治重點在於非常實際的農業生產方面，不似荷蘭以拯救原住民靈魂的傳教工作爲統治核心。相對而言，原住民的文化、社會生活方式得到比較多的尊重與比較完整的保存，並且「因民之所利而利之」的話更加顯示楊英把原住民視爲和漢人一樣的「民」，而且主張政權的存在目的是「利民」，此中所包含的自然是儒家的民本思想。《從征實錄》就結束於這篇奏文。當鄭成功部隊不再征討，而在台灣落地生根，《從征實錄》以此奏文作結，倒是很有象徵意義。

同樣曾爲鄭成功故吏的阮旻錫所撰的《海上見聞錄》也和《從征實錄》一樣被視爲明鄭歷史的可靠史料，書中則稱原住民爲「土番」，未似楊英視之爲「吾民」。雖然楊英作品中的原住民形象相當正面，但是以漢族爲統治者、以原住民爲被流治者的我族中心之色彩依然無法避免。

明鄭在康熙二十二年（一六八三年）降清，康熙年間所完成的兩部有關台灣的重要著作是如何呈現原住民的？也很值得探討。這兩本書一本是郁永河的《裨海紀遊》，此書是郁永河於康熙三十九年（一七〇〇年）來台採硫磺而作，文中記載他自南部北上沿路所見原住民生活情形。另一本是康熙四十三年（一七〇四年）江日昇所撰的《台灣外紀》，是一部廣採明鄭史料，以演義小說形式寫成的歷史著作，其歷史性雖因其文學性而有時受到質疑，但觀其自序，仍可看出其寫作動機是歷史的❷。其中所反映的原住民形象即使不能完全代表明鄭的觀點，也足以代表江日昇本人，一個康熙年間清廷初領台灣時期漢族知識分子的觀點。

郁永河曾提及當時主張棄台的言論：「海外丸泥，不足爲中國加廣；裸體文身之番，不足與共守。」（郁永河，三一）他本人對這種歧視台灣和原住民的言論並不同意，但仍不免是從「大清帝國」的立場出發，如批評上述言論道：「不知我棄之，人必取之。」（郁永河，三一）至於對原住民，他雖然不同意以「異類」、「非人」歧視之❸，但他也未能像楊英一樣視之爲「吾民」，如言：「諸羅、鳳山無民，所隸皆土著番人。」（郁永河，三二）顯然以漢移民（或包括漢化平地「番」）爲「民」，不以「土番」爲「民」。

相對而言，江日昇繼承了楊英以「吾民」視原住民的觀點，一方面這是因爲《台灣外紀》所本即楊英等人的著作，一方面也因爲江日昇主觀上，對明鄭有相當認同。對於鄭成功和原住民的會面，他的描寫比楊英的描寫更具文學性：

> ……從新港、目加溜灣巡視。見其土地平坦膏沃、土番各社俱羅列恭迎（土番俗無跪，蹲下合掌，即跪之禮也）。成功錫以煙布，慰以好言，各跳躍歡舞。覩其社里，悉係斬茅編竹，架樓而居，雖無土木鞏固，實有疏林幽趣。計口而種，不貪盈餘；以布作幔，不羨繁華。誠三代以上人民也。（江日昇，二〇五）

這段描寫非常讚美原住民的生活哲學，也把鄭成功與原住民的初晤刻畫得很生動，但是「恭迎」、「錫」等字眼仍然顯示江日昇和楊英一樣不脫以原住民爲被統治者的漢族本位。

如果說農業生產是漢族統治者給原住民上的第一堂課，那麼漢文教育則是第二堂課。根據郁永河的遊記，明鄭已開始對原住民施行漢化教育。郁永河的旅行曾由一友人顧君帶路，在經過新港、麻豆諸社，見「嘉木陰森，屋宇完潔，不減內地村落，」他曾感歎道：「孰謂番人陋？人言寧足信乎？」但是友人顧君則解釋爲明鄭教化之功：「新港、嘉溜灣、毆王、麻豆，於僞鄭時爲四大社，令其子弟能就鄉塾讀書者，蠲其徭役，以漸化之。……又近郡治，習見城市居處禮讓，故其俗於諸社爲優。」（郁永河，一七～一八）但郁永河對明鄭的教化工作並不滿意，因謂：「然觀四社男婦，被髮不褌，猶沿舊習，殊可鄙。」（郁永河，一八）並且心中開始建構一套徹底的教化理論：

> 苟能化以禮義，風以詩書，教以蓄有備無之道，制以衣服、飲食、冠婚、喪祭之禮，使咸知愛親、敬長、尊君、親上，啓發樂生之心，潛消頑憝之性，遠則百年，近則三十年，將見風俗改觀，率循禮教，寧與中國之民有以異乎？（郁永河，三六～七）

由此可見，以原住民爲「被統治者」的漢族本位思想中還包含以原住民爲「受教化者」、漢族爲教化者的看法，而原住民要由「番」的地位上升爲「民」，便必須通過教化。這一點在光緒五年（一八七九）的〈化番俚言〉三十二條可以清楚看見，諭文中指出後山（東部）「番眾」「未歸王化、未通人道，已數百餘年於茲矣。」因此要「制田里、教樹蓄」，以期「化番爲民」❹。可見一直到一八七九年，清領台灣已近二百年，其「化番爲民」的「教育事業」才剛剛進入後山；也可見終清領之世，清廷未嘗停止「化番爲民」的事業。

原住民受漢化教育的情形在古詩中多有反映，如乾隆六年（一七四一）巡視台灣張湄的《番俗詩中的一首：「鵝筒慣寫紅夷字，鴃舌能通先聖書；何物兒童眞拔俗，琅琅音韻誦關雎。」（范咸，七六八）乾隆二十五年（一七六〇）來台任鳳山縣訓導、教諭的林紹裕的《巡社課番童》詩的三、四聯也有類似的描述：「卉服授經通漢語，銅環把耒識君恩；三年來往慚司教，喜見番童禮讓敦。」（王瑛曾，四〇八）

教育的目的在於同化原住民，其具體內涵幾乎涉及原住民全部生活，從《化番俚言》三十二條可以得到證明。從性別的角度來看，執行大清帝國教化使命的男性官員亟欲改變原住民的母系社會形態。康熙年間來台的高拱乾在《台灣賦》中批評原住民社會：「雖敬老而尊賢，奈輕男而重女。」（高拱乾，二七四）高拱乾本來就是相當保守的官員，在《東寧十詠》中的一首曾言：「敬宣帝澤安群島，愧乏邊才控百蠻。」（陳昭瑛，一九九六：四九）句中以「百蠻」稱原住民，「邊才」與「控」字更充分暴露其中原沙文主義。

同治十三年（一八七四年）清廷又頒〈訓番俚言〉，其中涉及原住民婚姻習俗：「……男女相歡悅，即爾成婚姻，無有父母命，不須媒妁言，似非正配禮，當改從前風。」（黃逢昶，五二）顯然對於原住民社會中較重視婚姻當事人之自主性的進步觀念毫無認識，竟欲加以改正。光緒年間來台的黃逢昶在〈生番歌〉中云：「何不招之隸戶籍，女則學織男耕田？」（黃逢昶，一三）也顯示他一廂情願想把原住民男女放入漢族社會男耕女織的框架中。

這些清廷的男性官員，不論是漢族或高度漢化的滿人，若看到「番俗」之移易，則不免沾沾自喜，如滿御史六十七在《番社采風圖考》中言：「近城社番，亦知習禮。議昏，令行媒通言。諏吉，以布帛、蔬果併生牛二，先行聘定之禮。亦有學漢人娶女爲婦，不以男出贅者。聖化甄陶無外，易狉榛爲文明，浸浸乎一道同風之盛矣。」（六十七：六）這話明顯的以母系和父系社會爲野蠻和文明的分野，這種性別歧視充分反映了時代的侷限性。

不論是視爲「吾民」或「土番」，對原住民的教化理論中確實包含種族歧視與性別歧視，但其中亦隱含一種比帝國主義時期的殖民統治較爲人道的精神，亦不能不察。上述教化理論其實包含使「漢／番」同爲「人民」的平等思想，並不似殖民統治欲使被殖民者永爲次等民族、次等人民。〈訓番俚言〉中有言：「教爾通言語，得爲中華人。爲爾設義學，讀書識理義。」而這一「無分番與漢，一體敷教化。」的平等教育理念不似殖民統治對被殖民者的受教權利加以種種限制。在教育上一視同仁的原因是因爲希望「漢／番」能夠千秋萬世共守，所以〈訓番俚言〉最後兩句是「無分漢與番，熙熙億萬世。」（黃逢昶，五一～五三）

二、「殷勤問土風」：清代漢族詩人的「另類思維」

「the other」常譯爲「另類」或「他者」。在黑格爾的辯證哲學中，「他者」是使意識或思想（在其《精神現象學》中考察的是「意識」，在其《邏輯學》中考察的是「思想」）在發展過程中能夠從「這個」（this）的存在形態向前突進的力量，惟有通過「他者」與「這個」的持續衝突，意識或思想才能在辯證發展的終站，提升爲以自我爲對象的「主體」。（參考陳昭瑛，一九九二）在人類學中，「the other」則意味著「異文化」（the other culture）的存在，可譯爲「異己」。因此以「另類思維」來形容清代漢族詩人對原住民／異文化之異於主流的思維應該是恰當的。

如果上節所述之「前現代的」（premodern）原住民論述是當時的主流思維，則「殷勤問土風」

止！止！止
止住我們的哭聲，
敵人來了，不要使他們聽見，
使他們聽見，
他們就要誤會我們是在
求憐憫同情，
……
我們便是滅亡在頃刻，
也不願在敵人的跟前表示苦情，
表示苦情，
是我們比死以上的可憎，
……

此詩反映的是霧社泰雅族人即將被消滅的片刻。在十一月八日出刊的第三三八期《台灣新民報》即以「討伐軍用新式戰術進攻，番人出死力頑強抵抗」爲標題報導日本軍警動用化學武器。即使如此，霧社原住民到最後亦無一人投降，而紛紛自殺。這抵死不屈的一幕使漢族精英受到很大震撼，產生了對「番人」的認同。在賴和的〈南國哀歌〉，我們可以看到詩人從第三人稱的「他們」

開始敘述，而在情節轉入日人動用化學武器而「番人」仍頑強抵抗的一刻，詩人不顧敘事觀點的不統一，改以「我們」來「自敘」最悲慘、最壯烈的最後一幕。而「識貨」的日本新聞檢察官就在這一處動用了剪刀，使報紙再開天窗。現在就引部分詩句來看一位漢族詩人的敘述中，原住民如何從「異己」、「他者」轉化爲「自我」、「主體」：

……這一舉會使種族滅亡，
在他們當然早就看明
但終於覺悟地走向滅亡，……
在和他們同一境遇，
一樣呻吟於不幸的人們，
那些怕死偷生的一群，
在這次血祭壇上，
意外地竟得生存，……
舉一族自願同赴滅亡，
到最後亦無一人降志，
……恍惚有這呼聲，這呼聲，
在無限空間發生響應，……
兄弟們！來！來！

來和他們一拚！
憑我們這一身，
我們有這雙腕，
休怕他毒氣、機關槍！
休怕他飛機、爆裂彈！……
兄弟們，到這樣時候，
還有我們生的樂趣？
生的糧食儘管豐富，
容得我們自由獵取？……
數一數我們所受痛苦，
誰都會感到無限悲哀！……

對原住民的認同伴隨著對自己族群的不認同，因爲賴和認爲自己族群也「一樣呻吟於不幸」、但卻「怕死偷生」。霧社事件引發的漢族精英的自我反省是非常深刻的。雖然「番人」、「生番」等語仍被使用，但新名詞「兄弟們」、「弱小民族」等詞也出現了，顯示漢族精英發現了原住民的正面形象，並願與之平等相待，甚至結爲同盟。左翼組織對這一點有最強烈的表示。在一九三〇年十月三十日霧社事件發生的第四天，在台中出現左翼團體「農民組合」的標語：「我等被日本帝國所壓迫的全體子民：反對日本帝國對霧社之生番兄弟出兵鎭壓！反對日本帝國對我生番兄弟

實施滅族行動！」❼

一九三〇年十二月才創刊的左派報紙《新台灣大眾時報》更連續數期發表了對霧社事件的意見與自我批判。非但不使用《台灣新民報》使用過「兇變」等詞，更直接稱之為「民族革命」，許多人還發表自責言論，如謂「我們左翼團體，犯了機會主義的錯誤了。」「過去我們把番人的問題置之腦後，所以一旦事件發生我們都茫茫渺渺。此後希望對這十餘萬的弱小民族多少關心一點。」（藍博洲，四九～五二）

霧社事件像一記洪亮的鐘聲一舉敲醒了漢族知識分子大漢中心的迷夢，但是如果不是因為漢族精英已經受到現代進步思潮的啓蒙，則即使發生一百件霧社事件也不可能帶來如此深刻的覺醒。可以說，到了這一刻，漢族的原住民論述終於擺脫了「前現代的」蒙昧，而出現了具有現代意義的反殖民論述的雛形。可惜，隨著左翼傳統在戰後的白色恐怖中被剷除，反殖民的原住民論述失去了成長的空間，於是要一直等到八〇年代解嚴之後，才隨原住民精英的集體奮起，而發展為具有主體性格的原住民論述。

四、「恢復我們的姓名」：覺醒的主體世界

一九六〇年發表的客家籍作家鍾理和的〈假黎婆〉，非常生動而深刻的刻畫了一個嫁到漢人家庭的原住民婦女，全文以一小孩的觀點來看這位原住民奶奶：有一次，為了找尋一隻走失的牛，「我」和奶奶越過了「番界」，而進入深山的奶奶突然唱起「我」從未聽過的「番曲」，並且「越唱越高」，那歌聲裡「好像有一種長久睡著的東西，突然帶著歡欣的感情在裡面甦醒過來了。」但此

情此景卻使「我」異常惶恐，因爲「我覺得自她那煥發的愉快裡，不住發散出只屬於她個人的一種氣體，把她整個的包裹起來，把我單獨地悽冷地遺棄在外面了。」於「我」大聲叫奶奶不要唱，「奶奶不再唱歌了，一直到回家爲止，她緘默地沉思地走完以下的路，我覺得她的臉孔是憂鬱而不快。但一回到家以後，這一切都消失了，又恢復了原來的那個奶奶。」（鍾理和，一二～三）

這篇小說深刻的反映了漢人家庭中的原住民，他們的民族性是如何受到壓抑，這民族性如「長久睡著的東西」，惟有在屬於原住民的山林之間，在屬於原住民的山歌聲中，才會「甦醒過來」。而漢族小孩對奶奶的依戀，奶奶對小孩無微不至的愛顧，則呈現了超越民族界限的普遍性的親情。這篇小說就從特殊的民族性與普遍人性兩方面成功地塑造了這位有血有肉的原住民婦女，同時也提供這樣的啓示：原住民是和世界任何民族一樣，擁有特殊民族性與普遍人性的人類。

「假黎婆」生命中「長久睡著的東西」要到八○年代以後才完全「甦醒過來」[8]，這一回不限於山林中、山歌聲中，還擴及街頭運動與文化活動。對於一九八四年「台灣原住民權利促進會」（簡稱「原權會」）的成立，卑南族的散文家、文化評論家孫大川詮釋爲「原住民的『主體』開始說話。」（孫大川，一九九六）從黑格爾哲學來看，主體是經過異化（即對象化，作爲「對象」而存在）過程之後，而終於能夠以自我爲對象的實體（參考陳昭瑛，一九九二）。而從異化中解放出來的原住民開始以自己爲思考與書寫的對象，亦即自身成爲思想的主體、書寫的主體。孫大川說：「飽滿的主體要言說、要表現，原住民正在努力書寫自己的歷史。」（孫大川，一九九六）不僅主體有書寫自己歷史的欲望，事實上，惟有書寫自己歷史才能證明主體的存在。所以眞正的原住民文學是指由具有原住民身分的作家所寫的作品，「原住民文學」中的「原住民」是作爲「主體」而非作爲「對象」而存在。因此原住民文學的意義與價値要從原住民之主體解放的歷史過程中來思索。

就像一個過度勞動的人在沉睡一夜之後，清晨醒來往往感到一身徹骨的疼痛，原住民文學的黎明充滿了對前一日的回憶，回憶中的痛苦經驗和黎明時的全身疼痛一脈相傳。於是，原住民文學在其黎明時期最爲關注的正是前一日的黃昏：繼絕存亡的危機感、受壓迫的沉重吶喊，受壓抑的民族本性的躍動，……這一切屬於原住民主體世界的特性劃下了漢族作家無法跨越的鴻溝，形成了屬於原住民的文學特區。

一九八四年原權會成員票決通過「原住民」爲台灣土著民族統稱。自我命名權的爭取成了原住民參與漢人主導的政治領域的第一步。也是在一九八四年，排灣族的盲詩人莫那能被勞動黨前秘書長蘇慶黎挖掘，其詩作由楊渡、李疾修改後發表於《春風詩刊》第一期到第四期❾。莫那能以詩的韻律喊出了原住民追求自我命名權的心聲，在〈恢復我們的姓名〉，莫那能寫道：

從「生番」到「山地同胞」
我們的姓名
漸漸地被遺忘在台灣史的角落
如果有一天
我們要停止在自己的土地上流浪

請先恢復我們的姓名和尊嚴（莫那能，一一～三）

「在自己的土地上流浪」是對「異化」最好的形容，「恢復我們的姓名」便成了終止異化的第一步。同樣在八〇年代初崛起的布農族小說家田雅各，在《最後的獵人》中讓獵人比雅日帶領讀者進入屬於原住民的充滿精靈的森林，而當讀者隨著比雅日下山時，才赫然發現在警察面前，大獵人比雅日不但沒有用武之地，還必須報上「國語名字全國勝」，才能過關。當小說通過細膩、生動的描寫已經成功地使讀者融入了比雅日的世界，則到小說結束之時必然會排斥比雅日的漢族符號——全國勝，全國勝是誰？全國勝並不是比雅日，全國勝是漢族社會一廂情願強加在原住民身上的編號，為了便於戶籍管理之類的理由。而眞正的比雅日是縱橫馳騁於森林中的獵人。在田雅各的筆下，森林是原住民的學校與教堂，既教導審美與自然的知識，也傳達祖先與聖靈的啓示。

小說中比雅日在和妻子吵架後負氣上山打獵，一路上他想：「我那女人如果有一天變得令人討厭；我還有這森林。」「如果女人像森林多好，幽靜而壯麗，從森林內，從森林外，尤其從高處俯瞰，森林的美麗是綠色和諧的組合，像牧師講道詞中伊甸園的世界。」（田雅各，五六）但是如此美麗的森林受到了破壞，如果獵人失去森林，將會像失去學校的學生，失去教堂的牧師，失去舞台的演員。想到森林和自己的命運，比雅日沉入憂鬱的心情：「從此獵人將在部落裡消失，森林是最後能使他得到安慰的地方，比雅日愈想愈孤獨。」但是他又突發奇想：「應該把發福的公務員帶來山上，探探森林的秘密，……應該讓他們獨自在林中聽鳥、風、野獸和落葉的聲音，再走進山谷，瞻望雄偉的峭壁，脫下鞋子，腳踏純潔的泉水，……他們會領悟這謎般的森林，……如果那些人看重的不單單是原木的粗細……。」（田雅各，六六）可惜這些漢人就是只看到森林的利用價值，而讀不懂森林的神學與森林的美學。憂鬱的比雅日整天不見走獸，但也睏了，當「森林的寧靜、暖和的陽光和令人倦怠的樹蔭」「包圍他」，他覺得「終於被森林的魔法催眠了。」（田雅各，六六～七）可見，不論生存或信仰，睡或醒，神聖的森林就像原住民的家園，一個可與生死相守的家園。

不僅對布農族的田雅各，森林是一座神殿，對泰雅族的瓦歷斯・諾幹，對卑南族的孫大川也是如此。在散文〈山的洗禮〉，瓦歷斯一開始便說：「那個時代，我們泰雅的小孩沒有不經過山的洗禮的。」（瓦歷斯，一九九〇：一一九）文中敘述一個泰雅族小孩隨父親上山打獵，在父親去巡查陷阱時，一個人獨座山寮的情景，起初他有些害怕：「我往四周搜查，手裡握緊番刀，叢林間毫無異象，只有鼻尖嗅著鮮嫩的氣味，也許氣味來自葉面的毛細孔，也許從泥土裡跳躍出來，我感覺得到，它們正和我的身體談話，它伸出觸手撫弄著我細柔的髮梢，搔著我的肌膚，像親密的朋友彼此交換未知的訊息。靜坐山寮，其實並不孤獨。我鬆懈了繃緊的神經，讓想像和森林的精靈握手，遨遊在八雅鞍部山脈。」（瓦歷斯，一一二）文中所描繪的從害怕森林到結識森林精靈的過程，正是每個泰雅族孩子必經的「洗禮」。

在〈不唱山歌心不爽〉文中，孫大川以比較知性的語言總結了鍾理和〈假黎婆〉中「山」與「歌」對原住民的神聖召喚，孫大川說：「『山』和『歌』是原住民的靈魂。『山』是沉默的，原住民的祖先卻爲它譜出了聲音；山歌繚繞，比那溪流還蜿蜒；人與大自然的神秘交談，就這樣持續了幾千年。」（孫大川，一九九一：六〇）

在漢族作家的〈假黎婆〉中，原住民在森林中的神秘經驗是以「異文化」的形式出現的，其「異」使「同」爲一家人的孫子驚怕；但是在上述的原住民作家筆下，森林的靈氣如同原住民身上的體味、神龕上的香篆，既親密又神聖。

台灣森林的命運幾乎等同於原住民的命運，被濫伐、濫墾，甚至被保護的森林面積越加擴大，原住民的生機將更趨渺小。一個民族受壓迫受剝削的經驗，絕不是族外人能夠體會的。作爲文學主題，這種經驗也絕非任何漢族作家所能成功駕馭。而這種經驗正是原住民文學在其黎明時期最重要的主題之一。莫那能的〈百步蛇死了〉所刻畫的排灣族的命運足以令人感到椎心之痛：

百步蛇死了
裝在透明的大藥瓶裡
瓶邊立著「壯陽補腎」的字牌
逗引著煙花巷口徘徊的男人
神話中的百步蛇死了
牠的蛋曾是排灣族人信奉的祖先
如今裝在透明的大藥瓶裡
成爲鼓動城市慾望的工具
當男人喝下藥酒
挺著虛壯的雄威探入巷內

站在綠燈户門口迎接他的
竟是百步蛇的後裔
——一個排灣族的少女（莫那能，一六〇～一）

的確，像陳映眞所說的「只有在個人和他的全民族受到像莫那能那樣悲慘的壓迫與掠奪的人，才能寫出這樣的詩篇。」❿「漢人」字眼雖然未在詩中出現，但「壯陽補腎」的漢族性神話卻玷污了排灣族神聖的圖騰，並且一個漢族男性喝了百步蛇藥酒後又進一步去玷污排灣族的少女。一個漢族作家看到這裡，能不爲自己的族人所爲感到羞慚罪過嗎？又如何能贊一詞。

除了上述受壓抑的民族本性的躍動、受壓迫受剝削的沉重叫喊，現階段原住民文學的另一重要主題是對自己民族與文化的危急存亡之感。這種危機感也很難在族外人身上引起切膚之痛。

孫大川的散文集《久久酒一次》則集中而深刻的表達這種危機感。孫大川的〈自序〉開頭即言：「晚霞更暗了，我們能不能爲原住民點亮一盞燈？」（孫大川，一九九一）點亮一盞燈還不夠，還要「陪他們走完最後一個黃昏」（此爲篇名，孫大川，一九九一）。雖然充滿「最最焦灼的心情」（孫大川，一九九一：一二七），孫大川仍然以冷靜的文字描這個黃昏：「部落社會與宗教信仰之瓦解，語言之喪失與族類人口之質變，清楚地告訴我們：原住民乃是一群屬於黃昏的民族。黃昏意識正是他們靈魂深處最深的煎熬、困惑與眞實。無論從文化、歷史或現實空間來說，身爲原住民，我們無法不面對由黃昏慢慢步入黑夜之民族處境。」（孫大川，一九九一：一一八）《久久酒一次》中交織著理性思維的明晰和感性生命的躍動，而這樣的文學內涵經由兼具評論性與抒情性的文字風格準確地表達出來。

上述屬於原住民文學特區的三個主題其實仍擁有普遍性的、世界性的內涵。對民族本性的刻畫必然延伸於泛靈宗教、原始藝術的課題；對原住民所受苦難的反映，一定涉及殖民主義、反殖民主義，甚至更具普遍性的「正義」概念；那麼，《久久酒一次》在呈現卑南族以及整個原住民的獨特性之外，也貢獻了一個普遍性的思維，那就是死亡哲學。孫大川由原住民族趨於死亡的歷史「必然性」（我則認爲這只是「可能性」）出發，建構了積極的死亡哲學。其積極性在於把死亡當作重生的必經階段，於是，死亡就不是生命的終結，而是生命的存在形式之一。

孫大川說：「原住民的自覺運動，在我看來，首先必須接受並覺悟整個民族的『死亡』經驗。……我深信，原住民的『重生』，深植在她的『死亡』經驗裡；……」（孫大川，一九九一：五五）「重生」的希望何在？孫大川寄望於原住民的文化創造力，他說：「黑夜終究要來，那是『自然』的規律；我們唯一能做的不是去『否定』黑夜，而是去準備一盞燈，把黑夜照亮。『燈』不是自然的，而是『創造的』、『科技的』。」（孫大川，一九九一：一三四）如果說民族本性、原始生命力的自由自在的流露，是主體性的呈現。那麼，「創造」將是主體存在之更爲積極的證明。

從「恢復我們的姓名」到「創造一盞照亮黑夜的燈」，作爲原住民主體解放運動之一環的原住民文學，已經從消極面走到積極面，從受難的陰影走入了黎明的曙光。

結語：一個漢族儒家學者的自白

寫這篇文章特別無法心平氣和，因爲原住民的歷史的確令人顫慄。在歡迎孫大川對漢語、漢文化、甚至當代新儒家的開放態度之時，我不免自我檢驗：這是不是漢族本位、儒家本位？瓦歷斯・諾幹對「原住民文學」的嚴格定義，是我還無法具體回應的挑戰。瓦歷斯在〈原住民文學的創作起點〉一文，界定「原住民族書面文學」爲「以原住民族的『文字』所創作的文學作品」（瓦歷斯，一九九二：一二八）。此中的「文字」應指以羅馬拼音書寫下來的母語，如此，則原住民的各族母語不同，會否造成各族之間文學交流的困難？這是我第一個想到的問題。如果說漢文是外來的，那麼羅馬拼音不也是外來的嗎？那麼何必捨已然熟悉的漢文而改用羅馬拼音？這是第二個問題。日據時代台灣作家曾被迫以日文寫作，但絲毫不減其作品之反日、本土的色彩，則使用漢文來作爲抵制漢化的工具又有何不可？這是第三個問題，也是最棘手的問題，牽涉到以語言爲純粹表達工具，或以語言爲文化觀、世界觀之載體的兩種不同的語言觀。

如果個別主體終不免要和其他主體對話，又如果台灣終不免要成爲多元主體並立的民主社會，那麼除了母語寫作之外，由原住民以漢文寫成的作品也應該視爲原住民文學。那麼本文的一大缺漏自然是，在考察文學的原住民和原住民的文學時，只討論到漢文作品，一再暴露漢族本位。

原住民文學當然不是爲儒學而存在的，但她確實爲我們打開了一個重新觀看儒學的窗口。在此，想引近作中的一段話作結：

> 對死亡的思考或不願思考，是儒家生之哲學的起源之一，孔子對出殯行列的默哀（見《論語・鄉黨》），表現了儒家對死亡的排斥、對生命的禮讚。「上天有好生之德」這句話把人的求生欲望窮究於天，以加強這種欲望的正當性與普遍性，但這句話之流行於百姓

之間，證明了「求生欲」有超乎知識探索以外的涵義，它相當程度屬於本能層次。思及此，一個個體的死都使人哀傷，則一個民族的滅亡能不令人浩歎嗎？一個人都努力求生，一個民族會不努力挽救自己民族的滅亡嗎？在不願見自己民族文化淪亡的思維中，應該即包含不願見其他民族文化淪亡的祈嚮。「己欲立而立人，己欲達而達人」也適用於民族與民族之間。⓫

——一九九六年六月中央日報、台大文學院主辦國際會議「百年來中國文學學術研討會」論文發表，選自正中版《台灣文學與本土化運動》

註釋

❶此段引自由唐君毅執筆，牟宗三、徐復觀、張君勱共同署名的宣言《中國文化與世界》，發表於一九五八年元月之《民主評論》。後收於唐君毅一九七四著作。唐君毅，一九七四：一八八。

❷江日昇在〈自序〉言：「故就其始末，廣搜輯成。誠聞人說聞事，以應纂修國史者採擇焉。」（江日昇一）

❸如他批評當時人的看法：「乃以其異類且歧視之；見其無衣，曰：『是不知寒』；……噫！若亦人也！其肢體皮骨，何莫非人？」（郁永河，二八）

❹〈化番俚言〉未署作者，收於黃逢昶，一九六〇：三七～四九，作為「附錄」。

❺此段阮蔡文生平敘述參考《台灣省通志》四三冊：一五七。

❻「治警事件」是「治安警察法違反事件」簡稱，發生於一九二三年底，導因於從事台灣議會設置運動的反日人士欲擴大結社，引起日人恐慌。事件牽連甚廣，被扣押、傳訊者九十九人，最後十三人被判有罪，其中有多位為作家。參考葉榮鐘，一九七一：第五章。

❼引自藍博洲：四八。以下關於當時左派對霧社事件的反應皆參考藍博洲之文。

❽排灣族的陳英雄在六〇年代曾發表一系列小說，是八〇年代原住民作家的先驅，但在六〇年代陳英雄的出現是相當孤立的現象。

❾見李疾的〈來自阿魯威部落的盲詩人：莫那能〉以及楊渡的〈讓原住民用母語寫詩：莫那能詩作的隨想〉，兩文收於莫那能，一九八九。

❿引自陳映真為莫那能詩集寫的跋〈莫能那：台灣內部的殖民地詩人〉，見莫那能，一九九一。

⓫引自陳昭瑛，〈當代儒學與台灣本土化運動〉，此文一九九五年四月發表於中研院文哲所主辦的「第三次當代儒學研討會」，現收於該會論文集，引文見劉述先編，二七八。

參考書目

瓦歷斯．諾幹（柳翱），《永遠的部落：泰雅筆記》，台中：晨星，一九九〇。

——，《番刀出鞘》，台北：稻鄉，一九九二。

六十七，《番社采風圖考》，台北：台灣銀行，一九六一。台灣文獻叢刊第九〇種。

王瑛曾，《重修鳳山縣志》，台北：台灣銀行，一九六二。台灣文獻叢刊第一四六種。

田雅各，《最後的獵人》，台中：晨星，一九八七。

阮旻錫，《海上見聞錄》，台北：台灣銀行，一九五八。台灣文獻叢刊第二四種。

范　咸，《重修台灣府志》，台北：台灣銀行，一九六一。台灣文獻叢刊第一〇五種。

周鍾瑄，《諸羅縣志》，台北：台灣銀行，一九六二。台灣文獻叢刊第一四一種。

郁永河，《裨海紀遊》，台北：台灣銀行，一九五九。台灣文獻叢刊第四四種。

高拱乾，《台灣府志》，台北：台灣銀行，一九六〇。台灣文獻叢刊第六五種。

唐君毅，《說中華民族之花果飄零》，台北：三民，一九七四。

莫那能，《美麗的稻穗》，台中：晨星，一九八九。
孫大川，〈夾縫中的族群建構：泛原住民意識與台灣族群問題的互動〉，《山海文化》雙月刊十二期，一九九六年二月：九一～一〇六。
——，《久久酒一次》，台北，張老師，一九九一。
黃逢昶，《台灣生熟番紀事》，台北：台灣銀行，一九六〇。台灣文獻叢刊第五一種。
黃榮鐘，《台灣民族運動史》，台北：自立晚報，一九七一。
陳昭瑛，〈黑格爾《歷史哲學》中的整體性概念〉，《鵝湖學誌》第九期，一九九二年十二月。
——，《台灣詩選注》，台北：正中，一九九六。
楊　英，《從征實錄》，台北：台灣銀行，一九五八。台灣文獻叢刊第三二種。
劉述先編，《當代儒學論集：挑戰與回應》，台北：中央研究院，中國文哲研究所籌備處，一九九五。
鍾理和，〈假黎婆〉，《悲情的山林》（吳錦發編），台中：晨星，一九八七。
藍博洲，〈台灣原住民運動的歷史起點：一九三〇年霧社抗日蜂起的啓迪〉，《尋訪被湮滅的台灣史與台灣人》，台北：時報，一九九四。
《巴達維亞城日記》（共三冊），村上直次郎日譯，程大學中譯，台灣省文獻委員會，一九八〇。
《台灣新民報》，台北：東方文化書局複刊，一九七三。
《台灣省通志》四十三冊，卷七，《人物志》，台灣省文獻委員會，一九七〇。

江寶釵：

時間、空間與主體性的建構

——閱讀《孽子》的一個向度

江寶釵

台灣高雄人，1957 年生，台灣師範大學國文研究所博士，現任中正大學中文系教授、人文研究中心副主任。著有評論集《從民間文學到古小說》、《嘉義地區古典文學發展史》、《台灣古典詩面面觀》及散文《不只一扇窗》、《四十花開》，編有《島嶼奴聲：台灣女性小說讀本》、《小說今視界：台灣當代小說讀本》（合編）等書。曾獲中山文藝創作獎。

前　言

做爲現代小說的讀者，白先勇的小說洋溢著傳統的特質，同時又深具現代性。白先勇成長於望族之家，浸染於中國文化，又就讀外文系，留學美國愛荷華，熟諳現代敘述技巧。讀者從仔細的閱讀（close reading）裡，擘肌析理，經常能夠無礙地掌握到文本中沉澱於生命意識底層的文化感，而此一植基於傳統的文化感，又以非常具現代性的概念方式與敘述形式表達出來。本文所揭櫫的時間、空間，就深入掌握白先勇小說此一參差了傳統性與現代性的特質。而白先勇的眾多小說中，《孽子》由於是長篇小說，比起其他短篇小說，更具備史詩敘述的特質：(1)有一定的篇幅長度。(2)動作具連續性與複雜性，因而也就更適合作爲時空結構的討論。

本文將從時空情節結構來審視《孽子》的主體性建構。一是這裡與那裡：身分地理的建構；一是孽子的宿因宿緣：孽子的命運及其敘述。

一、這裡與那裡（here and there）：身分地理的建構

弗瑞蒙指出，坐在底比斯國邊境上的人面獅身斯芬克斯（Sphinx）代表了「異己」（the others）：外來文化，伊底帕斯（Oedipus）返家，回答了它所設下的謎語，他征服了生命中的異己，開始返回「自己」（the self）的歷程（journey）：此一道路，就是從收養的賴阿斯，回到血緣的底比斯；這使得他解除了家鄉的劫難，卻坐實了神祇的預言，引起了自身的劫難。當使者帶來消息，伊底帕斯確認自己的身分，他的主體性宣告完成，爲此，他刺瞎雙眼，徹底斬斷與他者的關

係，從不斷的流亡裡去體證自我的存在。這時候，他就只是他自己了。伊底帕斯情節似乎說明了自我主體性的尊貴，以及獲此主體性所必須付出的代價，這個意義，幾乎可以還原到《聖經》神話裡亞當夏娃偷食禁果，被逐出伊甸園。也就是說，這被逐、重返、自逐的情節，含括了伊底帕斯與家這個地理位置往從的關係，無一不指涉著伊底帕斯個人身分與主體性的變遷。❶。

《孽子》❷這本小說，身分地理的位置更爲多重。作爲一個個人，他的一生可能經歷生養自己的父母之家，此地稱之爲原生之家；踏入社會，則有社群之家；最後，他建立個人的自體之家。在這些不同階段裡，明確而具體可稽的，就有爲父母所生養的原生之家，新公園、青春藝苑、安樂鄉所表徵的社群（community）之家，以及個體之家。人物與這些空間的關係，更是縱橫交錯，充滿豐足的意義。

1. 歷劫：告別原生之家

在中國傳統裡，「家」這個文化符碼代表什麼樣的意義？就社會面而言，家，是一個空間，人所居的住房，又是家族、家庭；是內部的、與外部相對；又是家產、家業。家族制度，則是生產資料爲家庭所有，兒子和媳婦不得有私財私物，不敢私自借用別人的財物，也不敢私自送財物給別人，法律、禮教以保護家庭爲基礎，子弟服從父兄謂之孝悌，婦女服從男子弟謂之婦德❸，總之，一切由家長支配的制度。就存在面而言，家，意謂著一個人的安身落戶，進入社會網絡裡的一個可以編碼的位置，相對於無歸屬的「流民」。

故事始於主角阿青的原生之家。這個由阿青父親一手建立的「家」，位居社會下層，在城市的邊緣：

我們的家，在龍江街，龍江街二十八巷的巷子底裡。就如同中國地圖上靠近西伯利亞邊陲黑龍江那塊不毛之地一樣，龍江街這一帶，也是台北市荒漠的邊疆地區。充軍到這裡來的，都是一些貧寒的小戶人家。（四一）

這些小戶人家，「房子特別矮，陽光射不進來，屋內的水泥地分外潮濕，好像一逕濕漉漉在出汗一樣，整棟屋子終年都在靜靜的，默默的，發著霉」（四一）。下層、邊陲位置無損於家做爲家的特質與記憶：

巷子是黃泥地，一場大雨，即刻變成一片泥濘，滑嘰嘰的，我們打著赤足，在上面吱吱喳喳的走著，腳上裹滿了泥漿，然後又把黃滾滾的泥漿帶到屋裡去。（四一）

家裡，有讀《三國演義》的父親、哼著輕快調子替弟娃洗澡的母親、咿咿唔唔吹口琴的弟弟……，颱風來時，一家人共患難的釘補屋漏，中秋節一起吃柚子，遙遠地想起家鄉的還比這個大兩倍等種種，更重要的是，無比權威的家長，構成了家不能被取代的內容。

故事的起點，就在主角阿青的家裡，也就是原生之家。阿青血中帶來的性別取向，像是銘刻於伊底帕斯身上的咒言，造成他被逐離家的命運。當阿青遵照他母親的囑咐護送她的骨灰罈返家，他在家裡短暫的盤桓，做了一段年少生命的回顧：

我們那間陰濕低矮的客廳，在昏暗中，我也聞得到那一股常年日久牆上地上發出來嗆鼻的霉味，那股特有的霉味是如此的熟悉，一入門，我頓時感到，眞的又回到家了。我捻開廳中那盞昏黃的吊燈，將母親的骨灰，放置在我們那張油黑的飯桌上。客廳裡一切依舊，連父親那張磨得發亮的竹靠椅位置也沒有移一下，端端正正的坐落在廳中的吊燈下，椅旁的一張小几上，擱著父親那副老花眼鏡。夏天的晚上，屋內熱氣未消，我們都到門口去乘涼，父親一個人留在屋內，打著赤膊，就坐在那張竹靠椅上，戴著老花眼鏡，在那盞昏黯的吊燈下，聚精會神的閱讀他那本翻得起毛上海廣益書局出版的《三國演義》。只有蚊子叮他一下，他才啪的一巴掌打到大腿上，猛抬起頭來，滿臉恚然不平。

（二〇七）

母親出走、自己被不名譽地開除、父親那張悲愴得近乎恐怖的面容一再地出現於眼前……。父親對母親餘情未了，看見他護送母親的遺骸回家，他或許會接納他們的。父親也許還有一絲希冀，盼望他痛改前非，回家重新做人，父子之情，也不至於全然決裂的……。

在對於家這個空間的回顧，盤根錯節地糾纏著愛戀與憤怨，在留下來與走出去、安定與流放的天人交戰之下，幾乎就是他爲自己舉辦的告別儀式，他告別了少年青春，決意離家，這時候，他眞正跨入社會叢林，尋找自己適應的生活方式：

我逆著風，往巷外疾走，愈走愈快，終於像上一次一樣，奔跑起來，跑到巷口，回首望去，我突然感到鼻腔一酸，淚水終於大量的湧了出來。這一次，我才眞正嚐到了離家的

淒涼。（二〇九）

這一次離家，阿青不再是被逐，而是自由意志的決定。他決定自我放逐，迴向莽莽蒼蒼的天地，就好像是白茫茫的一片裡，寶玉向渡頭的父親一拜❹，走向他自己的路途。這個結構，即少年成長小說的原型。而這類小說原型的起點往往就是父母之家。

許多學者的論述，已經證實了家在《孽子》這本小說中的重要性。幾個主要的小說人物，都因爲不同的理由被逐離家，每一位又都以不同的道路展開家的追尋。阿青在化學實驗室與工友苟且，退學公告後，他被望子成龍的父親逐出家門。小玉找了街巷裡的老人到廚房裡打炮，給繼父撞見了，繼父懲處他，他在繼父的倉物裡下毒，差點毒死了他，從此不敢回家。吳敏的父親入獄後，他的家也就散了。破碎的原生之家是不肖孽子與父親關係的斷裂點，卻是個體生命重新爲自己的社會位置與存在意義編碼的起點。

家的重要性，或者可以從李青親送母親的骨灰返家的敘述裡獲知一、二：

> 她那軀滿載著罪孽的肉體燒成了灰燼還要叫我護送回家，回到她最後的歸宿，可見母親對我們這個破得七零八落的家，還是十分依戀的。（二〇八）

離家後的孽子，仍然牽掛著家。他們摸索著家的可能形式，各自在心中形成不同的家的形式。究竟什麼形式是最基本的、可以算得上是一個家？回溯前文所述及的家的成形，最低的標準是一個空間，一個教人可以穩妥地居住飲食而又感到安全的地方：吳敏戀戀不忘張先生家裡收拾得妥貼乾淨的浴室；小玉到處爲家，不計一切尋找父親；至於阿青，「家」的關鍵，並不是「父親」，而是他的弟弟娃，尋找小弟，就成了建構自家的重要條件。阿青在外與同病相憐的小玉租在同一個屋簷下共同生活，那可以算是一個兄弟之家，這個兄弟之家因爲阿青領了阿弟，有了照顧的責任，進一步形成代父之家。當代父之家緣於阿弟的離開而支離破碎，再也不成形狀，導致阿青搬家。不似小玉尋找父親，吳敏尋找一個可以依賴的人……。原生之家的血緣關係，如果不是家的唯一條件，一定還有別的關係，而不論是兄弟之家抑代父之家，都是孽子自體之家的追尋。離家的孽子在尋找家的建構，只有家的建構完成，他才能把自我拼貼中失去的部分鑲補回去。而這鑲補，並無捷徑，他還得繞行一些路，路過社群之家。

2. 回歸：自我與社群

孽子所代表的性別取向，違逆傳宗接代的傳統，非但使得數千年來在父法結構中由男性家父長握權的原生之家，無法接受系譜中出現孽子的事實，在異性戀霸權支配下的社會，也不曾給予認同，因而，孽子只好自行團結，自成群隊，給發身分。這個隊伍，退避在幾乎看不見的空間裡，生生滅滅：

在我們的王國裡，只有黑夜，沒有白天。天一亮，我們的王國便隱形起來了，因爲這是一個極不合法的國度：我們沒有政府，沒有憲法，不被承認，不受尊重，我們有的只是一群烏合之眾的國民。有時候我們推舉一個元首——一個資格老，丰儀美，有架式，吃得開的人物，然而我們又很隨便，很任性的把他推倒，因爲我們是一個喜新厭舊，不守規矩的國族。說起我們王國的疆域，其實狹小得可憐，長不過兩三百公尺，寬不過百把公尺，僅限於台北市館前路新公園裡那個長方形蓮花池周圍一小撮的土地。我們國土的邊緣，都栽著一些重重疊疊，糾纏不清的熱帶樹叢：綠珊瑚、麵包樹，一棵棵老的鬚髮零落棕櫚，還有靠著馬路的那一排終日搖頭嘆息的大王椰，如同一圈緊密的圍籬，把我們的王國遮掩起來，與外面世界暫時隔離。（一）

這個在公園一角裡苟生的行伍，看似大膽，實則無奈。似離經叛道，又有被毀被棄的事實。一群同病相憐的枯魚相互索求濡唾。由於形勢如此惡劣，而飢渴如此不被允許，他們的動作顯得極端激切。從蔽風擋雨的原生之家，被驅往新公園這個開放的公眾空間，他們從家種變成野生，備極辛苦地去建構社群的私密地點。這種空間的轉換，似乎是成長不得不經歷的過程，就如同榮國府裡設大觀園。唯其在大觀園裡，寶玉得以一幼男子的身分經過「代父」（sub-father）元春的御批得以入園，入園後得以與眾女子同室同榻❺。同樣的，被逐出家，在台北的街頭流浪到半夜，最後終於跨入了新公園，幾乎是孽子終要進入到這個黑暗王國。阿青小名「黑仔」，而他到黑暗王國註冊，似乎是順理成章的。當他遇到了郭老，郭老一眼就認出他的身分：

你不必告訴我，你的故事我已經猜中八九分了——像你這樣的野娃娃，這些年，我看的太多嘍。（七三）

野娃娃於入園後才要開始自己的新生。接下來，郭老給阿青取了一個名字叫小蒼鷹，經由這個命名（naming）的儀式，阿青正式進入新公園，成爲蓮花池畔的成員。郭老在長春路開了一家照相館青春藝苑。他收集了他們的照片，貼成了一本厚厚的相簿，取名「青春鳥集」：

郭老那本沉紅色絨面，五吋厚的大相簿，絨面上印著「青春鳥集」四個燙金大字。燙金剝落，絨面發烏；相簿裡，全是一些少年像，各種神情，各種姿勢，各種體態都有。（二〇）

園裡，每個人都有屬於自己的名字：小麻雀、鐵牛……等等。這本青春鳥集，在形式上，有如《山海經》裡的諸神世系圖譜，在作用上，則有如舊時家族世系的譜牒，依於這個圖譜之上，社群歷史建構了它自己的概圖（schema）。❻

閱讀《紅樓夢》，余英時敏銳地指出，大觀園內、外的對比，園內的少年天眞無邪，園外的成人則葛藤著金錢、權力與情欲，這尖銳同異是作者心中要保持純眞的企圖的「外表化」（externalization）」❼。童年青春必然要老去，天眞無邪必然要世俗化，那是不可抗拒的趨勢，大觀園的建立原本是一詩歌的，要在俗世界中保一性與情的眞淳，最後不得不以寶玉出家、黛玉死亡、大觀園荒廢作爲代價。而白先勇的新公園，另造乾坤。深夜的新公園，有一個黑暗的王國，滙流著被父法所不許、社會所禁錮的欲望，這欲望在強力的封條撤掉後以無比巨大的濤浪湧動，教人驚心動魄：

也會過去的，可是只要新公園象徵的失樂園存在著，只要不得安頓的孽子存在著，就會有人續起，建立新的安樂鄉。

所以，拚命往前飛，最後飛到哪裡，自己也不知道的孽子們，不管安樂鄉的在與否，這些鳥兒總也會回到這裡來，就像龍子所經驗的強烈衝動：

> 我背著夕陽，踏著自己的影子，走著走著，突然心中湧起一股強烈的慾望；我也要回家，回到台北，回到新公園，重新回到那蓮花池畔。可是我還得等兩年，兩年後，我父親才過世——（一一六）

孽子得以藉新公園建構的社群認同識清自我，肯認自我，建構主體性，孽子往從於新公園的身分地理，不言而喻。

社群之家，畢竟不同於個體之家。新公園的浪泊、欲望的流動，絕非自我安頓之究極所在。因而，幾乎無一日不到新公園的孽子群不約而同各自找到自己的依皈，他們就只在除夕夜來參與團拜，做爲彼此繫聯的方式：

> 「只怕你們在『安樂鄉』那個窩又待不長了呢！」傅老爺子惋惜道，「你們這群孩子，恐怕從此又要各分東西，開始流浪了。你們這種孩子，這十把年來，前前後後，我也幫過不少。有的還爭氣，自己爬了上去。有的卻掉到下面，愈陷愈深，我也無能爲力。你們這幾個，憑你們各人的造化吧。阿青。」（三六四）

原生之家、自體之家與新公園的地理，所展開的身分對話，所表徵的文化空間，不只突顯了孽子建立新家庭、新世系的企圖，也呈現孽子類同弒父——這個弒父的動作在小說裡以「離家」作爲隱喩——的主體性建構。

我們平等的立在蓮花池的台階上，像元宵節的走馬燈一般，開始一個跟著一個，互相踏著彼此的影子，不管是天眞無邪，或是滄桑墮落，我們的腳印，都在我們這個王國裡，在蓮花池畔的台階上留下一頁不可抹滅的歷史。（三九一）

「蓮花」，這個承載了無數中國文化意涵的植物，很自然引起我們的注意。蓮花，出污泥而不染；蓮花，當哪吒是剜肉還母，剔骨還父，觀世音菩薩拿蓮葉與蓮藕做成他的肢體。惟有如此，才能完全斬斷「身體髮膚，受之父母」此一不可逆性的父法的支配與控制。除下這道符咒，孽子的身體才能獲得自由，然後得以自主。則在新公園的蓮花池畔所舉行的儀式，就不只是欲望飢渴的碰撞、探索，而是一種自我身分的確認。同志從自卑自棄，到自我珍惜，自我肯定，橫在當中的是一條迢迢的行旅（journey），是孽子的歷劫與回歸。

二、宿因與宿緣：孽子的命運及其敘述

然而，主體性的建構，徒地理不足以憑恃，如弗瑞蒙所說，時間結構，在敘述傳統裡的重要性，遠遠地超過了空間。當孽子進行世系之建構時，白先勇不可避免地要借助於時間。

1. 孽子的本源：前世今生

安哲羅·普洛斯（Angelo Pros）導《永遠與一天》（英譯爲 *Eternity and A Day*, 1998），在片頭，他問道：「什麼是時間？」「時間是一個小孩在海邊玩沙包。」有趣的問題，貼上一個有趣的答案。單獨的時間了解是不可能的，必須要放在與空間互涉的文本裡，時間才得以存在，就像一個小孩在海邊玩沙包那樣具體勾勒出「當下」的「在」。在基督教概念裡，時間以線性向前展開汩汩長流，因而敘述形式中的英雄向前踏上旅程不斷的追尋；而在神話的循環時間裡，春去冬來，日月經天，往復迴環，安哲羅[9]表以三個穿黃雨衣的人雨水淋漓地騎著腳踏車從巴士站出現，又折回巴士站到點。曹雪芹派一個石頭渡海，到人間歷劫，不免還是回到青埂峰上，做他的石頭。白先勇的《孽子》，於地理敘述裡，告別原生之家，路過社群之家，再到神話的自體之家，已暗示一種循環形式，孽子離開父母庇護的原生之家，從新公園[10]開始必須自己靠自己在人間的叢林裡求生存，那是一個開始，不管他們離新公園多遠，多久，他們都會呼應原鄉的召喚：回到新公園裡來，所以，郭老老謀深算地說：「總有那麼一天，你仍舊乖乖的飛回到咱們自己這個老窩裡來」（五）。龍子回來了，每一個離開的孽子都在除夕回來了。這群以新公園爲歸屬，回來肯認自己的性情中的欲望與「孽」。他們共同的聯結，是一群敢於追求自我情欲，把握青春的青春鳥，以及不爲社會文化所接受的性別傾向。因爲這欲望傾向，白先勇用佛家語，稱之爲「孽」，以與基督教的原罪參照。家是孽的起點，也是終點。也就從這孽出發，白先勇展開時間的敘述，編織孽子的愛恨情仇，更進一步地遵循著出發——歷劫——回歸的原則。

中國以「不孝有三，無後爲大」、「千秋萬世，歲享其祀」的血緣傳續作爲「不朽」——用現代話語則是「永恆」——的註解時，子嗣茲事何等重大。無祧，成爲中華兒女的集體夢魘。於是《孽子》這部小說，白先勇的將門家世，長成於父親宏偉的勳業下，使他無論從那一個角度看來，都是一個遵從家規的「孝子」。然而，無後的罪咎感，早已註定他孽子的身分。當他面對孽子所無法承繼的綿延種姓的使命時，他的詮釋，意識／無意識地回到自然的本源，將孽子的不得不爲孽，歸諸冥冥天意：

去吧，阿青，你也要開始飛了。這是你們血裡頭帶來的，你們這群在這個島上生長的野娃娃，你們的血裡頭就帶著這股野勁兒，就好像這個島上的颱風地震一般。你們是一群失去了窩巢的青春鳥。如同一群越洋過海的海燕，只有拚命往前飛，最後飛到哪裡，你們自己也不知道——（八三）

血裡頭的野勁兒，就好像島上的颱風地震，這種思維方式，完全是中國集體思想模式的呈現。此一集體思維可以推源兩漢。話說兩漢建立中央集權的政制，天子掌握了無限的權力，爲了制約這權力，董仲舒將民間祥瑞的信仰系統化，建立了災異春秋學的範型，以天統天子，以天地諸象對應人體⓫，於是，所有的自然現象都可以在人間世事找到它的詮釋根源。從小，阿青惹母親煩，弟娃得母親寵，理由無他，導源於難產與夢徵：

母親生我的時候，頭胎難產，子宮崩血，差點送掉性命，因此，她一口咬定我是她前世

處處可見度／不可見度幽微冥渺的臨界點，同性戀人迫切地需求「被知道」，被看見，被接受，被理解。如果被霸佔了社會文化性別的異性戀者知道，有受到揶揄、輕賤、羞辱的可能性，那麼，他們一定要教與自己同性別傾向的人知道，分享那種秘密感，完成自己的歸屬，建構自己的認同。因而同性戀者彼此述說，他們尋找述說的語言。巴赫汀（Mikhail Bakhtin）的對話主義（dialogism）認爲，每一個社群擁有他自己的社群方言——獨一無二的語言，分享價值觀、視野、意識形態以及規範。對巴赫汀而言，語言，就是社會認同的表呈，主體性透過環境的中介：字句，成爲社會體（social entity）的部分⓰。然而，同志由於是被社會斥逐於社會體之外，因此，他們被作爲他者賦予意義指涉的慣用語時，本身即偏見與歧視，零號同志，被戲稱爲「玻璃」、「兔子」、「人妖」。在《孽子》裡，「兔子」、「人妖」這兩個詞彙，以一種扭曲性的模仿，嘲諷、諧謔的加工，不僅被成功地轉化成同志社群的積極特色，而且趣味橫溢。異性戀法統的武斷性，在此備受質疑與顛覆。

阿青和吳敏分別到京華飯店與陌生人幽會，會後兩人從飯店裡走出來，沿街向圓山跑去，兩人的腳步，同一步調，在人行道上，橐橐的一直響了下去，他們的言說，深入了吳敏的身世、好惡、情仇。最值得注意的，是到了最後：

「小敏，我們是匈奴還是鮮卑？」我一邊跑著步，喘著氣回頭問吳敏。

「嗯？」

「你不是說我們是遊牧民族麼？」

「是匈奴吧？」吳敏笑了起來。

「匈奴王叫甚麼來著？」

「叫單于。」

「那麼我是大單于你是二單于。」

吳敏追上來，氣喘吁吁的問道：

「遊牧民族，逐水草而居，我們呢？阿青？我們逐甚麼？」

「我們逐兔子！」

我們都哈哈笑了起來，我們的笑聲在夜空裡，在那條不設防的大馬路上，滾蕩下去。（一三九～一四〇）

以歷史情境中表徵權力的單于指涉自己的身分，顛覆「兔子」帶鄙視的話語。張誦聖觀察到，孽子的對白幾乎都用在「社交聚會、節慶飲宴及嘉年華式的派對」，「隱隱批判社會的實用主義及其對本能身體、肉體歡愉、食物享用、性、遊樂、和社群情誼的壓抑」（一〇四）。節慶嘉年華會透過非常形式的表演與聚集，掙脫生活規範的束縛、消弭了人／我、同／異的距離，「對於階層、特權、常模和禁忌的懸置」，就表現在嘻笑怒罵的市井語言之中。

這或者可以解釋，當同志酒吧被小報記者寫成〈遊妖窟〉，代表異性戀社會的侵入、鞭笞，安樂鄉成爲覆巢之卵，正岌岌危殆時，孽子的應對，竟是化此危機爲嘉年華會。而最具象徵意義的是，小玉搶過老鼠手中的筷子，一邊噹噹的敲著碗，一邊用著幼稚園的歌「兩隻老虎」的調子唱：

> 四個人妖
> 四個人妖
> 一般高
> 一般高
> 一個沒有　椒
> 一個沒有　泡
> 眞奇妙
> 眞奇妙（三五一～五二）

在這個事件，孽子哈哈大笑起來，也跟著用筷子敲碗齊唱「人妖歌」。「人妖」，社會藉命名（naming）將不同於一般性別傾向的同性戀者醜怪化，建構他們的優越、合法，表達他們的鄙夷、唾棄，但在同志的重新定義下，這卻成爲他們的暗語或切口，得適時在險惡的「恐同」（homophobic）環境中，串連起孤立的彼此。在歌詞改動下，衍生全新的性身體怪誕意象，轉化其羞辱意味，同時具有反諷與宣成性，使得在嘉年華中的同志，得以互爲主體與客體；藉著兒歌的聲腔模仿與音域收放，以擊筋引吭的姿態，贏得敢曝（camp）的樂趣[17]。當然，敢曝不是書寫的全部，白先勇也運用雅文學的寫作方式，孔雀開屏上寫著一副對聯：

蓮花池頭風雨驟
安樂鄉中日月長

或者，透過雅俗錯位、對峙的種種耍弄，更能凸顯同志書寫的焦慮的不斷尋求自我定位的本質。這使我們想起，書寫於黑人女作家成爲自我與社會、自我與心理——包括內在的同己／異己的對話⑱。阿青獨白式的自我分析，同志互相濡沫的告解，以及郭老、楊教頭、傅老那裡演繹的過去歷史，阿玉、吳敏、小老鼠不斷體現的現世摸索。每一種敘述，都有自己的語調（tone），阿玉表徵前衛的叛逆大膽、玩世不恭，他的言詞幾等於黑旋風李逵手上那把斧頭，大剌剌地揮洒，斬去禮教、禁忌，他充滿冒險犯難的精神，跳船日本尋父，那種念茲在茲的實踐毅力，那種建立血祀系譜的志向，又將他樹立成爲一個「正統」的追尋者。吳敏守成謹慎，但求安穩的情感，所以只有他能守著刻薄的張先生。小老鼠驚惶貪婪，一再盜竊，終致繫獄。李青的細膩憂鬱，不斷圖繪家的或溫馨和悲傷的記憶。這些敘述，寄託在不同的語調（tone）裡，阿青與阿玉、小老鼠的書信往還，凡此林林總總，是敘述的丘陵起伏，則龍鳳故事則是穿梭過去、現在而通往未來的一座山嶺。

龍鳳故事一再穿插於小說的敘述裡。第一次講起龍鳳故事的，是郭老，阿鳳在他的青春鳥集裡，編五十號（七七）。第二次講起的是楊教頭（八五），接著小么兒說（二一〇），趙無常說（二一八），孫修士說（三五八），然後是大師（二六三～六四）……，不僅是語言敘說，而且以身形圖影，一再出現，是繫於孽子迴繞不去的心象：

龍子和阿鳳的故事，在公園的滄桑史裡，流傳最廣最深，一年復一年，一代又一代的傳下來，已經變成了我們王國裡的一則神話。經過大家的渲染，龍子和阿鳳都給說成了三頭六臂的傳奇人物。（八五）

他們說，常在雨夜，公園蓮花池邊，就會出現一個黑衣人，那個人按著胸口，在哭泣，他們說，那個人，就是阿鳳，他的胸口，給戳了一刀，這麼多年，一直在淌血。（二一〇）

公園裡野鳳凰那則古老滄桑的神話，又重新開始，在安樂鄉我們這個新窩巢中，改頭換面的傳延下去。（二六四）

故事的主角人物：龍子本人，在他與阿青的初遇、再遇時，講起自己的經歷：

黑暗中，龍子的聲音，好像久埋在地底的幽泉，又開始汩汩的湧上來。（一一一）

龍子那汩汩上冒的聲音，突然間好像流乾了似的，戛然中斷。（一一九）

小說的尾聲，除夕蓮花池畔的團拜後，阿青遇到了王夔龍，剛好十年，他從頭到尾最後完整的複習一遍，十年前的除夕夜上演的野鳳凰的傳說：

這一次跟我頭一次聽到王夔龍敘述這則故事的時候，完全不同，頭一次那種恐懼、困惑都沒有了。（三九四）

爲什麼我們需要傳說？爲什麼我們在一再重複的傳說裡感到滿足？因爲傳說的口述，最符於宣示意義的，透過不斷地的引述與重複，伴隨儀式，使得傳說具備十足的強迫性，因而能夠在生活裡凝鑄出一種信念（belief）⓳，傳說可能是「眞人假事」，也可能是「假人眞事」，但敘述者與聆聽者俱認爲是可信的，這便是傳說特有的「信念結構」（belief structure），亦即傳說最重要的文體特性。這種信念，足以支撐生活，得以教個人通過種種挫折的考驗，現實的磨難。因而傳說遂成爲個體自我認同的一部分。而野鳳凰傳說所以動人，即在它對於情質問：問人間，情是何物？情的排他性、獨佔性，乃至強制性，都使得情同時具備煉獄與天堂的本質。因而，有如小說中具先知特性的郭老說道：

「不動情則已，一動起情來，就要大禍降臨了。」（七七）

我（阿鳳）要離開他了，我再不離開他，我要活活的給他燒死了。我問他，你到底要我甚麼？他說，我要你那顆心。我說我生下來就沒有那顆東西。他說：你沒有，我這顆給你，眞的，我眞的害怕有一天他把他這顆東西挖出來，硬塞進我的胸口裡。（八〇～八一）

我冷甚麼？我把他刺到身上了還冷甚麼？你哪裡知道？總有一天，我讓他抓得粉身碎骨，才了了這場冤債！（八六）

情的複雜性是不能定義的，外於世俗的，所以「公園裡的人，都笑他們，說他們得了『失心瘋』（八一），龍子要阿鳳的心，要與阿鳳成一個家庭，阿鳳說他天生沒有這個東西，他不能放棄自我的自由，承擔愛情的責任，他的狂野是不能馴服的，是野火，轟轟烈烈，自由自在，一焚千里，撲也撲不滅，到那裡，是那裡：

郭公公，你是知道的，從小我（阿鳳）就會逃，從靈光育幼院翻牆逃出來，到公園裡來浪蕩。他在松江路替我租的那間小公寓，再舒服也沒有了……，可是——可是不知怎的，我就是耐不住，一股勁想往公園裡跑……（八〇～八一）

既是語言敘述，也是圖像——透過繪畫與攝影，直接而實體的呈示，來加強傳說的說服力。阿鳳他眞是一隻野鳳凰（八〇）。少年身上穿著一件深黑翻襯衫，襯衫的鈕扣全脫落了，襯衫角齊腹部打了一個大結，胸膛敞露，胸上著密密匝匝錯綜的鳳凰、麒麟紋身，還有一條獨角龍，張牙舞爪，蟠踞在胸口，一個桀驁不馴的青春靈魂，他不斷迴應著廣袤的大自然的野性的呼喚。這種個體「性」的自由與「情」的歸屬所形成的悖逆反差，終於教龍鳳戀走上悲劇的毀滅一途。

野鳳凰的傳說，係個體「性」與「情」的一則雄辯，成爲孽子生活信念的一部分，那是一種證明，證明同性戀者的性情世界，一樣與異性戀一般充滿多義性，絕非異性戀想當然爾的隨聚隨散。而且，野鳳凰最後瀝火所凝定的永恆青春，因而呈示的不死情欲，又成爲孽子在成家立室之外的一種可能救贖。

編織了山峰統合丘嶺那種多語調對話的敘述，神話傳說、歷史敢曝等等，孽子一步一步理解自我生命，白先勇一塊磚一塊磚地疊架同志自我的主體性建構。

結論

告別原生之家後，孽子在社群之家與自體之家展開自我身分的質疑、辯證與結論；在前世今生的想像裡，孽子破解情欲性別的原罪；在異己與自我、欲望與告解的顚躓的多重對話喧聲、交響裡，青春鳥展開行旅，他們的「身心」獲得安頓，而有了完全的救贖，可以打開自我的身分地圖，與那不是友善的世界，互作調整、協調，最後去成就一種可以互動的新家庭，超越親屬關係的世代於焉形成。傳承還可以透過收養的方式進行，原生的血緣系譜應該改寫，改寫的方式是多元的，同志結合僅其中一種，這是何以李青終於拒絕龍子「照顧」的召喚。永恆的青春欲望總是有衰竭變化的必然性，除非它攀向超越性；「怪胎大家庭」的新公園保留了它非常的儀典特質，尋常的生活則必須落實於市井。離開原生之家，落腳新公園，走向自體之家，我們看到孽子從邊陲移向中心，從非常向社會常態融入，或者可以借「大隱隱於市」一詞加以形容。我們看到，小說結尾李青領著浪泊新公園的孩子羅平，帶頭叫口令：「一、二、一、二」，將原本是代表軍訓父權的行動轉化爲關懷（caring），在一片啪啪的爆竹聲中，迎著寒流，向前邁進。

——二〇〇一年七月，選自《中外文學》

註釋

❶弗瑞蒙認為，空間是文化位置的隱喻，身分認同和知識都是位置產品，正如它是歷史性產品一樣。事實上，文本即是一種象徵空間，標出人物或作者在社會中特定的文化位置。相對於慣用的時性閱讀，空間閱

讀不用時序來認識人物，而是重視其立足點：在空間配置結構的文化位置。見范銘如著，梅家玲編，〈台灣新故鄉〉，《性別論述與台灣小說》（台北：麥田，二〇〇〇，頁四四所引。本人曾檢查原文，本文雖運用了弗瑞蒙的基礎概念，但在詮釋伊底帕斯的情節上，則另闢蹊徑，與弗氏所見，大不相同。

❷本文所用的《孽子》版本為台北：遠景，一九八三。後文不再重複滋贅。

❸〈儀禮・喪服篇〉：「未嫁從父，既嫁從夫，夫死從子。」《儀禮》，〈儀禮・喪服〉（上海：上海書店，一九八九年三月）頁八。

❹許多時候，我們必須回首徵引《紅樓夢》：這本白先勇置於床頭櫃的中國名著，對他發揮無與倫比的影響，《孽子》這本小說裡，幾乎也無所不在。

❺余英時：《紅樓夢的兩個世界》（台北：聯經，一九七八），頁六六。

❻此語由 Bartlett 所提出，「概圖」意指過去經驗與印象的集結。社會組織提供記憶的框架，個人所有的記憶都必須適用於此一框架，因而個人心中的概圖深受社會群體的影響（王明珂，〈集體記憶與族群認同〉，《當代》九一（一九九三年十一月），頁八。

❼余英時：《紅夢的兩個世界》（台北：聯經，一九七八），頁六六。蒲安迪（Andrew H. Plaks）也討論《紅樓夢》的二元論說：見氏著"Archetype and Allegory in the Dream of the Red Chamber"（Princeton: Princeton UP, 1976）43-61.

❽「安樂鄉」見諸白先勇的另一篇小說：〈安樂鄉的一日〉。在這篇小說裡，安樂鄉（Pleasantville），是紐約市近郊的一座小城，居民多係中上階級，收入豐厚（二六五）。「穿著 Brooks Brothers 的深色西裝，戴著銀亮精緻的袖釦和領針，一手提著黑皮公文包，一手夾著一卷地方報紙，習慣性的寒暄裡，談談紐約哈林區裡的黑人暴動，談華府要人的花邊新聞，等火車進站……」（二六五）。安樂鄉的市容是經過建築家規劃的，整齊清澈，像衛生院消毒過，「所有的微生物都殺死了一般，給人一種手術室裡的清潔感」（二六五）。而主人翁就住在安樂鄉的白鴿坡裡。城中的一個死角……，靜蕩的柏油路，看去像一條快要枯竭的河道。「聽不見風聲，聽不見人聲，只是隔半小時或一小時，卻砰然一下關車門的響聲，像是一枚石頭投

進這條死水中，激起片刻迴響，隨後又是一片無邊無垠的死寂」（二六八）。從孽子在此浮沉的安樂鄉與在彼安定的安樂鄉，這樣的安靜／混亂、死寂／活力的對比，似乎不難想像，白先勇的評價，一個遠離了社群、種族的「安樂鄉」是虛偽的。有關「安樂鄉」與「死角」的關係，係參考林鎮山一九九七年十二月在中正大學中文系的演講：「白先勇小說〈安樂鄉的一日〉的敘述結構」。

❾安哲羅以此片獲該年坎城金棕櫚獎，時安氏六十四歲。

❿多麼有趣！新公園本是公園的名字，卻也很象徵地指涉了到這裡會集的同性戀者的「新」生。

⓫《漢書．藝文志．序論》：「董仲舒治《公羊春秋》，始推陰陽為儒者宗。」明確標出了董說在儒學中的位置，〈呂氏春秋十二紀紀首〉，始以四時為中心，將陰陽五行四方，配合成一個完整的有機體；董氏承此以言陰五行四時四方，承載天志天道，同時以之配人。蓋人為天所生，因而圓顱方趾象天地，本係古老的民間信念（belief），董仲舒加以具體化，詳密化，「求天之數，莫若於人。人之身有四肢，每肢有三節，三四十二，十二節相持而形體立矣。」（〈官制象天〉第二十四）「人之形體，化天數而成。人之血氣，化天志而仁。人之德行，化天理而義。人之好惡，化天之暖清。人之喜怒，化天之寒暑。人之受命，化天之四時。人生有喜怒哀樂之答，春夏秋冬之類也。喜，春之答也。樂，夏之答也。哀，冬之答也。天之在乎人，人之情性有由天矣。」（〈為人者天〉第四十一）相關論述請參考徐復觀，《兩漢思想史》，〈先秦儒家思想的轉折及天的哲學的完成〉（台北：學生，一九七六），頁三九二。

⓬《左傳》「鄭伯克段於鄢」莊公寤生，驚姜氏，不為母親姜氏所喜事，後來段謀反，莊公殺之。見楊伯峻編著，《春秋左傳注》（台北縣：洪葉文化，一九九三），頁十。

⓭有關李彤的討論，請見江寶釵，〈白先勇小說中的投水事件與感時憂國傳統〉，《中國現代文學理論》（一九九七年三月），頁一二八。

⓮鳳鳥的神話同時見於《說文》、《爾雅》，但大抵以《山海經》為原型。

⓯老子者，「母懷之七二年乃生，生時剖母左腋而出，生而白首，故謂之老子。或云老子之母適至李樹下而生老子，生而能言，指李樹曰：以此為我姓。」（北京：中華書局，一九九一，頁一，《神仙傳》）

⑯ "Discours in the novel," reprinted in Michael Holquist （ed.） *The Dialogic Imagination: Four Essays* by M. M. Bakhtin. （Austin: U of Texas P. 1981） 292. Mae Gwendolyn Headerson 重讀巴赫汀，認為在階級、宗教、世代、地域、職業之外，尚可加入種族與性別做為界分社群的依據，並據此談論黑人女作家的作品，見 "Speaking in Tongues," *Colonial Discourse and Post-Colonial Theory: A Reader.* edited and introduced by Patrick Williams and Laura Chrisman （New York: Harvest Wheatsheaf, 1994） 259.

⑰ 有關嘉年華、敢曝的討論，參見葉德宣，〈兩種淫的方法：〈永遠的尹雪豔〉與《孽子》中的性別越界演出〉，《中外文學》，第二十六卷，第十二期，一九九八年五月，頁七三～八七。葉氏的分析裡並未提及以筷擊碗此一歌唱的動作，擊筷古語擊節，這個動作向來隱含著一種即興的情懷，或瀟洒或慷慨或悲壯，在這裡一舉倒轉作嬉鬧、可笑的場面，正好可以印證氏所謂：「歷史的陳跡是敢曝諧擬，模仿的最愛」，小說淒苦的一面，直接擷取歷史的片段不免顯得浮濫，在敢曝的回收使用下衍生出前所未有的創意和樂趣。

⑱ Mae Gwendolyn Henderson 259 ，見註⑯。

⑲ 引自黃浩瀚，〈信不信由你：梁祝化蝶與傳說信念〉，《中外文學》，第十六卷，第十一期，一九八八年四月，頁九二～六九。

周慶華：

台灣八〇年代小說中的街頭活動

周慶華

台灣宜蘭人，1957 年生，中國文化大學文學博士。曾任小學教師、淡江大學中文系講師等，現任台東師範學院語文教育學系副教授。著有《秩序的探索——當代文學論述的省察》、《文學圖繪》、《文苑馳走》、《台灣當代文學理論》等二十餘種。曾獲聯合報短篇小說獎。

一、一個考察點

台灣八〇年代，不論政治、經濟或社會、文化，都在發生結構性的變化。當中到底誰在影響誰或誰在受誰影響，已經很難分辨得清楚。如果有人認爲社會和文化的變化（混亂和多元化）預設著政治和經濟的變化（解嚴和持續景氣），那我們也可以反問政治和經濟的變化又預設著什麼的變化？可見任何有關的論說，勢必從某一特定立場出發，選擇性的將某一現象加以化約或抽象，而難以宣稱該現象跟其他現象的密切關聯❶。在這個前提下，個人自然有理由排除佯裝的「多重視角」而專門設定一個觀察點，以便可以展開所謂「策略性」的論述❷。

在這場變化中，特別顯眼的是一些新興社會運動的輪番上演。這些社會運動表面上都有爲改變某一制度（或抵制某一改變）的目的訴求❸，實際上在運動形態、組織動員和具體標的方面卻有相當的異質性❹，而且在稱名上也可以分爲政治異議運動、消費者運動、環保運動、勞工運動、婦女運動、校園民主運動、原住民人權運動、老兵返鄉運動、反核運動、教師人權運動、農民運動、政治受刑人人權運動、殘障弱勢團體請願運動及新約教會抗議運動等等。這些運動的出現，普遍受到眾人的關注；其中以能撰文表達關懷旨趣的人來說，從官員、民意代表到學者、專家、媒體記者，甚至學生都有。當然，文學家也沒有缺席過；尤其小說這類敘事性的文體創作，更能滿足他們追躡想像社會運動的蹤影潛因而展現一己的熱心投入，以至我們可以從這裏看到比較不一樣的關懷方式。

從人意志的一切動作和願望都指向他所認知的價值的角度來看，文學家撰寫小說涉及或處理社會運動，可能跟為容易牟利或為所屬利益團體的理念張目或受改造社會人心的使命促使有關。但這已經無從追溯（即使追溯到了也沒有多大意義），所剩下的大概只有作品中所存這一現象「顯示了什麼意義」可談。而說實在的，相對其他人所能採取的「議論模式」，文學家以小說這種「敘事模式」來安置社會運動，多少都有更可「玩味」的餘地。本文就是基於這個前提而要來一探文學家對社會運動的迴應，究竟提供了什麼信息可以讓人參考或進一步思索。

二、論述旨趣與論述對象

由於社會運動本身的課題在大家的討論中常有爭議，而個人對於觸及這個課題的小說作品所分布的範圍或所跨越的年代不盡熟悉，所以難免要有所「選材取樣」才能進行討論。換句話說，本文並不傾向開放形態或包容性強的論述途徑，反而要在一些內外條件的限制下來一展以發掘「意義」為主的啓示性論述。

這首先要處理的是有關「社會運動」定義的問題。它有性質（包括目的）、範圍（種類）等層面可說❺，而說的人又有認定或規範上的不同，致使社會運動的定義迄今就有一、二十種之多。有人認為這些定義可能有兩個共同點：㈠社會運動跟「公共目標」有關係：總是想促成某種社會變遷，所以它主要是工具式的行動（但這並不否認它的心理情緒表達功能）。社會運動因此跟集體行動有關係。也就是說，社會運動的目標，常常是透過集體的行動來完成。㈡社會運動因為要跟其他的抗議、示威、不滿、暴動、革命的現象有所區別，必須有個範圍的界定，所以社會運動的定義常暗示有規模、範圍及重要性的意義。也有人認為除了集體行動、目的和模糊的規模之外，社會運動普遍具有的性質應該還包括㈠獨立的新抗議組織（含暴力組織）的突起、㈡抗議和暴力行動（特別是在聚眾的情形下）的急速增加、㈢社會大眾議論的興起、㈣目標針對社會基本體系及㈤是對社會基本體系變動的一種反應（如對資本國家的財政危機）等等。還有人認爲所有的社會運動的定義，不但是關於集體行動的，針對基本體系的，也應該是符合該社會的俗民認知的❻。在這種情況下，我們想要清楚的認識社會運動，顯然是有困難的。但爲了論說的方便，權且從現有被歸入社會運動範疇的運動中抽取某一特質作爲認知基礎，還是有它的必要性。至於這個特質的選擇，個人認爲毋寧要以「集體性的反抗」（包括反對某一制度或體系的存在及抗議某一制度或體系的不存在）爲首要。它不但可以藉爲考察繼起的社會運動，還可以據爲衡量存在一些較爲特殊的形式（如小說）中的社會運動。

其次要處理的是所要討論的具體對象的問題。雖然各種社會運動都具有「集體性的反抗」特質，但它們所發生的場所未必一致；有的可能在校園（如校園民主運動），有的可能在工廠或公司（如部分環保運動、勞工運動），還有的可能以集會方式在各種可用的地點進行（如部分消費者運動、婦女運動、教師人權運動），這些普遍都不及向政府或議會（尤其是中央級的政府或議會）反抗而在街頭上演的運動來得有衝擊性或震撼性。限於個人能力（或說基於個人興趣），無法一一照顧到，只得選擇涉有後面這類在街頭上演的運動的作品來討論。因爲這類運動只是整體社會運動的一部分，實在不宜以「社會運動」這個總名給予指稱；但要改稱它爲「街頭運動」又嫌不倫不類，只好暫時採用「街頭活動」這一在實質上有點相應的名稱。也就是說，本文所要討論的具體對象，是關於小說作品中的街頭活動。還有本文所以斷限在八〇年代，主要是考慮該年代中小說作品所有的街頭活動對應著或擬似著外在現實的街頭活動，在取材上很明顯帶有台灣文學史上「首出而特殊」的標記。但這並不包括所敘寫街頭活動不在「當下」時空的作品（如宋澤萊的《廢墟台灣》、藍博洲的〈幌馬車之歌〉、林雙不的〈黃素小編年〉、王湘琦的〈黃石公廟〉等❼）。它們也作於八〇年代，可能有「影射義」，只是該街頭活動發生的時間在「未來」或「過去」，不便合在一起同樣看待。

三、「小說中的街頭活動」文本建構

第一節提到文學家以小說這種「敘事模式」來安置社會運動（以示對現實中相關的社會運動的迴應）究竟提供了什麼信息可以讓人參考或進一步思索，是本文所要論述的重點。那麼現在比較迫切的是對該一現象的爬梳或整理，構成一個有關「小說中的街頭活動」的概要式文本，以便後面從事「意義」的發掘或設置（賦予）。

如果對照社會學家對社會運動的處理，大家可能會發現文學家的處理方式有相當高的「模糊性」。如一位社會學家所歸結的社會運動的「主旨、目標和訴求不是透過所謂模糊的『群眾』或『公眾』提出來，而是由較清楚的團體（利益團體及壓力團體）以活動來表達出他們運動的訴求」和「所企求改變的並不涉及整個社會體制激進改變的『價值取向』問題，而是某個或某些較特定的社會安排方式、規則、規範、法令，及其他較不那麼『根本性』的社會運作方式」❽這兩點可以有效的對應現實中的社會運動，在小說作品中幾乎可以肯定沒有類似的提示，以至它所指涉的社會運動就不像社會學研究所指涉的社會運動有比較清晰的輪廓。又如另一位社會學家所條理的探討社會運動和政治轉化之關係的四個出發點：「社會運動固然是『悲慘』運動，但更確切的說是受排斥團體運動。運動的目的在改變這種受排斥者的不利社會關係。受排斥者社會運動團體的形式，因此是社會運動集體行爲最大特色」、「社會運動風潮的興起，大多時候是因爲運動『以外』既得資源的投入。有時候則因爲受排斥團體發展，逐漸『掌握』了較多的資源」、「在權威體制下，民眾參與被矮化，公民權被細化，所有民眾部門之社會運動，被視爲一種威脅，處於受壓迫的一種地位。社會運動風潮的發生，主要由於權威體制失去了鎮壓的能力（或意願），不能控制或阻止民眾部門與政治反對運動的相互動員過程」和「權威體制喪失鎮壓社會運動風潮能力的最終訊號，是政治轉化開始，政治反對組織成爲新政治體的一部分，有可能成爲原來統治集團的替代品。在這個階段，政治反對組織已有足夠的資源力量，一方面足以製造更多的政治機會，一方面需要更多的政治機會，對抗權威體制，二者同時刺激社會運動風潮的興起」❾，這應該也有助於我們對現實中的社會運動「來龍去脈」的了解。但在小說作品中也幾乎可以斷定沒有類似的「引導」，以至它所指涉的社會運動自然就缺少可以深入探索的入手處。

既然這樣，這裏就無法順著社會學家的「思路」來爬梳或整理出「小說中的街頭活動」文本，而可能要直接就小說作品所顯現的街頭活動的「實際狀況」略作歸納。換句話說，「小說中的街頭活動」文本的形構，是屬於傳統的文學批評式的，而不是社會學式的。話是這麼說，事實上所謂「傳統的文學批評式」也只是個含糊或籠統的指稱，仍有待論者作一些「依稀彷彿」的表述。因此，底下所要形構的文本，只能算是一種權宜性的擬議，並不具有什麼客觀性或絕對性。

大體上，個人是從街頭活動在小說作品中的呈現方式或表達方式著手，而先區分出三種情況：

第一種是「夾敘夾議」該街頭活動，如七等生的〈我愛黑眼珠續記〉、朱天心的〈新黨十九日〉、羊恕的〈路標〉等❿都是。〈我愛黑眼珠續記〉全文環繞著一個示威遊行事件（類似一九八八年實際發生的五二〇農運）而寫作，其中不斷夾纏對該事件的批判（主要是藉主角李龍弟口道出）；〈新黨十九日〉安排了一大段股票族因政府宣布開徵證所稅引發股市長黑憤而走上街頭抗議（目標物主要是立法院和國民黨中央黨部），間雜有對該抗議活動的省思（主要是由主角——一位無名婦女——在進行）；〈路標〉有泰半篇幅在寫「台獨運動」（主要活動是拆銅像和貼標語），並藉主角蔡策圭和其妹玉貞、其未婚妻素秋「接力」辯論該運動。

第二種是「敘而不議」該街頭活動，如陳恆嘉的〈一場骯髒的戰爭〉、王湘琦的〈舊恨〉等⓫都是。〈一場骯髒的戰爭〉透過蠅兒阿蒼的「發現」供出一幕垃圾大戰：「晚上十時，市公所有關人員在市公所內待命出發，縣議員市民代表共十多人則在市代會集合待命，清潔隊的車輛、人員及警方人員也分別作『垃圾大進擊』前的任務提示，所有人都感覺得到風雨欲來前的壓力，而面色凝重，警方人員存證錄影機及警棍、電棒也配備妥當，以防萬一。十一時正，警方先頭部隊抵達村口，這時一輛四輪已被拆卸的鐵牛車及轎車，停在路口，阻擋了通往預定垃圾場的通路，鄉長、鄉代會主席坐在車上，揚言『誓死不讓……』，縣警局、大□分局、中土分局的警方約四十多人，一再疏導均無效。大□鄉六名鄉民代表及鄉民近百人，圍在現場，為鄉長壯聲色，場面火爆……」（頁六八九～七〇）；〈舊恨〉有一小段經由主角老張轉述的自力救濟：『戒嚴解除了，外匯存底又攀升了，昨天立法院又打起架來，自力救濟的人潮在街頭與鎮暴警察大打出手……』他低聲唸著。突然他清了一下嗓子，對臥房內大聲說：『今天早晨我親眼看到他們昨天灑在街上的鮮血呢！』他說，『黏黏地，像紅色的漆！』」（頁八二）這都沒有夾雜議論。

第三種是「議而不敘」該街頭活動，如朱天心的〈佛滅〉、李潼的〈屏東姑丈〉、王湘琦的〈政治白癡〉等⑫都是。〈佛滅〉偶爾讓主角「他」發發對反對運動的觀感：「他被一個台北東區超級大十字路口的紅燈攔下，懊惱得痛敲擊方向盤一下，簡直無法度過眼下必須等待的兩三分鐘，媽的，反對運動搞到這種地步搞屁」（頁一七三）、「當時的他在認為國家機器主宰一切的情況下，任何只能讓體制鬆動一點的動作他都覺得是無意義和更使他失去耐性的，但在某種程度內他的確也可以支持，固然環保的抗爭在任何時候任何政權下都必須進行是原因之一，最主要的，那時候曾天真且負氣的以為，若人人都仿效馮生騎單車，或可讓他媽的裕隆早日關門，畢竟那是一個典型依附國家機器和資本主義霸權而生的象徵」（頁一七四～一七五）；〈屏東姑丈〉對於農民請願跟警察發生衝突（也取材於五二〇農運）而有這樣的評論：「淑惠照例是彎腰傾身對著電視，還有一段評論：『雙方領導人都要檢討，失控，把訴求主題都失掉了，警察和群眾需要補習，怎麼會這樣亂糟糟的打群架呢』」（頁三二一）、「淑惠換了語氣，涼涼看車外，順便對窗整理頭髮：『不知你們兩個想什麼，一絲絲正義感、開創性和辨別力都沒有，什麼求仁得仁？農民上訪請願，姑丈隨隊觀察，他在農會四十年，沒這資格嗎？很單純的農業問題需要解決，你們為什麼一定要把它跟「政治利用」、「陰謀煽動」扯在一起，看法完全不對嘛』」（頁三三二）；〈政治白癡〉給要求國會改選的「和平示威」安置了幾段評價的對白：「『你呢？貴姓？幹麼去和鎮暴警察作對？』『唉——也許你不信，三個月前他們還呼我「書獃子」、「政治白痴」。我參加遊行是：：是要告訴「他們」——「民主國家不該有不必改選的萬年國會！」』……『你不覺得自己太偏激了嗎？不怕思想中毒了……』『思想中毒？我是高等知識份子，我會觀察事實……』……『你太偏激了！何苦呢！醫生不做，管甚麼國家大事？你太天眞了！到頭來吃虧的是自己……』」（頁六二〜六三）這都沒有敘述相關的活動（按：〈屏東姑丈〉中有一段看似敘述的文字：「剛才淑惠她老爸看了收播新聞，看見姑丈人在台北，阿姑問說看見無？他跑去雲林跟人家會合，上台北請願，打起來了，全街只有姑丈打領帶，給人家拖著一路拖，拖進警察局，說他像水底撈起來的，頭殼流血，問他們有無看到這一段」〔頁三二一〕，但這顯然只是「輕描淡寫」，並無意要交代該事件的「實況」，所以暫不算數）。

其次，街頭活動在小說作品中除了有以上三種呈現或表達方式外，還有兩點「特徵」可供人分辨或認取：

第一，在「夾敘夾議」那種情況中該街頭活動的整個活動過程、動員狀況和實際場景等，普遍都不在敘述中，同時議論部分也稍爲偏重，似乎有要蓋過敘述部分的態勢。

第二，街頭活動本身在小說作品中似乎不是「主體」，而是爲配合小說情節依便設置的（有的甚至只是一個不大起眼或無關緊要的片段，如〈舊恨〉中所見）。

換句話說，小說作品中的街頭活動是爲情節需要而設計，不是反過來情節爲街頭活動而設計。這跟新聞報導和社會學研究報告都以該街頭活動爲「焦點」，顯然大有不同。而從這點來看，「敘而不議」那種情況，也只是文學家藉以支持或印證小說作品的旨意而已，並沒有可以額外看待的獨立性。至於「議而不敘」那種情況，全在彰顯文學家的主張或立場，那就不必多說了。

四、關懷模式：同情與批判

依照上面所勾勒出來的文本，可以看出文學家迴應現實中的社會運動，既不走新聞報導的路線（不如新聞報導企圖呈現事件的「全貌」），也不走社會學研究報告的路線（不如社會學研究有細密的理論演繹或實證分析），而是走一種沒有固定章法可尋的「獨特」路線（時而「夾敘夾議」，時而「敘而不議」，時而「議而不敘」）。大概也因爲走這樣的路線，文學家因此而擁有了或養成了有別於他人的「關懷模式」。這可以分兩方面來說：

第一，從含有敘述街頭活動的小說作品中，我們會發現在實際街頭活動過程中可能有的「情境」或「變數」而常被新聞報導和社會學研究報告所過濾或忽略，文學家卻設想加以「補足」了。如「一支空啤酒罐從一位矮個子的手中拋出，像單隻首先衝出籠子的灰鴿，撞打在聳高的商業大樓光滑堅硬的大理石壁上，發出一聲亮音，不過馬上被喝止，被警告還不是時候，才沒有引發懷埋的妒憤的糟亂」（〈我愛黑眼珠續記〉，頁一一三）、「當幾個領頭者跑向大建築物前廣場和排成人牆的警衛比手畫腳地交涉時，突然不知從何方向拋出一塊飛石，劃過人們的頭頂，它繼續昇高，然後微微弧降衝向建築物，穿破緊閉的窗玻璃，發出堅清脆散的響亮聲音。然後是一陣譁哄和謾罵交混的轟隆人聲，配合著石頭磚塊，就不停地拋擲起來。後面的人推擠著前面的人而擁向那堵人牆，一場打鬥就這樣輕易地展開了……奇怪的是，原從人群拋向建築物的石塊，紛紛的又從建築物的破洞窗口拋出來，落在人們的身體上」（同上，頁一三三～一三四）、「她和賈太太見了當下也噓起來，此時有人重振旗鼓高喊：『民進黨萬歲！民進黨萬歲！』因爲那入雲霄的聲音實在太大了，事後她竟完全想不起到底自己喊了沒有，只回家前發愁要如何處置手裏的小旗子，……最後決定不帶回去，趁橫越馬路時偷偷扔在中山南路的安全島上，很容易便被為了十月慶典而插滿了的國旗旗海掩蓋住了」（〈新黨十九日〉，頁一五五）、「站在外圍一個抱著公事包的年輕男人告訴她今天出動了二十幾組鎮暴部隊、還有迅雷小組和好幾輛噴水車，她覺得不可思議，男人又告訴她到時務必要躲開噴水車，因為那噴出來的水加了化學藥劑，回家叫你癢三天，『就跟五二〇一樣啦』」（同上，頁一六二～一六三）、「她才發現此刻原來就在常去的速食店幾步之遙處，一名警察快步倒退中差點撞到她們，生氣的喝道：『還不趕快回去煮飯，你們這些歐巴桑眞不要命。』她應聲掉下眼淚來，發呆的望著遠遠近近掉了一地的小綠旗」（同上，頁一六七）、「他始終沒想過事情會演變成這般的結局。他親眼看見涂先生被推擠到第一線，旗桿不自禁地戳到車外的警員身上。這一初始的攻擊穿針引線，跟著一些人開始在警車上洩憤，大約十分鐘後，支援的警力抵達現場，逮捕了涂先生及另一人」（〈路標〉，頁一二四）等。不論這跟現實中的街頭活動是否相應，至少它暗示了街頭活動本身的複雜性和詭譎性，以及參與者自己所飽含的不安情緒，從而教讀者由此得到「啓蒙」。像這種極力去探索（想像）隱藏在街頭活動中的某些「實存性」的面相，而提供讀者一旦要面臨「抉擇時刻」得有借鏡省思的機會，豈不跟其他以冷峻的論說示人或以抽象的報導啓人所顯現的關懷方式大異其趣？

第二，文學家以各種可能的方式來呈現或表達街頭活動，不只是純粹為了呈現或表達而已，最終還導向對整體街頭活動「前途堪慮」的悲觀式寓言。這也可以分兩方面來說：首先，文學家對於街頭活動成員難免要被「逼上梁山」或被「誘上梁山」有著一分同情（不忍），而儘可能的給予各界譴責、同情、恐慌……等等混合成的一陣大風暴，凡是有「社會良知」的人都免不了要以行動或撰文來表示自己關心該事件的「不落人後」。其中有一段評論是這麼說的：「一九八七年的五二〇運動，原本是一場單純的農民街頭示威，卻在國安局最高決策的一手大製作，由廖兆祥大導演的號令下，果眞演出『英勇』憲警濫打濫捕的街頭流血慘劇，緊接著編製上演的『石頭公案』，以及連台的荒謬劇——無數屈打成招的『暴民』，是非不清的檢察官，草率判案的推事們……這一連串上演的重要角色，都將留名台灣歷史舞台。這一齣以農民運動開場，演變成血腥鎭壓，又藉機羅織罪名，拘捕農運領袖，媒體大肆抹黑，最後並利用司法達成政治迫害的大戲，震驚了台灣各界，使『五二〇』成爲一個深具多重象徵意義的本土符號，由於五二〇事件涉及的問題，除了農業沉疴之外，也暴露了公權力濫用、司法不公、軍警教育偏差，乃至整個台灣社會體制的重建等問題。這種種問題，迫使更多的知識分子挺身而出，參與五二〇的相關行動，一年來，五二〇便陸續發展出更多的意涵和影響層面」⓱。這樣高度概括且「一面倒」的關懷模式，豈不顯示當中含有「不願說」或「不便說」及「不知說」的成分？相對於文學家所發出的同情和批判（如七等生的〈我愛黑眼珠續記〉），這類說法如何能不現出它的「問題」和「盲點」？

當然，如果我們把其他的關懷模式拿來比對，立刻也會發現文學家的關懷模式仍是偏向的（有許多層面他都沒有觸及或不知觸及）。這就顯出彼此的存在同樣必要，讓它們「相互否定」或「相互排斥」總是不智。但由於文學家所呈現的這一面頗有「臨場感」，能帶給人不一樣的心靈上的衝擊和智識上的啓迪（有些小說作品只見「議而不敘」該街頭活動，似乎跟非小說作品談論該街頭活動沒有兩樣。但我們得知道小說作品中所「議」的街頭活動，也只是整體敘事的一部分，畢竟不同於純粹的論說），好像更少不得而可以期待它「普遍化」（也就是能有更多類似的作品），以便「彌補」已有的爲數眾多的新聞報導和社會學研究報告所不及的一段「空白」。

討論到這裏，彷彿已是盡頭了。其實不然，大家一定還會看出當中仍有一些問題被個人有意無意的略去了。如文學家所「敘議」的街頭活動可信度如何？文學家們彼此以不同手法處理街頭活動是出於偶然還是有意要「互別苗頭」（以博讀者青睞）？這類作品實際的效應又怎樣（而不只是像本文這樣的「理測」）？以及這類作品將來如果仍有生存空間到底要怎麼寫才能「更上層樓」？這些問題不可說不重要，但在本文中都沒有挪出篇幅加以討論。這是因爲受限於題旨和個人能力，實在不便也無法將它們納進來一併探個究竟，只好留待他日再去審視。

——一九九七年，選自生智版《台灣文學與「台灣文學」》

註釋

❶這涉及一個根本性的「解釋上的困難」問題。所謂解釋，是指在某一特定的假設情況下，經驗的發現是否可以從普遍命題中演繹出來的一種過程。但所有可用來解釋上述現象的普遍命題都是屬於心理學上的；因為這些命題都是有關人類行為，而非該現象或該現象結構。參見荷曼斯（George C. Homans），《社會科學的本質》，楊念祖譯，台北：桂冠，一九八七年三月，頁六一～八三。

❷論述（言說）的一個基本特徵，就是從屬於權力意志。因此，個人也毋須諱言底下的論述，在相當程度上有期望它能成為「支配性」的論述，以至整個論述過程就是該期望的策略運動。有關論述從屬於權力意志的問題，參見麥克唐納（Diane Macdonell），《言說的理論》，陳璋津譯，台北：遠流，一九九〇年十二月，頁一三一～一五四。

味之中的政治因素便浮上枱面。戰後台灣文學典律的運作並非是單純脫離意識形態的篩選作品的過程而已。作爲典律運作基礎的美學品味乃建立於國語本位之上，而語言政策，就後殖民論述觀點論之，所關心的並非單純的語言問題，而是一個本身即極富意義和影響力的政治動作（Ashcroft 1989; Zentella 1988）。鄉土文學論戰裡，從語言牽扯出來的意識形態糾結和有關台灣文學傳統的種種問題強力印證台灣文學典律運作和政治不可切割的關係（尉天聰，一九七八）。

如果台灣文學典律的形成與運作深受其被殖民經驗影響，那麼，文化工作者將如何建構台灣後殖民論述架構，介入基於殖民論述價值體系的台灣文學典律？後殖民理論家認爲，後殖民論述脫胎於被殖民經驗，強調和殖民勢力之間的張力，並抵制殖民者本位論述（Ashcroft 1989: p. 2）。換言之，後殖民論述有兩大特點：第一、對被殖民經驗的反省；第二，拒絕殖民勢力的主宰，並抵制以殖民者爲中心的論述觀點。如果我們將後殖民論述納入一個更寬廣的文化思考空間，我們發現後殖民論述呼應了後現代文化「抵中心」的強烈傾向。後現代文化強調文化的差異多樣性，並以文化異質爲貴。後現代文化「抵中心」論一一解構各類中心論——包括男性中心論、異性戀中心論、歐洲中心論、白人中心論等等——的迷思以及潛藏於此類迷思之中的政治意義（Hutcheon 1988）。此「抵中心」傾向可謂後殖民論述的原動力。被殖民者在殖民論述裡，往往被迫扮演邊緣角色。當不同文化對立衝突時，勢力強大的一方經常透過論述來「了解、控制、操縱，甚至歸納對方那個不同的世界」（Said 1979: p. 12）。這個論述行爲往往以強勢文化團體爲中心觀點，把弱勢文化納入己方營建的論述，並藉政治運作壟斷媒體，迫使對方消音，辯解不得其門（Said 1985）。位居劣勢的一方唯有抵抗「消音」（silencing），抵制以對方爲中心觀點的論述，才有奪回主體位置，脫離弱勢邊緣命運的可能。台灣歷史的失落和文學典律涉及的語言階級正是此類殖民「消音」動作之成果。

以「抵中心」出發的後殖民論述因而視論述架構之重整爲當務之急。殖民壓迫既然透過語言階級制完成，後殖民論述意圖瓦解殖民壓迫自然要從瓦解語言階級著手。在策略上，後殖民論述更重新定位語言（re-placing language）。主要步驟有二：第一、抵制殖民語言本位論調；第二、進行語言文化整合，建構足以表達本身被殖民經驗的語言（Ashcroft 1989: p. 38）。運用於台灣文學論述之上，亦即破除「國語本位政策」所造成的語言階層迷思，並以台灣經驗出發，定義最足以貼切表達台灣經驗的台灣語言。就前者而言，拒絕國語本位的文學論調更可延伸成爲抵制中國本位的文學觀。此類文學觀對台灣文學所造成的窘境可從王德威最近一篇論文〈現代中國小說研究在西方〉（一九九二：一四）裡所提及的經驗略見眉目。當王德威在一場討論中國文學會議裡企圖把台灣的鄉土文學納入中國文學視野時，他的英國講評人「以一種非常犬儒的口氣暗示：台灣根本沒什麼東西，我何必多費唇舌？……他在會場上還特別念了一段李永平的作品，然後以一種訕笑的態度說：這樣的作品，連文字都寫不好，我們怎麼能夠拿來當做是當代中國文學的傑作來討論呢？」。文學意爲學文，Literature 意爲 the culture of letters，文字的培育（Krupat 1984: p. 310）。文學首重文字，海峽兩岸隔離四十多年，其間語言的發展日趨分歧已是不爭事實。在中國本位學者眼裡，大陸以外地區之中文必不純正，其文學作品必難和大陸本土中文作品媲美。台灣的國語（中文）是名副其實的台灣國語，是拙劣的次等中文。強調中國語文的正統權威性，強將台灣文學納入中國文學傳統，則以中國美學標準衡量，台灣文學充其量只是「次等邊疆文學」，無法與發展於大陸「人文薈萃中心」的正統文學相比。

後殖民論述 re-placing language 的動作因而重新定位語言，破除「國語是正確中文」的迷思。流行於台灣的「國語」事實上已結合了台灣經驗，背負了台灣被殖民歷史，是台灣的語文，和世人所稱正統中文頗有差距。中文的權威性既被瓦解，以往中文本位政策所造成的語言階級制度裡被壓抑貶低的語言自然亦得解放。replacing language 的另一意義爲語言更替。在摒棄「國語爲台灣正統語言」的同時，我們亦須思考取代「國語」的台灣語言爲何。不少後殖民論述者認爲，後殖民社會「抵殖民化」運動並非回歸殖民前文化。以台灣爲例，如果台灣的歷史是一部被殖民史，則台灣文化一向是文化雜燴，「跨文化」是台灣文化的特性，「跨語言」是台灣語言的特質。在破除殖民本位迷思的同時，我們亦須反省「回歸殖民前淨土淨語」的迷思。一個「純」鄉土、「純」台灣本土的文化、語言事實上從未存在過。所謂「殖民前」的台灣語言早已是多種文化語言的混合。G. C. Spivak（1990:39）論文化再現問題，認爲所謂的「印度特質」（India-ness）並非一個既存的實質，而是代表一個政治立場。同樣的，所謂的「台灣本質」所指亦只是抵制中國語文本位主義的一個立場，「台灣本質」事實上等於台灣被殖民經驗裡所有不同文化異質（difference）的全部。台灣語不是俗稱台語的「福佬話」，企圖以福佬話取代「國語」的權威正統性，無異複製另一版本的殖民壓迫。此一問題，李喬（一九九二）和彭瑞金（一九九二）在最近一期的《台語文摘》已詳加闡述，此處不贅。

Bill Ashcroft（1989:36）等人談論後殖民社會，認爲「後殖民社會是個從文化對立轉爲以平等地位對待並接受彼此文化差異的世界。文學理論家和文化歷史學者逐漸意識到，建設和穩定後殖民世界的基礎在於『跨文化性』；對跨文化性的共識可能終止人類被『純種』迷思所惑所造成的互相鬥爭歷史」。台灣從殖民進入後殖民時代，必須達成「台灣文化即是跨文化」的共識。有此共識，則台灣語是糅合了中文、福佬話、日語、英語、客家語及其他所有流行於台灣社會的語文，而台灣文學如葉石濤定義，是「不受膚色和語言等的束縛……是以『台灣爲中心』寫出來的作品。」

一九九二年馬森論台灣文學，強調作家創作的自由和政治超然的態度。但是，論述本身是個社會活動，不可避免採取立場。Macdonell（1987:47）便認爲「論述不是作者個人透過語言表達自我的行動。只有在（意識形態）對立衝突的關係中，文字的意義方能產生，論述方能完成」。Spivak（1990:72）亦認爲所謂「中立的對話」（neutral dialogue）是不可能產生的狀況，作家的活動必然在意識形態架構裡方得產生。誠然，文學不必也不該淪爲政治附庸，但否認文學活動必然隱含作者意識形態立場的問題，徒陷入新批評的美學迷思。後殖民論述以抵殖民出發，本身即是個政治行爲。以後殖民論述觀點討論台灣文學，是對台灣典律問題的反省，在此反省過程中，迴避政治問題，否認政治因素與台灣典律運作的關係，毋寧是自欺欺人的作法。

《玫瑰玫瑰我愛你》和台灣後殖民文學

底下，我將以王禎和《玫瑰玫瑰我愛你》爲例，看看後殖民論述理論如何實際運用於文學作品閱讀。我將著重這部作品的幾個層面，討論此小說展現的後殖民文學色彩。《玫瑰》自一九八四年出版以來，毀譽參半，龍應台（一九八五）和王德威（一九八八）可謂評者兩極反應的代表。

龍應台的批評固然暴露了寫實本位傳統批評的局限，王德威所謂《玫瑰》意求「渾然忘我」的笑鬧境界的論調亦未免簡化了此部小說複雜微妙的意識形態布局。在迴避本書的政治問題之時，王德威亦將一本嚴肅思考台灣文化傳統問題的文學論述化約為「博君一笑」的笑話而已。以後殖民論述觀點閱讀《玫瑰》，我們將發現本書不僅意在「把歡樂撒滿人間」（王德威，一九八八：二四〇），更在笑鬧聲中從事台灣文化歷史傳統的批判。

1. 小說論述的「抵殖民化」傾向

這部小說的時空背景是數十年前的花蓮。擁有高等學歷，外文系畢業的英文老師董斯文受花蓮地方權勢人物之託，開設一班以當地妓女為訓練對象的吧女速成班，準備迎接從越南來台度假的美國越戰大兵，進行一宗以性易金的國民外交。從後殖民論述觀點而言，小說劇情以嬉笑怒罵的方式演出幾百年來台灣被殖民史裡外銷主導的商品貿易經濟模式。自鄭芝龍以降，統治台灣者往往採殖民經濟政策，外銷台灣本土資源（林鐘雄，一九八七）。《玫瑰》所敘述的妓女美軍間的國際貿易正諧擬了（parody）台灣被殖民歷史裡的基本經濟模式。小說裡，本土資源是花蓮妓女，妓女被當做台灣商品推銷給美軍。事實上，吧女訓練班的全套課程設計（包括英語、國際禮儀、美國文化簡介、中國文明概論、生理衛生、法律課、基督教祈禱方法等等）完全本於商品行銷的包裝設計概念。龜公大鼻獅轉述董斯文的話給他姘婦聽時，「妓女等於商品」的概念表露無遺：

……他講什麼？他講做生意最重要的一個原則就是要先確確實實了解我們要推銷的是什

麼樣的商品。了解了以後，便要了解我們商品的銷售對象……你聽莫，他的意思是：先要決定你的商品要賣給誰。這樣講，懂了吧！講了一大篇產銷理論……他講，現在我問各位一個問題。我們要推銷的商品是什麼？是吧女？對不對？——吧女是人怎麼是商品？你問得好，但是這是那斯文老師講的呀！（頁一六九）

Montrose（1991）指出，殖民論述常以性別區分爲架構。具侵略性的殖民者被比爲男性，被殖民者被區分爲女性。往往土地被女性化，征服一塊土地和征服女人在殖民論述裡經常具有類似的象徵意義。從鄉土論戰開始，即有人提出「反美帝、反經濟殖民」的理論。小說裡以妓女爲商品換取美金外資的經濟活動可視爲台灣淪爲美國次殖民地的表徵。在殖民論述裡，被殖民的一方，不論男女，都被女性化。吧女訓練班主任董斯文考慮周詳，爲了應付美國大兵可能的需求，除了準備一群如花似玉的年輕妓女，還想預備幾位年輕男性和年紀稍長的女人。爲了實現這個構想，龜公老鴇競相提供親人，甚至連自己的兒子姘婦都列上名單。小說暗示，台灣既是美國的次殖民地，台灣人面對美國大兵時，不管男人女人，妓女非妓女，都扮演被嫖的女性角色。就小說情節而言，《玫瑰》挖苦台灣人被殖民的奴性。在此範圍裡，美國扮演殖民角色，但是在其他層面上，扮演台灣殖民者的不僅是美國人。小說借此隱指台灣在歷史上輪遭蹂躪的被殖民模式。這點我在下一段討論小說語言時，將加以闡述。

2.「抵中心」的小說語言

《玫瑰》最引人注（側）目之處，不在情節，而在小說奇特的語言。夾雜大眾日常生活低俗語言的小說文字凸顯了這部小說「抵中心」的傾向，是巴赫汀（Bakhtin）在 Rabelais and His World 裡所說的以「鬧熱滾滾」的大眾喧譁笑聲抵制、瓦解官方設定的論述階級。此外，這部小說堪稱巴赫汀所謂「眾多語言的交響曲」（1981:259-422）。小說語言包羅萬象，敘述者的語言以中文爲主，兼雜台語製造戲劇效果。除此之外，並時常將當時的語言和台灣數十年後的語言對照並列，藉以凸顯台灣的歷史演進。例如：

> 你們的生活可以期許改善啊！（那時還沒有人說過「生活的品質」的話，不然董斯文一定會多加這麼一句的：啊啊！你們的生活品質隨之可以絕對地提高起來啊！）（頁六五）

又如：

> 「可是不穿衣服不是不好看嗎？」（這時節，「形象」一詞尚未流行。要不然他一定會這麼說：「可是這樣一來，不是醜化了我的形象嗎？」）（頁三七）

除了敘述者此類極富時間感的敘述語言之外，小說語言還包括了董斯文英語化的國語（如：「多麼胡說」，「我很高興你跟我同意」，「這是我的認爲」等等），以及其他應劇情需要出現的日語、英語、台灣化日語、台灣國語、福佬話、客語等。王禎和在一場訪問裡曾提及，他之所以在這部小說裡製造如此語言雜燴，主要想忠實呈現小說世界的時代語言。從後殖民論述的觀點，我們可以說這部小說的語言事實上是台灣幾百年來被殖民歷史的縮影，融合了台灣的過去、現在、未來，以不同語言的混合代表台灣被殖民史所熔鑄而成的跨文化特質。這套雜燴語言不僅道出台灣歷史的演進，更反映了台灣歷史裡，多種文化交錯、衝突、混合，一再蛻變重生的文化模式。

另一方面，這套雜燴式的小說語言亦可視爲一種政治姿態。多種語言交織成的小說語言無形中打破了政府遷台以後以中文爲本位的語言階級制。原本在那個階級制裡強被壓抑的各階層人民生活語言因而得以解放，眾聲喧譁，形成「抵中心」的鮮活畫面。前文提及，在「國語本位論」主宰文學管道的情況下，台灣具有濃厚歷史意味、多音化的語文一直處於被壓抑的狀態，在《玫瑰》裡，這種帶有強烈台灣特色的語言再度成爲文學語言，戲劇性地凸顯台灣被殖民經驗裡語言之間的張力和其中隱含的文化差異。《玫瑰》裡語言雜燴的功能因而不僅在傳神刻畫小說人物。這組語言由代表不同意識形態的語言構成，其中每一種語言，每一個字都具有巴赫汀所謂的「潛在對話性質」（internal dialogism）。王德威（一九八八：二四九）論《玫瑰》，雖一再引用巴赫汀的理論，讚賞《玫瑰》「甘居異端」的想像力，卻始終忽略（迴避？）本書語言的政治意義。台灣批評家面對此部政治企圖如此明顯的作品時，對其政治層面的異常沉默，著實令人玩味。Ashcroft（1989）等人引用 Todorov 的論點，認爲言論（包括文學）管道控制所造成的強制沉默是所有被殖民社會的共有經驗。《玫瑰》借語言雜燴突破「國語本位政策」規畫的單一官方論述方式，解放了被壓抑、被歧視的台灣多音語言，其中的政治意義值得再三推敲。

3. 以諧擬爲底的敘述架構

《玫瑰》除了語言特異，敘述架構亦異於一般小說。本書開場描述吧女速成班開訓典禮開始時的情形，一直寫到典禮結束。小說敘述和吧女速成班的開訓典禮共始終，其間只涵蓋了四小時，但敘述當中夾雜許多倒敘，回述速成班從構想到開班的過程。

開訓典禮假花蓮一座教堂舉行，教堂名為「得恩堂」。典禮開始，牧師娘以一首聖歌掀開序幕：「來信耶穌，來信耶穌……」（頁二一三）。隨後，眾人禱告：「我們在天上的父，願人都尊您的名為聖！」「願您的國降臨！」（頁二一三）。基督教來自西方，西洋宗教侵入花蓮妓女的世界有如美軍挾帶雄厚財力登陸花蓮一樣。期待美軍到來的妓女在「得恩堂」裡祈禱，願上帝的國降臨，形成一幅滑稽的諧擬場面。

禱告進行同時，吧女速成班主任董斯文正絞盡腦汁，思索他的吧女該用哪一首歌來歡迎美軍。典禮結束之前，他靈機一動，想到「玫瑰玫瑰我愛你」。蕭錦綿（一九八四）指出，這首歌原是二次世界大戰末期風行中國的歌曲，後來轉譯成英文，傳入美國。把這首深具國際文化交流意味的歌曲曲名定為小說書名，一方面呼應董斯文所說「我們這是在替國家辦外交咧！務必拿我們最好的去款待人家」（頁一〇四）；另一方面，更諷刺地點出這宗「國際貿易」的污染本質。小說裡明示暗喻，女人即是鮮花。董老師再三強調，精心挑選的妓女「除了年紀要像花，面貌要像花，而身子也要像花，像玉蘭花那款乾乾淨淨，不可以有一點髒」（頁八四）。玫瑰在書裡因此象徵如花似玉的台灣女人。除此之外，玫瑰另有所指。書中妓女雖然熱中這筆國際交易，卻也擔心。她們除了美金之外還會附帶賺進美軍從越南帶來的超級梅毒——別號「西貢玫瑰」。為妓女講授衛生課程的惲醫師再三警告：「西貢玫瑰。西貢玫瑰。這名字實在取得好。大家都曉得玫瑰是很美麗的花，但你要小心，玫瑰是有刺的。各位，請千萬小心，這種西貢玫瑰，這種最毒的西貢玫瑰，你們千萬不可以去摘哦！千萬不可以去愛哦——」（頁二五七～二八九）。玫瑰有刺傷人，而刺的英文 prick 正巧隱喻男人的性器！《玫瑰》描寫一宗玫瑰對玫瑰的國際交易，間接諷刺台灣長久被殖民歷史培育出來的台灣人急功近利，不作長久打算的心態。小說諷刺台灣人甘爲美國次殖民地的奴性和種種醜態，但這種被殖民心態其實根於台灣悠久的被殖民史。

小說結尾是個五彩繽紛的高潮。董斯文眼前出現一個異象：「五十名他一手精心調製出來如包裝講究的日本商品的 Bar-girls 穿著顏彩繽紛、珠光四射的旗袍，穿著色澤綺麗原始味濃的山地服飾，每一個 Darling Bar-girl 都頭簪一朵盛開的鮮玫瑰，胸別一株嬌麗的紅玫瑰，整整齊齊排成三行隊伍站在碼頭上……」（頁二六四）。在百人樂隊響亮的伴奏下，吧女們齊聲歡唱「玫瑰玫瑰我愛你」，歡迎來自越南，可能懷有「西貢玫瑰」的美軍。小說敘述裡，「玫瑰玫瑰我愛你」的歌詞和教堂裡莊嚴禱告詞交織進行。小說在此聲色俱全的戲劇高潮戛然而止。吧女速成班的開訓典禮轉化爲一場宗教儀式，吧女們隱含性喻的歌詞諧擬教堂裡的禱告。不論歌詞或禱告詞都表達了一種渴望，美軍的到來和上帝國度的降臨混爲一體，台灣人民面向西方，唱出他們渴望「得恩」的祈求。

典禮開始時，牧師娘吟唱「來信耶穌」。在基督教信仰裡，耶穌是上帝和人之間的媒介。信耶穌者有福了。小說裡，擔任耶穌角色，進行穿針引線工作，精心設計這宗國際貿易的正是董斯文。董老師把吧女帶入具有文化交流功能的禮拜堂，在引介西方上帝的同時也引介美軍，使吧女同時認識上帝和美軍，她們的禱告也同時對上帝和美軍發出。小說結構暗示，董老師教導吧女英文，正如耶穌傳播福音，把上帝的話語傳遞給世間子民。耶穌董斯文立志把台灣妓女送進福樂天國，脫離貧窮苦難：

……最叫斯文想不到的是：搬進飯店才不到幾個小時，他竟猛然記起大學上「西洋文學概論」時教授講到《聖經》那一段耶穌治療痲瘋病人的奇蹟：耶穌往耶路撒冷去，經過撒瑪利亞和加利利。進入一個村子，有十個長大痲瘋的迎面而來，遠遠站著，高聲說：耶穌！夫子！可憐我們罷！耶穌看見，就對他們說：你們把身體給祭司察看。他們去的時候就潔淨了！記得這麼樣清晰！彷彿他曾親眼見過，親耳聽到。還有讓他想不到的是：記起這段故事後，他就緊接著目睹到一個異象——四、五十位四大公司的小姐，迎面而來，遠遠站著，高聲說：老師，可憐我們罷！然後他眞地開口說：啊啊！我非常十分可憐你們啊！所以我要盡我所能救贖你們啊！潔淨你們啊！傾囊相授要成功地把你們訓練成最具水準的吧女啊！每一位的你們都要用功努力，以期獲致最大的成就，職是之故，啊啊！你們的社會地位可以獲得昇高啊！你們的生活可以期許改善啊……（頁六四～六五）

值得注意的是，處處流露媚外心態的董斯文雖是作家嘲弄挖苦的對象，但這個角色亦有他曖昧的意義。在小說裡，董斯文推動了整個小說世界，活絡了侷促一隅的花蓮，似乎象徵文化更新綿綿不絕的一股活力。

董斯文曖昧複雜的角色帶出了殖民地被迫文化交流所產生的複雜議題：一方面，殖民壓迫對本土文化的斲傷固然必需正視檢討，但這過程所產生的一些多元文化正負面課題也值得細膩探討。

如何進入這些複雜的議題，多層次地反覆辯證台灣文學在多方殖民勢力衝擊下所形成的多元面貌和生態，正是有志於以後殖民理論角度切入台灣文學論述者可努力耕耘的方向。

——一九九二年於「比較文學會議」論文發表，選自元尊版《仲介台灣・女人：後殖民女性觀點的台灣閱讀》，此為二〇〇三年修改版本

參考書目

王禎和，《玫瑰玫瑰我愛你》，遠景，一九八四。

王德威，〈玫瑰，玫瑰，我怎麼愛你？一種讀法的介紹〉，收於《衆聲喧嘩：三〇年與八〇年代的中國小說》，遠流，一九八八，頁二五一～二五六。

——，〈現代中國小說研究在西方〉，《聯合文學》八七期，一九九二，頁八～一六。

李喬，〈寬廣的語言大道：對台灣語文的思考〉，《台灣文摘》革新一號，一九九二，頁一四～一六。

李鴻禧，〈台灣經驗四十年叢書序——人類寶貴的台灣戰後歷史經驗〉，收於《台灣經濟發展四十年》及《台灣新文學運動四十年》文前。

林鐘雄，《台灣經濟發展四十年》，自立晚報台灣經驗四十年叢書，一九八七。

彭瑞金，《台灣新文學運動四十年》，自立晚報台灣經驗四十年叢書，一九九一。

——，〈請勿點燃語言的炸彈〉，《台灣文摘》革新一號，一九九二，頁一七～一八。

葉石濤，〈台灣鄉土文學史導論〉，收於胡民祥所編《台灣文學入門文選》，前衛，一九八九，頁二一～四三。

——，《台灣文學的悲情》，派色文化，一九九〇。

尉天驄，《鄉土文學討論集》，遠景，一九七八。

劉亮雅：邊緣發聲——解嚴以來的台灣同志小說

劉亮雅

福建金門人，1959年生，台灣大學外文系畢業，美國德州大學奧斯汀校區英美文學博士，現任台灣大學外文系教授。研究當代台灣文學與文化、同志文學、女性文學、英美現代主義小說、美國黑人女性小說。曾編譯《吳爾芙讀本》，導讀、審定《海明威》、《吳爾芙》、《康拉德》等書。著有《慾望更衣室：情色小說的政治與美學》、《情色世紀末：小說、性別、文化、美學》等。

在台灣，同性戀至今仍被視爲異性戀主流邊緣，這可以由個人出櫃人數之少、而同性戀運動多以集體認同方式進行看出。一九九三年影評人林奕華由香港引進「同志」一詞指涉同性戀，頗有將性取向認同視做政治認同之意，卻又有點去情慾化（de-sexualized）❶，不若西方一九六九年同性戀運動用「快樂」（gay）一詞自我命名，所謂 gay movement。在台灣，「同志運動」一詞發展至今，多指女男同性戀（lesbian and gay）運動，但有時也指酷兒（queer）運動。同志小說遂也包括此二涵義。其實有關同志小說的定義，在西方頗有爭議，這是因爲一方面西方同志運動在其發展的不同階段給予同志的定義不盡相同❷，另一方面九〇年代以來酷兒論述常常在原本被視爲異性戀的文本中讀出了同性情愫，亦即所謂「歪讀」。本文所探討的同志小說限定於以同性愛慾及酷異性別爲主題及主體的小說。

本文將探討解嚴以來的台灣同志小說之性別與情慾主題及政治的演變。首先得看看整個大環境的脈絡。一九八七年台灣的政治解嚴，意謂著性別與情慾意識的解嚴。於是女性運動得以蓬勃，而同志運動得以興起，在時間上晚了歐美近二十年。在歐美的脈絡，累積多黨民主政治一兩百年經驗在先，而六〇年代新左派對主流霸權的批判從反越戰、黑人民權運動、反帝，到性解放，一九六九年第二波女性主義運動與同志運動同時揭竿而起，遂有著新左派批判意識爲基石。反觀台灣戒嚴時期，一黨專政的威權統治，大抵只容許新左派思想透過流行文化引進，其他則在地下流傳。政治反對運動及學生運動面對的是小則查禁書刊，大則以叛國罪繫獄的命運，雖然自一九七九年美麗島事件後的十年也正是此二運動最輝煌時期。思想上的禁錮已然如此，解嚴前的女性運動可謂人微言輕，力量薄弱，格局難以開展，同志運動則更不必說，幾乎不可見。是要到政治解嚴，多黨運作成功後，社會運動開始獲得重視，也才有對性別與情慾議題注目的空間。

解嚴後女性運動勃興，（女）同志運動寄身其中。一九九〇年，女同志團體「我們之間」先起，一九九四年，洪淩、紀大偉與但唐謨主編《島嶼邊緣》的「酷兒專號」，打出酷兒運動旗號，但之前梁濃剛的《快感與兩性差別》（一九八九）與張小虹的《後現代／女人》（一九九三）已介紹性別扮裝等酷兒理論。時間上的接近幾乎抹去了同志與酷兒運動在歐美相隔二十年、後者奠基於前者的事實，卻也顯示解嚴後吸取新思潮的熱切，以及運動者在長久禁制後推動運動的權宜。在歐美，自一九六九年開始的同志運動強調同性戀快樂健康的正面形象，以及認同同性戀身分。有了這認同政治爲基礎，集結了許多個人的出櫃，九〇年代伊始，在愛滋病蔓延引爆的對同性戀集體打壓中，酷兒運動方可應運而生。相對於同志運動以「快樂」（gay）一詞自我命名，酷兒運動收回主流社會對非正統異性戀者的污名「怪異（或怪胎、變態）」（queer），再丟回去，在運動策略及姿態上，它是挑釁搞怪又挑逗的。酷兒也不限定於女男同性戀，還包含了女男雙性戀、變裝慾、變性慾、陰陽人等等。它強調情慾的流動、性別的穿梭，而非身分認同。引進台灣，翻譯成「酷兒」已失去 queer 一詞原來的脈絡，但它迅速被商品化，成爲時髦文化的一部分，有效地跳脫了與主流異性戀社會的正面衝突，就像 gay 翻譯成「同志」如同暗語，具有減壓、閃避恐同（homophobic）思想檢查之效。此外，有了「酷兒」做護身符，可避開性取向身分的敏感性，這無疑顯現台灣同志運動特殊的成功與局限。

另一方面，同志次文化早已存在於台灣，與同志運動未必有許多交集。單性聚集的社群如女校、男校、軍隊、監獄，甚至劇團，均提供同性愛關係或小圈子發展的機會。而像台北新公園

（即現在的二二八紀念公園）、紅樓戲院、西門町中華商場公廁，及一些咖啡館均曾是男同志相互取暖或找尋性機會的據點。女同志則可能較隱密地選擇以咖啡館或家庭聚會方式社交。至八〇、九〇年代女男同志則都漸以同性戀酒吧、學校社團等爲社交場所。

當然，小說家未必是運動者，也未必關心本土運動的發展，他／她書寫同志題材可能出於自身經驗與觀察，也可能受到歐美同志／酷兒運動、小說、電影、MTV及中文小說等的影響。曹雪芹《紅樓夢》與陳森《品花寶鑑》中對同性愛慾的描寫頗受矚目，歐美作家如普魯斯特、湯瑪斯曼、紀德、佛斯特的同志小說也早已爲人所知。而八〇年代末期，或許因國外同志／酷兒運動的熱潮，以及解嚴之故，媒體已大量介紹同性戀。此外，八〇年代中期開始，歐美同志／酷兒電影與MTV蔚然成風，解嚴後要取得這些資訊與文化商品自然比從前快速許多。像金馬獎國際影展自一九九〇年起出現同志電影，一九九三年起連續舉辦的同志／酷兒影展掀起旋風，對學界文化界影響至深。更不消說歐美、香港通俗電影與MTV中同志／酷兒題材的多見。李安的《囍宴》與蔡明亮的《河流》分別於一九九四年和一九九六年獲國際影展大獎，朱天文《荒人手記》和邱妙津《鱷魚手記》分別於一九九四、一九九五獲時報百萬小說獎、時報文學獎，均有助於同志藝術在台灣的建制化（establishment）。這些或可以說明何以台灣同志／酷兒運動是個極其小眾的運動，然而解嚴以來書寫同志題材的作家卻不下五十個❸。面對父權社會對性別與情慾深固的禁忌，書寫本身即是心靈解嚴的開始。

另一方面，主流異性戀霸權的鬆動不可能一夕達成，是以解嚴以來的同志小說數量雖多，在意識形態上卻未必皆是進步的。但意識形態進步的也不能等同於藝術成就上的優秀。即使自身爲運動者的作家也需避免教條式的作品。好的小說家往往能呈現出台灣同性戀和酷兒文化的諸多形貌，或處理情慾與性別政治幽微複雜之處，而可以與運動相參照。早期的同志小說像林懷民的《蟬》（一九七四）、《變形虹》（一九七八）和白先勇的一些短篇故事，多半將同性慾望表現得很朦朧。但像李昂的〈回顧〉（一九七四）、〈莫春〉（一九七五）、朱天心的〈浪淘沙〉（一九七六）和白先勇《孽子》（一九八三）等解嚴前同志小說已為台灣同志小說傳統奠下基礎。以下本文將從情慾與性別兩大主題及情慾與性別政治之演變來討論解嚴以來的同志小說，並儘可能依出版先後討論，以凸顯整個發展脈絡。由於材料太多，遺珠之憾難免，謹先在此聲明。❹

一、情慾主題與情慾政治的演變

就情慾的主題，解嚴以來的同志小說往往涉及身分認同、暗櫃與慾望流動之間錯綜複雜的關係。這點承續了解嚴前李昂的〈回顧〉、〈莫春〉、朱天心的〈浪淘沙〉和白先勇《孽子》。〈回顧〉、〈莫春〉與〈浪淘沙〉皆處理在異性戀化性別霸權以及不鼓勵女性探索身體及情慾的文化下，濃烈的女女情誼。〈回顧〉與〈莫春〉皆焦注於女人對女人的單戀。〈回顧〉的第一人稱敘述者為自覺身體醜惡笨拙、對性充滿好奇的少女。她戀慕成熟柔美女體，尤其迷戀乳房。由於基本上她努力認同異性戀體制，遂並未正視暗香浮動的同性慾望。〈莫春〉中唐可言強烈愛戀 Ann 的女性溫柔及異國情調，但當她逼視自己慾望時卻恐慌嘔吐，轉而與男人上床，以證明自己是「真正」、「完整」女人。弔詭的是，她幾乎無法面對男體的醜陋。而一年後當她得知 Ann 與另一女孩要好，內心為之絞痛淒楚。〈浪淘沙〉也描寫女性情誼觸碰女同性戀禁忌時的斷裂恐慌，但另外觸及了台灣女同志文化常出現的T（butch）婆（femme）配對（參見註❷）。故事裡的大一學生延續了高中女校時期的T婆配對，敘述者小琪（婆）對前後兩個T（張雁、龍雲）的情慾雖然清楚，卻未必能面對T亦是女人的事實，小琪的女同志認同還在懵懂暗昧階段，其認知的T婆配對有傳統「假鳳虛凰」的影子。但張雁則似乎確定自己是女同性戀，雖然她似刻意避開小琪的恐同焦慮，等待小琪主動來歸。而龍雲交男朋友，投靠異性戀，則讓小琪柔腸寸斷。

白先勇《孽子》刻畫台北新公園的男同志地下王國以及男同志酒吧，這些男同志皆確定自己的性身分，也因此直接衝撞主流社會的暗櫃。白先勇用「孽子」一詞（可以指涉不肖子、姨太太生的兒子，甚至妖怪、禍害之意），標示出六〇、七〇年代❺男同性戀在台灣父權社會裡被看待的方式尚未脫離宗法思想的傳宗接代觀念，顯現台灣同志最難克服家庭（主義）對同志身分的打壓。同時又以「青春鳥」一詞隱隱地挑釁。新公園成了這群被逐出家門、學校的男同性戀的避難所。白先勇一方面刻畫男妓生涯的種種不堪❻以及對親情（尤其父親）的渴望，另方面又暗暗顯現地下王國反體制的挑釁：「我們是一個喜新厭舊、不守規矩的國族」（三二）。書中描寫男同志聚會時嘉年華氣氛，展現了男同志社群的力量，這在台灣文學中是石破天驚的。小說並觸及校園、軍隊（甚至遠溯對日戰爭期間中國軍隊）裡的同性戀行爲。但全書對「良家子弟」的男同性愛關係著墨較少，王夔龍與阿鳳的悲戀被神話化。此外，書中對於家庭及情慾關係過於悲情的描繪很容易落入主流對男同性戀的既有偏見，濃厚的家國道統之思（特別是透過王夔龍與傅老爺等人物）亦削弱了書中的挑釁性。

奠基於〈回顧〉、〈莫春〉、〈浪淘沙〉與《孽子》已有的佳績，解嚴以來的同志小說處理身分認同、暗櫃與慾望流動更爲複雜，對主流社會也有更多批判。曹麗娟的〈童女之舞〉（一九九一）延長了〈浪淘沙〉中女女之戀的時間，由高中時期刻骨銘心的T婆配對，乃至大學、進入社會女女關係的斷裂。敘述者童素心也是婆，也一樣懵懂。但異乎〈浪淘沙〉中小琪一派浪漫的愛情，童素心則透過身體觸碰感到情慾的熱流，兩人的嘻鬧以海灘上鍾沉替她擦橄欖油達到高潮；異乎小琪體認到T是女孩時的嫌惡，童素心感到的毋寧是社會禁忌下的委屈與憂懼。〈童女之舞〉中的T婆後來以異性戀或雙性戀僞裝，然而彼此之間不渝之愛卻在痛楚中充滿控訴的力道。

邱妙津的《鱷魚手記》（一九九四）對同性愛悲戀的渲染，比《孽子》、〈童女之舞〉有過之而無不及。其對身分、暗櫃的深刻探討當推解嚴以來的經典同志小說（參看劉亮雅《慾》，頁一一一～一五二；〈世〉頁一二二～一二四）。不同於〈浪淘沙〉與〈童女之舞〉，《鱷魚手記》的敘述者拉子爲T。拉子一開始便開宗明義宣示自己爲愛女人的女人，一如《孽子》以李青被逐出家門、學校，進入新公園地下王國啓始，衝撞了主流暗櫃。敏感暴烈的拉子及她憂鬱的女男同性戀朋友，以頹廢的生活方式表現出對主流異性戀壓制的憤怒及怨懟。與此同時，《鱷魚手記》呈現大學校園和同性戀酒吧中女男同志的聚集與結盟。數對愛侶拉子與水伶、至柔與吞吞、夢生與楚狂關係之複雜，勾勒極其細膩且相互烘托。此外，穿插於全書的鱷魚段落，對異性戀主義與恐同性戀心理做了種種戲耍嘲諷，簡直是賽卓薇克（Eve Sedgwick）「暗櫃知識學」（epistemology of the closet）[7]的荒謬諷刺劇版。鱷魚遂負載雙重意涵，它既代表主流視同性戀者爲怪胎、異類、非人，又代表同性戀者收回污名、將之挪用爲可愛酷異的符號（如鱷魚的卡通圖案）。

以同性戀身分爲主題的小說常採成長小說方式書寫，〈莫春〉、《孽子》、〈浪淘沙〉、〈童女之舞〉與《鱷魚手記》皆不例外。大抵它處理成長過程中對自我同性戀傾向的認知，慾望與社會要求的衝突，以及個人對此衝突的因應。然而或許因為女同志受到了性與性別的雙重壓制，女同志小說較常出現對認同困境的探討。〈浪淘沙〉、〈童女之舞〉裡，女女之愛無論多濃烈，均無法發展成性關係。即使《鱷魚手記》中女男同志均受異性戀機制及恐同影響而自恨、性愛關係充滿扭曲，但男同志夢生與楚狂均有性生活，而拉子則不敢面對自己身體，性關係幾乎不可能。

李昂的〈禁色的愛〉（一九八九）延續《孽子》對新公園男妓圈的探索，但沒有了悲情，並且延伸至洛杉磯男同志圈跨種族情慾生態的描繪。故事透過不知名的女敘述者中介主流與男同志圈的不同價值，及男同志圈內的階級、文化（包括省籍、國族）差異。〈禁色的愛〉嘲諷平日「刻薄寡恩」的美國歸國學人王平為男妓林志明付出兩年的感情，卻被擺了一道；嘲諷王平及其美國男友將林志明的抗拒解讀為成長於第三世界貧窮家庭缺乏疼愛所造成的愛無能。在女敘述者眼中，林志明外表沉靜乖巧，但偶爾閃現的妖豔眼神顯現其焚人的情慾能量，而林志明拒當「小蜜糖」、玩物，更展現其主體性。

如果說〈童女之舞〉與《鱷魚手記》中對女同志身分感到絕望，女女之愛充滿壓抑與悲情；〈禁色的愛〉和朱天文的〈肉身菩薩〉（一九九〇）與《荒人手記》（一九九四）中對男同志身分則是泰然（縱使《荒人手記》敘述者小韶鄉愿地複誦主流對男同志的偏見），而男男之愛則為性愛烏托邦裡的縱情難返。較諸《孽子》裡是被放逐者的歷險，〈禁色的愛〉裡著墨於階級、文化差異，〈肉身菩薩〉與《荒人手記》中則是雅痞族有了良好掩護後的安逸與享樂。〈肉身菩薩〉中小佟在愛滋病蔓延後荒涼的三溫暖中感到性慾衰疲、厭倦，卻又對往昔歡樂不無緬懷。《荒人手記》裡小韶則因好友、同志運動者阿堯死於愛滋病，在憂傷憶往中思索同志身分。小韶躲在暗櫃中，曾浸淫於男同志的享樂天堂，但有了固定同性伴侶後拒斥雜交，歌頌異性戀一對一價值。然而畢竟他仍肯定自己的性傾向，遂既貶斥也歆羨阿堯一生雜交且是個激進的同志運動者。小韶年少時與阿堯爬十分瀑布追逐嬉戲，鼻息接近的剎那彼此都怦然心動，卻未付諸行動❽，這段本可發生的戀曲迴盪兩人心頭（雖然小韶刻意修改記憶、否認之），直到二十多年後兩人才隔著太平洋互相承認，而格外動人。另外，《荒人手記》對雅痞族男同志社群及情慾生態的描寫則又延伸了《孽子》。

似乎有意改寫《鱷魚手記》，曹麗娟〈關於她的白髮及其他〉（一九九六）則嘲諷某些女同志對愛慾的壓抑，並側寫某個女同志圈子亦為性愛烏托邦，雖仍受到主流異性戀價值影響。敘述者費文是T，因童年創痛導致愛無能性無能，以致雖自我認同T的身分，卻與前後女友維持植物性的童女之愛，直到衰老將至方驚覺自身如槁木死灰，置身於愛情廢墟中。相對的，愛她的潔西是個婆，則早已和圈內每個人上過床。潔西禮讚愛慾，也無懼於身體的衰老。圈內諸多女子結過婚，也離了婚（包括潔西），老來相伴。故事除了對比情慾與衰老，也顯現女同志社群相互扶持的力量，並側寫台灣女同志圈T婆關係的世代差異，甚至觸及以人工授精懷孕成功的女同志家庭和媽媽。

主流社會對同性情慾的禁制與打壓使得不少同志（試圖）以異性戀愛情與婚姻為掩護，偽裝自己是異性戀或雙性戀。《孽子》、曹麗娟的〈關於她的白髮及其他〉、〈童女之舞〉、邱妙津的〈柏拉圖之髮〉（一九九一）、《鱷魚手記》、朱天文的〈肉身菩薩〉、《荒人手記》、朱天心的〈春風蝴

促、情慾僨張，更是精彩的片段。

總的來說，解嚴以來的同志小說在情慾主題上有多角多樣的探索，比解嚴前更深入勾勒同性愛關係的複雜多面，揭開所謂標準異性戀的同性情慾，探討雙性戀及S／M，甚至想像未來世界或改寫過去歷史中的同性愛關係。在身體呈現上日趨激進、坦然、狂野、耍玩。就同志與主流體制的關係而言，解嚴以來的同志小說出現了更多對異性戀主義與恐同的嘲謔批判，以及對異性戀家庭的翻轉。解嚴以來的同志小說在情慾政治上遂往往比解嚴前批判玩謔、挑釁挑逗。

二、性別主題及性別政治的演變

有關性別主題，解嚴以來的同志小說常涉及酷異性別與愛慾關係中的性別角色遊戲。主流刻板印象中視男同志爲女性化，女同志爲男性化（雖然現實中的女、男同志未必皆如此），此一看法大抵強調僵化的男女二分以及異性戀中心主義。誠如巴特勒（Judith Butler）指出，兩者互爲因果：傳統男女二分概念早已異性戀化，而傳統異性戀機制又設定男女二分（一七）。於是不男不女會被醜化，而同性戀會被視爲複製異性戀男女角色。在七〇年代西方同志運動發展初期也曾壓抑女性化男同志與男性化女同志，強調女、男同志外觀舉止若非符合傳統性別標準，就需中性化。然而酷兒理論則讓我們看到不男不女的諸多同志與怪胎正好挑戰了僵化的男女二分，而同志情慾關係更有多種的角色扮演遊戲，並不像主流所想像的那麼呆板。

無庸置疑，尚未受到同志理論洗禮的傳統異性戀社會易於將同性戀視爲複製異性戀男女角色。這所以在台灣，T婆與0號1號爲一般人對女、男同志配對的刻板印象。但即使台灣T婆傳統行之久矣，其牽涉的實際權力互動與角色扮演卻有各色各樣。在男同志方面，身體風格、舉止風格的性別扮演與實際權力地位及床笫間的角色也難以打上等號。sissy未必就是0號。更遑論女、男同志還都有不做T婆、0號1號，或者可以變換角色的配對方式。林林總總的性別超乎一般想像。

解嚴前出版的《孽子》、〈浪淘沙〉、〈回顧〉、〈莫春〉其實有批判傳統性別體制的意涵。〈回顧〉、〈莫春〉中女孩愛戀溫柔美麗女體，含有戀母情結。〈浪淘沙〉裡小琪迷戀龍雲的粗獷瀟灑，搞不清龍雲忽男忽女的性別。《孽子》中男同志老少帥醜胖瘦都有，男同志男妓有高大如李青、狂野如阿鳳、女性化如小玉，身體與舉止風格各異。女性化的小玉靈巧潑辣、鬼靈精怪，在性關係上不吃虧，尤其打破刻板印象。男同志有各種配對組合：父子型、哥弟型、父女型等不一而足。但《孽子》渲染悲情，太常將男同志與罪孽勾連，不免掩蔽了其所呈現的豐富男同志生態，〈浪淘沙〉裡的T婆關係仍予人複製傳統異性戀關係的印象，且婆無法面對T亦是女人的事實，而〈回顧〉裡對女體的愛戀很快被異性戀機制收編，唯獨〈莫春〉反諷地顯示異性戀機制之失敗。解嚴後作品對性別體制的批判則更爲明顯、有力。一方面刻板印象中的T與sissy被賦與鮮明多樣的性格，另方面呈現同志圈中繁多的性別。尤有甚者，受酷兒理論影響的作者更有驚人的探索。

邱妙津的〈柏拉圖之髮〉、《鱷魚手記》、《蒙馬特遺書》裡T婆權力互動極其複雜，後兩篇裡T均有陽剛暴烈性格，有時複製傳統男人對女性的操控與物化、矮化，但卻有T變爲婆的一例。〈柏拉圖之髮〉中的T婆角色扮演全由婆操控，敘述者原來蓄長髮、自覺中性，她想要與妓女寒寒試驗一段愛情遊戲，寒寒便削去她長髮、將她男裝扮成T。在愛情遊戲中，寒寒扮演敘述者的小女人（婆），但同時仍與多名男人往來，主控著她與T的關係，T爲此暗暗想勒死她。

較諸〈柏拉圖之髮〉中的T的苦情與受制，《鱷魚手記》裡拉子（T）則意圖宰制水伶（婆），不論是她的落跑之舉或者事後言語上將水伶比喻成東西，均矮化了水伶。水伶看似被動的小女人，但拉子數度落跑，水伶都主動找她。此外，拉子認爲婆並非純正的女同志，以此爲藉口離開水伶，水伶卻再找了另一個T替代拉子。拉子強調其陽剛，後來暴烈地自殘，《蒙馬特遺書》的敘述者（T）亦然。《蒙馬特遺書》中的T因爲婆移情別戀而對婆施暴，婆離開後T頻頻寫信挽回，瀕臨瘋狂並自殘，然而從她的信中只能看到她膨脹的自我，看不到婆的形貌、個性及她們關係的問題所在。特別的是，T在傷痛之餘與法國女子 Laurence 做愛，此時她卻又感到 Laurence 集T婆於一身，既具有女性美，又比她陽剛有力，她反而被 Laurence 愛撫，變成了婆。

曹麗娟的〈童女之舞〉與〈關於她的白髮及其他〉中的主角T瀟灑帥勁、性情溫和，T婆關係較爲平和對等。但T（或T婆）受制於主流觀念或某種情結而不敢愛。〈關於她的白髮及其他〉中費文被不同的婆勾引，始終不願深入關係，直到一夕得病衰老才知她愛的婆潔西已與圈內每個人上過床，這不但顯示婆的主動，且似乎暗示婆可與婆或T上床；當婆遇到婆，極可能其中一人變爲T，或至少T婆不分。此外，〈童女之舞〉中的T爲了體驗異性戀女人的感覺而與男人上床、懷孕，但毫無感覺，並爲此墮胎，令婆頗爲心疼。在〈關於她的白髮及其他〉中則有女同志社群，當最男人相的T嫁人時，圈內人爲之不齒。

解嚴後的同志小說裡，T既有個性差異，其身體風格、看待自己與婆看待T的方式亦各有不同。《鱷魚手記》裡拉子與水伶有如淘氣少男與成熟淑女的配對，與刻板印象中的T婆不盡相同。拉子內化了主流對T的醜化而對自己身體有強烈自厭感，但水伶卻愛她到癡狂，顯現她的迷人。〈童女之舞〉與〈關於她的白髮及其他〉中的T則毫無對自己身體的自厭感。其言語粗獷陽剛，身形則如模特兒般具雌雄同體的美感。〈童女之舞〉透過婆的眼，一再勾繪T身形舉止獨特的瀟灑的美，T並且有多位女友愛她若狂。〈關於她的白髮及其他〉則嘲諷T不敢面對自己的女體，最後由婆引領她認識。此外，〈關於她的白髮及其他〉中有各種各樣身體風格與個性的T，像費文修長帥氣、性情溫文，陳月珠矮胖、不起眼但穩重。陳雪〈貓死了之後〉中T頎長瘦削、眼神深邃似貓。T由外表到聲音皆是婆所認定的男人，但卻傳達女孩獨有的細膩情感，婆起初因無法面對T模糊的性別而逃跑，後來才發現她喜愛的正是T陰陽同體的性格。陳雪〈夢遊一九九四〉裡T曾讓許多女孩心碎瘋狂，但敘述者（婆）對她的曖昧性別卻既慾望又恐懼，婆要T做變性手術，T因爲愛她而拚命賺錢以做手術，婆仍逃離，但後來婆充滿內疚且內心淘空。

除了描寫T婆互動複雜，以及T可變婆、婆可變T，解嚴後的同志小說也刻劃T婆不分。《鱷魚手記》中至柔與吞吞就無法區分T婆。〈關於她的白髮及其他〉則描繪新一代受女同志理論洗禮的女同志強調T婆不分。陳雪〈尋找天使遺失的翅膀〉裡草草與阿蘇，〈蝴蝶的記號〉中小蝶與阿葉，小蝶與眞眞，林心眉與武皓在外觀上也都難以區分T婆。洪凌的科幻小說〈獸難〉中女吸血鬼戴孚蝶兒與變種人尤利安也難分T婆，前者迷戀著後者集狂烈、母性與狡詐之混合氣質。

0號與1號在男同志小說中未必固定，未必等同於行爲舉止的陰柔或陽剛、體型的高壯與瘦小，且權力互動也不似表面。李昂〈禁色的愛〉裡王平似通常爲0號（承受者），但遇到陰弱的林志明卻成了給予者，而林志明十足享受承受者的角色，則又打破了刻板印象。此外，年輕文弱的林志明遇到年長、閱歷豐富的王平，反而擺佈了後者，也異乎主流想像。

朱天文筆下男同志的身體風格、舉止風格及配對方式亦十分多元。男同志未必是一陽剛與一陰柔地配成一對，且同一人可能喜歡幾種不同組合。〈肉身菩薩〉裡，小佟少時被魁梧的賈霸按在牆上親吻，但賈霸旋即喜歡和自己同型的粗壯肌肉男，令小佟大發醋勁，卻無可奈何。十七年後，小佟在三溫暖邂逅了男人味十足的鍾霖，再度強烈被吸引。如果相較於賈霸、鍾霖，小佟較為瘦弱，他與兩個萍水相逢的青少年玩三角關係時則未必如此。兩少年先是如一對山林小妖般做愛，後來小佟將十七歲少年按在牆上親吻。而隨後十六歲男孩向三十多歲的小佟索求性愛，小佟像肉身菩薩般地給了，在此戀童關係中由男孩主動、中年男人則被動。

朱天文《荒人手記》中男同志有的陰柔如小韶、費多小兒，有的陽剛如傑，有的介於之間。身體風格、舉止風格及床笫角色難以打上等號：陰柔的小韶時而0號（例如在紅樓戲院），時而1號；施壯碩如阿諾史瓦辛格，與小韶上床時卻總扮0號，且柔媚溫柔（雖然他另有要錢的目的）。小韶迷醉於永桔有如亞當般的俊美結實，但小韶與永桔難以看出誰是0號、1號。美少年費多小兒在小韶眼裡像「大膽小妖精」（九六），既被動又主動。自戀的費多小兒對於要不要被追求、被騷擾握有主控權，他撩動中年的小韶之情慾，令小韶幾乎難以把持。

《荒人手記》標舉陰性美學，無畏地挑戰傳統對陰柔男人（尤其陰柔男同志）的歧視，吳繼文《世紀末少年愛讀本》與林俊穎《焚燒創世紀》均承繼之。《世紀末少年愛讀本》改寫清朝《品花寶鑑》中的相公文化，一方面將男性陰柔媚態刻劃入微，另方面批判恩客對相公的宰制，並描寫相公的反制或追求對等。陰柔的梅子玉愛上陰柔的相公杜琴言，平等相待，相戀至死不渝，卻不曾有性關係（他們的配對方式或許可說是姊妹型）。好色的潘三偷襲相公蘇蕙芳，卻被推到地上。而相公林珊枝愛撫華公子陽具時由景仰到垂憐的變化，也一改相公的卑微。此外，書中有意探究相公的扮裝演出之差異性：一般文人雅士喜愛唱崑曲的相公靈秀端雅，但田春航獨排眾議，讚揚唱亂彈的相公風騷香豔、粗俗中帶著率眞開朗，也是另一番風情。吳繼文的細膩勾勒暗示我們今日熟悉的男扮女裝之多樣性在清朝文化中應已有先例。

《焚燒創世紀》中除文字陰媚以外，男同志大多看不出0號1號、陽剛陰柔，唯獨活躍於新公園的美少年虞奇既嬌媚又悍厲，令人想起《孽子》裡的小玉，「是選擇者，而不是被選擇者」（九九），但他堅持賣笑不賣身。

對酷異性別的探索在紀大偉、洪凌、成英姝、楊照作品中更達於極致。楊照的〈變貌〉（一九九一）裡湛子生爲男孩卻自認爲女孩，敘述者生理爲男孩但自覺可男可女，兩人皆因此備受父母打壓。後來湛子爲怪獸侵入可不斷變形、變性，但愛他／她的阿清並不在乎。洪凌〈髑髏地的十字路口〉（一九九五）裡天使沙萊斐墮落後成了陰陽人，而耶穌也爲了愛他／她而墜落人間。紀大偉〈他的眼底，你的掌心，即將綻放一朵紅玫瑰〉（一九九五）與洪凌〈記憶的故事〉均想像未來世界透過高科技變性極其容易，雖然此一變性仍操控於父母或企業總裁手中，因此頗有問題。紀大偉的〈去年在馬倫巴〉（一九九七）呈現網路世界裡，性與性別完全成了虛擬身分，可以曖昧游移。連化妝室都做了特殊設計，而成了社交場合，讓人玩忽男忽女的變身遊戲、滿足展示與窺視的慾望。

成英姝《人類不宜飛行》（一九九七）較爲寫實，但書中也大玩性別遊戲。兩個男變女變性人，一是英國人金妮，一是小說中的小說人物美國人尼克／妮可拉。金妮有如莎朗史東般美豔自然、雌雄同體，讓第一人稱敘述者（一個台灣男人）不知何以區別男女。妮可拉則刻意女性化，反顯得做作，彷彿醜化了女人。此處男變女的不同效果可與《世紀末少年愛讀本》裡男扮女裝的不同效果相比較。兩位變性人性別觀亦不同。妮可拉事後懊悔，認爲變性喪失了男人的權柄，而金妮則從未懊悔，雖然她最後的勇敢令敘述者覺得她始終是個男人。更特別的是，敘述者藉愛上金妮以證明自己是「正常」、「標準」男異性戀，但金妮與男同志高賽相戀令他大惑不解，最後他懷疑自己有變性慾或者是男同志。

變性人究竟是男是女？同性戀或異性戀？《人類不宜飛行》中的金妮已讓人捉摸不定。在紀大偉與洪凌小說中對變性慾者的描寫亦跳脫主流想像。紀大偉的〈膜〉（一九九六）裡生化人默默錯認的虛擬眞實是：她雖生爲男孩，卻自認爲女孩且是個女同志，後來做了變性手術。洪凌〈在月球上跳舞〉（一九九七）中敘述者則因母親爲女同志，雖生爲男孩，也自認爲女同志，並渴望擁有月經。

另有兩篇小說較寫實地呈現台灣變性慾者與變裝慾者。吳繼文《天河撩亂》（一九九八）以成長小說描繪由台旅日的男變女變性人成蹊的心路歷程及其受到的家庭與社會壓力。透過其姪子時澄之眼，成蹊顯得慵懶妖冶、浪漫誇張、喜歡與男人談戀愛、不拘於世俗、但十分母性。直到全書三分之一，時澄（讀者也是）方知成蹊爲變性人，在變性人酒廊裡工作。而身爲男同志的時澄也曾有變裝慾。黃惑的〈樓蘭女與六月青〉將第三性公關區分爲純賺錢型及自恃美貌型，並認爲後者已假戲眞做。這似乎是在區分變裝慾者與變性慾者。像主角男身女相的朱衣就是變裝慾者。朱衣曾與男男女女上過床，但似比較喜歡男人。

總的來說，解嚴前《孽子》已呈現男同志生態裏性別的多樣性，然而比較局限在以新公園為中心的「非良家子弟」，而解嚴前女同志小說的性別呈現則只粗具形式。解嚴以來同志小說在性別主題上處理得更細膩深入，呈現女男同志文化中性別的多樣性，不但有各式各樣的T與sissy，配對方式更是五花八門，身體風格、舉止風格、床笫角色與權力互動難以打上等號。此外，解嚴以來同志小說更探索變裝慾、變性慾、陰陽人的酷異性別，有的大玩性別遊戲，有的批判男女二分的僵化，在性別政治上走向激進、挑釁與玩謔。

三、結語

較諸其他小說次文類，台灣同志小說最可以看出解嚴前與解嚴後的分野。美國女黑人理論家胡珂絲（bell hooks）指出，有一種邊緣性乃是壓迫結構所強加於人的，另有一種邊緣性則是「自己所選擇的抵抗位置，此乃蘊含激進的開放與可能性的位置」（二二一），亦即反霸權的位置，希圖藉挑戰、擾亂來改變結構。解嚴前的同志小說多意識到同志被主流邊緣化，因此書寫策略傾向於渲染悲情，即使具同志意識的作品如《孽子》亦以悲情籲求社會接納。解嚴後，隨著國際同志文藝影視的流進，以及台灣同志運動與女性運動逐漸站穩腳步，同志小說邁開步伐，勇於衝破傳統禁制，打破傳統台灣／中國家庭的禁制。逐漸地，這些小說不再甘於同志被主流邊緣化的位置，而是刻意佔據批判主流霸權的邊緣位置發聲。它從同性愛慾及酷異性別的主體出發，一方面深入女同志、男同志情慾文化的樣貌，探討多樣的同性情慾流動方式，批判異性戀主義與恐同的壓迫和所造成的扭曲，另一方面玩謔地顛覆異性戀的自以爲是，探索雙性戀與SM，兼及變裝慾、變性慾（者）、陰陽人的酷異性別。有的在現實中想像怪胎家庭，有的想像外國變性人，有的重新想像清朝的相公文化，更有的甚至探索網路的虛擬性別及未來世界的同志家庭及同志自體繁殖的可能。在奔馳的想像中，它照見了主流異性戀性愛腳本及性別分類的不足。

解嚴以來台灣同志小說有如繁星閃耀，質與量均十分可觀。本文限於篇幅，不能一一討論，且僅從同性愛慾及酷異性別兩大方向研究。事實上在這些豐富的文本裡尙有許多主題可以探討，例如本文僅約略提及的對美學形式與文類的開發（參看劉亮雅《慾》頁一七～一五二；〈怪〉），又例如同志（情慾）文化與異性戀主流文化之異同、同志美學與主流美學之異同、性（別）政治與其他議題的連結（像《荒人手記》與國族議題，《鱷魚手記》與升學主義）。而當台灣同志小說逐漸形成傳統，我們可以預見的不僅是未來的書寫者將有更多師法的前輩和想像的空間，而也是同志與酷兒將愈來愈被看到，習以爲常、見怪不怪。

——二〇〇一年九月，選自九歌版《情色世紀末》

註釋

❶「同志」一詞由香港引進可顯示港台同志運動互動頻繁。像周華山，梁濃剛的譯述對台灣同志運動均極重要。而台北發行的《熱愛雜誌》則深受香港同志喜愛。

❷以女同志為例。七〇年代女同志女性主義（lesbian feminism）提出女人認同女人的概念，這一方面挑戰傳

統醫學、精神病學將女同志視為病態的歧視性觀點，另一方面卻也質疑男性化的女同志（亦即 butch，中文稱之為T，來自 tomboy）是否認同其女人身分？T究竟是女同志抑或變性慾者？女同志女性主義不贊同T婆（butch-femme）角色，認為其複製了異性戀男女。但八〇年代女同志對此有激辯，九〇年代酷兒理論大抵認為T正顯現性別各色各樣，無法呆板地二分男女。一九九〇年葛萊絲歌（Joanne Glasgow）與潔（Karla Jay）寫道：「即使在一九九〇年，爭辯開始之後的一代，深思關切的女性主義者對於誰算是女同志並無（也許是無法有）一致看法。女同志是對別的女人有情慾的女人，還是『認同女人的女人』？她真是女人嗎——如果所謂女人不過是異性戀主義式的語言之建構？而如果女同志一詞如此問題重重，我們怎能希望去為女同志文本下定義或標籤？誰是女同志作家？誰是女同志讀者？」（四）

❸根據紀大偉主編的書目，解嚴前台灣小說觸及同志題材的書寫者有姜貴、林懷民、白先勇、宋澤萊、馬森、王禎和、李昂、朱天心、陳映真、陳若曦、顧肇森、光泰。解嚴後則有西沙、陸昭環、朱天文、藍玉湖、王文華、陳燁、平路、商晚筠、楊照、許佑生、江中星、梁寒衣、葉姿麟、黃啓泰、顧肇森、凌煙、邱妙津、楊麗玲、祁家威、張靄珠、葉桑、曹麗娟、林裕翼、朱天心、蔣勳、王宣一、履彊、蘇偉貞、范聖文、林燿德、林俊穎、常余、洪凌、紀大偉、陳雪、李岳華、安克強、賀淑瑋、杜修蘭、米契爾、吳繼文、郭強生、朱少麟、郝譽翔、張亦絢、張曼娟、李昂、舞鶴、賴香吟、白中黑、成英姝、張維中。參看紀大偉主編的《酷兒狂歡節》之附錄。

❹此外，由於限定同志小說為以同性情慾或酷異性別為主題及主體的小說，本文排除了僅以插曲形式出現此類主題的小說，遂無法討論像王禎和《美人圖》（一九八〇）中小郭客串男妓，王禎和《玫瑰玫瑰我愛你》（一九八四）以詼諧諷刺手法描寫懷有同性慾望的男醫師對其少年病人性騷擾。而像凌煙《失聲畫眉》（一九九〇）雖然對歌仔戲戲班幾對T婆關係和女女三角戀著墨不少，刻劃細膩露骨，但因為它同時也處理多對異性戀愛慾關係，我有點遲疑是否要將之視為同志小說。或許，說它是情色小說比較恰當。值得注意的是，這三本小說對身體和同性情慾的勾勒均頗為大膽坦然。

❺小說開始時的退學佈告將時間訂在一九七〇年。

❻雖然如此，這些男妓是跑單幫式的，有相當的自主性。

❼《暗櫃知識學》為賽卓薇克酷兒研究之經典名著。

❽小詔是被自己的性啓蒙嚇壞，阿堯則是不確定小詔是否為同志。

參考書目

王禎和，《玫瑰玫瑰我愛你》，台北：遠景，一九八四。
——，《美人圖》，台北：洪範，一九八二。
白先勇，《孽子》，台北：允晨文化，一九九〇。
朱天文，〈肉身菩薩〉，《世紀末的華麗》，台北：遠流，一九九〇。四九～七一。
——，《荒人手記》，台北：時報文化，一九九四。
朱天心，〈古都〉，《古都》，台北：麥田，一九九七。一五一～二三四。
——，〈春風蝴蝶之事〉，《想我眷村的兄弟們》，台北：麥田，一九九二。一九九～二三一。
——，〈浪淘沙〉，《方舟上的日子》，台北：遠流，一九九三。一〇三～一一七
成英姝，《人類不宜飛行》，台北：聯合文學，一九九七。
李　昂，〈回顧〉，《禁色的暗夜》，台北：皇冠，一九九九。五三～八四。
——，〈禁色的愛〉，《禁色的暗夜》，七～五一。
——，〈莫春〉，《禁色的暗夜》，八五～一一四。
吳繼文，《天河撩亂》，台北：時報文化，一九九八。
——，《世紀末少年愛讀本》，台北：時報文化，一九九六。
林俊穎，〈焚燒創世紀〉，《焚燒創世紀》，台北：遠流，一九九七。一七～一五七。
周華山，《同志論》，香港：香港同志研究社，一九九五。

邱妙津，〈柏拉圖之髮〉，《鬼的狂歡》，台北：聯合文學，一九九一，一二五～一四八。

——，《蒙馬特遺書》，台北：聯合文學，一九九六。

——，《鱷魚手記》，台北：時報文化，一九九四。

洪　凌，〈日落星之王〉，《肢解異獸》，台北：遠流，一九九五，一九九～二三七。

——，〈在月球上跳舞〉，《在玻璃懸崖上走索》。台北縣永和市：雅音，一九九七，七一～一〇〇。

——，〈記憶的故事〉，《肢解異獸》，一六九～一九八。

——，《異端吸血鬼列傳》，台北：平氏，一九九五。

——，〈罪與慾〉，《肢解異獸》，一三九～一五〇。

——，〈過程〉，《肢解異獸》，六九～八五。

——，〈擁抱星星殞落的夜晚〉，《肢解異獸》，四七～六八。

——，〈獸難〉，《異端吸血鬼列傳》，五六～八六。

——，〈關於火柴的死亡筆記〉，《肢解異獸》，八七～一〇三。

——，〈髑髏地的十字路口〉，《肢解異獸》，一五一～一六七。

紀大偉，〈去年在馬倫巴〉，《中外文學》（一九九七年八月），一〇二～一一九。

——，〈他的眼底，你的掌心，即將綻放一朵紅玫瑰〉，《感官世界》。台北：平氏，一九九五，二〇七～二五五。

——，〈色情錄影帶殺人事件〉，《感官世界》，一三九～一七一。

——，〈美人魚的喜劇〉，《感官世界》，一一～四九。

——，〈膜〉，《膜》，台北：聯經，一九九六，一～一一〇。

——，〈蝕〉，《感官世界》，一七三～二〇五。

——，〈憂鬱的赤道無風帶〉，《感官世界》，一〇七～一三六。

——，〈儀式〉，《感官世界》，五一～九一。

紀大偉主編，〈文學書目〉，《酷兒狂歡節：台灣當代QUEER文學讀本》，台北：元尊文化，一九九七，二四七～二六七。

凌　煙，《失聲畫眉》，台北：自立晚報社，一九九〇。

梁濃剛，《快感與兩性差別》，台北：遠流，一九八九。

張小虹，《後現代／女人》，台北：時報文化，一九九三。

曹麗娟，〈在父名之下〉，《童女之舞》，台北：大田，一九九九，六八～九六。

——，〈童女之舞〉，《童女之舞》，一二一～四九。

——，〈關於她的白髮及其他〉，《童女之舞》，九八～一七四。

陳　雪，〈異色之屋〉，《惡女書》，台北：平民，一九九五，五三～九一。

——，〈尋找天使遺失的翅膀〉，《惡女書》，一九～五二。

——，〈夢遊一九九四〉，《夢遊一九九四》，台北：遠流，一九九六，一三三～四四。

——，〈蝴蝶的記號〉，《夢遊一九九四》，一一三～一九一。

——，〈貓死了之後〉，《惡女書》，一八三～二四六。

黃　惑，〈樓蘭女與六月青（雷鳴前請別開手機）〉，《熱愛雜誌》（一九九八年十二月）：九〇～九五。

楊　照，〈變貌（上）〉，《中外文學》（一九九一年三月），一四五～一七四。

——，〈變貌（下）〉，《中外文學》（一九九一年四月），一五三～一八六。

劉亮雅，〈世紀末台灣小說裡的性別跨界與頹廢：以李昂、朱天文、邱妙津、成英姝為例〉，《中外文學》（一九九九年十一月）：一〇九～一三一。

——，〈怪胎陰陽變：楊照、紀大偉、成英姝與洪凌小說裡男變女變性人想像〉，《中外文學》（一九九八年五月），一一～三〇。

——，《慾望更衣室：情色小說的政治與美學》，台北：元尊文化，一九九八。

Butler, Judith. *Gender Trouble: Feminism and the Subversion of Identity*. New York: Routledge, 1990.

Glasgow, Joanne, and Karla Jay. "Introduction." *Lesbian Texts and Contexts: Radical Revisions*. Eds. Karla Jay and JoanneGlasgow. New York: New York UP, 1990. 1-10.

hooks, bell. *Yearning: Race, Gender, and Cultural Politics*. Boston, MA:South End P, 1990.

Sedgwick, Eve Kosofsky. *Epistemology of the Closet*. New York:Harvester, 1991.

遼寧街一一六巷的疆界如果誠然劃分過「混哪一國」的集團，在無論「我們陸軍」和「那些空軍」的子弟心目中，這個「國」其實都是「中國」或「中華民國」這一類概念的延伸和曲張，這樣的概念憑一條外顯的疆界在切割著我們的時候，我們絲毫沒有能力去了解：從那一個世代裡蹣跚走過的童年最無形也最沉重的負擔居然是一個我們尚未認識的國家，我們只認識那條疆界，如同記得某一條巷子那樣。

——張大春・〈遼寧街一一六巷〉

「曾經滄海難爲水，除卻巫山不是雲」，我只是向中華民族的江山華年私語，他才是我千古懷想不盡的戀人。

而我們，我們是萬里江山萬里人。河水縱然浩大，無奈載不動我們對中華民族的千歲亙古之思。那三月桃霞十月楓火的海棠葉，是我們永生的戀人——哪一天，哪一天啊，才是民國的洞房花燭夜？

——朱天文・《淡江記》

一、眷村、眷村小說與小說家

「眷村」是國共內戰、國府遷台之後的產物。自五〇年代起，北起石門，南至恆春，遍及全台。它們多數依附於各軍駐地，爲身歷烽火流離的戰士們提供了遮風蔽雨之處。在枕戈待旦，生聚教訓的歲月裡，數十萬倉皇渡海、驚魂甫定的軍人們於是安了家，落了戶❶。這些人原本天各一方，素昧平生，卻因政爭戰亂而開啓今生緣會，從此在同一聚落中胼手胝足，共建家園。反攻復國曾是他們的終極想望，故園舊鄉更是午夜夢迴時一致的心頭隱痛。然而，歲月不居，反攻號角遲遲未吹起，政軍局勢已悄然丕變。老一輩的將士們征衫早卸，壯志銷磨，新一代眷村兒女則長大成人，走向現代都會。他（她）們自小被哺育以父長輩的戰爭記憶與鄉愁想像，在封閉無私的眷區生活中凝塑共同的家國情感；而時移勢易，當反共不再，復國不再；當目睹村中故舊一再地死生聚散、曾依憑成長的眷舍又先後拆遷改建；當竹籬外台灣優先、本土認同凌駕了大中國（虛幻）的精神召喚時，他們，又該如何為一己定位？

眷村生活原是軍隊生活的後勤，千百戰士有家可歸的感覺，固然馴化了聖戰使命，相對來說，軍隊精神又集體化、制度化了軍眷生活。似戰不戰，非軍非民，成長於其中的眷村兒女，所蘊藉的終極歸屬和向心力，自然迴異於村外世界❷。他們對眷村生活念茲在茲，書之不輟，遂使文壇自七〇年代後期迄今，陸續出現了以上述關懷為重心的各類書寫，雖未必蔚為風潮，卻總也不絕如縷❸。

眷村書寫中當以「小說」類最是引人矚目。這不僅因為它的文類特質適足以表陳多層面的人事滄桑與自我思辨；更由於當今文壇諸多青壯輩的重要小說家，如張大春、朱天文、朱天心、蘇偉貞、袁瓊瓊、張啓疆、孫瑋芒等人，俱為眷村出身。固然，軍旅眷村並非其寫作的唯一關懷，當不宜僅將他們定位為「眷村作家」（本文也無意於此），但筆下人物，常具有軍眷背景，則是顯而易見。姑不論其當初縱橫各大文學獎項，所憑藉的，恰巧正是這類作品❹；即就內涵言，他們的（眷村）小說，從因緣際會寫到星散蓬飛；從一意期盼反攻還鄉，寫到終究自甘（？）老死於台灣；從瑣記眷村兒女的愛戀心事、鄰里是非，到辯證家國歷史、反思記憶想像，甚至操演情欲政治；凡此種種，亦所以交織出半世紀的社會變遷與家國滄桑。視景深廣兼以美學形式上諸多突破與創新，自使其對台灣文學／文化主體之建構，多所貢獻。而摒除無謂的省籍與意識形態問題，本文所關切的，毋寧是：作爲社會象徵活動之一種，「小說」的文學想像，是如何或建構、或解構、或超越了一般「大說」的家國觀念？其自我辯證的實況如何？父長輩所擁有的軍籍背景，如何啓迪、左右了小說家「保家衛國」的聖戰想像？折衝於「原鄉」與「現實」之間，書寫行爲又怎樣落實爲時間／敘述裡的一種，或多種，政治姿態？

當然，小說家的個人背景未必可與其創作行爲對號入座，直書眷村人事與其他題材的文本也不盡然可混爲一談。但眷村生活的高度同質性與封閉性，不僅極易使不同小說家在書寫時產生相當程度的「互文」關係❺，它所凝塑的強固情感，亦使作者生活經歷與前後不同的創作文本之間，產生不宜忽視的歷史因緣❻。基於此，本文的討論，將以前述各家關乎軍旅眷村的小說爲主，間及其他相關文本，以「土地」問題爲核心，綜論其間的「家國」與「聖戰」問題。主要論題包括：⑴想像家國：家／國／鄉土／城市的糾葛與辯證；⑵保家衛國：聖戰神話的崩解與衍異變形；⑶「我寫，故我在（？）」：時間／敘述與書寫政治❼。

二、想像家國：家／國／鄉土／城市的糾葛與辯證

從文學史角度看來，出自外省第二代子弟之手的眷村文學，應可視爲反共懷鄉文學與探親文學的嫡裔，但其間內蘊的家／國／鄉土／城市的糾葛與辯證，卻遠非單純的懷鄉、探親之作所堪比媲。其原因，當由「家國」的「想像」特質談起。

據安德森（B. Anderson）之說，現代的「民族／國家」乃是一「想像的共同體」；儘管其成員多未曾謀面，互不相識，卻因報紙傳播與資本流通，建立彼此依存的「生命共同體」情感；在此，「國家被建構成一具有深度及廣度的同胞關係」，從而「驅使人們願意去爲這個有限的想像犧牲生命」[8]。且值得注意的是，原先被認爲天經地義的種族（血緣）、語言、地理疆界等，均未必成爲此一被建構之「國家」的條件，反倒是政權、意識形態，及種種隨之而來的選擇性記憶與遺忘，才是關鍵因素[9]。只是，在中國傳統文化中，由於「安土重遷」、「葉落歸根」及由內及外的「齊家—治國—平天下」等觀念使然，不僅「家」與「國」向成互爲表裡之象徵體系，前者並爲後者建構形成之基礎；甚且「家」之所在地的「鄉」，也幾可等同於「國」。故在早先的反共懷鄉文學中，「土地」遂既是政權重要象徵，也是個人還鄉返家的欲望標的；對一般民眾而言，反「共」（政權）與復「國」（土地）於是成爲一體之兩面，其目的，無非是爲了要回「（原來的）家（鄉）」[10]。正因「家」與「國」如此表裡因依，循此萌生之「國家」觀念，乃可名爲「家國想像」。

眷村第一代居民原來自大江南北，南腔北調的方言[11]，加上風味各異的飲食習慣[12]，交錯出地域上的「廣度」；對日抗戰與國共內戰的共同戰爭記憶[13]，則延展出時間上的「深度」。況且，在封閉無私，軍事化管理依稀可見的生活環境中，「家事、村事、國事不能絕對扯開」[14]，村民們彼此親密互助、相濡以沫[15]，整個眷區，是「家」的延擴，也是「國」的縮影，強固的「共同體」情感，遂於焉凝塑。此時，「國」，自然是原應籠括秋海棠版圖的中華民國；眞正的「家」（鄉），則總在「還是要回去」的遙遠海峽彼岸。

落實於旨在圖繪早期患難相聚之軍眷生活的小說（如朱天心《未了》、蘇偉貞《有緣千里》、

《離開同方》、袁瓊瓊《今生緣》）中，前述之素樸的「家國」意識，一方面表現於對反攻大陸的殷殷期盼⑯；另方面，便是不輕易置產的「過客」心態⑰。然而，「家國」情感既有絕大部分是源自對（曾經生活過的）「土地」的依戀，那麼，旅台日久，眷村所在地的台灣，是否也該成爲眷村人的當然鄉土？尤其是眷村二代子弟，所謂的家（鄉），究竟在自己從未涉足的神州大地？在幼時生活過、現今卻浮懸於回憶中的「村子」？抑是在日日俛仰其間的台灣現代城鄉？時間流轉，空間位移，拆遷改建頻頻，眷村人所面臨的，於是將不僅是撫今追昔後的恨別傷逝，更是對「家國」觀念的一再重新定義。

在此，《有緣千里》與《離開同方》間的對照，應別具意義。同樣是聚焦於圖繪眷區人事滄桑，稍早的《有》書始以千里緣會，藉一群孩童的成長過程，幽幽銘記眷村子女交纏於歲月和土地之間的記憶與情感；縱使有人意外身亡，有人緣盡散去，但終究「村子不遠，他們又在一起了，什麼都變了，什麼都沒變」⑱。《離》書則以主角一家搬離同方新村發端，終以捧著母親骨灰罈回到同方新村安葬，去來之間，盡是回憶中擾攘雜遝、喧囂騷動的村內人生。同方新村封閉而生命力豐沛，兩代人物間或慘烈、或詭異的情愛轇轕，隱隱投射出亂世中的國族縮影⑲。可堪注意的是，即或最後村中戲台仍在，台上的人物卻「不會再回來了」，「往事無法替代」⑳，故鄉實爲他鄉，返鄉時，縱使景物依舊，人事也早已全非。曾是眷村子弟出生成長、生死以之的眷區，尚且如此，又何況遙處海峽彼岸的舊鄉故國？從《有緣千里》到《離開同方》，蘇偉貞的自我對話，實已透顯了眷村小說於家國鄉土之想像情懷的遞嬗之跡。

另一方面，早在八〇年代中期，張大春便以〈將軍碑〉質疑歷史記憶、〈四喜憂國〉揶揄反共復國，就既有家國觀念多所反省。在〈四〉文中，他對文字、文告和報紙資訊的顛覆性嘲謔，實是對「想像共同體」的暗自解構；落居島國土地，卻始終心懸彼岸的虛枉性，亦在縈迴於首尾的聖歌聲中，宛然可聞：

我們羨慕一個更美的家鄉，就是在天上的，我們羨慕一個更美的家鄉，就是在天上的……（《四喜憂國》，頁一二六～一四五）

「天上」的家鄉既不可憑，那麼，眷村人又何不以島國之地爲家爲鄉？面對「從未把這個島視爲久居之地」的指責，朱天心早先曾有如此答辯：

原因無他，清明節的時候，他們並無墳可上。原來，沒有親人死去的土地，是無法叫做家鄉的。（《想我眷村的兄弟們》，頁七八～七九）

但問題是，徐貫之、陸智蘭畢竟先後於南台灣亡故（袁瓊瓊．《今生緣》）；奉磊已捧著「我媽」的骨灰罈回到同方新村安葬（蘇偉貞．《離開同方》）；敬莊離開致遠新村前，也曾一再叮囑兒子高意：「我們走了以後，要記得去掃高重和華敏的墳，不要讓他覺得自己是一個人」（蘇偉貞．《有緣千里》）——台灣終究是「有親人死去的土地」了，它可以因此成爲眷村子弟安身立命的「家鄉」，甚至，「故鄉」了麼？

事實上，文學中的「故鄉」不僅是一地理上的位置，也代表作家（及未必與作家誼屬同鄉的讀者）所嚮往的生活意義源頭；其所以能成爲「故」鄉，必須透露出似近實遠、既親且疏的浪漫想

不僅於此，來自眷村的「荒人」，唯以同志爲同道，一再飄移於世界各地，宣稱「同性戀者無祖國」、是「違規者，游移性，非社會化，叛教徒」、「無父祖」，亦使家國畛界泯滅於可無限延擴的廣漠世界性場域之外。力行「性不必擔負繁殖後代的使命」之餘，荒人何只是「親屬單位終結者」？當一切在「色授魂予的哀愁凝結裡，絕種了」，那一刻，他也終結了國族命脈。而何其微妙的是，就在時間直線發展告終，事物喪失歷史縱深的同時，朱天文的「文字之城」，卻於廣漠無際的平面空間裡巍然昇起，畸色斑爛，延擴不絕。《世紀末的華麗》裡極端華麗的文字排比，已爲世紀末的現代／後現代都會，形塑出（跨國的）共時性身世，頽美亦復靡麗；《荒人手記》中，荒人帶領讀者閱讀城市版圖，以列舉店名方式把城市符號化爲符號城市，而文字城市也就成爲「僅僅存在於文字之中的，字亡城亡」。原先那曾爲荒人渴望能親履的海峽彼岸，亦因此「比世界任何一個遙遠的國度都陌生，我一點都不想要去那裡」，因爲，「我使用著它的文字，正使用著它，在這裡」；「那魂縈夢繫的所在，根本，根本就沒有實際存在過。那不可企求之地，從來就只活於文字之中的啊」㉗——至此，無論是曾經傾慕嚮往的彼岸家國鄉關，抑或是現下愛戀流連的此地都會時尚，一逕落實爲書寫中的美學實踐，並化爲個人「文字修行」的一部分㉘。

據此以觀，則從一開始就圍繞於「土地」問題的「家國想像」，實已在八、九〇年代的眷村小說中，映現出曲折多變的視景：從大中國到當地眷村，是土地實存的位移；從台灣本土到由本土都會所發展出的世界性，是實存（所蘊含之某一特殊質性）外向無限擴散後的虛化；而當它幻化成文字之城的鋪排衍生後，則又轉爲純美學式的欲望投影，「家國」之浮動不居，與時與人俱變，可見一斑。

但朱天心的系列近作，又開顯出另一形式的想像可能。繼《未了》、〈時移事往〉之後，〈想我眷村的兄弟們〉與〈匈牙利之水〉寫的都是眷村子女「河入大海」後的相互尋索與追憶。前者是個人感性的回憶與呼喚，主要憑藉報紙媒體，兀自維繫「眷村共同體」的想像關係（「啊，原來你在這裡！」）；後者則轉為眷村子弟與另一本省籍友人A，彼此互以事物氣味召喚感官記憶，從而拼湊出各自的往事追憶錄。此一安排，似乎已預示出：憶往追昔何分省籍？同是過往煙逝，記憶漫漶，一切能否在「借來的時間，借來的晚風」、「借來的橋中」❷❾乍聚還離？實大有可疑。此一立足台灣土地、突破省籍藩籬的用心，在〈古都〉中遂得到更進一步發揮。

〈古都〉是朱創作迄今以來的「集大成」之作，也是現今討論眷村小說之家國想像問題時，最值得注意的文本。它不僅綜結了她過去所有重要的文學場景與關懷重點，也因將〈桃花源記〉、川端康成同名小說《古都》、關乎台灣史料的《裨海紀遊》、〈台灣通史序〉等文本穿插錯雜，讓她筆下的「老靈魂」，展現穿越多重時空、轉換多樣身分的變貌，並為記憶中的原鄉失落，經營出「時無分古今，地無分中外」的普遍性與永恆性。出身眷村的主角「你」，遂既是生活於大台北的現代都會女子，也是緣溪而行的武陵人，是亟欲姐妹相會的苗子與千重子❸⓿。為了與當年親密如「同志」的好友相會，她由台北遠走自己曾多次行旅的京都，眼見京都風物多年如昔，「你」不禁深自痛惜台灣各種自然／人文景觀迭遭破壞，驚慟於「簡直無法告訴女兒你們曾經在這城市生活過的痕跡」，並憂憤滿懷地慨嘆：

屆時你將再無路可走，無回憶可依憑，你何止不再走過而已，你記得一名與你身分相同的小說作者這樣寫過，「原來沒有親人死去的地方，是無法叫做故鄉的。」你並不像他如此苛求，你只謙畏的想問，一個不管以何為名（通常是繁榮進步偶或間以希望快樂）不打算保存人們生活痕跡的地方，不就等於一個陌生的城市？一個陌生的城市，何須特別叫人珍視、愛惜、維護、認同……？（《古都》，頁一八七）

而「看久了不知置身何處」，於是，不單是「你」將選擇能保有自己過往生活痕跡的京都做為最後老死之地，島上任何人也都「可以編織將來要去哪裡哪裡」，屆時——

舍祖宗丘墓、族黨的團圓、隔重洋渡險、竄處於天盡海飛之地的哪裡只是一直被指摘的你這種父輩四九年來台的族群。（同前，頁二一三）

繼而，「你」不待與好友相會，又自京都回到台北，並以「現代武陵人」姿態，手執日本殖民地圖，再度逡巡於台北大街小巷，進行另類的原鄉尋根之旅。就在行行重行行、一步一腳印之中，更不幸地，「你」發現「二二八聖地現在是黑美人酒家」、江山樓「現下是江山釣蝦場」；「你」發現「百年來從艋舺逃械鬥逃到永樂町，再被市區改正遷至此，廟前被鐵柵欄圍住唯恐遭竊的石柱上的捐贈日是同治六年丁卯端午日」的慈聖宮，掛上了「好大一塊壓克力黃底紅字招牌好像它是一家店」；「你」發現繼「清人『廷議欲墟其地』」、「日人『一億元台灣賣卻論』」之後，「那個因反抗集權政府去國海外三十年不能回來的異議人士，時移勢易，一旦他當上縣長之後，照樣把南島最後一塊濕地挪做高污染高耗能源的重工業用地」[31]……

在此，朱天心不僅藉京都／台北之間的去來，消解故鄉／他鄉的分野，更以「追本溯源」之勢，將台灣過往推溯至先前的日據、清治、荷據時期，甚至更早；從而拉出歷史的縱向深度，她所關切的，毋寧是：數百年間，政權儘管更迭，人世容或浮沉，台灣未曾被珍視愛惜、島上居民未能擁有「故」鄉的命運，卻為何始終如一？故鄉如不可求，又何來家國？正是輾轉於島國土地上的種種前世與今生，「這是哪裡？……你放聲大哭」，便也就擴大為古今一切棄逐／流亡／失路者的共同悲慨——而恓惶流離的根源，不在政治權力，不在道德使命，卻在於記憶中，關乎家國鄉土之感官經驗的一再失落。

也因此，繼朱天文將「家國」無限外擴後的虛化，及純美學式的文字建構之後，朱天心則將關注焦點再度凝聚至台灣本土，並在歷史縱深的無限推溯之中，對統獨、省籍等一時一地的家國定義之爭，做出極具超越性的反思，在「家國想像」之衍變進程中，具有重要意義。

三、保家衛國：聖戰神話的崩解與衍異變形

除卻家／國／鄉土／城市間的糾結與辯證外，「土地」問題，尚且直接關係到眷村小說中有關「保家衛國」的聖戰想像。

擁有軍籍背景與戰爭記憶，是眷村居民與一般外省籍民眾最大不同處。軍人的使命在捍守疆土，保家衛國。一寸山河一寸血，十萬青年十萬軍，不是影像文字，而是親身經歷；光復大陸，還我河山，不是教條口號，更是畢生職志。但曾幾何時，偉人大去，反攻聖戰遙不可期，既有家國觀念亦隨之解體。就在一批批江湖老去的軍眷子民身上，我們於是驚見一代聖戰神話的頽然崩

解，與各類同樣應疆土／家／國而生的、令人愴然的衍異變形；終至，蕩然不存。

孫瑋芒的〈參商〉或當爲眷村作家觸及此一主題的最早作品。久別重逢的老戰友樽前憶舊，酒後失態，猶不忘在醉吐狼藉中模擬昔日血戰實況，時光推移的感傷，已盡在其中。張大春成於七○年代末期的〈雞翎圖〉，以雞擬人，雞寮猶如眷村，爲了最後不落於賤賣命運，老兵將多年所養的雞隻在移防時全數扭斷脖頸，再親手埋葬，實已預示了此後軍眷生活無可或免的悲劇性：飄泊流離，無常而又無償。然而，就在八○年代連串政治變局中，此一原本深蘊於「處處無家處處家」之中的執著與悲涼之氣，已轉化爲對既有家國觀念的質疑與解構。尤其是他廣受各方讚譽的〈將軍碑〉，更在質疑歷史記憶的同時，成爲解構國府各戰役之神聖性的開山之作。維揚一句：「那是您的歷史，爸」，「而且都過去了」[32]，消解也消遣了多少國軍將士引以爲傲爲榮的神聖記憶。但武震東貴爲將軍，畢竟猶可立碑留銘。一般士卒，又將何去何從？

在〈帶我去吧，月光〉中，父親半生戎馬，軍旅生涯所榮獲的獎章獎牌，除役後被女兒「拿了去墊花盆和鍋子」，「領袖已去，他不知該效忠誰」，將近七十歲的老人入廚炒飯做湯，以饗妻女，最後悟出的道理竟然是：「家事，就是力量」[33]。張啓疆〈保衛台灣〉的老兵張保忠，當年在小金門爲忠於「誓死保衛台灣」的戰令，死守海防，腿斷身殘。爾後隻身來台，做爲「保台大廈」的管理員，卻每每在反對黨「××下台」、「誓死保衛台灣」的抗議遊行中，驚覺到自己成爲被抗爭的對象[34]。老驥伏櫪後的馴化，效命死忠後的無償，在在宣告著聖戰不再，神話崩解。

但，承襲了父長輩戰爭記憶的眷村子弟，畢竟另有心事。在忠黨愛國的家教、江湖義氣的友教、派系倫理的村教下[35]，「率直、衝動、重感情、好逞強」，成爲眷村男孩的特殊調調[36]；出生入死，效命沙場的戰爭想像，對他們而言，是憧憬，是誘惑，是夢魘，也是現實中可供模擬學習的生活實踐。從童年時「分成兩大國玩武俠殺刀的，兩國頭目各自拚命拉人充實國力」㊲，到長大後投考軍校，以承父志㊳；從遊戲中「舉起掃刀，互相割砍，模擬上一代刀頭舔血的感覺」㊴，到眞正「磨刀霍霍，結群結黨，暗暗在全島幹下無頭搶案數十起並殺人如麻」㊵，神話的緲緲變奏，原可不絕若是。

追本溯源，推翻滿清的國民革命，本就與民間幫派活動深有淵源㊿（眷村子弟勇於聚黨鬥狠，嘗斷章取義地自我附會於革命志士，於理固不足取，於事或未爲無因[52]）；其後，在民族大義號召下，對日抗戰曾濾去一切小我的雜質，將戰爭的神聖性推向顛峰，與此同時，也凸顯了「土地」之於「家國」的空前重要性。而除卻意識形態之爭，「反攻復國」其實就是一場土地所有權的爭奪戰。循此，則值得注意的是，「戰爭」固以此享有合法合理的當然神聖性，因土地而生的種種問題，同樣也不容忽視地影響了此後聖戰神話的衍異與變形。

張啓疆〈消失的球〉中，曾述及幼時棒球隊對手ＴＫ陳國雄的父親，擁有十個眷村面積的土地，包圍著「我」的眷村故鄉，（想像中）幹架時，被打倒的對手大吼：

> 滾！滾！不要在我家的地上打我。……你們這些外省仔，統統滾回大陸去。
>
> （《消失的□□》，頁一一～四三）

便點出「土地所有權」在省籍對立時的關鍵意義。事實上，當初倉皇來台的眷村人，一皆家無恆產，早期依靠政府有限的照料，兼以殷盼還鄉，尚可清貧自足。然當眼見反攻無期，台灣經濟起飛、都市化程度日深，不少本省籍農家以土地增值致富[53]。政府又對氾濫的金錢遊戲束手無策，貧窮而含怨，遂成眷村子弟以武犯禁，挑釁社會的一大動因[54]。如《卡門在台灣》中，眷村出身的阿寶，就曾如此抱怨：

外省人第二代在台灣能搞出什麼名堂？沒有錢又沒有地。想要出頭，不是要向老頭子的威權靠攏，就是向土財主的金權投降。他媽的，台灣這幾年的政局發展，我越看越失望。公共工程貪污浪費，環境污染愈演愈烈，有錢人操縱股價、搜刮土地，主政者一點辦法都拿不出來，這是個鳥國家、鳥島，乾脆沉到太平洋海底算了！眞想把那些有權有勢的王八蛋斃了！（《卡門在台灣》，頁二一八～二一九）

他們或是將滿腔憤世嫉俗之情，粗暴地轉化成對台灣本土文化的敵意，幻演爲張「台生」在〈失蹤五二〇〉中的夾竹桃林血鬥：

我和村子裡一票不讀書的夥伴，鎮日操刀持械，向附近的台灣人幫派尋仇鬥毆。那幾年，敵我雙方身上的傷、心中的恨和流出的血，足可染紅一整條基隆河。在我的記憶中，有一年一場夾竹桃林的血戰之後，村子四周的夾竹桃樹從此終年不綠，空中飄滿枯紅焦黃的墜葉折枝，凋零後即永不再出芽。（《消失的□□》，頁一〇八）

或是同樣投身於金錢遊戲的徵逐，妄想藉此生財置產，一步登天。如《卡門在台灣》的男主角霍台華，原是一眷村出身的退伍軍官，以誤打誤撞，進入股市。邂逅了同來自眷村，專跑股市新聞的女記者：一身糾結著複雜政商人脈關係的「台灣卡門」李翎。此後，沸騰的情欲與泛流的物欲，遂在她野性的身體與來自報社的內線消息中，交相激盪，終至玉石俱焚。全書結尾，這個軍人世家出身，自認爲忠肝義膽，卻沒殺過一個敵人的「霍」（豁出去了？）「台華」（台灣華人？），手持中共黑星手槍，闖入卡門新歡，也是工商鉅子趙某的立委競選餐會，在黨政要員鼓吹台灣經濟奇蹟的演講聲中，將卡門亂槍射死。其理由，竟然是：

為了喚醒世人正視台灣貧富不均和政商勾結的情形，為了讓全天下人看到出賣自己人的下場，犧牲我個人的生命和名譽，算不了什麼。（《卡門在台灣》，頁二二八）

鐵馬金戈，氣壯山河，可以衍異爲股市中的衝鋒陷陣，殺進殺出；不能拋頭顱、灑熱血，執干戈以保家衛國，反落得槍殺情婦，身處極刑，「血本」無歸，家破人亡，這是退伍軍官的墮落史，雖不免煽情，但何嘗不是聖戰幻滅後的變形投影？而原先，「台華」所以炒作股票，卻是爲了能在台灣買下屬於自己的房子，安頓妻女；是爲了孝敬母親，讓她能風光地回大陸老家探親的。

然更令人驚詫的，恐怕還是張台生在〈失蹤五二〇〉中的搏命演出吧？結束桃林血鬥之後的若干年，台生改行賣血，秘密參加五二〇遊行，「血流滿面而又面露微笑對著鎮暴警察、搜證相機和攝影機，大口大口吐出猩紅汁液，以示街頭運動『拋頭顱、灑熱血』之必要情節與犧牲決心」。爾後，他不知不覺變成「職業街頭運動家」，從每天千元做到日薪三千（斷手斷腳或斷頭另有津貼，丟汽油彈或燒警車價格另議），因而——

一條爛命，就這麼莫名其妙地照亮某段時期台北街頭的民主奮鬥史（或謂「建國運動史」）。（《消失的□□》，頁一一八）

詭譎的是，此一為了「台灣建國」而與鎮暴警察搏命爭鬥的陳述，卻是交糅錯雜於桃林血戰、國共相爭的記憶幻象（？）之中，姑不論「台生賣血建國」的政治意涵為何，流轉於拼貼、魔幻造境之中的，竟是各戰役、各政權殊死拚鬥時內在本質的聲氣相通——無論是桃林幹架還是台灣建國，是「蔣總統萬歲」「毛主席萬歲」還是「台灣國萬歲」，兩軍對峙，箭拔弩張，必勝必死，寸土必爭的喋血奮戰，原有著如出一轍的對應性。同一聖戰想像至此開枝散葉，一旦「本尊」遁形，可見的，無非就是無數「分身」的化妝嘉年華。

「台生」也好，「台華」也罷，這些被「名字刻畫了共同的未來」、被「尷尬的身分湮滅了厄舛的身世」[55]的眷村子弟們，便如此這般地演義著「保家衛國」的各類變形版本，為聖戰不再與既有家國觀的解體，作出慘烈而且殘謔的註腳[56]。而何其不堪的是，即使連這一點虛幻的壯烈感，也要在張大春的《沒人寫信給上校》中，被徹底粉碎。

《沒人寫信給上校》以尹清楓上校冤死為起點，採類似「轆轤體」體式[57]，牽纏縈迴，層層剝解軍中黑幕。承續《大說謊家》將新聞、小說混為一談的敘寫特色，小說家後知死亡紀事，虛擬現場，後設為文，透露小說創作與政治現實共有之虛浮變幻質性的同時，也直搗民國以來，所有家國／聖戰論述的隱痛：軍中何嘗是無欲無我的大家庭？家國之愛，袍澤之情，哪裡及得上一己之私重要？軍政大事，又何曾與黑幫活動須臾稍離？當軍政大老佟老所構思的「國家大事」，無非是「從龐大的國防預算中合理地挖一筆棺材本」；當各不同利益或權力集團形成緊密的「生命共同體」，目的竟只是為了在軍購弊案中結盟自保時[58]，軍隊，這個集結了所有家國聖戰責任於一身，肩負了「國家至上」、「保家衛國」等神聖使命的龐大團體，已淪為幫會黑道、金錢權力、軍政運作與個人私欲多重角力的競技場。為國「獻身」的英勇與壯烈至此煙消雲散，剩下的，只不過是「陷身」的荒謬與不堪——聖戰神話，遂再也無所謂變形與否，因為，它根本無從存在，也無從衍異。

四、餘論：「我寫，故我在（？）」

——時間／敘述與書寫政治

由於聖戰幻滅、家國定義一再改變、土地所有權不存，故從某方面說，眷村小說家的眷村書寫，便不僅止於「從過去找尋現在、就回憶敷衍現實」的原鄉想像，轉而成為在時間／敘述中的開疆闢土，攻城略地；是一種「我寫，故我在」的書寫政治。時間儘可流逝，空間儘可位移，經由書寫，小說家猶可兀自召喚（即將？已經？）失落的族群記憶，在字裡行間構築存在於（已）不存在之中，延宕過去，鞏固現在，也攻佔未來。此一對時間／敘述的執著肯定，在《荒人手記》各篇告白中，即宛然可見：

> 我還活著。似乎，我必須為我死去的同類們做些什麼。……用寫，頂住遺忘。

時間會把一切磨損，侵蝕殆盡。……我真想把這時的悼亡凝成無比堅硬的結晶體，懷佩在身。我只好寫，於不止息的綿綿書寫裡，一再一再鐫深傷口，鞭笞罪痕，用痛鎖牢記憶，絕不讓它溜逝。

我寫，故我在。（頁三七～三八）

時間是不可逆的，生命是不可逆的，然則書寫的時候，一切不可逆者皆可逆。因此書寫，仍然在繼續中。（頁二一八）

然而弔詭的是，當（父輩所親歷的）過去須倚恃並被完成於（子輩）不斷書寫中的未來時，（子輩的）未來也就被（父輩）過去的傳說所圍困，欲脫身而不得。過去現在未來，非但無以推展延伸，反將成爲不斷反覆、封閉無出口的時間循環。由此，則原先的「我寫，故我『在』」，遂因（父輩）過往記憶的制約，甚至吞噬，反倒變成另一種奇詭的「我（子輩）『不』在」。

對此，張啓疆的小說曾有多方反省。以〈君自他鄉來〉爲例，主角陳君在張老爹追悼會上，暗自以「錯的是你，老爹，沒有村子就沒有古寧頭了」，回應村中那位當年曾在古寧頭戰役奮戰斷腿，一再宣稱「沒有古寧頭就沒有村子」的他，便透露了過去須倚恃於未來之時間／敘述而完成的傳承性；但與此同時，「張老爹的亡故，對陳君等人而言，反而像是『復活』，也教江湖老去的子弟發現自己的『死去』」。另外，〈故事——一個無稽可考的大刀隊傳說〉藉由「我」的黃河沿岸尋根之旅，和「父親」張保忠於台兒莊戰後傷殘流落的想像歷程，交錯爲文，凸顯的，亦是爲子者在爲父者之「戰爭」、「鄉愁」中依違掙扎的困境：一旦陷身其中，「未來（便）退到過去的位置，過去反而像是未來，直逼眼前」，因而「失蹤的是我，像一縷煙，飄過歷史的沼地、光陰的斷層，宇宙時間之外的另一種絕對時間」——據此，則汲汲於以文字自我建構、攻佔未來的結果，竟然是一再地棄守未來，自我抹銷；「我寫，故我『在』」的初衷，所招致的，反是「我『不』在」的命運，這，不能不說是莫大的蒼涼反諷吧？——而「離家的方法只有一種，不要回頭，不必揮別，毋庸眷戀，只須留意帶走整個村子的你自己」[59]，自當是由「不在」之中，再度辯證出「我在」的自覺宣告。

職是，眷村書寫的積極意義，與其說是賡續、再現父長輩的戰爭記憶與鄉愁想像，形塑一特定之族群文化，不如說：正是因爲這「原鄉」與「現實」間的流離與游移，使眷村作家們具備了類似薩依德（Edward W. Said）所說的「流亡者」特質，能經由「雙重視角」（double perspective）交互透視，對外界與自我產生更深刻的觀照反思[60]，並見證多面向的時代變遷與家國滄桑。唯其如此，他們每一種「原鄉」的身姿，都觸及到當代國家歷史論述的隱痛（千百萬人何以要棄家辭鄉，倉皇去國？設置眷村，本爲的是枕戈待旦，以俟反攻，怎堪地就以此終老，兒孫滿堂？），他們每一番對「現實」的剝現，都映照出台灣社會政經變革的隱憂（爲什麼政治不見理想，反充斥著權力欲望競逐？爲什麼經濟發展不見長遠規劃，卻盡是短視近利的土地炒作與金錢遊戲？），藉由對家／國／鄉土／城市的一再辯證想像、對聖戰神話崩解後諸般衍異變形的演義，他們在敘述中銘記時光推移，也在時光推移中不斷敘述；迥異於一般的深廣視景，於是就在這「在」與「不在」的反覆辯證之中，迤邐開展。「我寫，故我在（？）」，他們的書寫風格或華麗，或犀利尖刻，或沉鬱蒼涼，在在成就出多種，而非一種，政治姿態。然而眷村文化的先天悲劇性格，卻總要讓小說天地裡的諸般涕笑擾攘、喧囂靡麗，沉潛著悲涼的內在底蘊。

但這樣的悲涼底蘊，不也當是台灣文學／文化內在特質的一部分麼？台灣原就是移民之島，時間先後不同而已；各族群縱多不免有悲情的過去，卻又何礙於彼此交融互滲，共創未來？王德威先生曾指出：「眷村生活是四九年後台灣文化中極重要的現象之一」，因之而生的文學，是爲「台灣文化上的重要環節」[51]；廖咸浩先生也以爲：「眷村文化對台灣現代文化（尤其在藝文方面）的貢獻，恐怕是超乎許多人想像的」，小說家的努力，隱約指出：「眷村文化並不是大陸文化的『子文化』，而是台灣文化的『母文化』之一」[52]。證諸前文所論，信然。眷村小說及小說家們，亦以此而爲台灣現代小說的發展史，寫下不容忽視的一頁。

——一九九八年十二月，選自聯經版《台灣現代小說史綜論》

註釋

1. 關於眷村形成，及其之歷史、政治、社會等相關因素，請參見羅於陵，《眷村：空間意義的賦予和再界定》，台大城鄉所碩士論文，一九九一；尚道明，《眷村居民的生命歷程和國家認同——樂群新村的個案研究》，清大社會人類學所碩士論文，一九九五；吳忻怡，《「多重現實」的建構：眷村、眷村人與眷村文學》，台大社會所碩士論文，一九九六；潘國正編，《竹籬笆的長影——眷村爸爸媽媽口述歷史》（新竹：新竹市立文化中心，一九九七）等。
2. 參見王德威，〈以愛欲興亡為己任，置個人死生於度外〉，收入蘇偉貞，《封閉的島嶼》（台北：麥田，一九九六），頁一五～一九。又，朱天心《未了》中亦曾提及，眷村中人往往稱村外人為「老百姓」，以與自己擁有的軍籍背景相區別。

❸有關眷村文學在九〇年代以前的興起與發展，請參見齊邦媛，〈眷村文學——鄉愁的繼承與捨棄〉，收入《霧漸漸散的時候》（台北：九歌，一九九八），頁一五三～一八七。其中，希代出版社於一九八六年出版《我從眷村來》一書，輯有蘇偉貞、韓韓等二十位作家敘寫眷村生活的散文，是為當時最集中的眷村文學合集。九〇年代以後，蕭颯《單身薏惠》、孫瑋芒《卡門在台灣》、張國立《小五的時代》、朱天文《荒人手記》、朱天心〈匈牙利之水〉、〈古都〉、張大春《沒人寫信給上校》、蘇偉貞〈倒影小維〉等，雖未正面書寫眷村，但主角皆具眷村背景。至於張啓疆《消失的□□》，逕以「張啓疆的眷村小說」為副題，更是聚焦於眷村問題的探討。

❹如張大春曾以〈雞翎圖〉、〈將軍碑〉等寫士卒、將軍之作獲時報文學獎；朱天文獲獎的〈伊甸不再〉、〈小畢的故事〉、《荒人手記》主角人物俱出自眷村；朱天心獲聯合報文學獎的中篇小說《未了》，完全就是以眷村生活為主題；張啓疆獲獎之〈眷村〉（散文）、〈消失的球〉、〈老人家〉、〈如廁者〉等，亦屬眷村書寫。

❺仔細爬梳，原來朱天心的名言：「清明節的時候，他們並無墳可上」，在孫瑋芒〈回首故園〉一文裡已依稀可見：「那時的清明節，村人大都無墳可上。紙灰即使化作白蝴蝶，也飛不到故園墳，家裡當頭的男人女人正年輕」，原載於《聯合副刊》，一九七八年二月二一～二二日，後收入《我從眷村來》（台北：希代，一九八六），頁一七一。〈匈牙利之水〉中，「我」回憶幼時和夥伴們打算「在遷村之前挖成功一條通到美國的快速通道」，實與張大春〈遼寧街一一六巷〉的敘述若相彷彿。

❻如本文篇首所引之張大春、朱天文自傳性散文，即關乎個人現實生活經歷，呈現於中的家國情感，亦自可據以與其他創作相參照。又，文學研究基本上是「後設」性的閱讀思考，就創作者本身言，其於寫作之初，或許未必自覺地意識到自己的生活經歷與各時期文本間的因緣流轉；其對家國情感的形塑，也不盡然是刻意為之。但由文學研究的角度比合觀之，則自有其一定意義。

❼本文所論之各家小說風格互異，其對「家國」的想像視景，本各有參差；將其排比於特定主題下予以綜論，絕非無視於其間的殊異性，而是藉由他們的相互映照，以呈示彼此的對話與辯證情形。

❽ Anderson, Benedict. *Imagined Communities : Reflections on the Origin and Spread of Nationalism.* Rev. and Extended ed. London : Verso, 1991, pp.6~7.

❾ 如 Anderson, *Imagined Communities*; Ernest Renan，李紀舍譯，〈何謂國家〉（《中外文學》二十四卷六期）；艾端克・霍布斯邦，李金梅譯，《民族與民族主義》（台北：麥田，一九九七）皆有相關論證。

❿ 有關反共文學中的「家國想像」問題，請參見梅家玲，〈五〇年代國家論述／文藝創作中的「家國想像」——以陳紀瀅反共小說為例的探討〉，收入彭小妍編，《文藝理論與通俗文化：四〇～六〇年代》（台北：中研究院文哲所，一九九九），頁一三九～一六五。

⓫ 「藉由南腔北調，吳儂軟語，喚起了每個省分、三山五嶽、大城小鎮的形貌。這些不協調的對話成為他們回憶故鄉時唯一的回聲。」（張啓疆，〈君自他鄉來〉，收入《消失的□□》，九歌，一九九七），頁一九九。

⓬ 「浙江人汪家小孩總是臭哄哄的糟白魚，廣東人的雅雅和她哥哥們總是粥的酸酵味……張家莫家小孩山東人的臭蒜臭大蔥和各種臭醮醬的味道，孫家的北平媽媽會做各種麵食點心……」（朱天心，〈想我眷村的兄弟們〉，收入《想我眷村的兄弟們》，麥田，一九九二），頁七五。

⓭ 「村口的方場曾是夏日黃昏大人們齊聚說古的地方，……那些變成老人或古人的大人們活在以回憶為地基的時間流砂……」（張啓疆，〈老人家〉，收入《消失的□□》，九歌，一九九七），頁四七。

⓮ 見蘇偉貞，《有緣千里》（台北：洪範，一九八四），頁二一五。

埆如在蘇偉貞《離開同方》中，袁家的新生兒中中，是吃「我媽」的奶水長大的；身為村長的「我媽」並對長年離家的李伯伯保證：「你放心，么么拐高地還沒聽過誰因為落了單死掉的，大家會幫忙照顧兩個小孩。」（台北：聯經，一九九〇），頁五九～一八六。

⓰ 「忽地外頭傳來一連串鐘響，一聲接緊一聲變為一串，我媽……驚叫：『是不是要反攻大陸了？』……除了反攻大陸還有什麼事會這般突然而緊急？」（蘇偉貞，《離開同方》，聯經），頁一六。

⓱ 「這回雖正式是自己的房子了，但她曉得他所以這幾年一直不積極的弄房子，是因為一旦有了自己的房

子，就好像意味真的要在台灣安居落戶下來，不打算回去了。『放心，還是要回去的呀！』她悄聲的說。」（朱天心，《未了》，聯經），頁二五。

⓲《有緣千里》，頁二五二～三。

⓳相關論點請參見張大春，〈曖昧、轇轕的眷村傳奇〉、李有成，〈眷村的童騃時代〉、陳義芝，〈悲憫人，為一個時代作結〉，俱收入《離開同方》。

⓴《離開同方》，頁四〇四。

㉑參見王德威，〈原鄉神話的追逐者〉，《小說中國》（台北：麥田，一九九三），頁二五〇～一。

㉒《想我眷村的兄弟們》，頁七七。

㉓〈遼寧街一一六巷〉。

㉔《消失的□□》，頁六二～一〇〇。

㉕《世紀末的華麗》（台北：遠流，一九九二），頁七六。

㉖參見王德威，〈從《狂人日記》到《荒人手記》〉，收入朱天文，《花憶前身》（台北：麥田，一九九六），頁一六。

㉗本段引文，分見《荒人手記》，頁二〇二、六四、六五、一九九。

㉘有關朱天文的「文字修行」之說，請參見劉叔慧，《華麗的修行》，淡江中文所碩士論文，一九九六。黃錦樹，〈神姬之舞——後四十回？（後）現代啓示錄？〉，收入《花憶前身》，頁二六五～三一二。

㉙見〈匈牙利之水〉所引「晚風」歌詞，《古都》（台北：麥田，一九九七），頁一五〇。

㉚參見梅家玲：〈記憶的追尋之旅——評《古都》〉，《中國時報．開卷版》，一九九七年六月十二日。

㉛引文分見《古都》，頁二三〇、二三二、二三九、一八一。

㉜《四喜憂國》（台北：遠流，一九八八），頁一九。

㉝《世紀末的華麗》，頁一三一。

㉞《消失的□□》，頁一三〇～一三三。

㉟參見張大春，〈引刀逞一快，誰負少年頭——眷村子弟犯罪行為的軍政淵源〉，《異言不合》（台北：皇冠，一九九二），頁一一九～一二四。

㊱見孫瑋芒，《卡門在台灣》（台北：九歌，一九九五），頁四五。

㊲朱天心，《未了》，頁三二一。

㊳如朱天文〈小畢的故事〉、朱天心《未了》、孫瑋芒《卡門在台灣》均有此情節。

㊴張啓疆，〈老人家〉，《消失的□□》，頁四七。

㊵朱天心，《想我眷村的兄弟們》，頁九五。

㊶詳參 Prasenjit Duara, *Rescuing History from the Nation : Question Narratives of Modern China*（Chicago : U of Chicago Press, 1995），第四章。

屖如胡關寶落網時琅琅吟誦「慷慨歌燕市，從容作楚囚，引刀成一快，不負少年頭」，又見《想我眷村的兄弟們》，頁九四。

㊸有關台灣農村經濟變化、農家以土地增值而致富的相關論述，請參見李順興，〈「美麗與窮敗」：七〇年代台灣小說中的農村想像〉，陳義芝編《台灣現代小說史綜論》（台北：聯經，一九九八），頁二七三～二九七。

㊹相關論述請參見吳忻怡、張大春前揭文。

㊺《消失的□□》，頁二〇四。

㊻此一「聖戰神話」的變形演義，唯見於眷村出現的小說家筆下，其欲以之進行政治性批判之意圖，至為明顯。至於非眷村出身之蕭颯的《少年阿辛》（台北：九歌，一九八四），雖然著墨於眷村少年的犯罪行為，但卻無關於任何戰爭想像。兩相對照，亦可見「眷村小說家」於「書寫政治」方面的特色。

㊼「轆轤體」又名「頂針格」，是古典詩歌中頗為習見之格式，其特色在於以前一章的收尾兩字，作為下一章的起始，以期經營出遷延縈迴的美學效果。

㊽以上情節分見《沒人寫信給上校》（台北：聯合文學，一九九四），頁一四五、一六三。

49 以上引文，分見《消失的□□》，頁一九二、一六三、一六四、二二四。

50 薩依德曾指出：「（流亡者）有著雙重視角，從不以孤立的方式來看事情。新國度的一情一景必然引他聯想到舊國度的一情一景，就知識上而言，這意味著一種觀念或經驗總是對照著另一種觀念或經驗，因而使得二者有時以新穎、不可測的方式出現；從這種並置中，得到更好、甚至更普遍的有關如何思考的看法。」引自薩依德，單德興譯，《知識分子論》（台北：麥田，一九九七），頁九七～八。

51 〈以愛欲興亡為己任，置個人死生於度外〉。

52 引自廖咸浩，〈對邱貴芬論文的〉〈評論〉，《中外文學》二十二卷三期，頁一一四。

施懿琳：

認同矛盾掙扎下的雙鄉人

——試析龍瑛宗長篇小說《紅塵》

施懿琳

台灣彰化人，1959 年生，台灣師範大學中文博士，現為成功大學中文系教授。研究方向以台灣古典文學為主，著有《清代台灣詩所反映的漢人社會》、《從沈光文到賴和：台灣古典文學的發展與特色》、《跨語、漂泊、釘根：台灣新文學論集》等書，編有《楊守愚作品選集》等。

一、前言

日治中晚期曾在台灣文壇佔有一席之地的客籍作家龍瑛宗❶（一九一一—一九九九），終戰初期曾寫了〈青天白日旗〉、〈從汕頭來的男子〉等小說，表達了重返祖國的歡喜心情，並發表了多篇評論性質的文章，創作力絲毫不減於戰前。然而，一九四七年之後，龍瑛宗卻沉寂了。一直到一九七六年自合作金庫退休，才又開始在文壇嶄露頭角，接續他過去曾有過的絢爛的文學生命。我們相信在這近三十年的沉默裡，作家的心境並非全然空白，面臨語言文字轉換的困難、面臨本土文學根脈的斷絕，跨越語言一代作家的內心世界以及他們對整個時局的觀察，都可以透過復出文壇後的作品獲得一定程度的掌握和了解；尤其長篇小說，更足以展現作者創作功力與思想理念。本文所探討的《紅塵》便是龍瑛宗戰後第一部日文長篇小說，曾於一九七八年由鍾肇政先生翻譯成中文連載於《民眾日報》。可惜由於當時本土作家仍未獲得應有的重視，因此，此部作品刊載後並未得到熱烈的回響。一直到八〇年代末期，隨著本土意識的抬頭，過去曾經被忽略、湮滅的人、事、物才又逐漸得到人們的重視。九〇年代中葉以後，本土作家的相關研究逐漸蓬勃，重量級作家作品全集的編輯更是如火如荼的展開。龍瑛宗《紅塵》一書，在學界及藝文界有心人士積極籌劃出版其全集之際，及時推出❷，可說是別具意義，它宣示著：全面而且深入研究本土作家的時代已經來臨。

《紅塵》透過龍氏最熟悉的金融界人物的活動，細膩地比較了政權轉移後，中國文化與日本文化在多方面的異同。試圖以不同的人物類型，描摹人的複雜性並勾寫出台灣社會的劇烈變遷。在這部小說中，龍瑛宗如往昔作品一般，不注重情節的曲折安排，而將重心擺在人物的內心獨白和意識流動，藉此提出了他的人生觀、歷史觀以及複雜時代下的心路歷程。以下筆者首先比較終戰前後龍瑛宗作品特色之異同，而後進一步從《紅塵》一書中不同的人物類型，探討其性格特質，用以掌握龍瑛宗隱微的思想取向，並藉此說明，作為雙鄉人的龍瑛宗在「認同」上的矛盾和衝突，以突顯出跨越不同政權的知識份子心靈漂泊無所歸依的悲哀。

二、終戰前後龍瑛宗作品特色之比較

過去談龍瑛宗大多採取日人尾崎秀樹的說法，認為他代表了日治時期台灣作家「由反抗到屈從」的轉變歷程❸。後來，成大教授林瑞明曾寫了〈不為人知的龍瑛宗〉一文強調這種「屈從」其實是透過男性角色的描寫，來表現當時知識份子宿命的無奈；而龍氏真正的抗議性格，反而是透過女性角色來表現，相當曲折地呈現了被殖民者複雜的心情❹。這種說法頗符邏輯，但是，如此詮釋是否符合事實？容有可再討論的空間。然而，不管龍氏是否真正存在著反抗精神，我們都可以看到日治時期的他，的確著重於描寫挫敗的男子，在無法抗爭的命運泥淖中奮力翻轉，終致沒頂的歷程。這種台灣人無法排除的宿命悲劇，是否在戰後重回祖國懷抱後終於獲得消解呢？恐怕未盡如此。

戰後初期的龍瑛宗與日治末期的他有一個極相似之處即：仍不能免於「時局文學」❺的書寫。儘管日治晚期，龍氏一直有意要將日人皇民化運動的影子從作品中淡化，但是在皇民奉公會的催逼下，他仍不得不寫了一些應時之作，如：〈死於南方〉、〈年輕的海洋〉等。而在戰後初期，爲了表白自己支持中國的政治立場，他又於一九四五年發表了〈青天白日旗〉以及〈從汕頭來的男子〉，強調自己現在已是「堂堂正正的中國人民」❻、「台灣歸還祖國懷抱，光復的歌聲充滿全省角落裡」❼。然而，這樣積極的表白並未使龍瑛宗的心靈獲得眞正的安頓。一九四七年的二月事件及其後的白色恐怖，加上日文的禁止使用，使得一向謹愼、內向的龍瑛宗幾近封筆了三十年❽。一九七六年自合作金庫退休，他才又陸續發表了〈半世紀前的往事〉、〈媽祖宮的姑娘們〉、〈夜流〉、〈月黑風高〉，其中最值得矚目的是一九七八年推出的首部長篇小說《紅塵》。在這部作品中，我們可以清楚地看到龍氏作品主題的轉變，他不再純粹只寫生活中的挫敗男子，而將寫作的另一個焦點擺在：一個個志得意滿，懂機巧、善應變的中國人形象之描寫。換句話說，戰後龍瑛宗作品主要指向兩種生命型態：一種是積極的、奮進的、機巧的，對生命充滿掠奪的野心與欲望，個個摩拳擦掌、躍躍欲試；一種則是無力的、消沉的卻又是清廉而踏實的，由於難以擺脫的悲劇宿命，使他逐漸成爲歷史長河所淘汰的過氣人物。諷刺的是，在龍瑛宗的觀念裡，前者多是由於受到中國傳統習性所影響而造成的；而後者則是日本教育下所涵養出來的高級知識份子，因爲不懂得機巧逢迎，所以註定要寂寞以終。姑且不論這樣的刻畫是否符合歷史的眞相，值得吾人細加玩味的是：何以龍瑛宗會有這樣的思想取向？筆者將於分析完作品中的人物類型及其性格特質之後，在第四小節繼續討論這個問題。

三、《紅塵》中的人物類型及其性格特質

《紅塵》一書主要描寫四個人物：曾任日治時期台灣郡守，戰後卻屈居人下的林駿；懂得逢迎拍馬、唯利是圖的王秀山；原本工友出身，戰後節節躍升終致以自己愛妾的貞操換取銀行貸款的劉三奇；以及始終保持旁觀立場，以較客觀角度觀察所有事情來龍去脈的黃廷輝。因此，若要以「人物類型」來論，主要可分爲兩類：第一類是時代遽變下，身份、地位大幅滑落，遂由備極榮寵的社會精英淪爲衆人淡忘的過氣人物，在此書中，可以「林駿」作代表；而另一種則爲機會主義者，他們懂得掌握時機，只要有利可圖，大可不擇手段，全力以赴，如書中的「王秀山」、「劉三奇」即屬之。至於作爲旁觀者的黃廷輝，則可視爲作者的化身，雖被安排在四個重要的角色中，卻不見強烈的性格特質。與其說他參與了整個故事情節的推展，倒不如說他主要是作爲一個旋乾轉坤大時代的「見證者」來得恰當。龍瑛宗常常透過黃廷輝之口，追述了台灣過去的歷史，彷彿一位古蹟文物的導覽者，在閱讀故事的同時，我們也稍稍了解了有關台灣島及台北城的滄桑史。

政權轉移是這部小說一個重要的分界點，日治時期台灣人所受的限制極多，即使再優秀，充其量不過像改名爲牧野駿介的林駿般，擔任台灣郡守，這在當時已是台灣人最大的光榮了。至於一般的平民百姓呢？比較老實的，大概是一輩子翻不了身，只能從事低下的勞動工作；而懂得伺機而動，取巧投機者，則往往藉著對長官的逢迎拍馬，謀得比較理想的職務。然而，不管如何，台灣人在日本殖民統治下所受的皆是極不平等的待遇。日本戰敗後，隨著台灣的光復，許多人事都產生了急遽的變化。原本在會社擔任工友的劉三奇，開始有機會到洋菇工廠擔任職員，甚至有機

會轉業，到台北從事塑膠製造業的投資；而一向機巧的王秀山則將過去種種全然拋棄，重新建立新的人際網絡，繼續在轉型後的社會獲得一定的利益。人生的境遇從雲端遽然墜落至谷底的則非林駿莫屬了，龍瑛宗在作品中並未把日治時期的林駿描述成耀武揚威的「三腳仔」，他努力讀書，謀得高官，目的是爲了在日本人統治下爭一口氣，而非如傳統觀念中的爲了「升官發財」，可是隨著局勢的改變，他逐漸憂鬱起來了：

> 雖身爲台灣人最高的官員，但也可能因戰爭的形勢被摘去烏紗帽。那時，牧野駿介這個姓名也得還給日本。這就是說，牧野駿介這位高等官是被縛在日本這個車輛上，兩者休戚相關的。因此，日本顯露敗象之後，牧野駿介雖然受到那一抹陰霾的威脅，卻不敢形之於口。（頁三三）❾

日本戰敗後，「牧野駿介的憂愁隨著廣島、長崎的大屠殺，帝國的步伐忽而踉蹌起來，而越發的濃重起來。」（頁三四）當林駿要拋棄帶給他無限光彩與尊嚴的日本名字時，他感到一種難言的「愛惜與悔恨交織在一起的複雜感受」（頁三四）。從此，林駿也和平常人一樣，而不再有優越感和尊貴的社會地位了，加上土地改革的施行，使他原本擁有的權勢和財富皆悉喪失，成了無業的「游民」。若非早先東京帝大學長的拉拔，使他有機會入銀行界服務，林駿可能再也無法在社會中佔有一席之地。原本路上相逢時對他卑躬屈膝的民眾，在戰後竟對他視若無睹；甚至銀行中的職員也因爲他已然過氣，而淡漠地不甚理睬他。過去所專長的法學，在銀行界無用武之地；過去稔熟的日文，也成了重新學習北京話的障礙。往日的輝耀與風光隨著日本的戰敗全部失落了，甚至

連妻女也都不再尊重他的意見了……故事最後，滿腹愁鬱的林駿在一個上班的早晨突然中風了，雖然終究由昏迷轉醒，但是歪了的嘴、發不出聲的嗓子、不聽使喚的四肢，「肉體的一部分突然死了」，那麼他的精神生命呢？更是殘疾而無所依託了。

與林駿相對的另一個重要人物是：善變、懂機巧的王秀山，他在日治時期爲了「配給方面有利可圖」，便率先響應改姓名運動，並全力地支持大東亞戰爭。至於戰爭所帶來的殺戮和台灣青年的死亡，則與他並不相關。靠著對日本人的拍馬，他終於從街庄役場的小職員晉升爲助役，但是，台灣人並不尊敬他，背地裡譏之爲「日本走狗」。然而重視實際利益的他，對這點倒是絲毫不以爲意。日本戰敗後，王秀山馬上把他與鹿兒島藩主同姓的日本名字「島津忠光」一股腦兒拋棄。改回中國姓名的他爲了適應新環境，開始積極上北京語講習班，爲了使國語進步，他還努力閱讀了《三國志》、《金瓶梅》、《揚州十日》、《官場現形記》……《揚州十日》使他省悟了只要給大錢就可以保命的道理。對他影響最大的則爲《官場現形記》，在其中他看到中國官場的重重內幕，熟習打通關節、拍馬、賄賂的種種伎倆，這對他日後在銀行界的竄紅相當有助益。因爲得到董事長青睞，終於當上分行經理的王秀山，繼續接受各種需要銀行利益的人士的討好逢迎；他從不曾忘記如何藉機向自己的屬下以及從他那裡獲益的人身上揩油、取得一定的回饋。甚至慫恿自己的媳婦在其父猝逝後力爭遺產，差點逼使媳婦因想不開而投河自盡。在小說裡，我們看不到王秀山一點點良善的人性。他是變色龍、牆頭草，自私而惟利是圖：「如何增加財富，如何享受女色，才是人生的要義。天下國家的事，讓那些蒼白的知識份子去擔心好了。」（頁一一八），而這樣的人物卻在他所營造的生活空間裡，呼風喚雨，享盡榮華富貴。

人生境遇與王秀山較相近的是劉三奇。他原是日本會社中的一位工友，本以為永遠必須屈居於低層社會不得抬頭。孰料戰後，乾坤產生了大逆轉，他終於有機會翻身了：在物價飛漲的時刻，他私販日本軍方藥材，而後將所得的錢用來囤積貨物，趁機會發了一筆光復財；然後應朋友之邀，到洋菇公司擔任職員，接著很快地升為課長，在公司上班的機會，他又學會了如何逃稅、造假帳，如何與銀行界人士建立良好關係。亂世確是沒沒無聞者出人頭地的機會，懂得掌握時機的劉三奇後來北上，與朋友合開塑膠製造廠。藉著攀附王秀山的機會，以財（貸款的百分之十）以色（犧牲自己愛妾的貞操）投其所好，設法向銀行貸了大筆的資金，再用這筆金額向日本購買新的機械，企圖投入更大型的商業活動。故事同樣給劉三奇以圓滿的結局，當一切事情都如計劃中的順利進行後，劉三奇帶著愛妾和她的養母到財星大飯店打牙祭，享有最豪華的宮殿式建築，吃著該飯店最拿手的名菜，使用象牙筷子、銀色器皿，飯後又到摘星樓享受甜點……一切一切都如此圓滿順利，我們不禁要問，作者究竟透過這篇小說試圖表達什麼？

雖然龍瑛宗看似不曾在作品裡加上個人太多主觀的價值判斷，但是，我們仍可以感覺得到隱藏在字裡行間的暗示，基本上作者對投機唯利的角色是不予以認同的。既然如此，何以故事的情節要如此安排？善良正直的人卻有不幸的遭遇，而貪財好利的人卻成了最大的贏家？這其中難道沒有正義和公理嗎？筆者認為，龍瑛宗並不刻意在作品中營造一個善惡有報的理想國境，而將其實人生的不公和無奈，以冷靜而客觀之筆如實地攤在讀者眼前；假如有憤恨、有不平，就讓讀者自己擔負起評斷的角色吧！

四、雙重認同的矛盾和掙扎

然而，龍瑛宗事實上並非眞的完全只是客觀呈現事實，他仍有相當隱微的心情和價値判斷埋藏在其中，那就是他作爲一位「雙鄉者」無法抹卻的認同矛盾。稍微細心的讀者可能會發現，《紅塵》一書不只指出在紅塵浮沉的眾生相，它更指出那些懂得攀援的人乃是深受中國民族性影響之故，比如：生活步調的散漫、衛生條件的落後、公務機構層層關卡的百般刁難、手續的繁瑣、會議的繁多，以及善逢迎、懂揩油的官場哲學，司法黃牛與金融黃牛的大行其道，以及民眾的好面子、唯利是圖、攀親引戚……無一不是數千年來中國「醬缸文化」的遺毒。反之，受日本文化長期浸潤熏陶的林駿卻是正直清廉而孤介的。他以台灣學生身份與日本學生同樣參加入學考試，終於考上東京帝國大學——這對殖民地的人們而言，無疑是尊嚴的象徵。年輕的林駿不顧一切地用功，爲的不是升官發財而是「爲了與日本同學一爭雄長而燃燒了他的青春熱情。」（頁五一），在東大學長拉拔下，他終於當上了銀行經理，但是同樣是兒女嫁娶，同爲經理的王秀山發了八百張帖子，在大餐廳席開七百桌，極盡排場之能事；而林駿呢？相較之下，就顯得簡樸許多。他只邀請了眞正有交情的朋友，在自己家排上十二人座的圓桌，從餐廳差來的廚師則在後院安裝了臨時的火灶，極爲清儉樸實。作者透過書中人物黃廷輝的話，強調了林駿清廉不貪取的性格：「我與林駿相識，也是前世的因緣吧。認識了他，確實是獲益不少，因爲他讀書多，交談時總會從他身上學到些東西。他還清廉，在現今社會這是罕見的」（頁二一九二）。甚至連自私的王秀山也對林駿的不懂得藉機揩油感到惋惜：

光復後，「升官發財」這個詞在台灣有流行起來了。光復前台灣人作官的寥寥無幾，就是做了也都是芝麻小官，根本無從撈起……可是牧野駿介是高等官，堪稱一城之主，如果想撈，大概不會沒有辦法的。駿兄啊！你受到日本人想法的影響，讓升官發財的機會失之交臂，多麼可惜啊！（頁二八九）

另外一位代表日本文化的是騎兵田，他曾在蒙古戰場被俘擄，爲了保全性命，他隱藏了自己的國籍而假扮爲中國人，但在本質上他仍與中國人有著極大的差異。龍瑛宗在書中透過黃廷輝與劉三奇的對話時指出了這一點：

「……日本的商社幹得那麼好，都是因爲工作人員肯爲公司賣力。這一點，我們的人員就好像不那麼忠誠啦。」（黃）

「您知道巨川鐵工廠吧？在台灣南部是首屈一指，財力雄厚，銀行團也支持，卻不料突然垮了。他們公司幹部差不多都是自己人。事後檢討，經營是散漫的，公司財產被中飽。傳聞裡有人肥了自己。」（劉）

「血是比水濃，不過如果你用田兄，我想你一定可以放心的。」（黃）

「奇怪，我覺得與田兄一起幹，就有一種不會被欺騙的安全感。」（劉，頁二〇九）

當然，龍瑛宗對日本人並非一面倒的都是持肯定的態度，對日本殖民統治的不公平他還是提出了許多批判。比如殖民時期教育制度的不平等、日本警察的兇惡殘暴、戰爭期時田租的昂貴、皇民奉公會的強制改造台灣文化，乃至批評了日本嗜酒、好色的民族性……然而，無可否認的，一九一一年出生的龍瑛宗，生下來即是日人統治時期，他無法擺脫童稚以來統治者所灌輸的思維方式與價值觀。如他所憶述的：

我自幼吸吮著日本文化的母汁長大，六十餘年前，以不了解日語的台灣學生，接受日本老師教授《萬葉集》的抒情歌。然後傾囊買過期的兒童雜誌《赤鳥》。不可思議的是，現在已是七十歲的我。總會很自然地懷想當時的情景。⑩

一九四五年，隨著日本人的戰敗，台灣人又面臨另外一次身份認同的問題。我們可以透過小說中黃廷輝的心情描述，概略地了解龍瑛宗的心情轉折：

黃廷輝記憶的鐘擺，擺過來擺過去總會碰上日本。這是沒辦法的，户籍上黃廷輝的前半生是「日本人」。誕生時，姓名是黃廷輝，但是長大後，漸漸有了自慚形穢的感覺，知道了同為日本人卻受著差別的待遇。時局越來越險惡，皇民奉公會方面開始大力提倡改姓名……於是黃廷輝變成吉川輝夫，形式上是不折不扣的日本人了。可是，「神州不滅」的日本一敗塗地了。從黃廷輝而吉川輝夫的，於是又打了一個轉，再從吉川輝夫回到黃廷輝。這也是殖民地的人的宿命吧！（頁七）

回到祖國是令人欣喜的，我們從龍瑛宗一九四五年的作品可以了解他的心情。但是，繼之而來的省籍矛盾及衝突，乃至日文的禁止、思想的箝制，使得龍瑛宗不得不成爲「瘖啞的一代」。他曾藉書中人物之口說出了這種語文急速轉換下的無奈：

> 林駿遠記得，光復第二年當局就公佈了日文圖書雜誌取締規則，從此日文的使用受到限制，以致到了目前日文的圖書與雜誌依舊不能自由地讀到。（頁二七三）

圖書雜誌是再也無法閱讀到日文的作品了，那麼一般的大眾傳播媒體呢？則是美國影片充斥，從來沒有日語播出，令老輩懷念的日本歌再也聽不到了。這對日治時期出生的人而言，無疑是一種鄉情的被切割。彷佛失憶人般，過去的日子逐漸要褪成一片空白……他們可以毫無障礙地再往新的生涯邁進嗎？

《紅塵》一書裡，龍瑛宗曾經以日本騎兵田爲例，來說明文化故鄉被割離的沉痛。在人前他刻意隱藏自己的眞實國籍，但來到台灣之後，「看到日本話涓涓細流，於是他的日本話就如魚得水地或東或西泅泳起來。」（頁二一八）。

作爲一個被殖民的知識份子，無可避免的命運是：統治者的語言與文化皆鑲入他的記憶深處，只有在這深層的記憶大海裡，他的心靈才足以自由地翱翔。但是，在政權更替後，隨著政治、社會、文化的轉移，有意在文壇立足的作家，必須快速地轉換語言，才可能在新的文學生態中存活下來。然而，對於已步入中年的創作者而言，重新學習中文，而且要純熟到足以用來書寫文學作品的程度，這其間實在有許多難言的辛苦和尷尬。我們在書中看到林駿的困惑，這其實也是龍瑛宗本身極難跨越的一道鴻溝。

至於在心理的調適方面，回歸母國之後，龍瑛宗和許多知識份子一樣都發現「血緣的故鄉」在科技文明上原來遠不如殖民國日本。因此，一九四六年的報紙評論裡，我們看到了龍瑛宗苦口婆心地呼籲中國的改革：

台灣人在日本的強制下學習日本文字、說日本話，但是和台灣人被奴化是不同的。日本人並不愛台灣，實行差別待遇……中國由於清朝政治的腐敗而成爲落伍的國家，日本則採取近代科學而使國家興盛。在現代文化上，日本較中國進步是不容否認的。（《中華日報》，一九四六年九月十九日）

中國是文化落伍的國家（更遑論政治、社會、經濟等方面），這是任何人都承認的，而科學文化較各國遲緩也是事實。如果中國文化延誤了，我們就必須傾全力於中國文化的向上發展，所以必須虛心坦懷地攝取外國文化。（《中華日報》，一九四六年十月二三日）

可惜這樣的呼籲並未造成實質的效果，一九四七年二月的歷史慘劇發生後，溫和、內斂的龍瑛宗一步一步地往後退，終至退回他用以維持生計的金融事業中。不復在報章雜誌發表作品，消失聲息的龍瑛宗在台灣文壇似乎逐漸被淡忘了……然而，徬徨在兩個故鄉的邊緣人，心中的傷口卻不因時間的流逝而癒合。三十年後，當龍瑛宗以無比的毅力再度出發，寫出了第一篇長篇小說《紅塵》時，透過故事情節的鋪展，我們終於讀到了老作家內心深處，長年隱抑的創傷。

五、結語

歷史悲劇下的失憶人，只能一步一躊躇，往不可知的未來走去。自幼熟悉且滋養自己文化生命的故鄉已然遠離；而血緣和民族所繫，那曾日夜企慕的故鄉已逼臨眼前。然而，預期的光明和希望似乎皆落空了，彷彿一切都錯置了方向。雙鄉人的悲哀，莫過於此。

一九四六年大聲疾呼以近代文明拯救中國的龍瑛宗，在三十年後卻已冷卻了他的熱情。一九七八年刊行的《紅塵》，以冷峻之筆，將台灣社會在七〇年代拜金、投機、唯利的種種亂相浮雕出來。那是墮落了的台灣，龍瑛宗於是熄了他眸中熊燃的火焰，以帶血之眼，冷冷地凝視這紅塵中棲遑汲營的眾生升沉起伏圖。

——原刊於一九九五年七期《中國現代文學理論》，選自《跨語、漂泊、釘根：台灣新文學論集》

註釋

❶ 龍瑛宗本名劉榮宗，一九三七年以〈植有木瓜樹的小鎮〉得到日本《改造》雜誌第九屆懸賞小說佳作獎，從此成為台灣文壇備受矚目的新秀。其後，他陸續發表了〈黃昏月〉、〈午前的懸崖〉、〈不為人知的幸福〉、〈蓮霧的庭院〉等作品，以陰鬱而婉柔的風格著稱。

❷ 一九九七年五月，清大教授陳萬益、成大教授林瑞明，偕同作家鍾鐵民，前往訪問八十七高齡的龍瑛宗及其哲嗣劉知甫，商討出版全集事宜，目前龍全集已進入第三年期的編輯工作。

❸ 參考尾崎秀樹《舊殖民地文學之研究》，東京：勁草書局，一九七一年。

❹ 參考林瑞明〈不為人知的龍瑛宗〉，發表於中國現代文學國際研討會，南港：中研院文哲所，一九九五

年。

❺參考羅成純《龍瑛宗研究》第三章〈時局的旋渦中〉，收在《龍瑛宗集》，台北：前衛出版社，一九九一年二月。

❻參考龍瑛宗〈青天白日旗〉，收在《龍瑛宗集》，同註五，一七五頁。

❼參考龍瑛宗〈從汕頭來的男子〉，收在《龍瑛宗集》，同註五，一八二頁。

❽參考龍瑛宗編〈龍瑛宗生平寫作年表〉，收在《龍瑛宗集》，同註五，三三一至三三七頁。

❾本文凡〈紅塵〉之引文，皆出自台北：遠景出版社，一九九七年六月發行的版本，往下只在正文標註頁數，不再加以說明。

❿轉引自朱家慧〈兩個紅大陽下的台灣作家—龍瑛宗與呂赫若研究〉，成大史研所碩士論文，一九九六年六月，一九頁。

是決定了批評，而且即便是未被察覺，它也絕不會少於此；所謂『批評家心中能不存理論』這種情形，是不切實際的。」❽台灣詩壇的確存在不少像藍森所說的這種「好的小批評家」；然而，如果我們有心要擺脫貧瘠的現代詩學或新詩學的境地，要使我們的新詩研究更上一層樓，朝嚴謹的詩學體系之建立邁進的話，那麼實在不應將理論視爲洪水猛獸，不必自願成爲「理論的文盲」。

誠然，反對理論的反智心態固不宜，反過來過度擁抱、死守、崇拜理論也未必可取，如前所說，過於強調、相信理論，難免會有形成「假相集中」的危險，儘管詩評家或詩論家像傳教士一樣，鼓吹他們的文學信念與批評方法，不遺餘力，然而，詩評本身並沒有一個統一的標準或模式，如果非「從一而終」不可，便很容易犯上蔡源煌所說「文學綁票」之罪名了。什麼是「文學綁票」呢？就是以個人主觀的意識形態或批評模式，去誘拐、綁架一項「作品」。爲了遷就自己的意識形態或批評模式，批評家往往把作品揪來印證自己的理論，結果批評家說的不是作品，而是自己的理論❾。關於這點，游喚在前文中亦曾指出，「文學綁票」不啻就是理論的套用。所謂「理論的套用」指的是詩評家援引某種文學理論去詮釋或分析詩作，而理論檢證詩作的同時，亦檢證了理論自身，換言之，理論是拿詩作來套在自己的框框之內。

然而，詩壇如果想要建立嚴謹的詩學體系的話，引介並運用文學理論所產生的這種後遺症，原本就無法避免，甚至我們還要進一步說，詩壇正需要有這種理論的套用，新詩的研究才能更上一層樓。不過在這裡有一點必須澄清，如上所述，詩評本身並沒有一個統一的標準或模式，更具體地說，詩評所援引的理論和詩作之間，並沒有一對一的絕對關係，同樣一首詩，你可以從新批評的角度切入，也可以自馬克思主義、女性主義或現象學的觀點下手，假如你能將這些理論套用成功並且能自圓其說的話；畢竟詩作一經完成，它就是「在世客觀的存在」，每個人都可以從不同的立場來讀這首詩——只要他能讀通。某種理論（如解構學）能爲一首詩貼上該種理論的標籤，並不否定這首詩原先被貼上的標籤就不能撕下而代換其他標籤，這裡不存在「永久黏接劑」這種東西。

爲什麼理論的套用可以增進詩學的研究？理由至少有如下兩點：

㈠詮釋或分析詩作如未有理論做依據，很容易流於各說各話，各是其是，各非其非，變成唯心的判斷，缺乏一個共同討論的準據，「我手寫我口」，感情用事或意識形態作崇便不在話下；而若有理論做檢證的基礎，多少有「行規」可循，至少符不符合理論還有個爭辯的餘地。

㈡每一種理論代表一種視野或評判標準，往往一首詩經過不同理論角度的詮釋，會展現出多姿的面貌出來，也會得出差別極大的評價（例如試用寫實主義、女性主義或後現代主義的觀點來解析夏宇的《備忘錄》與《腹語術》，相信會得出不同的結論），從這點來看，台灣詩壇不僅要研究、建立自己的文學理論，而且要多多益善。理論和理論的累積，將使新詩的研究，特別是詩評，更趨於精細與嚴謹，同時亦避免單一理論的宰制與獨斷。

總之，套用一種理論即代表一種觀點的應用，也就是一項詩學研究的成果，而沒有理論可套用，則說明的是「新詩研究的情形只在原地打轉」。

以此觀點來看台灣詩壇詩學的研究情形，可以發現關於文學理論的引介、研究、運用及爭論極端不足，而與此相關的現象是，詩壇只能從其他領域（如小說界）所研究出的理論成果借光，並且有志於詩學研究者，人數始終寥寥無幾，也因此像筆者在編選《當代台灣文學評論大系·新詩卷》一書時，遭遇的困難度並不大。除了詩學研究人數之缺乏之外，另外兩個值得重視的問題也大大地影響了詩學研究的開展。一是詩壇始終缺乏一份長期性的詩學研究刊物；一是批評學派的宗師一直並未出現。具有領導地位的學派宗師，能引領批評理論與方法的開展。蔡源煌底下這段話頗能讓我們深思：

> 拿美國來說，一個批評學派的成形多半有賴一份屬於自己的雜誌來推波助瀾。例如，新批評有 *Southern Review* 及 *Kenyon Review*；社會主義批評家及紐約知識份子則有 Partisan Review；心理學家及神話批評有 *Literature and Psychology* 及 *Hartford Studies in Literature* 等；較近的批評學派如結構主義派現象學派則分別有 *Yale French Studies, Substance* 及 *Diacritics* 等雜誌、期刊來提供發表的園地。
>
> 平心而論，除了有這些機關報來助長聲勢之外，一個學派的宗師是否具有影響力乃是最重要的因素。例如說，歐立德（即艾略特）、傅萊都是頗具影響力的批評家。新批評所以能風行三十年，這一層因素是絕不可以忽略的；新批評的時代，甚至大可稱爲歐立德時代[10]。

先言第一個問題。一九四九年以後台灣的「詩刊史」雖然很長，這當中並未出現一份純以評論或詩學研究做標榜的「詩刊」，評論家李瑞騰所主編的《文訊》期刊，雖曾舉辦過兩屆「現代詩學研討會」，並出版專刊，但也僅止於二期（後由彰師大接辦）；蕭蕭、向明、渡也等人於一九九二年十二月合辦的《台灣詩學季刊》，詩論評雖占該刊極爲重要的部分，仍刊有大量的詩作，亦非純粹的詩學刊物，惜乎其以「詩學」爲標榜。至於一般的詩評、詩論「寄生」於詩刊的情形則很普遍，所有的詩刊皆以刊登創作爲主，而所謂詩評、詩論（包括新詩史料）在詩刊中一向只是聊備一格而已，花瓶的性質居多。一九八八年元月曾有幾位詩人及評論家（羅青、王添源、林燿德、李瑞騰、黃智溶、蕭蕭、白靈、孟樊……）發起組織一個以詩學研究爲主旨的「台灣現代詩學研究會」（訂出的發展方向包括：現代詩理論的拓展、現代詩批評的提倡、現代詩翻譯的檢討、現代詩史料的整理、提高現代詩的研究地位……等等）⓫，當然出版一份專屬的詩學研究刊物是該組織的最主要目的，結果這項行動只是曇花一現，胎死腹中，令人惋惜。

由於純詩學刊物的未能創辦，影響所及，原本可集結（或依附）在詩學刊物之下的「批評學派」——也就是詮釋團體，便遲遲未能出現。這裡所說的「詮釋團體」，是指由具有共同解讀策略（包括理論、方法，甚至是意識形態）的一群評論家（及具有評論實力的詩人）所組成的團體，詩壇上自然不乏有意氣相投、理念接近的詩人或評論家，也有在論戰的砲火中相互支援者，但嚴格說來，並不存在眞正的詮釋團體，這又和相互唱和者多半缺乏嚴謹的理論素養有關，蓋缺乏理論素養，彼此之間便無法找到共同接受的「理論公分母」（沒有理論，哪來「理論公分母」？），而缺乏一致接受或認同的「理論公分母」，則何來詮釋團體？何來批評學派？詩人之間所存在的類似詩觀與意識形態，尚不足以共同構成界限清楚的詮釋團體。

另一個原因則和蔡源煌指出的現象有關，那就是我們的「批評家很少引述其他批評家的話，甚至連名字都避免提及。原則上，非不得已，絕不提其他批評家的看法；果眞不得已而提及，其情況，可想而知的，不外乎兩類：⑴挑舉不同學派的批評家之意見而加以撻伐；⑵列舉同派的批評家的意見，加以發揚光大。」⓬這裡須附帶說明的是，「同行相忌」的情形，在小說界較常見，但類此情形詩壇上亦可見到。另外，蔡氏所說的「同派」與「不同派」批評家，在筆者看來不能做「同一批評學派」與「不同一批評學派」解，理由如上所述，嚴格定義之下的批評學派（不只是少數三、四個人而已）在詩壇中尙不存在，所謂「派」只能指謂「批評家個人所宗之理論或所持之理念殆爲接近者（或源出同系）」而言。

再言上述第二個問題，也就是詩壇上缺乏所謂「宗師」或「大師」（指評論家）的問題。要有宗師，至少須有二項條件，首先，該位詩評家或詩論家本人就應具有成爲宗師的「實力」，這不外乎廣博的知識、豐厚的理論素養、敏銳的洞察力、優異的解析能力……以至於懾人及魅人的「大師風範」等等條件；其次，要成爲宗師，自需有一群扈從者，否則無法烘托出宗師的地位，然而誠如蔡源煌上面那一段所說，批評家彼此之間「相輕」或「相忌」的情形極爲嚴重，在「誰都不服誰」的情形下，哪裡找得到具有一群扈從者、景仰者的批評家？具有「宗師實力」的批評家或可找得出來，但在詩壇上則未見有眾多擁護者的評論家。

詩壇上年輕一輩的評論家如簡政珍、渡也（陳啓佑）、李瑞騰、游喚、孟樊、林燿德（已過世）……等人，雖具備或多或少的「評論實力」，無論如何，均尙未成氣候，不僅各人具備的理論素養及批評方法有所不同，彼此之間且未形成明顯的奧援，更何況沒有人背後擁有一批扈從者，也從未聞前輩評論家對其肯定或讚賞之辭，進而反過來擁護他們的批評理論或批評方法。中生代評論家像張漢良、羅青、蕭蕭……諸人，儘管各自有一定的評論水準與成績——特別是張漢良，以引介並運用西洋文學理論與批評方法於新詩者而言，他可說是詩壇第一人——仍未開山立祖，擁有眾多的景從者，而成一聲勢浩大的門派。至於前輩評論家，諸如林亨泰、余光中、白萩、瘂弦、桓夫、楊牧……雖然各人或多或少在言論上繳出等級不同的成績單，但誠如大陸學者對楊牧的評論之語所說：

> 楊牧這一類的批評家，本無意借批評推銷一種方法，樹立一個山頭，也無心打出一個旗號，構築一個理論體系。他的批評在哲學與美學上的深度不足之缺陷顯而易見，這使他無法登高一呼，應者雲集；也無法從容細緻地在理論上層層推廣，以巨製宏文成一代宗師開一代風氣。而其好處在於能使創作性的文心在批評中不拘一格的流瀉，或許正如古人所說，無法之法乃為至法。對於楊牧，批評或欣賞與其說是學術，毋寧看作是一個以詩為生命的人對自身創作的另一種反省和探索的記錄、動力和目標，出發點與歸宿均在於修正和豐富他文學創作的經驗。他的批評的創作個性大於學術個性，感受優於思辨正是不待言而知了⓭。

上面這段話雖是主要針對楊牧個人而發，大體上卻也可為上述這些前輩評論家做個總評（文中開頭有謂「楊牧這一類的批評家」）。

值得一提的前輩評論家倒有四位：洛夫、羅門、顏元叔和葉維廉，前二者可視為非學院派，後兩人則為學院派人士。洛夫以倡導超現實主義理論而獨步詩壇（但晚期的詩學觀有不同程度的修正與轉變〉；羅門獨特的詩美學論點「第三自然觀」與「都市詩說」則嘗試建立一龐大且完整自足的詩學體系，亦令人側目；顏元叔乃新批評的發難者，從理論的建設與實際的應用雙管齊下，是「少數具有創構理論雄心的批評家之一」⓮，詩壇上新批評評論手法的廣被使用，與顏氏的大力倡導不無關係，惜顏氏不以詩論和詩評見長，和詩壇的淵源亦不深；葉維廉對中國傳統美學在詩中的呈現及與西洋現代詩融匯的問題所下功夫甚深，成績亦有目共睹，他的立論結構嚴謹，引證翔實，自成體系，相當宏遠，是典型的學院派評論家，不過他的評論種類較爲駁雜，不限於新詩一隅，也因而減低了他在新詩評論上的影響力。這四位評論家雖然有其理論上的建樹，自成體系，成績亦可觀，然而始終也未能「開宗立派」，成爲一代宗師，事實上他們的論點也遭受不少質疑與抨擊，眞正附從者相當有限。

三、詩評史分期與台灣詩評論方法

大體而言，台灣新詩批評史的發展可劃分爲兩個階段，這兩個階段的分水嶺約在一九七〇年代末至一九八〇年代初之間。前期的發展，如上所述，主要是以印象式批評和新批評爲主軸，這期間又可約略分爲兩期，在一九六〇年代末期新批評尚未被顏元叔諸人大力提倡之前，亦即新詩在台發展的初期，印象式批評爲「詩人評論家」的最愛，如張默對林亨泰頗爲膾炙人口的那首〈風景其二〉的詮釋，曰：「這首詩訴諸於讀者的直接的印象是如何新銳、如何高超，尤其是前後句之『反覆』與『重疊』，頓使全篇意趣盎然。」即爲典型的印象式批評⓯，較諸後來江萌氏對林亨泰同一首詩的詮釋手法，可謂完全不同。事實上，印象式批評是一種主體性的批評，與一九八〇年代初興的現象學批評，在光譜分析上的排列，是靠在近旁的孿生兄弟，差別的是後者走的是意識取向的批評理路，並有完整且自成一格的理論體系爲依據。印象式批評的主張，可以法朗士（A. France）的一句名言做代表：「批評，是靈魂在傑作中的探險。」早期張默的評論集《現代詩的投影》一書堪稱此類批評的佳例。

早期的印象式批評其實混有西洋現代主義的文學概念，評論者常援引它們做爲評詩的依據，其中一些新批評的術語已呼之欲出了，如上所舉張默的《現代詩的投影》一書，即常引艾略特（T. S. Eliot）、瑞恰茲（I. A. Richards）、龐德（Ezra Pound）等新批評派健將的觀點立論，一些新批評的術語（如 texture）亦可見之。當中影響較深遠者厥爲存在主義與超現實主義。不過，要等到一九六○年代末顏元叔等人的大力倡導，新批評的批評手法才大爲流行，例如張力、意象、反諷、明喻、暗喻、字質（或肌理）、歧義、語境……等術語，在新詩的批評中已經耳熟能詳，演變至今，甚且成爲詩評的最基本共同「認識」，一首詩除非是完全用外在研究的態度來解讀（如宋冬陽〈台灣詩的一個疑點——試論劉克襄的詩〉一文，即完全用外在角度來詮釋劉克襄的詩，文中連一點新批評的殘渣也未見），否則難免不涉及新批評的一些用語。

第二個階段的發展，時間約在一九七○年代末，按游喚的分析，分水嶺是張漢良和蕭蕭合編的《現代詩導讀》（一九七九年十一月）一書的出版，蓋張漢良在該書的序文裡首先揭示法國托鐸洛夫（T. Todorov）的閱讀理論，認爲此文可看做是當時批評意識的覺醒，「也是台灣現代詩批評自顏元叔『新批評』以後的分水嶺」，而新手法、新策略的百家雜陳現象，要等到跨過一九九○年代之後，才能比較明顯地看得出來[16]，以筆者所編的《當代台灣文學評論大系·新詩卷》（正中版）

一書所選輯的論文為例，書中除了少數幾篇外，多在一九八〇年代以後發表，即可見一斑。新的批評理論與方法的湧現，有其「批評焦慮」的心理背景，游氏即指出：「約略檢視以美國為主的新批評，既然在一九七〇年代初期由顏元叔引介到台灣現代詩批評，形成批評的強勢主導之後，一股反新批評，擴充批評手法的新聲，是否也能像美國一樣產生『新批評』之後的其他批評，便是做為一九七〇年代末期，跨越一九八〇年代之初的批評家們所焦慮的問題。」⓱

術語的使用情形，最能反映批評方法的轉變，評論家吳潛誠即認為：「大約就在一九八五年以後，曾經風行一時的新批評和傳統批評詞彙，諸如細讀、本身俱足、內在價值、字質、有機結構、（和諧）統一、張力、歧義、曖昧、反諷、美感距離等等，漸漸銷聲匿跡；代之而起的另一批批評術語是：書寫、文本、言談／論述（discourse）、意符、意指、示意作用（signification）、解構、解讀、解碼、顛覆、去中心、間罅、漏洞、盲點／不見、不確（indeterminacy）、互動、辯證、二元對立、對話、詮釋循環、期望視域（horizons of expectation）、文本互涉／秘響旁通（intertextuality）、眾聲喧譁等等。」⓲吳氏上面這段話指的雖是整個文學批評界的情形，事實上亦涵括了詩評，一九八〇年代中期以後，類如上述吳氏所指出的那些術語，已大量地湧現在詩壇中，其中最明顯的就是「文本」（text）一詞的廣被使用。文本一詞雖也是新批評的術語之一，但在一九八〇年代以前，一來少被使用，二來即使用之，其意義亦不同於後來者，後來的「文本」一詞已經附上後結構主義的色彩，羅蘭・巴特（Roland Barthes）的〈從作品到文本〉（From Work to Text）一文中所揭櫫的關於文本的新觀念，一九八〇年代中葉以後，已陸續滲入詩評家的語彙中，並用為解詩的利器。從詩（詩作、作品）到文本稱詞的演變，本身已標示出兩個不同的批評史的階段。

檢視這兩個階段新詩批評理論與方法的發展，可以發現大體上新的批評手法的登場，多在一九八〇年代以後，如本文剛開頭所說，這幾十年來詩論評所繳出的成績單，確是不如人意，特別是在早期，批評手法幾乎清一色集中在印象式批評和新批評上——當然，這兩種批評手法在後期仍未衰弱，事實上也未被其他任何一種批評手法給取代（這一點是我們要特別注意的地方），如果不注意及此，則定會感到奇怪：爲什麼現在很多人解析詩作（如《台灣新世代詩人大系》書中，編者對詩作的分析），用的還是新批評的手法？從這裡亦可顯示新批評在詩壇上影響力之強大，的確令人側目。詩論評的成績儘管不如人意，但仍可看到一些人的努力，嘗試運用不同的批評理論與方法來解讀詩作，甚或樹立理論，縱觀這四十幾年詩論評展現的成果，除了印象式批評外，大致可找得到如下幾類批評手法（兼指理論與方法）：

㈠**新批評**——摒除外在探索、專研詩文本的新批評，長久以來仍爲詩評家、詩論家的最愛，所得成果也最豐富，如李英豪的〈論現代詩之張力〉，即典型地運用新批評的觀點對所謂「張力」（tension）一詞予以長論的力作；援用新批評手法創建理論或應用於實際批評的文章，不勝枚舉，在此不一一列舉，其中顏元叔的〈梅新的風景〉一文倒可做爲此類批評手法的代表。

㈡**電影詩學批評**——將電影的理論及拍攝手法，引用到新詩的批評上，溫任平的〈電影技巧在中國現代詩裡的運用〉一文，可謂首開先例，繼之有羅青的〈《錄影詩學》的理論基礎〉、林燿德的〈前衛海域的旗艦——有關羅青及其「錄影詩學」〉等文，羅文旨在澄清幾個有關攝影的觀點（包括思考模式與鏡頭語言），林文則是將攝影機的鏡頭操作運用於詩作的最佳實例。惜續往這類批評方向開拓者不多。

(三)**文類批評**——文類批評（generic criticism）是指對某一形式類型的作品的共同性質所做的研究（如張漢良的〈史詩的文類研究〉），有關這類詩學的研究成績較豐，諸如張漢良的〈論台灣的具體詩〉、〈都市詩言談——台灣的例子〉、〈從戲劇的詩到詩的戲劇——兼論台灣的詩劇創作〉、王灝的〈不只是鄉音——試論向陽的方言詩〉、王建元的〈戰勝隔絕——馬博良與葉維廉的放逐詩〉、殷建波的〈論羅青的武俠詩：內涵與形式〉等，分別對所謂「具體詩」、「都市詩」、「詩劇」、「方言詩」、「放逐詩」、「武俠詩」等「詩類」一一論列，其中有理論的舖陳，也有實際詩例的考察與運用。

(四)**神話暨原型批評**——神話批評與原型批評原爲兩種不同的批評方法，但誠如古爾靈（Wilfred L. Guerin）等人所說：「儘管每個民族都有其各自獨特的神話……但是，從一般意義上來講，神話具有普遍性。不只如此，我們在許多不同的神話中還可以找到相似的主題，而且儘管有些民族在時空上相距甚遠，但在他們的神話裡反覆出現的意象卻往往具有共同的含義，或更確切地說，都趨於引起類似的心理反應和起到相似的文化作用。我們稱這樣的主題和形象爲原型。簡言之，原型是具有普遍意義的象徵。」[19]因之，神話及原型批評兩者常合而爲之。神話批評以陳慧樺教授的〈從神話的觀點看現代詩〉一文堪稱代表，該文中也用到原型批評的觀點；原型批評的例子則有李瑞騰的〈說鏡——現代詩中一個原型意象的試探〉、蔡源煌的〈從顯型到原始基型——評羅門的自選集〉及渡也的〈覃子豪兩首詩中的原型〉等。

(五)**精神分析批評**——以佛洛依德、容格（Carl G. Jung）等人的精神（或心理）分析學說做爲文學批評的理論基礎，在西方已開出燦爛的花朵，但台灣詩壇上眞正純以此手法爲詩論或詩評之依據者不多，張漢良早期有一篇〈論詩中夢的結構〉的論文，借舉例分析的對象多以西洋詩爲主（只論及商禽〈逃亡的天空〉一小段）。醫師兼評論家王溢嘉在爲林燿德詩集《都市之甍》所寫的導讀文章〈集體潛意識之甍——林燿德詩集《都市之甍》的空間結構〉一文裡，以楊格「集體潛意識」的觀點來解讀林氏該詩集的「空間結構」，算是這類批評中難得一見的文章了。

(六)**符號學批評**——符號學（semiotics，又稱爲記號學）所企求的，「乃儘可能把所有表義的媒介（語言、文字、圖像、樂音、物件、姿勢等等）歸化爲記號（sign），把這些記號的形成及運作過程找出來，做系統性的了解，一方面加以比較，一方面更尋求其共同的表義過程。」從這個意義言，符號學亦可看做表義學[20]。古添洪上面這段對符號學下定義的話，正好爲其〈論桓夫的「泛」政治詩〉一文做了最好的註解；以符號學來解政治詩，該文可說是特例。

(七)**結構主義批評**——用結構主義的批評方法來分析新詩的典型例子，莫過於張漢良的〈分析羅門的一首都市詩〉一文了，文中說明羅門〈咖啡廳〉該詩「是語言的暗喻結構（選擇軸）投射到換喻結構（連貫軸）」，並進而指出羅門的觀念，即「人如何介中於『第一自然』與『第二自然』之間，指出它們的離異，或調和它們；或如何能夠藉詩的活動，創造出一個超越這兩層自然的新秩序。這新秩序就是他所謂的『第三自然』」㉑。結構主義的核心概念是系統，即一個完整、自動調節的統一體，在此一統一的系統中，每一個文學單位，從單一的句子到詞語的整個編排次序，都可以透過與系統概念的關係加以考察，而進一步進行作品、體裁乃至整個文學的研究㉒；張氏上文依據的亦是這種由語言的換喻與暗喻關係所組成的「系統」。

(八)**主體性詩學批評**——「主體性詩學」一詞較為籠統，廣而言之，印象式批評、現象學批評（或意識批評）、讀者反應理論等均可納入，此類批評名曰「主體性」，係因評者在詮釋詩作時，出現主體性介入的情形，注重所謂的「感應」，按首揭此說的游喚的說法，這類詩學的批評是要綜合閱讀過程的現象，是一種「自由之抒發，輔以賞鑑，資以學識，綜合而成的完形批評……其特色在閱讀性的強化，在主體解悟的深入，在反應感受的默會淋漓。」㉓簡政珍教授的〈余光中：放逐的現象世界〉，以及駱以軍的〈飄移在小城街道裡的囈語〉、湯玉琦的〈詩與存有——論簡政診的詩〉……等文，都是主體性詩學的批評。

(九)**馬克思主義批評**——強調「文學反映社會」以及從意識形態來了解作品的意義與形式，一直是馬克思主義者的主張，其中尤以盧卡奇（G. Lukács）的批判的寫實主義之馬派文學批評，更受到台灣評論界的重視。有關批判的寫實主義與台灣新詩的關係之種種，請參閱拙著《當代台灣新詩理論》第六章〈寫實主義詩學〉，該章有較為詳細的討論，此不贅。批判的寫實主義喜以「階級」的觀點來解讀作品，石計生的〈布爾喬亞詩學論楊牧〉一文即以此角度來論楊牧，該文把楊牧定位爲布爾喬亞階級，由於其階級屬性的關係，而「使其喪失直接面對人間世苦難，甚至成爲普羅中的一個 being 的機會。」；石氏同時指出「布爾喬亞詩學之基本矛盾在於，他也想要入世寫社會性的詩，但卻無法擺脫其受階級屬性制約的馴化性格，反而在強勢文化霸權的有機索鏈糾纏下接受資本主義的異化和豢養。」[24]此外，筆者〈隱而不露的批判家與隱遁者——評劉克襄的詩〉一文，亦曾運用馬派的批評觀做了一次實際批評的演練[25]。

(十)**女性主義批評**——依據修華特（Elaine Showalter）在她那篇著名的〈荒野中的女性主義批評〉（*Feminist Criticism in the Wilderness*）一文中的分析，可從下列四種女性寫作理論的模式來討論女性的作品：生理的、語言的、心理分析的和文化的，台灣詩壇在一九九〇年代以前仍少見這方面的系統性論述，張默雖曾編過《剪成碧玉葉層層——現代女詩人選集》一書，但他編選的觀點顯然和女性主義無關。從女性的語言方面著手研究「女性文體」的論文，有鍾玲的〈試探女性文體與文化傳統之關係——兼論台灣及美國女詩人作品之特徵〉以及李元貞的〈台灣現代女詩人作品中的語言實踐〉等論文；其他曾涉及運用女性主義的觀點來討論詩作的還有奚密、孟樊等人，其中以後者的〈當代台灣女性主義詩學〉一文，立論較具系統性與完整性；至於成書出版的則以李元貞的《女性詩學——台灣現代女詩人集體研究（一九五一——二〇〇〇）》一書爲代表。

(十一)**文學社會學批評**——從文學的外在（社會）來研究或批評作品，採取的角度是社會學式的，這種文學社會學的批評手法，可說是「文學的外緣研究」，它探討的範圍和課題包括：「一種文學潮流或運動爲何只在某種社會結構或形態下會產生？在整個文學現象中，個人、社會團體、社會階級、社會制度以及個人意義和集體意識都各扮演什麼角色？作家爲何要寫作？寫給誰？寫什麼？什麼時候最需要創作？他表達的又是什麼？文學作品完成後，要透過什麼途徑到達讀者手裡？什麼樣的讀者閱讀什麼樣的作品？讀者的心理是什麼樣子？在傳達的過程當中，作者、發行者、出版社、書商、讀者又各占什麼樣的地位？傳達的訊息是否絲毫無誤地全被接受？這中間可能發生的變化又是什麼樣的情形？差距可能有多大？接收到的訊息又可能產生什麼樣的效果和影響？」[26]從文學社會學的角度來談論詩作或和詩有關的問題的文章雖不少，但仍缺乏較具系統性的論述，筆者的〈台灣的大眾詩學——席慕蓉詩集暢銷現象初探〉一文堪稱代表。

(十三)**後結構主義批評**——崛起於一九八〇年代末的後結構主義，無論在文學的觀點、批評的方法或詮釋的策略上，均和以往大不相同，可以說是另一種「期望眼界」（horizon of expectations），後結構主義一反前此新批評或結構主義的觀點，不把批評的焦點全放在詩的文本上，它甚至把解讀的重心放在讀者身上，並認爲語言本身有問題，而語言的意符（signifier）未必有固定的意指（signified）相對應；也因爲語言本身有弊病（比如缺漏、空隙），致使文本（及其作者）的確定性成爲疑問。根據巴特的說法，讀者可自由地對文本的各種可能性做出解釋，並因爲進一步的分析而創造出新的文本。一些評論家，像蔡源煌、鍾玲、簡政珍、游喚、孟樊、林燿德等人，皆曾援用後結構主義的觀點進行評或論的工作。在後結構主義的眾多支脈中，以後現代主義對詩壇的衝擊最大，筆者的〈台灣後現代詩的理論與實際〉一文，算是當中較具系統性、嚴謹性的一篇論述。

㈢**修辭學批評**——修辭學（rhetoric）是「研究如何調整語文表意的方法，設計語文優美的形式，使精確而生動地表現出說者或作者的意象，期能引起讀者之共鳴的一種藝術。」㉗從黃慶萱教授這個定義來看，修辭學本身就必須承認有所謂與日常生活不同的「文學語言」，並且首先必須考慮從這一點出發，而詩的創作便是透過語詞的「優化排列」來取得特殊的文學效果，可以說修辭學批評是廣義的形式主義之一種。大體而言，台灣詩壇比較傾向於中國式的修辭學批評，這些評論家又多半是中文系出身的，如蕭蕭、鄭明娳、渡也……其中尤以渡也一系列的「新詩形式設計的美學基礎」論文（包括「倒裝篇」、「層遞篇」、「類疊篇」、「排比篇」），成績最為可觀，至於〈聲韻學在新詩上的一項試驗——「無調之歌」的節奏〉一文，則是從聲韻學的角度分析詩作的罕見論述。

乍看之下，上述這十幾種批評理論與方法，似乎令人覺得成績斐然，究其實，有關這些批評手法的嚴謹的論述文章並不多，也就是說質量並不豐，理由已如前述。不過，這也暗示著台灣詩壇仍出現有新穎的、相異的批評理論與方法，由於成果不豐，未來仍有待大力開墾、耕耘。當然，上所舉的各種批評理論與方法，不無過度側重西洋之嫌，但在筆者看來，這也是無可奈何之事，畢竟西方文學界傳統以來，一向較中國人講究理論與方法，因而在這方面的成果也較為顯著，可供我們借鑑之處便不在少數，為建立我們更嚴謹也更豐收的詩學體系，實不必諱言向西方取經。

四、結語——詩論的重要性

誠如本文剛開頭所言，詩論的重要性較諸詩史和詩評兩者有過之而無不及。就詩史而言，爲詩做史的人本身不能沒有史觀，而史觀則和立史者的理論觀點脫離不了關係，如以馬克思主義的辯證史觀來書寫新詩歷史的發展，相信將和持新批評論者所書寫的詩史有很大的不同，那會是兩部極爲不同的「台灣新詩史」。歷史是後來人寫的，也因此歷史本身是變動不居的，因爲不同的「後來者」會有不同的觀點——理論立場，既有不同的觀點，便會產生諸多不同的版本，形成各種不同的詮釋，換言之，不同的理論觀點，決定了互異的歷史版本以及歷史的眞實性，即以大陸學者古繼堂所著《台灣新詩發展史》而言，台灣新詩歷史發展的脈絡，未必即爲其一家之言，充其量那只是一種「辯證史觀的版本」罷了㉘，如有另一種版本出現，相信我們又可看到另一種歷史眞實。

此外，置身於變動發展中的歷史裡頭，詩論在某一程度內也發揮了相當重要的主導力量，影響著新詩的創作，譬如若無後現代或後結構理論的推波助瀾，年輕詩人愛寫後現代詩恐怕也不會蔚成風潮，以此而言，前所舉孟樊的〈台灣後現代詩的理論與實際〉一文所產生的影響，不言可喻㉙。從另一個角度看，詩史的形成是由歷代的詩作累積而成的，沒有詩之創作，那來詩的歷史？詩作構成詩史，然而詩論主導詩作，自然而然詩論亦相當程度地影響了詩史的面貌與發展。

本文的立論，無非在強調：新詩理論的研究與開拓不應爲當代台灣詩壇所忽視，否則理論的貧瘠，勢必使已呈羸弱之勢的新詩命脈加速停止它的跳動；在此，筆者甚至要再強調一點，關於詩壇所謂「文化霸權」（hegemony）的爭奪戰，亦非自理論的主控權下手不可，以前文所分析的情況來看，目前包括可見的將來，詩壇仍留有廣闊的理論空間，可讓有心者介入，我們不怕輝煌的理論爭奪戰，擔心的反倒是見不到論戰的硝煙，而砌不成一座國人自傲的「理論金字塔」。

——一九九三年七月，選自《現代詩》復刊第二十期

註釋

❶陳慧樺，〈文學批評之公權力？〉，《文訊》月刊第三三期，一九八七年十二月，頁二九。

❷游喚，〈《現代詩導讀》導讀些什麼——台灣現代詩批評考察系列之三〉，《台灣文學觀察雜誌》第二期，一九九一年一月，頁八八。

❸拙著，《後現代併發症——當代台灣社會文化批判》，台北：桂冠圖書公司，一九八九年八月，頁一三三～一三四。

❹趙滋蕃，《文學原理》，台北：東大圖書公司，一九八八年三月，頁二九二。

❺林燿德，《一九四九以後》，台北：爾雅出版社，一九八六年十二月，序文頁三。

❻理論與反理論之爭，可參見美國芝加哥大學出版社出版而由 W. J. T.Mitchell 主編的 *Against Theory* 一書，此書的文章主要收集自 *Critical Inquiry* 期刊，書中論點值得台灣詩壇省思。

❼游喚，〈台灣新世代詩學批判〉，「二十世紀中國文學研討會」論文。

❽轉引自 G. Douglas Atkins, "Introduction: Literary Theory, Critical Practice, and the Classroom," see G. Douglas Atkins & Laura Morrow, eds., *Contemporary Literary Theory*（Amerst: The University of Massachusetts Press, 1989）, p. 1.

❾蔡源煌，《文學的信念》，台北：時報文化出版公司，一九八三年十一月，頁一一四。

⑩同前註，頁一一六。

⑪參見林婷，〈記「台灣現代詩學研究會」發起會議〉一文的報導，《台北評論》第四期，一九八八年三月，頁一六～二一。

⑫蔡源煌，前引書，頁一〇七。

⑬黃重添、徐學、朱雙一合著，《台灣新文學概觀（下）》，廈門：鷺江出版社，一九九一年元月，頁三五五～三五六。

⑭柯慶明，《現代中國文學批評述論》，台北：大安出版社，一九八七年十月，頁一一二。

⑮張默，《現代詩的投影》，台北：台灣商務印書館，一九八〇年六月，頁四〇。

⑯游喚，〈《現代詩導讀》導讀些什麼——台灣現代詩批評考察系列之三〉，頁八九～九〇。

⑰同前註，頁八九。

⑱吳潛誠，〈八〇年代台灣文學批評的衍變趨勢〉，收錄在孟樊、林燿德合編，《世紀末偏航——八〇年代台灣文學論》，台北：時報文化出版公司，一九九〇年十二月，頁四一九～四二〇。

⑲Wilfred L. Guerin, Earle Labor, Lee Morgan, Jeanne C. Reesman and John R. Willingham, *A Handbook of Critical Approaches to Literature*, New York & Oxford: Oxford University Press, 1999, p. 160.

⑳古添洪，《記號詩學》，台北：東大圖書公司，一九八四年七月，頁一九。

㉑張漢良，〈分析羅門的一首都市詩〉，收錄在周英雄、鄭樹森合編，《結構主義的理論與實踐》，台北：黎明文化事業公司，一九八〇年三月，頁一八五～一八六。

㉒Robert Scholes, *Structuralism in Literature: An Introduciton.* New Haven and London: Yale University Press, 1986, p. 10.

㉓參見游喚，〈台灣新世代詩學批判〉一文。

㉔石計生，〈布爾喬亞詩學論楊牧〉，《兩岸詩叢刊》第三集，一九八七年十月，頁二〇。

㉕拙著，〈隱而不露的批判家與隱遁者——評劉克襄的詩〉，《台北評論》第五期，一九八八年五月，頁一

九八～二一一。

㉖何金蘭，《文學社會學理論評析——兼論在中國文學上的實踐》，台北：桂冠圖書公司，頁四。未註明出版日期。

㉗黃慶萱，《修辭學》，台北：三民書局，一九七九年十二月，頁九。

㉘拙著，〈書寫台灣詩史的問題〉，《中國論壇》第三八一期，一九九二年六月，頁七四。

㉙奚密在〈後現代的迷障〉一文中，在批評拙著〈台灣後現代詩的理論與實際〉時，曾指出該文「對未來詩與詩評的發展也有極大的影響潛能」，見《當代》第七一期，一九九二年三月，頁五五。

王浩威：

一場未完成的革命

——關於現代詩與現代主義的幾點想法

王浩威

筆名譚石、拉非亞。台灣南投人，1960年生，高雄醫學醫學系畢，曾任台大醫院、慈濟醫院精神科醫師，現自行開業為專業精神科醫師。曾編《島嶼邊緣》及《醫望》雜誌。著有《一場論述的狂歡宴》、《在自戀和憂鬱之間飛行》、《海岸浮現》等書。曾獲中國時報文學獎、吳魯芹散文獎等。

「依我目前的想法，可以把『後現代』當作『現代』的一種延續來看待，認爲它們只不過是同一系統的不同樣態。尤其在目前台灣的狀況，正需要『批判』與『理想』的時候，整個社會有太多未完成、未確定的東西去改革、去完成……『現代主義』該全力發展的時候。」（林亨泰，一九九○年❶）

「（現代派運動）繼續在發展中，我同意你（『台灣的現代派運動自一九五六年肇始至今已三十五年仍繼續存在，並未歇止』）的說法。」（紀弦於白萩的訪談，一九九二年❷）

一

台灣現代詩的發展，向來是高舉著現代主義大纛的。關於這樣的現代主義，桓夫曾經提出兩個根球的說法❸，認爲五○年代以後的台灣現代詩，固然是紀弦從大陸帶來了現代主義的香火，將三○年代李金髮濫觴的象徵主義和戴望舒爲主的現代派詩歌延續到台灣；另一方面，日據時代受到日本內地文學影響而崛起的「風車」詩社和「銀鈴會」，其實早已深植了現代主義革命，不禁要問當年紀弦組現代派所提的「新詩的再革命」❹，究竟走到怎樣的歷史位置？雖然現代主義和寫實主義不該簡化爲對立的兩極；但如果我們做歷史性的回顧，這一連串的現代主義革命和再革命竟然都十分容易地崩毀於寫實主義的攻擊。

大陸三○年代的現代派詩歌逐漸式微於四○年代末的對日抗戰和國共戰爭，台灣日據時代的現代詩則潛沉於太平洋戰爭皇民文學政策和光復後語言隔絕的難題。這兩者的暫時結束，是可以從戰爭時期的民族主義和法西斯氣氛來理解。因此，寫實主義的要求，也就正如世界各地文化發展的情形一樣，取代了二、三○年代曾經轟轟烈烈發生的現代主義革命。

台灣現代詩自紀弦以降，兩次主要的運動高潮發生在第一個十年以《現代詩》爲主和第二個十年《創世紀》爲主的陣容。這時候的台灣經濟，也隨著整個世界體系的重建，逐漸茁壯而成爲以美國和西歐爲中心的邊陲資本主義國家。戰爭時期的壓抑氣氛在不知不覺中消失，昔日以反共文學作爲主流意識的官方建制逐漸受到挑戰而由現代主義取代。這樣的轉折，不祇意謂著整個文學建制權力重心的轉移，也是文學革命的主體性被吸納到整個社會的主流結構中。當二次大戰後美國新批評文學理論隨美援一起進入台灣時，台灣的現代主義也就很快地結合而形成新的主流文學，也就不再是昔日在底層吶喊的革命隊伍了。

七○年代的鄉土文學也就在這樣的情況下，很快地佔到昔日現代主義的革命位置，而以寫實主義的旗幟突顯出了現代主義文學失去的革命主體性。如此，在論戰中，鄉土文學所到之處無不望風披靡，甚至以更快的速度隨著商品文化的崛起而再次佔據了主要的發言位置。

這種脆弱而易受崩潰的現代主義，我們不禁要問：究竟是怎麼一回事？

二

一九○○年，李金髮誕生在中國南部的廣東梅縣❺。恰在他出生的前一年，波赫士（Jorge Louis Borges）這位出身第三世界卻將整個世界的現代主義再往前推的詩人，也誕生在南美的阿根廷首都布宜諾斯艾利斯。一九一九年，李金髮報名參加「留法勤工儉學」而到了巴黎，先在西南郊楓丹白露中學補習法文，次年再轉到法國東部的一所中學讀特別班。這時，於一九一五年一次大戰爆發而隨全家遷居日內瓦的波赫士，則已經習完拉丁文、法文和德文而上大學了。

波赫士在一九一九年移居西班牙之前已經有幾本與人合著的詩集了。到了馬德里也就很快地加入當時西班牙現代主義運動之一的極端主義（Ultraism），而出版了《布宜諾斯艾利斯的激情》（*Fervor de Buenos Aires*, 1923）、《眼前的月亮》（*Luna de enfrente*, 1925）和《聖馬丁牌練習簿》（*Cuaderno San Martin*, 1929）❻。

整個歐洲的現代主義當時早已是如火如荼了：一九○九年義大利馬里內蒂起草《未來主義的創立和宣言》，一九一○年德國表現主義的《暴風》雜誌發刊，一九二○年達達派第一次表演，一九二四年法國布列東起草第一次超現實主義宣言。

向來被視爲中國現代詩之濫觴的李金髮，自述剛到法國的那一年：「教育會事先安排有方，把我們送到巴黎城南的楓丹白露中學去補習法文……，我們都是二十歲以上的人沒有耐心打基礎，教員亦漸漸厭倦這群老學生，終於不來上課了，我們只好無師自通，有的各奔前程，法文沒有學得多少，便做工去了。」而他「經過兩年的孜孜不倦，法文總算可以瀏覽自如。」但「巴黎怎樣紙醉金迷，我視若無睹，……（歌劇）看了亦丈二和尚摸不著頭腦……。」雖然「據我的經驗，法文恐怕是世界上最難的文字，文法變化如此之多……，」但當時「漸漸感到人類社會罪惡太多，不免有憤世嫉俗的氣味，漸漸的喜歡頹廢派的作品，波特萊爾的《惡之華》以及魏崙（Verlaine）的詩集，看得手不釋卷，於是逐漸醉心象徵派的作風。」

從一九一九年到一九二五年遊學法、德、義三國的李金髮，陸續完成《微雨》（一九二二）、《食客與凶年》（一九二三）和《爲幸福而歌》（一九二四），透過周作人的介紹而在北京「新潮社叢書」出版其中兩本，引起了中國國內日益擴大的注意，也起了相當的作用。

對當時的法國學生而言，十九世紀到最高峰的象徵派作品，幾乎是成為教科書的一部分，是法國官方文學史早已接納承受的了。根據有限的資料，李金髮當年主要的閱讀是象徵派作品和更早以前自然主義和浪漫主義的作品（像莫泊桑的小說和雨果的詩）；至於當時巴黎文化界鬧翻天的達達派和超現實主義，李金髮似乎一直都置身度外，從未注意過。

波赫士在一九二一年回阿根廷後，一直都筆耕不輟，拉丁美洲的文學在他和同輩的幾位作家影響下，走出了超現實主義在拉丁美洲的另一種風貌，而成為近年來受矚目的魔幻現實主義。

至於一九二四年回到中國的李金髮卻寫詩越來越少，甚至到抗戰以後一首也沒寫了。他先從事雕塑人像的工作，後來出任外交官，除了隨筆文章投寄國內外雜誌外，和詩壇的接觸逐漸地完全消失。

三

中國現代派詩歌的發軔固然是來自李金髮所引進的所謂象徵主義；但，一般公認是到了戴望舒才總其大成。

基本上，李金髮的象徵主義，就像歷來引進的各種思潮，往往是隔了相當距離和個人經驗的。《現代》三卷三期上（一九三四）刊有蘇雪林〈論李金髮的詩〉一文，指出李詩的四個特點：行文矇矓恍惚、表現神經藝術的本色，有感傷與頹廢的色彩、多異國情調。❼

「行文矇矓恍惚」也就指的是中文的運用能力。李金髮的中文修養一直受到懷疑❽，他十四歲進梅縣高等小學時才「略通古文」而已，旋即又因戰亂休學了。瘂弦就曾指出：「李金髮最令人詬病的地方，應該是在語言這一方面。他失敗的地方是沒有象徵派詩人的優點——音樂性，語字刻意創新的結果，不僅產生許多語病，音節上也詰屈聱牙，艱澀難讀。」❾

在中文的現代詩中，文字一直都是一大問題。在象徵派中，相對於李金髮，處理得好的是戴望舒。瘂弦這段話也可以用在創世紀詩社的幾位同仁身上，而李與戴的差異，就像瘂弦和商禽與洛夫及其他超現實詩人的差異。

甚至李金髮的異國情調，幾乎將象徵派等同於一種只能描繪中國以外之人事地的文字（甚至只有巴黎），而非波特萊爾一般，是班雅明（W. Benjamin）所謂十九世紀巴黎之資產階級市場文化所決定的文人方式。❿

理論引起的誤差往往造成「淮橘爲枳」的問題，主要的原因之一，往往就是這種社會結構辯證性對話的缺乏。戴望舒對這方面做了一些努力，「詩是由眞實經過想像而出來的，不單是眞實，也不單是想像。」⓫從一開始仍帶有濃厚之消極浪漫主義的所謂象徵主義，他同時大量翻譯各種流派的創作和理論，而走向《災難的歲月》式的創作，就如魯迅說的：「脫離了外國作家的影響」⓬的階段。比起李金髮的異國情調，戴望舒一直表現著中國的現代社會生活。也因爲這樣的傾向，也就不難理解戴望舒日後就像國際上的大多數現代主義文藝作家一樣，在三〇年代法西斯崛起時，都投入了左翼的戰鬥陣線，甚至隨著國際無產階級文學運動而改變了詩風。據稱一九四九年中共將勝時，他興奮地對朋友說：「我不想再在香港住下去。一定要到北方去。就是死也要死得光榮一點。」⓭次年病情惡化，彌留之際曾要求加入共產黨。關於這一點，是可以理解的。

四

在政治的光譜上，現代主義運動是可以暫時簡單地分爲左右的。對於台灣日據時代，日本內地的現代主義如何影響台灣文壇，林亨泰曾以個人的經驗表示：「在我中學時代的晚期，太平洋戰爭爆發，日本的國勢已開始走下坡，爲戰爭而反英美的風氣大熾，我們在課本上讀到的只是明治時代的『新體詩』……當時台北有很多舊書店（日本以《文藝戰線》爲核心的『無產階級文學』），春山行夫編的《詩與詩論》就是在舊書店找到的；以川端康成爲首（《文藝時代》爲核心）的『新感覺派』，……也是在那時候接觸的。」（同⓭）

這樣的政治傾向，據林亨泰的說法，剛好也出現在台灣現代主義的另一個根球：「一九三三年成立的『風車』詩社，主張『超現實主義』，可說是台灣文壇的『藝術派』代表；相對於『風車』，『銀鈴會』繼承『社會派』的理想，著重社會意識。」（同⓭）

社會意識較強烈的「銀鈴會」，在戰前三年成立，到了戰後三年「因爲政治迫害而結束，至今令我（林亨泰）悲慟。楊逵是『銀鈴會』顧問，他出事被捕後，『銀鈴會』的成員緊接著被抓的被抓、被殺的被殺、跑路的跑路，『行方不明』的也有，如朱實至今下落仍然不明。」（同⓭）

當然，這是不可抹滅的悲劇；但林亨泰將兩個團體分爲藝術派和社會派的這種論點是否正確，是有待考證的。譬如「風車」詩社成立的前一年，一九三四年，正值台灣新文學運動的高潮，「台灣文藝聯盟」在台中市召開的全島文藝大會宣告成立。正在東京唸書的楊熾昌，在日本文壇「超現實主義旋風」影響下，將法國的超現實主義經由日本轉泊而引進台灣。然而，這旋風在日本基本上是繞著春山行夫編的《詩與詩論》而掀起的；也就是和法國的超現實主義一樣的，基本是屬於左傾的國際人民戰線的。

只是當時「在日本統治下的台灣殖民地，從事文學創作的處境困難，實非局外人所能了解。」楊熾昌在數年前的一次訪問表示：「寫實主義必定引發日人殘酷的文字獄。因而引進法國正發展中的超現實主義手法，來隱蔽意識的表露。」⓮只是這種超現實主義經由二度折射，變異也就更大了。

至於「銀鈴會」，有感於寫實主義的新詩表現都停滯在「日常性的次元」，因而「如何建立『現代自我』，是同仁的共同課題……，即使針對社會、現實的描寫，也不斷將懷疑的眼神投向自我、批判自我。」（林亨泰語⓯）。這樣充滿自我／個人主義的取向，社會派的意識難免有所削弱。以詹冰知名的〈綠血球〉一詩為例，就可以清楚地看出。

然而，不論是日本發動戰爭時的內部壓制，還是光復以後二二八事件到白色恐怖的政治肅清，都是同樣充滿了迫害質疑的法西斯氣氛。所有的文藝工作，甚至連左派都談不上的個人主義者，也都無法見容於當局。於是，這個根球就此受到嚴重的斲傷了。

至於在大陸發展的另一根球，隨著國共內戰帶給人民的危機，原先對政治採儘量超越態度的「第三種人」⓰，不是遭到國民政府的整肅，就是靠近中共政府去了。

五

隨著國民政府的來台，這兩個根球幾乎是銷聲匿跡了。所殘害的不只是現代主義的累積，連五四運動以來的現實主義作品，也都成爲匪書，而遭全然剷除了。唯一來到台灣而可能發展的，是「非現實」的「現實主義」，也就是國民黨大力提倡的反共文藝。⓱

一九四八年來到台灣的紀弦，這時也不敢稍有妄動。整個文壇還噤寒在剛剛發佈的全省戒嚴令和「戡亂時期匪諜檢肅條例」裡，紀弦還繼續擔任著發表「抗議共匪暴行宣言」這類的角色。

一九五〇年六月，美國第七艦隊因爲韓戰而開始巡防台灣海峽。美國從出賣國民政府的敵人，一躍成爲並肩作戰的盟友；美國文化也就取得了它的合法性，而美式的現代主義也就開始有了發言空間。

於是，一九五三年二月，紀弦成立「現代詩社」，創刊《現代詩》；一九五六年「現代派」成立而發表了六大信條；一九五七年《文星》雜誌創刊；一九五九年《創世紀》詩刊改版爲超現實路線。

即使在美國政府對台灣的強力介入下，這一切轉變都還是來得小心翼翼的。曾在一九三六年和戴望舒、徐遲合辦了《新詩月刊》的紀弦（當時筆名路易士），雖然日後自稱將現代主義的傳承帶來了台灣，而成爲台灣新詩復興運動的火種（同❷）；當時卻還小心地將這火種藏好，在《現代詩》創刊宣言上，依然以反共文學的口吻宣稱：「我們是自由中國寫詩的一群。我們來了！站在反共抗俄的大旗下，我們團結一致，有力地舉起了我們的鋼筆……對於佔據大陸的共匪，橫行神州的俄寇，我們要發揮絕大的威力，予以致命的打擊。密集地掃射！猛烈地轟炸！我們的短詩是衝鋒槍，我們的長詩是重磅炸彈。來了來了我們！來了來了我們！」⓲

到了三年後，六大信條揭露時，還在最後寫上「第六：愛國。反共。擁護自由與民主。」⓳大陸時期，抒情而浪漫的「路易士」在三十五歲以前，依他自己的說詞是「除了談戀愛和飲酒似乎什麼事情也沒做過……。」⑳抗戰勝利改筆名爲「紀弦」的他，開始成爲堅決的反共人士。而林亨泰亦指出，當初紀弦寄給他的宣言草案「最後一條原本主張『無神論』，公佈時換成『愛國……』。」（同⑬）

至於美國式的現代主義，當時隨著二次戰後形成的冷戰結構，幾乎在白色恐怖的麥卡錫主義旗幟下席捲了大部分的歐美及其扶植的國家。「純文學」、「純藝術」成爲文人求自保的唯一旗幟。同樣的，隨之而來的新批評，在「統一的、客觀的」教案下，「有力地抵抗了三〇年代文學的入世及社會批評傾向，間接壓制了因資本主義自由經濟崩潰危機而來的社會不滿情緒，更在學術界中與凱因斯的經濟理論相呼應，鼓吹一個中央統一控制的嚴密階層架構以渡過資本主義的危機。」㉑

於是，在新批評者手中，文學被隔離在歷史和社會之外，文學的經驗也就和實際的生活行動隔離開來。這種觀點下的美國式現代主義，也就成爲一種「安全」的現代主義。

在現代派六大信條中，最具有現代主義傳承的第一條，表象上是「包括十九世紀的象徵派，廿世紀後期象徵派、立體派、達達派……」，但內容已是自我審檢過的了：「我們是『有所揚棄並發揚光大地』包容了波特萊爾以降一切新興詩派之精神與要素的現代派之一群。」於是，所謂「有所揚棄的」，是「病的、世紀末的傾向」；而現代主義變成了「健康的、進步、向上的。」（同⑲）

這樣的傾向，一直到了現代詩運動的第二高峰，也就是以《創世紀》爲主導的超現實運動，還是如此。我們可以看到當時主要的理論家，包括李英豪、林亨泰、葉維廉、洛夫、白萩、羅門、杜國清、楓堤等幾人，他們所引用的理論基礎往往來自詩人龐德和艾略特，英國理論家瑞恰茲（I. A. Richards）和李維斯（F. R. Leavis），和美國新批評的泰德（Alan Tate），布魯克斯（C. Brooks）和華倫（R. P. Warren）㉒。於是，在台灣，我們看到了不同於法國的而「反共的」超現實主義。張漢良就曾指出：「……大部分超現實主義者與托派共產主義的結合」，「反諷的是台灣的超現實詩人多爲國詩，而反超現實的詩人則頗普羅。」㉓

台灣現代詩歷經的現代主義，也就成爲一種扭曲而殘缺的現代主義。儘管自紀弦以降，在「橫的移植」中仍不斷地強調「是眞正的『中國的』新詩了」㉔；然而這種不論贊成或反對「縱的繼承」，指的都是對大傳統（自古以來的文學傳統）或非眼光收回到現實的世界，平行看著周邊來往的人群。

六

一九六五年，長達十五年的美援功成身退，台灣經濟開始進入依賴發展的狂飆階段。這時，《現代詩》早已一度解散；《創世紀》暫停；而《文星》也宣告停刊。

這一年，洛夫去越南任「顧問團」顧問兼英文祕書，從此走上仕途；瘂弦當選十大優秀青年，並在次年退伍後開始擔任團部文化事業的職務；葉維廉在普林斯頓攻讀比較文學博士，兩年後成爲（可能是）第一位現代派詩人中的文學博士，而在學院取得合法地位；當然，也有繼續堅守原來位置的，譬如張默、商禽、辛鬱等人。

在這一批現代詩人中，特別是洛夫和瘂弦，他們的主要作品都已完成。在五〇年代遷台初期，因爲政治氣氛而「走向難懂艱澀的語言表達形式」，我（葉維廉）的詩或者瘂弦、商禽的詩裡，都可以看到很深的政治絕望，一種悲觀、絞心的痛苦。㉕然而，到了一九六五年以後，這些原來「困在沉悶的環境之下，只能用象徵語言來表達內心的情感」的詩人們，逐漸佔領了政治、文化政策、學院等領域的位置而日益爬昇。這並非個人的道德問題（事實上，恐怕也沒任何道德的否證）；相反的，更重要的是，象徵了這種美式的現代主義正式宣告取代了反共文學的假寫實主義。

整個意識形態國家機器隨著不同的經濟階段進行著再生產的累積。當台灣經濟到達某一階段，屬於文化政策方面的意識型態，也就水到渠成地將這一切納爲新的生產物質了。

於是，相對於國家的民間力量崛起時，現代主義也就成爲反抗的目標了。失去生命的現代主義，自然很快地遭到鄉土文學的挫敗——儘管鄉土文學中寫實主義的論點是如此的淺薄。

胡衍南曾提出以一九六五和一九八〇年做爲文學發展的兩次轉折點的看法㉖，認爲一九八〇年以後鄉土文學意識成爲新的創作力量之泉源。然而，這泉源也很快地隨著解嚴的來臨，整個台灣進入全面商品化的消費／資訊社會，而再次被吸收成爲主要的宰制之意識型態（dominat ideology）。關於這一點，還需要更長的篇幅來論證。但相對來說，也因爲台灣這種個人極端疏離狀態的來臨，現代主義再次可能成爲有力的武器，正如林亨泰所言，正是「需要批判與理想的時候……」（同❶）只是如何去做，又將是另一大議題。

現代主義，一場未完成的革命，可能也是一場永無止境的革命。

——一九九三年五月十五日於「第三屆現代詩學研討會」論文發表，選自聯合文學版《台灣文化的邊緣戰鬥》

註釋

❶林亨泰，〈從八○年代回顧台灣詩潮的演變〉，收於林燿德與孟樊編《世紀末偏航》，台北：時報，一九九○年，頁一○一～一三六。

❷白萩，〈在舊金山與紀弦話詩潮〉，《笠》一七一期，一九九二年十月，頁一○四～一一四。

❸桓夫，〈台灣現代詩的演變〉，〈自立副刊〉一九八○年九月二日。

❹紀弦，〈從自由詩的現代化到現代詩的古典化〉，收於《紀弦論現代詩》，台北：藍燈，一九七○，頁二六～三二。

❺有關李金髮資料，主要參考楊允達《李金髮評傳》，台北：幼獅文化，一九八六。

❻Carlos Cortinez ed.,“ Borges the Poet„ ,Fayeteville: Arkansas UP, 1986.

❼見程會昌，〈戴望舒著《望舒草》〉一文所引用，收於施蟄存與應國靖編《戴望舒》，香港：三聯，一九八七。

❽孫玉石，《中國初期象徵派詩歌研究》，北京：北京大學出版社，一九八三。

❾瘂弦，《中國新詩研究》，台北：洪範，一九八一。

❿班雅明，《發達資本主義時代的抒情詩人》，張旭東、魏文生譯，北京：三聯，一九八九。

⓫戴望舒，〈詩論零札〉，收於《戴望舒》。

⓬闕國虬，〈試論戴望舒詩歌的外來影響與獨創性〉，收於《戴望舒》。

⓭林燿德，〈台灣的「前現代派」與「現代派：與林亨泰對話」，收於《觀念對話》，台北：漢光，一九八九。

⓮〈楊熾昌訪談〉，《台灣文藝》一○二期，一九八六。

⓯林亨泰，〈回顧銀鈴會〉，引文見黃重添等著《台灣新文學概觀》，台北：稻香，一九九二。

⓰見註❾，頁一三四。

⑰ 呂正惠，〈現代主義在台灣〉，收於《戰後台灣文學經驗》，台北：新地，一九九二。

⑱ 紀弦，〈宣言〉，《現代詩》第一期，一九五三。

⑲ 紀弦，〈現代派信條釋義〉，《現代詩》第十三期，一九五六。

⑳ 紀弦，〈自序〉，《飲者詩鈔》，台北：現詩社，一九六三。

㉑ 何春蕤，〈對批評「新批評」的批評——一個歷史主義的觀點〉，《海峽月刊》，一九八七年十月號。

㉒ 關於這一點，洛夫等人編《中國現代詩論選》（高雄：大業，一九六九）就是一個例子。

㉓ 張漢良，〈超／超／超……現實主義〉，《聯合文學》一〇二期，一九九三年四月號。

㉓ 紀弦，〈論移植之花〉，收於《紀弦論現代詩》。

㉕ 林燿德，〈詩在道中甦醒：與葉維廉對話〉收於《觀念對話》。

㉖ 胡衍南，〈戰後台灣文學史上第一次橫的移植〉，《台灣文學觀察雜誌》，第六期，一九九二年九月。

許俊雅：日據時期台灣文化人與上海

許俊雅

台灣台南人，1960 年生，台灣師範大學國文研究所博士，現任師大國文系教授、台灣筆會理事、國立文化資產保存中心及彰化縣文化局諮詢委員。目前致力於台灣詩詞的蒐編、註釋等工作，著有《日據時期台灣小說研究》、《台灣文學散論》、《台灣寫實詩作之抗日精神研究》等書。曾獲巫永福文學評論獎，2000 年香港大學主辦九十年代兩岸三地文學現象國際學術研討會論文一等獎。

一、一道醒目的人文風景

上海，一塊得天獨厚的明珠，一座充滿矛盾的城市，屈辱的門戶開放，租界的瘋狂擴張，國家的腥風血雨，似乎正成就了文學、文化的萬種風情。開始想到這個城市，大概源自於閱讀黃金川（一九〇七—一九九〇）的詩集，知道這詩集是一九三〇年六月上海中華書局出版的，其後又得知她出嫁時，兄朝琴（一八九七—一九七二）自上海購得四庫全書千餘冊以為嫁奩。後來讀張曉風〈愁鄉石〉，她來到「鵝庫瑪」度假，遙對上海及廣大的陸地卻臨海飲泣，說：「每次想到上海，總覺得像歷史上的嵩京或是洛邑那麼幽渺，那樣讓人牽起一種又淒涼又悲愴的心境。❶」然後想起白先勇〈謫仙記〉中的李彤，其雙親自上海逃離時，不幸船翻人亡，家道因之中衰。之後聽到戰後有不少台灣人在一九四六年自上海乘船返台：二月，林文月（一九三三—）一家從上海搭船歸返台灣。她談起她在上海江灣的童年，雖有溫馨甜蜜的故事，卻因時空的關係，讓她有種淺灰色的暗影，滋味難受，無法徹底忘卻❷。在這同時卻有一些台灣人被征到大陸參加內戰，此後留在上海，詩人岩上大兄即是❸。翌年（一九四七年）台灣二二八事變發生後，另一批人流亡到上海。如《自由報》記者蔡子民（一九二〇—）、吳克泰、周青等人，舊台共黨人蘇新（一九〇七—一九八一）、謝雪紅（本名謝阿女，一九〇一—一九七〇）、楊克煌（一九〇八—一九七八）等都陸續流亡到上海。據聞當時也有不少到大陸打內戰的台籍國軍，因戰敗逃離部隊，流落到上海。

到了一九四八年冬，林海音（一九一八—二〇〇一）一個不滿三十歲的年輕母親，帶著一家人搭乘搖搖欲墜的小飛機從北京來到上海虹橋機場。這架小貨機只有面對面兩排木板凳座位，擠下十個左右乘客，一路氣流衝擊，顛簸不已，機上乘客不停嘔吐，飛機停靠時已是黃昏，機員乘客紛紛離去，這一家人留在空盪盪的跑道邊，因男主人擠不上飛機，又無人來接機。幾個鐘頭之後，她們離開了機場。她（林海音）也離開了生長二十幾年的中國，來到她的故鄉——台灣，我常想像著她當時的心情，試著體味她當時的情懷。

時間繼續流轉，一九四九年一月二十一日上海大公報轉載楊逵的「和平宣言」，導致他在四月六日被逮捕，判刑十二年❹。而後經歷近四十年，政府開放兩岸探親（一九八七年十一月二日），我看到詩人辛鬱從虹橋機場下機，走進市中心，面對破舊的古宅，一扇閉不起來的樓宇小窗，容得他的目光投射，卻容不下他悽然心情的造訪，他思忖著，爲什麼它不早早坍塌了呢？原來記憶中的景象與睽違四十年後的眼見現象面面相覷時，是那樣不堪，那樣不忍面對，久歷滄桑，重來已是夢。❺

而後我也來到上海，遠觀外灘璀璨的燈火景致，陌生新鮮的一幢幢建築，讓人不禁回頭關注她過去的身世。日據時期台灣人與上海的聯想，開始朦朦朧朧、隱隱約約起來，彷彿歷史幽靈在浮動。一九三六年時胡風（一九〇二—一九八五）編譯《山靈——朝鮮台灣短篇集》，由上海文化生活出版社出版，內收台灣人楊逵（一九〇六—一九八五）〈送報伕〉❻、呂赫若（一九一四—一九五一？）〈牛車〉、楊華（一九〇〇—一九三六）〈薄命〉，日據時代台灣小說第一次被介紹到上海（中國）。而在上海的作家范泉（一九一六—）竟然也曾翻譯了龍瑛宗（一九一一—一九九九）的小說〈白色的山脈〉❼。我突然發現在歷史寂寞的迴廊，他們不是被遺忘的一群，而是一幅幅在我心中復活的群像。回首遙望這些活躍於變化複雜的日據下文化人，很難用一支色筆彩繪他們，也很難用一幅幅肖像代表他們，甚至很難精準找到表述的話語。走進歷史深處，我也只能茫茫然思索著、尋覓著：他們基於甚麼樣的動機來到上海呢？百聞不如一見，從旁人的講述聽聞、典籍的閱讀、文化血緣的認同，在腦海中形塑而成的上海，是如何與自己眼睛所親見，皮膚所親觸到的相對照？對照之後的反應又是如何？他們將以何種立場來看上海？立於何種角度來表達關懷或批判之意？這篇論文也將在這樣的情景下，試著處理日據下台灣文化人在上海的活動與精神歷程，及文學中所反映的上海經驗、歷史背景，探討每個人不同的心路歷程與心理狀態。他們好像生長在同一塊田裡的番薯，看上去枝葉相同，型態相似，可他們畢竟在不同年代吸收不同空氣、養分，我想挖掘的結果應該也會有所不同，挖出的番薯必然是型態各異，大小不同，疏茂有別。

二、日據時期台灣文化人與上海

1. 被棄孤兒眼中的上海

史料本是枯燥的，然而一旦與歷史人物命運緊密相連，卻不能不讓人生發出一種難以言說的感覺。台灣文士遭逢乙未之變，浮鷗西遯以避難者不少。詩人林癡仙（一八七五－一九一五）先是避居泉州，一八九八年（正是戊戌變法之年）隨堂兄林朝棟❽舉家遷居上海。次年癡仙結束為期四、五年大陸漂泊生涯，自上海返台，臨行時有〈留別家兄蔭堂〉、〈滬上留別二首〉、〈答兄子銓送別之作〉、〈臨別重贈伯兄蔭堂〉❾等詩。歸台後，洪棄生（一八六六－一九二八）有詩〈林十自吳淞歸，寄問江東名勝二十二首〉相問訊，癡仙和以〈月樵聞余歸自滬江，以詩問彼都山川形勝，有感時事，拉雜成詩二十二首次答〉，其中數首不勝滄桑之感，筆調相當沉痛，如其三云：「險阻申江號隩區，擇肥人早割膏腴。和戎賣塞頻年有，留得偏安寸土無。⑩」指責國外霸權各自劃分租界，對清廷予取予求，上海淪爲列強侵凌最嚴重的地區。後兩句以有無強烈對比，言外之意更有台灣割讓之悲憤。癡仙另有詩〈歸里書懷，答賴二悔之〈紹堯〉，即次原韻〉，總結這段避居異地曲折複雜的心路歷程：

避地四五年，轉徙江湖間。……進退羝觸藩，去留兩爲難。……傷哉魚躍淵，將爲鳥入樊。神州又破碎，瓜剖議早傳。既無中流柱，何以迴狂瀾。峨冠食肉人，大抵袖手看。徒令草茅士，痛哭天步艱。沉吟復沉吟，五噫歸故關，直將蓬萊島，視作武陵源。……⑪

說明了當權者之昏懦，及晚清岌岌可危、動亂不堪的局勢，雖然明知回台將是鳥入樊，但高堂懸念，中原板蕩，只好權將台灣當作避亂的桃花源⑫，此時矛盾痛苦、不甘又無奈的心境，正與詩意進退兩難相呼應。在人地生疏的上海，癡仙心情實爲苦悶，對此紛亂的時代困局，個人前程的難卜，都只能是無計可施、無可作爲，只能「痛飲狂歌空度日」。漂泊上海時，他想起春秋時代「吳市吹簫」——那一度乞食吳門的伍子胥，遂想起自己流落不遇的命運不正與之近似？他悲吟道：「人物誰堪第一流，吳門乞食足千秋。風塵我亦吹簫客，眼底茫茫隘九州。」

癡仙在上海的生活不外作詩、出遊名勝古蹟、厠身酒館歌樓以遣悶。飄零異地的生涯，心境泰半孤寂淒涼，惟有狂醉聲色，暫銷抑鬱。〈得梁子嘉書賦長句奉答〉云：「天公爲余添眼福，風送征颯來滬瀆。吳姬一笑終年留，用盡金錢歡未足。到處流連似賈胡，不知客路有窮途。」用阮籍途窮而哭之事，說明了自己苦悶無歡，遂流連於風月。猶如〈春日出游〉一詩所言：「管絃音聒耳，綺羅香撲鼻。……流連未能歸，匆匆日西墜。我生遭世艱，逢場聊作戲。」都可讀出其強烈的悲涼心境。新返台之初，他也有兩首詩追憶在上海的生活情景：「沉吟身世有奇痛，報答聖明無寸長。斷送此生無別法，看花把酒水雲鄉。」「徵歌選妓頗頻仍，久被人將蕩子稱。」可知乙未割台，亂離淪喪之痛，讓他怨傷盈胸、自暴自棄，徵歌選妓、看花把酒以了殘生。在酒樓中他曾巧遇來自故鄉台灣淡水的酒女林月香，他以感傷之筆賦詩二首以贈，其一云：「燈紅酒綠畫樓東，此夕飛花遇斷蓬。滄海桑田多少淚，殷勤彈入四絃中。」⑬滄桑，本來就是時空的結合。在流逝的時間中，他感受著歷史家國的淪胥，在存有的空間裡，咀嚼天涯淪落的神傷。

勢異時非，劫墮紅羊，讓癡仙即使身居滬上，攬勝攜妓，也難以敞懷行樂，日惟狂歌痛飲以了殘生，而其時他不過廿三、四歲，正當有為之齡。然而青雲路斷，雖暫時得以遠禍避災，但未來眞是去留兩難，要像堂兄一樣大興土木，在上海築屋久居呢？還是返台定居，接受異族統治呢？其鬱悒、悲憤、蒼涼、沉痛、矛盾、牢愁，非歷其境，實難體會。從移居上海階段的詩作來看，他的眼睛一直是內觀的，即使偶爾看到異鄉異景可悲可喜之事，也總是迴繞到自身身世的苦痛上。

癡仙返台後二十幾年，洪棄生於一九二二年七月十五日首度出遊中國大陸，《八州遊記》云：「壬戌七月既望，余偕次子楸為中華之遊。」洪炎秋（一九〇二—一九八〇）《又來廢話・代序》即說：「民國十一年夏天，侍奉先父回國遊覽，到上海時，受到當地詩人倪軼池、陳白沙、王澹然諸先生的熱烈歡迎，應酬交涉，完全由我擔任，居然能使賓主雙方，感到滿意，認為奇蹟。」

⑭遠遊他鄉，得會故交，心中自是欣喜。王濬然（植）於〈寄鶴齋文轡序〉云：

昔司馬氏龍門史筆，自得山川其氣，其文乃雄千古。先生此遊，而蘇、而浙、而寧、而皖、而贛、而豫、而鄂、而虞山、而華嶽、而泰岱、而首都，所過名山大川縱橫幾數千里，舉中華宛委嫏嬛諸名勝，寓於目而羅之於胸，則浩氣之所存、豪情之所寄，今後先生之文章，其下筆得江山之助，必更有奇偉雄邁在，可拭目俟也。⑮

此次之遊，先生得以一償宿願，撫慰家國之思，一滌屈賈之悒塞；同時印證所學，了解中華文物歷史，並開闢胸襟視野。乙未割台後，洪棄生即堅不去辮，以遺民自高。遭逢國變，抑阨難申，時覺「久閉島上如樊籠，山水瑟瑟無歡悰。」⑯他久處台島，每翻讀典籍，祖國山川之景無不召喚著他，他在〈瓦窯村讀書記〉一文就說：「予處海外，而中原之山水，無日不往來於余之胸中、目中也。大之若五嶽、五湖無論矣。其遠之小者若湘衡之九面、五夷之九曲，予既不得而至。」⑰回台後，洪棄生將隨行日記與詩作加以整理，有《八州遊記》與《八州詩草》，可說了卻生平心願，《八州詩草》完成翌年即過世。

其遊與一般純粹遊山玩水者異，他每到一地，均細心考證其歷史背景、人物典故。「海田滄桑之變異，山河草木之觀感，當其鍊石無補，使之潛心著述，尤天所以昌大乎文章也。」⑱如《八州遊記》卷一記船行到上海路程，考證吳淞口、上海之名並述觀察情景等等，其例甚多，僅略舉三則以窺。如：搭乘小輪到新開河，「自太古馬頭登陸，行李皆出於海關前，堆積如山，驗關者為英人與華人，例殊寬大，略一顧視，即放行。余見他人行李貨物甚多，竟無一徵稅，視台灣則爲疏略萬萬矣」、「上海一名黃浦，一名春申浦，謂楚春申君黃歇所鑿也。考春申君之都在吳城，爲今蘇州，故蘇州府治有黃堂。春申君食采在延陵，爲今常州，故常州府西北有黃山。……」、「上海無清遊之地，曩有愚園、張園、徐園，泉石花卉，樓閣亭台，均清華不俗，故三十年前，台灣會試之士，佇足上海者，率往舒眺而道於余。及余至，則三園風流歇絕，惟高昌廟路之半淞園，引黃浦江水於園中，頗有水木之趣。城中東西二園，清而太淡，若夫猶太人之哈同園，黃浦灘之西人公園，雖龐然大觀，然彌繁彌俗，余亦未嘗涉足。外此設劇場以勾引遊客者，若大舞台、新舞台、新世界、大世界等，劇色雖多，俗不可耐，故兒輩數與台灣遊學生往觀，余從未一也。」[19]從以上所錄，可知其觀察極仔細，他自己說：「遊如讀書看畫，不細心無以知其趣，不周知形勢，則如矮人觀場。」[20]因此能做到：一、無論勝地僻壤，必窮究風景之歷史背景。二、記遊如讀書，必與經史子集參互考證古今名蹟。三、注意山水風土變遷。四、考校精詳，區別地同而名異、地異而名同者。棄生博學淵邃，會通今古，讀八州遊記、詩草，上海異名、得名之由來，與上海的建設、市民的文化生活方式、上海的發展歷程和租界、海關徵稅等現象，無不有細密的紀錄。這次旅遊是他念茲在茲很重要的一次經驗，透過這次旅遊也可以了解傳統文人如何觀看父祖之國，可以理解傳統文人堅貞執著之心態，排斥都會世俗娛樂，對民族文化有信心，描奇繪異之中，仍不免有言外諷刺之意。他時時以閱讀經驗來印證所學，來理解他在典籍中所想像的祖國。即使面對流離失所的現實中國，仍充分展現我族的文化優越感。

與洪棄生同是鹿港詩人的周定山（一八九八—一九七五），在一九二五年因家庭經濟壓力下，毅然遠赴大陸㉑，至漳州任職後，「南過昆明，北臻淞滬，半載風塵，萬里遊蹤。」㉒直至是年上海五卅慘案發生，方才離開大陸，回到台灣。期間尚有兩次赴大陸，因未有資料留存，其活動情況不詳。第四次赴大陸是在一九三八年夏季五月，周定山應日本政府之徵召，前往上海日軍特務部任職（可能是擔任隨軍記者的職務）㉓，七月因父親病重匆匆歸台，原擬八月再度前往滬上，因罹患濕疹，顛連病床，未能成行㉔。

在詩人筆下，動盪的中國正呈現一幕幕悲劇，讓人走近風雨交加的歷史現場。〈五卅慘劫書愴〉詩序：

> 慘劫肇禍於日紗廠之罷工，蓋待遇不改善，賃金多剝削，工人籠城抗爭，枵腹求貸。廠主揭開假面，藉口驅逐主謀，致無辜工人數名犧牲於強權之彈下。一時全國譁然，民心憤激，始乃用工人屍體，舁以示威，不料英租界巡捕拒之。實彈驅散，豈知群眾挺身與爭，絕不退縮，終聚數萬民眾，蜂擁工部局，肉薄衝鋒，非滅此朝食不退，霎時槍聲突起，前仆後繼，倒斃數百，橫屍遍地，此係五月廿九、卅日之慘劫也，於是全市罷工、罷課、罷市、弱族悲哀，誓雪前恥，民心未死，良用昭欽。身臨慘境、未忍卒睹，忍淚書痛。㉕

詩有十一首，其十云：「東西強寇迫眉頭，虎豹交爭弱肉求。淒絕吳淞江上望，至今猶見血淚痕。」憤英日強權凌逼，嗟肉弱斯民之倒懸，江上血痕，苦海命沉，詩人為之無限神傷。在上海近三個月時間，他活動區域遠較第一次大陸之行縮小許多，大致以吳淞江以北的閘北區及虹口區爲主。雖曾走覽蘇、浙幾處風光名勝，但是，日本侵華，儘管山河多麗，卻也懷古傷時，觸目成愁，感慨良深。《一吼劫前集》中的《倥傯吟草》詩作，凡五十四首。其中主題多圍繞在：戰事可怖，殺戮慘烈，生民轉徙流離、國人奢靡不振，紙醉金迷及異族的歧視、欺凌。當他過吳淞時，詩賦：「巨礮雄跨壓海鯨，一經肉彈便犁庭。至今嗚咽吳淞水，猶是當年戰血腥。」（〈過吳淞〉）

令詩人傷痛的是敵軍逞其淫威，生民輾轉於溝壑，家庭殘破，百邑瘡痍。〈四行倉庫〉（所謂白壁戰線）詩：「殿軍留八百，困獸鬥難休。地早輜糧積，窗眞戰壘謀。此身餘滴血，不願棄斯樓。白壁深壕外，腥風骨滿溝。」對堅守四行倉庫，猶做困鬥獸的八百壯士，有高度的肯定，彈盡糧絕，仍固守金湯。〈閘北〉：「闤闠連雲跡不存，劫灰催雨寫愁痕。危機徒自塡溝壑，豈及頑強鐵幾根。」〈鐵條網〉：「鐵網重重甚鳥羅，縱橫臥吻血痕多。人間枉爲存嚴域，遮莫飛鳶自在過。」商店夷爲丘虛，鐵網密佈，戔戔數字，可見戰痕懾人。〈白骨墩〉詩序則云：「墩在江灣大場兩鎭界，如山白骨，占地成畝。風刀雨箭，鬼氣迫人。銃痕劍創，凌亂殘骸。某醫博，擬取髑髏，以供學術研究。費數日精神，竟未獲一完骨者。傷心慘目，悵然而返。」言一九三七年八月，日軍與中國軍隊在上海虹口、閘北一帶的慘烈激戰，血流白骨，無一完整。詩人所見的白骨墩，應是當年殘留的痕跡。〈過閘北商務印書館跡〉：「樓閣剩殘骸，鐵骨凝血碧。燹火忽重舐，頑強爭一席。鉛槧古版珍，世同國寶惜。韞櫝而藏諸，恐爲淪蠻貊。文化五千年，拚共頭顱擲。血肉塡屋平，空留抗戰跡。劫餘灰爭飛，散作新礎石。」可見作者中華之本位，民族之意識。至於〈虹口市場〉：「日夜營營鬧未終，方言嘈雜混西東。果然國際通商地，五色人融一市中。」〈永安舞場〉：「聞道紅衣血漬成，燈迷金醉未分明。一宵人斂千回舞，國步何愁萬里程。」「情同香餌釣銀鱸，纖手迴旋似孰俘。宛轉由他腰玩弄，盡驅男類去爲奴。」「短袖雲衣舞態輕，柳腰偎倚若爲情。宵宵頓足緣何事，大地爲卿幾踏平。」對於醉生夢死的國人，有無限的感慨。〈滬甯道上〉：「已無寬腹大飛輪，汗喘爭攀避劫身。壓道蜿蜒車十輛，只餘肉湧一廂人。」「驛站彈痕碎影移，車停襤褸擁孤兒。攀窗手共哀聲急，無力呼天也忍窺。」令人可悲可憫。〈軍農園〉：「未師老圃便犁庭，嫩甲柔叢眼忽醒。終日移栽勤選種，江南菜色一畦青。」「脫卻寒衣套武裝，荷鋤姿勢迫提鎗，綠苗移影舐焦土，千畝蔬畦是斷腸。」敘說了日軍強徵青壯以闢園種菜，俾供軍糧之事實。

〈無情血有引〉：「秋月未圓，予偕數人，赴某土地局長之讌。名花兩朵，豔噪滬濱。色藝絕佳，一座傾倒。蓋某局長之膩友也，未終筵而佯醉逃席。離局長飲彈時，才隔五分間耳。箇中痕跡，皦然若揭。兇彈集中，四面夾擊。一位慷慨之士，徒吻無情之血。慘景當前，慄然在目。戒前途之危，賦無情之血。」足見暗殺風氣之盛，朝不保夕。

〈兆豐公園〉詩序云：「英人經營，門限懸牌尋丈，大書『中國人與犬不可入』。辱國辱族，莫此爲甚！」詩：「我疆我土闢洋場，小巧經營數畝中。毒辣居然標假面，一園先兆國興亡。」洞燭機先，用語沉痛。

一如他在《倥傯吟草》自序說：「哀且未遑，何事閑詠，悲從中來，詩以當哭。……間或簡派各地，則燹火輕舐，傷心焦土，錦繡之河山，頓爲淒涼之廢壘。……戰地宵深，彷彿冤魂而號啕；戎幕燈殘，輾轉苦吟以洩慟。」㉖

一八九七年，台灣割日兩年，連雅堂（一八七八—一九三六）赴滬，入聖約翰大學習俄文，後奉母命歸台。一九一二年，雅堂先生遊滬（其時大病初癒），王香禪亦作客申江（上海），相逢逆旅，閒話家常，品茗談詩、課詩。

《台灣詩薈》第二號「餘墨」載其事：

稻江王香禪女士曾學詩於趙一山，一山老儒也，教以香禪草箋，朝夕詠誦，刻意模仿，及後遇余滬上，袖詩請益……遂以義山集授之，香禪讀之大悟，繼又課以葩經，申以楚詞，而詩一變，今則斐然成章，不減謝庭詠絮矣。㉗

雅堂有詩〈滬上逢香禪女士〉、〈寄香禪滬上〉。二人半師半友之間，其實香禪已嫁謝愷㉘。小住滬上期間，除暢遊附近名勝古蹟，發思古之幽情，感慨時事。遨遊蘇杭時，且馳函夫人，欲他日偕隱於是，信末並繫七絕一首，末兩句云：「他日移家湖上住，青山青史各千年。」

居滬時偶遇同鄉故知，備加欣喜。這年（一九一二年）中秋之夕，吳少侯（子瑜）邀宴于張園。當晚同座者有謝幼安、王香禪夫婦及林子瑾、李耐儂諸人。酒酣，並有北京瞽者王玉峰彈三弦助興。幼安夫婦善盡地主之誼，對上海市內各地多所導遊，並曾邀飲詩人於杏花樓，請當時名妓張曼君作陪。曼君負俠而能讀書報，自愛奮勉，雅堂多所讚許。居滬九個多月，復遊大陸各地名勝，所發詩文，可見《大陸詩草》、《大陸遊記》。這一段客寓滬上期間，其心情多歡樂。

經過二十年，年華漸老，心情轉折很大。一九三三年七月，雅堂夫婦因長女夏甸之邀赴上海，初至時，暫住女婿林伯奏㉙房產：公園坊十一號㉚。後移二十一號，與劉燦波（劉吶鷗，一九〇五

—一九四〇）同居㉛。此間因不習十里洋場的上海，加之天氣酷暑，工作一時尚無著落，遂有「上海不可久居」之嘆。八月四日致震東家書云：「到滬以來，瞬將一月，起居頗適。然上海爲奢華之地，物價甚高，未可久住。……總之，上海不可久居。」八月十一日家書又云：「上海習俗奢華，物價奇貴，實不可居。」九月六日家書復云：「今已歸國，到處可居，而上海斷不可住，以其風化甚壞，而用費又巨也。㉜」雅堂一直有著落居關中之願，欲效關中大儒保存文化而恢弘光大之，乃一貫書生報國之衷。惟此間僅作短暫關中之遊，一九三六年六月二十八日，終因肝疾愈形嚴重，逝世於上海公園坊寓所。那雙眼睛透露出他內心苦悶與憂鬱的痕跡。一個想逃離上海的人，最終卻老死於上海，在他告別人間的時刻，除了想到中日必然一戰，他如何審視自己的一生？他會以什麼心情來描繪這一切？

二十世紀前期日本一些重要作家，如：夏目漱石（一八六七—一九一六）、有島武郎（一八七八—一九二三）、志賀直哉（一八八三—一九七一）、芥川龍之介（一八九二—一九二七）、佐藤春夫（一八九二—一九六四）、横光利一（一八九八—一九四七）、井伏鱒二（一八九八—？）等人相繼遊歷日本統治下的外地（滿洲最多）。三十年代末則經常是政府補助的出差任務。横光利一的《上海》㉝算是較不錯的作品，但從作品中仍然可以讀到支持「大東亞共榮圈」的主張。從異民族、征服者日人的立場（眼睛）所看到的視野，相較於仍心繫父祖文化之國者來看，該有內外景致之不同。一九四三年時日本評論家板垣直子以一種很「奇怪」的口吻說：

> 拜戰爭文學之賜，我們以前想像不到的奇怪國家和民族（及他們的生活方式），現在第一

次進入我們的視野。此外，日本佔領的南方各地區，先前歐洲人已經開發了許多資源，現在也湧到我們眼前，物產之豐富眞是令人難以置信㉞。

台灣人眼中看到的景致通常不是如此，林癡仙、洪棄生、周定山等眼中的上海，多的是動盪不安、流離失所的景觀，其中找不到欣喜之情，對戰爭引發的滿目瘡痍，讓他們看見的是帝國主義和軍國主義擴張的野心。

2. 留學生與上海（謀求社會革命）

日治時期台灣人返回中國大陸留學者，最初由於總督府頗多限制，所以人數並不多。二十年代以降，則漸成風氣，有的繞道日本再赴滬，前往所在地除了上海外，廣州、北京、南京、廈門等地學校都有。一九一〇年代末留中的台籍學生僅十九人，迄一九二二年上海一地即有二、三百個台人，半數爲學生三十五人。這主要是二十年代初中國革命的氣氛逐漸高漲，上海作爲一個國際性都會，又有租界爲掩護體，各弱小民族或帝國主義的革命志士，紛紛到達上海從事革命活動。相較於日本東京而言，台灣人雖然赴京（東京）留學的人數較多，但上海無疑的更適於社會運動的推展。謝雪紅（一九〇一—一九七〇）、張深切（一九〇四—一九六五）、彭華英（一八九三—一九六八）、許乃昌（一九〇七—）等人即都在上海活動。上海成爲台灣留學生相當活躍的都會，這與瞿秋白（一八九九—一九三五）在上海大學任教有關，其馬克思主義的學術訓練與政治參與的實踐觀，影響了不少留學生。一九二三年十月，即有「上海台灣青年會」之組成，其後復有謀求對台灣、朝鮮宣傳共產主義的「平社」，同時有基於民族自決力長的「台灣自治協會」，一九二五年更有糾集多校留滬學生共組「上海台灣學生聯合會」，一九二九年六月，這些名稱不一的團體共同結合而轉化爲「上海台灣青年團」，一九三一年四月，青年團改稱「旅滬台灣反帝青年同盟」。

一九二一年彭華英（一八九三—一九六八，妻蔡阿信）隨蔡惠如到達上海，一度寄宿在中國共產主義者羅豁在漁陽里的住宅，接受共產主義教育。而漁陽里二號即中共和當時上海學生運動中心團體——社會主義青年團的成立地點，也是陳獨秀在上海的寓所。

一九二三年張我軍（一九〇二—一九五五）由廈門來到上海36，加入「上海台灣青年會」，並於一九二四年一月十二日出席該會在務本英文專門學校召開的「上海台灣人大會」。會中，張氏與謝廉清等發言譴責台灣內田總督的暴政，並被舉爲執行委員，做成決議文添附趣意書，分寄日本總理大臣及其他有關台灣官衙，以喚起輿論。會後不久，張氏赴北京。不久，又因工作無著，遣費散用罄，無法半工半讀，於是回到台灣，任職《台灣民報》漢文編輯。後來又再度到北京，在戰爭末期，他在〈「黎明之前」尚在黎明之前〉一文談到自己在一九四三年時的窘境，物價飛漲，決計南下以便「覓得一塊吃飯的候補地了」。在京滬住了半個月，不得要領又回北京，自謂「白花了三百元和二十天的時間」37。

一九二三年，這一年秀潮（許乃昌，當時就讀於上海大學社會科）從上海寄回〈中國新文學運動的過去現在和未來〉一文給《台灣民報》，陳述胡適的八不主義、歷史的文學觀，以及陳獨秀的三大主義。過後不久，同年十月十二日，他同台灣最爲堅強熱心的民族自決主義者蔡惠如、彭華英等人共同召集在上海留學的台灣學生十餘人假南方大學成立「上海台灣青年會」，謀求台灣脫離日本統治。同年十二月十七日，台灣發生震驚全台的「治警事件」，台灣議會設置運動領導者多人被拘捕繫獄。

謝雪紅在一九二四年到上海，積極參加了一九二五年的五卅運動，參加反日罷工活動。六月進入中共創辦的「上海大學」就讀社會系，其間得識日後台灣左翼運動人士：許乃昌、翁澤生、蔡孝乾、洪朝宗、李曉芳、莊泗川、潘欽信等人。而中共早期要角人物瞿秋白、蕭勁光、丁玲（一九〇四—一九八六）也成爲她學習的對象，並加入中共共產青年團。一九二五年十一月獲中共推薦到莫斯科就讀東方大學（全名是史大林東方勞動者共產主義大學）。一九二八年一月回到上海積極籌備台灣共產黨。四月十五日在上海法國租界霞飛路上一家照相館樓上，召開了「日本共產黨台灣民族支部」——台灣共產黨的成立大會。不久，她所組成的上海台灣讀書會爲支援朝鮮共產黨，散發「全台灣總督獨裁政治打倒大會」反抗傳單，爲日警偵緝，發生四月二十六日的「上海讀書會事件」，後以罪證不足而釋放。

到了一九二四年，這一年施文杞（就讀上海南方大學，另有筆名淚子）從上海寄回小說〈台娘悲史〉給《台灣民報》，分別以華大、台娘、滿姐、日猛比喻中國、台灣、滿州、日本，暗示台灣民族解放的問題。施氏以女性的處境來比擬台灣的現實情境，此表現技巧相當有創意。他也喜好新詩，並曾對婦女問題發表言論，曾撰文批判台灣的男性，又曾撰〈對於台灣人做的白話文的我見〉，指出中國白話文移植到台灣以後的變異現象。同年六月《台灣民報》轉載了郭沫若（一八九二—一九七八）的〈江灣即景〉，翌年又轉載郭氏詩作〈仰望〉，敘述者厭惡人工化的上海，祈求心靈的自由，已暗示近代都市文明所造成的疏離感。這一年也轉載了西諦（鄭振鐸）的〈牆角的創痕〉，描寫上海五卅慘案之後，牆角彈痕累累所激起的憤慨與感傷。這一年一月《台灣民報》刊了劉定國的〈不娶你〉和曾廣勛的〈紅豆〉，二人皆就讀於上海南方大學，極可能是施氏的同學。

這一年（一九二四年），陳文彬（一九〇四—一九八二，高雄岡山燕巢鄉人）遭就讀學校台中一中日本教官毒打，他號召全班同學罷課，抗議日本帝國的軍國主義教育，為此，被校方勒令退學。不久，他隻身渡海，入上海法政學院就讀。一九二五年上海五卅慘案後，轉赴日本東京法政大學，攻讀社會學。一九三一年攜妻女回台，因曾於歸途船上向留學生介紹孫逸仙革命事蹟及孫臨終前「聯俄、容共、扶助工農」三大政策，回台後即遭日本特高監視，同時因工作無著，於是再度奔赴上海，尋找一片新天地。經親友李劍華（勞工問題專家，當時為中共祕密黨員）介紹，先後在中國公學、復旦大學任教。在李家，他認識李夫人的姊姊關露（也是中共地下黨員），此時他對馬列主義的革命理論有了接觸機會。因此在三十年代初期的上海，他與李劍華合辦《流火》月刊，介紹馬克思主義的革命學說。不久，雜誌被查禁，李為國民黨逮捕入獄，他也幾乎險遭不測。在上海期間，日本特高仍嚴密監視其行動（欲究其行蹤了解上海抗日組織），如此兩面夾攻情形下，上海已難再待下去，所以再次東渡日本。

同樣在這一年（一九二四年），蔡孝乾（一九〇八—一九八二）入上海大學讀書，未幾，擔任上海台灣青年會出版部幹部，後又將該會改組為「旅滬台灣同鄉會」，同年六月十七日，參加上海台灣自治協會所舉辦的反台灣始政紀念會。一九二五年與陳炎田、謝廉清等合組「赤星會」，出版《赤星》雜誌，宣揚共產主義，同時開始投稿給《台灣民報》，在該報三卷五號上，有篇文章〈為鐵路沿線一看，更呈奇觀，一清早人頭簇簇，排成長列的白屁股袒然展覽大解脫，這種醜態，實堪令人羞死。

上海的社會現象，無一不使海外回來的僑胞怵目驚心。……租界裡的闊人，住洋樓，使用西洋衛生馬桶，洋洋自得，看租界外的同胞，若異國人，若豬狗牛馬，絲毫沒有相憐的觀念㊺。

張深切指出租界地是中國較特殊的地區，相對其他地區而言，較爲安定、繁華，很多人陶醉於此，有些人瞧不起自己的同胞，自以文明進步的西化派爲豪，骨子裡卻又是腐朽不堪。張氏在一九二七年因受台中一中學潮株連，遭日本政府逮捕入獄三年，出獄之後致力台灣話劇研究會，由於公演劇本隱含民族主義，再度遭到日警的阻撓干涉，數度受警察署高等課問話，他不得不轉赴上海，進入日人山田純三郎主辦的刊物「江南正報社」工作，同時負責副刊的編輯任務，這次上海經驗讓他首次接觸到報社工作，爲他日的文學生涯奠下根基，但隨著「江南正報社」的關閉，在上海謀生困難，遂於一九三四年束裝返台。

王白淵居上海其間㊻，目睹印度人巡捕，百感交集寫下〈給印度人〉一詩：

繁華的列強租界大街
戒備森嚴的銀行門前
大商店吵雜的出入口
我們看見　我們看見

全副武裝的印度弟兄……
六尺巨軀四肢強健
白巾纏繞著黑臉
大英帝國的走犬
上海的要地汝無處不出沒
噢！印度人呀！世界的看門奴
厚顏無恥的錫克人
汝爲誰武裝　汝爲誰勞動
爲誰奉獻……
悲哀堂堂釋尊後裔
亞細亞無限的侮蔑
印度人呀！印度人呀！
厚顏無恥的錫克人
你的槍口對準誰人的胸前？47（於上海）

對於同爲被殖民命運的印度人，同爲亞細亞被殖民民族的感情，王白淵以兄弟立場視之。既同情其命運，但對其不事抵抗，又恨其奴隸化。他的感嘆激動正如謝春木48中國紀行中的隨筆：〈世界看門人——印度人〉所述。謝春木說：

這段敘述說明了台灣文化協會在一九二〇年代前半成立，積極展開社會文化運動，進入一九二〇年代後半，無產階級革命思想主導台灣社會運動實踐方向，並導致文協分裂，社會文化運動方向分歧。這樣的描述，耀源幾乎已不是小說虛構的人物，而是與台灣現實的歷史經驗相呼應。

進入上海大學就讀，以致成爲社會主義的信仰者，幾乎是當時許多左翼運動人士所走的道路。根據《台灣總督府警察沿革誌》的記載，在上海大學讀過書的台灣青年，有林木順、翁澤生、蔡孝乾、洪朝宗、李曉芳、潘欽信、莊泗川等，上海是他們堅定左翼思想的重要洗禮之地。當耀源回到台灣因參與社會運動而被檢舉，嚐受兩年牢獄之災後，時代空氣充滿重壓，四周環境陰沉而灰黯，他離棄了所信奉的主義思想，墜入虛無頽廢的深淵。他自責想：「五卅慘案風潮勃發，自己和他是怎樣熱熱地雜在怒號的示威遊行的民眾中吶喊呢。同時上大閥的理論家的他還不斷前進著。但自己呢？」此處提到的「上大閥」即是指那些在上海讀書的「上大派」。自己的退卻懦弱與同志的堅持理想派成強烈對比，內心的痛苦與掙扎，莫此爲甚。耀源是否自此一蹶不振了，小說結尾：「不知道是那裡的雄雞，朗朗亮亮底抑揚的啼叫聲，鮮明地透進車窗來。」弦外之音，令人莞爾。至於通俗小說除了描繪上海女性異於其他省分外，則多呈現上海娛樂情色之一面。上海三十年代的娛樂業眞達到空前繁榮，各種戲院、舞廳、影院、酒吧、夜總會、遊樂場，五花八門，應有盡有，幾乎都是年輕人的愛好。阿Q之弟（徐坤泉，一九〇七—一九五四）《靈肉之道》如此描寫：

上海眞不愧稱爲東方之巴黎、繁華熱鬧之情形不盡所言、什麼罪惡都有、生活程度高極高、下極下、尤其是女性的活潑、非我台灣女性之望塵所能及者、她們能登台演講、做愛國運動、婦女解放運動、能文能武、巾幗英雄、立在前線嘶喝、令人一見不寒而慄、感佩不已、人種多且雜、租界分明、治安亦不錯、衛生進步……上海的台灣人不多、除了些開業醫和眞珠買賣的人以外、大都是不務正業的流浪者、他們可說是異鄉的馬路英雄、分散於北四川路和虹口一帶。[53]

上海是女人的天下，她們是春神、創造眞上海的春景、無論街頭巷角、若失了女人的形跡、就變成寂寞枯澀的地方、南京路、霞飛路、北四川路、時近傍晚的那兒、女人如夏天的花蝴蝶、到處狂飛、高跟鞋的痕跡、特別的多、電光四射、夜神和春神合作、自然的、變成一種熱和力的衝動、洋裝、長衫、花紅柳綠、奇形怪狀、令人發生種柔和可親的感觸、細膩的膚肉、纖弱的姿態、是中國產的美女、活潑魅力高強、是法國的少女、快亮、率直求愛、直線的感覺、沒有淚、沒有憂慮、是美國的女性。如酒精般的熱情、火山般的性慾、是俄國的女子。她們的慾、燃燒了男人的強壯肉體火……。上海是東方的天堂、同時亦是人民的地獄、資本家的橫行天地、浪人英雄的容身處、有人說：「上海的魅力是在街頭……上海的醜惡是灰色的醜惡！」……南京路的夜景、樂園裡、低陋的趣味娛樂、自動車、電車的往來、如戰爭般的大進軍、穿上絲襪、富有魅力女人的腳、男人的小鬍鬚、咬上雪茄煙的威風臉、顯出淺薄不安定而狡猾的小鬼臉。江北人的體臭、俄國女人的狐味、市窗低級的色調、賣報者的吶喊！迷暗裡的野雞、見人而撲上、咬纏不放……民眾的疲之、日夜顛倒、夜間總統的行政、簽字、馬路英雄的分配換班、噫！上海是東方的地獄、妖精鬼怪、牛頭馬面、刀山、血池……人們若以透視的眼睛詳細觀察、則會感覺比李世民遊地府那樣的可怕和痛快——[54]

朗讀時可以感受其速度之快，人事物目不暇給羈佔了視線，上海的現代性節奏明顯。可是相對照於吳濁流《南京雜感》裡談到的上海，一般上海人的生活步調可能慢得多，女性沉溺於打牌、跳舞等，呈現了吳氏對現代的不安與不滿。就如同他在小說《亞細亞的孤兒》所呈現的：「他很意外每個人的動作都這麼慢，很奇怪，他的幻想破滅了，慢慢穿過一大群苦力。」[55]

上海，二十年代末，已是各種新文藝潮流薈萃的地方，又是座華洋雜處的大城市，現代主義此時也掀起了高潮。一九二六年，劉吶鷗（一九〇五—一九四〇）赴上海插讀震旦大學法文特別班。在人們的記憶裡，風流倜儻的劉吶鷗穿白色西服，繫領帶，著皮鞋。愛去跳舞、咖啡廳、電影院，與朋友談笑風生。作品對上海舞廳及下層社會、都市文化、資本主義的描寫，表現突出，有獨特的藝術魅力，對都市扭曲人性的虛僞生活和機械文明，隱含一種文化批判和挑戰。劉吶鷗一九四〇年九月三日於上海京華酒店被暗殺，得年三十六歲[56]。新文學中的上海，作品甚多，他如雞籠生的《大上海》亦是，這方面可以自成一篇論文詳述。

6. 赴上海謀生、經商

赴上海的動機可能人各有異，除了以上所述，另外也有赴上海經商、謀生的，以其機會多，但風險性也高，然而仍很多人不顧危險，毅然踏上異鄉。本節擇要僅取知識文化人一二例說明。吳坤煌在戰爭期間，遠赴中國大陸，在北平、上海從事過教育與經商，並在當地結婚生子。光復後返台。隨著日本侵華腳步日蹙，楊肇嘉（一八九二—一九七六）決心離開日本本土轉赴上海，一九四一年他變賣房屋，多所張羅，經歷一些曲折，方到達上海。他以「大東實業公司」上海支店作爲在上海生存發展的後盾。他在回憶錄說：「我掛的『招牌』——實業公司，氣派很大，可是我販賣的竟是些：木炭、白糖、鹽……」[57]，於是積極羅致人才，開拓販路。惜隨著日軍在戰局中的逆轉，物價波動，漸難以經營。一九四五年開始，上海幾乎日日有空襲警報，晚上燈火管制，生意已無法經營。不久，日本投降，「台灣派滬同鄉會」成立，到會者一千五百多人，推選楊氏爲理事長，爲台胞回鄉問題奔走。然而自己卻因得罪陳儀，反因「戰犯」罪名進了上海提籃橋監獄，登上上海戰犯法庭，經朋友營救始獲不起訴。當日本挑起太平洋戰事，殖民地台灣也隨之有強迫性的「志願兵」政策時，據聞也有欲避開兵役而潛往滬上者，這其中詳情都需再進一步訪查，蒐集更多材料才能一步步建構出日據時期台灣人在上海的眞貌，筆者期待日後能更完整呈現出來。

三、結語

台灣人與上海，因現實的種種內因外緣，他們的存在既具體而豐富，然而也因歷史的盤根錯節，他們同時也複雜難解，令人欲說還休，卻又欲罷不能。這是台灣文學、文化中一段需塡充的空白。這會是多有意思的回望，穿過層層歷史煙霧，許多意味無窮的景象，上海像一塊磁鐵一樣，緊緊吸住一批台灣人：旅遊於滬上、負笈於滬上、經商於滬上、謀生於滬上、徵召於滬上……。不同的家庭環境、不同的生活狀況，不同的性格，不同的人生選擇，不同的生命情懷，一時都湊攏來到了這裡。有人或陷於歷史的尷尬或奮力激昂於社會主義或滿腔悲憤於國土淪喪，或冷眼旁觀這一切，或亟欲逃離此地。這些文化人在當時，多半還很年輕，他們不斷追尋理想、夢境，遠走上海後，有些人迷惘了，傷情回到故鄉，也有一些人，經歷時代的衝擊，並沒有被吹落、迷茫。有些人被推到逼仄處境，精神分歧，就像胡太明的心境，有一些人被暗殺，處在盡是間諜、既不是日本人也不是中國人，台灣人在那兒茫然不知所在。

不只連雅堂一個人，我發現台灣人中，和連雅堂一樣在上海大學就讀的人爲數不少，丘念台曾在大同學院，蔡孝乾、翁澤生、洪朝宗等人在上海大學社會科學系。二十年代初，台灣民眾已漸感受到台灣議會請願運動及文化協會的影響，民眾的民族意識漸覺醒，也開始追求現代、知識，由於台灣島內中等學校不普及，因此有錢有能力的學子紛紛赴日留學。而基於祖國意識或因中國學校學費較低廉、入學較容易，而漸有留學中國的現象。負笈上海的台灣青年，他們所受的教育、所參加的組織，左翼色彩都相當濃厚，幾乎個個成爲台灣共產黨的健將。他們對台灣文化、社會有一定的影響。然而做爲左翼文化一段歷史的人物，在今天獨尊自由民主的台灣社會，他們似乎也成了一種尷尬的存在，沒有被認眞客觀地描述，今人似乎也很難與他們對話，我們觸摸得到他們的靈魂嗎？

當我一一數算他們來到上海時的年齡，一頁頁翻讀者他們的作品時，我不禁驚訝於這樣充滿熱情有活力的年輕生命，在二十歲左右即展現深邃的思考、批判能力，而且中文純淨靈活。他們幾乎都不迷戀文人這一角色，他們之中有不少人滿懷理想投身於政治、社會文化運動，文學僅是文化的一環，許乃昌、施文杞、蔡孝乾、玉鵑、張深切、王詩琅等等皆是。我讀到謝雪紅對蔡孝乾的不諒解，譴責蔡爲機會主義者，讀到張深切《里程碑》中對謝雪紅的攻擊，也讀到李萬居痛罵張我軍《亂都之戀》的文章，那是相信理想卻又複雜的心思。

初步寫完本文，我試問自己，理解一個人和理解一種歷史現象，究竟誰比較難？或者說，描述一個人難？還是描述一種歷史現象難呢？也許都難。我自己也頓時陷入尷尬的處境：這樣的描繪，究竟碰觸到了歷史了嗎？探觸到了人物的心靈了嗎？

——原文於加州大學聖塔巴巴拉校園「二〇〇〇年台灣文學國際研討會」論文發表，二〇〇一年八月修訂完稿

註釋

❶張曉風〈愁鄉石〉，《愁鄉石》，晨鐘出版社，一九七一年四月。

❷林文月〈說童年〉：「較別人多了一種複雜的徬徨感。這是由於我生在一個變動的時間裡，而我的家又處在幾個比較特殊的空間裡；時空的不湊巧的交疊，在我幼小的心田裡投下了那一層淺灰色的暗影。」見《讀中文系的人》，洪範書店，一九八〇年三月。一九九九年四月洪範書店印行的《飲膳札記》如〈台灣肉粽〉、〈蔥烤鯽魚〉、〈炒米粉〉、〈蘿蔔糕〉、〈五柳魚〉等篇都提到上海的飲膳，讀者也可從另一角度理解上海。

❸岩上〈隔海的信箋〉一詩，自註：「我大哥於一九四六年被國民黨軍強押隨九十五師赴中國參加內戰，是二萬多台籍兵劫後餘生僅存八百多人之一生還者，現居留上海。於一九七八年中共飄傳單過來，偶拾得而知其未死，遂秘密曲折通信。」見《更換的年代》，高雄：春暉出版社出版，二〇〇〇年十二月初版，頁二二五。

❹參見楊逵口述，何昫錄音整理，〈二二八事件前後〉，略謂陳誠赴任途中（當時剛發表陳氏任台灣省主席），路經上海，有記者問他關於「和平宣言」的問題。陳誠抵達台灣開記者招待會，對記者說，台中有共產黨第五縱隊，並說要把這種人送去填海。楊逵心知此話針對他而講，不久即在一九四九年四月六日被逮捕。見陳芳明編《楊逵的文學生涯——先驅先覺的台灣良心》，台北：前衛出版社，一九八九年二月台灣版第二刷，頁一六八）。

❺封德屏主編《四十年來家國——返鄉探親散文》，台北：文訊出版社，一九八九年，頁五八。

❻楊逵〈送報伕〉第一次中譯由胡風翻譯後發表於上海《世界知識》第二卷，後來又收錄在《山靈——朝鮮台灣短篇集》，及世界知識社編《弱小民族小說選》，都是由上海的出版社出版。台灣當時的詩集有不少是在上海出版，而輸入台灣的書刊，也絕大部分來自上海、廣州，翻閱當時的報刊即可知悉。林文月〈讀「台灣詩薈」的廣告啓事〉一文就說：「其所登大陸各地的書目刊物卻極多。例如第三號裡的『新刊紹介』所列舉十二種刊物之中，竟有一半是來自上海、廣州各地的出版物。」《書評書目》五十六期，一九七七年十二月，頁二七。又，中央書局成立後，莊遂性於一九二六年親赴上海選購各類圖書，並與開明、商務、世界、中華等書局建立聯繫。見陳小沖〈日據時期台灣與大陸的文化聯繫〉，《台灣研究．文學》一九九七年第二期，頁八一。

❼詳見范泉《遙念台灣》，人間出版社，二〇〇〇年二月出版。及林曙光〈相逢何必曾相識——回憶投稿上海《文藝春秋》〉，《文學台灣》第二期，一九九二年三月，頁一八。

❽霧峰林文察長子，乙未之役，奔福建，後移居上海。其堂侄林幼春（一八八〇——一九三九）有詩〈家伯蔭堂觀察〉：「……脫兔每憐身似玉，騎驢今見鬢成絲。臨河誰唱公無渡？寂寞天涯老自悲。」對其英勇與出身大加讚美，但對乙未奔逃之舉，詩末亦忠實反映了時人之譴責與惋惜。最後只能換來晚年之寂寞，終老於滬上。癡仙移居滬上前，有詩〈將由晉江移居滬瀆，示海外親友〉，其中二句：「離家不返又移家，薄葉隨波詎有涯。」無奈苦悶之情可以想見。

❾林朝崧（林癡仙）《無悶草堂詩存》，台灣省文獻委員會出版，一九九三年九月，頁三十。〈留別家兄蔭堂〉

一詩：「三霜同客閩，二稔並留吾。」可知癡仙在滬上時間約兩年。

❿棄生詩見《披晞集》卷七，《洪棄生先生遺書》，成文出版社，頁六二六—六三一。痴仙詩則見於《林癡仙詩鈔》卷一，國家圖書館台灣分館藏「台灣文藝叢誌」，一九一九年，頁二〇～二一。

⓫林朝崧（林癡仙）《無悶草堂詩存》，台灣省文獻委員會出版，一九九三年九月，頁三一。然頁三一所引詩題，標斷有誤，筆者另據《櫟社沿革誌略》所附〈櫟社第一集．無悶詩草〉更正之。台灣省文獻委員會出版，一九九三年九月，頁四九。

⓬經過二十年後，賴和在一九一八年到廈門，見國內動亂不安，而政府、人民靡弱不振。翌年即自廈門返台，其返台心情近似之。〈歸去來〉一詩：「……擾擾中原方失鹿，未能一騎共馳逐。歐風美雨號文明，此身骯髒未由沐。雄心鬱勃日無聊，坐羨交交鶯出谷。」心情複雜、曲折，最後他「一身淪落」歸台來。

⓭〈贈林月香校書二首〉，同註❿，頁二七。

⓮洪炎秋《又來廢話》，台中：中央書局。一九七四年一月四版，頁一一。

⓯王植（澹然）〈寄鶴齋文讚序〉，《寄鶴齋駢文集》，台北：台灣省文獻委員會，一九九三年五月。另見註❿，成文出版社《洪棄生先生遺書》。

⓰〈將遠遊在台北路作〉，《八州詩草》卷一，頁一。另見前註。

⓱《寄鶴齋古文集》，頁二三五。見註❿。

⓲倪承燦（軼池）〈寄鶴齋文讚序〉，《寄鶴齋駢文集》，台北：台灣省文獻委員會，一九九三年五月。另見註❿，成文出版社《洪棄生先生遺書》。

⓳版本同註❿。另台灣省文獻委員會有《洪棄生先生全集》，連雅堂《台灣詩薈》，自第七號開始連載《八州遊記》。

⓴《八州遊記》，同前註，頁一三。

㉑據周定山〈三十年中之回顧〉一文提及自己從台北布莊逃歸，母親因家境甚窘，欲服毒自盡。面臨此困境，周氏謂：「於是欲冒險而渡大陸之心，毅然決矣。……誰使我孤注一擲，行此破釜沉舟之冒險乎？前

途茫茫，心神戰慄。」並云其渡大陸後之苦況，另有專篇述之。《大陸吟草》題首所謂「事當可驚可殺者有之，疑真疑幻者有之，有時虎口餘生，徒撫傷痕，歷其遍地烽煙，風鶴弔膽。」大致可知大陸之行，具危險性及難以預卜的困境，但為了紓緩家中經濟，不得不破釜沉舟以試。

㉒《大陸吟草》題首，見施懿琳編，《周定山作品選集（下）》，彰化縣立文化中心編印，一九九六年七月，頁三五八。

㉓施懿琳〈周定山《一吼劫前集》中的大陸經驗與感時情懷〉，第一屆台灣本土文化學術研討會論文集（上），國立台灣師範大學文學院、人文教育研究中心發行，一九九五年四月，頁二八一。

㉔周定山〈病濕有序〉：「蒲夏歸自滬上，初秋返旆，滿擬整裝重上征途，忽患病濕。……」〈續病濕有序〉：「蒲夏匹馬長征，身冒鋒鏑。菊秋兩袖歸帆，病罹濕疹，……望洋興嘆，空負滬杭壯圖。束手無策，寧甘鄉井萎亡。……」見施懿琳編《周定山作品選集》（下），彰化縣立文化中心出版社，一九九六年七月，頁三八六、三八七。

㉕同註㉒，頁三六四。

㉖同前註，頁三七六。

㉗見《台灣詩薈》（上冊），成文出版社印行，一九七七年，頁一〇〇。

㉘字幼安，與雅堂亦為多年朋友，後任偽滿外交總長、駐日大使。《大陸遊記》卷二云：「幼安，新竹人，……性豪邁，善飲，有志功名。其室王香禪女士，亦能詩，曾授業於余。曩在滬上，時相過從。」

㉙林伯奏，幼時貧困，半工半讀，成績優異。後就讀於上海日人所設立的東亞同文書院上海分校，為該校首位台籍學生。畢業後，任職於三井物產株式會社上海支店，定居上海江灣路。女兒林文月即生於此。

㉚公園坊，在上海虹口江灣路。為林伯奏（林文月父親）房地產，凡卅五幢，後租與日本三菱會社高級職員。雅堂夫婦及幼女初至上海時，即借住其中之空房。

㉛雅堂一九三三年八月十六日家書云：「我家來時，係居十一號，嗣移二十一號，與劉燦波同居。燦波，柳營庄人，曾留學東京，則與伯奏同建公園坊之房屋者。」見《雅堂先生家書》，台灣省文獻委員會出版。

㉜同前註。

㉝長篇小說，一九三一年完成。橫光利一於一九二八年四月旅居上海，以一九二五年發生於上海的五卅慘案為題材背景，也是作者以新感覺手法寫作的最後一部作品。他自己說為了探討自己所居住的東方，受到西方壓迫的慘況，所以描寫國際殖民都市上海社會的混亂、不穩、頹廢，及展開的排外運動、參加罷工的中國工人，以及群眾的動向，上海市街的景象等等。

㉞安德樂（Paul Anderer）〈亞細亞的孤兒：日本文學與「另類現代」〉，吳濁流國際學術討論會論文，新竹縣立文化局主辦，二〇〇〇年五月二十七日。

㉟見吳文星《日據時期台灣社會領導階層之研究》，台北：正中書局，一九九二年，頁一一四、一一五。

㊱張氏原任職新高銀行，由於第一次世界大戰後長期經濟恐慌的打擊，台灣在一九二三年商業不景氣，四家民營銀行，都賠累不堪，台灣總督府命令合併，裁減機構，遣散部分人員。一九二三年八月十二日該行遂與嘉義銀行雙雙合併到台灣商工銀行（即目前第一商業銀行前身），廈門新高銀行分行也受影響，張氏領取資遣費後，於是年初冬由廈門搭船到上海。

㊲張光直編，《張我軍詩文集》，台北：純文學出版社，一九八九年九月二版，頁一七四～一七五。

㊳張氏在晚年的自傳《里程碑》中談到他對謝雪紅的看法：「過去我以為我的思想很新，但這次看見謝阿女和青年學生們同宿，混帳一起，覺得很不順眼，後來一聽她們要留俄，我恥與為伍，就不願意和她們合污了。……林木順謝阿女等，他們當時還不懂主義思想為何物，只是碰巧得了機會，參加留俄的學生組，並沒有主義思想成分作主要動機。」針對以上所述，陳芳明認為張對謝氏有偏見，他們必然有所對立，只是不知起於何時？一九四七年的二二八事變，張深切被視為與謝雪紅同路人，寫於白色恐怖時期的自傳，頗有可能極力釐清與共產主義者謝雪紅的關係。而張氏在《我與我的思想》則特意舉三民主義以為保護色。他提到自己在上海期間思想變化的狀況：「（民國）十二至十三年之間，我深受三民主義影響」，但《里程碑》又不小心透露實情：「當時國民黨在上海沒有力量，三民主義學說也未普遍深入。」五卅慘案前後，正是共產主義迅速在上海播散的時期，以當時上海思潮概況而言，共產主義對他的影響是極有可能。這時

期的張深切應已逐漸確立了他的左翼思想。後來他回台，曾繫獄三年，出獄後在《台灣新民報》發表〈鐵窗感想錄〉，自承是馬克思主義者、列寧學說的信徒，主張係據台灣現實情況的發展，重新擬定台灣革命路線和策略，而將孫逸仙視為黃色路線，稱蔣介石為令人厭惡的傢伙，顯示了他的思想較傾向於共產主義，而非三民主義。

39 葉榮鐘〈台灣省光復前後的回憶〉，《小屋大車集》，台中：中央書局，一九七七年二版，頁一九二～一九三。同時收入：葉榮鐘著、李南衡編，《台灣人物群像》，台北：帕米爾書店，一九八五年一版，頁二七一～二七三。

40 見下村作次郎編、蔡易達譯，〈王詩琅先生口述回憶錄——以文學為中心〉，收入：翁佳音、張炎憲合編《陋巷清士——王詩琅選集》，台北：弘文館出版社，一九八六年十一月初版，頁二三二。

41 張維賢〈我的演劇回憶〉，《台北文物》三卷二期，台北：台北市文獻委員會發行，一九五四年八月出版，頁一一二～一一三。

42 同前註。

43 同前註。

44 參考王白淵〈台灣美術運動史〉，《台北文物》三卷四期，台北：台北市文獻委員會發行，一九五五年三月出版，頁三三。

45 陳芳明、黃英哲等編，《張深切全集》，台北：文經出版社，一九九八年。

46 依日本外交史料館所藏上海領事館調查報告記載，王白淵在一九三三年赴上海接受特高盤查時，曾自白「曾於三、四年前來過上海一次」，據此王氏可能於一九二九年前後曾應謝春木之邀到過上海。此間有〈獻給印度人〉、〈佇立楊子江〉等詩作。一九三三年又受謝春木鼓舞赴上海，於謝氏主辦的「華聯通信社」任職，翻譯日本廣播電台之日本消息予中國有關機關。根據上海領事館報告書「關於要注意台灣人來滬之件」中，曾記載一九三三年六月二十三日王白淵從東京搭乘上海丸前往上海，後居住於上海法國租界維爾蒙路一一六號。這一年他寫下〈歌詠上海〉日文詩，刊《福爾摩沙》第二期。一九三五年獲聘上海美術專科學校，教授圖案設計課程，一九三七年被日警逮捕回台，入台北監獄。

47 王白淵著，陳才崑譯，《王白淵．荊棘的道路》，彰化：彰化縣立文化中心出版，一九九五年六月，頁一二七～一二八。

48 謝春木於一九二九年五月四日至六月二十六日，在中國上海、南京、無錫、蘇杭、青島、東北、廈門等地旅行，並以民衆黨身份參加孫文奉安盛事。他以書信寄回台灣，於《台灣民報》上刊載，之後結集為《新興中國見聞記》一文，附錄於《台灣人如是觀》（一九三〇年出版）書末。一九三一年七月二十一日至九月十日再訪上海，同年十二月移居上海。翌年創設「華聯通信社」。

49 謝南光著，《謝南光著作選》，台北：海峽學術出版社，一九九九年，頁一八五。

50 張良澤編，《南京雜感》，台北：遠行出版社，一九七七年九月，頁五五。

51 楊守愚〈夢〉，《台灣新民報》，三八六～三八八號，一九三一年十月。

52 王詩琅〈沒落〉，《台灣文藝》二卷八、九號，一九三五年八月。

53 阿Q之弟〈徐坤泉〉《靈肉之道》，台北：前衛出版社，一九九八年八月初版，頁二一四～二一五。

54 同前註，頁二四三～二四四。

55 吳濁流，《亞細亞的孤兒》，台北：遠景出版社，一九九三年。

56 《劉吶鷗全集》，共六冊，台南：台南縣文化基金會，一九九一年三月初版。

57 楊肇嘉，《楊肇嘉回憶錄》，台北：三民書局，一九六二年。

台灣七〇年代文學生產組織的階層化

林芳玫：

林芳玫

台灣台北人，1961 年生，美國賓州大學社會學博士，曾任政治大學新聞系副教授及教授，授課研究領域為媒體社會學、社會運動及公共政策論述的媒體再現、兩性平等教育及通識教育之課程規劃等。目前任行政院青輔會主委。著有《解讀瓊瑤愛情王國》、《女性與媒體再現》及《色情研究——從言論自由到符號擬象》等書。

言情小說看起來顯然是大眾文化的一種，然而，具有經典地位的純文學作品不也是常歌頌愛情的偉大、描繪愛情的痛苦？言情小說因此可說是一種曖昧模糊、地位不明的文類。本文從小說的生產組織著手，探討七〇年代出版業的結構和品味區隔的關係；換言之，我從組織的觀點來分析純文學與通俗文學的分野，並對台灣言情小說的出版進行個案分析。首先我提出對生產結構與酬賞結構的分析，不同的作家占據不同的結構位置，這影響他們的資源、權力、與酬賞的取得。其次，我描述與發行言情小說有關的組織：一般出版業、租書店，以及電視電影等大眾媒體。

一、出版業的生產結構與酬賞結構

書籍的出版與印行牽涉到許多不同的組織機構，它們的規模大小不一，性質及功能也不一樣。為了便於概念上的分析與討論，我把數量龐雜的出版組織分為四個階層：(1)政府組織；(2)有影響力且穩定的私人組織；(3)不穩定的小型團體；(4)租書業。第一層又可再分為兩類。首先是全國性的大眾媒介如電視台、電影公司、廣播電台、報社。它們不見得與出版業有直接關係，但電視、電影節目有不少是改編自書籍或是由作家執筆創作劇本。而台灣的報紙更是與文壇關係密切，副刊是文學作品的發表園地，也常舉辦文學獎等贊助文學的活動。這類機構如三家電視台、中影、《中央日報》。其次是規模較小的出版社（相對於上述大眾媒體），如黎明文化事業公司、中央文物供應社。

上述這類機構可說是阿圖塞（L. Althusser）所指的「意識型態國家機器」。一個政權固然倚賴軍隊及警察等強制性力量來鎮壓反抗力量，但在經常性及日常生活的層面，意識型態的控制才是維持社會秩序最有效的方法。藉著學校教育、大眾媒體、宗教、家庭等制度，統治階級灌輸全民一套共同遵循的價值規範，並建立統治階級的合法正當性。統治階級並非只是用鎮壓反對勢力的方式來維持統治；它必須主動積極地製造與凝聚共識，贏取被統治者的認同與服從。這個過程就是葛蘭奇（A. Gramsci）所稱的「霸權」（hegemony）。早期正統馬克思主義者視意識形態爲「僞意識」，是統治者強迫加諸於被動而無抗拒力的人民。霸權的觀念則強調共識的生產與凝聚，以及贏取被統治者的同意。在台灣，這些名目繁多的黨營及公營文化事業可說是扮演製造共識的霸權功能。

第二層文化出版機構是民間、私人的，又可分爲兩類。第一是《聯合報》、《中國時報》等大型機構，其次是規模不大但營業歷史久、具穩定性的出版社，如爾雅、純文學、洪範、九歌、大地所謂「五小」。這兩類私人機構差別在於規模大小，但對文壇均有舉足輕重的影響力，旗下也網羅許多聲譽卓著的作家。皇冠出版社屬於第二類中較有規模的，可說是介於大型與小型機構之間。這一階層可說是文學界的中流砥柱，它們出版的作品不像第一階層那樣受限於政府的政策，但也不像第三階層的前衛刊物那麼尖銳激進。

第三階層是具有影響力但運作時斷時續的小型刊物及其出版部門。如早年的《現代文學》、《文星》，以及存在已久的《台灣文藝》。這類刊物由自由開明或激進異議的作家、知識份子所組成，有或多或少同仁雜誌的性質，作家親自投入編輯、發行等工作。刊物的發行常有中斷之虞，像《文星》與《現代文學》都曾停刊、復刊、再停刊。雖然它們的規模很小，組織的存在也極不穩定，然而在刊物存活期，發表於此的作品往往對文壇、文化圈有重大影響。這些刊物經常刊登敏感或具高度爭議性的議題，提倡前衛藝術，或是從事廣泛的文化、社會、政治批判，對當代思潮具有重大影響力。

出版業的第四個階層是租書業。租書店的書是由特定的出版社所出版，和一般以書店爲對象的出版社不一樣。一般說來，書店和租書店是兩個截然不同的系統，所供應的書籍完全不同。瓊瑤、金庸等特別暢銷的作家是例外，他們的書也可在租書店找到。租書店的書籍通常包含：言情小說、武俠小說、漫畫（尤其是沒有版權的翻譯日本漫畫）、鬼故事、偵探推理、春宮色情。這些書籍紙質粗糙、印刷拙劣、裝訂不良。租書店大都侷促於陋巷一隅，也不須領有營業執照。就像其他攤販一樣，屬於整個經濟體系中的地下經濟。以上所描述的四個階層可由下圖表示之，並指出這四個階層在生產結構與酬賞結構上的特徵：

圖一：文學生產與酬賞結構

	生產結構		酬賞結構	
	資源及穩定性	新觀念的產生	象徵性	物質性
一、政府機構	+	−	−	+
二、穩定的私人機構	+	+	+	+
三、前衛或激進團體	−	+	+	−
四、租書業	−	−	−	−

圖一把第四階層（租書業）和其他階層用實線隔開，表示它是完全孤立、完全獨立自主，和其他階層之間難以滲透，也就是說租書店的出版者及作者完全隔絕於文學社區之外。

這個圖表同時展示兩種機制：生產結構及酬賞結構，它們各自又包含了一種互相矛盾的運作原則。比如說在生產結構部分，資源的豐沛與否和生產創造力成負相關，政府機構資源多、組織穩定性高，但在新觀念、新風格的創新上則較弱；反之，第三階層的前衛團體資源匱乏組織不穩定，但往往在文化界引領風騷，帶動新的風潮。至於介於中間的兩大報文學版及「五小」等主要出版社（如爾雅、九歌等）則在資源及創造力上都扮演重要角色。

同樣地，酬賞結構也隱含一種內部矛盾：象徵性報酬與物質報酬的對立。在第一階層的政府機構中，作家的地位及其收入較穩定（尤其是與電視台、報社，等大眾媒體有關者），但通常沒有很高的文學聲譽，而第三階層的前衛團體則恰好相反，其成員未必有豐裕穩定的收入，但往往在文壇頗富知名度。

布笛（Bourdieu 1986）在其對象徵產品的生產所做的研究指出，象徵產品的生產是根據「否定性的經濟」（economy of negation）的原則來進行。也就是說，在文化生產的領域，追求利潤的動機受到拒絕與否定，而強調象徵符碼本身內在的藝術價值。然而，很諷刺的是，布笛也指出，如果一名藝術家達到藝術聲望的頂峰，精神性質的榮譽可以輕易轉換爲物質報酬，所謂「否定性的經濟」只是個迷思，象徵性酬賞結構的最頂尖位置和物質性酬賞結構的頂尖位置是相通的。不過，就七〇年代的台灣文化界而言，作家的精神性酬賞仍不易轉換成豐富的物質報酬。換言之，象徵性酬賞和物質性酬賞仍是矛盾而互相排斥的。只有位於第二階層的作家——那些受到兩大報文學版青睞的人，比起其他作家，占有一個較佳的結構位置，可以綜合兩種不同的酬賞。

第四階層是租書業，完全阻絕於文學社區之外，當評論家為大眾文化、通俗文學等現象爭辯不休時，他們所談的大眾文化是第一階層的電視、電影、廣播、報章雜誌的大眾文化，而租書店的讀物內容也許更粗俗、更濫情、更暴力，但卻不會引起批評。對大眾文化的批評意味著第一階層的大眾媒體與第二階層有相通之處，這引起一些評論家的不悅，想要在文學與大眾文化之間劃清界線。比如說一九七四年瓊瑤小說改編的電影《海鷗飛處》上映時，瓊瑤在《聯合報》副刊上刊登了一篇創作心得之類的文章，這引來許多評論家藉此抒發對她的不滿。瓊瑤是個暢銷通俗作家，但卻能在聯副上占有一席之地，和其他純文學作家平分秋色，難怪引起不少人對她騎牆派作爲的不滿。反之，租書店讀物卻不會受到任何抨擊。

此處所描述的四個階層形成了文化生產上的一個差序性結構，不同的階層在取得及利用資源上有所不同，形成不平等現象。這是個概念性的架構，但實際上，前三個階層彼此有互相重疊之處。很多作家同時屬於兩個互相緊靠的階層，如一個前衛作家通常在第三階層發表作品，但偶爾也會出現於第二階層。下一節我們將討論不同階層間的互動關係。

二、不同階層之間的互動關係

第一階層之間和第三階層之間的關係——官方作家和異議知識份子——是緊張、對立、衝突，而第二階層則居於兩者之間的緩衝地帶。政府的文化機構——從大規模的大眾媒體（電視、報紙）

到小型出版社，負有的重要功能之一是抑制批判與反對的聲音。它們的做法除了直接的對決（如在各自的刊物上進行筆戰、攻訐對方）之外，最基本的還是對反對聲音的排除與漠視，限制他們接近使用公共言論領域（如電視、報紙）。既然政府能夠幕後操縱媒體，媒體的內容也就非常狹窄有限。不一樣的聲音與觀點被排除於媒體之外。政府對媒體的控制除了依據嚴格的檢查制度而直接干涉或禁止節目的製播之外，還可以用較微妙而不明顯的方式，那就是設定一個思考與論述的框架，劃出一個界線，在界線以內的可以自由討論，形成自由開放的假象，但是界線以外則不被允許。就如霍爾（Hall 1977:346）所言：「媒體形成的不只是一個『場域』（field），而且是一個具宰制性結構的場域，依據邊界原則運作——判定某些詮釋該『出局』或『進場』，據此而形成一套系統性的接納與排斥。」

第三階層的異議份子所倡導推動的一些觀念與做法固然有可能引發和政府某些部門的直接對決，並因此而導致作家鋃鐺入獄，但這畢竟是不尋常的事件。最有效可行的方法是經由控制媒體而排斥、忽視不一樣的聲音與觀點。此外，兩大報系及主要出版社所形成的第二階層也扮演著重要的緩衝功能。

《聯合報》與《中國時報》的文學副刊在報紙增張前的台灣文壇具有舉足輕重的地位。兩大報以及爾雅、洪範、皇冠等主要文學出版社囊括了較多不同種類的作家，他們不像第三階層的異議份子那麼激進，可是也不像官方作家那麼附和政府的意識形態。當第三階層的作家提出前衛或激進的思潮、寫作風格、或文學運動時，接著就以較溫和的方式在第二階層出現。

三個階層間的互動關係是這樣的：前衛藝術家或異議份子在第三階層提出新觀念，接著向第二階層傳播，而第一階層則採漠視或排斥的態度。但這並不意味著三個階層彼此間壁壘分明，毫無重疊之處。有些作家在大報副刊發表作品，但也在第三階層的小型雜誌出現。

眞正壁壘分明、互不往來的是第四階層——租書店與其他階層。有些女性作家的作品——如瓊瑤、郭良蕙、孟瑤、徐薏藍——常被改編爲電視劇或電影，這使得文壇（主要是第二階層）和大眾媒體之間有所接觸流通，這更引起了第三階層異議份子的不滿，因爲他們幾乎沒有對大眾媒體的接近使用權。異議份子對所謂閨秀文學、大眾文化的不滿往往隱含著一個質問：「誰的作品更有資格、更值得使用強勢媒體？」

一個有趣的現象是，一條完全無法跨越、穿透的分界線往往是表面上看來幾乎是不存在的分界線，沒有人在乎它的存在。租書店的讀物並不會引起批評家或知識文化界的關切，它的好壞沒有人過問。租書店讀物也是通俗文學，但是只有當它的生產及流通領域太貼近純文學時，通俗文學才成爲批評及爭議的焦點。就如我們在《解讀瓊瑤愛情王國》第六章可見，七〇年代瓊瑤的作品引起批評家對通俗文學的討論與批判，但他們心目中的通俗文學並不是租書店讀物，而是由第二階層生產與流通的某些作品。一部作品不管它如何暢銷，只要它不威脅到精英文化的領域，就不會成爲批評爭論的對象。下一節我將針對言情小說的出版加以描述分析，並敘述七〇年代時瓊瑤的整個事業王國運作情形。我主要是比較電影、正規出版業、租書店三種不同的系統，並指出不同系統的言情小說家如何得到不同的待遇。

此處我將討論三位言情小說家：瓊瑤、徐薏藍、玄小佛。我並不根據一些先入爲主的概念或理論來定義什麼是言情小說、誰是言情小說家，而是畫一張地圖，標出文化生產的場域，這點已在上一節處理過，接下來我會檢視不同作家在這個場域中所占據的位置之不同，藉以看出在什麼樣的條件及狀況下，某些作家被視爲言情小說家。作家及其作品的分類牽涉到聲望及象徵性權力的問題。什麼是言情小說？提出並回答這個問題就是在文學社區內進行的一場象徵性權力鬥爭，爭論什麼是文學（純文學）？什麼不是純文學（言情小說）？布笛對文化生產的場域（field）提出以下看法（Bourdieu 1983:324）：

場域的邊界是關係重大的鬥爭所在，而一個社會科學家的工作並不是對其研究對象（譯按：場域及其組成元素）下操作型定義，因爲這容易受到他先入爲主的偏見所左右，他所應做的形容這些鬥爭所處的位置狀態（不論是長期性或暫時的狀態），也就是說，指出勾勒出這個場域的邊界在何處。

根據我們在上一節所描述的文化生產與酬賞結構，大眾媒體（電視、電影）比租書店更接近文學社區，這使得文人更急切的想要維持大眾媒體與文壇間那條單薄的分界線，而租書店由於和文壇涇渭分明，對它不會形成威脅，因此兩者之間就無任何鬥爭可言。瓊瑤、徐薏藍、玄小佛三位作家的不同地位可資說明。

三、三位言情小說家所處的相對位置

瓊瑤的寫作生涯和她的出版人平鑫濤可說是密不可分，兩人在結識多年後於一九七四年結婚。平鑫濤於一九五四年創辦《皇冠雜誌》，剛開始時可說是慘淡經營，但漸漸受到讀者的歡迎，幾年之內就成為當時重要的文藝雜誌。台灣的雜誌起起落落，像皇冠這樣歷史悠久、屹立不搖者可說是非常難得。現在的皇冠恐怕有很多人不認為是文學刊物，而是綜合性的生活休閒雜誌，但在五、六〇年代，它刊登不少小說、散文、詩歌等文學作品，而不管其雜誌內容如何，它所出版的書可說是網羅了當時大部分重要的作家，許多文壇新手也是從皇冠開始嶄露頭角，因此平鑫濤及皇冠對發掘文學人才可說有重要貢獻。

自一九六三年起，平鑫濤開始擔任《聯合報》副刊主編（之前是林海音）。很巧的是，這一年瓊瑤把《窗外》手稿寄給皇冠發表。《窗外》一發表就受到讀者的熱烈反應。平鑫濤鼓勵瓊瑤再接再厲，繼續寫作，並把她的新作同時在聯副及皇冠發表。瓊瑤、皇冠、聯副三者可說是互相造福。平鑫濤擔任聯副主編的時間很長，從一九六三年到一九七六年。一九七六年他辭去聯副編務和瓊瑤合組電影公司「巨星」。七〇年代可說是瓊瑤在台灣的極盛期，不僅小說在皇冠及聯副上連載，並且一部接一部的拍成電影，創下台灣文藝片的輝煌時期。

其實早在六〇年代瓊瑤的小說就已經搬上銀幕，如中影的《婉君表妹》（改編自《六個夢》）。但那時瓊瑤把版權賣斷給電影公司，自己並不參與電影的拍攝製作。七〇年代她和平鑫濤自組巨星公司，他們兩人除了擔任劇本編寫外，並有一支相當固定的工作小組，瓊瑤與平鑫濤兩人親自督導影片的拍攝過程，不僅故事內容雷同，連導演及演員也相當固定（劉立立執導，秦漢、秦祥林、林青霞、林鳳嬌等人演出），巨星公司一共推出十四部片子。七〇年代時，由寫小說到寫電影劇本、主題曲歌詞、拍攝電影，可說是一貫作業，瓊瑤的知名度及影響力橫跨出版界及影視娛樂界。她不只是代表通俗文學，更可說是台灣大眾文化的象徵。瓊瑤占據了第二階層的重要位置

（皇冠與聯副）也就是說，靠近文壇的中心，但卻又和大眾媒體有密切關係，因此常引起文壇人士的「清黨」運動。

瓊瑤的寫作生活和台灣電影發展史——尤其是文藝片——息息相關。六〇年代改編自小說的文藝電影有二十八部，改編自瓊瑤小說者就佔了十九部，占約五分之三。七〇年代有五十一部文藝電影改編自小說，瓊瑤小說占二十一部，將近二分之一。八〇年代改編自小說的文藝電影有五十六部，瓊瑤有七部，占八分之一（梁良，一九八六）。

和瓊瑤比起來，徐薏藍在七〇年代也相當多產（十五本小說），但她的知名度及影響力就小多了。徐薏藍的小說大多發表於《大華晚報》。《大華晚報》的知名度及銷售量和兩大報相差甚多。徐薏藍的書也有不少是由皇冠出版的，改編成電影的並不多，但常改編成連續劇，最膾炙人口的是《河上的月光》。在《大華晚報》等次要刊物上會出現有關她的書評，但通常篇幅短小，針對特定的一本書評論。她從未像瓊瑤那樣引起評論界的爭議，雖然從她的活動看來，她無疑屬於商業或通俗作家，也就是說，產量豐而且和電視、電影關係密切，但她的作品內容不像瓊瑤那樣煽情聳動；相反地，她的作品非常平易近人，又有明顯的道德說教意味，這使得她成爲從來不引人注目的通俗作家。也就是說，她的作品既無值得討論的文學價值，也不像瓊瑤的激情世界那樣充滿令人非議的題材。基本上，她屬於第二階層的次要作家，她和文壇中心距離較遠，和大眾媒體的來往也就不受注意。

玄小佛也是個多產作家。七〇年代出版了十八本小說，作品也常被搬上銀幕。她的書大都由漢麟出版社發行，限於租書店。一直到八〇年代末期，漢麟的書才開始出現於一般書店。身爲租書店作者，玄小佛離文壇的距離更遠，可說是個局外人。她的作品內容比起瓊瑤來更加煽情聳動，但卻從未受到輿論的批評。租書店的讀物可說是一種「隱形文化」，不管是好是壞都不會引起注意。

我們已討論過三位作家在文化生產場域所佔的位置：三位作家都和大眾媒體關係密切，瓊瑤貼近文壇中心，徐薏藍也是文壇的一分子但屬次要邊緣人物，玄小佛則爲局外人。我們可再依寫作風格、題材、及性別意識形態探討三位作家的差別。此處我所謂的性別意識形態是指女作家對女性地位的看法：在男女不平等的權力差距中，女性處於怎樣的地位？女性應如何做才能得到幸福與快樂？對於第二個問題，三位作家的答案都一樣——得到一個男人終生不渝的愛護與照顧，這也是言情小說的基本命題。但是殊途同歸，達到這個理想（與幻想）的方法與途徑並不一樣。

徐薏藍是三位作家中最保守的。她提倡女性的美德：純潔、天眞、謙虛、重視貞操。有德性的女子就會受到好男人的尊敬、愛慕、與追求。男女權力的差距不是問題，重點是如何潔身自愛並因而得到好男人的愛慕。她的小說常以腐敗的都市和純樸的鄉下做對比，描寫少女如何面對都市邪惡的誘惑，努力維持身體與心靈的純潔。她的故事充滿了道德訓示的意味。

至於瓊瑤的小說，與傳統倫理道德有何關係呢？她的女主角會在行爲上採取部分或全面叛逆，如和父母爭吵、離家出走、婚前性行爲、未婚懷孕與墮胎、同居……。然而，這些行爲的發生是由於她們得不到足夠的愛（不論是親情或愛情），一旦眞正的愛情降臨，她們也停止對現存權力關係的挑戰與反抗。玄小佛的小說最爲叛逆，她的女主角不乏女同性戀者、太妹、有毒癮、小偷……等不尋常的人物，她們往往個性極爲倔強，行爲也非常大膽。在結局時她們得到美滿的愛情，也戒絕了反社會的偏差行爲，但仍保有其強烈的自我特色。我們可以由下圖來表達三位作家依主題意識和出版者所形成的相對位置：

圖二：三位小說家所處的相對位置

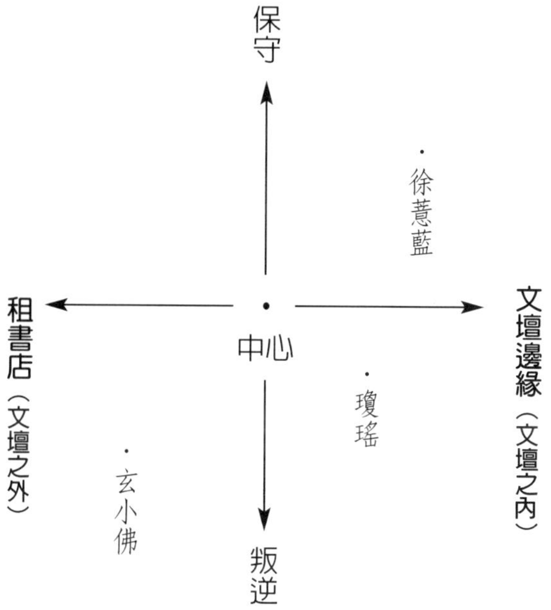

此圖中所畫的橫軸代表在生產場域上的位置，中心表示重要的出版與發表位置，如兩大報文學副刊。右邊是文壇領域，越往右，則爲文壇的次要或邊緣位置（徐薏藍的所在）。左邊的是文壇以外的印刷出版領域，主要指租書業，亦即玄小佛的位置。垂直軸代表性別意識形態，越上面則越支持傳統女性美德，越下面越是對傳統女性美德及刻板的印象提出質疑與挑戰。很明顯地，徐薏藍在上，玄小佛在下，而瓊瑤則是中間偏下。瓊瑤小說世界中的女主角有不少是屬於乖巧、溫柔、賢慧型的傳統女子，但她的小說充滿激情與衝突，人物的行爲表現也因此充滿叛逆與反抗。

由此圖可看出瓊瑤、徐薏藍、玄小佛三人的異同。瓊瑤所處的中心位置使她經常成爲評論的焦點，雖然在七〇年代有些評論家會不屑的說：「她不配稱爲作家」，但很諷刺的是，經常成爲批評的對象反而意味著她仍是文壇的一員。就小說內容而言，玄小佛充滿叛逆性、有反社會傾向的女主角本應引起評論家的興趣，保守的人可能會擔心她的作品太大膽偏激，會對讀者造成不良影響，而較自由開明的人可能從她的作品中讀出一些對社會體制的不滿與抗議。然而這些都沒有發生，因爲玄小佛所處的位置是評論家所看不到的。同樣地，富道德訓示意味的徐薏藍小說也不太引人注意。很多人批評瓊瑤的小說病態畸型，對讀者有不良影響，然而富教導意味的徐薏藍小說也似乎沒得到太多稱頌肯定。

結　論

在本文中我提出的一個主要論點是：當純文學與通俗文學之間有一條分界線，而這條分界線是模糊不清且易於跨越，在此狀況下通俗文學就會成爲爭議及批評的焦點。換言之，通俗文學的爭議性提高，不見得是因爲它帶來了實質上的傷害，也不見得是因通俗文學作品的發行量突然增多。爭議的產生很有可能是同一場域中，不同位置的成員彼此間的衝突與緊張關係。知識份子藉著批評瓊瑤來爲雅俗之間劃清界線，防衛純文學的地位。假如雅俗之間的界線是難以穿越的，那麼通俗文學就不會引人注目。在本章中我以言情小說爲例，畫出整體的文化出版場域，說明在什麼樣的情況下言情小說備受爭議，在什麼樣情況下，言情小說自給自足，完全與文壇及評論界無關。

在我所描繪的文化生產與酬賞結構中，我把各種不同的生產組織分爲四個階層：政府組織與大眾媒體；有影響力且穩定的私人組織；有影響力但不穩定的小型私人組織；租書業。除了租書業外，不同階層彼此之間有重疊之處，並有各種不同的互動關係。以生產結構而言，第一階層有豐裕的物質資源，但新思潮、新觀念的產生則很緩慢；而第三階層正好相反，長於意念的生產而物質資源相當匱乏。以酬賞結構而言，第三階層的成員較易取得象徵性酬賞（文學聲名）而缺乏物質報酬，但第一階層的成員情形正好相反。

言情小說乍看之下是個單純的小說類型，但它的生產卻橫跨第一、第二、第四，三種不同的階層。「純文學」與「通俗文學」這類名詞與觀念的出現及其備受爭議，其實正是文化生產領域中分化後的互動所產生的現象。若是分化而不互動——如租書店小說——那麼通俗文學作品雖存在，它並不具備概念上的意義。分化後而有互動，「通俗文學」一詞才開始成爲一個重要且具爭議性的概念。六〇及七〇年代的瓊瑤小說處於分化而有互動的階段，所以它們備受爭議。到了八〇年代，互動已不存在，瓊瑤的小說已成爲「純粹」的通俗文學，評論家對它們的態度是研究而非批評。而八〇年代興起的暢銷書排行榜就如六、七〇年代的瓊瑤小說一樣，地位曖昧，成爲批評家的新焦點。

本文透過瓊瑤小說（及其他言情小說）的研究，所欲了解的不是言情小說的本質或是內容特色，而是文化生產場域的分化與互動關係，我們可看出場域中不同位置的成員及派系如何藉著批評瓊瑤來界定、維持、與保護自己所在的領域。

——一九九四年，選自時報版《解讀瓊瑤愛情王國》

張堂錡：跨越邊界——現代散文的裂變與演化

張堂錡

台灣新竹人，1962 年生，台灣師範大學國文系、國文研究所碩士、東吳大學中文研究所博士，曾任中央日報副刊編輯、專刊組長多年，現任政治大學中文系助理教授。著有《從黃遵憲到白馬湖：近現代文學散論》、《文學靈魂的閱讀》、《跨越邊界：現代中文文學研究論叢》等書。曾獲中興文藝獎文學評論獎章。

一、文體：沒有邊界的邊界

散文與小說、詩、戲劇並列爲現代文學「四大家族」的文類定位，似乎已是現代文學創作者與研究者的「共識」，然而與小說、詩、戲劇顯赫的中心地位相對照，散文長期以來以背景身份存在的邊緣性現實，卻又是難以掩飾的。陳幸蕙在編選九歌版《七十五年散文選》時曾說：「由於散文與人世相親，與生活格外貼近的特質，因此，仍是擁有較多文學人口的一種作品形式；被讀者接受的程度，似也超過了小說與詩。」她的觀察，可以從一九八三年起豎立於大型連鎖書店金石堂內的暢銷書排行榜上得到印證。以一九九八年度其文學類暢銷書前二十名爲例，若不論外國譯作，則清一色都是散文作品，作者有劉墉、光禹、戴晨志、吳淡如、吳念眞（《台灣念眞情》）等（參見一九九九年二月號《出版情報》）。散文作品受市場肯定的現象，事實上已是台灣圖書市場持續有年的一個特色，張曉風就曾指出：「台灣書市中散文作品暢銷且長銷，這與歐美圖書市場中小說經常高掛榜首的現象大異其趣，讀者決定買下來細讀而珍藏的是散文而非小說」（《中華現代文學大系散文卷·序》）。

但是，從現代文學研究的成果來看，卻又是另一番景況。以一九八八年至一九九六年爲時間跨度，相關的研究專書（含學位論文）方面，小說有一〇六部，詩三五部，散文十部，戲劇九部；單篇論文方面，小說有四三二篇，詩三八一篇，散文五一篇，戲劇十一篇（參見羅宗濤、張雙英著《台灣當代文學研究之探討》）。很顯然，散文在讀者消費與學界研究上一直是處於失衡狀態。何以學界對散文此一甚受歡迎、作品廣眾的文類會有如此漠視的現象呢？不止一端的原因不是本文要處理的重點，筆者要探討的是其中一項根本性的因素，即文體邊界的模糊。自五四新散文誕生以來，這個根本性的癥結始終如影隨形，它對現代散文的創作、研究與發展，都有決定性的影響。散文的擴張／侷限在此，衰落／新生也在此。

身爲現代文學四大文類之一，百年來對現代散文的文體義界始終模稜含混，莫衷一是。郁達夫說它是「除小說，戲劇之外的一種文體」（《中國新文學大系散文二集・導言》）；葉聖陶也曾下定義說：「除去小說、詩歌、戲劇之外，都是散文」（〈關於散文寫作〉）。現代散文誕生初期的看法如此，到了世紀末依然沒有太大改變。舉例來說，鄭明娳在《現代散文類型論》中提到：「現代散文經常處身於一種殘留的文類。也就是，把小說、詩、戲劇等各種已具備完整要件的文類剔除之後，剩餘下來的文學作品的總稱，便是散文」；大陸作家王安憶在〈情感的生命——我看散文〉中，開篇即解釋說：「我說的是我們通常意義上的散文，那種最明顯區別於小說和詩的東西。它好像沒什麼特徵，我們往往只能用『不是什麼』來說明它是什麼。」類此否定性的定義，似乎也就決定了散文不可改變的邊緣性地位。它「不拘一格」、「法無定法」的文體特徵，使它的邊界完全撤除，既可以是序跋書信，也可以是傳記銘文；既可以具備論文的雄辯，也可以兼納詩的成分，小說的片段。沒有框架的自由天性，沒有邊界的邊界特質，使得多種文類都可能以不同的變異棲居在散文天地中。這也是大陸學者南帆所說的：「散文的首要特徵是無特徵」（《文學的維度》）。這是現代散文的宿命。無怪乎陳義芝在歷數一長串三〇年代的散文作家名單之後，會感慨地說：「他們大都拿著小說家或詩人身份證，而不標榜散文家。可見散文的藝術性格不完全鮮明，不像詩與小說有較極端的藝術潔癖」（《散文二十家・序》）。以台灣當代散文的研究爲例，不論是文學史論述，還是個別作家研究，身兼詩人身份者（如楊牧、余光中等），反而較受矚目；鄭明娳在《現代散文縱橫論》一書中，分論了九位散文作家，但其中的木心、余光中、林燿德、羅青、林彧，更顯著的身份還是詩人。

可以說，一個世紀的生成發展，現代散文的身份仍然相對模糊，人們仍無法在文學的疆土上找到散文的固定界石，這使得現代散文百年來的演化變異，充滿了不確定感。即使散文有源遠流長的優異傳統，百年來也佳作紛呈，但似乎並未建立起正宗文類的權威，這使得批評家或學者長期以來較少將注意力放在現代散文上，在審美藝術評論上，它始終缺乏小說、新詩般的龐沛陣勢。由於沒有形成一個嚴密系統的文類理論，而多半流於一鱗半爪，散文就不易衝破其他顯赫文類的強大聲勢，脫穎而出。這不能不說是一種侷限。然而，弔詭的是，正因爲它文類邊界的模糊，也同時開啓了多種可能性的空間，而使這種邊緣性文體，在現代文學分流裂變的歷史舞台上，吸引了眾多注目的焦點，甚至，有時候還能搶登文壇制高點。魯迅曾指出，五四時期「散文小品的成功，幾乎在小說戲曲和詩歌之上。」這就說明了，散文這種邊緣性文體是擁有向中心挑戰的足夠實力。當它能躋身於文學殿堂，與小說、詩、戲劇相提並論時，它看似瑣細卻巨大的動能，看似淡雅卻輝煌的光亮，確實是不能被忽視的。

二、類型：跨／次文類的滲透紛呈

散文的文類邊界模糊，來自於「散」的先天本質。「散」意味著自由、開放、多維度、多面向，不拘格式，不泥套法。它的園地無限開放，百花齊放是恆常的景觀；它容許混合雜糅，且迴避陷入單一模式；他追求混聲合唱的寬廣音域，也欣賞個人獨唱的聲色多變。因爲「散」，因爲邊界防線的敞開，散文巧妙扮演了「文類之母」的角色，別具特色的散文體裁只要發展成熟，就會從散文的統轄下脫離獨立，自成一個文類（如報導文學）。鄭明娳曾對「散」的特性有以下的說明：「散文之名爲『散』，不是散漫，而是針對其他文類之格律而言，詩、小說、戲劇各自發展成充分必要的嚴謹條件，已走進一個有負擔和束縛的發展軌跡，而散文仍然能保持它形式的自由，也因此，散文的伸縮非常大」。大陸作家憶明珠在〈破罐——我的散文觀〉中，將散文比喻成「破罐」，因爲「破罐可以容納各種雜物而無所顧忌」，指涉的仍是散文此一文類在形式、內涵上揮灑自如的本質，以及具備各種裂變基因的無限可能性。

散文，就在這種文體的輻射開放、多元交融之下，成了可以任意進出的文學場域，人人都可以在此大顯身手，詩人、小說家、理論家可以輕易跨越自己的邊界趄到散文之中。詩人余光中右手寫詩，左手寫散文，稱散文是「左手的繆思」；大陸詩人周濤則對散文的開放性有一形象的比喻：「在文學這個公寓裡，各種文學的形式都有各自的居室，被牆隔開；只有散文沒有自己的居室，它是客廳。誰都可以到客廳裡來坐坐，聊聊天，包括文學以外的人，但是客廳不屬於誰，客廳是大家的，它的客人最多，主人最少。」（〈散文的前景：萬類霜天競自由〉）。換句話說，在散文的王國裡，不需身份證，有定居的自由，也有遷徙的方便，不同的句法、詞彙、語境、表述方式等，都可以在散文的地域內交流、重組，而嶄新的文類也可以借助散文來加熱升火，另起爐灶。正因爲各種領域的人（文學／非文學）都可以進入文學樓房的「客廳」，以各種話語方式交談各種話題，遂使得現代散文在跨文類／次文類上產生了比詩與小說駁雜歧異的現象。舉例來說，楊牧在《中國近代散文選》中，將散文歸納為小品、記述、寓言、抒情、議論、說理、雜文七類；鄭明娳在《現代散文類型論》中，將散文分成主要類型與特殊結構類型兩種，前者分情趣小品、哲理小品、雜文三類，後者包括日記、書信、序跋、遊記、傳知散文、報導文學、傳記文學七種；而楊昌年《現代散文新風貌》中，則歸納出十一種「新的風貌」：詩化散文、意識流散文、寓言體散文、糅合式散文、連綴體散文、新釀式散文、靜觀體散文、手記式散文、小說體散文、譯述散文、論述散文。分類標準不一，歸納依據不同，理論系統未密，使他們的分類結果呈現「自圓其說」的困窘，原因仍然是出在散文的形體未定，定義難下。不過，在他們出入頗多的分類中，跨文類現象卻得到相同的重視。

散文與其他文體交融的嘗試，可以說自其誕生初期即已開始。像魯迅的《野草》、許地山的《空山靈雨》、朱自清的〈匆匆〉等，都是詩意盎然的散文，也是散文化的新詩。許地山的名篇〈讀芝蘭與茉莉因而想及我底祖母〉，擺盪於小說、散文之間，難下定論；賴和的散文處女作〈無題〉，也是「一半散文一半新詩」（葉石濤語）。類似的「變體散文」，從五四時期至今始終不絕如縷。像七〇年代余光中的《聽聽那冷雨》、八〇年代楊牧的《年輪》，即是令人印象深刻的名作。九〇年代以後，實驗性更強，從語言、內容到結構、題材，都與其他文類進行大幅度的融合，像林燿德的《鋼鐵蝴蝶》即具備了散文的形式、詩的思維以及小說的敘述趣味；簡媜《女兒紅》中有多篇已是散文與小說的混血體；余秋雨的散文集《文化苦旅》中的〈信客〉一篇，被收入《八十一年短篇小說選》（爾雅版）中；杜十三《新世界的零件》一書，更是詩、散文、小小說與寓言的大融合，成為一難以歸類的新文體，而被稱為「絕體散文」。跨越文類邊界的後果之一，就是如上述的文類「誤認」、「誤讀」的爭端難以避免。

除了文體之間的交互影響，散文也和非文學類的其他領域結合，如報導文學，它是散文與新聞學交融下的產物；又如傳記文學，它是散文與歷史學的結合體。必須說明的是，魯迅、朱自清、許地山、賴和等人「變體散文」的出現，是一種「不自覺的跨越」，而余光中、楊牧、林燿德、杜十三等人，則是「自覺的跨越」，他們有意識地、主動積極地要打破文類的限制，希望能出現更繁複的風格，追求種種新的可能。簡媜的觀察正是如此：「我想，我們沒有辦法再要求涇渭分明了，創作行業詭奇之處，在於作者的筆總是帶刀帶劍，不斷劈闢新的可能。假使，把文類比喻成作品的性別，我們顯然必須接受雙性、三性的存在了」（《八十四年散文選．編後記》）。

至於「次文類」的概念，則是借用文化／次文化的觀念，強調在文類概念之下出現具獨特性格及集體發展潛力的微型文類。這是文類本身的進一步裂變與演化，與時代環境、作者自覺、文體發展有關，如都市文學、情色文學、同志文學等。它在語言、題材、書寫習慣上，勇於跨越與嘗試，八〇年代以來，這些在邊界開放的散文地域上逐漸圍籬起自己邊界的營寨堡壘，相繼出現，呼應並參與了整體文學發展的前進大勢。不過，類型本身本就帶有不周延性與不確定性，因此，要描述散文次文類的諸般存在，也自然帶有無法周延的權宜性，畢竟，文類是會互相影響，互相滲透的。以題材、形式的開發爲基點，筆者曾在《現代文學．現代散文的新趨向》（空中大學出版）中提到：環保散文、山林散文、都市散文、旅遊散文、運動散文、女性散文、佛理散文、族群散文等八種，以及「其他如正在摸索中的方言散文，將來可能出現的電腦網路散文新題材，都是九〇年代散文各自殊異的新路向」；鄭明娳在〈台灣現代散文現象觀測〉中，則針對八〇年代末期散文界在意識型態的主題取向，歸納出山林／鄉土散文、生態環保散文、政治散文、私散文等新的面貌。這些次文類的歸納標舉，仍有助於我們把握現代散文在當代的探索軌跡。除此之外，還有一些出現／討論過的散文次文類（名詞／內涵與上述幾類或異或似），如少兒散文、海洋散文、原住民散文、自然寫作、性別散文（男／女性）、飲食散文、音樂散文、記憶書寫等（相信未來還會出現如軍事散文、電影散文等小眾／專業但不能忽視的次文類吧？）。文類的自身繁殖、分裂、異化，是當代文學整體發展趨勢，散文在此也展現出其因邊界自由所帶來的蓬勃生機與繼續深化的豐富性。

三、作者：由博返約的身份轉換

文類的裂變與演化，作者的自覺追索與專業墾拓是加速完成的主要動力。前述各種因專業題材的書寫所形成的類型，一方面演示了散文寬廣腹地的文體事實，一方面卻巧妙地完成了散文作者由博返約的身份轉換。簡媜在《八十一年散文選·編後記》中有一段發人深省的話：「如果允許我從歷史的角度來臆測九〇年代的散文作者，我想有一天，評論者在提到散文作家時，除了藝術層面的品評，會清晰地畫分他們所屬『類型』的不同。換言之，相異於過去散文前輩們廣涉生活風貌的題材選擇法，現代散文作家有意識地尋找自己的焦點題材，並且以接近專業的學養做深層耕耘，有計畫地撰寫一系列連作，爲自己定位與塑型。」對照於當前散文書寫的走向，相信這種專業類型寫作，會在作者心理進一步跨越之後，持續在下一世紀有更成熟的表現。

過去的散文作者形象，接近於經驗豐富、知識淵博、談笑風生、親切慈藹的長者。他們幾乎是上知天文，下知地理，又深諳人間百態、社會萬象，因此，涉筆爲文，總能隨手拈來，面面觀照。學者、文人、長者三合一的身份，是讀者／作者自覺與不自覺地長期編織而成。與這種形象相襯映的，是他們書寫散文時習慣採取「閒話」的敘述方式。「閒話」與「獨白」這兩種方式，是現代散文發展歷程中最基本的話語方式。大陸學者王堯在〈「美文」的「閒話」與「獨語」〉一文中，指出這兩種方式在現代散文史上的意義：「簡單地說，魯迅和周作人，在確立了兩種話語方式的同時，也就確立了他們在二十世紀中國散文史中的地位。『閒話』與『獨語』成爲兩種最基本的話語方式，深刻地影響著當時與後來，作爲一種傳統、綿延、斷裂、變異，我們可以從各種寫作狀態中發現魯迅和周作人的影響」（《中國現代文學理論季刊・第十一期》）。經過半個多世紀無數寫手的投入耕耘，散文的敘述方式仍以此爲主流，而作者身份／角色的形塑，也因此而少有變異地延續至今。

「閒話」這種敘述方式是指散文作者在敘述時採用一種「任意而談，無所顧忌」（魯迅語）的談話語氣，彷彿在與知己好友縱意交談任心閒話。在二〇年代至四〇年代的散文史上，採用這種敘述方式的作品構成了散文創作的主體。「閒話」出自魯迅所譯、日本文論家廚川白村《出了象牙之塔》書中介紹英國隨筆的一段話：「如果是冬天，便坐在暖爐旁邊的安樂椅子上，倘在夏天，則披浴衣，啜苦茗，隨隨便便，和好友任心閒話，將這些話照樣地移在紙上的東西就是Essay。」這段話呈現出一幅悠閒家居的畫面，充滿了澹淡鬆散的氣氛和怡然自得的心境。至於閒話些什麼呢？廚川白村說：「興之所至，也說些不至於頭痛爲度的道理罷。也有冷嘲，也有警句罷，既有Humor（滑稽），也有Pathos（感憤），所談的題目，天上國家的大事不待言，還有市井的瑣事，書籍的批評，相識者的消息，以及自己的過去的追懷，想到什麼就縱談什麼，而托於即興之筆者，是這一類的文章。」怡然自得的人生觀察與智慧體悟，透過「宇宙之大，蒼蠅之微，皆可取材」（林語堂語）的不拘題材，娓娓道來，充滿了感染力。這段話經魯迅譯後即被當時的散文作者和評論者一再引用（至今仍是論者描述散文特質的經典名言），「閒話」這種敘述方式便一直被散文創作者奉爲典範。早期的周作人、夏丏尊、豐子愷、林語堂等人，來台後的梁實秋、吳魯芹、思果、琦君、張秀亞、陳之藩、子敏、亮軒等人的散文創作，也大都採用這種親切有味如話家常般的敘述方式。

與「閒話」方式同時存在的是「獨白」，以此方式書寫的散文，自「五四」以來也不乏先例，像二〇年代出版的魯迅《野草》、三〇年代出版的何其芳《畫夢錄》以及四〇年代先後問世的馮至《山水》、張愛玲《流言》等均是獨白式散文的傑作。雖然他們的聲音與「閒話」主調相比稍爲微弱，但隨著時間的流逝，這種聲音越來越清晰。余光中的《聽聽那冷雨》、楊牧的《搜索者》、蔣勳的《島嶼獨白》、成英姝《私人放映室》、羅智成《夢的塔湖書簡》以及楊照、林燿德、簡媜等人的許多作品中，都可以輕易地看到他們迷戀「獨白」的言語姿勢。簡媜在《夢遊書》中形容自己是「住世卻無法入世，身在鬧紛紛現實世界心在獨活寂地的人」，她寫《夢遊書》是要讓讀者看到那種「多年來在四處盪秋千」，「終於回歸內在作繭的人」的姿態。讀這樣的散文，讀者可以看到作者個人內在的探索，以思維的持續不斷的進程取代敘述體慣用的形式，毫不隱蔽地開展自我，自由而隨性。被魯迅稱爲「自言自語」的獨白方式，強調的是「心理現實」的呈現，而無意經營一個完整的事件或場景。「閒話」式的散文背後隱藏的是全知觀點，而「獨白」式的散文更注重讀者自由參與，企圖打破帶有獨斷性封閉式的敘述方式，向讀者開放了一個更大的想像空間。一九九七、一九九八年度的《台灣文學年鑑》（文訊雜誌社編印）都特別提到這種敘述方式是散文創作上的主要現象之一，我們相信這種現象將繼續延伸到跨越新世紀之後。

假如「閒話」方式在無形中建立起作者角色的全知導向與權威性格，那麼「獨白」方式恰好相反地企圖保有內斂私密的個人性格。八〇年代中期以後，散文創作的敘述方式出現了一些改變，在「閒話」與「獨白」之外，一種專業化但不帶說教的權威性，個人化但不流於迷離難解的寫作方式，逐漸興盛，有人稱此爲「專業散文」，我稱之爲「術語」式散文。「閒話」式的作者像長者，像朋友；「獨白」式的作者像鏡子，讓讀者照見自己；「術語」式的作者，則像民間學者，像導遊，帶你進行知性的冒險，深探專業領域。這種散文書寫近年來形成一股潮流，在作家們的銳意經營下，前述的次文類遂隱隱成形，來勢洶洶，壯大了散文隊伍，開拓了散文新疆域。和過去散文形式不同的是，他們富專業素養，題材的選擇有計畫，有系列，有焦點，以長期的經營潛入與中心主題相關的每一處切面，追索探尋，提供了完整、深入的知識理論與審美體驗，有時介乎論文與散文之間。術語的靈活運用，使這些主題明確、類型突出的作品，呈顯出與以往散文不同的面貌。如陳煌、劉克襄的專業介紹鳥類知識；莊裕安、呂正惠、周志文等談論古典音樂；唐魯孫、林文月、逯耀東等的飲食文化散文；廖鴻基的海洋散文；或者是將「服裝」從單純的裝扮功用發展到深刻文化意涵的張小虹，一方面在大學開設「服裝學」的通識課程，一方面以散文探討服裝性別文化／美學等，將專業散文推向更細緻、特殊的境地；至於不再僅是「遊記」，而可以建立自主的美學基礎的旅行文學，更是熱度熾烈，蔓延程度令人驚訝。

術語式的專業散文作者，雖然和閒話式散文作者一般具有知識的背景，但不同的是，作者不再談天說地、以廣博經歷取勝，而是系統、專業、深入，致力於新類型的開發，建立以理性、客觀思維爲基調的灘頭堡，有意識地向散文審美感知的藝術高峰勉力以進。他們以接近撰寫學術論文般的毅力，廣搜資料（或多方感受），系統論述，以一連串的作品深入議題核心，樹立起個人類型突出的書寫風格。綜言之，閒話、獨白、術語三種話語方式，構成現代散文史發展的基礎，也型塑出散文作者的不同面目，和上一節散文類型的深掘互爲表裡，共同爲散文文體裂變演化的燎火之勢，添了薪加了柴。

四、時代：翻轉的年代，純美的凝望

散文的邊界開放，腹地無限，文體的自由流動，無所依恃，在在是對散文作者的嚴酷考驗，因爲「別以爲這是自由，這更是無所依從，無處抓撓」（王安憶語）；梁實秋對此也深有體會：「散文是沒有一定的格式的，是最自由的，同時也是最不容易處置，因爲一個人的人格思想，在散文裡絕無隱飾的可能，提起筆便把作者的整個性格纖毫畢現的表現出來」（〈論散文〉）。作者們面對無物不可成文、無事不可成篇的散文，只能更加腳踏實地，用心經營，全力以赴於題材的開發，兼納各種類型的話語，從遣詞、用字到見識、器宇，都不能馬虎以對，如此多方嘗試，才能在散文迷宮裡走出自己的一條路來。

當時代與社會多元化、全方位開展的同時，散文作家們總是能以生動的篇章爲時代留下生動的記錄，以強烈的情感尋問整體族群的共同記憶，以各種類型的深挖廣織，爲時代豐富變貌刻劃出第一手的見證。簡媜這位秀異的散文家，不多的散文觀察常常能一針見血，她對散文與時代的密切關係就曾表示說：「散文比其他文類擁有較寬闊的腹地涵攝現代社會每一寸肌理的變化：開放探親後，以探親、大陸遊歷爲題材的散文一時眾聲喧譁；自從環保意識蔚爲主流，有關生態保育等反思社會發展與自然倫理的文章蜂擁而至。散文作者以警敏的眼光體察社會脈動，搜攫題材，反映現實，在速度與產量上一直具有旺盛的活力。」檢視時代演變的脈絡，一直是散文的主要內容，這一方面歸因於散文表達方式的直接，具有與時代脈搏同步的便捷性；另一方面也肇因於作者對「時代」這本大書的勤於翻閱。社會環境的新演變，生活的新感受新體驗，爲現代散文圖譜帶來了涵蓋著現代意識的新意象，而新意象的傳達描繪，靠的是作家們的與時俱進的學養，以及衝破樊籬、勇於創新、敢於跨越的心理。

從文體/類型的跨越與裂變，作者身份的轉換，以及敘述方式的衍化，我們可以觸摸到本世紀以來現代散文蛻變的軌跡，成熟的脈絡；而從時代社會變遷的角度來觀察，也可以反思散文的本質、特性與歷史發展，同時看出作家的思想與社會情態、文風演變之間的密切關聯。所謂「文變染乎世情，興廢繫乎時序」，社會環境的改變，必然會衝擊到文學生態，也影響到文學題材的轉變。從日據時期到當代台灣的散文發展，毫無疑問的，正是一個世紀以來台灣政經環境、社會風貌、文化思潮、文學規律變遷演化的縮影。

當五四新文學/文化運動在大陸轟轟烈烈地展開之際，台灣的作家們也立刻熱情地爲五四新思潮擂鼓助威，例如張我軍發表於一九二五至一九二六年間的《隨感錄》，就與魯迅的雜感文章遙相呼應，剴切張揚科學精神與戀愛自由等個性解放思想；賴和的〈無題〉與〈忘不了的過年〉，也緊扣著科學啓蒙與個性解放等主題。蔣渭水發表於一九二四年的〈入獄日記〉，揭露了異族壓迫下不願臣服的決心，這與楊逵寫於一九三七年的〈首陽園雜記〉，異曲同調地表現出崇高的人格與民族氣節。四〇年代的台灣散文界，雖然作品數量依然不多，但在創作技巧與藝術質量上已有明顯躍進，如吳濁流的〈南京雜感〉，一方面介紹了汪僞政權統治下的南京現況，一方面則探究了所謂的「中國的性格」，將社會實錄與文化思想以生動描寫和反諷筆調夾敘夾議地呈現，成就可觀。吳新榮發表於一九四二年的〈亡妻記〉，爲吳新榮悼念亡妻毛雪芬之作，被黃得時稱爲「台灣的《浮生六記》」，全文三萬餘言，寫得哀婉感人。整體來看，不論是對日本統治者的抨擊，還是文化的關注、人性的挖掘、風俗民情的刻劃，日據時期爲數不多的散文，都作了明顯而生動的體現。特殊的時代召喚特殊的題材，這一階段的散文確實有其獨特的視野與現實的意義。

五〇年代的散文，則以懷鄉、反共爲主要題材，呈現出略嫌單一且蒼白的色調，不過，有些散文「描寫親情和大自然風光，進而借景抒情」，「這些溫馨親切的作品，表現出這個年代純樸敦厚的風格」（林錫嘉語）；六〇年代則以留學、西化、現代主義的思考爲主流，西方的文學觀念、技巧大量引進，但主要是對新詩、小說產生影響，散文界流行的仍是「冰心體」的抒情風。鄭明娳指出，冰心式的文藝腔主要有以下幾個特質：從日常生活事物中的片段來取材，讚美親情母愛、兒童、大自然，尊敬生命，熱愛民族國家，文字淺白清麗，態度親切誠懇，情感溫柔眞切等。她還具體點名如張秀亞、張漱涵、琦君、胡品清、白辛、林文義、林清玄等人的散文，即是「承此流亞，具有以上大部分特色的散文」（〈台灣現代散文現象觀測〉）。整體來看，五、六〇年代的散文「幾乎全是回顧式作品，內容相當質樸」（齊邦媛語），因爲當時對應的是一個貧困、克難、沉默的社會環境，不免制約了作家們在創作時的心理跨越。

七〇年代，則是台灣從素樸年代跨入多元化社會的分水嶺。本土意識的萌發，政治力的釋放，經濟起飛後的物質富裕，以及《中國時報》、《聯合報》文學獎的成立，高信疆率領一批年輕寫手鼓動出「報導文學」的風起雲湧，「五小」出版社的成立，現代民歌運動，鄉土文學論戰等等，啓動了文學由西化轉向鄉土、由現代轉向寫實的文壇大勢。散文作家們懷抱淑世熱情，一起捲入了翻轉時代下的漩渦中。林錫嘉對此有精要的描述：「作品的精神於是從人與自然的和諧中出走，代之而來的是太多的自我意識，語言充滿批判性，描寫更見細微辭詳，使整個七〇年代以後的文學精神起了極大的改變，也影響了現代散文的表現形式。而台灣近年社會的變遷，使台灣成爲一個比較容許自我自由表現的社會，也形成了現代散文多元化寫作的可能性」（《八十三年散文選・編後記》）。七〇年代，在台灣散文發展的歷史進程中，今日看來，確乎是有著分水嶺式的界碑地位。

八〇年代起，台灣逐漸走向後工業社會，文學作品也隨之進入商品化的多元時代。八〇年代後期，兩岸關係產生新的互動，返鄉探親散文應時而生。解嚴後的開放出國觀光，促成旅行文學的一時風行。政治運動與鄉土意識相生相長，更全面的本土化傾向，使族群關係、國家定位、語言政策、環保議題等都進入散文領域，而被討論、書寫。然而，輕薄短小的消費模式，也使字數越來越少的札記、筆記、手記體散文大行其道，至於散文與影像、有聲書結合，也是商業化社會下的產物。此外，一些只求華麗包裝的淺俗之作，也大爲暢銷，可說是追求「速成」心理的直接投射。鄭明娳對八〇年代興盛的散文消費性格歸納出以下五個特點：短短的篇章、甜甜的語言、淺淺的哲學、淡淡的哀愁和帥帥的作者，堪稱一語中的。

一九八四年一月，台灣唯一的一本純散文雜誌《散文季刊》創刊，不料竟於七月出版第三期後即停刊，令人遺憾一個能締造「經濟奇蹟」的地方，竟不能植灌出一座純散文的園圃。不過，從一九八一年起，每年由九歌出版社支持的《年度散文選》，至今已有十八本，正如編者之一的簡媜所言：「這條路不算短，正好見識一個社會從沉默到吶喊，自綑綁而騰躍的歷程，也體驗文學從長江大河漸次瘦成喘息溪流的過程」（《八十四年散文選·編後語》）。十八年的堅持，無形中建立起當代台灣散文具體而微的文學史典律，其中作品題材包羅萬象，風格煥然多變，適足以彰顯台灣散文眾聲喧譁的樣貌。跨越新世紀，希望這個現代散文的歷史工程能熱度不減地辦下去。陳義芝認爲：「散文眞正人才輩出的年代，還要推遲至八〇年代以後，工商活動日繁，社會活力日盛，資訊解禁，新的思想萌生激盪，一個類似先秦諸子的時代終於來臨了！」（《散文二十家·序》）這個看法可以從年度散文選集中的如林佳作得到印證。

進入九〇年代以後，新的題材，新的類型，使散文的天地更廣，路向更寬。面對跨越的年代，作家們企圖跨越文類，跨越政治立場之爭，跨越寫實與現代之爭，跨越新舊世代的努力歷歷可見。主流與非主流，中心與邊緣，經典與另類，強勢與弱勢，不同的美學觀點，不同的藝術品評，各類作家各擁自己的讀者，各類文評各說各話，雅俗完全可以自賞。傳統散文習以爲常的邊界瓦解了，跨越邊界的文學多元時代開始了。大陸學者王宗法在〈論八〇年代台灣文學的走向〉一文中曾提到：「幾十年來那種脈絡分明的階段性『主潮更迭』，已經讓位於同樣分明的『多元發展』，不再有那一種文學高高雄踞於文壇之勢了。而是你中有我，我中有你，多少年來涇渭分明的創作面貌，被互相認同，互相滲透，互相吸收的『融合』趨勢所取代，出現了一個嶄新的歷史階段。」這段話大致說明了九〇年代明顯的文學形勢。尤其在網路媒體活躍的今天，迥異以往的書寫／閱讀形態、遊戲規則，正營造出一種新的文學生態。「當舊媒體仍執著於散文家、小說家的分野時，網路世界那兒是否已出現人面獸身，冶各文體於一爐，全方位地揮灑其專業或專題？」（簡媜語）媒介的跨越，是否正蓄勢待發地在醞釀一場文學革命？而現代散文的裂變與演化是否也將進入一個新的階段？值得我們拭目以待。

回顧本世紀以來的散文發展路程，以救亡爲主調的吶喊（如魯迅「投槍」、「匕首」式的雜文；五、六〇年代的反共懷鄉之作），以啓蒙爲宗旨的呼籲（如三〇年代的報告文學或台灣七〇年代的報導文學），以及以純美爲中心的吟哦（如林語堂「以自我爲中心，以閒適爲格調」的主張），始終是散文的三條主線道。當救亡壓倒一切的三〇年代，純美意識的提倡曾被圍剿抨擊過。到了九〇年代，拜政經條件的穩定所賜，純美的凝望再度復甦，飲食、服裝、情色、旅行等等，不僅大受歡迎，甚至有的還建構起強而有力的類型體系（如旅行文學體系就包括了：旅行專業雜誌，以旅行爲主線書系的出版社，旅行相關的電視／電台節目，甚至還有旅行文學獎、研討會、文藝營等）。正如前面所述，散文沒有邊界的開放性，類型裂變的豐富性，在在說明了散文此一文體是「強悍而美麗」（劉大任語）的。

九〇年代的大陸文學界，散文熱成爲一種文學現象，論者且稱九〇年代是「散文時代」。王安憶還提到：「新時期曾經有一度，主張小說向散文學習，意思是衝破小說的限定，追求情節的散漫，人物的模糊，故事的淡化，散文的不拘形骸這時候作了小說革命的出路。」這似乎又證明了散文這一邊緣性文體所具備的向中心地位挑戰的實力。九〇年代的台灣文學界，並未出現「散文時代」的說法，但不論在五十多年的時間跨度，散文創作的數量規模，或是藝術表現的美學維度上，台灣當代散文早已擁有成為一部承載文學斷代史或散文美學論的完備材料。跨越新世紀之際，希望針對本世紀散文成果的評論能逐漸增加，而散文家們，在純美意識抬頭、實驗場域大開之後，也能夠戮力於營造新的魔幻驚奇，記憶一個時代，輝煌一個世紀。

——原載一九九九年九月號《文訊》雜誌，選自文史哲版《跨越邊界：現代中文文學研究論叢》

林燿德：台灣當代科幻文學

林燿德

（1962–1996），本名林耀德，原籍福建廈門，生於台北，輔仁大學法律系財經法學組畢業。1977 年開始文學創作，初始發表於《三三集刊》等，歷任《草根》詩刊、《台灣春秋》等編輯、尚書文化總編輯等職，創辦及策劃中國青年寫作協會之電影·文學立體鑒賞營、小說創作研究班、散文創作研究班等課程。著有評論集《不安海域——台灣新世代詩人新探》、《期待的視野》及詩、散文、小說三十餘種等。曾獲金鼎獎圖書主編獎、梁實秋文學獎散文獎、國家文藝獎散文獎等。

「不錯，我們正準備進入歷史，你和我，諸位委員會的先生們，我們正站在歷史的轉捩點上。越過此點，就是那個我們列祖列宗所歌頌的超凡、神聖，十全十美的黃金時代。」

「不錯，諸位先生，我們永遠不會忘記，在上個世紀，那個籠罩在毀滅陰影下的世紀，那個人類像低等動物般苟延殘喘的世紀，那個在今天我們教科書上稱之爲『黑暗時代』的世紀。」

「我相信，……我們的後代子孫在享受前人的成果之餘，將會津津樂道於這次會議的偉大成就。正如『○』這個數字所要表達的，它是一個結束，同時也是一個開始。」

一

以上引文是黃凡完成於一九八一年的中篇科幻小說《零》的開場三段，來自一位人類統治者主持一場會議時的發言紀錄。這些引言在小說情節的發展中，可能成爲一個樂觀的預言，也可能成爲深刻的反諷。如果我們暫且不論小說的下文，把它們自小說中挪借到台灣科幻文學的發展上，也許正符合著八○年代台灣科幻文學第一個黃金時代的來臨。

在八○年代以前，台灣的科幻文壇並沒有成形。但這並不意味著六、七○年代台灣沒有值得談論的科幻文學創作，只是創作者寥寥可數，「科幻小說」一詞的範疇也沒有得到正式的確立。從六○年代末期就開始創作科幻小說的代表性作家，只有黃海（黃炳煌）一人，他創作的主要方向是所謂「少年科幻」、「兒童科幻」；至於如《一○一○年》（一九七○）、《新世紀之旅》（一九七二）、《銀河迷航記》（一九七九）等並非爲了「科普」而完成的作品，也偏向於著重機關道具的十九世紀科幻小說模式；基本上，黃海是台灣科幻文學史中不可遺忘的角色；因爲他的存在，使得科幻史能夠上溯到六〇年代，而且也提供了諸如星際冒險這一類一般人印象中的科幻規模。但是黃海的作品在本質上卻和亞瑟・克拉克、艾沙克・艾西莫夫和海萊恩等現代科幻大師所發展出來的當代科幻有相當的距離；換言之，黃海的創作觀念仍然徘徊在古典的本格科幻框架中。

另一位開拓者是張系國，他在七〇年代中期開始，逐漸將創作興趣的重心移轉到科幻文學上，他第一本重要的短篇科幻小說集《星雲組曲》的內容，自一九七六年開始陸續發表在《聯合報・聯合副刊》和《中國時報・人間副刊》，奠定了台灣當代科幻小說發表的基本範型，也是一個啓蒙式的代表人物。

《星雲組曲》收錄短篇十篇，整個八〇年代科幻小說發展的主要類型幾乎都在本書展現端倪：軟調的浪漫科幻如《歸》兩篇（一篇是〈仙履奇緣〉的未來版、另一篇則是相濡以沫的末世兒女情）；史觀派科幻如〈銅像城〉、〈傾城之戀〉（本篇又結合了浪漫傳奇的因素）、〈翻譯絕唱〉；著重喜劇效果的輕科幻如〈豈有此理〉，偏重意境的玄思科幻如〈青春泉〉；反烏托邦小說如〈玩偶之家〉、〈剪夢奇緣〉；本格科幻如〈望子成龍〉。這些不同的科幻類型也往往結合了中國的民族特徵：〈望子成龍〉以中國人傳宗接代、重男輕女的觀點爲諷刺對象；〈豈有此理〉透過科幻道具讓妲己、褒姒、西施三大名姬復活於當代，也呈現出「女人是禍水」的男性沙文主義心態；〈翻譯絕唱〉表面以 C56-7 行星上的「蓋文族」土著爲描寫客體，實則諷刺的是中國「吃的文化」。凡此種種，都可看出張系國的創作已刻意將西方科幻小說的技巧、內涵與民族本位結合、混融。

一般人的觀念會將科幻文學視為「西方的」、「反人性的」文學類型；這些誤會，張系國在《星雲組曲》中已經試圖予以消解，其實，張系國本身即曾在一九七四年指出：「民族文學必須同時在內容和形式兩方面求變求新，發揮最大的創造力，或許眞能塑造中華民族的民族意識，為廿世紀的中國文學放一異彩。」（語見〈試談民族文學的內容與形式〉）他的科幻小說無疑是這種說法的實證方向之一。

二

七○年代末期，作家許希哲在台北創辦了照明出版社，成為八○年代初期大量譯介科幻文學的兩個機構之一；創社初期即推出《照耀明日的書》系列，包括了呂金駮所著的《科幻文學》——這是台灣首部介紹西方科幻文學歷史的專書；此外尚有彭樹楷《科技震撼下的明日世界》、賴金男《明日的訊息》等未來學論稿；最重要的則是自一九八一年開始，陸續印行的科幻小說譯作。艾西莫夫的《基地三部曲》（照明版譯名《銀河帝國三部曲》）以及《我，機器人》、克拉克的《二○○一年太空漫遊》、威爾斯的《時光機器》、布雷柏利的《華氏四五一》等當代或近代科幻經典之作的問世，都是「無聲的大事」；當然，其中也夾雜了電影原著《異形》之流純粹市場取向的「亞科幻小說」。

另一家在八○年代初期推出系列科幻譯著的出版社是國家出版社，自一九八○年八月開始，推出了由王凱竹翻譯的二十四冊翻譯作品，其中包括了海萊恩、拉利·尼文等多家長篇作品。

繼照明、國家之後，張系國創辦了知識系統出版有限公司。知識系統的《科幻叢書》迄一九九一年五月爲止，共出版了張系國的《城》三部曲與《夜曲》（即《星塵組曲》）、《當代科幻小說選》Ⅰ、Ⅱ輯、一九八四至一九八七年度《科幻小說選》、《倪匡科幻小說選》、黃海《銀河迷航記》（原照明出版社一九七九年版）、黃凡《上帝們——人類浩劫後》、葉言都《海天龍戰》、葉李華《時空遊戲》以及《月亮的距離》等十六冊，以上除《月亮的距離》是義大利後現代作家卡爾維諾的幻想小說之外，皆爲台灣科幻小說創作的別集或選集。知識系統在十年間持續出版本土科幻作品，形成了科幻小說家的匯集中心，也就是說，以張系國爲核心的「台灣科幻氛圍」藉由知識系統而予以「統合」。

照明和國家兩家出版社在八〇年代總共印行了四十餘冊的當代／近代科幻譯作；超過了純文學出版社、今日世界出版社、商務印書館、時報文化出版公司等十數家出版機構在六、七〇年代印行科幻譯作的總和（兒童幻想故事不計），許多西方科幻大師和當代新銳並且是初度和台灣讀者相逢。無疑地，就科幻文學的推廣而言，照明和國家的譯本就如同鋪放在籠中以備小雞出生的木屑。在《國家科幻叢書》的總序中，我們已經可以看出譯者對科幻小說具備了一定程度的掌握：

> 自從阿波羅太空船成功地在月球上登陸之後，人類對宇宙有了深一層的認識。宇宙不再是一個「廣大無垠的另一世界」，地球也不再是「狹窄長巷裡的內院」，人們似乎認爲宇宙已探囊可得。它揭穿了幻想世界與現實世界間的迷障，也提起人們對科學的興趣，不斷地編織出對未來世界的冀望與啓迪。
>
> 科幻小說正式名稱爲科學小說（Science fiction）。科幻，顧名思義是科學與幻想兩種模式

的結合，並且成爲科學與文學間的一道橋樑。它並不故弄玄虛，而是將科技理論（無論是現在或未來）以小說型態呈現給讀者，增加其趣味性與幻想性。因此「科幻」二字遠比「科學」更恰當也更吸引人。

一本好的科幻小說必須合乎邏輯，不與現實脱節，而且更應該具備「未來歷史」的本質，它與靈異神怪的故事截然不同，它不是妄想，而是眞誠地對未來變化做出戲劇性揣測，其價值不在於提出解決問題的方法，而在於提出正確的問題，科幻小說的範圍並沒有限制，主要還是著重於它在讀者心中產生的持續感。雖然發生年代大半寄託於未來，卻使讀者感到就發生於眼前。換句話說，讀後產生「煞有介事」的感覺，就是科幻小說成功的要素。本叢書即針對此原則，使科幻主題涵蓋了海洋、太空、心靈、電腦、外星人等類別，陸續地將正確的科幻觀念介紹給讀者，是一系列極具啓發性的讀物。

科幻文學已逐漸成爲西方文學的主要派別之一，但國內尚處於萌芽階段。雖然這些年來曾有人譯著科幻小說，偶爾電視、電影也曾放映一些科幻影片，但始終未能蔚爲風氣。筆者認爲要使科幻文學在國內生根，除要借重大眾傳播鼓吹科幻文學的時代意義外，正本清源仍需由科幻小說入手，灌輸國人對科幻文學的觀念。

由於「科幻」能很準確地反映出一個國家的科技水準，也能觸發人類對未來的思考力，因此筆者深深希望能藉此叢書引起大眾對科幻的注意與了解。我們深信科幻文學必能因此爲現代文壇帶來新局面，同時也更激發國人探討科幻的興趣。

類此的序文，以今日的觀點予以回顧自屬「泛泛之談」，但是在八〇年代初期能夠有意追尋「正確的科幻觀念」，並且強調科幻文學對於「現實」的反映和影響，已預示了科幻文學在台灣的「正統文學」之外獨樹一幟的潛能。

知識系統在八〇年代的存在，和它的創辦人張系國在七〇年代中期將創作主力轉向於科幻，同樣是台灣科幻發展史中的重要事件，知識系統的作者群結合了時報文學獎附設科幻小說獎、張系國科幻小說獎、世紀華人科幻藝術獎（這三種獎項由張系國促成，可視爲一種科幻獎的系列承續，而非並立存在）所發掘出來的新銳作家和不同類型、文體的作品。一九八九年，這些作家又加入了當年照明時期的「未來學」學者和文壇對科幻有興趣的編、作者，在張系國籌劃下創辦台灣第一份正式的科幻雜誌《幻象》。八〇年代前期，照明出版社曾創辦了一份綜合性科幻月刊《飛碟與科幻》，出版單冊四期後即改爲報紙型雜誌，旋即無疾而終，並未產生具體的影響力，照明出版社也因經營困難而停頓。《幻象》創刊即採季刊形態，迄今已出版四期，內容包括科幻譯作、本土創作和科幻／科學知識的報導介紹，整個方向指向了通俗化的趨勢，閱讀群眾則設定在大專程度的科幻愛好者。

在《幻象》的〈發刊詞〉中，張系國指出：

> ……若干年前，我曾提出「全史」的構想。我認爲，歷史不僅應包括「過去」，也必須包括「未來」。包括過去和未來的歷史，我稱之爲「全史」。現代人不能祇了解過去，也必須了解未來，向未來尋找歷史的根源。

> 科幻小說的長處，正是它處理的題材包括人類的過去、現在以及未來，科幻小說家都是全史學家，因爲他們所要探究的是人類整個的精神面貌。科幻小說的基本精神就是它不斷在突破「過去」的束縛，設法一窺「未來」的究竟。但科幻作家又深知，「過去」和「未來」之間，並不存在無法跨越的鴻溝。《星際大戰》片首的字幕，不說「在那遙遠的未來」，而說「在那遙遠的過去」，其實，遙遠的未來也就是遙遠的過去。……「過去」和「未來」是如何的逼近，又如何弔詭的糾纏在一起！
>
> 爲什麼要辦科幻雜誌？分析到最後，仍然是爲了教育民眾、喚醒民眾。人們愛說，不了解過去就是忘本。其實，不了解未來同樣是忘本，而且更加危險。我期望幻象雜誌是一座過去和未來之間的橋、老年中國和少年中國之間的橋、黃色文明和藍色文明之間的橋、大陸中國和海洋中國之間的橋。

「全史」的觀念是一種文學想像，也是一種創作哲學，可令人聯想到艾沙克・艾西莫夫在《基地三部曲》中「心理史學」的觀念，也就是以精確的計量推翻未來人類歷史的學問。「心理史學」是艾西莫夫將人類社會移置於氣體動力論而得到的一種理論，張系國雖然沒有清晰地說明「全史」的科學邏輯以及理論基礎，也許這些空白之處留待創作予以塡補。

三

在前引文中張系國指出辦科幻雜誌的目的：「分析到最後，仍然是爲了教育民眾、喚醒民眾。」

但是科幻小說家是不是也要如此「文以載道」呢？黃凡在《上帝們——人類浩劫後》（一九八五）的詩序〈我的宇宙〉中說：

在我的宇宙
向無限度量擴張的世界
因爲它如此漫無目的地擴張
以至於竟無法容忍一個有限
延伸的「上帝」的概念

所以在我的宇宙
沒有任何神祇的存在
有的只是一些
機率、概率、碰撞原理以及
無數不公平的競爭

以上是黃凡言簡意賅的宣言，他不再相信「上帝」或者說傳統所謂的「眞理」，他也不背負任何「道」，一切的源頭是「我的宇宙」——一個懷疑主義的心靈。黃凡的創作生涯崛起於八〇年代初期，從政治諷刺小說、社會寫實小說、科幻小說到八〇年代後期的後設小說和都市小說，可以說總是引領風騷，成爲八〇年代台灣小說界的象徵人物之一。他對於科幻小說的經營也貫穿了八〇年代，《零》和《上帝們——人類浩劫後》是其前期代表作，《上帝的耳目》（一九九○）則是近期新作。嚴格地說，黃凡在科幻小說上的成就不如其他小說類型來得重要，以近作《上帝的耳目》而言，巨樹災變、宇宙仲裁者、人類返祖等情節都是眾所熟知的材料，結構上也顯得不勻稱；但是他前期的作品卻別開生面地大規模執行了「反烏托邦」的主題，雖然這個主題在西方科幻界並不新鮮，黃凡仍舊以他特有的文體規劃了人類可悲的前途。

相對於黃凡對人類前途的悲觀，張系國在八○年代的代表作《夜曲》則以詼諧、溫馨或戲謔的方式呈現他穩健的樂觀主義。《夜曲》收錄的作品計短篇八篇：首篇〈夜曲〉是關於「向別人借時間」的幻設作品；〈香格里拉〉和〈星際大戰爆發以前〉諷刺的主題是使人類玩物喪志的「癮」，前一篇論麻將之害，連無文明、無歷史的「黑石族」亦深陷不可自拔，後者則是論電動玩具癮；〈陽羨書生〉是〈續齊諧記〉中那篇同名古小說的未來版；〈虹彩妹妹〉只有科幻外殼，是偏向心理主義的創作；〈第一件差事〉延續〈陽羨書生〉的情結，敘述匆促、甚有鬧劇場面，眞正的嘲弄對象是現實中的壞官僚；〈陷阱〉一篇較爲特殊，難能可貴地將抽象的思維描繪得形體精妙，是探求生命哲學的「邊緣科幻」；末篇〈綠貓〉則屬神祕小說的範疇了。

張系國在八○年代至九○年代初期又發展出長篇系列《城》：卷一《五玉碟》（一九八三）、卷二《龍城飛將》（一九八六）、卷三《羽毛》（一九九一），分三冊出版。《城》的系列由《星雲組曲》中〈銅像城〉與〈傾城之戀〉兩個短篇所涉及的「索倫城」以及呼回族歷史延展而出，架構龐大、人物與情節皆十分繁複，但是整體而言卻無法超越張系國若干傑出短篇的貢獻，其關鍵處絕非張氏在《城》三部曲中自造怪字（如□、□、□、□、□），也非情節不佳，而在於敘述文體的粗略，張系國精緻的文采、靈閃的思想、驚奇的意象常常豐富了他短篇科幻的生命，而峭拔的結尾亦每每能夠起死回生。例如〈第一件差事〉，整體的敘述非常潦草、結構十分渙散，就科學的邏輯或文學的說服力來說都非佳例，但是他的小說結局卻令人驚訝，頓解全篇意涵，以前反邏輯、不具說服力的部分即刻獲得諒解——因爲一切荒誕無聊的部分都是爲了鬧劇式的結局預埋伏筆。又如〈香格里拉〉中有關「黑石族」的生態描寫，乃至天空上的月亮變成紅中，柏油路面四散碎裂後昇起一張發財等等令人拍案叫絕的意象和渲染情調的筆墨，都構築了小說成功的要件。這些正是《城》三部曲中所缺乏的藝術加工，其中全書的楔子，也就是原收入《星雲組曲》的〈銅像城〉，獨立成一個短篇來看，是一篇傑出的魔幻寫實之作，迄今仍無另一位作家能夠創造出索倫城銅像那麼富含詩心、悲愴與無常感乃至引發對人類歷史動搖信心的雄偉意象，這尊銅像的高度也超越了《城》三部曲的總和，不但其他科幻作家無法踰越，就是完成巨幅長篇的張系國目前也尚未雕塑出更龐碩的心象。

《夜曲》諸篇在情調上繼承《星雲組曲》之餘，則更見開創性。張系國寫《夜曲》諸篇，想像的空間超越了科技道具和科學理論的空間，但是筆者更相信這些作品更像是成熟期的當代科幻。〈陷阱〉的格局小、篇幅省，卻暗藏雷鳴之聲。艾西莫夫和克拉克都向外太空尋求人類進化的超越之道，就這點來看，他們類似中國的道家，艾西莫夫的《最後的問題》、克拉克的《童年終結》都指出了人類將捨棄肉體的束縛而進化成新的生命型態，這又令我們想到德日的進化論神學。而張系國獨能另闢蹊徑，讓抽象的「生命」不斷分裂、不斷陷入實體的「陷阱」之中；這種探究生命與現實（無以數計的陷阱和不明的敵人）關係的「亞科幻」，稱之爲「存在主義科幻小說」亦不爲過。

黃凡有情地悲觀，張系國審愼地樂觀，他們的作品（尤其是張氏的《城》）多半具備巨視下的「全史」（借張系國語）色彩。八〇年代另一位異軍突起的科幻小說健將葉言都也試圖建立起自己的歷史實驗場，在《海天龍戰》（一九八七）中的系列短篇可窺其宏圖，而他的文體則進入細膩的考察，將幻設的世界逐步塗抹以如實的顏料；用一個簡單的例子來說，就是在精微的縮小比例中製造、著色那些寫實的模型玩具。張、黃的中、長篇鉅製和葉言都的工筆相較，就如同印象派濃烈的粉彩了。

葉言都科幻小說的趣味便在於環境資料的窮究如實，人文的、天文的、水文的、大地地理的各種資訊，成爲他創作的基本經緯；他不像是傳統的史觀派急於對未來的歷史強做解人，他所受的訓練與所採取的方法都自歷史實證主義出發，以大量資訊的蒐集和研判做爲歷史解釋的註腳，再加以科技變遷的模擬，來共同決定小說的敘述內容；有時，他僅僅呈現資訊本身，因爲資訊本身已經爲讀者設下思辯通道的入口，他在一九七九年完成的《高卡檔案》已經奠定了這種模式。

宏觀科幻是八〇年代確立的台灣科幻主流，另外也有微觀科幻——以單純的科幻因素、凝聚的主題處理個別或社會局部性問題而非人類全體興亡錄的「小科幻」——激起波瀾，范盛泓、葉李華的大部分作品皆能以精湛的「正統」（再借張系國語）短篇小說技法完成有趣的構思。

四

一九八四年以降，透過參選科幻小說獎或入選年度選而出現的作者，新銳部分包括范盛泓、何復辰、駱伯迪、高正奕、許順鏜、裘正、葉李華、廖志堅、蔡澔淇、何善政等，文壇成名作家則有黃凡、張大春、葉言都、平路、西西、誠然谷等，呈現出量少質精的現象。事實上，當代文學評論界並沒有肯定科幻文學的地位，除了專屬於科幻界或者媒體特別企劃外，所有文學論評和文學史言談皆摒除了科幻小說的存在，反而是科幻文學中另一條微弱的支流「科幻詩」在詩壇中屢次引起爭議和批判，然而那些討論屬於詩學範疇，而非科幻文學基礎領域的科幻論評。就讀者而言，台灣大部分科幻文學的潛在市場，已經被倪匡的「驚奇故事」(筆者認爲倪匡是「反科幻」的)和日本科幻漫畫所佔據；因此在這種科幻文學的躍升期間，也正是科幻作者和理論家在多重壓力下論辯科幻文學內涵的良機。

通過八〇年代以降台灣科幻界的時光隧道，我們可以發現除了創作上的成果之外，對於科幻文學的範圍也出現了多元的聲音；以下綜合了八〇年代中台灣科幻文學的三項重大議題，做爲本文之結束。

1. 科幻／非科幻

什麼是科幻、什麼是非科幻，這當然是以科幻小說爲核心的界定方式。這個問題在一九八二年五月四日《聯合副刊》舉辦的「聯副科幻小說座談會」中有熱烈討論。

黃凡在會場中指出：「有三種說法比較接近科幻小說。第一類叫科技小說；第二類叫科幻小說；第三類是幻想小說。」他認爲「科技小說」是指專業技術性格凌駕文學因素之上的作品，如艾西莫夫的《聯合縮小軍》就是一個例子。「幻想小說」，黃凡認爲「例如倪匡的作品，科學知識

說這種「次文化本身的主流」，已不必再附麗於「正統文學霸權」或特殊文化市場所控制的媒體。張系國的宣告，僅僅是科幻文學立穩腳跟的現況，也是所謂「正統文學」全面崩潰瓦解的前兆。

3. 宏觀科幻／微觀科幻

宏觀科幻和微觀科幻本來是並存的類型，張系國本身即能兼擅二者，但是由於八〇年代科幻文壇的主導者如張系國、黃凡、王建元等都直接間接地鼓舞了架構龐大的科幻小說和包容人類過去、現在、未來的「全史」三重指向，側重於創作者世界觀與世界史的衝擊，「烏托邦」和「反烏托邦」遂成爲最受創作者喜好的創作窠臼，七〇年代台灣報導文學中出現的「歷史感的窠臼」如今又有降臨科幻創作的危機。

換言之，九〇年代也正是重拾回微觀科幻和輕科幻的良機，一方面它們給予作者與讀者的壓力都較輕，利於廣擴科幻觀念，另一方面，微觀科幻儘管格局小，卻不見得欠缺藝術價值，這道理如同電算機的體積，科技進步的結果是縮小機體、增加功能；再進一步說，未來十年的宏觀科幻也必須在固定的框架中負載更多的資訊和藝術趣味，才能讓台灣的科幻維持在進化的上升曲線中。

——二〇〇一年，選自華文網版《林燿德佚文選I——新世代星空》

楊照：

「失語震撼」後的掙扎、尋覓

——論葉石濤的文學觀

楊　照

本名李明駿，台灣台北人，1963 年生，曾任民進黨國際事務部主任、靜宜大學及藝術學院兼任講師、公共電視「公視論壇」主持人、《明日報》總主筆等職，現為《新新聞》週報總編輯。著有評論《流離觀點》、《異議筆記》、《文學、社會與歷史想像》、散文《迷路的詩》、小說《吹薩克斯風的革命者》等二十餘種。

一

「失語症」（Aphasia 或 Dysphasia）是心理醫學上的專有名詞。顧名思義，「失語症」指的是一個人突然間喪失了語言表達能力的特殊現象。「失語症」的患者本來擁有正常的語言能力，卻因受到不意的變故而無法再像以前一樣用語言與別人溝通。

造成「失語症」的原因當中，最普遍的當然是腦溢血導致主管該語言的左腦受到傷害，不過另一方面，純粹心理性，過度強烈的情緒波動引發的「失語」症狀，也頗爲常見。我們把這種造成「失語」現象的刺激經驗稱之爲「失語震撼」。

「失語症」、「失語震撼」的概念，透過精神分析學的中介，可以超越個人、個體經驗的層次，被借用來分析、描述歷史、社會的集體現象。尤其貼切、具啓發意義的方向正就是用「失語」的概念來研究革命改朝換代，或者殖民初期的歷史。

集體性的「失語症」、「失語震撼」

簡單地說，幾乎所有的殖民過程中都牽涉到語言的更替。大部分殖民者的語言異於被殖民者，殖民關係的建立中同時也就包括了語言位階的分劃。亦即是，殖民者帶來的語言成了「官方語言」，其合法性、社會強制性、乃至美學價值都被律定爲是高於被殖民者的舊母語的。使用殖民者的語言被視爲是高尚、有禮貌的象徵，而且在許多「公開」、「公共」場合裡規定只能聽到殖民者的語言，更進一步會有一套機制不斷灌輸眾人（不管是殖民者或被殖民者）：殖民者的語言是比較進步、比較完整、比較高級、比較美的語言。

在這種情況下，被殖民者就集體進入「失語」狀態。並不是說他就不能繼續使用母語、也不是說他會完全改用殖民者的語言，而是他的語言經驗從此就一剖爲二：用母語時，他會很清楚意識到自己在使用一種「不對」、「低劣」的語言，這種語言沒有充分、普遍的溝通地位。要不就是改用殖民者的語言，在別人的語言裡苦苦掙扎，找不到最貼切於自身經驗的字眼、語詞。在母語的世界裡，經驗與語言基本上是二而一的。我們透過經驗去學習語言，反過來我們也是藉由語言來統領整理經驗。然而在被迫使用殖民者語言時，這種二而一的整體性不見了，經驗與語言間拉開一段距離，必須靠一個翻譯的過程來予以彌補。

集體「失語」狀態中，最突出的表現就是「猶豫」與「焦慮」。不管用舊母語或新「官方語言」，被殖民者都感覺不對勁，語言似乎永遠無法貼切地表達應有的意思。這種「猶豫」、「焦慮」和個人性「失語」症狀是一致的。個人性「失語症」中較常見的是「結巴型」（non-fluent）的，也就是說患者並沒有失去分辨、感知語言正確使用方式的能力，他隨時清楚知道自己講的東西有問題，他知道有一個正確的字眼然而就是找不到。他會不斷回頭試圖修改、矯正自己剛剛說出的話，可是卻怎麼都改不成他眞正要的。這是「失語症」的核心現象，也是對患者最大的折磨。

當然，在殖民經驗裡，殖民者不同的政策作法，會產生嚴重程度不一的被殖民「失語症」。不一定所有的殖民地都會清楚意識到強烈的「失語痛楚」；反過來看，失語症也不只在殖民歷史中出現。

另外一種造成集體失語現象的原因可以在改朝換代的暴力震撼中找到。改朝換代意謂的不只是統治位子上換成別人坐，一定還會伴隨價值是非的大顛倒。成王敗寇，本來的寇可以變成王，本來的王也就可能淪為寇。價值是非的大顛倒如果用兩套意識形態修辭來表現，而且中間還牽涉到實質血腥暴力整肅、報復的話，那麼可想而知會對在舊意識、舊修辭底下長大的人造成多大的衝擊。這是另一種失語症，它可以發生在同一個語言系統內部，不一定要牽涉到兩種文化兩種語言。改朝換代一樣可以在許多人心中撞擊出經驗與語言的鴻溝。舊修辭中的語彙現在必須被放到新意識形態、新修辭裡去閱讀、評價，而一不小心，舊語言被讀出的新意義可能就帶來了國家暴力直接的人身侵犯。這種情形下，每一句發言都隱伏了面對血腥恐嚇的危險，造成說話的人永遠都在衡量語言與新價值、新修辭之間的關係，因而吞吞吐吐猶豫不決；而且不管怎樣衡量、調整，總是會有不能全然貼合的可能，因此焦慮不安、戰戰兢兢。語言、說話變成一個搜索「正確」字眼卻永遠無法肯定找到的緊張過程，和個人性的「失語症」感受完全符合。

二

葉石濤在題名為〈言論自由的代價〉的文章（收在《走向台灣文學》一書中）裡，曾經回顧戰後初期台灣文學媒體的變化，指出國府接收後各報紙的日文版只維持了十個月的時間，便一概取消，用日文寫作的作品頓時失去了發表的園地。與此相對照，葉石濤特別強調日本殖民政府一直到統治的最後十年內才正式下令禁絕漢語，日本人准許台灣民眾使用漢文、逐步適應的時間長達四十年。

葉石濤生命中經歷的複雜語言世界

我們應該正視葉石濤這一代文學前輩，他們生命中經歷的複雜語言世界。從殖民歷史上來看，二〇年代左右出生一輩，成長的時間已經進入了日本統治的穩固期，整個台灣社會籠罩在「內地延長主義」以迄「皇民化」的氣氛裡，不要說早年的武裝反抗活動已成渺杳黃花，就算「文化協會」以降的左翼抗爭也都以一九三一、三二年爲分水嶺，迅速沉寂。換句話說，他們這一代算是「內地化」經驗下成長的第一代，也是眞正克服語言障礙，嫻熟運用日語的第一代。

在這之前，語言是分辨殖民者與被殖民者的重要判準。他們都還可以親眼目睹自己的父祖輩前行代，飽受殖民者強勢語言壓抑以至於「失語」焦慮的實況。他們等於是被殖民者中第一批跨越語言障礙、進入殖民者語言世界，重新拾回語言表達能力的後生子弟。在一個意義上，他們是被殖民民族中新興崛起的天之驕子，他們介於殖民者與被殖民者間取得一個曖昧的地位，雖然有著被殖民者的出身背景，同時卻擺脫了被殖民的「失語」困境窘境，可以靈活、隨心所欲地使用殖民者的語言，甚至進入殖民者的公共論壇上發言出聲。

楊逵、張文環、龍瑛宗、呂赫若等人與賴和最大的差異就在這裡。賴和的文學，是希望重建母語、被殖民語言的合法性，顚覆殖民者賦予的語言位階高下，來克服失語的猶豫與焦慮。然而楊逵等人卻是靠充分學習殖民者的語言來伸張自己在公共領域應得的認可。葉石濤可以說是這一輩中年紀最小的後來者，他以十八歲「紅顏少年」，寫作的日文竟然能受日本大家西川滿賞識，這不但宣示了台灣「日語化」的新階段，對葉石濤本人來說顯然也是一樁值得驕傲自豪的事。可是這一輩的人剛克服父祖前行代的「失語」，沒多久後自己卻陷入了新的失語狀態中。那自然就是戰爭結束，國府接收台灣，帶來了新的「官方語言」所造成的。

從這個角度，我們可以體諒葉石濤對報紙日文版只維持短短十個月一事，耿耿於懷的心情。終戰前後那段時間，正是他創作力最旺盛，創作企圖心最純粹的時期。更重要的，也正是台灣殖民體制中長大的新生代正要用日語在公共領域裡伸張自我的歷史階段，可是突然地，這個才乍乍向台灣人被殖民者開放的空間卻又急急關閉。

這種「失語」的痛，是那一輩人共同的痛，不過卻不是眞正不可克服的困難。因爲畢竟這次語言轉換不是在殖民架構裡進行的，新的「官方語言」並未被視爲是少數人的專利、特權，所以社會上有普遍的認知，願意揚棄舊的殖民主使用的日語，而且也有努力、儘快學習新語言的熱情氣氛。我們更不能忽略，台灣當時依然繼續在底層流傳著漢語系統的閩南語、客語，這些語言與新「官話」同源，有同樣的結構，大可以被拿來作爲學習新語言的基礎，更是閱讀、書寫新語言可以借道的捷徑。

如何寫出典雅而理想的白話文？

事實上我們也看到了終戰後台灣人短時間內學會運用新語言的例子。更明確的證明是：葉石濤自己在一九六五年「復出」時，所寫的白話文已經沒有什麼彆扭、難懂之處，他六〇年代寫的小說在文字上更是非常流暢且具新意，早已遠離了學習的笨拙階段。

這樣的事實逼我們檢討：葉石濤幾達二十年脫離文壇，噤聲不語，究竟學習新語言一事扮演了多重要的角色？他眞的需要花那麼長的時間來學習中國白話文嗎？更有進者，當我們讀到他後來告白的文字說：「在寫小說的過程中我發覺：除非我重新生爲一個道地的中國人，而不是屬被異民族侵占的這傷心地的台灣人，否則我永遠無法寫出典雅而理想的白話文來。」我們是不是眞應該相信，寫出「典雅而理想的白話文」對葉石濤會是這麼艱難的一件事？

上引葉石濤這段話其實含藏一個嚴重的矛盾。什麼叫做「道地的中國人」？他當然是把自己視爲「台灣人」，而把日本稱作「異民族」，生爲台灣人的葉石濤絕對不是「道地的日本人」，可是此一事實卻不妨礙他使用「典雅而理想」的日文，那麼爲什麼偏偏在中文白話文的寫作上，語言是和出身緊緊聯繫的呢？

有一個解釋當然是指出幼年時期及青年期語言學習能力的差異。不過我想使得葉石濤渾然不覺地講出這段矛盾的話的背後，有遠比這個深沉、複雜的理由。那就是他與中文白話文間的緊張關係，不是一個純然技術性學習的關係。技術上再怎麼嫻熟老練，都不可能跨越的一道鴻溝隱隱地在心靈邊際存在著，讓他總是覺得自己所使用的中文不夠「典雅」、不夠「理想」，總是不對勁。

這正是失語焦慮的一種表現，而且絕不是單純「官方語言」、「公共語言」改變所能充分說明的。除了語言的技術層面之外，顯然還有另一個更大的「失語震撼」，才是眞正的解釋。

透過葉石濤晚近的自敘、自傳性的作品，如〈一個台灣老朽作家的五〇年代〉、《紅鞋子》等，我們現在已經可以很清楚地指出，這個影響更持久、更深遠的「失語震撼」是國府來台初期的攻治恐怖氣氛，而葉石濤切身直接的經驗就是三年莫名、無妄的牢獄之災。

與國家集體暴力的非理性，眞面相覷，讓葉石濤意識到語言這種東西被夾擠、關鎖在一個充滿監禁、檢查眼色的系統裡，只有非常狹窄的空間留給「對的」、「可以的」語言，其他區域都是「不對的」、「不可以的」，而且誤入「不對的」、「不可以」的禁區，惹來的代價會相當慘重。

這種震撼的恐嚇效果，加上對中文的掌握沒有把握，相加相乘，才是眞正把葉石濤這一輩日文作家送進「失語」狀態長期不得復原的完整原因。他們就算再怎麼努力學習中文、「國語」，也不可能獲得可以同時應付文學美學要求及政治意識形態雙重標準的自信。

三

八〇年代中期，宋澤萊在《台灣文藝》發表了他的「老弱文學」論，對本土文學界投入下了一顆磅數奇重的炸彈，而其中被炸得最是令人意外的目標當然是葉石濤。

「三民主義文學論」？

從宋澤萊的文章發表後，許多人談論、評價葉石濤時，都不得不處理他在六〇、七〇年代所謂「三民主義文學」、「台灣文學是中國文學的一支」等等說法。那些原本就懷有惡意的評文不說，就算是相當推崇葉石濤的劉春城（〈長跑者不寂寞——論葉石濤〉）、彭瑞金（〈在文學的荒地上拓墾——葉石濤的文學世界〉）等人，都還是必須尷尬地承認葉石濤當年這些講法和後來的「台灣文學自主性」，立場是不一致的。彭瑞金甚至特別提及：一九七八年他訪問葉石濤時（訪問紀錄見葉石濤《文學回憶錄》中），葉石濤堅持應把「三民主義文學」的字眼擺在標題醒目地位。彭瑞金顯然將此舉視爲是要和緩「反鄉土文學」陣營的敵意，然而卻徒勞無功，「反鄉土派」並未看到

「三民主義」就減緩對「鄉土文學」的攻訐、打擊。

彭氏的解釋從論戰的策略面出發考慮，自有其道理。不過我們也可以擴大縱貫葉石濤的中文寫作生涯，尋找另一層的意義。

回到「失語症」及「失語震撼」。照研究失語症的宗師布洛卡（Broca）的說法，「失語」之後要重新拾回語言表達能力，這整個過程基本上就是個人心靈與主流語言體制掙扎、折衝的煎熬。「布洛卡型失語症」——即是前面提過的「結巴型失語症」——與所謂「渥尼克型」（又稱「流利型」）失語症最大的差異就在，後種類型患者無法自覺到自己所說的語言失去了讓別人聽懂的溝通功能，他和主流語言網絡脫離，活在自己的語言世界裡，表現在外的就是他會連串流利地發出各種聲音、大量堆砌辭彙，可是這些音聲、字眼合在一起卻缺乏一般可理解的內容。從社會角度來看，「渥尼克失語症」代表的是一種疏離、自閉的情緒（台灣五、六〇年代現代詩作品，大體可以視爲是某種「渥尼克型失語症候群」的表徵，細節分析在此不暇鋪陳，將以另文表之）。

「布洛卡型失語症」卻是清楚意識到通行的語言溝通中有一套既定的遊戲規則在。什麼地方應該用什麼字眼、句型結構應該如何組成都有不可踰越的原理原則。可是患者就是沒有辦法適時、自然、瞬間地找到「對的」說話方式。他不斷地找、不斷地尋覓，心思永遠投射在主流語言的龐大系統上，以至於無法專心講自己眞正要說的話。

「布洛卡型失語症」的克服、復原通常費時良久，而且會留下不可磨滅的後遺症。最嚴重的後遺症是這套重拾的語言不再是無意識的工具而已，而是有意識的設計。在自然學得的語言能力中，我們不會特別去留意語言的規則（所以許多人有共同的錯覺，以爲自己所使用的母語沒有文法可言，只有在學習他種語言時才研習文法），然而失語復原者的語言卻會對主流語言體系中任何細緻的規定都凝視注意，他的語言的「發出」變成一個三角結構：講出去的話不只是要讓聽者聽懂、領會其意思，同時還要跟主流語言體系進行無窮互動，不斷接受主流語言體系的檢查。

失語復原後的語言

在很多時候，我們必須把前行代台灣作家所寫的中文，看作是失語復原後的語言。這種語言不能用簡單的概念去追問其意思到底是什麼。「追問意思」的方式預設了「說者—聽者」二元結構，聽者想要確知說者透過語言「眞正」表達的到底是什麼。可是失語復原後的語言從一開始就不是這種二元結構下的產物。在說出的當時就已經有了「說者—聽者—主流語言規則」三個端點。這三個端點可以產生多重複雜的關係。說者自覺地受到主流語言規則的影響，還要考慮其聽者與主流語言規則間的親疏，在層層限制穿透下，我們已經很難去追究區分：話中哪些部分是針對聽者、哪些是針對主流語體語規了。一切全部摶合融匯在一起，形成這種語言的特色。

失語復原的語言其實最清楚反映的是那個時代主流的語言與意識形態傾向。說者、作者的「眞正本意」則被包藏在這個外在雲團中，注定是隱晦、不清楚的。

在個人性失語症的研究中發現，失語復原者初期的語言裡往往充滿了模稜兩可的陳俗字眼，而且在相當程度上說者本身的思想、態度也會被這些字眼所影響，因爲這種語言、以及這種語言所代表的生存模態，是經歷「失語震撼」後能夠找到的最安全的避風港。

四

在「失語震撼」之前，少年葉石濤的文學觀其實相當自我。他雖然大量閱讀、吸收舊俄、法國十九世紀的寫實主義作品，但在精神上他卻明顯地偏傾向浪漫主義，與西川滿式的「異國情調」風，也有應和相符之處。早在一九四三年，他便以一篇〈糞寫實主義〉明志，刊登在《興南新聞》上，痛貶寫實主義，高張個人浪漫主義的大纛。

這種早期的浪漫主義情調，其實是建立在發言權穩固的自信、自傲上的。作爲充分掌握日語表達的第一代，少年葉石濤渾然沒有察覺絕大部分其他人沒有能力、也沒有機會運用公共的語言媒體的事實。他很自然地認定文學就是要發揮自己，而視寫實主義那種代其他被欺負、被凌辱的民眾發言的立場爲做作、荒謬、不值一顧的。

終戰匆匆十個月內，葉石濤自己嚐到了喪失充分發言權的痛處，沒有多久，被欺負、被凌辱的經驗降臨在他身上。短短幾年內，葉石濤從一個不虞衣食的富戶子弟、文壇的後起少年，變成飽受貧困威脅，還經歷牢獄之災的滄桑青年。這麼劇烈、對比的變化，徹底改變了他的文學觀、世界觀。

在噤聲沉默的年代裡，葉石濤看到了和自己一樣「失聲」、「失語」的群眾。他並沒有完全放棄文學的夢，然而這個夢現在必須透過一種新的語言來表達。終於初步克服了雙重的「失語」症狀之後，「復出」的葉石濤，於是搖身一變變成彰言「鄉土文學」，推崇寫實主義理想的小說家及評論家。

從語言的角度看，寫實主義原則更進一步複雜了台灣省籍作家的「失語」困窘，寫實主義要求如實描寫社會大眾的生活，尤其應該要替被欺負、被凌辱的人作喉舌代表。可是在主流的語系裡，根本不存在這些被欺負、被凌辱人們的語言呀！一直到七〇年代鄉土文學中穿插方言對話取得合理合法性之前，任何想要依照寫實主義原則創作的人，都必須面對兩難是：要如何找到一種語言表達既可以在主流語系中被接受，又同時可以代表受辱者、替他們發言？如果使用主流語系中「典雅而理想」的語言，怎麼能夠描寫根本與這種語言格格不入的受辱大眾？如果眞要堅持受辱者的語氣語言，就不可能被主流語系接受，那樣又怎麼盡到代言發聲的任務？

葉石濤嚴重的分裂性格

所以我們清楚看到：在這個時期內，葉石濤嚴重的分裂性格。他在不同的文類、不同的面相與主流語系進行不一定可以相互解釋、自圓其說的對話。在評論上，葉石濤一貫是以寫實主義爲終極歸結的。他最推崇的小說是《靜靜的頓河》，他再三致意最想寫的是統合總敘台灣歷史經驗的大部頭大河小說，他批評台灣最欠缺的是農民文學、鄉土文學。

然而他自己所寫的小說，卻一直帶有濃郁的小知識份子味道。不僅是小說裡的角色往往多愁善感，不斷在進行種種思辨，而且許多西洋小說、電影穿插在小說中出現，成爲與故事呼應的「次文」（sub-text）。他甚至沒有發表過任何一部可以被稱作「長篇」的小說作品，遑論「大河長篇」，他的小說裡沒有太多農民的影子，也其實沒有太強烈的歷史時間縱深。

如何解釋這種自相矛盾的現象？如何說明爲什麼提倡「鄉土文學」最力、最堅持的作家，他自己的小說裡「鄉土」的成分卻那麼淡薄？我想我們還是應該把這些問題轉回「失語」的集體脈絡底下來看，會清楚一些。葉石濤的矛盾其實是當時「失語者」的宿命。由於自己的「失語」經驗，而擴大到相信文學應該替所有沒有聲音、默默受苦的人代言；可是現實上可以發出聲音的語言系統裡就是沒有受苦者所使用的那種語言，於是「鄉土文學」只能存在論理、應然的層次上，卻無法落實爲創作的實然。

「失語」後復原的語言，道理與經驗無可避免地分裂，無法再是合一、自然的語言。

五

個人性的「失語症」研究中發現，幫助失語者復原的一個方法，是讓患者回到「失語震撼」發生前的語言氣氛、脈絡裡，亦即是讓他暫時毋須焦慮地應付無窮的新溝通情境，回到「震撼」前那個語言還很自然的過去，讓他重新對自然、不經思索使用語言的方法產生信心。

這樣的概念，也可以幫助我們去發掘、了解葉石濤晚期作品的一些特色特點。

綜觀葉石濤的作品，不論是評論或小說，我們應該注意到一九四五年終戰前後這段時間，具有非常特殊的意義。

長期以來，葉石濤大量、反覆地寫過許多篇關於楊逵、張文環、龍瑛宗、吳濁流、呂赫若、楊雲萍等人的文章。尤其是楊逵，幾乎到了葉石濤的每一本文學評論集中必定有寫楊逵的專論文章的程度。而這些人主要的文學活動時期正就是日據時代末期到戰後初期。

對於失語之前環境的回歸

不止如此，葉石濤更常常明言或暗示他自己和「戰後第一代」作家的不同。尤其是他和鍾肇政同爲一九二五年出生，可是鍾肇政卻是純純粹粹戰後才投入文學活動的。意思就是說葉石濤自己比鍾肇政、廖清秀、文心等「戰後第一代」其實更早上一輩，終戰前的文學經驗是他有而「戰後第一代」沒有的重要資產。

再進一步看葉石濤早年寫的許多小說，也都不約而同地以終戰前後作故事背景。顯然帶有自傳色彩的「李淳」故事系列，幾乎毫無例外都是寫李淳在戰爭期間的種種經驗。有一些故事，像〈雛菊的回憶〉（收在《姻緣》中），其實並沒有什麼明顯的時代性，葉石濤卻也很自然地將其背景設定在一九四七年。爲什麼總是那幾年？

到了晚近幾年，這種現象愈發明顯。從《文學回憶錄》、《女朋友》開始，到《紅鞋子》、〈一個台灣老朽作家的五〇年代〉、〈一個台灣老朽作家的幼、少年時代〉等等，葉石濤非常認眞、努力地撰寫回憶錄性質的作品，然而値得注意的是：他回顧生命的眼光，好像總是特別專注在四、五〇年代。不管是與西川滿之間的文學姻緣或五〇年代初任教師時的戀情，他會不厭其煩的換過形式重複書寫（《紅鞋子》和〈一個台灣老朽作家的五〇年代〉內容多所重複），然而相對的，六〇年代後的生活回憶卻是一片驚人的荒蕪、空白。

我們甚至還可以從葉石濤小說的風格看出一些端倪。如前所述，葉石濤雖然致力主張「鄉土文學」，然而他自己的小說卻一直不是很「鄉土」的。相反的，我們可以察覺他的創作美學裡非常濃厚的異國浪漫傾向。他對女性身體、情慾的挖掘、描寫在六〇年就已經獨樹一幟；另外他的小說裡常常出現明確的異國風物作爲推動情節的主力。例如〈福佑宮燒香記〉是寫中法戰爭當中的法國軍官、〈鸚鵡的豎琴〉故事發生在義大利領事館裡；〈卡爾薩斯之琴〉則巧妙地結合了西洋樂器與外省人的雙重異質性，至於〈鬼月〉、〈汲古夢〉中，考古知識成了異國情調的營塑力量。這類例子俯拾皆是、不勝枚舉。

這種異國情調的美學讓我們不得不想起西川滿。西川滿將台灣視爲文學的寶地，因爲它同時是日本的一部分又具備異國魅力，特別著重玩弄熟悉與陌生間的弔詭關係，來塑建文學浪漫風格。葉石濤「復出」後的文學理念和西川的這套想法、說法根本格格不入，幾乎沒什麼交集可言，然而在小說創作上卻保留了西川的強大影響痕跡。

葉石濤的代表作之一是《台灣文學史綱》，不過他不只一次表示他眞正最想寫的是日據時代的台灣文學史。而且最近幾年他最關心的課題、寫過最多文章來呼籲、處理的，正就是四〇年代所謂「皇民文學」的定位問題。他念茲在茲地一再回到四〇年代，強調即使在「皇民化」的大帽子底下，台灣文學並沒有喪失其寫實性與抗議性。

將以上列舉的這些現象合併來看，我們實在不能否認：四〇年代對葉石濤具有強大、獨特的吸引力。這段時間是他認爲最重要的「關鍵時期」，他提倡文學應該回到「生活性」、應該記錄生活細節，可是他自己眞正進行的卻只有關於四〇、五〇年代的紀錄，其他年代的生活意象幾乎完全不曾出現在他筆下。

這應該就是回到「失語震撼」前的一種本能想望罷。深層潛意識中反映的，應該不只是要解釋自己的出處行止，而是要回到那個語言與經驗還沒有被分裂、壓抑的時代，回到那個可以自然地運用「典雅而理想」的語言的時代，也是對「失語」狀態下度過的這幾十年掙扎的一種厭惡與反感的表現罷。

——一九九四年八月完成於台北內湖，選自聯合文學版《夢與灰燼》

從強種到雜種
——女性小說一世紀

范銘如：

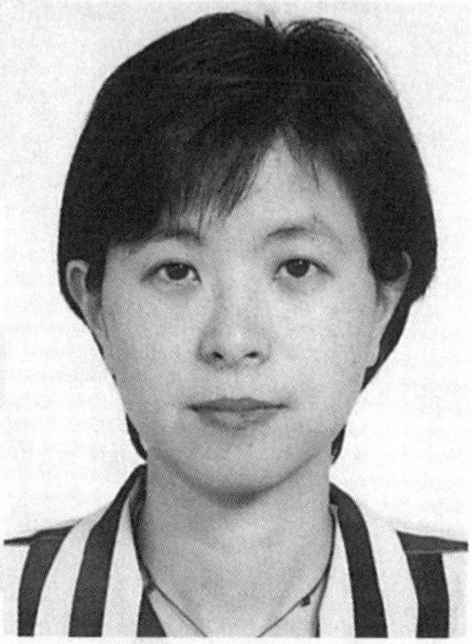

范銘如

台灣嘉義人，1964 年生，美國威斯康辛大學麥迪遜校區東亞文學博士，現任淡江大學中文系教授，並主持淡大中國女性文學研究室。著有《眾裏尋她——台灣女性小說縱論》，主要研究興趣為現代文學、女性文學、文學批評理論。

儘管二十世紀在全球一片迎接千禧年的呼聲中進入歷史，上個世紀喧騰紛擾的國家和國際論述並未就此告一段落。沛然莫之能禦的地球村趨勢，正使台灣面臨著劇烈的轉變與考驗。與日俱增的跨國經貿合作及各種形式的交流，雖然提供嶄新的空間和科技關係，促成新的聯盟結構，但是先進國家對資源技術上的掌控，卻又可能形成另一種形態的西方霸權，侵蝕台灣文化生態。到底全球化的成形開拓出更寬廣的國際空間、增進種族和解和諧，抑或是助長權力不平等的發展，延續早期殖民主義和新殖民主義的社會塑造，一點一滴地消磨掉當地的民族特質？國際化與本土化的矛盾，使得國族論述在世紀末再度沸騰，一路延燒至新的紀元。

在思辨這些問題時，袞袞多士往往容易重陷殖民主義與民族主義對立的泥淖，忽略全球之多國異質性，和任何國家形構必備的階級、性別、族群、種族、宗教、年齡、身分的多重性。一方面漠視世界各國因應全球化的獨特問題與方式，一方面則抹煞各國中附屬團體的特殊處境，例如女性和少數族群，以及權力在各政經層面的交互運作。淪為片面的國際化與失衡的本土取向的結果，對外既無法盱衡國際關係捍衛民族權益，對內亦難以凝聚共識。在缺乏凝聚力的國族口號下，弱勢團體時思出走，甚或發展出另類的民族與國際觀。

在所有被邊緣化的團體中，佔人口比率一半的女性應是最多數的弱勢。民國創建以來，男性權力和價值順利地由帝制結構中偷渡、滲透於現代國家管理系統；女性在總體化框限下，始則被異化為國族論述的應聲者與服從者，終於抗命叛變轉求雜種的曖昧身分。本文希望透過女性小說中關於國族論述的轉變，圖誌性別與種族議題百年來並行分流的緣由，進而檢視附屬團體與主導勢力的纏擾。在討論共時性關係時，藉助歷時性演變，將兩者淵源回溯至十九世紀末。探究女性為何在早期的文本中響應民族主義和推動中國現代性，卻在七〇年代逐漸轉向，終在九〇年代擁抱重畫種族界限的後現代性。從現代性轉變爲後現代性，台灣女性在本土化和全球化之間是否取得權衡定位？女性文本中的國族論述提供給新世紀的台灣參考方向，進而廣泛地觀照不同利益群體的顧慮，開創出不同既往的思維模式。

一

中國婦女解放運動的興起和國族論述息息相關。清末政治和經濟的困境，迫使改革者從技術科學到思想制度層面上全方位維新；在外強的侵略威脅下，改革者將中國積弱的部分理由歸因於女性人口的蒙昧與不事生產。他們認爲女性資源的開發與再造，或可挹注國力，振衰起弊。在救亡圖存的大前提下，清末反纏足論述的重點不在於尊重女性身體，而在於強健女性體魄，以便養育更精壯的下一代，並促進家務及勞動能力；振興女子教育的理由亦無涉乎權利義務，而是倚重知識的實用性裨益婦人增產富家，教兒保種。雖然維新大將們如康有爲、梁啓超，不乏人道主義者的平等觀念，在巢覆卵危的憂慮下，解放婦女的理論難免建植於民族主義的基礎上❶。重塑傳統女性特質，使之符合中國現代化需求，彷彿繫諸種族存亡。婦運的本質似乎就是強種與救國。

說來諷刺，多虧帝國主義的遠東擴張，中國婦女才能在民族主義的大纛下，逐步獲得教育和其他方面平等的機會。在西方殖民主義與中國民族主義的群雄爭霸中，女性在保家衛國的合理化掩護下紛紛涉足公共領域。有趣的是，婦解雖得利於滿清政府的變革維新，婦女的參政趨勢卻傾向反對陣營。不少女性加入同盟會的革命行動，積極推動建立民國的事務❷。最廣爲人知的革命女志士首推秋瑾。

秋瑾最見著於後世的形象約莫是愛國不讓鬚眉的女先烈。爲了抵抗列強欺凌，她與其他男性義士矢志推翻昏庸的滿清政府，締建民國，加入現代化國家行列。在民國教育下成長的我們，總習慣將民國的誕生，等同於中國現代化的象徵，並將民國與滿清簡化爲新／舊、進步／腐敗的價值大對抗。漠視了民國與滿清之戰，其中更牽涉了族群（漢／滿）、種族（黃種／白種），以及意識形態（民主／帝制）等權位之爭。秋瑾的民族意識，見諸於其著名的〈寶刀歌〉：「北上快車八國眾，把我江山又贈送；白鬼西來做警鐘，漢人驚破奴才夢」，不僅批判外強嚙食，更攻訐滿族昏顢凌弱的統治生態❸。因此，嚴格地說，秋瑾將「強種」的目標指向狹義的漢民族，而非廣義的中華民族（滿蒙回藏苗傜等）。換言之，民族主義是對抗帝國侵略的利器，但是優質的民族主義只有透過族群權力的重新分配——即使不是爭奪——才能達成。秋瑾及其革命同志們似乎深信，漢民族的強盛正可再造均益效能的族群關係。

秋瑾第二個爲人熟識的形象是中國婦運的先驅，興學辦報鼓吹女性獨立自覺，可是直到近年來女性主義者的研究，才提醒我們注意秋瑾詩文中時而流露出其性別與民族身分矛盾衝突的齟齬。婦女解放既是中國推動所謂「洋務」的維新政策之一，婦運也長時期隸屬於民族運動，秋瑾的女性身分在同儕的國族論述中誠難獲得妥貼地安置❹。更罕爲人知的是，即使秋瑾流芳後世，她的友人們在推翻滿清後爲她籌備的一些紀念活動以及興建大型紀念碑的計畫，卻受到袁世凱以及包括孫逸仙在內的同盟會同志打壓。克莉斯蒂娜・吉瑪丁（Christina K. Gilmartin）在她研究國民革命中女性動員的論文中委婉地嘲諷，孫逸仙在建國後樹立政權的男性象徵意義，而他自己亦在死後變成父權政治最具體的形象。她認爲，國民革命在男性身分引導的意識形態下，根本不會選擇女性——例如秋瑾——去塑造出一個革命之母的象徵❺。

對中國讀者而言，吉瑪丁的批評不無可議，畢竟孫逸仙投入革命的時間及影響的深廣遠非英年早逝的秋瑾可及。但是如果我們細思歷來被賦予接近所謂「國母」形象的女性人選——宋慶齡、宋美齡，甚或江青——都是「偉人」背後的女性，而非參與建國的女性，吉瑪丁所指的男性革命意識形態似非無的放矢。其實除了性別因素之外，更深一層查究，秋瑾紀念碑不被鼓勵本來就是現代民族主義的邏輯。根據班納迪克・安德森（Benedict Anderson）的研究，民族主義文化偏好無名戰士勝於指名道姓的紀念碑和墓園，因爲空洞的、儀式性的紀念物更容易引發「幽靈般的民族的想像」❻。只不過安德森忽略了，即使是幽靈，也是有性別的。

性別、族群、種族三股勢力的糾葛並沒有因改朝換代而拍板。民國的建立造成國內族群權力的重新洗牌，但對於抵禦、驅逐侵華的種族似乎作用不大，婦女處境與權利的提升也一度被擱置❼。再一次感謝外侮的刺激，五四新文化運動的興起帶給婦運另一契機。五四始於反日的愛國活動，演化爲全國性的文化和文學思潮。中國現代化的策略也從西學中用轉向西化的風尙。在這一波全面反傳統的洪流中，婦女問題再次被檢討，與女性議題相關的貞操觀、納妾蓄婢、媒妁婚姻、家庭制度與三從四德的婦德等，一一成爲攻訐的箭靶。解決婦女問題被看成打擊封建思想與禮教勢力的必要過程，亦是解救中國的重要步驟。

謝冰瑩的故事可視爲女性知識分子對這一波運動的回應。受到新文化思潮的衝擊，謝冰瑩奮力地在鄉下保守的家庭中爭取受教育的機會，反抗舊禮教對女性的限制，例如纏足與禁足。當她品嚐著辛苦抗爭來的離家升學的甜蜜時，北伐建國的號召激勵她毅然投筆從戎；接受嚴格的女兵訓練後，上了戰場也獲得到勝戰的滋味，她以戰地背景發表的《從軍日記》（一九二八）亦備受歡迎。但是情節後來的發展並不像花木蘭傳說一樣：衣錦還鄉、名揚千里。上級突然下令解散軍隊，使得因爲從軍而退學的謝冰瑩在無處可去的窘境下只好返家。回家，對謝冰瑩來說並不是駛進安全的避風港，而是正面迎戰她一直逃避的噩夢——父母在她三歲時訂下的婚事。幾番哀求父母解除婚約不果，她四度企圖逃家，卻一再被緝回鞭打監禁。在眾人押解下出嫁後，謝冰瑩居然伺機逃離而終於解除婚姻。此間一年，丈夫其實遠在外鄉工作，兩人並無溝通或相處上的具體摩擦。如此堅苦卓絕的謀求離婚，與其說是兩人性情不合，毋寧說是謝冰瑩對自己理念的申明。這種「敗壞門風」的舉動，自然也引來家人的不諒解，導致她幾年間有家歸不得。

在五四文化的論述時尚中，離家是新女性要求獨立自主的宣言，卻是謝冰瑩苦難的眞正來臨。失卻家庭的經援，她艱困地籌措學費和生活費，屢屢無以爲繼。她談了幾次新青年們嚮往標榜的自由戀愛，結果卻和大部分情竇初開、缺乏性知識的少女一般，未婚懷孕而且獨自面對生產善後的局面。獨立育嬰一陣後，實在無力扶養，只得忍痛將嬰兒託付給已分手男友的家人。連番挫折並沒有動搖她對新文化的信念。爲求更高的知識救國，她隻身赴日求學。學業未竟，日軍侵華愈甚，她投入抗議日本軍國主義的行動卻鋃鐺入獄，遭受日本軍方殘忍的刑求。從獄中逃出後，謝冰瑩潛回國內，愛國心不減，義無反顧地獻身抗日行列，出入前線後方從事各項醫療文化服務。

謝冰瑩堅毅果敢的個性和愛國的情操令人敬佩，女兵的「政治正確性」尤其吸引國家機器的注意，遷台後一度強力宣傳，甚至成爲大眾媒體的寵兒。謝冰瑩雖被塑造成忠黨衛國的新女性代表，但是在國族論述的主導詮釋下，她的經歷裡所呈現出女性身分與族群、複雜的種族關係卻常年被遮掩。謝冰瑩在最爲人傳頌的《女兵自傳》中坦言，她選擇從軍的理由之一正是爲了逃避她的婚約，而且當時軍中的女同袍大都有著類似的家庭因素❽。這一段話相當值得玩味，因爲它提醒我們去留意，主導論述雖然推動婦女改革以促銷現代性，卻未同時給予女性資助或奧援。當女性以個體來對抗整個封建家庭制度而力猶未逮時，軍隊適時爲她們提供一個庇護所。對軍隊來說，女性的身體象徵一種新的改革力量，強化軍隊的現代化形象，也更提高其剷除舊勢力的正當性，遑論佔人口一半的女性人力資源能增添多少實質效益。對女性而言，從軍不僅僅是報效國家，保疆衛民，更可以將弱勢的個體置於公權力的保護下，讓更強勢的政府對抗家庭權威，合理化個體涉足公領域的欲望與想像；只要她們願意交付身體，爲國捐軀。

秋瑾和謝冰瑩可說是辛亥以迄民初進步女性的典範。她們認同當時倡行的民族主義和新文化論述，投注她們的寫作和生命，呼應實踐現代化理念。不計犧牲代價，換取中國一定強。爲什麼「民族」，這個在安德森的定義中只是一種「被想像爲本質上有限的，同時也享有主權的共同體」❾，具有這麼致命的吸引力？安德森指出：

> 儘管在每個民族內部可能存在普遍的不平等和剝削，民族總被設想爲一種深刻的、平等的同志愛。最終，正是這種友愛關係在過去兩個世紀中，驅使數以百萬計的人們甘願爲民族，這個有限的想像，去屠殺或從容赴死。❿

讓我們看看強種論調給了這兩位支持者些什麼？一個年紀輕輕被處死，另一個則在各種抗爭中飽受折磨。對「吃人」論述最有心得的魯迅，在一次演講時被稱爲「戰鬥者、革命者」，並獲得一陣響亮的掌聲，他忽然想起他的故友：「敝同鄉秋瑾姑娘，就是被這種劈劈拍拍的拍手拍死的。」⓫魯迅這樣一句話，表露出他對國族論述的負面作用有著深切的感觸。即使是服膺現代化論述的謝冰瑩，在悔婚逃家數年後與母親久別重逢，也不禁自問所爲何來：

> 奮鬥了這麼多年，我得到了些什麼？從舊的婚姻制度下解放出來，又跌進戀愛的苦海裡去了。我想老實告訴她，四年來，我飽嚐了人間的酸苦，受盡了命運的折磨；我坐過牢，餓過飯，也生過孩子；現在還在過著流亡的生活，前途茫茫，母親呵！何日才是我眞正得著自由和幸福的時候？⓬

她的親身經歷令這個問題特別驚心。到底中國的現代化，在誘導女性付出種種巨額代價後，是否眞爲婦女帶來自由幸福，如同當初的承諾？

謝冰瑩用女性經驗對國族論述發出的初步質疑並沒被重視，也許連她自己都不敢深入探詰，然而後起的女作家卻前仆後繼追上她的步履，甚至間斷性地投下一些負面的看法。胡蘭畦的《在德國女牢中》（一九三六）堪稱是其左派版本的姊妹作。它上承《女兵自傳》，下開郁茹《遙遠的愛》、楊剛的《挑戰》以及鳳子的《八年》等知識女性革命敘述。胡蘭畦生長在反清世家，父兄皆是革命黨人，在這樣的家庭就已經接受不少進步思想與民族氣節的薰陶；後又進入成都第一私立女學堂，深受當時推動男女平權的學堂女主辦人曹招弟的影響。爲使年老重病的父母安心，胡蘭畦十六歲時出嫁；然而與謝冰瑩相似，數月後趁機離開夫家逃脫封建婚姻而逐漸參與政治改革。

《在德國女牢中》即是記述胡蘭畦在德國從事反帝國主義活動，而被希特勒政府監禁於女子監獄的報導文學⓭。比起日獄的殘暴，德國女牢的待遇可說是人道平和得多，最特別之處是政治犯奇多。除了胡蘭畦，同牢的德國婦女也都是一些「政治犯」，而她們入獄的「罪行」，居然只是沒有「到教堂去」、「到廚房去」、「帶小孩去」。違反了德國法西斯爲女人明定的規範，等同違背國家政策。德國女牢雖少了日監的嚴刑酷罰，但是法西斯以強制性的政治手段執行性別角色戒律更令人瞠目。

胡蘭畦寫作《在德國女牢中》的原意雖是批判法西斯政權的荒謬，但卻也點出國族身分與性別身分的可能扞格，儘管是發生在異國。在同時期，蕭紅的《生死場》（一九三五）卻反躬直指中國，打破女性身體必然與國族掛鉤的思維。劉禾從民族國家論述的角度，精闢地指出《生死場》中鋪排女主角被中國男性，而非侵華的日軍，強姦的情節，表示作者拒絕將女性身體被民族主義取代或昇華。對蕭紅而言，「生命並非要進入國家、民族和人類的大意義圈才獲得價值。在女人的世界裡，身體也許就是生命之意義的起點和歸宿。」⓮蕭紅的呼聲並非絕響，丁玲的〈我在霞村的時候〉（一九四一）亦是一篇警世名作。小說描寫鄉村少女貞貞在日軍侵襲時被擄走，做了隨軍妓女，但忍辱爲游擊隊祕密傳送情報。對民族的忠貞卻抵不過失貞的罪愆，她回到家鄉中被視爲破鞋爛貨，承受流言指責的精神折磨。雖然丁玲以女主角赴聖地延安學習的希望收尾，文本中暴露出性別與國族論述的不能重疊性卻清晰分明⓯。

〈我在霞村的時候〉雖然是一篇小說，卻有若魔幻寫實般預言了丁玲左聯文友關露的遭遇。以《太平洋的歌聲》、《新舊時代》驚豔三〇年代上海文壇的關露，因其頗富姿色及文名，被指派潛入日偽機構從事地下情報工作。明知會被大眾冠上漢奸臭名，關露不計個人毀譽與生命危險，毅然接受任務，蒐集敵軍情報，餵養組織需要。怎料抗戰的勝利為這位「民族英雌」帶來的卻是後半生永難刷洗的沉冤，關露幾度接受審查拷問，更兩次進出秦城監獄，飽受批鬥與毒打的刑罰。長達十年的牢獄之災與不白之屈，不但令她心摧力折，更導致她數度罹患精神分裂症而無法治癒。以詩文成名的關露，在三、四〇年代一直保有相當可觀的創作佳績，但是身繫囹圄同樣摧毀了女作家握筆的手。一九五一年的中篇小說《蘋果園》是她最後的出版作品。受盡殘磨，白頭才得蘇息的關露，平反後選擇自殺一途，結束她無盡苦難的生命⓰。關露獻身民族的下場無疑是國族論述吃人的最怵目例證。

從辛亥到四九年，大陸女性在中國與外國的緊張關係中趁虛而起。在性別、民族與種族的三角拉鋸中，女性總站在民族大義的陣營裡，對抗異族侵略。整體而論，雖然性別與民族論述的矛盾偶爾流露在女性文本中，在亡國的巨大陰影下，強種還是最明顯的主題。但是被同種出賣給異族的台灣女性，卻從日據時期就被迫與異種文化同生，她們的文本也呈現出一些不同的看法。

二

政治社會的危機，導致大陸婦女民族意識高漲，在國族論述下萌生的女權意識也屈附在「強種」的訴求下，偶爾乍現於女性文本。台灣婦女的經驗卻大相逕庭。日據時期，日本當局基於經濟和同化的考量，鼓勵台灣婦女廢除纏足，提升殖民地生產力，並促使台灣人民融入日本的現代化模式⓱。另一方面，台灣留華及留日的青年，在新思潮的刺激和爭取台灣人總體權利的動機下，也鼓吹女性解放運動[18]。在殖民和反殖民，認同日本和認同中國，這兩股勢力匯衝下，婦運在島上萌芽，即使整體進展比大陸保守牛步許多。然而，早在隸屬日本版圖之前，台灣一直就是多族群與多種族聚集的人口、經濟節點。清廷割讓之後，在中日兩個種族、兩種文化論述並存、互斥中成長的女性，她們認同的民族該是哪一個？

霍米・芭芭（Homi K. Bhabha）認爲，任何國家的人民都處於兩種時間概念的競爭線上，一方面，人民是國族歷史的客體，物質化建構出的、過去的源流；另一方面又是意義建構中的主體，必須抹去舊有的方式來彰現時性[19]。在過去和現在的交纏、意義的承受者與建構者的雙重身分中，人民對新舊論述的認同未必絕對而純粹。正是在日據時代的女性文本中，我們得以看到台灣人民夾縫於大漢／大和民族論述爭霸中的認同危機。

日據時期的女作家有如鳳毛麟角，小說家僅知有楊千鶴、張碧華、謝雪紅、葉陶、黃寶桃幾位。前幾位的小說偏重於女性議題的探討[20]，黃寶桃的〈感情〉則較爲特殊，由一對母子對民族認同的齟齬，刻劃出日據時期種族問題的爭議。〈感情〉（一九三六）的主角是一位由日本男人與台灣女人生下的混血男孩太郎。他那來台視察而與台灣女性有染的父親，在小孩出生後藉口返日，從此遺棄母子兩人。在被拋棄的難堪中，母親重複述說父親曾告訴她的關於日本的美麗故事來慰騙自己，循此鼓勵教育太郎。雖然「太郎」這個符名洩漏他的血源而被台灣同學孤立排擠，太郎卻藉由懸掛日本國旗、穿日本和服這種象徵符號，認同父親的優勢文化，以扭轉身爲台灣／劣等人又不被接受的自卑感。母親苦等十七年，飽嚐單身育子的艱苦，最後放棄等待奇蹟，答應一名台灣男子的婚事。在決定新生活開始之前，母親也希望走出符號的謊言；她要求太郎換下日本服飾——她錯誤和傷痛的象徵，改穿台灣衣衫。母親的要求，暗示她在認同上的新選擇。但是太郎拒絕脫掉日式服裝——民族尊嚴的僅有符徵，母子多年相依的情感因認同的問題而出現僵局㉑。

弔詭的是，儘管被父親遺棄的混血兒矢志父國，儘管皇民化運動如火如荼地推展，在台的日本人卻不完全認可祖國及其文化。龜田惠美子的〈故鄉寒冷〉（一九四二），敘述一名在台居住二十多年的日本人，攜妻兒返鄉卻失望折回的另類故事㉒。與〈感情〉成對比，本篇透過日本女孩勢子的眼光，描述故國見聞。她們雖見到分離多年的祖母，生疏的親情、陌生的風土卻令人尷尬。第一次踏上日本國土的勢子，看著父母的家鄉，並不是傳說中美麗的山河；被哀愁與老舊環繞著的村民，雖具有濃厚人情，卻有狹隘的觀念。父親在享受短暫的親情之後，發覺長年離鄉，資源早被瓜分侵佔；雖說祖產分配不公，卻不可能在親情的感召下回流給他。世情冷暖，故鄉寒涼而幽黯，三人一起想念起南國燦爛的陽光，悠閒、美麗、安樂，以至於接到台灣寄去的報紙，開懷貪婪地讀著。一趟返鄉之旅，幫助父親認清台灣才是自己的家，而決定速速返台。這樣的決定無疑突破中／日對立的二元民族論述，由返鄉引發的身分危機中，迫使個體為自己的身分再定義。這一個返台的宣言，不啻為「新台灣人」揭開序曲。

台灣回歸中國版圖後，台灣人民再一次調整自我的身分認同。在新舊民族論述的交替中，二二八等流血衝突事件的發生，使得日據時期種族對峙的問題轉化為同種間的族群敵意。國民黨遷台後，在掌控社會秩序的最高原則下，施行一連串高壓統治的政策。人民表面上服膺其推銷的國族論述，實則敢怒不敢言。另一方面，大陸婦運的成果並沒有跟隨國民黨來台。雖然一些大陸遷台的女性菁英曾在遷台初期發表一些比較進步的意見，一九五〇年代中期以降官方逐步緊縮婦女和文藝政策，在嚴峻的政治文化生態監控下，女作家的異議愈形薄弱，婦解的方向也在官方的滲透掌握中趨向保守㉓。

半世紀以來國族論述與婦運的合作關係，在遷台後產生變化。大陸和日據時期的婦女改革運動，已經廢除了纏足和文盲等有礙現代化的積習。進一步的婦解，勢必走向女性獨立自主的追求，而最終可能演變爲對父權體系的質疑與顛覆，危及父權政治的穩定性。五〇年代後期，官方利用國族論述輔以戒嚴令，巧妙地壓制婦運，將婦女的組織活動控制在黨國利益之內。鄉土文學論戰（一九七七）可說爲島上國族論述樹立起新的里程碑。它把文學技巧和主題從美學的考慮提升至政治態度，也順勢將多年來潛藏壓抑的關於族群的議題夾帶在文學的論爭中。鄉土文學派對現代文學派進行猛烈抨擊，展現了喚起台灣意識的民族主義欲望。他們運用文學抗拒國民黨主導的工業化和現代化模式，以及美國和日本在政治文化上的影響，甚至掌握。這一場論戰，在文學的表象下，隱藏著對主導的國族論述的挑戰，除了延續大陸時期的民族對抗（中華對抗外族），更包含民國建立後被淡化的族群問題。然而不像辛亥時期，性別問題並未列入他們的論爭項目中，頂多只是連帶提及。女性身爲台灣處境的隱喩，不具主體、獨立的議論價值。台灣女性之所以可憐，似乎只是美國大兵、日本奸商的過錯，台灣男性並未虧待他們自己的女性同胞㉔。

鄉土文學論辯以及其後衍生的各派詮釋觀點，其實各見立場。文化論爭的重要性，借用芭芭的理論，在於它「是知識轉移的基礎點，甚或是一場位置的戰爭，顯示出新形態的意義和認同策略正被建立。」㉕鄉土文學論戰的確凸顯出台灣內部的某種改變，但是這種改變未必肇始於此論戰，如果我們留心一個較早、較邊緣的文學現象。

在男作家們忙著揮舞民族大旗、捉對嘶吼國家大事之際，三毛，這位當時尚是籍籍無名之輩，遠在不相干的沙漠中的女性故事卻吸引大眾的注意與讚賞。早在鄉土論戰（一九七七）的前一年，三毛就已經出版第一本《撒哈拉的故事》㉖。她與西班牙裔丈夫荷西的婚姻故事系列廣受讀者歡迎，一路延燒，使三毛躍居七〇年代最暢銷的作家，並引領至八〇年代。在書中，她的外籍老公溫柔、體貼又有責任感。她們在艱困的沙漠中過著浪漫而傳奇的神仙眷屬生活，即便起居和文化上有隔閡或小摩擦，最終都在文本中化解爲有趣的小插曲，增添夫妻情趣。有些批評家們認爲三毛文本中的婚姻，猶如異國羅曼史，提供讀者安全冒險的感受與異質時空的想像。

在三毛引人紛議的人生落土多年後，我們如果能靜心回顧三毛熱爲何在七〇年代竄燒的文學現象，也許可以從大眾文化的層面中挖掘到更複雜嚴肅的社會意涵。從十九世紀以迄二十世紀中期，台灣一直是個接受遷入的地區。大量的移民、外勞或流亡者在不同的時機、動機下，湧入島上尋求經濟機會或安全庇護所。但是，台灣的島國經濟極度仰賴對外貿易，尤其在一九六〇年以後，島上人民因爲各式各樣的理由頻繁旅行或移居外國。如果國族認同的基礎是建立在共同的血脈和文化之上，長期與外國密切接觸和引介適足以威脅此一想像共同體的文化同質性。堂皇的國族論述敘述既需依賴著固定他國、外人的表述以資對比自我，荷西的沙漠情人加台灣女婿形象卻獲得台灣讀者廣泛認可，暗寓種族的界線業已鬆動。長期處於老中／老外互助卻對立緊張的國際關係下，台灣民眾在三毛的文本中看到超越民族主義、平等共生的種族生態希望。

雖然荷西的形象突出，完美到有流言質疑他根本是虛構的丈夫，三毛對自身形象的塑造更具分析趣味，亦是奠定她成功的主因。細讀撒哈拉沙漠系列，讀者們見識到一個台灣女子，周旋在西班牙人、沙哈拉威人雜處的黃沙中，經營維護自己的小家庭。以荷西爲代表的西班牙白種男子，有著現代西方人重視科學、理性，卻不夠彈性的特質；鄰居沙哈拉威人則代表第三世界民族，單純熱情，卻也落後迷信。西班牙人雖然仗著舊帝國勢力在沙漠中享有特權，對這塊土地現代化的推動建設也頗具貢獻。沙哈拉威人雖是弱勢民族，厭拒西班牙、摩洛哥等外侵殖民種族，本身卻也階級對立，而且任意捕捉販賣黑人爲私有奴隸。族內女性地位更是低下：她們沒有受教育的機會，十歲出頭就在父母之命下出嫁，男性可以找藉口公然強暴女性。沙哈拉威女性在普遍無知、無權的狀態下，飽受各種疾苦。夾雜在這樣複雜生態下的三毛，這個原屬於種族和性別弱勢的台灣女性，卻挾帶著傳統與現代的知識在眾異族間出入裕如。儘管物質缺乏，這個進步女性時而以中國祕方佐以西方醫學知識，治療啓蒙異族，運用勇氣智慧，仗義任俠，屢屢緩和種族間的宿怨衝突，照護劣勢階級與性別。難怪朱西甯要驚呼沙漠中的三毛爲唐代女子，「配是唐人那種多血的結實、潑辣、俏皮、和無所不喜的壯闊。」[27]在種族的層面上，文本中的女主角在遼遠的大漠蠻邦裡再現傳說中的中華民族「精神」。隔著時間和空間的距離，具現想像裡最輝煌的國族論述，滿足隅居國際勢力邊緣的台灣讀者爲異種接納，甚至崇敬的現代幻想。而在性別的層面上，撒哈拉的故事之所以迷人，尤其對女性讀者，正在於它提供一個烏托邦，容許浪跡異域的遊女重新建構身分認同，改寫國族論述下既定的女性主體性。

正如三毛的文本到底該歸類在散文、小說或自傳一樣曖昧，這一系列故事中的種族和性別身分踰越了傳統論述裡原有的疆界。藉由通婚，我們知覺的三毛／中國應該是相對於落後的沙哈拉威族，與白種人立於同一陣線的。可是相較於西班牙人，三毛不時流露出對西方文化的批判。置身沙哈拉威女性間，三毛是率性強悍，具有現代女性意識的奇女子；面對荷西母親，三毛變身爲「世間媳婦」，忙碌而委屈。但是不管對任何一方的社會現象發出微詞，三毛並不強烈到檢視體制甚或鼓吹改革。因此她的冒險傳奇，保障著熟悉與安全，頂多只有驚異。撒哈拉故事中國族、性別與文類的混雜難明，竟然擄獲台灣大眾的心；無疑暗示了人心思變，主導文化裡的既有定位即將崩盤，進行安全重組，並且預示後現代世紀的登場。

七〇年代後期興起的女作家風潮到八〇年代蔚爲文壇主力。女作家們從探討女性與家庭婚姻的關係開始，筆鋒逐漸指向女性在整個社會制度、政治生態的處境。戒嚴令的廢除使得島上長期被壓抑的弱勢族群取得發聲的合法性，七〇年代求異求變的暗潮匯激成眾聲喧譁的波濤，彷彿將台灣推湧入後現代化社會。女性主義者終於可以比較肆無忌憚地鼓吹女性自覺及批判島上各論述領域裡的性別政治。近百年來的女性運動正式與國族論述分道揚鑣。從中國現代性的附屬品，一躍成爲台灣後現代性的產物。女作家們也不斷觸及女性主體性與家國論述的糾葛，或者以女性中心或其他邊緣位置出發，重新敘述國族建構的歷史。李昂的《迷園》、朱天文的《荒人手記》、施叔青的「香港三部曲」，還有平路的《行道天涯》都是箇中表率，深得讀者及評家讚譽。這一波又一波的求異的發聲，正是一種因知覺主體的位置，而從各種不同領域的交涉罅隙中，企圖再磋商出互主體與集體的民族屬性、社群與趣與文化價值㉘。

在探討性別與國族關聯的書寫中，蘇偉貞的《沉默之島》對兩者切割出最絕然的斷裂，女性從民族的屬性中轉尋雜種的不確定性和自由。小說的結構獨特，刻意讓女主角的身分和經驗有兩個版本。第一個女主角晨勉是個混血兒，她的中國母親謀殺花心外國老公入獄後，她和妹妹晨安在外婆照料下成長。妹妹晨安嫁給英國人也留在英國大學教書，最後自殺身亡，女主角晨勉則因工作需要不斷地旅居世界各國，跟不同國家種族的男人戀愛。另一個女主角是出生正常家庭的中國人，嫁給中國人。雖然生活滿意，她卻不停地跟老中、老外外遇，而終於深深為一個美籍華人吸引。不幸的是，這個晨勉的弟弟晨安也迷戀她的情人，在表態被拒後選擇自殺㉙。

中國現代小說裡的種族關係，血統的交雜與曖昧性可能莫此為甚，文本中主要人物幾乎沒有一個從血緣或文化影響的層面上是純種的，他們多少都與種族互涉有因緣。例如第一個版本中的晨勉本身就不具單一血緣，最深愛的德國男人喜歡研究亞洲民族行為；第二個晨勉是道地老中，卻不斷地與來台的各式外籍人種發生性關係，而最愛的美籍華人，藉著說學中文，研究台灣島嶼文化與劇場形成，刻意保持中國血脈，以便返台尋父。書中的血統和性關係雖然複雜，主旨則一致鮮明，文本中人物不論年齡、種族、性別、性向，都只是符號。這些符號，不管晨勉指涉第一版的混血兒或第二版的台客，晨安指涉第一版的妹妹或第二版的弟弟，都像是表意系統裡斷裂的、空白的個體，正如書名所寓，是發言陸塊外緣孤立漂流的島嶼。

邊緣，是沉默的位置，也是不被收編的戰略地區。兩個晨勉都知覺自己置身於時間與空間的轉型。過去現在、國內國外，交織出混雜迴異的身分。他們試圖超越由社會文化差異製造出來的敘述模式，經由國境的遷徙、男人的轉換，避免任何固有定位。如果說《撒哈拉的故事》裡的三毛有若直搗黃沙的中國俠女，《沉默之島》的晨勉則酷似穿越國界如無障礙空間的倩女幽魂。邱貴芬對此書的評論十分準確精彩：「認同討論裡賴以架構論述的所有基石——性別、性取向、國籍、社會階級——完全派不上用場。《沉默之島》展露的『無認同』，激進、顛覆，在這思考空間裡，國族認同實在無從談起。」[30]

在九〇年代的女性文本中，不僅對種族的態度從世紀初的強種轉變爲雜種，傳統文類的特質也出現雜交的趨勢。新生代女作家對擁抱後現代不遺餘力，《蒙馬特遺書》和《肢解異獸》堪稱此中翹楚。邱妙津的《蒙馬特遺書》（一九九六），由二十封信展現敘述者身爲女同志的經歷。雖是書信形式，它們亦可讀做日記或者單純的小說章回；由於內容暗示性地貼近作者個人經驗，這本書定位於小說或自傳皆可。文本採用曖昧的形式自曝於現實與虛構的邊界，適巧揭示出那原被封禁的故事[31]。類同於《沉默之島》，《蒙馬特遺書》的女主角也是經由在異國或與異種的情欲旅程，摸索建構自己的身分定位。小說中記載敘述者的幾段戀曲，與法國女人 Laurence 的短暫愛情對她確定女同志身分產生決定性作用。從跟 Laurence 相處，敘述者發現陰性與陽性特質原是共存互換於她自身。因此，她解放透徹，了解到身體和欲望之不能類型化，它們應是超越既定的性別、人種和國籍屬性。

與邱妙津對自己性向的掙扎相反，洪凌是個樂於公開的女同志，並以酷兒作家揚名文壇。運用科幻、吸血鬼及謀殺小說中的元素，洪凌在《肢解異獸》（一九九六）中開拓出獨特的文學空間[32]。任何個體定位：男女、老中老外、地球人外星人、同性戀異性戀，甚至人獸之間的分野都失卻原先的指涉。文本中如果還有烏托邦，除混沌外無以名之。肢解終結本世紀、甚至創世以來，所有預設遵行的認同政治。強種淪爲一則過時的笑話，雜種雜交才是最嗆的後現代美德。

台灣女作家紛紛背棄民族主義，引介多種、異類的元素消解舊有身分印記，這種解構的策略的確爲中文書寫開創出另一番氣象。但是在敘述象徵的範疇之外，異種異質的文化空間究竟能使主體位移多少？會不會又落入異族文化裡不同的權力結構藩籬？旅法多年的鄭寶娟似乎有較爲悲觀保留的看法。在《異國婚姻》裡，鄭寶娟書寫了八篇中外聯姻的短篇，篇篇皆是描寫失敗的案例。大多數嚮往異國文化與物質享受的中國媳婦，在陌生與敵意的異族環境裡只能接受異國配偶的遊戲規則卻無法被主流社會所認可。雖則一再申言並無特定成見，看多了如同法文文盲及啞巴的中國媳婦，鄭寶娟卻不能不懷疑其中情愛的成分。鄭寶娟喟嘆：

> 漂亮的臉蛋是天老爺賦予的一張通行證，可以通向富裕，通向高貴。而在如今這個日益國際化的都市裡，也經常通往外國——積貧積弱幾個世代的中國人，又往往以出國爲品種進化最快捷的途徑。況且愛情本身也許是無所謂有，無所謂無的，就像地上的路雙方的施受往返多了，就成爲其愛情。異國婚姻如果讓人做更功利的聯想，是因爲透過它，當事人非但得到一個家，也得到一個國。[33]

無獨有偶，以文學和文化評論見著於兩岸的龍應台，在旅歐多年後出版的第一本小說集《在海德堡墜入情網》（一九九五），也是以異國戀愛爲主旨的悲劇小說[34]。同名短篇是敘述一個台灣女子喜歡上外國男子卻遭分屍的驚悚故事。另一篇〈墮〉敘述台灣女性李英愛上另一個去德國留學的俄籍已婚男子伊凡。但是意外的懷孕迫使李英認識，她與異族文化裡對性別關係與責任的認知不同。伊凡只會用「跟我回莫斯科」當做解決方法，逃避他的已婚身分和謀生困境。李英最終務實地選擇墮胎一途。文本中的時空雖在九〇年代的海德堡，李英面對未婚懷孕的心理掙扎與迷惑卻和二〇年代的謝冰瑩類似。似乎不管對象的種族國籍是什麼，當激情過後，現實逼人時，女性都只有靠自己的身體做出選擇。

三

回顧百年來女性與國族論述的聚離，我們不僅看到女性如何在同種與異族的爭戰夾縫中求存，更可看到主導勢力如何在歷史文化語境下壓制異己，鞏固自身優勢。地球村的急遽發展，勢必使得國家間的交往空前頻繁密切，瓦解同／異種的族裔訴求與強調純粹本質的民族文化想像。但是固有勢力是否趁機擴大其影響版圖，形成另一種世紀霸權，亦不容我輩輕心。正因為全球化的影響普及每一個人，我們愈需提出具有特殊性、小眾的思考角度，以便理解結構性的不均並因應權力的重新分配。

中國的國族論述一度與女性運動水乳交融，卻在長期變質為壓抑女性的父權工具下，兩者漸行漸遠。台灣的女性文學從七〇年代開始熱中出走，在異質文化空間中尋求身分的契機。女性的關注似乎從物質性移轉到隱喻性，從特殊性移轉到普遍性，迫不及待地迎向新的國際觀。面對女性的分離主義，台灣在考慮本土化和國際化趨勢下的國家定位時，應該正視女性及其他被邊緣化團體的價值與利益，才能再建構合理合情具吸引力的國族論述。

弔詭的是，台灣女性的從現代性走向後現代性，究竟是對主導論述自主性的顛覆，抑或是對轉型期中文化雜交的合理化，甚或是與主導論述的合謀？畢竟在二十一世紀的台灣，「各自表述」已是國家政策。女性的運用雜種凸顯其反同質化的書寫策略，是否又會被收編簡化為台灣的新民族論述？更何況，異種文化裡各有其不同形式的權力傾軋。身分雖然可以跨越性別、階級、族群、種族、國家的界線進行再建構，重畫出的疆域又豈能擺脫物質基礎？在號稱國界即將消滅的二十世紀末，此起彼落的民族衝突：印尼、巴爾幹、中東，正爲我們的過度樂觀提出警訊。

全球化的來臨絕非平順的轉型或超越。相反的，它必須面對國家以至國際間不同成長、生產經驗、社群利益與文化價值的妥協整合。這重建的過程拒絕直接地接受原始的身分定位，卻也不可能由零開始。台灣女性文學裡流露出女性思考性別與國族關係的分合軌跡，爲新的世紀開闢出更廣泛思辨的空間。

本文原以英文版"From Homogeneity to Heterogeneity: Women's Literature inContemporary Taiwan"發表於中瑞漢學會議 Conference on "National Culture in the Era of Globalization" Stockholm University, 1998. August 23。並收入 *The Stockholm Journal of East Asian Studies*, Vol. 10（1999）: 215-221.

——二〇〇二年，選自麥田版《眾裏尋她——台灣女性小說縱論》

註釋

❶參見林維紅，〈清季的婦女不纏足運動〉，及呂士朋，〈辛亥前十餘年間女學的倡導〉，收於鮑家麟編，《中國婦女史論集》第三集（台北：稻鄉，一九九三），頁一八三～二四六、二四七～六一。

❷相關史料參見林維紅，〈同盟會時代女革命志士的活動〉，或鮑家麟，〈秋瑾與清末婦女運動〉，收於鮑家麟編，《中國婦女史論集》（台北：稻鄉，一九八八），頁二九六～三四五、三四六～八二一。

❸李又寧編，《近代中華婦女自敘詩文選》（台北：聯經，一九八〇），頁一一五～一一六。

❹ Lydia Liu, "The Female Body and Nationalist Discourse: The Field ofLife and Death Revisited" in *Scattered Hegemonies,* ed. Inderpal Grewaland Caren Kaplan （Minneapolis: University of Minnesota Press, 1994）, pp.41-43; Ono Kazuko, *Chinese Women in a Century of Revolution,* 1850-1950,ed. Joshua A. Fogel （Stanford: Stanford University Press, 1989）, pp. 59-65.Ono 此書中的第四章，"Women in the 1911 Revolution," pp. 54-92 ，不但對辛亥革命前後的女性參與建國的活動翔實描述，更對男性革命家們吸收利用女性資源卻吝於分享權力的史實批判有加。

❺ Christina K. Gilmartin, "Gender, Political Culture and Women's Mobilization in the Chinese Nationalist Revolution, 1924-27" in *Engendering China,* ed. Christina K. Gilmartin, Gail Hershatter, LisaRofel, and Tyrene White （Cambridge: Harvard University Press, 1994）, pp.205-06.

❻ 班納迪克·安德森著，吳叡人譯，《想像的共同體——民族主義的起源與散布》（台北：時報，一九九九），頁一七。

❼ Ono, *Chinese Women in a Century of Revolution,* pp. 80-89.

❽ 謝冰瑩，《女兵自傳》（台北：東大，一九七〇），頁五七。

❾ 安德森，《想像的共同體》，頁一〇。

❿ 同上，頁一一～一二。

⓫ 魯迅，〈通信〉，《而已集》，收於《魯迅全集》第三卷（台北：谷風，一九八〇），頁四四四。

⓬ 同註❽，頁二五六。

⓭ 胡蘭畦，《在德國女牢中》（四川：四川人民出版社，一九八一）。

⓮ Lydia Liu, "The Female Body and Nationalist Discourse," pp. 37-62 ，或她的〈文本，批評與民族國家文學——《生死場》的啓示〉，收入唐小兵編，《再解讀——大衆文藝與意識形態》（香港：牛津大學出版社，一九九三），頁二九～五〇。

⓯ 收入《丁玲小說》（上海：上海古籍，一九九七），頁一五〇～七一。

⑯有關關露的生平，詳見柯興，《關露傳》（北京：群衆出版社，一九九九）；關露的創作歷程及特色，參見盛英編，《二十世紀中國女性文學史》（天津：天津人民，一九九五），頁二六二～七〇。

⑰參見楊翠，《日據時期台灣婦女解放運動》（台北：時報，一九九三），頁五四～六五。

⑱同上，頁一三二～五四。

⑲Homi K. Bhabha, *The Location of Culture* (New York: Routledge, 1994) ,p. 145.

⑳楊千鶴日據時期唯一的小說創作〈花開時節〉（一九四二），敘述一群同班女學生由畢業前到畢業後數年間面對婚姻、事業的抉擇，對女性情誼的珍貴與脆弱有十分細膩的鋪陳，與五四時期女作家廬隱的〈海濱故人〉有異曲同工之妙。〈花開時節〉收入於《花開時節》（台北：南天書局，二〇〇一），頁一四二－七二；張碧華的〈上弦月〉（一九三四）類似五四戀愛婚姻小說基調，刻畫一對跨越階級鴻溝的戀人，在遭逢勢利世故的父親反對後，堅決爭取婚姻自由自主的小品。原收錄於《豚》，鍾肇政、葉石濤編，《光復前台灣文學全集》第三集（台北：遠景，一九七八），頁三三一～四三，後改名為〈新月〉，收入葉石濤編譯，《台灣文學集》（高雄：春暉出版社，一九九六），頁一六七～七八；葉陶的〈愛的結晶〉敘述一對貧富好友偶遇各訴婚後境遇，富者聽父母之命嫁給有錢老公，卻也染上梅毒生下白癡孩子，貧者雖然自由戀愛，卻飢寒交迫以致小孩失明，收入《台灣文學集》，頁一七九～八四；謝雪紅〈夏日抄〉是一篇日式風味的戀愛小說，收於《台灣文學集》，頁一九五～二一五。

㉑黃寶桃，〈感情〉，《台灣文學集》，頁一八九～九四。

㉒龜田惠美子，〈故鄉寒冷〉，《台灣文學集》，頁一三三～四五。

㉓參見〈台灣新故鄉——五〇年代女性小說〉（見《衆裏尋她——台灣女性小說縱論》頁一三～四八）及〈「我」行我素——六〇年代台灣文學的「小」女聲〉（見本書頁四九～七七）。

㉔關於這方面的討論，詳見邱貴芬，〈性別／權力／殖民論述——鄉土文學中的去勢男人〉，《仲介台灣・女人》（台北：元尊文化，一九九七），頁一七八～二〇〇。

㉕Bhabha, *The Location of Culture*, p. 162.

❷❻三毛，《撒哈拉的故事》（台北：皇冠，一九七六）。而以撒哈拉沙漠和荷西為主要背景和人物的著作還包括《稻草人手記》（一九七七），《哭泣的駱駝》（一九七七）與《溫柔的夜》（一九七九）。

❷❼朱西甯，〈唐人三毛〉，收於三毛，《溫柔的夜》，頁六。

❷❽Bhabha, *The Location of Culture*, p. 2.

❷❾蘇偉貞，《沉默之島》（台北：時報，一九九四）。

❸⓿邱貴芬，〈族國建構與當代台灣女性小說的認同政治〉，《仲介台灣·女人》，頁六四。

❸❶邱妙津，《蒙馬特遺書》（台北：聯合文學，一九九六）。

❸❷洪凌，《肢解異獸》（台北：遠流，一九九六）。關於洪凌的文學實驗特色，參見劉亮雅，〈洪凌的《肢解異獸》與《異端吸血鬼列傳》中的情欲與性別〉，《慾望更衣室》（台北：元尊文化，一九九八），頁五七～八一。

❸❸鄭寶娟，《異國婚姻》（台北：圓神，一九九六），頁二三三—二三四。

❸❹龍應台，《在海德堡墜入情網》（台北：聯合文學，一九九五）。

鄭慧如：

偷窺人體詩

——以《新詩三百首》為例

鄭慧如

台灣台北人，1965 年生，政治大學中國文學研究所博士。現任逢甲大學中國文學系副教授；台灣詩學季刊社同仁。著有專書《現代詩的古典觀照——1949～1989．台灣》，及現代文學散論等等。

一、從身體到肉體——一個文學史的課題

人體既是知識的對象，又是認識的主體。在生活中，知識的對象與認識的主體相互交纏拉扯，無法截然二分。在經驗上，兩者也常常重疊掩映，指導言行，以便和社會對應。

倉頡造字之初，就已知道「近取諸身，遠取諸物」（《說文·序》），只是彼時人體不過是造字的材料，缺乏主體意識❶。中國文學正式而較具規模地把人體當成客觀描繪的對象，應該發端於六朝宮體詩。宮體詩裡，凝視人體的層面從身體（body）到肉體（flesh）；從粗糙而原始的功能特質，到精緻而綿密的欲望特質❷。宮體詩以降，「誨淫誨盜」的小說，便每每浮現人體時隱時現的主體意識❸。自是而後，中國文學中的人體素描，就頂著血肉模糊的天靈蓋，抵禦道德家張牙舞爪的狼牙棒，一路跌跌撞撞，以迄於今。

中國現代文學，撇開其他文體，單就新詩而言，描繪人體的作品可概分爲二：一是以身體來冥思，一是以身體來論述❹。前者的正文（text）傾向溫柔敦厚的美學品味；後者的潛在正文（sub-text）❺則往往遍佈權力的刮痕。

人體究竟是不是詩人最初及最終的信仰呢？是否詩魂幽囚一生，終於失去自我？或是詩人可以超越耳目口腹之欲，超越思慮判別，找到一個明淨的秩序？不管是論述或冥思，詩人的目的在哪裡呢？如果是猥褻，怎敵連綿《一千零一夜》的香豔？如果是自由，怎敵鄭衛的合獨之風❻？如果是警告，又怎敵《紅樓夢》的太虛幻境？然而世上本來沒有說不完的新鮮事，所謂詩，正是舊材料的新綜合。就冥思人體的作品而言，唯其是舊材料，所以讀者能夠了解；唯其是新綜合，所

以和實際人生有距離，可以避開習慣，超越濫調，隔著透視鏡返照人生。就論述人體的作品而言，唯其是舊材料，所以詩人便於翻覆；唯其是新綜合，所以可以棄絕皮肉，訂製身份，打造另一個自己。讀者也是如此：一方面要拿實際經驗來印證作品，一方面要掙脫實際經驗的束縛，打破固定的、被迫接受訊息的位置。

本文即以《新詩三百首》❼爲例，析剔其中的兩種身體素描。

二、人體——作為一種論述

所謂「以人體來論述」，意謂詩人以較具象、結構、多樣、感覺統合的文字表達，顯示權力結構下的「我」。詩人與被體制馴服了的身體對話，呈現眞誠的感情世界或童騃式的人生目標。八〇年代初期，這類作品尚有極濃厚的實驗意味❽，往往動搖了歷史、文化、心理、習慣、價值觀，帶動一種「狂喜式」（Jouissance）的閱讀❾，令讀者不安、不舒服、若有所失，進而有窺探的欲望❿。

引起讀者窺探欲的因素，常是詩人「建構」了一個悲劇——他們睜大眼睛，向平常人所易避免的災禍裡闖，並告訴讀者：冥冥之中有些搗蛋鬼，讓人無所逃於天地之間。

一般說來，悲劇的主角，或由於其對抗不幸的努力，或由於其陷於宿命的悲愴，遭遇愈苦，愈予人崇高雄渾之感，但是肉體／性的悲劇主角卻是例外。因爲性／肉慾，雖不能說是壞事，究竟不易給人崇高的印象。而對於某些人而言，肉慾只是一種慾望，一種逼迫。因爲不能節制這種慾望而淪入痛苦或不幸，甚爲悽慘可憐，但不崇高；因爲追求肉體自主而遭來異樣的眼光，甚爲無辜可憫，但不崇高。在生命的意義上不崇高，就敘述這件事的文學境界而言，也不崇高。尤其要是有人陷於泥淖而不能自拔，只求肉慾而無自尊，其罪惡感、無從救贖感，更令人不忍卒睹。顯而例之，好比宋元時代的中國，「難耐空閨寂寞」便是一種笑語，一種令人鄙夷的失德。說「難耐空閨寂寞」的女子「脆弱」，很「恰當」，也很容易。落實到文學作品中，便有未能免俗的作者，先設定一對才子佳人，歌頌其才情美貌一番，以便賦予他們在情節中談情說愛——其實是翻雲覆雨——的權利。作者不痛不癢地掛羊頭賣狗肉，讀者也半推半就地恣意窺伺。例如《西廂記》裡「軟玉溫香抱滿懷，春至人間花弄色，露滴牡丹開。」幾句詩，便是寫男女交歡，只是讀這幾句詩時常常叫人忽略其本意。因爲其描寫方式美麗而出微。這種美麗而出微的描寫，不但迎合了「思無邪」的文學觀，躲開道德家的鋒刃，拉攏了較多讀者；而且掌握了現實和文字之間距離——因爲在實際生活中談男女間事，話不會說得那麼漂亮。拿這幾句詩和伊蕾〈我的肉體〉⓫比較，分別立見。〈我的肉體〉這樣說：

我是深深的岩洞
渴望你野性之光的照射
我是淺色的雲
鋪滿你僵硬的陸地
雙腿野藤一樣纏繞
乳房百合一樣透明

臉盤兒桂花般清香
頭髮的深色枝條悠然蕩漾
我的眼睛飽含露水
打濕了你的寂寞
大海的激情是有邊沿的
而我沒有邊沿
走遍世界
你再也找不到比我更純潔的肉體
我的肉體，給你的財富
又讓你揮霍
我的長滿青苔的皮膚足可抵禦風暴
在廢墟中永開不敗

這是「豁出去」的寫法。詩人企圖抛開虛僞與愛情的包裝，直接進入色慾的爽朗。從末句「在廢墟中永開不敗」，可知詩人自許爲末世荒原上傲視群倫的鮮花，向「你」敞開自己。換言之，詩人應是試圖透過一副美麗的女體，展現女性之美。然而在花團錦簇的文字裡，讀者感受到的恐怕不是吸血的女性之美，而是供養的母性之美。詩中出現的意象，諸如岩洞、雲、野藤、百合、桂花、枝條、露水、大海、青苔，這些覆育大地的景物，很難不給讀者「大地之母」的聯想。

夏宇〈蕃茄醬〉以「海太深了／海岸也不知道」告訴新婚的朋友：女性的「海洋」太深廣，對於新郎並非福音；而伊蕾〈我的肉體〉卻說「大海的激情是有邊沿的／而我沒有邊沿」，如此追求情慾自主，無寧非常危險，有「不見子都，乃見狂且」之虞。不過從另一個角度來說，詩人擺出神女〈女神〉的形象，再以文字呈現，不但質疑了藝術所謂的「眞實」，也挑戰了一般人印象中的女性氣質。於是，潛在文本遂穿梭遊織於地母變體的勞動婦女形象，及資產階級的都會知識女性之間，以其陰性風格，揭露剝削「我」的男性機制⓬。無奈就文本來看，詩人的身體仍約束在既定的脈絡裡，所以詩人僅能藉著想像，成就「你」（男性）開發「我」（女性）身體的優勢。就〈我的肉體〉而言，作者的主體意識與其說是建立在身體的實體功能上，不如說是建立在流動而無法範圍的慾望之上。尤其如果試著把詩中的「你」改成「我」、「我」改成「你」，更可發現此詩完全擬仿男性語言，並無開放出任何顚覆的空間。⓭

身體和心靈，正如現實世界和文字符號的關係一樣，往往既相依又矛盾。當熱情正熾之時，總想及時行樂，以歡樂衝決一扇扇的生命鐵門。然而所有的快樂都有它的期限，不太禁用；所有的快樂也都跟其他的情緒一般，頂點一到達，便只有下坡路可走。五味所以令人口爽，五色所以令人目盲，意思大概也在這裡：人體這個小小的皮囊，所能承受的歡愉極其有限，承受痛苦的幅度反而可能無限。波特萊爾《惡之華》中，把愛情及藝術的對外關係，解釋爲賣淫：情人讓對方佔有自己、藝術家讓欣賞者投入自己的創作，皆屬賣淫。他透視地獄之美，但是念念不忘的，其實是人世之美。而那種美，他在罪惡之中，地獄之內，各種匪夷所思的時空裡看到、想到。總之，在他所以爲前輩詩人沒有發掘的地方看到、想到。不論是肉體或心靈，「背棄」可能只是一種方法、態度，提醒詩人走在語言前面，避免相同的結構、意思、字眼，擺脫社會的疏離、異化作用。如果詩人關注的焦點常在心靈和肉體之間擺盪，那麼，也許不見得是進退失據⓮，而可以解釋爲：詩人和關注的對象之間，維持其淡如水的關係，例如有時在文字中縱欲狂歡，有時扮演矜持的情人。倘若和關注對象過於密切，變成撕不開的朋友，終了怕只剩苦痛和狂喜了。

陳克華完稿於行伍中的〈我撿到一顆頭顱〉⓯，跨越生死幽冥，從沿路撿到的手指、乳房、陽具、頭顱、心臟，畸零摧傷乍見。爲了營建風格，詩人「外造」了相當勉強的敘事者：「我」，是種造境；然而其纖毫畢現的手法先足懾人。例如這一小段：

之後我撿到一顆頭顱。我與他
久久相覷
終究只是瞳裡空洞的不安，我納罕：
這是我遇見過最精緻的感傷了
看哪，那樣把悲哀驕傲噘起的唇那樣陳列
著敏銳與漠然的由玻璃鐫雕出來的眼睛那
樣因爲痛楚而微微牽動的細緻肌肉那樣因
爲過度思索和疑慮而鬆弛的眼袋與額頭那
樣瘦削留不住任何微笑的頰——我吻他
感到他軟薄的頭蓋骨

地殼變動般起了震盪。我說：
「遠方業已消失了嚒？否則
無能將你亟欲飛昇的頭顱強自深深眷戀的
軀幹
連根拔起？」⑯

這段文字銳利如剪。其中詩人體悟唇、眼、肌肉、額頭、眼袋、臉頰的部分，刻意不加標點，造成視覺及呼吸上的困難，結晶爲一種堅硬的詩風。如同哪吒剔骨還父，挖肉還母，〈我撿到一顆頭顱〉一詩，代表一場身體與體制斷裂的儀式；還可能更多義，代表「吾之大患，爲吾有身」⑰，或是宣揚生命在不確定之中那份眞實及自由的意志力。在其熱辯與激語中，所有的罪惡（如果有的話），都帶著深深的魅力。例如：

之後我撿到一只乳房。
失去彈性的圓錐
是一具小小的金字塔，那樣寂寞地矗立
在每一個繁星喧嚷
乾燥多風的藍夜，便獨自汩汩流著
一整個虛無流域的乳汁——
我雙手擠壓搓揉逗弄撫觸終於

踩扁她——
在大地如此豐腴厚實的胸膛，我必要留下
我凌虐過的一點證據。

詩人「虛擬實境」，捕捉盛放的生命和赤裸裸的死亡。相對於前引「我撿到一顆頭顱」一段，一邊是逼人的乳房，飽蘸著活力；一邊是血肉全銷的白骨，以空洞的眼眶，看著大千殘破後的身體部位，成爲生命的嘲諷，覥然可憫。藉著身體與文字的對話，詩人訂製一個自己，開展認識自己之途[18]：形銷骨毀的「他」和撿拾者「我」，到底哪一個才是眞正的敘事者陳克華？「失去彈性的圓錐」和「豐腴厚實的胸膛」，究竟哪一個是敘事者的乳房？看起來冷酷腐敗，其實形銷骨毀——然而，在此的「其實」果眞比「看起來」實際嗎？勞倫斯的阿拉伯裝扮，摸仿阿拉伯人模仿到促使阿拉伯人反過來模仿他[19]；麥可傑克森徹底白化，可能比多數白人還要白。強調傑克森和勞倫斯的「本來」身份，未必比較切合「現實」：現實原來就不只一種。

因爲詩語重擊歇斯底里的浮華世界，引導讀者進入此詩的潛在文本，思索種種生命中的緊張：例如身體／心理、性別／肉體覺醒、生理性別／文化性別[20]，甚至天分才情／時間生命，都存在一種拉鋸的緊張。故而，結尾：

我將他擱進空敞的胸臆
終而仰頸
「至此，生命應該完整了……」當我回顧

圓潤的歡喜也是完滿。

就像章回小說例有的大團圓結局，不但使得還逗留在詩行中的讀者頓失所依，而且似乎或多或少透露詩人妥協的痕跡。

蘇金傘的〈頭髮〉㉑一詩，呈現華洋雜處、新舊掩映的闌珊，可視爲一種殖民心理層次的翻轉。父親的長辮子承受了祖父及差人的暴力，拖進棺材仍舊粗大，象徵不畏威權的血液。在詩人身上，這血液突破頭蓋骨，成爲鬍鬍鬙鬙的硬髮，「叫人看著不順眼」。首段寫父親的頭髮，殖民／被殖民者的關係營構在父親／祖父及差人之間，形成兩者對立狀態下的相互抗爭、否定與排除。三段寫敘事者（我）的頭髮，殖民／被殖民者的關係，則充滿身體表演和影像操弄：

於是在人面前，
我總是用手按住頭髮，
不讓它崛起，
替我惹禍。
但頭髮太硬
眞是無可奈何！
手指一疏忽，
就又恢復了原來的姿勢。

最後我把它剃光。
但又有人說：
這是秘密組織的標記，
應該用刀連根割下來！

敘事者的抗爭方式顯然不似其父。這是一種表面臣服而內心騷動的表演，「頭髮」在此，成功地達成象徵的任務。敘事者（「我」）按住頭髮，一如按住賁湧的血液，以避紛端。他的選擇並非全然自由──自由之中，有一絲不得已。

從某個角度上來看，人體是新興、現代、強橫的政府，所攻佔的最後堡壘。在政治上，政府視人體爲國家的財產；在經濟上，資本家視人體爲生產的工具。國家可以有權剝奪人民生命、施以苦刑、切除部分肢體、在身體上烙印，發生傳染病，可以隔離個人、房舍、船隻，甚或整個城鎮。有政治運動，可以把異議份子列入黑名單，或放逐，或監禁㉒。軀體，其實一直受到一定監控㉓。人體和政治對決，不止是肉體的抗爭而已，往往牽涉到性格的操練、意志的頂撞、智慧的周旋。那些抵禦霸權的聲音和形象，遂搭建了現代鳳凰的烈火祭台，而他們從劫灰中重生的指望卻是微乎其微。伴隨著鳳凰的劫灰，已經岌岌然要把他們燒成灰燼，屍骨無存。以一個反對者的姿態出現，而能被人發現，甚至進入選集中，贏得勇士的美名，不但非常幸運，而且，很有技巧。前舉蘇金傘〈頭髮〉一詩即爲一例。岩上的〈那些手臂〉㉔亦爲一例。雖然在內容意義上，該詩乃一首頌贊，然而，更引人注目之處，卻在其排比的形式。舖張揚厲的排比形式，容易模糊了內容主旨。歌頌那些「伸展成爲樹／枯槁在空中」㉕的手臂，是否暗含對某些權力的控訴？詩裡不明顯。那麼，這首頌贊又著力於何處？歷史瘖啞，有血淚的往往無言詞，他們的悲哀不受認同，而軀殼轉瞬沒入蒿萊，與草木同朽。㉖

三、人體——作為一種冥思

所謂「以人體來冥思」，意謂詩人用較抽象、線性、一致、單一感覺的文字表達，呈現深刻反省中的「我」。這類作品往往帶動一種「快感式」（Pleasure）的閱讀㉗，令讀者一讀爲快，再讀回味。

描繪人體，以人體爲冥思的對象，必得注意到「距離」引起的問題；距離太近，不免讓實際人生的聯想壓倒美感；距離太遠，又難以了解。例如默默的〈手指的流露〉㉘，其中的「玫瑰的方向」、「波浪的方向」、「懸崖的方向」、「語言的方向」、「奇蹟的方向」、「夢的方向」、「歌聲的方向」、「媽媽的方向」、「城市的方向」、「幻想的方向」、「時間的方向」、「你的方向」、「虛無的方向」，其節奏吸引讀者到純粹的意象世界中，於現實之外另闢一個世界。縱然這些「方向」令讀者莫明所以，卻未嘗沒有存在的理由——藉著文字排列及節奏，人生的距離推遠了，讀者可以暫時擺脫日常生活的限制，無黏無滯、聚精會神地欣賞詩人的手指運動㉙。

以人體爲冥思的對象，常因文字營造出的距離而充滿晃動的疊影，在心理層面上，擺盪於認知／否認、洞見／不見之間。詩作中的人體呈現，可能因爲詩人對文學的認知而有所隔閡，可能因爲詩人的藝術人格而無法深入，也可能因爲詩人的某些個人經驗，使得他只用特定方式描呈人體。鍾鼎文的〈人體素描〉[30]及商禽的〈五官素描〉[31]二詩，可爲輔證。二者相較，鍾鼎文寫〈髮〉、〈乳〉、〈臂〉、〈臍〉、〈腳〉五詩，是從一個疏遠的、批評者的角度去對待這些題材，把它們當成客觀描繪的對象；商禽寫〈嘴〉、〈眉〉、〈鼻〉、〈眼〉、〈耳〉五詩，是在審查研究自己，把自己融入描繪的對象之內。〈人體素描〉充滿清簡的愉悅；〈五官素描〉面對冷漠的中年和勢必枯索的老年，充滿自我和現實的對抗、消長。例如〈眼〉：

一對相戀的魚
尾巴要在四十歲以後才出現
中間隔著一道鼻樑
有如我和我的家人
中間隔著一條海峽
這一輩子怕是無法相見的了
偶爾
也會混在一起
只是在夢中的他們的淚

此詩即爲詩人個人經驗的烙痕。失鄉的痛苦、對原鄉的緬懷，也是這組詩作的根。詩人站在歷史的風口，任由一片逆耳而至的噪音高拔著分貝，既隔不斷漫天的囂囂，也不敢一刀除掉聽覺的苦惱，所以他說：

如果沒有雙手來幫忙
這實在是一種無可奈何的存在

然則請說吧
咒罵或贊揚
若是有人放屁
臭
是鼻子的事㉜

如果對詩人的失鄉經驗不了解，讀者與詩人就會缺乏對這組〈五官素描〉的默契，而有較大的詮釋分歧。相對之下，鍾鼎文的〈人體素描〉就沒有這方面的詮釋困難。〈五官素描〉中，個人經驗左右了詩的情趣，而詩人復爲情趣所羈縻，當其憂喜，若不自勝。〈人體素描〉中，塵憂俗慮都洗濯淨盡，詩人無所營求也無所畏避，跳開所感受的情趣，站在一旁，冷靜地把情趣當作意象來觀賞玩索，想像中尚留一種餘波返照。例如〈臍〉：

從殖民時代遺留下來的一口枯井，
它曾經爲我們湧流過生命的活泉。

在它的斷流之日，我們的生命脫穎而出，
以第一聲啼哭，發表「獨立宣言」。

這歷史的遺跡，記下我們先天的恥辱，
顯示出我們的前身，原是吸血的寄生蟲。

每當我俯首默念，對著枯井懺悔，
啊，母親！對於你，我是永恆、永恆的罪
人。

以枯井喻臍，兼具諷刺與諧趣。這個比喻放諸四海而皆準，無涉乎個人經驗，無關於時間切面，屬於一種小布爾喬亞階層的冷雋體察。詩人頭頂戴著一圈光環，在定居行走的空中樓閣裡冥思人體的意義；受到這種藝術人格的囿限，也使得作品終究只呈現安穩可人的風貌，難以透出生命的潮濕、黑暗或沃腴。而在商禽的〈五官素描〉中，詩人用整個肉體來叩問存在的價值，思索命定的規範[33]，企求懷舊式的回歸，卻也難免限於自傷身世。

不論是沉湎於個人經驗或是侷限於藝術人格，以人體爲冥思對象的詩作，都會面對一個基本質疑：人體在哪裡？詩人在冥思之前，是否有一個相對應的確切主體，來啓動其冥思？——詩作時或呈現的歧義，是否可以說是詩人在身體和語言對應中的語焉不詳？而如果「對號入座」，是否可以說是讀者的詮釋能力不夠呢？

它們表面的完整幻想。」（收於陳克華，《欠砍頭詩》，頁十一）在陳克華〈等到你也愛我的那時候〉一詩裡，詩人說：「一度，人們開始捨棄肉體／捨棄死，也捨棄生與飢渴／捨棄寂聊與滿足，眷慕與夢……／（中略）：愛，的確／曾經存在／而且只能依附肉體」（陳克華，《美麗深邃的亞細亞》，頁九二，書林出版公司，一九九七年）。

⓳奚爾芙曼（Kaja Silverman）在〈白皮膚，棕面具〉中，以勞倫斯（T. E. Lawrence）為例，認為勞倫斯的阿拉伯頭巾、飾環與絲袍的裝扮，是對阿拉伯建國運動的認同。其中也摻雜了受虐同性戀心理的糾葛。（Silverman, Kaja. "White Skin, Brown Masks: The Double Mimesis, or with Lawrence in Arabia." *Differences* 1-3[Fall 1989]: 3-54）

⓴生理性別（Sex），謂與生俱來的性別差異；如男女性徵。文化性別（Gender），謂後天社會、教會等制約加諸其上的性別差異；如陽剛、陰柔。

㉑同註❼，頁一八二～一八六。

㉒參見 Anthony Synnott 著，舒詩偉譯，〈墓穴・神殿・機器與自我——軀體的社會性建構〉。收於《島嶼邊緣》二卷二期〈總號第六期〉，頁五～三一。

㉓有時國家或政府基於「最大的善」立法，實際效果更是凶猛、不容懷疑。例如英國於一八六六年訂立〈傳染病法案〉，要求娼妓強制受檢；於一八七一年訂立〈種痘法案〉，把國家的控制直接注射到每個國民的血管內。正如傅柯所言：「四處都是警覺的凝視。」（參見傅柯〈十八世紀的健康政治〉，譯於《當代》七一期）

㉔同註❼，頁五二二～五二四。

㉕同前註，頁五二四。

㉖在文學史裡，湮失了的天才就湮失了，不會成為例子。真正寂寞身後的，是那些不曾相識的名字。

㉗Pleassure：快感。代指一種舒適的閱讀。

㉘同註❼，頁一二三二一。

㉙同前註，編者評：「此詩乃作者於某夜借雙手的運動，展開一連串意象的探索。」
㉚同註❼，頁三〇三～三〇六。
㉛同註❼，頁四四一～四四四。
㉜同前註，頁四四四，〈耳〉。
㉝同前註，〈鼻〉：「沒有碑碣／哭穴的／墓／梁山伯和祝英台／就葬在這裡」。
㉞同註❼，頁八七六。
㉟唐捐，〈不在場證明〉。收於氏著《暗中》，頁一三五～一三六。文史哲出版社，一九九七年。

黃錦樹：詞的流亡

——張貴興和他的寫作道路

黃錦樹

祖籍福建南安，1967年生於馬來西亞柔佛州，台灣大學中文系畢業，淡江大學中文碩士，清華大學文學博士，現為國立暨南大學中文系副教授。著有評論集《馬華文學：內在中國、語言與文學史》、《馬華文學與中國性》、《謊言或真理的技藝》及小說集《夢與豬與黎明》、《烏暗暝》、《刻背》等書。曾獲中國時報文學獎小說首獎、聯合文學新人獎推薦獎等。

欲望的廣場鋪開了
無字的歷史❶
風在鑰匙孔裡成了形
那是死去的記憶
夜的知識❷
詞的流亡開始了❸

一、漂泊者們

詞的流亡開始了——做為一個中文作家，何以「詞的流亡」成為一種必然（或必須）？它是何時開始的？如何開始？又將止於何處？

北島（一九四九年生），中國大陸著名朦朧詩人，一九八九年天安門事件後流亡海外，和前幾年自殺的顧城同為當代大陸流亡海外的著名詩人。年年被海外漢學家目為中國的良心的象徵而和世界上其他地區的頂尖作家一道被提名諾貝爾文學獎，儘管迄今年年落選，至少他仍舊是作為流亡中國的象徵，在新興帝國龐大的背影裡持續他小我的流亡。和其他地區的華文作家比起來，這倒近乎是一種特權。

不無誇張的說，五四新文學革命之後做爲漂流者的東南亞華人才進入有文字的歷史❹，白話文書寫和閱讀上的便利和文學革命中蘊含的平民主義主張，加上來自中國的新知識份子的積極推動，使得原本沒有歷史的族群甚至竟然有了文學❺。做爲中國之外的中文書寫者，他們不像台灣有大中華民國神話可以做爲合理化的依據，也不像九七前的香港有「租借地」這名詞所允諾的未來歸屬，選擇了一種文字和文化似乎就註定了在精神背景裡著上了一幅無家可歸的圖景。被選擇的中文在那樣的環境中既載錄了精神上的流亡，同時自身也經驗了漂泊❻。這種因經驗主體的存在狀況而導致的語言自身本體化的漂泊，借北島的修辭，即是「詞的流亡」。他們選擇了中文，在不斷的書寫中卻往往傾向於認為自己被中文所選擇，語言存在的必須性即是中文必須被書寫的理由，也是他們做爲作家的「非寫不可的理由」❼。它的位置介於母語和外文之間，原屬於中國的官話系統而使得它對操南方方言的華人而言有著一種親密與陌生的矛盾性，而往往與在地國的「國語」之間存在著無言的緊張。這種「流亡」和中國大陸因政治或種種其他的原因所造成的知識份子的流亡是不同的，後者往往挾大國的威勢而備受國際垂注、關愛，而前者相對而言是默默的、不受注意的；不論是和正牌還是冒牌的大陸政治異議人士比較上來，他們都不被認爲具有「流亡」的資格。就好比一談到中文文學，大夥的目光一定是瞄定中國大陸，即使是台灣和香港，也只是做爲附庸。因而如果要從語詞上來區辨這兩種流亡，前者大約可稱做「一般詞的流亡」，而後者則是「關鍵詞的流亡」。下文集中討論的，是「一般詞的流亡」的其中一個個案，張貴興。

二、說故事者

「詞者，意內而言外者也。」（《說文解字・詞》）

張貴興（一九五六年生），現旅居台灣、出生於東馬婆羅洲砂勞越。一九七六年來台就讀於國立師範大學英語系。和大多數作家一樣，在文學獎中逐步的引起文學人口的注意，建立起寫作的自信。一九七八年以〈俠影錄〉獲第一屆中國時學獎短篇小說佳作，次年（一九七九）以〈伏虎〉獲第二屆中國時報文學獎短篇小說優等獎，同年〈草原王子〉被選入爾雅出版社的《六十四年年度小說選》，一九八〇年把大學時代的短篇小說結集為《伏虎》由時報出版。而稍後於李永平，和商晚筠同時以新人之姿崛起於台灣文壇，被目為「才子」。大學畢業後沉寂數年，一九八六年〈圍城の進出〉獲選入爾雅版《七十六年年度小說選》，又後二年（一九八八），《柯珊的兒女》獲中國時報中篇小說獎，並於同年和其他兩個短篇一道結集由遠流出版。進入九〇年代，一九九二年出版了《賽蓮之歌》（遠流），一九九四年出版了《薛理陽大夫》（麥田），一九九六年出版了《頑皮家族》（聯合文學）。

整體上張貴興的小說在台灣的閱讀市場有相當好的口碑，除《薛理陽大夫》外，八〇年代以後出版的作品都獲得相當的肯定，都曾入選中國時報開卷版「一週好書榜」。雖然，在八〇年代末期迄九〇年代初期台灣文壇上的文學大陸熱風潮下、同時越來越強勢的文學本土化潮流，使得做為一個來自東馬的定居者、遲來的「外省第一代」張貴興和李永平一樣，在堅持他們自己所選擇的道路的情況下，被時潮推擠至島嶼的邊緣，一些大型的「台灣文學選集」或「台灣文學名錄」之類的出版品中，都再難見到他們的蹤影❽。他們的作品，在這幾年來台灣的現代文學研討會上，一般而言幾乎也不會是作論的對象。李永平的《吉陵春秋》（洪範，一九八六）出版後轟動一時，作論者眾。可是一九九二年出版的《海東青》（聯合文學出版）卻引不起台灣作論者的興趣。張貴興的情況更糟，迄今未見以他爲對象的專論，被重視的程度遠不如一些剛出道的台灣作家，如紀大偉、洪凌等❾。口碑好是文學品質的肯定，了不起只是做爲一種文化上的點綴。我所謂的「詞的流亡」其中一個意義正是針對他們這樣的存在情境而發。

做爲寫作者，他們自身在被大環境一再的邊緣化過程中不得不「道成肉身」爲流亡的詞；其中有著個人對於寫作志業強烈的堅持❿。不成爲文學社會的議題使得他們無法藉作品對存在的社會進行意識型態的介入，因而在文學藝術的領域內，相對的可以獲致一種美學的、或詩的純粹性。這種純粹性是面向作品、向語詞自身的，社會性的議題（或歷史）相對而言不具優先性，它們的被考量，總是在這種純粹性之後。在張貴興李永平來說，這只怕也是他們在美學上和道德上的選擇。之所以如此，整體上來說植根於他們存在的歷史特殊性——出生於新興國度馬來西亞，在種族上原就屬於結構性的壓抑的弱勢族群，文化和種族身份上被劃定爲「外國人」；來台之後，經歷了台灣的歷史變遷，從大中國主義時代帶著昏黃歷史光環的「僑胞」一降而爲台灣本土運動中灰暗的「外省第一代」，他們所孜孜認同的大中華「母國文化」似乎也將被劃歸入價值低於日本文化與美國文化的「外國文化」之列。如果「最初的漂泊是蓄意的」⓫、依舊帶著些浪漫色彩，甚至摻雜著一種年少輕狂似的俠情風流——不論是自命文俠還是武俠——都是把這塊土地當成了有著深重異國情調的「故國」來命名一己的文化身份⑫。他們以文字闖入這個記憶錯亂的國度的意識型態再生產領域，卻在這個富於生產性的象徵領域中，生產他們的記憶和遺忘⑬。而所謂的「蓄意的漂泊」原先不過是留學，之後隨著年歲漸長，就成了定居。出生地成了他方，而他方也就成爲居所。就如同許多第三世界的知識份子，總是流向文化文明程度較高——更爲「現代化」——的地方，從而在不斷自我外化的過程中與出生地的歷史、以及那種因關切因生在其中的心靈摩擦而產生的痛感也都逐漸的被移轉於經驗之外⑭。也許因爲出生的階級（小資產階級）的關係，做爲一個置歷史意識於不顧的小說家，記憶中歡悅的生活令他覺得「書上說的甚麼華僑血淚史彷彿成了謊言」（一九九六：四），個人的眞實經驗在未經歷史性的考索的情況下輕率的做爲實證，因而對他而言，那種身爲大馬華人被壓抑的少數族裔似的無法獲得平等對待的痛感是容易被克服的⑮，這使得張貴興的書寫有著一種「與生俱來」的美學上的純粹性。這種純粹性在他最早的一部小說集《伏虎》中就可以見出端倪⑯。

《伏虎》所收十個短篇中，半數是以故鄉的人事物爲題材，半數是留學生校園生活的改編。十個故事中，只有〈俠影錄〉以說故事的方式和歷史擦身而過，其餘的都有著強烈的傳奇色彩。「故事」本身彷彿就具有本體的價值，它並非其他事物（如各種思考議題、歷史、哲學等）的載體，自身的存在就是目的。可是就結構上來說，大部分的故事卻又都相當單純，沒有多少複雜曲折，尤其是以故鄉人事、婆羅洲的生活記憶爲參照的〈空谷佳人〉、〈最初的家土〉、〈草原王子〉、〈俠影錄〉（第四章）〈伏虎〉諸篇都毫無例外的以一個童稚的目光做爲敘事觀點，而使故事充滿新奇、玄疑和傳奇性，也藉此以合理書寫中對脫離殖民統治前夕、或剛脫離殖民統治的東馬複雜的歷史與政治的淡化⑰。〈空谷佳人〉中的神秘的雛妓和敘事者之間的幻想的初戀及其幻滅、〈最初的家土〉中舅舅的戀愛過程、〈草原王子〉中的大四腳蛇、〈俠影錄〉（第四章）一則日據時代和日本人的幻想交涉、〈伏虎〉中爺爺征服作姦犯科的二叔等等，都很難說在文學之外有甚麼「微言大意」，而使得張貴興小說志業的開場彷彿就是一個相當純粹的「說書人」（story-teller）。在這樣的故事中，故事的純粹性是和文字的抒情性合而爲一。然而就小說而言，我們其實可以苛求說這樣的一種寫作毋寧是極爲「不純」的——因爲它在小說的技術開發上經營不足。它之賴以成立的是一種異國情調，一種接近於抒情詩的趣味。然而它在文類上又不是詩，它的精煉度也沒有達到詩的要求。這構成了《伏虎》的基本難題之一。小說作爲一種在西方早已非常成熟的文類，新起的小說家該如何突破既有的格局而建立一己的地域？是繼續在小說的形式上尋求開展⑱，還是以存在的具體歷史性爲參照的內容、題材等內在素質來引導、突破形式的限制⑲？作爲小說作者的張貴興，卻在小說寫作中選擇了詩。《伏虎》這本少作呈現出的另一基本難題是在題材方面。在選擇定居台灣之前問題還不那麼明顯，可是一旦選擇做爲定居者，當出生地在時間中越離越遠，就必須考慮「如何面對居留地（台灣）」這一問題⑳。或許是因爲根本性的規避了（不論是出生地還是定居地的）社會與歷史議題，張貴興仍能以相同的策略解決這個問題：把它置入詩性的實踐架構中。或者更準確的說，他企圖用的詩的語言（poetic language）來克服這一切。張貴興一直沒有脫離這本少作所開出來的基本路子，只是在程度上他漸漸的讓之前或許因功力不足而不盡能成立的那種幾近於詩的純粹性得以成立。在這樣的過程中，書寫所追尋的美學的純粹性便是寫作的目的，除此之外它沒有其他的道德承擔。因而他可以把故鄉的記憶一再的、多重的提純、改編、重溯，也就是以一個故事本身所具有的無限的「可寫性」做爲寫作的可能條件，同時賦予寫作本體論的價值。這樣的一種基本信念正見於他爲少作《伏虎》寫的序〈趕快把序寫完〉中。他說：

「我始終認爲小說是一種純粹的藝術，小說本身所負載的道德和使命，必須建築在其本身的美學架構上。一個故事，可以寫了又寫，彫塑了又彫塑，就因爲它們運用了不同的技巧，……。」（一九八〇：二～三）

對一個故事「寫了又寫」、「說了又說」這不正是說故事者的宿命？說的欲望、寫的欲望凌越了故事的內容本身。

我們看到即使是在《柯珊的兒女》中的幾個中短篇，題材上雖然有意的在故鄉的記憶之外開發，可是顯然的依舊把歷史和現實置之度外。〈柯珊的兒女〉的基本架構是個通俗劇，富有的風流父親死後成群的妻妾及諸多婚生、私生子女們各出奇謀的爭奪財產，小說成功的地方在於語言運用的靈活、俏皮、不間斷的機智，這使得它極具可讀性。它的功夫展現在敘事的演示，而並非其他的㉑。〈如果鳳凰不死〉是篇司馬中原式的中國鄉土傳奇，展示了作者對於中國北方方言的嘗試，關注的仍舊是語言本身。最值得注意的是〈圍城の進出〉，它在某種程度上更深的暴露了張貴興小說的「詩化」問題。以大量文言式的、剪去虛詞、色彩斑斕的語詞繡出一幅織錦似的畫面，而強化了語詞的本體效用。可是就小說而言，它的結構卻是相當簡單，甚至是近於機械的，意念（理性設計）的表達也十分直接——以中日兩位學者以斷指做爲下圍棋的賭注，喻中日兩國近代的不對等「進出」——整體上表達了一種民族情感。它成功之處仍然在於詩語言的實驗，以個人對於中文的過人驅策能力逼迫出漢文字潛在的美感震驚。把書寫迫回到語言本身。也就是說，相對於《伏虎》，這些篇章在語言的經營上跨進了一大步，卻也幾乎確立了張貴興詩化小說的基本抒情格式。〈圍城の進出〉讓我們看到他的中國性—現代主義，而〈柯珊的兒女〉中殘存的浪漫抒情到了《賽蓮之歌》又進一步的開展爲綿密的青春之歌。

三、誰在那邊唱歌

> 一個主題就是對存在的一種疑問。我逐漸認識到，這種疑問最終是對某些詞，某些主題詞的考察。㉒
>
> ——米蘭・昆德拉

做爲個人里程碑式的著作，《賽蓮之歌》明顯的達到了美學上的純粹性而爲識者所讚賞，認爲「本書最吸引人之處在於他略帶反諷意味的後現代語調，以及層出不窮，櫛次鱗比而又往往滑稽突梯的而不失精確的比喻。後者以符徵（signifier）的不斷置換，極盡對細部（local）的描述之能事，……甚至於純粹名詞的堆疊，都因爲各詞彙在作者獨特的排比方式下「文意復活」（remotivated），而相當賞心悅事。」㉓在語言的操作上延續了他《柯珊的兒女》所建立的風格，復活了慣常的中文用語，同時也就「復活」了他筆下的經驗，以及經驗所依據的地域景觀。美學的完成相對的也完成了其他的事物：他以一種榮格式的關於水的原型神話來支撐青春期性與愛的覺醒，做爲人之爲動物的生物性的性衝動、生殖慾力的本體依據。生殖慾力聯結著死亡慾力，在這兩者之間拉鋸著的是一種做爲鋸齒、鋸屑與潤滑劑的業經文化昇華的愛與美，外化爲對於愛戀物的一種細微的感官和心靈的體驗；這種統覺似的精密體驗延伸至所有與愛戀經驗有關的外物，而將它們內化爲審美感受。如此不但以大量的物象和敏感具體化了時間，也爲被再現的記憶著色；文字本體化爲一種抒情、唯美的感官經驗。在這個意義上，他以一種個人主義的方式深化了生身之土的鄉土性，也同時超越了地域性。因而在這本小說中，美學、神話替代了之前因缺乏哲學或歷史而留下的形上的空洞。作者透過抒情的節制而讓那發自生命體深處、混雜著性、愛、生殖、死亡的耽迷、充滿死亡誘惑的「賽蓮之歌」，昇華爲一首動人的詩篇；闡述了文字書寫的汪洋之旅的水手張貴興個人的美學宣言。在這裡，他找到了一種面對故鄉的方式：把它美學化、純粹化——把個體存在的具體歷史性經由美學的中介轉換爲一種詩意的神話、一首具神話意味的詩，一個純粹的「詞」。最近出版的以婆羅洲爲背景童話式的《頑皮家族》，雖然沒有那麼純粹，卻是同樣美學理念下的產物。

從這裡我們可以看到，他這種取徑是自外於居住地大環境政治社會變遷之外的，不論是朱天心、朱天文筆下都會新的心靈景觀、感官世界，還是新人類作家筆下的都市次文化、本土派新生代或出土作家的「傷痕文學」、神聖鄉土，都在他的文學視域之外。也因爲這樣，他注定位於當代台灣的文學議題之外。談到故鄉，他認爲「那個素未謀面的廣東自然不是」，「住了超過十九年的台灣也不是」，「當然就只有那個赤道下的熱帶島嶼了。」（《頑皮家族．序文》，頁四）那是一個不折不扣的「他方」。然而，《頑皮家族》卻以一種異常的方式回到了歷史，抽離了史書的大事綱目及當歷史存在於集體意識中的陰暗面，而以一種抽象的形式、輕鬆的語調轉化爲一則歡悅的傳奇。個體生命對整體歷史認知上的侷限被這種書寫方式本質化了：〈序文〉中強調故土在他個人經驗範圍內無非只是日常的悲歡，以致刻板印象或集體記憶中的「血淚史」猶如虛構。這說明了所謂的「歷史」其實並不等於集體對於過往的認知或印象，它並不是一種無條件的給予，而是一種主動選擇、接受、發掘、考察、建構、詮釋的產物，因而無可避免的帶著相當程度的主觀性——可解釋性——和法律條文一樣，它必須被解釋。因而忽略便是遺忘。而小說介入歷史的方式並非以史書的方式，而是以他自己的方式——一種可能的歷史、一種虛擬的人類學、一種假設性的哲學提問。而張貴興選擇的是另一種方式：被述說的夢。〈序文〉把對故鄉的夢憶和書寫慾望相提並論，暗示了在《頑皮家族》裡他又再度回到《賽蓮之歌》之前的「說故事者」的立場。在歌者與說故事者之間，似乎是他創作之路的兩條可能的途徑。

另一方面，做為台灣現代主義的同時代人及中國文化的認同者，他之所以對語言純粹性的特別關注似乎是因爲受台灣中國性—現代主義洗禮的產物㉔，而以小說的文類來寫詩㉕，也和中國近現代的白話文學史有著錯綜複雜的關係。回顧現代文學史，中國現代文學是以宣告古典詩的死亡而開展它弒父的歷史的，抒情詩的古典形式被取消了它在文化再生產上的正當性而啓開了敘事文學的歷史，它的腳下是古典的屍骸。白話小說一直是做爲古典詩的對立面而被文學革命的建將所提倡，曖昧的是，近代中文小說一方面並沒有斷絕傳統白話小說的世俗性，同時也因爲文人的大量介入而使得文人以古典詩爲基柢的品味被帶入，而造成了詩的文類之外的詩的復歸㉖。差別在於，大陸的小說家往往是歸本於北方口語。那是以北京數千年來的文化積累做爲根柢的，即使是世俗的話語，也是一種深沁著士大夫的雅的世俗㉗。而後者是立基於西方現代文學的訓練、立基於西方現代主義。可是在精神上，張貴興的寫作道路和五四新文學傳統是存在著斷裂的：他的作品裡看不到甚麼感時憂國的精神㉘。同樣是詩化的抒情小說，它們的基礎卻大不相同——彷彿追求的是一種鑑賞品的純粹性。如此，是否因而而使得作品更為「純粹」呢？

平路在一篇文章中提到，「對海外作者，寫作用的文字才是眞正的家園歸屬」，而旅美的台灣作家劉大任、楊牧等人，「在美國待的時間越久，中文反而越形淬煉」㉙。把以歷史、鄉土的悲情為對象的寫作轉化為以文字本身為主體，一方面避免了自我中心的國族神話、逃脫意識型態上的政治正確，另一方面也為精神「流亡」的主體找到了一個最後的家土，詞。而它有它年代久遠的家族，在廣大的文化歷史內。這種手工業的操作，以它的生產性在綿長的文化史內為寫作主體找到立足之地，即使身在他方，也猶如掌握了一枚波赫士筆下喚做「札依爾」的硬幣——想必它另有中文名字。所以：

> 詞的流亡開始了
> 意義回到原處㉚

然而「回到原處」的意義畢竟已不是原來的意義，做為流亡者之家的「詞」也不是一個牢固的地上物，它毋寧是漂流物——它的生產性就在於在主體意識的不斷漂流中。套句馬來人的諺語——「語言是民族的靈魂」（Bahasa Jiwa Bangsa）——對於這些精神上的漂流者們而言，他們的淬煉語言不正是源於無法忍受沒有靈魂的語言？當中國從古舊的「天朝」被迫邁入近代，子民和語言文字也都經歷了靈魂的失落，做為現代人的這些帝國之外的「新民」們也都難免的和西方現代人一樣經驗了精神上的「超驗的無家狀態」（transcendental homelessness）。文言的大一統格局一散而爲多語喧囂，而爲私語紛陳。對於某些寫作者之外，除了語言之外，似乎倒也眞的「無家可歸」。

所以我們再度回到流亡詩人北島，和他那被我們錯亂剪接的「流亡的詞」：

詞滑出了書
白紙是遺忘症
我洗淨雙手㉛
打開那本書
詞已磨損，廢墟
有著帝國的完整㉜
在母語的防線上㉝
再給我一個名字㉞

——一九九七年一月二十九日完成於埔里，選自元尊版《馬華文學與中國性》

註釋

❶此二句出自北島，〈期待〉《午夜歌手》（九歌，一九九五年，頁九一）。
❷此三句出自北島，〈紀念日〉，出處同前，頁一三六。

❸北島，〈無題〉，出處同前，頁一一七。剪接之以為題詞，以收互註之效。流亡以後的北島，「詞的流亡」幾已成了理解他詩作的關鍵詞。

❹十九世紀以前的海外華人史雖有一些碑文紀錄，卻是十分的零星，相較於十九世紀後有華文報的情況，自不可同日而語。斯時有關海外華人的事蹟，往往只能憑藉其時中國或西方的旅行者的記錄，罕見他們自己的敘述。

❺這仍然只相對而言，一個主要的原因是十九世紀之前的中國漂流者中幾乎不見知識份子，而文言文又非小老百姓所能掌握。

❻王安憶在一九九一年走訪了新加坡、馬來西亞之後，即寫下和當地華文遭遇的篇章〈漂泊的語言〉（原題〈語言的命運〉，收入她的散文集《漂泊的語言》〔北京：作家出版社〕後方做今題。）相當準確的捕捉了那種精神狀態。余秋雨散文集《文化苦旅》（爾雅出版社，一九九二）中的〈華語情結〉和〈漂泊者們〉也相當感人的描繪出星馬華人錯綜複雜的華語中文情結。

❼大部分的馬華作家幾乎都不免於這種宿命。

❽如前衛出版社出版的《台灣作家全集》等書，當然，連一些台灣土生土長的外省第二代優秀作家（如朱天心、朱天文）都被排除出去了，更何況他們。

❾近年來台灣的文學言論市場幾乎都難免於議題導向，主流議題之一是台灣的主體性和自主性，再則是所謂的邊緣議題，如性別認同、原住民議題等。

❿多年以前張面對筆者「為何選擇寫作的道路」這一無聊的提問，答以「除寫作之外別無所長」；近年則補充「如此方有成就感」。

⓫借自葉珊（楊牧），《傳說．延陵季子掛劍》，志文出版社，一九七○年，頁五。

⓬最典型的例子當然是溫瑞安和神州詩社同仁。然而這種「俠情」事實上卻是旅台大馬學子在寫作時普遍的一種情懷，張貴興收於《伏虎》中的〈俠影錄〉、〈武林餘事〉、〈伏虎〉、〈狂人之日〉諸篇少作也都「俠影幢幢」。詩歌寫作上這例子更是不勝枚舉。

⓭李永平從《拉子婦》到《吉陵春秋》正是這樣的歷程，遺忘被表面化了，而記憶則轉為隱晦，從寫實性轉為象徵性。

⓮同前註。張貴興的情況又不同，詳後。

⓯在張的小說中，只有〈彎刀・蘭花・左輪鎗〉收於《柯珊的兒女》正面的表達了那種憤怒，然而卻是以一種失去理智的被迫害妄想的狀態。

⓰和李永平類似，張貴興早在進入大學之前就已開始在劇作上進行探索，部分作品發表在《蕉風》上，猶待有心人整理。《伏虎》雖為第一本小說集，卻已淘汰了不少少作。

⓱和李永平的《拉子婦》比較，這種差別更為明顯。

⓲這也就是張大春一再強調的「技術性」，並以之做為小說是否成功的判準。

⓳這也就是第三次世界文學在借取西方的技術、觀念的情況下而又能成立的原因。

⓴李永平的《海東青》可說是在並不違背個人的美學追求及文化信仰的前提下對這樣的問題做了正面的回應。

㉑記得一九八八年本書入選聯合報質的排行榜時，評者對於本書的評價是，「廚師很出色，菜餚相當豐富，味道也夠。辦桌如能有一點哲學，就更完美。」（因該份資料沒有保存，從張興貴抄得）。「哲學」可以換成米蘭・昆德拉的話：「對被遺忘的存在的探詢」（艾曉明編，《小說的智慧——認識米蘭・昆德拉》，時代文藝出版社，一九九二年，頁一一二）。

㉒前揭書，頁七〇。

㉓廖咸浩，〈食蓮猴的自白——評張貴興《賽蓮之歌》〉，《中時晚報・時代書房》一九九二年四月二十六日。

㉔用王安憶的話來說，這是一重離開中國大地之後的不得不然，它的基本方向是更為書面化。參王安憶〈大陸台灣小說語言比較〉，同註❻引書，頁二七〇～二八八。

㉕比較而言，李永平接近中晚唐古典詩，而張貴興是白話現代詩。

㉖大陸自三〇年代以降就有所謂的「京味小說」，以沈從文、廢名以迄汪曾祺，是其中最典型的。整體性的討論參陳平原，《中國小說敘事模式的轉變》（久大文化，1990）第七章〈「史傳」傳統與「詩騷」傳統〉，頁二二五～二五一。

㉗王安憶，〈「上海味」與「北京味」〉，前揭書，頁三八九～三九七。

㉘五四的傳統小說，即使是浪漫主義傾向的，它的基柢也是「感時憂國」。參李歐梵，〈追求現代性（一八九五—一九二七）〉，《現代性的追求——李歐梵文化評論精選集》，麥田，一九九六年，頁二九〇。

㉙平路，〈海外，用中文寫作〉，《聯合報》副刊，一九九四年一月二十七日。

㉚此句出自北島，〈摺疊方法〉，同註❶引書，頁一七七。

㉛此三句出自北島，〈天問〉，同註❶引書，頁一七三。

㉜北島，〈寫作〉，同註❶引書，頁一四三。

㉝北島，〈無題〉，同註❶引書，頁一八〇。

㉞北島，〈毒藥〉，同註❶引書，頁一六五。

陳大爲：

胃的殖民史

——現代詩裡的速食文化

陳大為

祖籍廣西桂林，1969 年生於馬來西亞，台灣師範大學國文所博士，現任台北大學中文系助理教授，著有評論集《存在的斷層掃描——羅門都市詩論》、《亞細亞的象形詩維》、《亞洲中文現代詩的都市書寫》及詩集《盡是魅影的城國》、散文《流動的身世》等書。曾獲台北文學獎、聯合文學獎新詩及散文首獎、中國時報文學獎新詩及散文評審獎、金鼎獎等。

外食產業本來就是都市人最重要的一個消費項目，而發源於美國的速食（Fast-food），即是現代化生活的產物，它幾乎是因應都市生活中被割裂和壓縮成塊狀的時間而出現。而速食業 Quick-Service-Restaurant（簡稱 QSR）正如其名所意涵的，講究的是快速服務、產品衛生、標準化及親切的服務。當然，它也沒有一般餐飲業的桌邊服務（table service），強調的是便利性和自主性（詹定宇、李玉文，一九九八：三二）。

一九八三年寬達食品以百分之五十合資的方式率先引進麥當勞，一九八四年一月二十八日，第一家麥當勞速食店在台北開幕；一九八五年統一公司引進肯德基、吉盛食品引進溫娣漢堡，美系的速食業大舉進入台灣的外食市場，挾著巨大的廣告效應和令人耳目一新的餐飲樣式，美式速食店如同巨型殞石般撞擊台北，展開一波無可抵擋的文化殖民。比起西方服飾和流行音樂在市民生活中的「潛移默化」，速食店的「進犯」是非常顯著的。一場胃的殖民戰爭，就在一九八四年台灣飲食文化的版圖上點燃序幕。

我們可以從許多工商業或社會學方面的論文，讀到於美式速食對台灣都市文化的殖民歷程，但有沒有可能透過現代詩來再現美式速食在台灣的發展呢？這個動機首先得面對資料上的問題。以詩來印證或對應社會現象或某些事物的發展，先天上就陷入被動的困境，論述的深度和結構主要取決於現存的詩篇，詩人觀察之所得即是論據之所在；即使某些具有高度歷史價值的議題，所能引發的回響往往也是短暫的。

本文企圖透過八首有關速食的詩篇，配合外緣資料的輔助，來回顧美式速食在台灣的殖民史。從中，也能讀出不同世代的詩人，面對速食店時在文化視野上的差異，以及隨著大環境而轉變的主題。

一九八五年八月三日，羅門（一九二八—）在《中國時報．人間副刊》發表了名作〈「麥當勞」午餐時間〉（一九八五），嚴肅地探討了這個消費空間及其衍生的文化問題。李瑞騰在《七十四年詩選》的〈編者按語〉，對此詩的社會背景作了一些簡單卻很重要的提示：「『麥當勞』對於台灣飲食文化所造成的衝激與震撼過去之後，似乎已經廣被我們的都市子民所接受了，而成爲我們生活的一部分。對於多少年來一直在都市範疇取材，反映、批判都市文明，而企圖把文明層次提昇到文化層次思考的詩人羅門，『麥當勞』現象被他所注意，應是理所當然的了。」（李瑞騰，一九八六：一七二）

換言之，在羅門特寫麥當勞的時候，它所代表的美式速食文化對本土飲食文化所造成的衝激與震撼已成「過去」，早已被台北市民所接受（所以羅門筆下的麥當勞會出現三個不同年齡的客層），雖然過了一年半，但此時正是各種美式速食業的導入期，西式飲食文化的大舉進犯，對久居台北的羅門形成一股不得不重視的脅迫感。站在社會觀察者（而非麥當勞消費者）的批判位置，羅門用詩來傳達他的考察成果。

透過〈「麥當勞」午餐時間〉，我們得以從文化斷層和文化殖民的雙重角度，來探勘麥當勞對台北市飲食文化的衝擊。羅門在第一節用輕巧的語言塑造了一個明快的畫面：「一群年輕人／帶著風／衝進來／被最亮的位子／拉過去／同整座城／坐在一起」（羅門，一九八八：四八）。在這裡，麥當勞代表一種時下最流行的生活樣式，已非單純的餐飲需求或維生消費；而它最能夠吸引進來的消費者，便是那些由都市文化培植出來的年輕人，他們在詩人輕快的語言節奏中，溜進潔亮的飲食空間，找到一個彷彿爲他們這個世代量身訂做的（速食）文化位置，跟整座「消費之城」坐在一起。然而他們「手裡的刀叉／較來往的車／還快速地穿過／迷你而帥勁的／中午」（四九）；街道上快速穿梭的車輛，在此可視爲現代都市文明的簡易象徵，而這群年輕人那雙原來操作筷子的手，卻比任何一位駕駛盤上的中產階級，更能掌握新興都市文化的節奏。

第一節年輕人的消費景象讓第二節的中年人顯得格格不入，羅門在此安排了一次不可避免的文化衝突——這兩三位被迫調適固有的飲食習慣，而感到疲累的中年人，不由自主地將「手裡的刀叉／慢慢張成筷子的雙腳／走回三十年前鎮上的小館」（四九），潛意識裡的中式飲食慣性仍然駕馭著用餐的形式，「刀叉」儼然成爲中西飲食文化的心理戰場。他們之所以來吃麥當勞，那是因爲它已經成爲最具時代性的「文化入門之物」（cultural primer），「親身體驗」過麥當勞的飲食方式，是一種趕時髦的消費心理，雖然它未能鬆動中年人根深柢固的「小館文化」。

第三節輪到老年人，讀者或以爲羅門必須加深文化衝突的層次，很令人意外的是羅門並沒有順勢引爆，反而讓老人自我矮化，以全副西裝的妥協姿態進入麥當勞：

一個老年人
坐在角落裡
穿著不太合身的
成衣西裝

吃完不太合胃的
漢堡
怎麼想也想不到
漢朝的城堡那裡去（五〇～五一）

這幅東方老人被西方衣著和飲食文化強暴／殖民的畫面，暗示著東方傳統飲食文化被西方速食文化的徹底侵占；而且羅門還透過老年人想不通「漢堡」的譯名，來暗示漢文化正從都市生活中漸漸消逝。或許是一種人群蝟集心態使然，令他來到這個熱鬧的「文化異域」進餐；儘管他已全力抵禦新時代對老人的淘汰力，穿上「不太合身的／成衣西裝」，可他萬萬沒有料到，麥當勞裡的速食形式和節奏，已取消了傳統社會進餐的儀式性及相互的溝通時機，令餐桌與餐桌之間的人際關係，更形冷漠與孤立，他惟有「枯坐成一棵／室內裝潢的老松」（五一）。

這首詩揭露了三個不同客層的消費心態，成群的年輕人固然是基於時髦而消費，可他們對刀叉的掌握能力卻象徵著對新式飲食文化／現代化步伐的高度適應；結伴而來的中年人更有不願落伍的動機，然而在他們企圖跨越美式文化入門階時，中式飲食文化的主體意識卻在暗地裡掙扎；至於孤單的老年人，則想蝟集於人潮中去感受生命的熱度，不過他終究淪爲被時代淘汰的分子——那種「不說話還好／一自言自語／必又是同震耳的炮聲」（五一）的噪音製造者。

「麥當勞」和「刀叉／筷子」是架構起此詩文化議題的兩大意象。前者是文化的殖民主，後者則是東西方飲食文化的首要交鋒據點，而「刀叉」在這個場合語境當中，完成了羅門所賦予的文化衝突之大任。筷子與刀叉分別象徵東西方用餐禮儀的衝突，如果少了「刀叉←→筷子」的「內在文化轉換」，羅門的部分構想便無法落實。可是問題正出在「刀叉」——這是羅門在描述麥當勞的「午餐」時，犯下的一個錯誤——在麥當勞只有「早餐」的鬆餅是用刀叉進餐的，況且鬆餅不足以代表以漢堡為主食的麥當勞速食業，那比較傾向於西餐廳裡講究用餐禮儀的精緻餐飲文化。羅門用刀叉來象徵這個新興的速食文化，乃一大敗筆（他應該用「手」來處理此一複雜的議題）。

不管怎樣，此詩畢竟提出了麥當勞對傳統飲食文化（尤其人際關係和用餐禮儀）所造成的衝擊，以及「再結構」的預警。麥當勞很殘酷地將老、中、青三代消費者區分開來，它儼然成為「時代感」的鑒定者，在此消費不是為了吃飽，而志在取得或「更新」（update）都市文化的身分認同。就八〇年代中期台灣的飲食文化而言，麥當勞無疑是「最新版」，另一個更新文化身分的速食店則是「肯德基」（KFC）。在肯德基引進台灣的第三年，張默（一九三一—）針對這個「更新」的意識寫過一首〈肯德基〉（一九八九）：「少年郎呀／咱家今年剛好六十歲／我也經常偷偷地投你以疑惑的眼光／我覺得和你們在一起／搶著，啃著，叫著／讓靈魂也沙拉一下／……／少年郎呀／你一定得等一等我／每天我願整裝待發／三分鐘吞掉一個小漢堡」（張默，一九九〇：二一二—二一三）。此詩清楚地二分出兩種消費者——少年與老人，前者無疑是麥當勞文化的代言人，後者原來扮演著社會觀察者的角色。張默非常準確地捕捉到老年人消費心理的轉化，先讓文本中六十歲的老人家（我）對少年消費者的吃相產生疑惑，進而萌生憧憬，再明確地指出速食的形式（尤其速度）是都市飲食文化的一大考驗；為了取得這一分認同，他打算拼了老命用三分鐘去吞掉一個漢堡！好讓靈魂獲得新興消化文化的滋潤（也沙拉一下），而充滿活力。看似輕快的語氣，其實來自於老人沉重的焦慮，被現代化社會所淘汰的焦慮。前行代詩人羅門和張默在面對兩大美式速食系統時，前者抱持著論述性的宏觀視角去檢視麥當勞現象，後者則深入其中，從微觀的消費心理去勾勒老年人如何更新自己的都市人身分。對他倆而言，麥當勞是一個強橫的殖民主，基於中西飲食文化的鴻溝，他們絕不會成爲麥當勞族。

一九九〇年，台大城鄉所的陳坤宏和王鴻楷曾經針對麥當勞文化在台北都會地區的擴散情形及其對居民在消費型態及生活方式上所造成的影響做過研究，他們發現：「麥當勞文化在台北都會區推出新產品形象並擴展它的服務項目時，它的文化層面包括使用麥當勞漢堡所抱持的符號消費、生活習慣及消費型態的改變均跟著滲透至市場之中，進而改變居民的生活方式，更造成整個台北都會區消費空間的再結構」（轉引自陳坤宏，一九九五：一四七）。再結構的趨勢，早在羅門詩中已經預警過了，都市人唯一能做和想做的，是去迎合、推動這個趨勢。身爲上班族的侯吉諒（一九五八—）也在〈美式速食〉（一九八七）一詩，以鳥瞰式的敘述披露過這個趨勢：

黃金地段的大廈一張嘴
就把黃色長龍吃下
用五千年來從未有過的吃法
快速的消化了
華夏飲食的
髒亂與驕傲

（侯吉諒，一九八七：八五）

正是如此，速食店通常開設在都市人潮最多的節點（node），一向以吃爲天，有著悠久飲食文化傳統的炎黃子孫，卻輕易降服在美式速食的誘惑之下。侯吉諒站在旁觀者／分析者的位置，說明了美式速食得以侵城略地的主要因素——相對於空間較髒亂，因講究烹飪成果而犧牲了時間效率的華夏飲食，強調迅速、衛生、產品標準化的美式速食確實較能契合都市生活的便捷需求。此外，這種前所未有的新鮮吃法，很能夠吸引追逐時尚潮流的現代都市人。張國治（一九五七—）則在〈肯德基和上校〉（一九九〇）一詩裡表示：「這些年他無所不在／賜我們豐富潔淨的餐飲／……我們習慣地走進去／吃喝不便宜的速食文化」（張國治，一九九一：八二—八三）。確實如此，速食從「潔淨」和「便利」兩個據點展開它的文化殖民，那是它最強的武器，足以把無數的黃色長龍吃掉。由此得知，才短短三、五年間，美式速食便成功殖民了都市人的胃腸，所有的焦慮都一一沉沒在習慣的背面，漢堡和炸雞渾然地融入台灣人的胃壁當中。

在麥當勞登陸台北的第八年，張默發表了一首〈麥當勞速寫〉（一九九一），字裡行間同樣流露出上述的消費意識。或許歷經較長時間的觀察和「食用」，他發現了更深層的消費心理。這首詩由遠而近，以細膩的鏡頭來捕捉消費者的形象和行爲：

遠遠看
　它是透黃的M
近近看
　它還是透黃的M

戴眼鏡的與不戴眼鏡的
穿牛仔裝的與不穿牛仔裝的
反正大家擠在這裡
喝一杯紅茶，或者
一撮薯條
就可以削去大半個下午
而飢渴如故，彷彿彩繪在
每個人脈絡分明的青筋上 （張默，一九九四：一〇七—一〇八）

這首詩裡的書寫情緒是平和的，輕描淡寫地敘說一件司空見慣的事。這個年頭的麥當勞不再令人產生文化斷層的憂慮，不管是戴眼鏡的讀書人，或者穿牛仔裝的時髦青少年，反正形形色色的人全都擠在這裡（不必再去強調年齡層），用一致的心情消費著同樣的東西：紅茶、薯條、時間。在快節奏的都市生活裡，「速食店」超越了原來的「速食」角色，既不速也不食，用餐已經不是重點，時間更不迫切，即使坐了一整個下午他們的食慾並沒有獲得眞正的滿足。因爲他們消費的不是漢堡，而是麥當勞提供的空間、被空間包裹起來的時間，以及打發時間的零嘴。總的來說，他們消費的是「M」——這個金色拱門所蘊含的符號內容；色澤透黃，線條柔軟的「M」象徵著冷都市裡的熱空間，在遠處誘導著準消費者的渴望，在眼前用它的超人氣把路人擁抱進來。

此詩值得注意的是：張默改用觀察者的身分在敘述這項見聞，他本身似乎失去參與這種符號性的消費的興趣，從引文的最後三行就能判讀出他對此現象的負面觀感，甚至可以由此再作一次逆向的解讀：張默正是透過平和的語氣來批判麥當勞消費現象，從務實的角度來看，那正是一種既浪費時間又吃不飽的笨行爲。從兩年前那首〈肯德基〉裡努力吃漢堡，以便取得最新版文化認同的老人，到麥當勞晉入符號化消費階段後的冷眼旁觀者（冷眼批評者），或許是消費目的之轉變——由純吃漢堡，轉變成整體空間與物件的綜合消費（或者消磨）——張默便悄悄退到主要的消費族群之外。不過他仍舊能夠準確地掌握了這種消費行爲的本質，用很短的篇幅便將它勾勒出來。

無論是美系的 KFC、Pizza Hut、Wendy's、Burger King，日系的摩斯、儂特利，或國產的二十一世紀、三商巧福，極大部分的速食業皆著重於食物本身的魅力（從廣告便可以看出），首要目的在於勾起並滿足顧客的食慾，唯獨麥當勞在本質上卻偏重符號性。

很明顯的，麥當勞的廣告強調的元素不外乎：音樂、旋律、溫馨正面的路線，加上打動人心的趣味點，更重要的是生活化與本土化。台灣麥當勞每年至少投入一千萬台幣以上的預算，針對不同年齡層進行各式各樣的調查，包括小孩子最近流行看什麼卡通、喜歡講什麼流行語等等。藉此，麥當勞可以掌握消費者生活型態的特點及轉變，從而推出適合的商品和服務。說穿了，麥當勞不就是在賣它的品牌，賣一種歡樂的氣氛。這個全球性的經營策略，讓台灣麥當勞在短短十五年間，營業額成長了五十幾倍，而它金黃色的「M」字型拱門，可能也是台灣小孩第一個認識的企業標誌（洪懿妍，一九九九：一七六～一八一）。

我們不妨仔細回顧九〇年代中期以來，這個商品在台灣透過「超值的早餐」、「同學會」、「兒童慶生派對」、「快樂兒童餐」、「社會福利捐助專案」等人性化的廣告，以及諸如「Hello

Kitty」、「史努比玩偶」等多種套餐的策略行銷，同時向不同年齡層的消費者，傳達了時髦、便捷、童趣、歡樂、關懷、幸福、收藏等訊息，「吃」的動作和誘因彷彿消隱在漢堡的餡裡面（連詩人對於麥當勞漢堡的口味都一字不提），廣大群眾消費的是漢堡以外的附加價値，是一整個色澤溫暖的「M」。

像麥當勞這種「符號消費」（symbolic consumption），之所以能將商品和人們的生活連結在一起，依賴的是廣告，我們消費的是經由廣告而產生的意義。「『符號消費』意味著現代社會已超出維持生存水平的消費，開始加入了文化的、感性的因素。消費者的活動開始具有非理性的傾向。所以，消費的符號化現象就是以過度充裕的消費爲背景而存在」（陳坤宏，一九九五：一五〇）。徹底符號化的麥當勞，已經不再是一間速食店，而是一個集約會、休息、進餐、聊天、K書、玩樂、打發時間的地方，它默默地儲蓄都市人的生活作息和記憶，吸引居民與路人的認同，它甚至是一個讓都市情感不自覺地蝟集起來的節點。

從上述詩篇可以發現，文本中的最年輕的消費層是青少年，兒童尚未出現。九〇年代中期以前，麥當勞和肯德基都處於滲透階段，還在探索市場，熟悉台灣人的消費習性與飲食文化、建立上下游廠商的行銷網絡（詹定宇、李玉文，一九九八：二七），其後麥當勞才將消費的觸角伸向兒童。李清志在〈快餐城堡〉一文中，對麥當勞的消費形態有深入的剖析，他指出——「麥當勞深知孩童的消費潛力，在速食店內增設兒童遊樂區，辦兒童生日派對，吸引無知的兒童前往，並藉由孩童的要求來操縱父母的購買行爲」；因爲「改變未來主人翁的飲食習慣等於創造未來的龐大消費市場，而迪斯奈樂園式的空間正好投合了孩童的幻想。因此漢堡薯條加上後現代手法堆砌的空間，將成爲現代兒童規格化生活的一部分」（李清志，一九九六：三二～三三）。

這個深謀遠慮的商機前瞻，預先把麥當勞根植在都市兒童心中，好讓麥當勞陪伴著兒童成長，成爲他們生活習慣的一環。辛金順（一九六三～）在〈麥當勞一瞥〉（一九九六）一詩中，作了如此的描述：

春天在這裡爆破
孩子們卻把歡笑遺落
吸管和吸管並排
可樂快樂的在紙杯裡唱歌
……
而漢堡夾住理想
整個世界都在嘴邊
酸、甜、苦、辣
各成口味　（辛金順，一九九七：三七～三八）

麥當勞替都市孩子虛擬了一個歡樂的童年，在這裡爆破生命中的春天。可是這種歡樂是由並排的吸管和紙杯盛著的可樂組構而成，這兩種消耗性質材暗示了「春天／歡樂」的脆弱體質。去麥當勞是兒童最大的心願和渴望，一個小小的漢堡足以夾住整個世界，他們咬下去只感覺到甜味。「酸、甜、苦、辣／各成口味」是就漢堡（麥當勞）的整體消費感受而言，在不同心智／心態的消費者口中，它產生不同的意義，可能只是在店裡打發時間的咀嚼物，可能是聊天時吃而不究其味的麵包夾肉，可能是酸菜和蕃茄醬使勁拉攏舌蕾的美好晚餐，或者吃它只爲了收集每月不同的麥當勞玩具。不同的消費動機與心態，對漢堡產生不同的味覺反應。其實味道並不重要，重要的是：「地球／仍在喧鬧中旋轉／旋轉成／孩子的夢」（三八）。麥當勞成功進駐兒童的心靈，正好說明了城市的生活機制對兒童的剝奪，童年的樂趣隨著田園一起消失，乏味的都市生活讓兒童禁不起新鮮事物的誘惑。麥當勞奠基在灰色的生活土壤上，虛擬了另一個繽紛的童年。或許，這已經不僅僅是消費的問題，其中包括了兒童成長環境等社會問題。

經過多位「前輩」詩人置身事外的觀察與批評，眞正的「麥當勞世代」——更年輕的輔大學生潘寧馨（一九七六—）——在麥當勞「登台」的第十四年，發表了她的〈速食店記實〉（一九九七）。她是吃麥當勞長大的年輕消費群，所以一開始就道出「M」與「麥當勞世代」的臍帶關係：

M到底是勝利的姿勢
還是一對無辜
高聳的乳房　（潘寧馨，一九九七／十：四五）

「M」對年輕世代飲食及生活習慣的再結構，已經是八〇年代的老故事了；歷經十餘年的文化殖民，「M」早已進駐都市裡每個人潮蝟集的角落，並成爲重要情事節點。尤其在冰冷、僵硬的幾何線條組成的都市景觀當中，造形童趣、曲線條、色澤暖和的「M」，眞是一個突兀卻因此而更動人的符號。這個符號對都市人生活面的統治無疑是成功的，它可以被視爲「勝利的手勢」，同時它也是「一對無辜／高聳的乳房」——它以豐沛的奶水（各種誘導消費者的、如夢如幻的符號）滋養了廣大的麥當勞世代，那「高張的圖騰令你聯想起母親／永不止息的溫柔和／口腔期的深層懷念」（四五）。至於「高聳」——正是它的魅力（商品內涵）之象徵，卻又成爲都市文本最愛批判的對象。「無辜」一詞，則讓「M」陷入非常弔詭的辯證位置，連她本身也找不到答案。

接著潘寧馨站在不同於前輩詩人的角色位置來發聲：

飢餓咀嚼時間
人裝飾孤單
首都則迅速淪陷在
空心手勢和黃色乳房
尺寸一致的塑膠味笑容裡　（四五）

許多消費者的心靈都是孤單的，他們企圖透過時間的消費來融入聲音紛擾的環境，彼此互相裝飾成有形的熱鬧。既然整個台北淪陷在空洞且制式的符號消費裡，住在淪陷區多年的她當然不會重犯羅門的「刀叉」錯誤，在這個由澄灩誘人的薯條、滿滿一「手」的漢堡、黑色二氧化碳的飲料拼湊而成的空間裡，「端莊的吃相是多餘的誇飾／話題請儘可能低劣和無聊／……／離開時保持桌面的清潔／即是唯一的文明」（四五）——這才是麥當勞最赤裸最寫實的消費景象。麥當勞甚至成爲她（們）渲洩生活壓力的地方：「防城市的歪曲傾斜而來的沉重和／一貫奄奄一息的反抗一同／腐蝕在黑色的二氧化碳裡　攪拌／大口吞嚥時　享受悲哀化合物／直衝喉頭的高潮」（四五）。這種非常細膩且情緒糾葛的描寫，從未出現在（她的）前輩詩人筆下，因爲她才是眞正了解、經常「使用」麥當勞的消費群。這個高度符號化的商品，在冷酷的城市裡卻很反諷地扮演著「慈母」的角色，「任何時辰　歡迎光顧從不疲倦／高張的圖騰令你聯想起母親／永不止息的溫柔和／口腔期的深層懷念」（四五）。由此可見，麥當勞已經重構了新一代都市人的生活習慣，新一代的飲食文化儼然成形。

然而，麥當勞所扮演的「慈母」角色，似乎可以「銜接」辛金順的觀察，兩者的結合即披露了一個更嚴重的社會問題。「去田園化」的都市不但剝奪了童年樂趣，被麥當勞「孕育」出來的麥當勞族背後，隱藏著更大的問題：或許是都市婦女在職場上投注的時間及心力，遠高於在「母親」的職責，都市兒童的生活與心靈便尋找外界的依附，麥當勞不但提供了童年最具體的歡樂，更成爲青少年的一個心靈寓所，儘管它不能回應他們的苦悶和憂愁，但它將之轉化，化合在軟飲中嚥下。這對「高聳的乳房」，其實在述說一個生活及心靈的危機。

從更宏觀的角度來看，麥當勞不但成爲都市飲食文化中極爲重要的一環，不但影響了兒童和青少年的生活結構，它甚至跟地區的發展繫上密切的商業關係。鴻鴻（一九六四—）在短短八行的〈麥當勞〉（一九九八）一詩中，不去描述麥當勞的用餐概況，反而透過一條即將開闢的公路，結合了道路使用者印象中的最爲深刻的種種現象，在文本中預測它可能引發的正面商機和負面問題，很寫實又很巧妙地說明了麥當勞的社會角色：

公路將通過此地

爲大家帶來
廢氣
路標
收費站
工作機會
死貓死狗
麥當勞

（《台灣副刊》，一九九八／〇二／二〇）

這首語帶不屑的短詩，強而有力地召喚我們的生活印象，使我們不得不承認：麥當勞（以及其他連鎖型速食店），確實是地方開發程度的指標性建築。發展會同時帶來破壞與建設，不過很多事物都有一體之兩面，像「路標」、「工作機會」和「麥當勞」背後所付出的社會代價固然難以估算，但它們的正面價值也是不容否定的。鴻鴻把此三者夾敘在令居民厭惡的「廢氣」、「收費站」、「死貓死狗」之間，乍看之下六樣東西全是負面的事物，實際上卻是正反交錯，好壞參半，其中隱含了詩人內心的矛盾與掙扎；他發現麥當勞不但是都市鬧區的重要地景，甚至已成爲地方發展的重要配件。如果在此銜接前述辛、潘二人的詩作，便可以讀出它潛在的影響——麥當勞將爲當地的孩子虛擬一個歡樂的童年，將之孕育成新的麥當勞族，重演上述論及的社會現象。可是，從成年人的消費需求來看，它的便利性又不容否定。這是都市生活中常有的矛盾。

或許可以這麼說：在鴻鴻簡短詩句的留白之處，（被鴻鴻刻意留白的）麥當勞的社會價值，乃是一道因人而異的塡充題——羅門在麥當勞殖民的初期，塡下文化斷層和殖民的焦慮（一九八五）；張默先後塡下肯德基裡消費者身分的更新（一九八九），以及符號化的麥當勞消費實況（一九九一），侯吉諒和張國治分別指出了中西飲食文化的宏觀比較，還有美式速食的優勢（一九八七、一九九〇）；九〇年代中期以後，麥當勞低齡化的客層拓展策略，讓辛金順記下它如何爲活在冰冷城市的兒童，虛擬了美好的春天（一九九六）；至於身爲主要消費群的潘寧馨，置身於常態的消費活動中，鉅細靡遺地刻劃麥當勞世代的思維舉止，更道出都市人和「M」在符號消費網絡裡的臍帶關係（一九九七）。這個越來越龐大、無孔不入的速食文化最後演進成一個價值難斷的都市坐標（一九九八）。

上述八首寫於不同時代背景、出自不同世代詩人、主題與敘述視角不斷演化的詩篇，大致呈現了兩大美式速食業在台灣（尤其台北）的影響和演進，從衝擊、抗拒、認同、追尋、享用，到社區發展的指標，構織出一幅錯綜複雜的「胃的殖民史（一九九五—一九九八）」。「胃」在這裡已經不僅僅作爲飲食器官的單純指涉，它是一個象徵（好比「M」作爲一個符號消費的象徵），象徵著整個飲食文化和影響所及的社會層面；這場殖民戰爭從形下的胃擴張到形上的生活機能，美式速食不但征服了都市人的胃腸，重新結構了他們的生活細節和品質，同時也揭露了許多社會問題。至於「麥當勞」與「肯德基」這兩支不戰而屈人之兵，仍然努力地開發它們的潛在商機，繼續往市區以外的角落延伸。

——二〇〇一年，選自萬卷樓版《亞細亞的象形詩維》

參考書目

李清志，《鳥國狂：世紀末台北空間文化現象》，台北：創興出版社，一九九六。
李瑞騰編，《七十四年詩選》，台北：爾雅出版社，一九八六。
辛金順，《最後的家園》，台北：文史哲出版社，一九九七。
侯吉諒，《城市心情》，台北：漢光出版社，一九八七。
洪懿妍，〈麥當勞如何成長五十倍？〉《天下雜誌》二二四期（一九九九年三月），頁一七六～一八二。
張　默，《光陰梯子》，台北：尚書出版社，一九九〇。
張　默，《落葉滿階》，台北：九歌出版社，一九九四。
張國治，《憂鬱的極限》，台北：詩之華出版社，一九九一。
陳坤宏，《消費文化與空間結構——理論與應用》，台北：詹氏書局，一九九五。
詹定宇、李玉文，〈美國速食業在台灣發展型態之探討〉《台灣經濟》二五七期（一九九八年五月），頁二一四～二三九。
潘寧馨，〈速食店記實〉《創世紀》第一一二期（一九九七年十月），頁四五。
鴻　鴻，〈麥當勞〉《台灣日報·台灣副刊》，一九九八年二月二十日。
羅　門，《整個世界停止呼吸在起跑線上》，台北：春暉出版社，一九八八。

郝譽翔：

給下一輪太平盛世的備忘錄

——論平路小說之「謎」

郝譽翔

山東平度人，1969 年生，台灣大學中文博士，現任東華大學中文系副教授。著有評論集《情慾世紀末》及小說《洗》、《逆旅》、散文《衣櫃裡的秘密旅行》等書。曾獲中國時報文學獎散文首獎、台北文學獎、聯合文學小說新人獎等。

前言

平路的小說向來勇於創新實驗，但隱藏在敘事語言下之「舊」——一頻頻回首，凝視時間和記憶的姿態，卻鮮少被人注意。同樣對於過往念茲在茲，平路和朱天心的「老靈魂」大不相同——「老靈魂」要說的是「我記得」，而平路卻是一路劃下問號，說：「莫非我錯過／遺忘了什麼」？這也說明了平路爲何特別偏好間諜和推理小說類型，從〈玉米田之死〉、〈是誰殺了×××〉、《捕諜人》、乃至於近作〈血色鄉關〉，平路小說的創新實驗不見得是在「向前看」，結果可能恰恰相反，她更有興趣的竟是回頭追索身世之「謎」，一個既終極又根本的秘密：在好久好久以前，有一個人／國家，誕生在一個島上……。

平路以爲：小說家不是「創造者」，而是「解謎的人」❶。故本文擬就討論平路小說中所欲追尋的「謎」入手，而「謎」底究竟在哪裡？她又將要如何解「謎」？以下將首先分析平路早期政治小說中的故鄉／身世之「謎」，而在家國敘述的迷宮中，平路又如何找到「女性」這一把解謎的鑰匙，以女性情愛記憶重寫男權的神話與歷史，打造出一座歧路花園般的寫作國度，並以此完成女性書寫的「傷逝的周期」。

一、故鄉／身世之「謎」

寫於八〇年代初的〈玉米田之死〉，向來被視爲平路的代表作之一。小說書寫回歸原鄉的失落，對甫轟轟烈烈落幕的鄉土文學和保釣運動而言，無疑是一大反諷，堪稱台灣政治小說從理想到嘲諷的重要轉折❷。平路在此借用並翻新推理小說的模式，以第一人稱敘述者「我」追查華僑陳溪山的自殺事件開頭，牽引出一段海外華人複雜的鄉土認同情結。敘述者「我」兼具大陸流亡學生、台灣人、華裔美人的三重身分，和參加釣運、嚮往祖國的陳溪山，二人失根／尋根的姿態恰恰相互呼應。陳溪山選擇在勾起台灣童年回憶的玉米田中自殺，以死亡宣告歸鄉的不可能；而「我」記憶中的大陸故鄉高粱田「青紗帳」，也隨著時間逐漸荒涼，模糊遠去。於是，鄉土雖是人類生存中最實在可親的事物，卻也同時成為最虛幻縹緲的想像。小說結尾的「我」，離開美國回到台灣，卻只能困居在台北陰雨綿綿如同廢棄墳場的小公寓裡，嗅不到「甘蔗田」的泥土芬芳。至此土地——玉米田／甘蔗田／青紗帳——已不斷幻化成記憶交織出來的意象，恍惚若夢，一觸即碎，又彷彿是建築在過往時光中的海市蜃樓，甚至是「我」或陳深山一廂情願構設出來的鄉愁烏托邦。

王德威曾以「想像的鄉愁」（imagined nostalgia）一詞，說明文學中的「故鄉」不僅是地理上的位置，更代表作家所嚮往的生活意義源頭，以及啓動作品敘事力量的關鍵，因此敘述的本身即是一連串「鄉」之神話的移轉、置換及再生❸。如是「想像的鄉愁」構成對原鄉（台灣？）充滿不確定性的敘述，乃貫穿了平路八〇年代的絕大部分小說，甚至可以說是彼時僑居海外的她，反覆透過書寫去審視自我「鄉愁」的一種方式。不過，平路小說中迷離恍惚的鄉土想像絕非孤例。柏右銘（Yomi Braester）便特別提出「迷態文體」一詞指稱台灣八〇年代的後現代書寫趨勢，以為：「這種迷態文體，正顯現出這些台灣作家自認既無法重新追溯過往記憶，也不能『拯救歷史』。因爲他們呈現出來的過去，是一種缺席的狀態，甚至爲記憶所塑造的過去，也是以一種未定、未完成的敘述體展現出來。」❹然而，與其說作家無力或無能去重述國族歷史或個人記憶，還不如說：台灣或台灣人的身分恰是如此的重疊撲朔，曖昧迂迴，而歷史或記憶本來也就不必然可以被拯救。

後現代歷史學早已指出：歷史不過是一種言辭的虛構物，一種敘事體的散文論述，而在內容上則是想像、杜撰的（invent）與發現到的（found）參半，故其中充滿了「斷裂」、「不連續」和「轉位」（dislocation）的破碎罅隙❺。因此，當文學史家認爲八〇年代以後，鄉土文學讓位給台灣文學，而台灣得以從深沉的歷史失憶症中甦醒過來，進行主體的重構❻，但究竟何謂「台灣」？而所謂「主體」是否又能堂而皇之的確立？理直氣壯的答案未免樂觀。在「台灣」或「主體」二字浮出之時，或許反倒更提示了國家的虛構性和認同的難題，以及「台灣」二字所代表的中心論述與邊緣的往來傾軋。正如王德威討論鄉土文學與國族論述二者千絲萬縷之糾結時，指出：如果中國敘述只是個虛構，尚待開啓的台灣國敘述也難逃同一邏輯，也必須接受安德森（Anderson）所謂「想像的群眾」（imagined community）考驗❼。故如何離析文學、歷史和國族論述的依附關係，方是定位台灣文學之時必須思考的問題。

後殖民論者洪米・巴巴（Homi Bhabha）曾以具有前、後雙重臉孔的羅馬神祇 Janus 來譬喻國家敘述的雙重性與模糊性，以爲國家在歷史上想像出來的本質屬性與整體性，其實是由敘述（narration）所製造、執行出來的——亦即國家的「執行性」（performativity），而不同的執行者將使國家的風貌隨之改變，故國家恆處在一「衍生」（dissemination）的狀態之中❽。如此看來，平路小說中大量的「後設」語言，除了知性與創新實驗之外，更代表了七〇年代鄉土文學所標舉的寫實主義失效，而台灣乃是一在歷史中不斷分化衍生的國度，原鄉亦是透過想像不斷增生繁殖的概念。當「台灣」不再是俯身即可擁抱的具體土地，而成爲一種敘述的方式，懸浮在時間長廊的記憶與話語之爭時，平路小說中的主角亦無法不處在如是的斷裂失根、焦慮與迷惘之中。〈玉米田之死〉的「我」一步步走入玉米田，喃喃自語：

裡面並沒有多汁甘甜的甘蔗……玉米田只是一場可笑的夢，因爲田裡永遠種不出他要找的過去……就像他永遠不可能回到童年，厝邊就是甘蔗田的日子……他現在的家，是坡上那棟寬廣的宅第……也許，那亦是一場夢！美國是一場繁華的夢，婚姻是一場荒謬的夢，至於釣魚台呢？那大概是一場時空錯置的夢……❾

而〈在巨星的年代裡〉「我」也不禁感嘆：「成長對於我，充滿了背叛的經驗。」〈台灣奇蹟〉中更要疑惑：「站在這裡的我，這一刻，竟也從此失去了自己的過去、現在與未來嗎？」因此，〈台灣奇蹟〉固然誇大了台灣精神的快速散播，可被視爲意在反撲美國中心，然而全球的「台灣化」之後，何處不是故鄉，何處才是故鄉❿？平路恐怕更有感於台灣人以他鄉作故鄉的普遍失憶症狀，無根漂浮卻又得以旺盛生長的強大欲力，而也唯有當我們自己有了這樣不連貫的意識，終於從心理上接受過去、現在、未來不再相關的事實，才算搭上了「台灣化」的列車，有機會與它一齊奔向未來⓫。

換言之，當國家創建或統一的重要因素「遺忘」，成爲台灣已然甚至必然的姿態⓬，才是平路迷惘、憂心或（更正確地說）省思的起點，也是她爲何總要頻頻回首，在小說中屢屢化身爲偵探或是間諜之類的角色，來回搜尋於話語與檔案之間，拼湊被湮埋或遺忘的線索，以解開台灣錯綜複雜的身世之謎。而外省籍的平路，筆下也最能透過外省人這一由中心退至邊緣（或根本始終就是台灣邊緣）的特殊位置，剖析複雜的認同情結：中國、台灣、美國，三地相剋相生，在往來辯證中故鄉到底伊於何處？早已失落不可復得了。故「鄉愁」又何嘗不是一種只存在於想像中的桎梏？〈在巨星的年代裡〉這種喟嘆益發明顯：

儘管自以為懷抱苦戀者的情愁，會不會？我竟自始至終活在一種虛幻的感情裡（喔，婆婆之洋，美麗之島……）？[13]

身世的不可知，因此與故鄉漸遠的感慨一再出現，方是台灣八〇年代步入資本化、全球化、自由化甚至本土化後的迷思。

二、歧路花園

然而，「鄉愁」之否定，離「故鄉」漸行漸遠，或許才是最接近「故鄉」眞實面貌的一種方式。因此平路小說的一連串疑問與喟嘆，其實目的在於開啓敘事的分歧，以打造一座她心儀的波赫士之「歧路花園」，或是卡爾維諾所指稱的「開放式」百科全書[14]。卡爾維諾曾就「繁」的概念，說明當代小說旨在作爲一連接世界人、事、物無窮關係的網路，時空向度無休無止的持續擴張、繁衍，故所有二十世紀偉大的作家多秉持積極的懷疑論，混「淵博」與「虛無」爲一體，不斷地企圖在論述、方法與不同層次的意義之間搭建關係[15]。反觀平路筆下的「台灣」，又何嘗不是如此？——一座巨大的概念迷宮，繁多的面貌孳息並存，使得「台灣」的意義顯得既曖昧又豐富。平路欲打破單一論述的企圖，在《百齡箋》序言中已說得十分清楚：

> 歧路麼？那是一條條蘊涵著無限可能的岔道，每一條都值得我們睜大眼睛，好奇地走下去。當我們迷途不知返，歧路終於換來了最後的自由，對文字作者來說，家園在望，從此可以安頓身心了。⑯

問號的開啓，歧路的離題，正是身世之由來，故鄉之所在，也是小說所要追尋的開放式答案。但與其說平路創新前瞻，還不如說她回顧念舊。世界既然成爲一部無盡的開放式百科全書，沒有終點可尋，原點亦不可回歸，消失在錯綜複雜的蛛網當中，平路卻總是要逆向而行，欲回歸到原點——分岔歧義的開端，以解開那個最初的結，根本之謎。就像〈虛擬台灣〉中的「你」努力「要找到一處歷史的裂隙，鎖定它作爲時光隧道的入口，才能夠循序漸進，一步步走入歷史……」⑰，而當一切倒回頭又從原點開始之時，這一次，歷史將給予「台灣」一個什麼樣的結局？

此一消失不可捉摸的原點，平路慣常以「童年」象徵之，即回到生命的最初，以解開個人身世同時也是國族身世之謎。從早期的〈玉米田之死〉開始，陳溪山和「我」便都在尋找失落於時光隧道中的童年，〈童年故事〉中男主角更杜撰出每一套發人深省的解釋，以苦苦地增補他失落的童年，而年歲漸長的生命，也只不過成爲童年經驗在時間裡的延伸。同樣的，〈郝大師傳奇〉的郝大師亦陷落在一個充滿歧路的時空網絡之中，努力拼湊圖像，在血緣、歷史、記憶、潛意識的匱乏下，終於無望的體認「他一直尋找的不是未來，正是他失陷的童年」。然而，誠如〈童年故事〉

的開頭語：「童年已經愈來愈遠了」，對應於〈台灣奇蹟〉中「我與我的故鄉漸漸遠了」的感慨，小說的人物陷落在這繁複的世界，只能在一去不回頭的時光裡，任由眞正的童年／故鄉一點一滴的消溶⓲。

八〇年代平路的小說便充滿了如是的失落與感傷。特別的是，平路經常化身成男性的「我」，在小說中尋找故鄉、童年，甚至象徵生命源頭的「母親」，而尋之既不可得，強烈的虛無與疑惑流露在字裡行間。〈郝大師傳奇〉中大師絕望的吶喊著：「母親，我是妳的兒子麼？」，〈是誰殺了×××〉中蔣經國與章孝嚴俱找不到自己的母親，身世永遠成爲內心深處亙古的謎團，而〈童年故事〉的「我」在經歷眾多女子之後，也不禁要說：「對我這樣的男性，終其一生，都希望回到母親身邊。」無獨有偶，同樣被視爲台灣後段小說的佼佼者黃凡〈賴索〉和張大春〈將軍碑〉，亦都以母親之死象徵一個理想年代的結束，由此「母親」在台灣八〇年代政治小說中的象徵意義頗堪玩味。

不過，失落、感傷、虛無之餘，平路顯然也警覺到在迷宮打轉的困境，於是隨著筆下女性角色的日漸浮出，原本面目模糊、尋之不可得的「母親」，越來越清晰可見，甚至取代了〈玉米田之死〉中那份縹緲的土地想像，以及〈在巨星的年代裡〉疑惑的自問：「我的心裡依然絕望地想著那片土地嗎？」換言之，平路終於找到一個比較不虛無的方式去爲故鄉／身世解謎，「她」們不再是〈是誰殺了×××〉中沒有個性、被動等待的蔣母和章亞若，也不再是《捕諜人》中女作家苦苦追索，卻難以捉摸的金太太，或是〈在巨星的年代裡〉那個冷漠寡言的巨星。「她」們已經成爲足以開口講述自己的故事，甚至進而駁斥、顚覆男性話語的女人⓳。於是當平路拋開男性敘述的偏限，找到了「她」這一把確切的鑰匙進入九〇年代，這些女人們就再也不被動的等待男性找尋，而是走到台前，以自己的方式開啓了另一種言說的可能。

如果說平路小說中的男性，都在建構一個封閉自足、具有終極意義的世界，那麼，女性則在扮演開啓分岔、劃下問號的缺口，以書寫的歧義去導向另一個不可測知的深淵。這點在張系國與平路合寫的《捕諜人》中明白凸顯，小說由他們兩人相互往來的辯詰串成，而在男作家的「全文完」之後，平路偏又要借用艾略特的詩句說：「終點又是我的起點」，因爲謎題尚未解理！生者仍要繼續追索下去，小說永遠也不會寫完。這說明了平路雖然多半化身爲男性的「我」在小說中出現，但目的卻都在於自我解構，以瓦解這一男性「作者」的聲音，而也由此展現台灣小說家少見的針對書寫行爲的反省與自嘲。這些苦苦沉迷於書寫文字的男性，不免使人聯想到朱天文《荒人手記》中書寫不休的「荒人」，以文字刻鏤存在，字亡則城亡，但平路恰是反其道而行，以書寫反書寫，以文字開啓存在之疑惑，故字在城亡。〈午夢五闋〉中的「我」堪稱平路筆下男性的縮影，「我」不顧妻子孩兒，經年伏案寫作，最終卻發現紙上竟然空無一物，平路正是要以語言見證語言的虛無。

相對於執著文字的男性，女性則一直逸出敘述的軌道之外。〈是誰殺了×××〉的女主角推翻男導演所編寫的劇本，上演一齣與章亞若結局相反的戲中戲。〈人工智慧紀事〉中男科學家創造出來的女機器人，最後卻殺了科學家，以完成自主的生命與愛情。而在一系列以「錄」爲名的小說中，平路更進一步透過後設技法討論書寫的意義。她化身爲男作家，又在小說中創造出一個女主角，顛覆男性自以爲是的書寫威權。譬如〈愛情備忘錄〉中男作家要筆下的女主角「關注歷史的大方向」，不應「自外於這宏大的視野」，卻遭到女主角反唇相稽是「虛張聲勢的修辭法」，在「自以爲的善意之中，可能有明目張膽的殘忍！」〈烽火隨想錄〉的男作家「我」，則提醒筆下發現丈夫姦情的女主角，「應該站出來，挺身爲不合理的事情抗議」，但女主角卻在烽火漫天的世界中自有其「小小的秩序」，以抗拒弱肉強食的現實。〈禁書啓示錄〉女主角是「禁書」的發現者，開始字彙歧義的書寫。〈手稿〉一篇平路亦借用相同模式，女主角顏玉急於尋找過去的手稿，而男作家「我」卻選擇了一個與過去完全無涉的現在，於是「我」透過顏玉回溯過去，才驚覺：「我們都已經遺失了部分的自己，……記憶裡熟悉的世界，早已經離我們而去。對我們來說，這一輩子，都必須跑得更遠、與幸福隔絕，不再回到當初的記憶裡來。」[20]

長篇力作《行道天涯》自不例外，不但承繼上述的模式，更擴而大之，企圖從宋慶齡的角度瓦解中華民國偉大的革命史，以及裝腔作勢的男性政治語言。全書分成孫文、宋慶齡和S的小女兒「我」三條軸線來進行。孫文恆處於一前瞻的位置，爲了政局的沙盤推演而花白頭髮，因中國的未來而憂心忡忡，就在反覆估量政權的利弊得失之際，孫文的肉體也隨之蒼老腐朽。相對於孫文的前瞻，宋慶齡則以回顧的姿態出現，她鄙夷權力鬥爭，菲薄歷史，對她而言，「政治是虛擲了精力的迷航」，而眞正的生活乃存在肉體情愛的記憶裡。至於S的小女兒「我」，則扮演拼圖者和解謎者的角色，但「眞相埋在一堆纏繞的謎團裡」，令「我」不禁益發迷惘。而「我」即將與迷戀東方的外國男友辛遜結婚，滿足男友的「中國」想像，但「我」卻在婚禮前夕不斷想起宋慶齡的葬禮——「家庭」固然令人嚮往，又何嘗不是爲愛情送葬的「靈堂」？故對比於辛遜對婚姻的期待，「我」卻越來越疑惑家的意義何在。於是平路藉由兩個女人的回憶與探索，揭露了男權世界深沉的惰性，相形之下，女人卻總是離規範越行越遠，朝無邊的記憶奔去，展延出一座歧路處處的花園[21]。

三、傷逝的周期

當孫文殫精竭慮操作政治和歷史之語彙時，在一旁的宋慶齡卻已清楚意識到「這世界終於是一片荒涼」。這一張愛玲式的「荒涼哲學」，未嘗不是顛覆男性國族論述的最有力武器。若以此再讀〈百齡箋〉，宋美齡幾乎是平路小說中唯一執筆的女性，當她渴望藉由義正辭嚴的語言與時間抗衡之時，卻只更加證明了文字的牢寵、權力的荒蕪與時間的無法倒回。至於平路近作〈血色鄉關〉，其中擔任情報工作、對抗戰歷史念茲在茲的丈夫，不也是要藉由老七（老妻）之口，才揭示了現實的虛妄？故平路以書寫反書寫，目的在拋出問號，而不是封閉的句點——這故事沒有完！在《禁書啓示錄》短短的自序當中，平路就插入了數個括弧黑體字，劃出的淨是問號——（有什麼意義？）（很可懷疑!?）最後結束在（是些什麼？）上，開出了一個注定殘缺未明的世界。矛盾的是，書寫之意義既被否定，書寫的熱情和執著又要從何而來？平路必得要在其中開出一條新意。

在〈傷逝的周期〉一文中，平路討論張愛玲作品與經驗的母女關係，指出：女兒一方面在意識的層次必須接受母親逝去，一方面在心理上又必須排拒這件事，此一種「曖昧的矛盾」（ambiguity）恰恰可以激發出藝術方面的表現，所以越是清楚母親在現實壓力下可能落空的本質，越是要透過寫作，以完成自己傷逝的周期（the completion of a mourning cycle），故「對女作家而言，其實，寫作一直就與尋找『出路』的內心需欲密不可分。」[22]寫作既在尋找「出路」，以喚起記憶與生命底層最初的欲望，到了最後則是要取消慾望，以便更接近慾望本身，成為回歸並實現自我的一種方式。法國女學者埃蓮娜・西蘇（Heléne Cixous）便將女性書寫定義為體內原始愛欲之迴響，它乃是一種母親的聲音（the Voice of the Mother），充滿了全能與慈悲的愛，主宰著前伊底帕斯情結嬰孩期的幻想，它是在法律誕生、權力分裂語言之前的一首頌歌，也是最深層、古老的天惠。而透過記憶與遺忘的協助，女性可以不斷重新閱讀／書寫一本書，由另一個角度、另一角度以及其他角度，並在閱讀中發現寫作乃是無盡的、永久的、不朽的，寫作或上帝，上帝之寫作，寫作之上帝，由此通往一開放性文本的愉悅，最後臻於永恆㉓。由此看來，平路小說中歧路花園的開啓，以及「括弧按語」（parenthetical expression）的大量使用，不僅是後設小說藉以摒斥「完整架構」迷思的一個方式，藉由一種聲音的並列（juxtaposition）打斷小說的「敘述」，更是如同架構底下一顆顆發芽的種子，掙扎著要突破敘事的間隙，打碎語言的邏輯。

我們尤其在平路九〇年代的小說中，看見世界末日來臨之時，女性情慾反倒更加迸發茁壯。譬如〈天災人禍公司〉的女人在電視災難畫面下，得以重溫情愛的舊夢。〈烽火隨想錄〉的女人在波斯灣戰爭的新聞陪伴中，跪在地毯上安靜的為葉片打蠟。《行道天涯》的宋慶齡更在經歷孫文的革命事業後，唯一能夠記憶的只有情愛。而〈百齡箋〉中的宋美齡在走過二十世紀風雨中國，到頭來也發覺唯獨丈夫的情愛才有意義。還有〈暗香餘事〉中九二一震災後，記憶死去丈夫氣味的女人，以及〈血色鄉關〉的老七，只關心情報喋血戰中川島芳子的情愛生活。於是一個國家崩頹了，城池傾毀了，女性仍然以情愛的記憶存活下來。這不免又令我們想起張愛玲的小說，那些傾國傾城的佳人們何嘗不是在漫天砲火之中，笑吟吟的站起身來，將蚊香煙盤踢到桌子底下去，而在世紀末的斷瓦頹垣裡，也唯有她們在天涯海角夷然的活了下去。

而平路又何嘗不是以此來解決後現代面臨的死胡同：當一切的大論述都瓦解了以後，那麼到底還剩下些什麼？答案可能又得繞一大圈，回到一個人類最古老的主題：愛情。愛情或被批評是落入陳腔濫調的桎梏，但當信仰、眞理以及祖國都一一瓦解之後，平路毋寧還是願意相信愛情的拯救力量，它的陳舊，卻也可能暗示著一個新生的契機。若以此觀點回顧她早期小說（如〈玉米田之死〉、〈在巨星的年代中〉等）的主人翁們，與其說他們被異鄉所困，還不如說是被痛苦的婚姻所困，鄉愁與愛情的缺乏，竟已成爲一體兩面之事。因此，平路在〈世紀之疾〉特別要點出：「想像力的枯涸，就是讓愛情一步步走向死亡的淵藪」，而在一個惡俗的時代來臨之際，我們都將死於愛的缺乏，至於唯一能夠實踐愛的族裔，卻要遭到集體滅絕的命運。

透過愛與慾的伸張，平路更要指出的是男權世界的惰性，正來自於愛的能力的喪失。從〈郝大師傳奇〉的郝大師、〈人工智慧紀事〉的科學家，到其後的孫文、蔣介石，甚至以情愛爲主題的《凝脂溫泉》的男人們：電台婚姻愛情專家、留美學人、政客等等，莫不陷溺在現實中虛幻的權勢與利益糾葛，而忘記了肉體所曾經記憶過的最眞實的感動。然而這些被現實阻絕的感動，卻被女人記憶了下來。《行道天涯》以浸泡在浴缸裡的宋慶齡，暗喻浸泡在時間記憶裡的女人，回想自己一生最寶貴的終究還是情愛，而記憶便是這情愛唯一的容器。〈百齡箋〉的宋美齡亦是到了最後方才了悟：「在這個冰冷的人世間，除了丈夫的恩寵，任何人對她的生活原來毫無裨益！」而《凝脂溫泉》所刻劃的三個困守在都市公寓中等愛的女人，心中神秘奔放的情感世界，也早已突破了冰冷的水泥磚牆。

無奈的是，平路筆下的女人多半獨自面對記憶的深淵，她們被困鎖在浴缸中，困鎖在公寓中，困鎖在文字牢籠中，困鎖在男人的敘述中，到頭來甚至必須依靠男人的情愛來救贖。但情愛不在當下，只活存在遠古的記憶裡，就彷彿是現實中永遠缺席的母親一樣，已被冰冷的時間封鎖起來。因此，若借用平路自己的話來說，平路也無異是在完成一個「傷逝的周期」——女人一方面在意識的層次必須接受愛情逝去，一方面在心理上又必須排拒這件事，此一種「曖昧的矛盾」恰恰可以激發出藝術方面的表現，所以越是清楚愛情在現實壓力下可能落空的本質，越是要透過寫作，以完成自己「傷逝的周期」。由此看來，〈愛情備忘錄〉一篇足堪玩味。小說中作者分裂為兩個聲音：一是男性，隱喻現在；一是女性，隱喻過去。結局卻是：

> 我懷疑她會愈漂愈遠，夜色裡，她的倩影在波濤中愈縮愈小。於是我焦慮地極目張望；正像一塊偌大的土地，對一個小島的召喚——我還抓得住她嗎？不，我絕不能夠放走她！我承諾過……給她一幅幸福的遠景。喔，我多麼愛她，這瞬間，我忍不住把唇齒重重地壓下去。㉔

這與〈血色鄉關〉中情報員勒斃妻子老七的結局，如出一轍。當過去再也不能回來，愛情永恆失落之時，男性只好選擇以雙手把女性結束，作為全文完的句點。「百年離別在須臾，一代紅顏為君盡」，平路雖為女性書寫賦予了最純粹的意義，但也在無形中點染出女性的宿命與困境。

結語

在平路的小說中，女性往往代表的是記憶與過去，她們總在提醒善忘的男人們：是否忘記了、錯過了什麼？並以此召喚體內原始的最初情感，一種母親的聲音。於是平路以書寫反書寫——在言詞氾濫、意象如霏霏霪雨的後現代社會，語言已經形同一場瘟疫，但平路卻是要以語言來破除語言的魔障，並透過女性視角找到歷史敘述的罅隙，帶領讀者回歸到起始之時那一純粹的原點，也因此她追溯台灣身世之謎，而台灣其實早就陷落在一座充滿歧路的象徵花園中，一往不返了。故平路以寫作小說來喚醒過去，喚醒體內沉睡已久的記憶，喚醒得了歷史失憶症的台灣。在二十世紀過去，二十一世紀的下一輪太平盛世來臨之前，平路的小說紀錄企立在世紀之交的女性位置，無異是獻給台灣讀者的「備忘錄」。在此容我引朱天文〈世紀末的華麗〉末了一段文字作結：

> 湖泊幽邃無底洞之藍告訴她，有一天男人用理論與制度建立起的世界會倒塌，她將以嗅覺和顏色的記憶存活，從這裡並予之重建。

——二〇〇二年四月，選自聯合文學版《情慾世紀末》

註釋

❶見《捕諜人》頁二〇七：「我從來不妄想當創造者，我甚至不認為小說家是創造者。或許我適合做個解謎的人，在潛意識裡，我更寧願它持續是未解之謎……」

❷參看拙作〈我是誰?!——論八〇年代台灣小說中的政治迷惘〉一文對八〇年代台灣政治小說從鄉土論戰進入後現代的轉折。

❸見王德威〈國族論述與鄉土修辭〉與〈原鄉神話的追逐者〉二文的討論。

❹見柏右銘〈台灣認同與記憶的危機〉頁二三三，但文中雖列舉平路〈玉米田之死〉，卻沒有進一步加以討論，殊為可惜。至於「危機」一詞是否恰當，仍可斟酌。

❺見《後現代歷史學》頁二三和二四一引述懷特（H. White）的史學觀。

❻參見葉石濤《台灣文學史綱》頁一五〇：「一進入八〇年代，鄉土文學的名稱已被丟棄，改稱為台灣文學，呈現了多元和嶄新的面貌。」及陳芳明〈後現代或後殖民——戰後台灣文學史的一個解釋〉一文。

❼見王德威〈國族論述與鄉土修辭〉頁一六四的討論。

❽見 Homi Bhbha. Nation and Narration. p.3 及 pp.291-322 的討論。

❾見〈玉米田之死〉，收於《禁書啓示錄》頁六十。

❿王德威〈想像台灣的方法——平路的小說實驗〉頁二〇，以為「台灣奇蹟是對美國奇蹟的不完善的翻版和模仿」，並且「威脅美國在二十世紀世界作為對真理與權力的位置。」

⓫見〈台灣奇蹟〉，收於《禁書啓示錄》頁一一七。文中並特別強調台灣的失憶症狀：「與其他各地的人們比較起來，台灣人的記憶最短暫」，故「因果關係不再存在，過去與未來不一定發生關聯。」

⓬見 Ernest Renan. "What is Nation" 一文。

⓭見〈在巨星的年代裡〉，收於《禁書啓示錄》頁九八。而朱天心〈古都〉也同樣借用《台灣通史》這段話以為今昔對比之感慨。

⓮見〈午夢五闋〉開頭語：「猶豫難決的是，這一闋一闋擬似的夢境，究竟獻給我心愛的波赫士？還是獻給我癡情的卡爾維諾？」收於《紅塵五注》頁一五二。

⓯見卡爾維諾《給下一輪太平盛世的備忘錄》第五講〈繁〉的討論。

⓰見《百齡箋》頁七。此處即用波赫士「歧路花園」之典故。

17 見〈虛擬台灣〉，收於《禁書啓示錄》頁一一六。而平路小說中的間諜或偵探，正都在扮演此種角色。

18 見〈童年故事〉結尾：「直到有一天，一個接一個的故事之間，我預感到自己最害怕的終於發生，就在一去不回頭的時光裡，虛構的故事……竟然消溶了我真正的童年……」，收於《百齡箋》頁三五。

19 梅家玲〈「她」的故事——平路小說中的女性．歷史．書寫〉一文對平路如何由「他」的故事走向「她」的故事，有詳盡的分析。

20 見〈手稿〉，收於《百齡箋》頁一二三。而《百》書所收之小說皆以男／女對峙來討論「書寫」的主題。

21 《行道天涯》頁二一六，便以「丈夫愈來愈墜落入那種深沉的惰性之中」，相對於宋慶齡「一旦離棄了原有的規範」，「只會走得愈來愈遠。像她，從來不可能再回頭！」

22 見平路〈傷逝的周期〉頁二三八之分析。

23 見 Toril Mor: *Sexual / Textual Politics.* pp.102-126。

24 見〈愛情備忘錄〉，收於《百齡箋》頁七十七。

參考書目

王德威，〈國族論述與鄉土修辭〉，《如何現代，怎樣文學？》，台北：麥田，一九九八，頁一五九～一八〇。

——，〈原鄉神化的追逐者：沈從文、宋澤萊、莫言、李永平〉，《小說中國》，台北：麥田，一九九三，頁二四九～二七八。

平　路，〈血色鄉關〉，陳義芝編，《八十九年小說選》，台北：九歌，二〇〇一，頁一九五～二一四。

——，《凝脂溫泉》，台北：聯合文學，二〇〇〇。

——，〈傷逝的周期——張愛玲作品與經驗的母女關係〉，楊澤編，《閱讀張愛玲國際研討會論文集》，台北：麥田，一九九九，頁二二一～二三四。

——，《紅塵五注》，台北：聯合文學，一九九八。

——，《百齡箋》，台北：聯合文學，一九九八。

——，《禁書啓示錄》，台北：麥田，一九九七。

——，《行道天涯》，台北：聯合文學，一九九五。

——，《捕諜人》，台北：洪範，一九九二。

伊塔羅・卡維諾（Italo Calvino），吳潛誠譯，《給下一輪太平盛世的備忘錄》，台北：時報，一九九六。

柏右銘（Yomi Braester），黃女玲譯，〈台灣認同與記憶的危機——蔣後的迷態敘述〉，周英雄、劉紀蕙編，《書寫台灣》，台北：麥田，二〇〇〇，頁二三三～二五一。

郝譽翔，〈我是誰?!——論八〇年代台灣小說中的政治迷惘〉，《中外文學》第二六卷第十二期，頁一五〇～一七〇。

梅家玲，〈「她」的故事——平路小說中的女性・歷史・書寫〉，《性別論述與台灣小說》，台北：麥田，二〇〇〇，頁一七三～二〇八。

陳芳明，〈後現代或後殖民——戰後台灣文學史的一個解釋〉，周英雄、劉紀蕙編，《書寫台灣》，台北：麥田，二〇〇〇，頁四一～六四。

葉石濤，《台灣文學史綱》，高雄：文學界雜誌社，一九九三。

凱斯・詹京斯（keith Jenkins），江政寬譯，《後現代歷史學》，台北：麥田，二〇〇〇。

Bhabha, Homi, "Introduction: Narrating the Nation." *Nation and Narration.* New York: Routledge. 1990. pp.1-7.

______."Dissemination: Time, Narrative, and the Margins of the Modern Nation." *Nation and Narration.* New York: Routledge. 1990. pp.291-322.

Moi, Toril. *Sexual / Textual Politics: Feminist Literary Theory. London* ： Methuen. 1985.

Renan, Ernest. "What is Nation." Homi Bhabha ed. *Nation and Narration.* New York: Routledge, 1990. pp.8-22.

李癸雲：往回長大的小孩

——從孩童角色的運用論蘇紹連詩中的成長觀

李癸雲

台灣台南人，1971 年生，台灣師範大學國文研究所博士，現任政治大學中文系助理教授。著有詩論集《與詩對話——台灣現代詩評論集》、《朦朧、清明與流動——論台灣現代女性詩作中女性主體》等。曾獲南瀛文學獎、台北文學獎新詩評審獎、師大人文學術研究獎、台灣文學研究第二名等獎。

我給孩子一支鑰匙，去開啓世界各地的盒子。然而，唯一能開啓的，只有我那生命的盒子。孩子問我：「盒子裡面裝的是什麼？」我才醒悟：裝的是我老去的童年啊！

（蘇紹連〈盒子〉，一九九七，頁四四）

一、前言

佛洛依德（Sigmund Freud,1856-1939）和拉崗（Jacques Lacan,1901-1981）在兒童主體性的建立上提供了心理學家普遍運用的理論。佛洛依德的「伊底帕斯情結」（Oedipus Complex ）首先揭示兒童人格的形成與其對父母的敵意和慾望有很大關係；拉崗更以「鏡像階段」（The Mirror Stage）來說明幼兒（六～十八個月）對自我形象的確認，之後則以「伊底帕斯情結」三階段的變化來論述兒童（五～七歲）由想像界（以爲自己即是慾望的供需者）進入象徵界（因接受父親權威而認同外在秩序，進而建立自我主體性）的過程。根據這樣的精神分析學理論，兒童在「伊底帕斯情結」的階段發展中所形成的心理機制和人格雛型，對他日後是否具有完整的人格有重大關係。發生認識論及兒童心理學家皮亞傑（Jean Piaget,1896-1980）也認爲兒童的智力結構、身體圖式和主體意識形成於兒童的主體與客體的相互作用所產生的活動過程之中（杜聲鋒，一四五）。

從這些理論角度來觀察兒童的成長經歷，揭示了兒童對自我生命的定位來自於對外在客體的調整。肯定外在秩序——文化、法規、傳統、語言等一切現象的秩序——是塑造孩童成爲什麼樣的人的重要因素，甚至是唯一因素。如此說來，是外在的客體成長了孩童的主體，使孩童擺脫愚騃、破碎的自我想像，進入理性、完整的社會角色扮演。這也是各個社會教養孩童的主要觀念，成人以社會共有規矩來使一個小孩「長大成人」，讓孩子適應社會的運作方式，並教他們學習各種事物的知識，進而探索事物底下的眞相。

然而蘇紹連卻在詩中透露了另一種「成長」的觀念。他頻頻起用兒童來當作詩中的角色❶，並以成人的角度看待他們與社會的關係，一再刻畫社會秩序是使他們萎縮的原因。如〈童年最後的野餐〉一詩：

小女孩的媽媽用一把銀亮的刀子剖開一塊全麥麵包，反覆而無聊地塗抹鮪醬。小女孩的爸爸正煮著一壺咖啡，水已沸騰，咖啡豆在做最後掙扎。小女孩仍在陽傘下抱膝蹲坐，想像自己是一隻萎縮的蝦子。

從黨部派來的螳螂和蟋蟀終於把爸爸媽媽和另外那些人的影子剪得支離破碎了。只有小女孩能帶著自己童年完整的影子，並撐著黃色的陽傘走向遠處的山坡，和那群小黃菊站在一起，仰臉迎著落日餘暉，遙想未來的日子。（一九九七，二一七）

詩中的成人是「反覆而無聊」和「做最後掙扎」，似乎是陷入某種困境，所以他們的影子被具有強力前肢的螳螂和蟋蟀剪得支離破碎：完整人影被草地上生物秩序的嚙食而顯現浮動殘破的樣子。只有小女孩的童年影子是完整的，與她爲伍的全是黃色系的景物，一方面佈置柔和的視覺效果，讓人感覺童年的美好柔弱，一方面暗示了小女孩童年與夕陽同步即將走入黑暗。小女孩的主體在童年的最後野餐的想像中是「一隻萎縮的蝦子」，相對於「茁壯的大樹」的一般成長觀念。

蘇紹連在許多詩中也一再表達未進入成人象徵秩序的狀態是純眞、完整、美好，彷彿自給自足的桃花源，而不得不進入之後，自我反而被支解破碎，而主體性也被壓抑，無法伸展。這樣的書寫傾向普遍運用於其有孩童角色的詩中，形成蘇紹連以詩關懷生命現象的一種特殊視野。

蘇紹連喜用孩童形象來入詩，除了長期任教於國小的背景，也因爲孩童的形象具有特定的生命階段意涵，他藉由此種意涵來對比他所欲批判的社會現象、來戳破成人世界的僞裝、甚至表達自己對生命的深層挖掘。這些是屬於成人的知性書寫，並非借用孩童的眼光和語氣來觀看世界，而呈現如童詩般的稚氣可愛的書寫❷。讀者可以窺知蘇紹連在選用孩童角色寫詩時，有其複雜而深刻的書寫用意。本文無意進行佛洛依德和拉康的兒童主體理論的批判，由於蘇紹連詩中兒童角色的獨特表現，引起筆者觀察的興趣，欲從蘇紹連詩中的孩童形象來層層探究蘇詩對於生命成長觀念的獨特探索。

二、成人世界的逆成長

蘇紹連詩中最普遍的觀察角度就是孩童是成人社會的受害者，或者說成人社會蒙蔽了孩童的自我、污染了原始本性。他刻畫整個成人社會秩序的猙獰，來對立出孩童的軟弱無力。這種成人／孩童、污染／被污染、施暴者／受害者的二元對立普遍出現於其詩，可以看出蘇紹連對社會現象的強烈批判，也可以由其涇渭二分的意識型態，觀察其對生命成長的看法——社會秩序是吞噬者，而不是學習成長的培養皿。那麼長大，不是意謂著主體的獨立自主，而是主體受挫、倒退甚或失去自己。

在《童話遊行》（一九九〇a）〈三代〉詩裏，蘇紹連對應著台灣政治社會的演變，刻劃出第一代面對的是專權的禁錮，第二代是政治亂象，到了第三代，蘇紹連以詩句回到童年，努力找地方來藏住童年，不讓童年往前發展，讓生命停留：

我尋不到一個安全的地方，
這裡，都被政治的手翻過了，
這裡，一切都是赤裸裸的，
時間就要來了，
童年，我怎麼藏你？（一五一）

童年需要躲藏，可見外在環境之惡劣，那麼究竟童年害怕的內容是什麼：

我害怕，那知識的帽子
戴在你寬闊的額上；
我害怕，那感情的面具
罩在你稚氣的臉上；
我害怕，那文明的衣裳
穿在你純淨的肌膚上。（一四九）

知識、感情和文明竟都成了污染源，如果孩童不學習這些東西，如何能長大而後參與社會運作規則呢？如拉崗所言，鏡像階段雖然展開主體形成的前景，卻並未使主體出現，嬰兒於此時所找到的自己，只是一個幻象或想像。他必須在後來的發展中從想像界進入象徵界，也就是從想像的主體過渡向眞實的主體（李幼蒸）。換言之，如果沒有這些「文明的污染」，孩童仍會停留在嬰兒時期的自我想像裡，沒有主體性，沒有眞實的自己。這首詩反而表達了成長過程的蒙蔽性，認爲所謂眞實的自己是自始即存在，時間繼續往前走，那眞實本性反而會被遮掩。

蘇紹連並不認爲原始本性被遮蔽是自我想像階段的結束，並不認爲「幻滅是成長的開始」，更不以爲痛苦的抗拒是成長必經的過程。相反的，他根本認爲成長進成人世界是一種倒退，是逆成長，〈衝升〉就具有這種反諷性：

> 守電梯的女孩注視著半透明的玻璃門外上上下下的人群，覺得那些人是一種溶入溶出而近乎泛光的形體，又近乎發毛似的一種輪廓在交疊而消失。女孩禁不住喃喃自語：「玻璃門是一面放大鏡麼？」女孩的母親走來對她說：「孩子，它更加使妳覺得人生模糊啊。」
>
> 然而，女孩終於走入門的玻璃裡，通過一排箭頭指示燈，以告別的姿態往上衝升，衝升，衝升才能進入模糊裡。電梯墜——下——來。（一九九〇b，三四）

守電梯的女孩站在玻璃門此端，納悶彼端人群既像發光體又像彼此消融的形體，人生究竟是要漸漸發亮，還是彼此掩蓋交疊、然後光芒頓失而消滅。位於中間屏障的玻璃門給女孩一個旁觀的角度，區分了成長與童稚的世界。玻璃門外全是不眞切的實體，女孩誤解了門的作用，如同誤解了成長的意義，她放大了迫切參與人生的想法。女孩的母親在詩中似乎扮演智者的角色，提醒女孩玻璃門的區隔是個陷阱，它模糊了人生眞相，然而女孩母親對女孩由門外走入門內卻無力勸阻。女孩終於加入人群，成爲模糊的形體之一，她以爲那是一種衝升，事實上卻是墜落。此詩不僅反諷出人生的衝升其實是墜落，更暗示了人的主體由完整到模糊、消失的生命過程。

蘇紹連以如此悲觀的態度來書寫成人世界，並指出成長對生命的戕害，主要在於他對現實社會諸多現象的不滿，而他以爲這些現象的肇始全來自成人，蘇詩因此找到孩童角色作一對照點，來展開其批判，以及隱含其對孩童的關懷。如蘇紹連在關切台灣快速的由農業社會邁向工商業社會過程中的環境污染問題時，〈芽〉一詩便以孩童遊戲的無邪來對照工業污染的猙獰：

> 工廠裡，在地上斜列交錯的幾十條煙囪影子之間，有一個穿紅裙的小女孩獨自玩著跳方格的遊戲，而幾萬條黑煙的芽從四周竄升起來。一會兒，芽生長得巨大無比，把天空遮蔽到只剩煙囪口那麼小，小女孩抬頭一望，就跳入天空裡，再也跳不出來了。……（一九九〇b，二六）

此詩以戲劇化的演出化無形爲有形，我們似乎看到了小女孩被工廠黑煙困住的實景，生動的想像佈景，誠如陳義芝所言，蘇紹連詩的特色：「不在於敘述什麼，使你知道；而是透過視、聽的詩境，使你能身歷般感覺」（一一四）。以穿紅裙小女孩與幾萬條黑煙並置，不僅在視覺上有強烈的對比效果，孩童的美好可愛被工業污染包圍、吞噬的對立也更加突顯。孩童受社會的影響非常大，影響的痕跡也顯而易見。孩童的行爲表現，幾可看出整個社會的發展情況，因爲他們尚無自主能力地照單全收了環境的一切。蘇紹連慣用戲劇結構來佈置驚悚的意象，這種手法用在孩童被殘害的主題上，更令人怵目驚心，〈電視機〉便上演了這樣一齣悲劇：

……我終於在那小孩的眼睛裡看到一架深黑色的電視機，而在流著淚的畫面上走動的，是許多失明的小孩啊！（一九九〇b，二四～二五）

詩人以主客地位的重疊交錯，刻畫孩童視聽被混淆、剝奪的情況。孩子眼睛裡有一架電視機，而電視機流著眼淚，因爲電視畫面上有失去眼睛的小孩。孩子們失去了他們的眼睛，由電視來取代了他們流淚的能力。文明資訊的氾濫，盲目了現代人的心靈，蘇紹連選擇以最無抗拒能力的孩童角色來作爲他批判的立足點。困在天空裡的小女孩和失明的小孩都表現出蘇紹連以詩裡的孩童遭遇來抗議外在現象對生命發展的壓制和戕害。

孩童是被擺佈的角色，是迫害行爲的受害者，似乎成了蘇紹連詩中的特定書寫情結。詩中一再表達成長是污染的過程，孩童如果總是不得不成長，就不得不步入污濁灰暗的生命場域。這種書寫情結以〈魚拓〉、〈布娃娃〉和〈調色板〉三首詩表現最強烈：

……我從簍子裡取出一條魚，在牠光溜溜的身上塗一層淡墨，抹一層濃墨，當塗到牠的頭部時，發現牠睜得圓圓的眼球湧出了淚水。「是小孩嗎？」我爲牠鋪蓋棉紙，輕輕拍壓，直至牠的全身都拓上棉紙。我慢慢掀開棉紙，一看，那潮濕的墨痕，竟然是小孩的

身形啊！（一九九七，一四八）

老師說：「他是純眞而無色的布娃娃，大家來練習塗色吧！」小孩不知感染的力量，長大後仍很認眞地任人塗色——愈塗愈黑啊！（一九九〇b，七八～七九）

小孩哭著說：「我把爸爸酒後的紅色臉龐，媽媽濃粧後的藍色眼影，老師生氣時丟過來的白色粉筆，同學間惡作劇的黑色面具，……等混合以後，怎麼變成了灰濁的顏色？」我拿開調色板，說：「可憐的小孩，你受了污染。」（一九九七，二三）

小孩變形爲死去的魚，那光裸的身子被墨色塗抹，然後拓上棉紙，成爲定型的魚拓。魚眼的淚水和那潮濕的墨痕都暗示了蘇紹連書寫時的情感佈設，他以淚水的悲哀來看待孩童被社會擺佈的現實。換言之，蘇紹連以其成人的眼光來固定孩童的成長形象——被抹黑、污染的客體，沒有自主性。這書寫眼光在〈布娃娃〉和〈調色板〉表現得非常明露，以物象爲比喻，說明了孩童角色的被動性和外在世界的污染。

〈布娃娃〉和〈調色板〉同時也關切到了蘇紹連向來注意的兒童教育問題。加諸於孩童身上的知識教養，事實上是違反生命自然本質的虛僞外表。老師也成了污染的始作俑者，孩童接受了教育，一輩子認同教育給予的道理，反而是心靈持續被污染的原因。詩中否定了教育居於教導的崇高、唯一的帶領地位，認爲孩童在教育制度下，失去眞我，如同被牽制的布娃娃。〈獸〉是蘇紹連表現成人／孩童，施暴者／受害者等二元對立最具代表性的一個詩例：

……教了一整個上午，費盡心血，他們仍然不懂，只是一直瞪著我，我苦惱極了。……
……我竟變成四隻腳而全身生毛的脊椎動物，我吼著：「這就是獸！這就是獸！」小學生們都嚇哭了。（一九九〇b，一一～一二）

天眞純潔的孩童是在老師暴露獸性而了解「獸」的，在他們的眼裡，憤怒、無耐心又暴躁的老師即是「獸」活生生的最佳註解。強加於身的教育方式，對孩童無異是揠苗助長的要他們遠離自然生長，以認識「獸」的醜陋內涵快快進入成人世界。在這種外在環境的催促下，孩童必然會失去其原本的純眞本性。已是成人的老師，露出眞實樣貌的獸形象，正呼應成人世界退化生命進程的觀點，使人由直立行走的智人，「變成四隻腳而全身生毛的脊椎動物」。

在〈芽〉、〈電視機〉、〈魚拓〉、〈布娃娃〉和〈調色板〉等詩中，蘇紹連交錯變形了物象和孩童形象，使兩者彼此比喻說明，這也可以看出其有意物化孩童的生命來指出成人世界的畸型教育。因此，除了上面幾首詩所直接討論的成人世界對生命的污染和壓抑，蘇紹連也有一些詩間接由孩童的形象變異來反映外在社會亂象。孩童就像一面鏡子，由於嶄新光潔，可映照出社會更完整、更眞實的形象。蘇紹連在詩中以孩童角色作爲放在社會現實裡的中心鏡，聚集多方反射來的影像，組合成整個社會的樣貌。《童話遊行》有一組詩〈台灣鄉鎭小孩〉，以十四首詩敘述了十四個不同成長環境裡的孩童生命型態，來反映八〇年代末期的台灣鄉鎭社會問題。詩中孩童形象都是沉重、充滿無力感而黯淡，並有數首以物化的手法來表現出孩童人格發展和主體認同，如第五、六首：

（1林宇彥：成衣加工區富商的兒子，就讀於某大學附屬小學三年
級。其母親嚴厲好勝，常要求孩子事事不輸人。）

小孩穿著西裝樣式的紅色制服
在校園的樹林裡疾走。地上的落葉
仰望著樹梢，曾棲息過的地方
又冒出嫩綠的新葉，是他的弟弟。
……

（6何薇雲：家開理髮廳，父親曾妨害風化。理髮廳數次更換店名。）
……
小女孩去瞧鏡子裡的自己，黑色的髮
在燈光下集合，解散，集合，解散……
和今天在操場上排練隊伍一樣。

那些爸爸、伯伯、叔叔喚著她的名字
她從鏡中轉過身來。躍起
一隻暹羅貓，跳入
一個接一個的男人眼裡，最後才逃走了。

林宇彥的案例中，小孩是那棵大樹萌生的葉片，大樹的視野過高，葉片被定位的高度只能仰望。於是，林童在校園疾走如落葉，是離枝自棄（或被棄）的存在。小孩走出父母期望，只能飄蕩如落葉，而那高聳的位置仍有新葉在持續被期待……。何薇雲在理髮廳曖昧的環境中審視自己的形象：由紛亂的髮式變化進入成年男子的觀看中，最後變形成一隻被耍弄的可愛暹羅貓，逃走。落葉的生命表現的是孩童在成人過度施肥中枯萎，寵物貓則是孩童對自我主體認同的誤解，因此這兩個詩例表現了成人世界對孩童成長的逆折和誤導。

蘇紹連不僅表達社會現象在污染孩童、逼使孩童失去自我，同時指出縱深的歷史也令孩童卻步不前。整本《茫茫集》都縈繞生命的困惑蒼茫感，其中〈茫的微粒〉第九首就表達了父權陰影籠罩下的生命，是如何令人質疑：

> 我們要問——爲何我們會停留在這古蹟裡
> 沒句話可表白我們曾是石像陰影下的孩子
> 我們要問——爲何我們長大了
> 還看見我們的父親用槍聲在石堆中雕刻著可憐的藝術
> 我們遠遠的站著。……（一九七八，六四）

當「我們」是石像陰影下的孩子時，無言且無奈，歷史不得不被繼承，當「我們」長大了，歷史也不曾改變，戰爭持續進行，於是「我們遠遠站著」，不願意加入。甚至在帝王古蹟的光芒「自天空灑在亂石上，我們驚退了幾步」（六五）。往後退到哪裏？再退回懵懂無知的孩童時期，再由象黴界的秩序退回想像界的愚騃？蘇紹連詩中刻畫的是生命本質的悲劇性：生命是一再重複的，歷史被繼承，負載就沉重，找尋不到輕盈的生命感受。生命誕生在既有的歷史語境中，就不得不進入整個語境的運作規則，歷史血脈、民族責任、道德與價值標準……各種壓力隨之而來。蘇紹連體察出如此無奈的生命處境，便以生命的初始來抗議這些，只有在孩童階段，生命還沒扛起一切重擔時，讓生命停留，保持原始輕盈的該有狀態。因此在以下的論述，我們可以看蘇紹連試圖在為生命的成長困境找出路。

三、純淨珍貴的生命起點

在兒童心理學家皮亞傑的眼中：「兒童是一個按照自己的經驗來詮釋世界的小哲學家，兒童在其智慧發展的過程中，他們藉著親身試驗操作的方式學習新事物，小孩子不僅觀察、模仿新事物，同時也會把所看到、所聽到的加以詮釋一番」（Singer,1）。世界陳列出五花八門的現象，成人容易以豐富的知識累積來解釋它們，孩童則由於經驗單純，純潔的心過濾了表象，以直覺去感受世界的許多小小角落，而這些角落往往是大人們不易察覺，或已遺忘的。《小王子（*The Little Prince*）》裡反映了這樣的差別：大人們以為只是一頂帽子的外形而毫無反應的圖畫，小孩子則感受到其內部大蟒蛇正在消化大象的影像而害怕（1-2）。孩童們眼中的現象反而比較接近生命的本質。經驗成熟了人們的見解，也蒙蔽了具原創性的直覺。

所以，接續著上一節說明蘇紹連認為文明知識等社會發展是污染孩童心靈、使孩童喪失自我的觀點，此節將展現蘇紹連在詩中架構的原始孩童生命場域是如何純淨珍貴，進而了解其批判成人世界的原因。在〈鑽石〉詩中，鑽石光芒四射成一炫目光亮的範圍，那是蘇紹連童年夢土的模樣：

……夢土上有一顆鑽石，我停駐，凝神俯視，「這是我化身爲無數自己的時刻！」說著，我以全身的光，注入那顆鑽石的裡面。

我的影子跪在鑽石旁，看著從鑽石裡面發射出的光芒，一道一道，閃閃爍爍。我，在童年的夢土上創造了一個炫目的世界。（一九九七，五四）

童年夢土的鑽石因我的來臨，使出渾身解數，放射出炫目的光芒。鑽石因切割面越多光芒越亮，童年裡無數的我，就是無數的切割面，童年夢土因此而光彩奪目。蘇紹連像這樣對童年眷戀回顧的書寫極多，強烈表達了童年世界的美好，以下詩作都有這樣性質，可以一起觀察：

時間釋放了我的童年，
一雙赤裸的小腿，
一雙細嫩的小手，
一對烏亮的眼睛，
一對雪白的翅膀，
從記憶深處緩緩飛出來。
凌晨，時間

釋放了我最美的一段年齡。（一四六～一四七）

……

童年，你好像一片陽光
在我十指間閃耀，……（一九九〇a，一五二〈三代〉）

拾回我的手腳和頭顱吧！連同我的身軀，一起塞入小小的搖籃裡，然後，輕輕搖動，搖動，彷彿樓房也在搖動，人心也在搖動，整個社會也在搖動。雲流失，土地斜立，人類逃竄。只有搖籃裡的嬰兒，孤寂的，靜靜沉睡著。

一個破舊的搖籃，是我唯一可以躺下去的地方。（一九九七，七五～七六〈搖籃〉）

爲了生活下去，我必須保存那本童年的剪貼簿。每夜回家，路燈看著我走入剪貼簿裡，走到那一首詩的前面，一字一句用沙啞的聲音喚回美麗的想像，走到那對蝴蝶翅膀前面，用乾枯的雙手學習優雅逍遙的飛翔；最後，走到老師的影子前，站成影子崇高的姿勢。每夜，我如此在剪貼簿裡生活啊！（一九九七，七九〈童年的剪貼簿〉）

在〈三代〉裏，被時間禁錮在記憶深處的童年釋放出形象來，潔白細緻，又如發光體，美好燦爛，在指間閃耀。此詩所描繪的童年的形象就像神話裡的小天使，有翅膀有光芒，只是太過脆弱，所以詩中不斷複述「童年，我怎麼藏你？」欲躲避的傷害者，就是上節所述的外在文明威權等人爲秩序。〈搖籃〉雖無〈三代〉所強烈傳達的對童年呵護之情，但是同樣對比出在荒涼殘破的社會環境中仍有一溫暖安靜的地方——裝載童稚生命的搖籃。在縮回搖籃躲藏之前，詩中角色因在「社會上與人群競爭奮鬥」，所以手垂落、腳流落，甚至「連頭顱也掉落到荒涼的野地上」，是一幅破碎形體的景象，呼應上一節所論述的蘇紹連以爲在成人社會以其運作法則成長，其實是自我的迷失，是倒退的成長。將生命安置在破舊的過去，並不是自我放逐和消極逃避，而是趨向人生歷程的光源和溫暖所在。蘇紹連一意肯定童稚的美好，否定成人世界，可能是其長期接觸兒童，確實琢磨出孩童明潔珍貴的特質，也可能出自對當前現實的不滿，選取與成人對立的角色的書寫策略。總之，在這樣的特殊書寫裡，我們可以觀察蘇紹連所一一指出孩童生命的特殊處，來探究他的成長觀念。在〈童年的剪貼簿〉詩裏也許可以更明確的知悉蘇紹連所認爲童年美好的內容：「美麗的想像」、「優雅逍遙的飛翔」和「崇高的姿勢」。雖然詩行透露了因生活的無奈，才每夜複習這本童年剪貼簿，但是這些童年保留下來的生命力和自信心，無庸置疑成爲其生活的動力來源。另一首詩〈池溏記憶〉更說明了童年不是安穩的存在在那兒，等待長大後偶爾的回溯，而是不斷牽扯記憶和潛意識回去，換言之，童年始終是存在在現在時空裡的。「池塘這個嘴巴吞食了小孩的影子後，就不斷的鳴叫著，嘓！嘓！嘓！嘓！在記憶裡叫著。」（一九九七，八五）所以，可見在蘇紹連的書寫裡，童年的確是一特殊的生命場域。

另外，在善與美之外，蘇紹連也刻畫了孩童「眞」的特質。在〈月，在黑夜中的光芒〉詩裡小孩發現中國民間傳說中的月光是假的：

它撤下來的光蓋住了我們的想像，
還蓋住了我們的身體，
使我們不能成長。在這裡的孩子
發育不良，在這裡的孩子
要堅強的爬出它的光芒（一九九八，八四）

這敏銳的孩子戳破了民間傳說的糖衣，自覺其負載沉重，欲擺脫其束縛，告訴了大家，爺爺茫然、村人驚慌，媽媽警告他：「孩子的話是眞確的證言，／但是不能講出來，萬一／它聽到了，它那一張臉生氣起來／就不再流傳中國的故事了，／中國就到此爲止」（八四～八五）大人們顯然不能跟上孩童清澈眞誠的心靈，仍欲覆蓋眞相，讓謊言持續，原來的生活才能安穩進行。蘇紹連的詩有陳寧貴所言的特質：「他能夠透視現象的虛假，而進入本質上的眞實。當大家慣於現象文學之際，蘇紹連卻提出了本質，其突兀處，令人乍然一愕，繼而拍案叫絕。」（一〇五～一〇六）這種本質化的書寫應與其喜用孩童眼光觀察事物的傾向有關，因爲孩童的「眞」是指出現象眞相的絕佳角度，蘇紹連在詩中也刻意強調孩童眞實的特質。

如上所述，蘇紹連以詩論證了童年之眞善美，因此「童年」經常成爲他詩中「永遠的起點」，經常將生命的期望就懸置在這裡，不讓前進，卻充滿無限的前瞻性。我們看出蘇紹連不讓他詩裡的孩童長大到成人，以爲那是自投羅網的一種自我毀滅，但「童年」卻仍有一般觀念裡的「時代的未來」的內涵，似乎仍蓄勢待發的要把生命帶領到某處。如〈童話遊行〉：

> 一個從補習班出來的學童路過我身邊
> 我把安徒生給了他，以及這童話的下午（一九九〇a，一七四）

台灣社會歷經詩中遊行的種種現象，詩中主角最後離開了這一場遊行，蘇紹連在自剖裏說明：「但遊行沒有結束，『故事未中斷，有人在另一個地方續寫』，他的希望是把安徒生的書交給了一名學童，讓下一代能由童話中獲得啓示。」（一九九〇a，二二三～二二四）孩童在詩中象徵時代的未來，詩人仍對他賦予滿懷的期望，國家的興衰演變全繫於此。茫然的生命也在孩子身上找到希望的光：

> 我們生下來就開始隨著前人做同樣的工作
> 太陽堅持活著是爲了照射
> 額的陰影、胸的陰影、腿的陰影
> 遮蔽著墳的宮殿及世紀末的
> 我們還在做夢的孩子（〈茫的微粒一〉，一九七八，四〇）

那顆老太陽，那不斷依循的生活軌道，能如此宿命的安守本份，就是指望仍有可塑性的孩子可以翻轉、超越現況，找到出路。雖然陰影自身體、歷史到時間的覆蓋下來，只要孩子還有夢，夢的翅膀能擺脫這些陰影的壓力。〈鑽石〉更明確的傳達這個信念：

> 我是一道光，自母體出發後，就不斷的往前走，在黑暗中開路，迅速前進，穿越了城市的樓房，穿越了鄉村的田野，來到我童年的夢土。（一九九七，五四）

這一束光能逼退黑暗的陰影，接連到童年的夢土。

因此，孩提時代是蘇紹連詩中寄託生命希望的唯一起點，但不見其鼓勵孩子往成人前進，他要孩子永遠保持原狀，留在純淨不受污染的時間樂園。若是不得不長大，就如上引的〈鑽石〉詩描繪了童年夢土的光彩奪目之後，「我的影子走了，它不斷的流淚，仍繼續往前走，在黑暗中前進，繼續著從母體出發的使命」（五四）。影子不是發光體，它不得不走，就必須學習在黑暗中摸索，已經沒有光線照路了；影子只是自我的倒影，主體仍留在童年的夢土，從此自我被一分為二。蘇紹連以孩童階段為生命起點的用意在於：在生命認同社會秩序前讓生命停止，在自我未被卡入整個象徵秩序的特定位置時，讓成長喊停，主體才能輕盈流動。並且詩中也強調出孩童的心靈和想像比進入象徵秩序的成人更能看到生命的眞實面。

四、向後前進到生命起點

蘇紹連標示了生命永遠的起點在童年，那麼生命若是一定得有所謂「成長」（如果如一般意指的主體完整，學習好的事物和道理，看清事物本質和眞相），該如何調整污濁的長大世界和維持純淨美好童年的方向。顯然的，蘇紹連在詩裡否定了邊長大邊改變成人世界，讓孩童慢慢長大成理想的成人生命樣式，進而在社會樹立新典範。蘇紹連讓生命的順序重整，大人的生活未必是過程或目的地，孩童可以隨心所欲的揮灑生命、自由想像，如〈畫圖的孩子〉：

是一個小孩用綠油精塗抹暈眩的草地，讓草地恢復往日的翠綠？又是一個小孩用萬金油塗抹貧血的白雲，讓雲朵擁有黃昏的霞光？

「我們需要第二天的黎明。」
「用什麼來塗抹，讓它清醒？」

我們用酒塗抹彼此的嘴，讓語言變得複雜？我們用淚水塗抹彼此的眼眶，讓眼中的人影變得模糊？我們用鮮血塗抹彼此的心，讓心跳動得劇烈？一個小孩走過來，用畫筆蘸著顏料塗抹我們，讓我們自畫中消失。（一九九七，二〇〇〇~二〇〇一）

童心具有魔力，可以豐富原本黯淡的生存環境，而失去童心的大人們也失去創意，讓生命只剩複雜語言、模糊的人際關係和不安的心情，於是孩童決定讓大人們消失……。時間前方的生命階段被取消，「第二天黎明」該向何方展開？該走到何處去？蘇紹連以〈泥偶〉一詩回答了這問題，詩行以捏泥偶的思維完整辯證了其生命哲學：

1

你從我的手中走出去，在你潮濕的軀體未乾之前，你尋求一個永恒的姿勢。

2
你成型前在我手中只是一團肉泥，我用十指揉捏你，想像你是我的孩我要你誕生。

3
親愛的孩子，你一出走，就學習哪吒，把骨還給左手的父親，把肉還給右手的母親。讓我的雙手沾滿你的血肉，而且相擁哭泣，十指跪在掌心裡。你為何要解構成一團泥土？

4
你不必成型，你還原於陽光中，於陰影中，於風中，於雨水中。你，是一片土地。

（一九九七，三三～三四）

就是這樣一種無拘無束的原始狀態。詩行述寫大人們雖有不解與悲哀的心理歷程，最終蘇紹連藉父母之口表達了他以為生命本該如此的觀點。把孩童的生命解放，如同將泥偶還原成泥土，回歸大地。所以孩童不必往大人的世界成長，他們可以停留，甚至回歸到更原始的起點。相對於模印般的社會價值的成長模式，往回找原點更具前進的意義，在那裏有自然光影與風雨，可以發展成一片安詳包容、無邊無際的土地。

蘇紹連這種回溯生命的書寫心態，可以用焦桐的分析作一觀察：「當他不得不面對都市，則顯現對物慾的排斥，有時非但不堪忍受日益奢華的物質文明，甚至好像還患了焦慮症和自閉症，淚流滿面地拚命逃離。蘇紹連逃逸的方向是童年。他聲稱『我的童年撲倒在地上』，努力地，他一直想回到代表純眞質樸又遙不可及的童年；回到搖籃時代；甚至想鑽回母體，重新做胎兒。」（一七六）清楚說明蘇紹連詩中生命還原傾向的因素。然而，焦桐以爲蘇紹連是一種消極的逃逸，其實隱藏著新生的積極意義。如〈肚臍〉寫回到母親子宮的一種企望：

「媽，這是您輸送生命給我，必須經過的甬道，現在，我沿著甬道帶著生命回來找您了。」我拚命前行，彷彿回到母親的子宮裡，再度成爲胎兒。（一九九七，一八五）

臍帶是生命源流，在生命誕生後即被斷除，蘇紹連卻以詩重新接連這源流，讓詩中的生命往回湧進，彷彿重新在母親子宮孕育生命。此詩語氣有新生的欣喜，帶著舊生命，拚命「前」行，尋找生命的出發點。〈圍巾〉所表現的生命經歷也有積極「前往」生命原點的類似意象：

寒風吹退了我的腳步，
我仍要繼續前進。
從北方來的寒氣下降，
我把臉縮在圍巾裏，
剎那間，
我想起了一個音色：
是母親，生產時的陣陣叫聲，
是一大片鄉土，生產時的陣陣叫聲。（〈圍巾〉，一九九八，九〇）

將臉縮在抵禦外在寒氣的圍巾裡，詩行意象跳躍至溫暖的母親子宮，然後並置了土地的鄉愁。圍巾——母親子宮——鄉土三者彼此產生聯想，使得詩中所聲明的「寒風吹退了我的腳步，／我仍要繼續前進。」的決心有了倚靠的憑藉，甚至提供了前進的方向。這生產叫聲的音色或許就是這首詩開頭的呼喚：

我努力向前行進，
似乎有人呼喚著我，
從風吹來的那一端，吹過來。
我艱苦的向前行進，
爲的是——
有一陣陣熟悉的聲音，
如蠶吐絲，把我纏繞，
引我進入那個繭中。（八八～八九）

所以鑽回母體，重新做胎兒，未必是一種消極的逃逸，在蘇紹連這幾首詩中表現了是其努力前行的一個目標。不僅因爲那裡可以抵禦寒氣、抗拒污染，更因爲那是生命豐沛的源頭、一切創造力的開始、自我形體的完成地。

既然肯定了回溯生命起點是一種生命質地的成長，那麼已長大到成人社會的大人們是呈現負成長的狀態，蘇紹連同樣指給他們回歸的方向，要他們尋回自己的本貌，去發現生命的眞相。詩中仍安置孩童的角色，其意義如焦桐所說蘇紹連詩中的小孩常「以先知的形象反覆出現，並『散發著光芒、熱以及愛』。」（一七六）導引或暗示成人的回歸。〈盲者〉表現成人被電腦文明遮蔽了雙眼，外在眼睛已盲，而內在的光亮無法顯現，那光亮即是小孩的形象：

> ……有一個小孩在他的螢幕的裡面，可是他沒辦法看見，只有聽見小孩的叫聲：「我在這裡！」
>
> 他哭了，因為小孩是他的記憶體中前世的自己，在黑暗中而不能顯影。（一九九七，一九八）

盲者前世的自己是明亮的，就如那被隱藏起來的小孩一樣。此詩以電腦螢幕的「光害」側寫目盲者的心理，同時討論了生命的亮度，小孩的生命仍是蘇紹連詩中執著的光源所在。另一首〈錄影機〉較清楚的表現成人的覺醒：

> 我把那孩子的影子錄入錄影機裏。每天，我把那孩子播放出來，他便走向我，以一種孤獨的音符走向我。我倒退，向後倒入我自己的影子裏，那孩子便從我的身上走過，以一種迴響的姿勢消失而去。
>
> 後來，我牽著那孩子走在錄影帶上，踏著聲音，一面走，一面倒轉自己的影子。（一九九〇b，三一）

起初閱讀這首詩有種倒著走的不自然感，詩行錯綜了孩子、孩子的身影、我、我的影子的主客體，形成位置上和時間上混亂感。仔細釐清後，發現只要將敘述方向倒轉，就能清楚體會其意旨。錄影機，時間性的往前錄下孩子的成長歷程，而其具備的倒轉功能，恰可用來表現回溯的主題。孩子的影子被錄入影帶，成就虛浮的生命記錄，然而孩子孤獨的眞實主體每天從影帶被放出來，逼向我來，並迫使我向後與自己的影子重疊，然後踩過我和我影子，向後走去，以再也不會來的姿勢，消失不見。原本以爲孩子是種永遠的消失，後來，透過自我影子的倒轉，我跟上了孩子，並與一同後退著前行。孩子其實就是我，錄下的孩子身影（童年回憶）就是後來倒轉的自己影子，因爲每天播放，童年的虛浮記錄逼著我面對自己的完整存在，童年便眞實的活現過來，並和我合而爲一，一同往童年溯往。這首詩不僅展現生命前進的方向，更表達我、我的影子、孩子、孩子的影子四者實爲完整一體的生命內涵。

五、結論

蘇紹連在詩裏偏愛孩童角色的運用，除了上述有隱含他對外在現實的批判並標示生命純淨的發源外，他的書寫意識裡也常表現有個小孩在後頭執他握筆之手教其描摩的情結。如〈手套〉：

> ……我看見小孩白白嫩嫩的十根手指頭伸進我的雙手裡，在皮層下穿越，穿越。啊！我的手被套在小孩的手上，然後握著筆，開始寫詩。小孩寫下了我的詩，我的淚、我的愛，不知是用他的手，還是我的手？（一九九七，四九）

小孩與他似乎是一體兩面的存在，分不清誰是誰，如本文所述，生命是往後成長的，所以小孩甚至是居於引導者的位置。蘇紹連有時連成人身份也完全拋棄，說：「我只是忘了一個字怎麼寫的小孩」（〈在字典裡飛行〉，一九九七，一三四）。這樣的小孩面對「一本二千多頁字典大的銀河系。每一個字都是一顆星球，懸浮的，旋轉的，移動的，在各自不同的軌道上任我瀏覽。」當詩人自我還原成一個不識原來文字系統的孩童時，他的視野得到解放，彷彿生命又回到最新鮮的階段，所以每個字的意義都如同一顆星球般豐富。忘了字怎麼寫，跳脫文字邏輯語法框架的自由遨遊，不是知識能力的退化，而是對一切事物的重新闡釋。因此詩人在詩末說：「我的詩句，每一個字都閃爍著星星的光芒」（一三五）。

在《我牽著一匹白馬》詩集前言裡，蘇紹連自言寫詩的歷程，在世紀末的島嶼，詩的書寫似乎也有個原點，喚回了走得很遠的詩人，讓他審視自己內在的成長，這段話也可以作為本文探索蘇紹連詩作後的一些體認。

> 到了一九九〇年代，詩，仍然是我唯一的鄉愁。
> 在這座現代詩的島嶼上，鄉土是我的畫面。
> 但我堅持從內裡寫起，不單單只寫外表；而寫內裡必寫到最深處。
> 因此，看見我多麼的超現實，而看不見我多麼的鄉土。
> 詩之所以為詩，不在於內容是什麼，不在於技巧有什麼。
> 詩，在於它自身的存在位置，是否能建築於人的心靈裡。

我逐漸有一些體認時，歲月恍惚已過二十數年。
此刻，我又懷念起楊喚「童話王國」裡騎著白馬的小弟弟。（一〇～一一）

——選自《台中縣作家與作品論文集》

註釋：

❶蘇紹連詩中孩童角色的運用其實也有階段性，在《茫茫集》（一九七八）裡孩童只是個意符，主要表達其個人生命的存在茫然感受；《童話遊行》（一九九〇a）則是普遍使用的一種敘述角度，具有強烈的關懷傾向；《河悲》（一九九〇c）專注於形式和原型的探討，較少刻畫孩童形象；《驚心散文詩》（一九九〇b）和《隱形或者變形》（一九九七）大量的使用孩童意象，使其穿梭詩行，錯綜搬演各種意涵；《我牽著一匹白馬》（一九九八）仍延續散文詩時期的文字特色，意象疏淡許多，偏於自我的探索，瀰漫時間性的回顧與追念，孩童角度較不明顯。

❷蘇紹連也寫童詩，曾出版兩本童詩集：《雙胞胎月亮》（三民，一九九七）和《穿過老樹林》（三民，一九九八），因其閱讀對象為兒童，詩多表現兒童眼光的生活事物觀察，與本文所論述的成長問題不同，因此不列為討論對象。

參考書目：

李幼蒸，〈雅克．拉康〉，《結構的時代——結構主義論析》台北：谷風，一九八八。
杜聲鋒，《拉康結構主義精神分析學》，台北：遠流，一九九七。
陳義芝，〈試評《茫茫集》〉，《幼獅文藝》第四十九卷第三期，一九七九年三月，頁一二二～一三五。

陳寧貴，〈隱形的鞭子〉《驚心散文詩》附錄，台北：爾雅，一九九〇，頁一〇五～一〇七。

焦　桐，〈隱形或者變形評介〉，《台灣詩學季刊》第二十七期，一九九九年六月，頁一七五～一七六。

蘇紹連，《茫茫集》，彰化：大昇，一九七八。

——，《童話遊行》，台北：尚書，一九九〇a。

——，〈自剖〉《童話遊行》，附錄，頁二二九～二三六。

——，《驚心散文詩》，台北：爾雅，一九九〇b。

——，《河悲》，台中：台中縣立文化中心，一九九〇c。

——，《隱形或者變形》，台北：九歌，一九九七。

——，《我牽著一匹白馬》，台中：台中市立文化中心，一九九八。

——，〈騎上白馬看看去〉，《我牽著一匹白馬》詩集前言，頁五～一一。

——，《雙胞胎月亮》，台北：三民，一九九七。

——，《穿過老樹林》，台北：三民，一九九八。

Antonie de Saint-Exupery 著《*The Little Prince*（小王子）》，台北：敦煌書局，一九八七。

Dorothy G. Singer&Tracey A. Reyenson 著，張子方譯《小腦海中的世界（*How a Child Thinks*）》，台北：允晨，一九八五。

楊宗翰：

席慕蓉與「席慕蓉現象」

楊宗翰

台灣台北人，1976 年生。現就讀佛光大學文學研究所博士班，主要學術關懷圍繞現代詩與文學史議題，並旁涉台灣文學及文學批評研究。著有評論集《台灣現代詩史：批判的閱讀》、《台灣文學的當代視野》，主編「林燿德佚文選」及「台灣文學研究叢刊」二書：《文學經典與台灣文學》、《台灣文學史的省思》等。

一

在台灣現代詩史中，席慕蓉（一九四三—）是個非常特殊的案例。很少有詩人能夠像她一樣，自首本詩集出版後就不斷在創造現代詩（集）銷售的新紀錄；以一現代詩寫作者而能躍爲當代評論家筆下的「某某現象」，席慕蓉亦堪稱第一——雖然這群評論人在使用「席慕蓉現象」一詞時，多少都帶有幾分批判檢討的味道。

現代詩在台灣向來不爲「市場」及其資本主義運作邏輯所喜；時日漸長，現代詩人居然也習慣自棄於其外，不（敢）「過問『市』事」——一旦己作與「商品」、「銷售」、「市場」等詞彙稍有牽扯，即視爲奇恥大辱，欲去之而後快。有趣的是，「席慕蓉現象」之所以會被提出，卻又與其傲人的「市場表現」密不可分。我們可以發現：以量而計，席詩的確擁有爲數眾多的讀者❶。然而，所謂「詩壇中人」（泛指寫詩者、評詩者、推動詩運詩教者……）對席詩眞正表現出喜聞樂見態度的，畢竟絕少。此一情況持續多年，未見改變；直到近期國文教科書開始選錄席慕蓉詩作，在此一近乎「正典化」的運作下，這些「詩壇中人」無可避免地得對席詩投以更多關愛眼神❷。不過總的來說，要台灣的現代詩人們自己對席詩作出評價，恐怕還是不脫「暢銷」、「純情浪漫」、「廣受歡迎」這類字句。不難想像這群人多少會羨慕席慕蓉詩作的際遇；但若要他們眞心佩服席慕蓉的詩藝，卻絕非易事。

身爲一個詩人，席氏詩藝難道眞的不足爲訓、無甚可觀？那倒未必，早出的幾篇相關評論都曾談及席詩動人之因由。鑒於有些部分已屬老生常談，筆者自然無意於此一一重錄。我關注的是：

台灣現代詩史／文學史（家）究竟如何「再現」詩人席慕蓉及其詩作？筆者發現，席慕蓉可說是以下列四種姿態登上詩史／文學史的：

1. 暢銷詩人席慕蓉
2. 女性詩人席慕蓉
3. 蒙古詩人席慕蓉
4. 非詩社成員的（非）詩人席慕蓉

四者其實亦頗可相繫，互相牽扯間正形塑出文學史閱讀者的「席慕蓉想像」。筆者要說，此四者正提供了我輩解剖詩史／文學史家「觀賞之道」（ways of seeing）的絕佳案例。此外，本文也將對席詩最引人注意（也是最惹人爭議）的「暢銷」或「流行」現象提出看法，部分見解或可供來日詩史／文學史撰寫者權充參考。

二

1. 暢銷詩人席慕蓉

前已言及，席慕蓉之所以會受人矚目，與其詩集所創造的驚人銷售量關係密切。在台灣，能夠不斷獲得再版機會的現代詩集並不多見，余光中（一九二八—）和鄭愁予（一九三三—）兩位男性詩人的出版品或可歸入其中。兩人的詩選集出版後，數十年來通過多次市場考驗，將之列入

「長銷書」名單應屬妥當。至於晚近在知識份子閱讀群中掀起一股熱潮的女詩人夏宇（一九五六—），一開始就蓄意不採傳統之「出版社→經銷商→書店門市」通路，改以自印自銷方式面世（還有一部分是限量特製本），不料卻因其不易取得的特性，反倒增加了讀者的好奇心與想要進一步擁有、珍藏的意願❸。儘管如此，上述三位無論在銷售數量的紀錄或讀者分布的廣泛上，都難與席慕蓉相抗❹。這般廣受歡迎，卻成了詩人席慕蓉在詩史／文學史中的一大「過失」：

> 席慕蓉成爲台灣詩壇異數的另一個內涵是，她一出現便成了台灣詩壇的「暴發户」，創造了「軟性詩」的「席慕蓉現象」。她的詩集成爲暢銷書排行榜上的顯位；她的作品成爲大、中學校女生手中的瑰寶；她的名字成爲報刊、電台的熱門話題；她甚至被看成是台灣「詩中的瓊瑤」。這一切都成爲台灣詩壇從未有過的新鮮事。到了八十年代中後期，她又越過海峽，在祖國大陸揭起一股「席慕蓉旋風」，成爲許多青年詩愛好者心目中的偶像。不僅她的詩集被眾多出版社盜版，養肥了許多並不懂得詩的人，而且出現了不少「冒牌」產品。「席慕蓉旋風」作爲詩壇上的一種奇特現象，詩歌發展史自然不能視若無睹和迴避它。（古繼堂，一九九七：五二八～九）

古繼堂此段陳述頗能代表對岸文學史家的觀點，在對席慕蓉「定位」之餘也不忘於行文間冷嘲熱諷一番。倘若詩史之所以「不能視若無睹和迴避」所謂的「席慕蓉現象」，僅是因爲其驚人的銷售紀錄與受歡迎程度，不也等於間接告訴讀者「席氏詩藝實無甚可談」？有意思的是，像古繼堂這類擁抱教條馬列主義美學殘骸的學者，見到文學讀物廣受普羅大眾接受理應無上歡欣才是，怎麼在這裡又擺出一副教育者／教訓者的架子？原來他認爲席詩「是以通俗的語言表現淡淡的哀愁；短小的結構負載淺淺的思索。讀起來哀而不悲，不費神思而有所收穫」、「一般都是表現小市民、小知識份子和處於青春幻想期的少女情調，因此最容易喚起這個最大讀者層的心靈共鳴」（頁五二九）。易言之，在古繼堂眼中，席詩澆灌給廣大人民的不但不是現代詩的養分，還有可能是毒素呢。至於席慕蓉被視爲「詩中的瓊瑤」，當然也是源於其著作之暢銷❺；不過，小說家瓊瑤（一九三八—）在評論者與文學史家筆下早已被污名化多年，冠上「詩界瓊瑤」此稱究竟是褒是貶，不難推知❻。

至於台灣的史家又會賦予席慕蓉何種定位呢？很不幸，他們不是選擇避而不論（如彭瑞金），就是將之安插於「大眾文學」之列，成爲一部文學史中小小的三個字❼。台灣的文學史家選擇如此「再現」席慕蓉，一部分原因當然是客觀環境上的篇幅限制，另外一部分恐怕就與史家自身的鑑別與判斷有關了。

大眾也好，暢銷也罷，筆者都將在下一節裡詳加探討，此處暫且不贅述。

2. 女性詩人席慕蓉

將生理性別（sex）、社會性別（gender）、性慾取向（sexuality）一概化約爲父權異性戀視野下的「性別」，一直是多年來兩岸文學史家共通的陋習。我們甚至可以聲稱：各大小本台灣文學史著，正是一件件壓抑與封閉性別及情慾流動可能性的「經典示範」。這方面的相關批判與本文要旨距離太遠，只得留待他處再議；不過詩人席慕蓉之所以會被批判，正與其寫作中強化甚至僵化了生理性別（女性）與社會性別（陰柔特質）的連結大有關係。筆者這麼說，並非要求所有的寫作都得有性別與情慾流動，如此「方為上品」。我所要強調的是：席氏早期寫作中，以情詩所佔比例最高，其中佳作「大抵文字流利，節奏明快，寓意明白，常用大自然意象，時而用詩詞典故，加上纏綿的語調，故很吸引人」（鍾玲，一九八九：三四二）。但這些詩作中的女性角色幾乎都不脫柔順、等待、退讓等等刻板形象，在權力位階上總是自甘低男性一等，強調女人的陰柔特質時卻又完全陷入父權社會認可、鼓勵的傳統女性定位……。凡此種種，應可斷言詩人席慕蓉在彼時並未感知到已於台灣漸次展開的婦女運動，遑論對之有何等反思。當然，諸如對婦女運動是否有所認識這類問題，絕非成為一個優秀詩人的必要條件（否則寫詩不就成了符合「政治正確」的無趣勞作）；但正如鍾玲所言，席慕蓉所用的語調「是最容易令讀者介入的第一人稱對『你』的傾訴體，即女子對意中人傾訴心中愛意（偶爾有些詩對調過來，詩中的『我』是男子）。讀者既享有探知別人愛情隱私的樂趣，又可認同詩中的女主角或男主角，滿足自己浪漫的幻想」（頁三四一～二），這就很容易讓讀者經由對詩中男、女主角的「認同」，進而演變成「接受」席詩裡刻板僵化的性別想像與權力位階——這也是筆者初聞席詩進入中學教科書後，最感到憂慮的一點。

在劉登翰、莊明萱、黃重添與林承璜合力主編的《台灣文學史（下卷）》中，朱雙一負責執筆席慕蓉的詩創作部分，他卻提出了相當不同的見解：

> 席慕蓉詩中的抒情主人公雖飽嚐愛情酷酒的苦澀，但多表現出雖九死而不悔，甘為愛情犧牲奉獻的執著，將愛情的悲劇性發揮到極致。即使愛情失落，也不改其志，即使自己

受到傷害，承受永世的痛苦，也無怨無悔，「因你而生的一切苦果／我都要親嚐」（〈苦果〉）。這種心態看似謙卑，實乃現代女性自主意識的產物。不管對方有情無意，她們更多地從自己的感情與願望出發，把自己對愛的追求和奉獻，當作自我價值的實現，而非把自己託付給男性的傳統女性式的企望，也非受封建禮教壓迫的一種被動行為。即使同樣寫苦苦的等待，它亦非古代閨怨詩中那種婦女從一而終，依仗夫婿的心態投射，而是對愛和美的等待和追求。這種區別所顯示的，正是現代女性對自身價值的自覺。（頁六五二～三）

朱雙一顯然極力要捍衛席慕蓉在性別議題發言位置上之正當性，並欲以現代女性意識的顯露與追求來定位席詩。但朱氏卻沒有舉出更好、更具說服力的例子來充實己說。上引文中之〈苦果〉一詩，其實就是個相當失敗的「證據」。此作收於席慕蓉第三本詩集《時光九篇》，通篇未見朱氏所謂「現代女性對自我價值的自覺」。朱雙一恐是過度誇大了席詩在性別意識與自覺上的「成就」——相反地，這正是筆者認為席詩最該檢討的地方❽。

3. 蒙古詩人席慕蓉

白少帆等人主編的《現代台灣文學史》中，特別闢有一章「台灣少數民族文學」，這在坊間各本台灣文學史裡確屬罕見。此章雖標為「少數民族文學」，其實只討論了兩個對象：一是「高山族文學」（包括口傳文學與作家創作），一是「蒙古族女詩人席慕蓉」。依如此的配置，這本文學史的編撰者可謂相當重視席慕蓉；但在其文學史敘述中，這般的「重視」似乎又沒有那麼簡單：

席慕蓉是蒙古族，自生以來從未到過她的故鄉內蒙古，但她的詩、散文中卻表現了鮮明的蒙古民族的意識。這種民族意識具體表現爲那種與蒙古草原和歷史文化相聯繫在一起的鄉愁和具有蒙古民族哲學宗教特徵的佛禪觀念；這是迥異於其他民族的作家的。（頁八五〇）

鄉愁，是席慕蓉詩的另一重要主題。「溪水急著要流向海洋，浪潮卻渴望重回大地」，表達了一個身在台灣的詩人對於故國的懷戀和呼喚。……

席慕蓉詩中所抒發的鄉愁，代表台灣廣大人民對祖國大陸、家鄉故園的思念深情，具有普遍的典型意義。但是，作爲一個在典型的蒙古族家庭環境中生活和成長的少數民族詩人，席慕蓉詩所表現的鄉愁不能不染上一層鮮明的民族特色。（頁八六四～五）

上引兩段歷史敘述中，我們首先必須承認兩點：第一，以祖籍而論，席慕蓉亦可算是蒙古詩人；第二，席詩中的確有部分作品主題正是鄉愁。除此兩點，上引文的其他部分（特別是史家妄自外延的推論）通通值得檢討。第一則引文強調席慕蓉詩文中表現了「鮮明的蒙古民族的意識」，試問：史家是從席氏哪首詩裡看出此一「蒙古民族的意識」？又說此意識具體表現於兩處：一是鄉愁、二是「具有蒙古民族哲學宗教特徵的佛禪觀念」——此一頗具特色的「佛禪觀念」又是從何作中推知？第二則引文更有意思：本書既已先將席慕蓉歸入「台灣少數民族文學」之列，又如何能用她來「代表台灣廣大人民」？甚至還能斷言席詩中的鄉愁「具有普遍的典型意義」？

其實席氏的「鄉愁」，最早散見於她頭幾部出版的詩文集。一直要到一九八八年《在那遙遠的地方》面世，她才將與此主題相關的新舊作品一齊收入書中。不過在數量上，九〇年代前席氏以情詩爲主題的詩作，依然遠比這類抒發鄉愁的詩要來得多上許多。再觀察其詩語言的使用，席慕蓉確實「不曾浸染於現代詩掙扎蛻化的歷程，她的語言不似一般現代詩那樣高亢、奇絕，蒙古塞外的豪邁之風很適合現代詩，卻未曾重現在她的語字間，清流一般的語言則成爲她的一個主要面貌」（蕭蕭，一九九一：二四六～七）。綜上所言可知：席詩之魅力應與詩人是否爲「少數民族」無多大關係。過度強調後者甚至還依此外延出其他推斷，不但有引喻失義的危險，亦非史家所當爲。不過文學史家在此也不是無事可作：筆者建議可由離散文學（diasporic literature）角度來解讀席慕蓉的詩文，應有益於從事更爲學術化的研究。

4. 非詩社成員的（非）詩人席慕容

《二十世紀中國新文學史》是多位台灣學者合作下的成果，其中自然錄有台灣現當代文學的歷史敘述。當代文學（此書自一九八〇年算起）的詩部分由潘麗珠執筆，列爲本書第三十二章。此章分爲兩節，分別爲「七、八〇年代的台灣現代詩壇」與「八、九十年代的台灣詩壇」。每節之下先以詩社爲歸類依據，其次才來分述詩人風格；至於未加入詩社者，則分別以「鄉土詩人吳晟」與「其他重要詩人」置於文末權作交代（頁四三一～二、四三八～四四〇）。這種處理方式當然是相當粗糙的，以一種便宜行事的「詩社」充作分類、討論之出發點更是弊多於利；但最要命的還是，它不意間竟揭露了文學史家長久以來對「詩社」的迷信態度。筆者在本書第二章即曾言及：

「迄今爲止，『詩社』組織的興衰生滅依然是『詩史』撰述、架構的重點所在。其實還有另一個值得批判的現象，那就是『詩刊』幾乎收覽了所有治詩史者的目光，讓後者不時忽略了其他媒體在推展詩潮詩運乃至詩藝上的貢獻」❾。況且，「詩社」居然能取代詩人詩作（與詩藝）的光輝——這應該是非常不可思議的奇幻夢境，不幸卻在台灣文學史學界日漸變成恐怖的事實。那些「社性」不強或根本未曾想過參與任何詩社、團體的創作者，難道就只能永遠屈居「他者」的位置嗎？

詩人席慕蓉並未列名於這本《二十世紀中國新文學史》（她的散文倒是在其中，見頁四四二～四），這是史家判斷、選擇後的結果，我們自然應該尊重。不過席氏一向未曾參加任何詩社，甚至不見得與這些團體的成員有什麼往來；反向而觀，這些菁英色彩與自我意識濃厚的詩社成員是否願意承認席慕蓉的「詩人身分」（抑或視其爲只有本事迷倒少女與學生的暢銷書製造者？），實也不無疑義❿。對於這位不曾拜入哪一詩社門下、「只不過寫了幾首簡單的詩，剛好說出生命裡一些簡單的現象」、於詩「從來沒有強求過」（席慕蓉，一九八七：一九六～七）的寫作者，詩史應該如何安置她呢？難道可以再用「數大便是美」（人多聲音大？）的「詩社」迷思來分類、組織、構成文學史敘述與寫作的基調嗎？那些因此而被排除出去的「非」（？）詩人，又豈會只有席慕蓉一例呢？

三

上一節裡，筆者已指出席慕蓉是以下列四種姿態登上詩史／文學史的：暢銷詩人、女性詩人、蒙古詩人、非詩社成員的（非）詩人。只要檢驗每位史家選擇以何種策略「再現」席氏，即不難窺得她／他的「觀賞之道」爲何。而在本節中，筆者想討論席詩最引人矚目（也是最惹人爭議）的「暢銷」或「流行」現象。究竟文學史家要如何面對、處理與安置席詩及其引發的「席慕蓉現象」呢？

在已面世的相關討論裡，孟樊〈台灣的大眾詩學——席慕蓉詩集暢銷現象初探〉一文可說是對此議題用力最深者。此文以席氏詩集的暢銷現象來推論所謂的「大眾詩」在台灣已經出現，並且有意針對此一現象提出批判。不過，因爲作者孟樊自身發言位置的混淆與論旨的失當，此一批判工作並未能盡如其意地開展⓫。特別是他文中所標舉的「大眾」與「大眾詩」諸詞，其實在概念層面與實際運用上都會遭逢不少問題。誠如張大春（一九九二：三六五）所言：

> 孟樊先生說明他執意用「大眾」而不用「通俗」一詞的原因之一是後者含有明顯的貶義，然則，脫略此一貶義的話，孟樊先生實仍然是從「通俗」的角度（也就是「被大眾所喜歡或接受」）去理解「大眾」的。雖然孟樊先生也提出了「量」的問題來補充「大眾」的意涵，不過，這又使「大眾」一詞在孟樊先生的論文中僅僅具有「常識範疇」的解釋性，而無法就「學術範疇」的確證性得到滿足。

不過，關於「大眾」一詞所衍生的問題還不止於此。孟樊所採用的「大眾」，是由英文 mass 翻譯而得，也因此才有所謂的「大眾詩」（mass poetry）。他文中也提及了 popular poetry，並用「流行詩」一詞作爲其中文譯名。至於「通俗詩」，文中並沒有刻意交代譯自何詞，不過依常理不難推斷應與 popular poetry 同義。換言之，「大眾＝mass」與「流行（通俗）＝popular」這兩個等式，在孟樊此文中是可以成立的——當然，這種幼兒程度的中英文對譯，乍看之下似乎也沒有什麼問題。

我們由上引文可知：孟樊之所以選擇用「大眾」（與「大眾詩」）而不用「通俗」此詞的原因之一，正是後者含有明顯的貶義。其實不然：在英語中，mass 與 mass culture 才是眞正帶有輕蔑意味的詞彙。後者是由德語 Masse 與 Kultur 所組成，即意指「缺乏文化教養的多數人所用之象徵產品」（the symbolic products used by the "uncultured" majority）。相較之下，popular culture 或 popular arts 卻是較積極正向的詞彙（Gans,1974: 9-10）。依此，孟樊此文立論的基本預設就頗值得商榷。

符徵（signifier）與符旨（signified）間關係的建立是武斷的（這幾乎已成了我們這個時代的常識），它更多地是與約定俗成或共同習慣有關。職是之故，欲於論述中使用「大眾」或「大眾詩」，應該也要尊重此一經年累積而成的「習慣」。其實僅就中文文義而考，「通俗」、「流行」、「大眾」諸詞也不見得適合放在同一個天平上來衡量。所謂「通俗」是就性質而論，「流行」則是一種現象；而「大眾」指的是多數或某一類群體——三者間既有交集卻又各自獨立，豈能輕易視爲同一？

筆者對文學史家的建議是：不管是「通俗詩」、「流行詩」抑或「大眾詩」，史家都應該更審愼地評量與考慮將席詩置入其間的危險。筆者這麼說並不是要否定——我想應該沒有人有這個能力——席詩所引起的銷售熱潮與「席慕蓉現象」的存在事實，而是要提醒史家切勿在歷史編纂裡錯誤或失當地「再現」詩人詩作。很不幸，這類錯誤與失當早已潛藏於台灣詩史／文學史的編纂工程中。

以「席慕蓉現象」為例：我們可以發現，在文學史敘述間強調席詩之驚人銷量與讀者數目的史家，其實皆不脫欲襲用瓊瑤入史之模式來安置「席慕蓉現象」的企圖。「詩界瓊瑤」一詞屢次被提出，理應與此有關。史家這種作法並非沒有可議之處：坊間各本台灣文學史在論及瓊瑤時，一概將之歸於「暢銷通俗言情小說家」。席慕蓉想必也是在暢銷、通俗與言情這些方面，被視為與瓊瑤相類吧。

不過筆者必須指出，兩人作品雖然同樣造就了驚人的市場銷售量，卻不宜在這一點上將兩位寫作者歸為同類。原因很簡單：瓊瑤「除了參與過《皇冠》的編務以及自組電影公司，可說不曾眞正在社會上有過正式職業。她是純純粹粹的專業作家」（林芳玫，一九九四：二六），而席慕蓉卻正好相反。她長期在新竹師範學院任教，教書是她的本業，繪畫是她一生執著的追求；至於寫詩，既非她的專業，更不是她的工作。顯然，作為一個專業／職業作家，瓊瑤必須肩負的市場壓力是相當巨大的。她既已進入此一文化消費市場的機制，縱使她後來還擁有半個老闆的身分，卻無助於抵抗或推翻整個龐大市場機制的要求與宰制。明乎此，會有增量、趕製、公式化加工等等情況的出現，實不足為奇。

在學院教書的席慕蓉相形下卻幾乎沒有這個困擾。無論是創作或出版，席氏都享有相當大的自由。或許正因為沒有直接感受到龐大市場機制的壓力與驅迫，她的詩創作量實在算不上多⑫。動輒以對暢銷作家的刻板印象來批判她「粗製濫造」、「大量生產」者，可以休矣！

四

在〈論席慕蓉〉一文中，席氏憤憤不平地說：

> 爲什麼總喜歡說：這人是暢銷作家，那人是嚴肅作家，似乎認定只有這兩者，而且兩者必然對立！其實，除了某些刻意經營的商業行爲之外，書的銷路，根本是作者無法預知也不必去關心的。因此，我們可以批評一本暢銷書寫得不好，卻不一定可以指責這個作者在「迎合」大眾，因爲，這可能會與實情不符！（一九九六：一一〇）

身爲一個自問「在寫詩的時候，我一無所求」（席慕蓉，二〇〇〇：VI）的寫作者，她的憤怒當然應該被傾聽。論者或史家一味強調其「暢銷」現象，除了可以反覆陳述席詩的確受到相當多讀者歡迎這項事實，似乎也未能再生產出何等高見。因此筆者建議，除了原有的提問（譬如：席詩受歡迎的原因爲何？）外，我們應該還可以嘗試去追問：席詩既然如此暢銷與受讀者歡迎，它對「台灣現代詩體制」（the institution of modern Taiwan poetry）究竟有沒有產生過影響？若有，此影響如何發生？影響的程度又是如何？若無，則爲何沒有發生影響？

此外，我認爲史家或研究者在討論席詩時，幾乎都自動抽離了「時間」這項因素，恐有視詩人之創作技巧與風格演變爲「停滯」或「無變遷」的傾向。難道眞是如此嗎？筆者認爲不然。自八〇年代末期起，席慕蓉陸續開始挖掘新的主題，處理手法上也更見細緻，具巧思而凝鍊之作亦日益增多。如今，這些成果都收錄於其第四本詩集《邊緣光影》中⑬。與前三冊詩集相較，我們至此方能看出何謂一個詩人的成長——可惜坊間各本文學史不是來不及注意席詩的變化，就是完全忽略了席詩還有變化的可能。至於未來的台灣詩史／文學史，自然再沒有藉口將目光停留於前三本「暢銷詩集」（及其迷思）中。

對一個「堅持要記下那些生命裡最美麗的細節」（席慕蓉，一九九九：七）的詩人來說，在文學史裡被輕易地安插在「暢銷作家」（榮耀？罪名？）之列，並不見得能令她感到滿意。我相信，文學史的讀者們應該也不會就此滿足。因爲這些（包括筆者此篇）都是在討論詩藝之外的事；待這一切處置妥當，也應該來好好談談席慕蓉的詩藝（之內）了。

——二〇〇二年六月，選自巨流版《台灣現代詩史：批判的閱讀》

註釋

❶據圓神出版社二〇〇〇年新版重印的《七里香》封底所載：「直到今天，她的三本詩集《七里香》、《無怨的青春》、《時光九篇》仍在不斷的再版中。在中國大陸最保守的估計，已有五百萬冊數。讀者之眾多，影響之深廣，創下了當代詩壇前所未有的紀錄」。其實在圓神出版社重印《七里香》與《無怨的青春》之前，光是台灣地區，兩書的印量皆早已超過了五十版——這個數字不僅在台灣現代詩中可謂空前（希望不要也是「絕後」），置諸於其他文類亦堪稱突出。

❷南一版高中國文課本第二冊及東大版高職國文課本第四冊就收錄了席慕蓉詩作〈一棵開花的樹〉。不過，這仍是教科書開放民間業者編輯出版後的事，不能代表國家權力的代理機構（國立編譯館）已「承認」席詩為「正典」；況且，既然已開放民間業者自由競爭，南一版或東大版課本之受眾就無法像從前國立編譯館主掌時期那樣龐大及廣泛，它的權威性也很可能會遭到其他品牌國文教科書掠奪分享。

❸筆者這段陳述純就讀者心態立論，並無絲毫對詩人不敬之意。況且同樣採自印自銷方式面世的現代詩集所在多有，卻罕見有類夏宇如此際遇者，可見其詩確實有著獨特的魅力。不過夏宇後來出版的詩集卻又有轉回傳統書籍通路的傾向，甚至進入了某連鎖書店的年度排行榜——此一現象究竟應視為被體制收編還是棲身於體制內的異音／抗拒，值得另行撰文討論。

❹余光中和鄭愁予的個人詩集出版年代較席氏早上許多（詩選集則是略早數年），不過迄今在印量或銷量上與席氏詩集仍有好大一段差距：夏宇的讀者則多為中、高階知識份子，屬於社會構成中的金字塔頂端，自然難以像席慕蓉般吸納更為廣泛的讀者群與受眾。

❺文學史家中並非只有古繼堂獨採此稱，公仲與汪義生合撰之《台灣新文學史初編》亦在評介完席慕蓉作品後，於最末另起一段文字：「席慕蓉是近年連續幾屆暢銷書的佼佼者，獲得了『詩界瓊瑤』之美稱」（頁三三七）。此句似有總結與定位席氏一生文學創作功過的味道。

❻晚近學界真正能一新視野、開啓瓊瑤小說之思考與對話空間的研究，請參見林芳玫，一九九四。

❼如「大衆文學的提倡方興未艾，其未來發展動向值得注意。杜文靖、劉還月、林佛兒、黃海、席慕蓉、三毛等作家，在這大衆文學的推展中，將會扮演怎樣的一個角色，也值得注目」（葉石濤，一九九三：一六九）。

❽當然，我完全沒有要放過男性霸權自身應負罪責之意，畢竟這樣的「環境」正是前者所打造出來的。而且一味批評席慕蓉在性別意識認知上的闕如，似乎有全盤抹煞她所有相關寫作的努力之嫌。至少在九〇年代寫作的散文〈她的一生〉（一九九六：一六〇～七）中，可以看到完全相反的例子。

❾見《台灣現代詩史：批判的閱讀》第二章（〈非詩社／詩刊性質的《文學雜誌》〉）第一節。

❿不過，這些詩社的成員似乎也從未曾開口問過大衆（當然包括那些嗜讀暢銷書的少女與學生）：「喂，妳／你承認我是詩人嗎？」問題在於：他們真敢開口嗎？

⓫張大春（一九九二）對此文的講評已準確地點出問題所在。

⓬席慕蓉（二〇〇〇：Ⅵ）統計自己的詩創作「從一九五九到一九九九，四十年間，雖然沒有中斷，寫的卻

不能算多，能夠收進這四本詩集裡的詩，總數也不過只有兩百五十二首而已」。

⓭不知何故，此書與席氏前三本詩集剛出版時相較，在銷售量上有相當顯著的差距。難道這就是詩藝成長的「代價」？

參考書目

Gans, Herbert J. *Popular Culture and High Culture: An Analysis and Evaluation of Taste*. New York: Basic Books, Inc., 1974.

公仲、汪義生，《台灣新文學史初編》，南昌：江西人民，一九八九。

古繼堂，《台灣新詩發展史》，台北：文史哲，一九九七，二版。

白少帆、王玉斌、張恒春、武治純（主編），《現代台灣文學史》，瀋陽：遼寧大學，一九八七。

皮述民、邱燮友、馬森、楊昌年，《二十世紀中國新文學史》，板橋：駱駝，一九九七。

孟　樊，〈台灣的大眾詩學——席慕蓉詩集暢銷現象初探〉，收於林燿德、孟樊（編），一九九二：三三五～三六三。

林芳玫，《解讀瓊瑤愛情王國》，台北：時報，一九九四。

林燿德、孟樊（編），《流行天下——當代台灣通俗文學論》，台北：時報，一九九二。

席慕蓉，《時光九篇》，台北：爾雅，一九八七。

——，《在那遙遠的地方》，台北：圓神，一九八八。

——，《黃魚·玫瑰·飛魚》，台北：爾雅，一九九六。

——，《邊緣光影》，台北：爾雅，一九九九。

——，《七里香》，台北：圓神，二〇〇〇。

張大春，〈講評意見〉，收於林燿德、孟樊（編），一九九二：三六三～八。

葉石濤，《台灣文學史綱》，高雄：文學界，一九九三，二版。
劉登翰、莊明萱、黃重添、林承璜（主編），《台灣文學史（下卷）》，福州：海峽文藝，一九九三。
蕭　蕭，《現代詩縱橫觀》，台北：文史哲，一九九一。
鍾　玲，《現代中國繆司——台灣女詩人作品析論》，台北：聯經，一九八九。

《中華現代文學大系(壹)——臺灣 1970～1989》

評論卷

主　　編：**李瑞騰**
編輯委員：**蕭　蕭、呂正惠**

收入 59 位傑出作家，63 篇最具代表性作品，或如溫厚長者誨人不倦；或如滔滔辯士踔厲風發；或如狂人罵街語含譏諷。點讀之際，時而擊節讚賞，時而會心微笑，可供欣賞、珍藏。

精裝豪華本（全二冊）：單冊定價 580 **元**
平裝藝術本（全二冊）：單冊定價 480 **元**

《中華現代文學大系（壹）——臺灣 1970～1989》

劃時代的巨獻，跨越兩個十年，樹立台灣文學新座標，面對整個中國及世界文壇。走過從前，邁向未來，傲然矗立文壇，以有限展示無限。《中華現代文學大系（壹）——臺灣 1970~1989》計分詩、散文、小說、戲劇、評論等五卷，十五鉅冊，由余光中、張默、張曉風、齊邦媛、黃美序、李瑞騰等 16 位名家，選出 300 多位作家及詩人的精品， 9000 餘頁，是國內空前的皇皇巨著，熠熠發光。推出後，深受海內外各界讚譽、推崇，因此才賡續出版《中華現代文學大系（貳）——臺灣 1989~2003》。

總編輯：**余光中**
編輯委員
詩　卷：**張　默、白　靈、向　陽**
散文卷：**張曉風、陳幸蕙、吴　鳴**
小說卷：**齊邦媛、鄭清文、張大春**
戲劇卷：**黃美序、胡耀恆、貢　敏**
評論卷：**李瑞騰、蕭　蕭、呂正惠**

《中華現代文學大系(貳)——臺灣 1989 ～ 2003》

承續《中華現代文學大系（壹）——臺灣 1970 ～ 1989》的大業，本輯銜接兩個世紀的文壇風貌，展示台灣各類型菁英作家的才華，爲華文世界再樹新里程碑！《中華現代文學大系（貳）——臺灣 1989 ～ 2003》計分詩、散文、小說、戲劇、評論等五卷，十二鉅冊，由余光中、白靈、張曉風、馬森、胡耀恆、李瑞騰等 16 位名家，選出 300 多位作家及詩人們具代表性的精采作品，值得閱讀、典藏。

總編輯：余光中
編輯委員
詩　卷：白　靈、向　陽、唐　捐
散文卷：張曉風、陳義芝、廖玉蕙
小說卷：馬　森、施　淑、陳雨航
戲劇卷：胡耀恆、紀蔚然、鴻　鴻
評論卷：李瑞騰、李奭學、范銘如

中華現代文學大系（貳）

——臺灣 1989～2003

評論卷（二）

A Comprehensive Anthology of
Contemporary Chinese Literature in Taiwan,1989-2003
Criticism Vol. 2

總編輯／余光中
編輯委員／李瑞騰　白　靈　張曉風　馬　森　胡耀恆
李奭學　向　陽　陳義芝　施　淑　紀蔚然
范銘如　唐　捐　廖玉蕙　陳雨航　鴻　鴻
發行人／蔡文甫
發行所／九歌出版社有限公司
臺北市八德路 3 段 12 巷 57 弄 40 號
電話／(02)25776564 ・傳真／(02)25789205
郵政劃撥／ 0112295-1
登記證／行政院新聞局局版臺業字第 1738 號
網　址／ www.chiuko.com.tw
印刷所／崇寶印刷公司
法律顧問／龍雲翔律師・蕭雄淋律師・董安丹律師
初　版／ 2003（民國 92）年 10 月
定　價／評論卷（全二冊）平裝單冊新台幣 580 元
精裝單冊新台幣 680 元

ISBN 957-444-084-2

國家圖書館出版品預行編目資料

中華現代文學大系（貳）.臺灣一九八九-
二〇〇三評論卷／李瑞騰主編 --初版.--
臺北市：九歌，2003〔民92〕面； 公分.

ISBN 957-444-082-6（第1冊：精裝）
ISBN 957-444-083-4（第1冊：平裝）
ISBN 957-444-084-2（第2冊：精裝）
ISBN 957-444-085-0（第2冊：平裝）
1.中國文學—評論

830.8 92012286